Jean-Luc Seigle · Pascale Chouffot

21 ... ENTKOMMEN WIRST DU NIE

JEAN-LUC SEIGLE
PASCALE CHOUFFOT

21 ... Entkommen wirst du nie

Roman

Übersetzung aus dem
Französischen von
Christiane Landgrebe

EHRENWITH

Ehrenwirth in der Verlagsgruppe Lübbe

Titel der französischen Originalausgabe:
»Laura ou le Secret des 22 Lames«

Textredation: Boris Heczko
Satz: Druck & Grafik Siebel, Lindlar
Gesetzt aus der ITC Giovanni
Druck und Einband: Friedrich Pustet, Regensburg

Printed in Germany
ISBN: 978-3-431-03761-6

5 4 3 2 1

Sie finden uns im Internet unter: www.luebbe.de

Bitte beachten Sie auch: www.lesejury.de

»Die Wahrheit ist wie die Sonne.
Sie lässt uns alles sehen,
aber wir können sie nicht anschauen.«

Victor Hugo

Erster Teil

DER MAGIER

Wiedergängerin. Dies war das einzige Wort, das Laura in den Sinn kam, als sie im Auto die Uferstraße entlang nach Nizza fuhr. Sie kam hierher zurück, um zu heiraten. Die Stadt – vor allem der alte italienische Teil mit den engen, belebten Gassen – bot den Blicken der Passanten einen hellen, freundlichen Anblick in Rosa und Gelb. Doch jedes Mal wenn Laura sich Nizza näherte, war es ihr, als fasse eine kalte Hand an ihr Herz. Sie war in dieser Stadt geboren, ihre Familie lebte noch hier, aber seit Jahren kam sie nur noch einmal im Jahr her, um ihren Geburtstag zu feiern, eine Art Ritual, auf das sie um nichts in der Welt verzichtet hätte. Ihren Vater und Bruder traf sie sonst nur, wenn sie nach Paris kamen oder mit ihr gemeinsam Ferien im Ausland machten. Nizza war vor allem die Stadt ihrer Vorfahren, also ein Ort der Toten. Zu ihnen gehörte auch Lauras Mutter, die drei Wochen nach ihrer Geburt gestorben war. Angesichts der aufwühlenden Fragen, die der Verlust der Mutter oder des Vaters unweigerlich mit sich bringt, hatten die Toten für Laura seit ihrer frühen Kindheit eine größere Rolle gespielt als die Lebenden. Was die Toten anging, fühlte sie sich wie jemand, der mitten in der Nacht den Sternenhimmel über sich sieht. Zuerst sucht er nach dem berühmtesten Sternbild, dem Großen Bären, dann nach dem Kleinen Bären, den man auch bald erkennt, wenn man sich ein wenig Zeit lässt, anschließend gleitet der Blick unwillkürlich zu den Diamanten der Kassiopeia, die wie ein W in der Dunkelheit funkeln. Über dem schwarzen Himmelsgewölbe liegt Schweigen. Wir werden uns unserer Unwissenheit bewusst und erkennen, welche unendliche geheimnisvolle Weite sich über uns auftut. Die Nacht ist grenzenlos, das Universum oder der Kosmos, wie es heißt, weiß man schon nicht mehr, bricht auf schwindelerregende Weise über uns herein, und wir möchten nur noch eins: nach Hause gehen und alle Dinge benennen, die uns umgeben.

Ganz ähnlich empfand Laura die Welt der Toten. Seit ihrer Kindheit reichte diese Welt weit über das Familiengrab hinaus, sie erstreckte sich über den gesamten Friedhof, umfasste alle Toten dieser Erde, schloss die Toten aller Zeiten seit der Erschaffung der Welt ein. Das Jenseits war überwältigend, die Erde war voller Toter, und ihre Zahl war viel größer als die der Lebenden, die auf ihr wohnten. Wenn sie als kleines Mädchen an all diese Dinge dachte, dann hatte Laura ein Gefühl, als ginge sie über lauter Gräber. Lange Zeit verkroch sie sich dann in ihr Zimmer in dem wunderschönen Haus mit der Glasveranda, das ihr Vater hatte bauen lassen. Der Gedanke, hinauszugehen und durch den Garten zu laufen, versetzte sie trotz des atemberaubenden Meerblicks in Panik. So war es jedenfalls zwischen ihrem sechsten und elften Lebensjahr. Über all diesen Mythen von der Totenwelt herrschte das Bild ihrer Mutter, ihrer Beschützerin, strahlend und dunkel zugleich. Ihre Mutter war das tiefste aller Geheimnisse, und Laura glaubte als Einzige, dass sie ermordet worden war.

Je mehr sie sich Nizza näherte, desto größer wurde ihre Angst, dass die Dämonen der Vergangenheit wieder auftauchen würden. Ihre innere Stimme warnte sie vor einer Gefahr, deren Opfer oder Spielball sie sein würde. Allerdings hätte sie nicht sagen können, worin die Bedrohung bestand. Dennoch war sie fest davon überzeugt, dass sie sich in die Höhle eines Wolfs begab, ohne eine Wahl zu haben. Der böse Wolf aus den Märchen, eines jener furchtbaren, wilden Tiere mit hasserfüllten, blutunterlaufenen Augen, hinterhältig, hungrig, mit spitzen Zähnen und hochgezogenen Lefzen. Genauso stellte sie sich noch ein anderes Tier vor, ein Tier ohne Körper und Namen, das wie ein Fluch auf der Familie ihrer Mutter lastete und die Erstgeborenen jeder Generation im Alter von etwa dreißig Jahren grausam tötete. Das letzte Opfer war Luisa Rinaldi gewesen, ihre Mutter. Im Polizeibericht hatte gestanden, dass sie bei einem Autounfall ums Leben gekommen sei.

In diesem Jahr, heute, um genau zu sein, wurde Laura genauso alt wie ihre Mutter, als diese starb. Doch diesmal fuhr sie nicht nach Nizza, um ihren Geburtstag zu feiern. Sie kam hierher, um Vincent zu heiraten. Die Liebe zu diesem Mann war stärker als ihre merkwürdige Angst, sie hinderte Laura daran umzukehren. Und war es nicht so, dass jeden Menschen bei großen Veränderungen Angst überkommt? Vielleicht war die bevorstehende Hochzeit, dieser große Einschnitt in ihrem Leben, der eigentliche Grund für das Unbehagen, das sie verspürte. Sie musste plötzlich an Artikel in Frauenzeitschriften denken, in denen behauptet wurde, dass manche jungen Frauen vor ihrer Hochzeit geradezu in Panik gerieten und auf den Gedanken verfielen, ihrem Partner den Laufpass zu geben. Laura redete sich ein, dass das merkwürdige Gefühl in der Magengrube mit der bevorstehenden Änderung ihres Lebens, ihres Status und sogar ihres Namens zu tun hatte. Sie verbot sich, daran zu denken, dass diese Stadt gleich einem Reliquienschrein eine Art Gift in sich trug: ein Gift, das sie seit frühester Kindheit gepeinigt und bei ihr einen Verfolgungswahn ausgelöst hatte, den kein Arzt und kein Psychiater je zu erklären vermochte.

Am Anfang war nicht von Halluzinationen die Rede gewesen, sondern von seelischen Störungen: Nachts wachte sie schweißgebadet auf, von Albträumen gequält, die sie schließlich auch am Tag heimsuchten. Die Nächte und Tage ihrer Kindheit waren erfüllt von Bildern einer Vergangenheit, die sie gar nicht erlebt hatte. Einer der vielen Psychiater, die sie zwischen sechs und elf Jahren aufsuchen musste, hatte Laura geprägt. Sein Name war Dr. K. Dr. K. war ein Mann ohne Gesicht, rundlich, verheiratet, wie sie meinte, da er einen goldenen Ehering trug, dazu eine Brille mit Goldrand. Sie erinnerte sich allerdings noch genau an seinen Mund. Nicht weil es ein besonders auffallender Mund gewesen wäre, er war eher gewöhnlich, doch Dr. K. sprach, fast ohne die Lippen zu öffnen, als wolle er verhindern, dass ihm gegen seinen Willen ein Geheimnis entschlüpfte, ein Geheimnis oder ein kostbarer Schatz. Die kleine Laura war überzeugt, dass in seinem Mund lauter Goldzähne waren, golden wie der Ehering und der Rand der Brille, Zähne, die er nicht zeigen wollte, aus Angst, man könne sie ihm stehlen. Ständig versuchte sie, einen Blick auf die Zähne zu erhaschen. Vielleicht durchschaute Dr. K., der ein guter Beobachter war, ihr Spiel, denn er ließ sich einen Bart wachsen. Sein Mund verschwand völlig darunter, und seine Worte drangen nun durch das dichte Barthaar, das die kleine Patientin scheußlich fand.

Sie ging nie allein zu Dr. K. Meistens begleitete sie ihr Vater, Tante Ludmilla, die jüngere Schwester ihrer Mutter, oder Viviane, die neue Lebensgefährtin ihres Vaters, die Laura sehr gern mochte, auch wenn sie ihre Zuneigung kaum zeigte. Viviane war zwei Monate nach dem Tod von Lauras Mutter die Freundin ihres Vaters geworden. Dass die dreimonatige Laura eine Halbwaise war, hatte die Beziehung zwischen den beiden zu einer Selbstverständlichkeit gemacht; wer weiß, ob Laura Viviane so fraglos akzeptiert hätte, wenn diese später in ihr Leben getreten wäre. Unter den drei Erwachsenen, die Laura abwechselnd zum Psychiater begleiteten, war Viviane die Einzige, die Lauras Ängste ernst nahm. Nie vergaß sie, dem Mädchen etwas Tröstliches zu sagen, was in dieser Situation nicht leicht war.

»Du wirst schon sehen, eines Tages wird das alles wieder gut. Da bin ich ganz sicher.«

Laura wusste zwar nicht genau, was mit »das alles« gemeint

war, aber sie bezog es auf ihre Ängste, nicht die aus ihren Albträumen, sondern diejenigen, die ihr die furchterregenden Kommentare ihrer Umgebung einflößten. Die meisten erklärten unverblümt, sie werde eines Tages in der Irrenanstalt landen, wenn das nicht aufhörte … Und auch der berühmte Dr. K. dachte ähnlich.

Sobald sie seine Praxis betraten, wurde Laura in eine Ecke geschickt und musste sich auf ein Sofa setzen. Dann unterhielt sich ihr Begleiter ein paar Minuten leise mit dem Facharzt, ohne dass Laura erfuhr, worüber sie redeten. Wahrscheinlich eine Zusammenfassung der Ereignisse der letzten Woche. Sie berichteten von den letzten Verrücktheiten des kleinen Mädchens oder den Halluzinationen, die es Tag und Nacht plagten. Aber das Kind wollte gar nicht wissen, was sie über es erzählten, denn seine ganze Aufmerksamkeit galt einem Kupferstich, den Dr. K. in seinem Sprechzimmer aufgehängt hatte: Mantegnas *Kreuzabnahme*, auf der der ausgemergelte Leib Christi und die Soldaten in dunkler Farbe gehalten waren. Laura wusste nicht, was genau auf dem Bild geschah, aber etwas daran erinnerte sie auf unheimliche Weise an die Szenen, die sie in ihren Albträumen sah. Diese schrecklichen Bilder, die jederzeit für sie lebendig werden konnten. Sie versuchte immer wieder, einen Zusammenhang zwischen diesen Bildern aus der Vergangenheit, sich selbst und der Menschheit im Allgemeinen herzustellen, aber es wollte ihr nicht gelingen.

Sobald ihr Vater, Tante Ludmilla oder Viviane dann hinausgegangen waren, überkam Laura eine seltsame Unruhe, und sie hatte das zwanghafte Bedürfnis, sich vorzustellen, wie sie hinter der Tür warteten, wie sie Zeitung lasen oder in ihrem Terminkalender blätterten. Das war lebenswichtig für sie, denn sonst hätte sie das Gefühl gehabt, dass die anderen sie ebenfalls für tot hielten – auch sie.

Dr. K. begann jedes Gespräch auf dieselbe Weise. Er setzte sich neben sie auf das braune Samtsofa.

»Und, Laura, war die letzte Woche so, wie du es dir gewünscht hast?«

Dieser immer gleiche Anfang hatte eine doppelte Wirkung auf Laura. Sie vergaß die Zeit und das, was geschehen war. Schweigend wartete sie, dass ihre Erinnerung zurückkam, aber das geschah immer zu spät, erst wenn sie den weißen Raum mit dem braunen Sofa und dem Bild von Mantegna wieder verlassen hatte.

Dr. K. begriff schnell, dass etwas bei seiner Behandlung nicht funktionierte. Der Psychotherapeut war schon damals von den Theorien einer Françoise Doltos überzeugt. Wie sie glaubte er, dass man Kindern die Wahrheit sagen müsse, dass Wahrheit verletzt, aber nicht zerstört. Gemäß dem Beispiel der Therapeutin analysierte er Lauras Zeichnungen. Er tat dies nicht, um ihr Unbewusstes zu ergründen, sondern benutzte die Bilder als Einstieg, um mit ihr ins Gespräch zu kommen. Das kleine Mädchen weigerte sich, in seiner Gegenwart zu zeichnen und vor seinen Augen die Bilder ihrer Albträume wiederzugeben. Also einigten sich der Psychiater und das Mädchen darauf, dass sie zu Hause malen und ihm die Bilder zu jeder Sitzung mitbringen sollte.

Aber erst fünf Wochen später erschien Laura eines Tages mit Bildern. Und als er sie fragte: »Und, Laura, war die letzte Woche so, wie du es dir gewünscht hast?«, und die Zeit und die Erinnerung wie immer verschwanden, legte Laura statt einer Antwort ihre Bilder auf den Tisch, sauber geordnet in einer Mappe, die sie ihn öffnen ließ. Der Psychotherapeut sagte nichts zu den vielen Knoten, mit denen die Mappe zugebunden war, und nachdem er sie mit seinen langen weißen Fingern gelöst hatte, erschrak er vor der Grausamkeit, die ihm gleich auf dem ersten Bild entgegenschlug. Das Gesicht einer rothaarigen Frau in einem langen roten Kleid mit Puffärmeln, wie eine Prinzessin auf einem Märchenbild. Aber die beiden Augen quollen pechschwarz und furchterregend aus den Höhlen. Stirn und Wangen waren kreideweiß, und Blut floss über das unfertige Gesicht. Dr. K. sagte nichts über seinen ersten Eindruck, doch Laura hatte genau bemerkt, wie sich seine Lippen beim Ausatmen unter dem Bart vorgewölbt hatten. Schließlich meinte er nur:

»Wer ist diese Frau, Laura?«

Sie konnte ihm nicht sagen: »Das ist meine Mutter«, da sie sie nicht gekannt hatte. Um Dr. K. zufriedenzustellen, dachte sie sich jemanden aus.

»Eine Prinzessin.«

»Sag mal, Laura, warum hat deine Prinzessin Blut im Gesicht?«

»Wenn gemordet wird, hat man Blut im Gesicht.«

Dr. K. fand diesen Satz äußerst aufschlussreich. Die Frau war also ermordet worden. Außerdem handelte es sich offenbar um ein Porträt ihrer Mutter, und Laura wollte zum Ausdruck bringen, dass sie ermordet worden sei. Der Psychiater hätte diesen Satz aber auch ganz anders deuten können, nämlich, dass es sich um ein Selbstporträt des Mörders handelte, dessen Gesicht vom Blut seines Opfers besudelt war. Die Figur auf dem Bild konnte eine Frau, aber auch ein Kind sein. Nach mehreren Sitzungen kam Dr. K. zu dem Schluss, dass diese Bilder ein schöpferischer Akt seien, der Einblick in Lauras seelische Störungen gab. Sie habe Schuldgefühle wegen des Todes ihrer Mutter. Zum ersten Mal war Laura von dem Psychiater beeindruckt. Sie vergaß seine Goldzähne, und seine Worte bekamen etwas Heiliges, weil sie bei ihr etwas ansprachen. Ja, Laura fühlte sich mit ihren neun Jahren schuldig am Tod ihrer Mutter, und dieses Gefühl war tief in ihr verankert, selbst wenn sich Dr. K. nicht erklären konnte, wie ein Mädchen, das zur Zeit des Dramas nicht einmal vier Wochen alt gewesen war, solche Empfindungen hegen konnte. Für Laura immerhin war klar, dass der Psychiater einen passenden Namen für die Störungen, die sie quälten, gefunden hatte.

Die Sitzungen wurden fortgesetzt, doch sobald das Mädchen spürte, dass sich der Arzt aus ihrer Phantasiewelt entfernte, verschloss sie sich ihm gegenüber. Es kam für sie nicht infrage, ihm irgendetwas Zusammenhängendes zu erzählen. Bald teilte sie ihm mit, was ihr gerade in den Sinn kam, merkte aber schnell, dass er aus ihren Erfindungen Schlüsse auf ihren Zustand zog, die er sich verstohlen notierte, wie Kinder in der Schule, die nicht wollen, dass man in ihr Heft sieht. In allen späteren Sitzungen spielte sie brav das Spiel mit den Bildern weiter, weigerte sich aber fortzufahren, sobald er sich Notizen machte.

Die meisten dieser Bilder waren sehr merkwürdig. Außer dem Porträt der blutigen Frau hatte sie einen militärisch wirkenden Mann mit Schnurrbart gezeichnet, der etwas in der Hand hielt, was man nicht erkennen konnte – vielleicht ein Tier, eine Maus oder einen toten Vogel. Laura war nicht in der Lage zu sagen, was da am Ende seines Arms baumelte. Sie hatte auch einen Menschen mit einer furchterregenden Maske gemalt und eine andere Gestalt mit zwei Gesichtern, bei der man nicht wusste, ob es ein Mann oder eine Frau war. Außerdem ein paar altertümlich wirkende Gestalten, die an Figuren aus dem Tarot erinnerten. Da Dr. K. überzeugt war, dass sie diese Bilder abgezeichnet hatte, beachtete er sie kaum. Zu Unrecht. Ebenso falsch war es, nicht auf die Zeichnung von Christus zu achten, aus dessen fünf Wunden Blut quoll. Er hing an einem Kreuz aus leuchtenden Farben, die einen strahlenden Glanz verbreiteten. Doch der Arzt hielt ihn für eine misslungene Kopie seines *Christus* von Mantegna.

Eines Tages jedoch fragte er Laura:

»Stammen die Leute, die du malst, aus deiner Phantasie?«

»Nein, ich sehe sie.«

»Was meinst du damit?«

»Dass ich sie sehe.«

Er schüttelte so heftig den Kopf, als habe er Sand in den Ohren.

»Meinst du damit, dass du sie siehst wie im Traum, in deiner Phantasie?«

»Nein, ich sehe sie wirklich.«

Da er verwirrt schien und schwieg, fühlte sich das Mädchen genötigt, ihn zu beruhigen:

»Ja, ich sehe sie wirklich, denn sie reden mit mir. Und die Bilder, die ich male, die mache nicht ich, sondern sie.«

Dabei deutete sie auf die Frau mit dem blutigen Gesicht. Sie glaubte also, dass ihre Mutter oder deren Geist für sie diese scheußlichen Bilder malte. An diesem Tag diagnostizierte Dr. K. eine Schizophrenie mit Halluzinationen.

Kurz darauf wurde Laura, inzwischen elf Jahre alt, in die kinderpsychiatrische Klinik von Dr. K. aufgenommen. Ihr Vater war weder mit der Diagnose noch mit der Behandlung einverstanden, weil dabei schwere Medikamente verabreicht wurden. Seinem Instinkt folgend holte er sie nach zwei Wochen wieder aus der Klinik, und nach ihrer Rückkehr in das Haus mit der Glasveranda hatte Laura keine Beschwerden mehr. Sie kam in die Pubertät, in der die Ängste und Mächte der Kindheit auf natürliche Weise verschwinden ... Seitdem herrschte Ruhe, und das bis zum heutigen Tag.

Und jetzt kam sie zurück – nach vielen Jahren Studium und drei Jahren Berufspraxis in einem Pariser Anwaltsbüro.

Als die Berge um Nizza auftauchten, in die Täler des Hinterlands hatten sich Betongebäude hineingefressen, beschleunigte Laura unwillkürlich das Tempo. Der Tunnel rückte immer näher, ein riesiger Schlund, der sie verschlingen würde. In der glühenden Mittagshitze waren nur wenige Autos unterwegs, und so fuhr ihr Auto als einziges in die Höhle des Berges. Laura sah das andere Ende des Tunnels, eine Lichtpupille, die mit jedem Meter größer wurde, und sie trat noch einmal aufs Gas; sie mochte diese kleinen Tunnel, die sie an die Keller des Landhauses erinnerten, den Geruch von Erde, in der sie immer ein Gewimmel von Würmern sah.

Am Ende des Tunnels fuhr Laura in gleißendes Licht. Übelkeit stieg in ihr auf. Plötzlich ein heftiger Stoß gegen die Windschutzscheibe, sie schrie laut auf. Der Wagen schleuderte zur Seite, und Laura stieg mit beiden Füßen auf die Bremse. Das Auto raste gefährlich nah auf die Betonbrüstung zu, die ins Leere führte. Laura schloss die Augen und umklammerte das Steuer, das sie wie von Sinnen hin und her drehte. Das Auto schlitterte über einen Bürgersteig und kam mit einem metallenen Kratzgeräusch auf der Fahrerseite an einer Grundstücksmauer zum Stehen. Auf der Windschutzscheibe erschienen die Zacken eines roten Sterns, die immer länger wurden: das Blut eines zerschmetterten Vogels, wie ein böses Omen.

Vincent machte sich Sorgen. Laura hatte sich nicht gemeldet. Deshalb hörte er nur mit halbem Ohr zu, als ihm der Traiteur von den letzten Vorbereitungen für den Cocktail und das Abendessen berichtete und ihm alles Mögliche empfahl. Vor seinen Augen blätterte der Händler die plastikbeschichteten Seiten mit Fotos von Petit Fours und Leckerbissen für jeden Geschmack um: Sushis, kleine Quiches, Törtchen nach Nouvelle-Cuisine-Rezept.

Der Traiteur warf einen fragenden Blick auf Vincents Sekretärin. Joëlle, fünfzig Jahre alt, das halblange blonde Haar mit rötlichen Strähnen verziert, verzog nur resigniert das Gesicht. Sie war zwar die ihrem Chef treu ergebene Sekretärin, aber nicht die künftige Ehefrau … Dass ihr Chef heiratete, fand sie unerträglich, und für seine lakonischen Antworten konnte sie nichts. Außerdem taten ihr die neuen Schuhe furchtbar weh, von dem engen BH, in den sie ihre füllige Brust gequetscht hatte, ganz zu schweigen. Sie quoll förmlich über, aber das schien dem Händler zu gefallen, der vor ihr stand und in ihren Ausschnitt schielte.

Joëlle stieß einen tiefen Seufzer aus, während Vincent erneut versuchte, Laura auf ihrem Handy zu erreichen. Dann musterte sie den Händler, der wie ein Jagdhund auf den Befehl seines Herrchens wartete, um dem Wild nachzujagen. Unter den Achseln seines kurzärmeligen kanariengelben Hemdes hatten sich dicke Schweißringe gebildet, und seine königsblaue Krawatte baumelte jämmerlich über seine schmächtige Brust. Schon wieder so ein Unbehaarter, dabei mochte sie Männer lieber mit einem dichten Pelz auf der Brust, vor allem bei der Liebe. Es war sicher drei Monate her, dass sie mit jemandem geschlafen hatte. Sie sah den Händler plötzlich mit anderen Augen an.

»Und die Blumen?«, fragte sie mit ihrem unvergleichlichen nizzaischem Akzent. »Sie bringen sie hoffentlich erst am späten Nachmittag, sonst sind sie alle verwelkt.«

»Natürlich, keine Sorge! Sie sind ganz frisch ... Die Rosen stellen wir sowieso immer im letzten Moment hin. Sie sollen rot sein, oder?«

Joëlle zog eine Augenbraue hoch.

»Rot?«, fragte sie Vincent, der Laura immer noch nicht erreichen konnte.

»Ja, rot«, erwiderte Vincent verärgert.

»Aber für Hochzeiten ist Rot nicht so ganz passend ...«

»Aber das ist doch die Farbe der Liebe!«

Joëlle verkniff sich die abfällige Bemerkung, die ihr auf der Zunge lag.

»Jetzt gibt es noch einen letzten Punkt zu klären«, sagte der Traiteur vorsichtig. »Wie sieht es mit der Zahl der Gäste aus? Immerhin ist die Hochzeit in acht Tagen. Sollen wir die Familie Ihrer Frau nun mitrechnen oder nicht? Wenn ja, wie viele werden es sein?«

Jäh wurden die Fragen des Händlers durch ein Piepen des Handys unterbrochen. Vincent lächelte beruhigt, sein Gesicht hellte sich auf, als er jetzt die Nachricht las. Joëlle zitterte: Er sah so gut aus, so verliebt ... Vincent steckte das Handy ein, griff hastig nach seinem zerknitterten Leinenjackett und ging zur Tür.

»Bitte regeln Sie den Rest mit meiner Sekretärin. Sie ist über all diese Fragen bestens informiert … Entschuldigen Sie mich bitte, ich bin schon zu spät dran, ich habe einen Termin mit einem Kunden.«

»Was für einen Termin? Sie haben doch heute Nachmittag gar keinen …«

Eine sinnlose Frage, denn er hatte bereits die Tür des Büros zugeschlagen. Und Joëlle wusste natürlich, dass die glückliche Auserwählte in der Nähe sein musste.

»Schon drei Jahre geht diese Geheimniskrämerei. Und ich hatte noch nie die Ehre, seiner Zukünftigen vorgestellt zu werden! Dabei arbeiten wir eng zusammen, fünf Tage pro Woche, mehr als acht Stunden täglich, manchmal sogar am Wochenende. Wirklich seltsam. Mein Gott, die Männer sind vielleicht geheimnisvoll … Sie zum Beispiel«, meinte sie und sah dem Traiteur in die Augen, »bei Ihnen kann man unmöglich sagen, ob Sie verheiratet sind oder nicht …«

Der Mann entblößte die Zähne zu einem Lächeln, das etwas Raubtierhaftes haben sollte. Offenbar war er ein guter, leicht zu habender Liebhaber.

Vincent parkte sein Auto neben dem von Laura. Endlich war sie angekommen. Im Vorbeigehen warf er einen Blick auf das Schwimmbecken, aber sie war nicht darin, um sich abzukühlen. Er stürmte ins Haus und rief nach seiner Verlobten.

Das Wohnzimmer war leer, doch die Schlafzimmertür stand weit offen, und er wusste sofort, dass sie in diesem durch die geschlossenen Läden abgedunkelten Zimmer sein musste. Selbst wenn er ihren Wagen nicht im Garten gesehen hätte, hätte er ihre Gegenwart gespürt. Laura war für ihn ein unerklärliches Wunder. Er warf sein Jackett auf das Sofa und schlich auf Zehenspitzen ins Zimmer. Sie lag auf dem Bett, blass unter dem dichten braunen Haar, ein zarter Körper, der wie von Licht durchdrungen schien. Sie hatte ihn nicht kommen hören, und so genoss er ihren Anblick für einen stillen Moment. Schließlich öffnete sie die schiefergrauen Augen.

»Herzlichen Glückwunsch, meine Liebste!«

Er schmiegte sich eng an sie und legte den Kopf an ihren Hals. Sie nahm kein Parfum, aber er liebte diesen undefinierbaren Geruch nach Heu, der von ihr ausging, als sei sie immer ein Mädchen aus der Provinz geblieben. Sanft zog sie ihm das Hemd aus und schob seine Hose nach unten.

In dem »Glashaus«, wie alle in Nizza es nannten, stand Viviane hinter Max und beobachtete ihn schweigend. Er ist wie ein abgestorbener Baum, dachte sie, während er vor dem Spiegel stand und mit seinen Manschettenknöpfen kämpfte. Er sah sehr gut aus, und doch wirkte er leblos. Viviane dachte an all die Jahre, die sie mit ihm verbracht hatte, auch an den Sohn, den sie ihm geschenkt hatte. Ihr Verhältnis blieb kühl, obwohl sie sich so sehr bemüht hatte, seine Liebe zu gewinnen. Ihr verdankte er alles, was er heute war: Max Fontane, ein bekannter Architekt und Immobilienentwickler, dem die Bankiers zu Füßen lagen. Er hatte ihr Luxus und ein sorgloses Leben geschenkt, sie aber nie geheiratet. Viviane machte sich keine Hoffnungen mehr. Sie hatte einen Liebhaber gefunden. Mit ihren fünfzig Jahren, ihrem blonden Haar und ihrem reifen, vollkommenen Körper konnte sie die Männer noch immer in Erregung versetzen. Max wusste Bescheid, sie wusste, dass er es wusste, aber das Schlimmste war, dass er sich über sie lustig zu machen schien: Viviane war so frei, dass es ihr nicht gelang, ihn zu verlassen. Wenn sie die Dinge so nüchtern betrachtete, befiel sie ein erschreckender Zynismus. Inmitten dieses ganzen Schlamassels war sie zu allem bereit, um ihrem Sohn eine gute Zukunft zu sichern. Matthieu war der einzige Grund, noch zu kämpfen, auch was Max Fontane anging.

»Diese Scheiß-Manschettenknöpfe! Kannst du mir bitte helfen?«

»Seit dreißig Jahren tue ich nichts anderes«, seufzte Viviane.

Sie ergriff eines seiner Handgelenke wie eine Mutter, die es eilig hat. Er war noch etwas nervöser als sonst.

»Laura hat auf keine meiner Nachrichten geantwortet. Ich begreife nicht, wo sie bleibt. Eigentlich müsste sie schon längst da sein. Hoffentlich ist ihr nichts passiert.«

»Mach dir keine Sorgen. Sie wird sicher gleich kommen ...«

»Verdammte Scheiße, an ihrem Geburtstag könnte sie ein bisschen Rücksicht nehmen!«

»Sag doch nicht in jedem zweiten Satz Scheiße! Matthieus Geburtstag war dir schließlich völlig gleichgültig.«

»Und daran wird sich auch nichts ändern. Dein Sohn ist ein Taugenichts, der mich dreißig Jahre ausgenutzt hat.«

Ein bitterer Zug erschien um Vivianes Mund.

»Er ist auch dein Sohn. Allerdings habe ich schon seit Langem begriffen, dass Max Fontane niemanden liebt.«

Max zog ungerührt sein Handgelenk zurück und prüfte nach, ob die Knöpfe auch richtig saßen.

»Matthieu hat mich enttäuscht, und ich kann ihm nur schwer vergeben. Bei Laura weißt du genau, wovor ich Angst habe. Ihre Mutter hat es nicht überlebt. Und in drei Wochen ist der 21. August.«

»Max, du gehst mir auf die Nerven mit deiner zwanghaften Idee von einem Fluch. Es wird immer grotesker!«

Viviane war schon an der Tür. Eine Viertelsekunde zögerte sie an der Schwelle und ging dann hinaus, ohne sich umzudrehen. Max stand schon wieder vor dem Spiegel und betrachtete sich ...

Laura ließ die Augen offen. Sie glaubte, jeden Teil von Vincents Körper mit allen Sinnen zu spüren, während er in ihren Armen lag und schlief. Die Männer, die sie vor ihm kennengelernt hatte, hatten sie nie wirklich berührt. Sie hatte ihnen auch nie vertraut und sich ihnen nie ganz hingeben können, und was die Einfühlsamen unter ihnen für Scham gehalten hatten und die Abgebrühteren für Frigidität, war in Wahrheit nichts als ein abgrundtiefer Schmerz, weil sie ihnen keine Liebe schenken konnte. Sie hatten ihr nichts bedeutet, doch als sie Vincent begegnete, wurde alles anders. Dabei hatte der junge Anwalt eine endlose Geduld aufbringen müssen, bis sie zuließ, dass er seine Hände auf ihren Bauch, ihren Hintern, ihr Geschlecht legen durfte. Laura hatte früher als er gewusst, dass sie zusammenleben würden, aber sie brauchte etwas Zeit, ehe sie sich ihm ganz hingeben konnte. Das war der einzige Weg, damit das, was sich zwischen ihnen entwickelte und wovon er noch nichts ahnte, nicht beschädigt wurde. Nach und nach wich die Verwirrung der Gewissheit: Sie waren füreinander geschaffen.

Laura drehte den Kopf zur Seite. Heute Abend würde sie ihre Familie sehen, vor allem ihren Vater. Bestimmt hatte er zu ihrem Geburtstag ein paar Gäste eingeladen, es waren immer dieselben. Natürlich Viviane und Franck Duval, Politiker und seit ewigen Zeiten Berater und Freund der Familie, Ludmilla, die Schwester ihrer Mutter, Agnès, ihre Freundin aus Kindertagen, die sie seit einem Jahr nicht mehr gesehen hatte, und ihren Bruder, Matthieu, das Enfant terrible der Familie. Sie liebte ihren Vater, doch sie fürchtete sich vor dem angstvollen Ausdruck in seinem Gesicht. Denn jetzt wurde sie dreiunddreißig und erreichte damit das Alter, in dem ihre Mutter und zwei ihrer weiblichen Vorfahren an einem 21. August umgekommen waren. Das konnte ihr Vater nicht vergessen haben, und sicher erfüllte ihn panische Furcht.

Vincent schreckte auf, als das Telefon klingelte. Das Gespräch war sehr kurz, und nachdem Vincent aufgelegt hatte, erhob er sich eilig.

»Der Pinienwald auf dem Montmaure steht in Flammen. Die Feuerwehrleute sind noch mit dem Löschen beschäftigt, aber sie wollen, dass ich komme und den Schaden begutachte ...«

»Was hast du denn damit zu tun?«

»Das erkläre ich dir später. Ein Verein, der die Küstenlandschaft schützen will. Deine Tante, die göttliche Ludmilla, gehört auch dazu. Ich muss los.«

Vincent warf Laura einen Kuss zu und sah, während er sich anzog, auf die Uhr.

»Du solltest dich auch auf den Weg machen. Sonst beschwert sich dein Vater, weil du ihm nicht rechtzeitig sagst, dass du am Samstag den Neffen seines größten Feindes heiratest ...«

»Wie spät ist es?«

»Halb acht, meine Liebste ...«

Laura wurde blass, sprang aus dem Bett und lief ins Badezimmer. Sie hatte vergessen, wie sehr das südliche Licht ihr Zeitgefühl durcheinanderbrachte. Vincent war schon fertig und hörte sie rufen:

»Ich sage es ihm lieber erst morgen. Stört dich das?«

»Ich heirate doch nicht deinen Vater. Für mich zählt nur, dass du am Samstag im Rathaus bist, in deinem Hochzeitskleid. Dein Vater ist mir egal.«

»Ich liebe dich!«

Laura fuhr langsam, sehr zum Ärger der eiligen Autofahrer, die sie vergeblich zu überholen suchten, um schnell nach Saint-Tropez zu kommen. Die Kurven auf dieser Strecke waren ziemlich gefährlich. Plötzlich bemerkte sie am Boden vor dem Beifahrersitz einen Farbfleck. Als sie genauer hinsah, stellte sie fest, dass es sich um eine Spielkarte handelte, die mit der Vorderseite nach unten lag und sich im Fahrtwind bewegt hatte. Sie wandte ihre Aufmerksamkeit wieder der Straße zu. Jetzt näherte sie sich der Haarnadelkurve, die ihr Leben für immer geprägt hatte, denn hier war ihre Mutter Luisa in ihrem Auto verbrannt. Nur das alte Kreuz in der Kurve erinnerte an dieses Drama. Obwohl Laura konzentriert auf die Straße blickte, bemerkte sie den frischen Blumenstrauß, den jemand unter dem

Kreuz abgelegt hatte. Sie konnte sich nicht vorstellen, dass Max oder Ludmilla das Steinkreuz, das seit Urzeiten hier stand, mit Blumen geschmückt hatten. Ein Windstoß drang in das Auto, und Laura fühlte sich besser. Sie bemerkte nicht, wie sich die Karte zu ihren Füßen durch den Luftzug umdrehte. Es war eine Karte aus dem Marseiller Tarot, die erste aus dem Kreis der höheren Geheimnisse: *Der Magier*, Blatt Nr. I. Im selben Moment wurde ihr bewusst, dass sie nicht auf dem Weg zum Haus ihres Vaters war. Wie unter Hypnose war sie die Strecke gefahren, die zum Geburtshaus ihrer Mutter führte, dem großen Landhaus, in dem sie seit Jahren nicht mehr gewesen war. Zwar hatte sie es geerbt, aber dort wohnte immer noch Tante Ludmilla und verwaltete den Besitz ihrer Nichte. Irgendetwas trieb Laura zurück in die Vergangenheit. Doch ihr blieb keine andere Wahl als umzukehren, wenn sie nicht zu spät zu ihrer Geburtstagsfeier kommen wollte.

Eine halbe Stunde später schritt Laura zu Fuß die Allee entlang, die zum Glashaus führte, dem von jahrhundertealten Zypressen umstandenen Wohnsitz ihres Vaters. Sie wollte sich Zeit nehmen und den Weg entlang der Mimosen, Tamarisken und Lorbeerbäume genießen. Ein wahres Paradies mit Blick auf das Meer. Sie erinnerte sich an die Spiele ihrer Kindheit und die geheimen Gespräche mit den Toten. Die schweren Düfte des Parks überwältigten sie wie der Lärm der Grillen vor Einbruch der Nacht. Sie musste an diese Augenblicke vor Sonnenuntergang denken. Überall in diesem Park lauerten die Erinnerungen an ihre Kindheit. Sie dachte daran, wie sie die untergehende Sonne angestarrt hatte, bis sie gar nichts mehr sehen konnte und in ihren Augen unzählige weiße Punkte brannten. Wie oft hatte Viviane sie in solchen Momenten gefunden, von Schluchzen geschüttelt, unter einem Baum liegend, voller Angst, im Dunkeln zum Haus zurückzugehen? Viviane hatte vieles verstanden, aber sie konnte nicht ermessen, wie groß ihre Angst in diesen Augenblicken war ... Eine andere Erinnerung kehrte zurück, an Max, ihren Vater, wie er sich das Lachen verbiss und mit riesigen Schritten gleich einem Ungeheuer umhertappte, wenn sie sich unter den riesigen Kakteen versteckte. Ihr Vater war ein hungriger Wolf, der frisches Fleisch suchte und sie mit Haut und Haar verschlingen würde, wenn er sie fand ... Selbst wenn Laura die Augen schloss, konnte sie noch die schreckliche Grimasse sehen: ein wildes Tier, das seine Lefzen leckte. Dann presste Laura die Fäuste gegen die Ohren. Das Licht über den Bäumen schwand, und es zeigten sich bedrohliche Schatten. Plötzlich brach die Nacht über das von Angst gepeinigte Mädchen herein ...

Warum hatten sich die glücklichen Momente ihrer Kindheit so oft in Schreckensvisionen verwandelt? Das Gefühl vernichteten, mit Füßen getretenen, verlorenen Glücks ließ sie manchmal in Tränen ausbrechen, manchmal trotzig die Zähne zusammenbeißen. Damals hatte sie dieses legitime Glück eingefordert, das ihr als Kind zustand. Jetzt, als Erwachsene, würde sie darum kämpfen – wenn nötig, gegen die ganze Welt. Das hatte sie sich geschworen, damit die Geister der Vergangenheit sich ihrer nicht mehr bemächtigen konnten. Vincent gab ihr die Kraft dazu, und selbst wenn es die Kraft der Verzweiflung war, die in ihr wuchs und Besitz von ihr ergriff. Sie war kein ängstliches Kind mehr.

Dann hörte sie die Stimmen, so als wollten sie sie auf die Probe stellen. »Laura! Laura!« Stimmen von jenseits des Grabes. Die Erde hier war immer noch voller Toter. Sie hörte sogar Kinderlachen. Vielleicht ihre Kinder ... Plötzlich tauchte eine Gestalt auf, wie aus einem imaginären Grab entstiegen, und blieb ein paar Meter vor ihr stehen. Im Gegenlicht konnte Laura ihre Züge nicht erkennen, aber sie sah, wie sie von einem stillen bösen Lachen geschüttelt wurde. An einem Arm ließ sie lässig einen Gegenstand baumeln. Plötzlich ertönte ein gellendes Gelächter, es war die Stimme eines Greises. Sein weit aufgerissener Mund erinnerte an den eines Toten. Er lachte und lachte. Da erkannte sie ihn. Das war der Soldat aus ihren Kindheitsvisionen, den sie so oft gemalt hatte und der zwanzig Jahre später immer noch den nicht erkennbaren Gegenstand in der Hand hielt. Es ging wieder los! Doch diesmal wollte Laura nicht fliehen. War sie nicht wiedergekommen, um den Ungeheuern der Vergangenheit gegenüberzutreten und diesen Albträumen ein Ende zu bereiten? Eine innere Stimme sagte ihr, dass dies jetzt geschehen würde – aber sie wusste nicht genau, wann und wie …

Jemand rüttelte an ihr, sie öffnete die Augen. Besorgt legte Ludmilla die Hände um ihre Schultern …

»Laura, was ist denn los? Du hast mich ja gar nicht gehört. Ich habe dich schon eine ganze Weile gerufen.«

Ludmilla, die die Erinnerung an ihre Mutter bewahrte, die immer wieder Licht in ihre furchtbare Kindheit gebracht hatte, drückte sie an sich. Doch Laura konnte ihr nicht sagen, wie froh sie darüber war, sie hier zu sehen, jetzt in diesem Augenblick.

»Entschuldige, der Wind war so laut.«

»Welcher Wind? Es weht doch kein Lüftchen. Ich würde mir welchen wünschen. Aber heute ist es besser so … sonst hätte der Wind das Feuer vom Montmaure noch bis in die Stadt getragen.«

Ludmilla nahm Lauras Reisetasche, die diese hatte fallen lassen, und zog ihre Nichte mit sich fort.

»Sag mir lieber, wie er heißt.«

»Wer?«

»Der Junge, an den du denkst. Also, wie heißt er?«

Laura liebte Ludmilla wegen ihres Scharfsinns, ihres Humors, ihrer Liebesfähigkeit und Lebensklugheit. Trotz ihrer siebenundfünfzig Jahre verleugnete ihre Tante ihre Lust auf Männer nicht. Sie sah hervorragend aus, hatte dunkles Haar, helle Augen, eine zarte Taille und war mittelgroß. Ihre Schönheit wirkte weniger zerbrechlich als die ihrer Schwester Luisa, von der auch Laura etwas hatte. Ludmilla bohrte weiter:

»Gib zu, dass du verliebt bist!«

»Und wie geht es dir? Machst du immer noch deine Analyse?«

Ludmilla lächelte.

»Ja, und meiner Libido geht es immer besser. Übrigens hast du völlig recht, meine Liebe: Stell mir den glücklichen Auserwählten lieber nicht vor. Ich würde ihm sonst meine Sammlung indischer Grafiken zeigen, du weißt schon, welche ...«

»Pornozeichnungen, was sonst?«

Ludmilla kniff lustvoll die Augen zusammen.

»Meine Liebe, Sex ist eine Kunst, die ihre Vollendung im Alter erreicht! In ein paar Jahren wirst du das ebenfalls merken.«

Laura unterbrach sie. Sie kannte das Geschwätz ihrer Tante in- und auswendig.

»Und der heutige Abend, was hältst du davon?«

»Also, dein Vater ist außer sich, du kannst dir ja denken, warum ...«

Ludmilla beließ es bei dieser Andeutung.

»Viviane hat natürlich wieder den Politiker eingeladen. Es ist keine Familienfeier, sondern ein offizielles Abendessen.«

»Franck ist auch ein Freund der Familie.«

»Franck soll ein Freund der Familie sein? Franck ist niemandes Freund. Er ist Politiker, meine Liebe!«

Das Geräusch eines Wagens unterbrach Ludmilla. Das Auto hielt direkt neben ihnen. Agnès sprang heraus, freudig und aufgeregt wie ein Mädchen.

»Laura, die verlorene Tochter ist wieder da!«

Laura lachte, und als Agnès sie an sich drückte, vergaß sie ihre albtraumhafte Vision. Das Leben hatte sie wieder.

»Guten Tag, Agnès!«

»Guten Tag, Ludmilla.«

Der Ton war distanziert. Laura verdrehte die Augen. Sie ahnte schon, was folgen würde.

»Ich habe gehört, du bist Polizistin geworden«, bemerkte Ludmilla mit leichter Herablassung.

»Kommissarin«, antwortete Agnès stolz.

Dann lächelte sie Laura an:

»Während ich hinter den Übeltätern herlaufe, um sie ins Gefängnis zu bringen, tut meine beste Freundin alles, um sie wieder herauszuholen. Das ist doch lustig, oder?«

»Im Grunde seid ihr immer noch zwei Mädchen, die Räuber und Gendarm spielen. Wann werdet ihr mal erwachsen?«

Unter Agnès' durchdringendem Blick wandte Ludmilla sich um und ging.

»Ich muss reingehen, sonst ist Viviane den ganzen Abend beleidigt. Sie hasst es, wenn Leute zu spät kommen. Neureiche sind sehr pingelig.«

»Ich habe sie ja eine Weile nicht gesehen«, sagte Agnès zu Laura, »aber sie ist immer noch genauso ...«

Sie warf einen Blick auf Ludmilla, die sich in dem wehenden ärmellosen Kleid und der engen Corsage entfernte.

»... sexy. Wenn das in der Familie liegt, hast du noch schöne Zeiten vor dir, meine Süße.«

Es war, als legte sich plötzlich ein Schatten über Laura.

»Wenn ich nicht vorher sterbe. Auch das liegt in der Familie.«

Max Fontane stand kerzengerade und steif in seinem Smoking vor dem Fernseher, fasziniert von den Bildern des Waldbrands auf dem Montmaure, der von einem Hubschrauber aus gefilmt wurde. Viviane, im langen Kleid und mit einem Glas in der Hand, blickte ebenfalls auf den Bildschirm. Die Kommentare enthielten keinerlei Hinweise auf die Ursache des Brandes. Franck Duval stand etwas abseits und sah Viviane unverwandt an. Offenbar spürte sie seinen Blick, denn sie wandte sich um. Alle schwiegen, doch ihre Anspannung war deutlich spürbar. Franck senkte den Blick, um Viviane zu beruhigen, die ihn mit einem verstohlenen Lächeln bedachte. Man konnte den fünfundfünfzigjährigen, weißhaarigen Franck Duval durchaus der Kategorie gut aussehender Männer zuordnen. Er besaß eine diskrete Eleganz und die Autorität eines guten Strategen an der Grenze zur Überheblichkeit. Wenn man jedoch sein gepflegtes Gesicht aus der Nähe betrachtete, bemerkte man eine gewisse Schlaffheit um den Mund und ein fliehendes Kinn. Dies konnte auf eine gewisse Feigheit hindeuten ...

Max schaltete den Fernseher ab.

»Heute ist der Geburtstag meiner Tochter. Aber wenn man euch anschaut, mein Gott, dann hat man den Eindruck, dass ihr noch nie einen brennenden Pinienwald gesehen habt!«

Viviane seufzte und gab sich Mühe, dem Blick von Franck auszuweichen. Er schwitzte ungewöhnlich stark.

Da erschien Ludmilla auf der Türschwelle.

»Guten Abend zusammen, Laura ist da!«

Ein junger Mann, der am Fenster stand, blickte sich um. Ludmilla sah, wie er auf sie zukam, und musterte ihn gelassen vom Scheitel bis zur Sohle. Sie stellte fest, dass er sich mit der Leichtigkeit einer jungen Wildkatze bewegte. Interessant, aber wohl erst fünfundzwanzig. Ludmilla mochte keine grünen Jungs.

Der Junge reichte ihr mit einem betörenden Lächeln die Hand. Sein Händedruck war fest.

»Freut mich, Sie zu sehen. Sie scheinen mich nicht zu erkennen.«

»Aber natürlich, Antoine, Antoine Duval! Als ich dich zuletzt gesehen habe, spieltest du in kurzen Hosen im Park mit Matthieu Ball. Sag bloß, du bist ja ein richtiger Mann geworden! Und wie geht es deiner Mutter?«

Antoine lächelte. Er wollte nicht, dass sie ihn als arroganten jungen Schnösel abtat. Die Alte war noch ganz schön scharf ...

»Meiner Mutter geht es gut. Vermutlich macht sie gerade irgendwo in der Schweiz eine Entziehungskur. Ich habe sie eine ganze Weile nicht gesehen ... Aber stellt man einem Mann solche Fragen?«

Franck trat dazwischen. Sobald die Rede auf seine Ex-Frau kam, überlief ihn kalter Schweiß. Seine Ehe war ein Fiasko gewesen. Damals war er ein aufsteigender junger Politiker gewesen, und Antoines Mutter erschien ihm als eine gute Partie. Aber bald war er enttäuscht worden. Sobald die Ehe vollzogen war, ließ das junge Mädchen aus guter Familie ihre Maske fallen. Sie hatte ihn nur geheiratet, um ihre strengen, geizigen Eltern zu verlassen. Bald waren die Zeitungen voll von ihren Ausschweifungen in allen Nachtclubs der Stadt. Selbst das Geld ihres Vaters reichte nicht mehr, um die vielen Exzesse zu bezahlen. Franck war in einer schwierigen Lage, aber er hielt durch, seines Images wegen. Diese Frau hatte es geschafft, ihn zum Märtyrer zu stempeln. Und das war gut für seine Karriere als Politiker. Je mehr man ihn hinter seinem Rücken bedauerte und über ihn tuschelte, desto öfter ließ sich Franck sonntags in der Kirche seines Wahlkreises blicken. Er verdankte seinen Sitz im Conseil général dem Mitleid der Wähler aus den bürgerlichen Schichten des Kantons. Bald darauf folgte seine Scheidung und damit sein Triumph als Politiker: Der Alkoholismus seiner Frau, ihre zahlreichen Liebhaber, alles, was Franck klaglos erduldet hatte, wurde jetzt der Presse zum Fraß vorgeworfen. Auf Zeitungsfotos sah man Franck beim Verlassen des Justizgebäudes: ein würdiger Vater, der den kleinen Antoine vor den Blitzlichtgewittern schützte. Böse Zungen behaupteten, Antoine sei der Sohn eines flüchtigen Liebhabers seiner Frau. Duval zweifelte nicht daran, aber er brauchte einen Sohn, und Antoine war der Einzige, der für diese Rolle zur Verfügung stand.

Franck war ein ausgemachter Zyniker, was er aber niemals zugegeben hätte. Das hatte ihn vermutlich Viviane nähergebracht und endgültig seinem Sohn entfremdet.

»Antoine kommt gerade aus Japan, wo er zwei Jahre verbracht hat.«

»Vier Jahre, Papa, vier!«

Ludmilla brach in ein glockenhelles Gelächter aus, das klang, als fielen die Perlen ihrer Kette auf den Boden ... Nie war sie schöner, als wenn sie spürte, dass ein Mann sie begehrte.

»Weißt du, Franck, vor lauter Politik verlierst du noch dein Zeitgefühl. Zum Glück gibt es noch deinen Sohn ... Kannst du mir bitte einen Whisky bringen, mit Eis?«

Franck nickte und ging. Ludmilla sah Antoine an, überrascht von der Reife und Selbstsicherheit des Jungen.

»Vier Jahre in Japan! Da wird dir ja kaum etwas von der japanischen Kultur verborgen geblieben sein.«

»Das kann man so sagen. Die Feinheiten von Säbel und Chrysantheme sind mir mittlerweile vertraut.«

»Und was bedeuten sie?«

»Ehre und Schönheit.«

»Faszinierend.«

Laura hatte sich wie eine Einbrecherin in das Glashaus gestohlen und war auf ihr Zimmer gegangen. Nun zog sie ein schlichtes langes Kleid an, das ihr hervorragend stand. Ihr braunes Haar steckte sie zu einem Knoten fest. Durch das offene Fenster sah sie, wie die Sonne unterging. So war es immer, wenn sie wieder diesen Ort betrat. Ein paar Sekunden lang wollte sie noch den Frieden genießen, der über dem Garten lag.

Die Erscheinung im Park hatte die Urangst ihrer Kindheit wieder lebendig werden lassen. Warum kehrte sie jetzt zurück? Gab es einen Zusammenhang zwischen ihr und dem angeblichen Fluch?

Laura ging an ihren Schreibtisch und zog die Mappe mit ihren Kinderzeichnungen aus einer Schublade. Sie blätterte sie durch und suchte nach dem Bild des Soldaten. Dabei stieß sie auf eine Zeichnung, die eine weiße Karnevalsmaske mit bedrohlichen schwarzen Augenhöhlen zeigte. Zitternd blätterte sie weiter um und betrachtete das nächste Bild: das blutige Gesicht einer Frau, fast eines Kindes, in einem Renaissance-Kleid mit gebauschten Ärmeln. Sie dachte an den Psychiater, der die

Gestalt für ein Produkt ihrer Phantasie gehalten hatte. Immer schneller glitten die Zeichnungen mit den gleichen Themen durch Lauras Finger. Plötzlich hielt sie inne: Das war die Gestalt, die sie im Park erblickt hatte, der »Soldat«, im Halbprofil, unbeholfen gezeichnet, aber klar erkennbar, vor allem an dem ausgestreckten Arm, der etwas hielt, das Laura damals nicht hatte darstellen können. Was wollte ihr dieser Mann zeigen? Noch immer war es ein Geheimnis.

Sie beschloss, endlich zu den anderen nach unten zu gehen, die mit ihr Geburtstag feiern wollten. Sie schlug die Tür hinter sich zu und sah nicht mehr, wie der Luftzug die Zeichnungen bewegte, die sie auf dem Tisch hatte liegen lassen. Das Blatt mit dem blutigen Gesicht der Kindfrau im Renaissance-Gewand flatterte zu Boden …

Agnès stellte Matthieu zur Rede, der gerade eingetroffen war. Sie tuschelten auf den untersten Treppenstufen. Agnès war in Matthieu verliebt, doch er hatte seit Tagen nichts von sich hören lassen. Jedes Mal wenn sie sich dazu durchrang, mit ihm Schluss zu machen, schaffte er es, sie wieder umzustimmen, mit einem Kuss, einem Lächeln, einer Zärtlichkeit. So ging das nun schon seit drei Jahren. Sein Anblick löste bei ihr immer noch das Gefühl eines angenehmen Schocks im Unterleib aus, eine unwiderstehliche Lust, mit ihm zu schlafen, trotz der Wut, die sie auf ihn hatte. Was hatte er in den letzten drei Tagen gemacht?

»Ist ja gut, ich war in Italien, mit dem Dekorateur des Kasinos, um Kronleuchter auszusuchen. Ich konnte dich nicht anrufen.«

»Kasino, Kasino, du redest von nichts anderem mehr. Darf ich dich daran erinnern, dass ›Kasino‹ nur ein paar Kilometer von hier, nämlich in Italien, Bordell bedeutet?«

»Macht dich das nervös? Umso besser, das steigert die Lust.«

»Oder tötet sie.«

»Eine Verlobte bei den Bullen und eine Schwester, die Anwältin ist. Ich muss in einem früheren Leben Schlimmes angerichtet haben, dass ich ein solches Karma habe …«

»Du brauchst nicht von einem früheren Leben zu reden, dein jetziges ist eine einzige Scheiße. Wie dem auch sei, beim Essen darfst du mit mir füßeln. Du bist doch eingeladen, oder?«

Matthieu verzog das Gesicht wie ein schmollendes Kind.

»Laura hat mich eingeladen, mein Vater nicht. Wir werden ja sehen …«

Doch Agnès hatte sich bereits entfernt. Matthieu schüttelte sein halblanges braunes Haar. Er mochte es so, denn es gefiel den Mädchen und ärgerte seinen Vater. Er reckte seinen athletischen Körper. Damit konnte er die Frauen beeindrucken, und das wusste er.

Gähnend setzte er eine Ray-Ban-Brille auf und ging lässig zu der Tür aus Rauchglas, in der er und der Park sich spiegelten wie ein Traumbild. Da tauchte im Spiegel das Bild seiner Schwester auf und legte sich über das seine wie ein Gespenst. Er wich zurück. Laura blickte ihn durch die Glastür an.

»Matthieu! Wie siehst du denn aus? Mafioso oder Gigolo?«

»Warum nicht beides? Wenn man im Bordell arbeitet, macht sich das gut, oder?«

Matthieu zog seine Schwester an sich, um sie zu küssen.

Der Blutfleck auf der Zeichnung und auf dem Gesicht der Kindfrau im Renaissance-Gewand wurde immer größer. Das Porträt schien über das neckische Spiel des Windes zu lachen, während es vom Luftstrom unter der Tür hindurch zur Flurtreppe getragen wurde. Wie von Geisterhand bewegt, glitt das Papier dahin, bog sich, sodass sich das Gesicht verformte, wirbelte auf und erreichte den Treppenabsatz, wo es liegen blieb. Es war, als hole Luisa, die Frau aus den Albträumen der kleinen Laura, tief Luft, um in das Licht des Eingangs eintauchen zu können.

Matthieu war in der Halle zurückgeblieben. Laura hatte die anderen begrüßt und den Umschlag geöffnet, den ihr Vater ihr gereicht hatte. Darin war ihr Geschenk. Sie spürte Max' Blick auf sich, wagte ihn aber nicht anzusehen. Aus dem Umschlag zog sie ein Faltblatt über eine griechische Insel und ein Flugzeugticket.

»Einen Monat Traumurlaub in Griechenland. Ich weiß, wie sehr dich dieses Land begeistert!«

Laura öffnete den Mund, aber Max fuhr fort:

»Ich weiß, was du empfindest. Du bist eine wundervolle junge Frau geworden und so unabhängig wie alle Frauen deiner Generation. Es ist also normal, dass du dich von deiner Familie entfernst. Das glaube ich jedenfalls ... Außerdem bist du Anwältin in Paris. Der Gerechtigkeit und Wahrheit zum Durchbruch zu verhelfen ist sicher einer der schönsten Berufe dieser Welt. Aber es ist natürlich sehr anstrengend, wie ja auch das Leben in Paris. Deshalb habe ich mir gedacht, du brauchst sicher Erholung ... und wir auch. Ein Aufenthalt mit der Familie auf einer Insel wird dir bestimmt gefallen. Wir fahren in einer Woche.«

Matthieu stand immer noch in der großen Eingangshalle und sah und hörte, was geschah, ohne dass ihn jemand bemerkte. All das ermutigte ihn nicht sonderlich, die Tür aufzustoßen ... Als er dann doch hineingehen wollte, ließ ihn ein Geräusch im Treppenhaus innehalten. Das Bild von Luisa mit dem blutigen Gesicht, gemalt von ihrer kleinen Tochter, glitt langsam die Stufen herunter. Vor seinen Füßen blieb das Blatt mit der weißen Seite nach oben liegen. Matthieu hob es auf und drehte es um. Er fand das Bild scheußlich und legte es mit einem leichten Schauder auf eine Konsole. Dann fasste er sich ein Herz und trat ein, mit einem breiten Lächeln, die Arme ausgebreitet: »Seid mir gegrüßt, wie schön euch zu sehen.« Wie zu erwarten war, wurde sein Auftritt als Spaßmacher ein völliger Reinfall.

Viviane freute sich natürlich, ihren Sprössling zu sehen. Ein zärtlicher Ausdruck huschte über ihr Gesicht, aber als sie zu Max hinübersah, der plötzlich in sich zusammengesackt war, erschrak sie. Wieder erinnerte er sie an einen abgestorbenen Baum. Wortlos starrte er seinen Sohn an.

»Darf ich?«, fragte Matthieu.

»Nein.«

Die Antwort war klar und eindeutig. Viviane taumelte, Laura sah zu ihrem Vater auf.

»Warum? Fährt er nicht mit nach Griechenland?«, fragte sie.

»Nein. Und er weiß außerdem sehr gut, dass wir eine Abmachung haben. Er hat dieses Haus nicht zu betreten, solange ich da bin.«

»Max, ich bitte dich«, flehte Viviane.

Laura unterbrach sie mit einer Handbewegung.

»Lass mich ausreden, Viviane, bitte.«

Max blickte seine Tochter durchdringend an. In diesem Moment hatte sie fast Angst vor ihm, als sei er wieder in die Rolle des bösen Wolfs geschlüpft.

»Ich habe Matthieu eingeladen. Es ist mein Geburtstag.«

»Matthieu weiß genau, weshalb er hier unerwünscht ist.«

»Ich weiß es nicht, und es ist mir auch egal.«

»Hat man dir nicht gesagt, dass dein Bruder für Fred Bellair arbeitet?«

»Sei doch froh, dass Matthieu eine Stelle gefunden hat. Lange genug hast du ihm vorgeworfen, dass er zu nichts gut ist!«

»PR-Arbeit für das Kasino von Bellair! Nennst du das eine Stelle?«

»Das ist auch nicht anders, als Leute zu verteidigen oder an der Küste Betonkästen zu bauen, selbst wenn sie verglast sind!«

Matthieu machte eine müde Handbewegung:

»Lass gut sein, Laura. Ich gehe schon …«

»Nein, du bleibst da, sonst gehe ich auch.«

Laura warf einen Blick zum Tisch. Alle wirkten wie versteinert, sogar Ludmilla, die mit offenem Mund dastand. Schließlich kam Bewegung in sie.

»Das ist alles sehr peinlich. Ich …«

»Vielleicht, aber das ist mein Haus, und hier habe ich das Sagen«, unterbrach Max sie. »Man nennt das Privatheit. Leider haben die Revolutionäre von 1789 versucht, dieses Wort aus dem Lexikon zu verbannen.«

Plötzlich erblickte Matthieu zu seinen Füßen das Bild von der Kindfrau, das hinter ihm hergeweht war. Verblüfft hob er es auf.

»Wo hast du das denn her?«, fragte Max. »Das ist ein sehr schlechter Witz.«

»Es war in der Halle. Ich hatte es auf eine Konsole gelegt, ich schwör es dir. Keine Ahnung, wie es hier hereinkommt.«

Alle Blicke ruhten auf Matthieu. Max trat auf ihn zu und nahm ihm das Blatt weg. Er wollte es gerade zerreißen, als Laura aufsprang:

»Nein, tu das nicht, es gehört mir!«

Lauras Stimme war kaum wiederzuerkennen. Sie nahm das Blatt ihrem Vater aus der Hand.

»Ich habe vorhin oben in meinem Zimmer meine Bilder angeschaut. Matthieu kann nichts dafür.«

Viviane fuhr sich mit der Hand über die Augen:

»Max, das war der Luftzug. Es ist windig, das siehst du doch …«

»Das stimmt«, sagte Ludmilla und warf einen Blick nach draußen. »Das Feuer wird dadurch noch schlimmer werden.«

Laura ergriff die Gelegenheit, die Karten auf den Tisch zu legen:

»Also, da wir schon mal dabei sind, kann ich den Abend gleich völlig ruinieren. Ich werde heiraten …«

Sie wartete, bis ihre Worte bei den bestürzten Zuhörern angekommen waren, und fügte dann hinzu:

»In einer Woche.«

»Bist du schwanger?«, rief Ludmilla aus.

»Natürlich nicht.«

»Na, dann umso besser. So war unser Kampf nicht ganz umsonst. Aber warum gerade in einer Woche, mein Schatz?«

»Und darf man wissen, wer der Auserwählte ist?«, fragte Max mit tonloser Stimme.

Laura blickte ihrem Vater fest in die Augen.

»Der Neffe von Fred Bellair, Vincent Bellair.«

Man hörte das Geräusch zerbrechenden Glases in Max' Hand, die zu bluten begann. Viviane eilte mit einem Handtuch herbei.

»Max, was hast du getan? Ich hoffe, der Schnitt ist nicht zu tief!«

Max achtete nicht auf sie, ebenso wenig wie auf das Blut, das in dicken Tropfen zu Boden rann. Stumm nahm er das Handtuch, wickelte es um die Wunde und verließ das Zimmer. In der Stille, die plötzlich über dem Raum lag, hörte man nur das immer leiser werdende Geräusch seiner Absätze, dann schlug eine Tür zu. Laura wollte ihm folgen, aber Viviane hielt sie fest.

»Lass ihm Zeit, sich zu beruhigen.«

»Er ist mein Vater, und ich liebe ihn, Viviane, aber so geht das nicht weiter. Er kann uns nicht mehr wie Kinder behandeln. Er darf so nicht mit seinem Sohn reden. Je älter er wird, desto stärker vergräbt er sich in seinem Menschenhass. Er lebt immer mehr in der Vergangenheit. Wenn er so weitermacht, wird die Familie zerbrechen. Auch du schaffst es nicht mehr, dich gegen ihn zu wehren.«

Franck, Antoine und Agnès standen wie vom Donner gerührt da. Laura beschloss, zu ihrem Vater zu gehen.

»Gut, Rache muss vielleicht sein, aber ich sterbe vor Hunger«, sagte Matthieu in der Hoffnung, die Atmosphäre aufzulockern.

Es gelang ihm nicht, und so setzte er sich allein an den Tisch.

Max stand in seinem Büro, mit dem Rücken zu seiner Tochter, die ihm gefolgt war. Durch das offene Fenster blickte er in die Nacht hinaus. In den Scheiben spiegelten sich die verschiedensten Lichtreflexe.

»Das ist deiner nicht würdig. Wie kannst du deine Kinder so behandeln, vor allem deinen Sohn? Und Viviane? Es ist unerträglich, mit welcher Herablassung du ihr begegnest. Eigentlich müsste sie dich verlassen, so mies, wie du sie behandelst.«

Max drehte sich nicht um und lachte böse:

»Soll sie doch gehen. Ist mir ganz egal. Ich bin müde, Laura. Und ich habe Angst. Nicht davor, dass auch du mich verlässt, sondern dass dir dasselbe passiert, was deiner Mutter zugestoßen ist. Dieses Geschenk …«

»Ich weiß, aber es kommt wirklich im falschen Moment. Mir wird schon nichts passieren. Und du kannst mich nicht schützen, indem du mich auf einer Insel gefangen hältst. Das musst du doch einsehen, oder?«

Max seufzte und wandte sich endlich zu Laura um.

»Gut, ich gebe es zu: Ich hasse den August, und jedes Jahr packt mich wieder dieselbe Angst.«

Er sah Laura tief in die Augen:

»Warum willst du ausgerechnet Vincent Bellair heiraten?«

»Weil ich ihn liebe. Das ist doch nicht schwer zu begreifen. Wir haben es vor drei Monaten beschlossen.«

»Hast du ihn in Nizza kennengelernt?«

»Nein, im Zug nach Paris. Auch er fuhr zur Arbeit dorthin. Es war Liebe auf den ersten Blick. Ich wusste gar nicht, wie er heißt, und umgekehrt. Papa, wir sind jetzt drei Jahre zusammen. Ich bin mir meiner Gefühle sicher und er auch. So ist es nun mal. Bei meiner Hochzeit geht es doch nicht um eine Abrechnung mit dir oder der Vergangenheit.«

Max wirkte plötzlich völlig verloren.

»Aber, Laura, das ist, als ob du von mir verlangst, dass ich dich Fred Bellair ausliefere!«

»Ich heirate doch nicht Fred Bellair, sondern seinen Neffen!«

»Das läuft auf dasselbe hinaus.«

Er vergrub die Stirn in den Händen. Laura sah, wie erschöpft er war.

»O Gott, nimmt diese Geschichte denn nie ein Ende?«, stammelte er.

»Das ist eure Geschichte und nicht meine. Ich glaube, wir haben alle genug gezahlt. Du kannst nichts dafür. Meine Mutter hätte dich vielleicht auch sonst verlassen, wegen Fred Bellair oder einem anderen …«

Max richtete sich auf, er war bleich im Gesicht.

»Ich verbiete dir, so etwas zu sagen. Woher weißt du das? Wer hat dir davon erzählt? Etwa die verrückte Ludmilla, die ihre Nase in Dinge steckt, die sie nichts angehen? Was hat sie dir erzählt? Ich will es wissen!«

»Lass Ludmilla in Ruhe. Sieh lieber der Wahrheit ins Auge. Ganz Nizza weiß es, auch wenn niemand mehr davon spricht. Das sind uralte Geschichten … Nur du vergiftest dein Leben und das deiner Angehörigen damit.«

»Und dir fällt nichts Besseres ein, als den Neffen dieses Verräters zu heiraten! Wenn die Leute es vergessen haben, werden sie sich schnell wieder daran erinnern, dafür sorgst du schon.«

Dann verlegte er sich aufs Bitten:

»Diese Familie ist nichts wert, Laura, sie wird dir nur Unglück bringen. Du kennst diese Leute nicht, wie ich sie kenne. Sie werden dir wehtun. Ich weiß es. Ich beschwöre dich, halte dich von ihnen fern. Sieh doch, was sie aus deinem Bruder gemacht haben. Sie haben ihn gegen mich aufgehetzt! Außerdem, hast du Fred überhaupt schon kennengelernt?«

»Bisher noch nicht. Mir lag auch nichts daran.«

»Das ist der Beweis, dass dein Instinkt dich retten wird. Vertrau deinem Gefühl, wenn du schon nicht auf mich hören willst. Dabei will ich dir doch nichts Böses.«

Laura spürte, wie die Tränen in ihr aufstiegen. Sie drehte

sich auf dem Absatz um und ließ ihren Vater seine Litanei allein fortsetzen.

Fred Bellair, ein Mann mit graumeliertem Dreitagebart, exzellent geschnittenem Anzug, Weste und weißem Hemd ohne Krawatte, trat energischen Schritts in sein Büro über dem Kasino. Als er seinen Neffen Vincent erblickte, hielt er inne.

»Wartest du schon lange auf mich?«

»Nein.«

Fred Bellair öffnete eine Schiebetür, hinter der ein winziges, perfekt ausgestattetes Bad lag. Dort zog er sein Sakko und das verschwitzte weiße Hemd aus und stellte sich mit nacktem Oberkörper vor den Spiegel. Er sah immer noch sehr gut aus.

»Was bedeutet diese Leichenbittermiene? Willst du Fontanes Tochter nun doch nicht heiraten?«

Fred bespritzte sein Gesicht vor dem Spiegel mit kaltem Wasser. Sein Körper füllte den Raum fast völlig aus. Nachdem er sein kurzes dunkles Haar gekämmt hatte, wandte er sich wieder Vincent zu, der im Chefsessel seines Onkels Platz genommen hatte.

»Du bist sicher nicht gekommen, um mir beim Waschen zuzusehen. Ich habe noch einen langen Tag vor mir.«

Aus einem Wandschrank zog er ein frisch gebügeltes Hemd, das noch in Plastikfolie verpackt war. Plötzlich blieb sein Blick an dem Aktenkoffer seines Neffen hängen.

»Ach so, du bist aus geschäftlichen Gründen hier?«

Vincent nickte, öffnete sein Köfferchen und legte einen dicken Ordner auf den Tisch.

»Du weißt doch, dass ich der Anwalt des Vereins zum Schutz der Küstenlandschaft bin.«

»Leider … Wenn du etwas trinken willst, bedien dich. Du kennst dich hier ja aus.«

»Fred! Hast du etwas mit dem Brand auf dem Montmaure zu tun?«

Vincent sah unverwandt seinen Onkel an, doch der zeigte keine Reaktion. Dieser Mann war zäh, mit allen Wassern gewaschen.

»Vincent, ich habe dich immer als meinen Sohn betrachtet.«

»Aber du bist nicht mein Vater, auch wenn ich dir viel verdanke. Lass das Private beiseite, Fred, vermisch die Dinge nicht miteinander.«

»Also will der Kleine die Hand abbeißen, die ihn ernährt hat!«

Vincent presste die Zähne aufeinander.

»Fred, ich muss wissen, ob du mit Viviane, der Frau von Max Fontane, irgendwas ausheckst. Dieser Brand kommt dir doch gerade recht!«

Fred rückte seine Fliege zurecht.

»Was soll ich dir sagen … Die Familie deiner Verlobten braucht mich nicht für ihre krummen Machenschaften. Wenn du im Dreck wühlen willst, tu es lieber bei denen. Und mach dir keine Sorgen um mich. Aber denk an deine zukünftige Frau und an dich.«

Vincent fragte sich, ob das eine Drohung war. Fred nahm seine Jacke.

»Ach ja, ein letzter Rat: Vergiss diese lächerliche Umweltbewegung, und arbeite lieber für mich. Ich muss jetzt gehen, unsere Kunden sind nervös heute Abend. Sie verlieren eine Menge. Und wenn Leute Geld verlieren, sind sie alles andere als umgänglich.«

Die Tür fiel hinter ihm zu.

Mit einem Seufzer drehte Vincent den schweren Sessel zum Fenster. Nizza, seine Spieler, seine Machenschaften, sein Glamour und seine Toten. Er ahnte, dass sein Onkel für diesen Brand Verantwortung trug, doch er hatte noch keine Beweise dafür. Eins war sicher: Fred glaubte nach wie vor, dass er sich nicht an das Gesetz zu halten brauchte. Er hatte seine eigenen Regeln, und diese galten für ihn nicht nur in seinem Reich.

Als Vincent das Auto der jungen Frau vor seiner Villa sah, wusste er, dass Laura mit ihrem Vater gesprochen hatte. Heute Abend hatten sie sich nicht treffen wollen. Laura lag zusammengerollt auf einer Liege nahe dem Swimmingpool. Sie fröstelte unter der Decke trotz der nächtlichen Schwüle. Kein Lüftchen wehte vom Meer herüber. Vincent hatte eine Flasche Weißwein geöffnet und reichte Laura ein Glas, das sie mechanisch entgegennahm.

»Vincent …«

Laura starrte ins Leere. Er nahm ihr das Glas wieder aus der Hand und blickte ihr ins Gesicht. Sie sah aus wie ein kleines Mädchen, das geweint hat.

»Ich frage mich, ob diese Hochzeit eine gute Idee ist …«

Vincent blieb für ein paar Sekunden die Luft weg. Dann trank er einen großen Schluck Weißwein.

»Gratuliere, Max Fontane. Dass er es schafft, dich innerhalb von zwei Stunden umzudrehen …«

»Es hat nichts mit ihm zu tun.«

Vincent wollte sich nicht anmerken lassen, wie tief sie ihn getroffen hatte. Er versuchte zu lachen, doch es klang nicht sehr überzeugend.

»Hör zu, wir heiraten und hauen ab nach New York. Die Amerikaner lieben Anwälte.«

Dann seufzte er. Lauras Traurigkeit hatte gesiegt.

»Gut, ich tue, was du willst.«

»Ich habe Angst, Vincent. Es ist verrückt, völlig irrational, aber ich bin ganz starr vor Angst. Kannst du das verstehen?«

»Wovor fürchtest du dich?«

»Zu sterben. Oder dass du stirbst. Irgendwas wird passieren, das spüre ich. Und es macht mich wahnsinnig, dass ich es dir nicht erklären kann.«

»Ich sage dir, was passieren wird. Am Samstag geben wir uns im Rathaus das Jawort. Und was die anderen denken, ist uns egal. Niemand kann etwas gegen unsere Liebe ausrichten.«

Laura fuhr Vincent mit der Hand durchs Haar. Ihr Lächeln war zurückgekehrt. Vincent beugte sich über sie und hob sie von der Liege auf. Wieder einmal stellte er überrascht fest, wie federleicht sie war.

»Ich könnte dich bis ans Ende der Welt tragen.«

Sie umschlang seinen Hals. Er wusste, wenn er nicht aufpasste, würde dieses Mädchen davonfliegen, fort aus seinem Leben. Er drückte sie noch fester an sich und spürte das Klopfen ihres Herzens.

Manon ging durch die noch kühlen Alleen des Friedhofs. Die hochgewachsene schlanke Frau mit dem kurz geschnittenen dunklen Haar hielt sich im Schatten der Zypressen und schien auf der Hut zu sein. An der Kreuzung zweier Alleen überlegte sie nur einen Moment, in welche Richtung sie gehen sollte. Schließlich blieb sie vor einer Grabkapelle stehen und legte beide Hände an das Gitter vor dem Eingang. Die Inschrift lautete: »Familie Rinaldi, Luisa Fontane, geb. Rinaldi, 2. März 1939 bis 21. August 1972«. Die Einfachheit der Worte unterschied sich stark von dem, was Manon im Inneren sah: Ein Meer von Blumen umgab das große Porträt der Toten.

Sie wich hastig zurück, als sie den Kies unter den Schritten eines näher kommenden Besuchers knirschen hörte. Lautlos verschwand sie hinter der benachbarten Gruft.

Max Fontane kam die Allee herauf, im Arm frische Blumen. Er blieb vor Luisas Grabkapelle stehen, zog einen Schlüssel aus der Tasche und öffnete das Gitter, durch das die schöne Manon nicht hatte gehen können. Das Tor quietschte nicht, denn die Türangeln wurden sorgfältig gepflegt, genau wie das Innere der kleinen Kapelle, in der Max jetzt verschwand.

Eine gute Minute verging, bevor Manon wieder auftauchte. Reglos verharrte sie. Aus dem Grabmahl drang Gemurmel. Max Fontane sprach mit der Toten, seiner Toten.

»Unglaublich, wie nah du mir immer noch bist. Meine Luisa, du weißt, dass du in all meinen Gedanken gegenwärtig bist. Es ist, als ob du mir etwas sagen wolltest. Unsere Laura will Freds Neffen heiraten. Glaubst du, dass dies geschieht, um mich zu bestrafen? Wegen meiner Lügen? Mein Gott, wenn du wüsstest, wie leid es mir tut, wenn du wüsstest, wie sehr ich mir wünsche, es ungeschehen zu machen. Ich hatte gehofft, dass ich im Lauf der Zeit über deinen Tod hinwegkomme … Aber es ist schlimmer als in den ersten Tagen. Je mehr Zeit vergeht, desto mehr habe ich das Bedürfnis, in deiner Nähe zu sein. Ich wäre zu allem fähig, wenn es etwas gäbe, um alles auszulöschen, wenn du nur wiederkämst. Ohne dich ist mein Leben die Hölle. Ich hätte mit dir sterben sollen. Die Kinder brauchen uns nicht. Es ist ein Irrtum zu glauben, dass sie ihre Eltern brauchen, um groß zu werden. Sie werden ohne uns erwachsen. Je mehr die Zeit vergeht, desto klarer wird mir, dass die Kinder gegen uns sind, ich meine, gegen die Liebe ihrer Eltern.Vermutlich ist Laura mir böse, weil ich es nicht geschafft habe, die Liebe zu dir in Vaterliebe zu verwandeln. Aber wie soll so etwas möglich sein? Ich habe es jedenfalls nicht geschafft. Und letzten Endes war ich nicht einmal ein guter Vater. Du musst mir helfen, Luisa. Du musst mir helfen, klar zu sehen, ich muss wissen, was du gewollt hättest.«

Der Friedhofswächter kam mit einer Gießkanne voll Wasser näher, und Manon zog sich rasch wieder zurück. Alle Leute waren Max Fontane zu Diensten.

Als sich die Schritte auf dem Kies entfernt hatten, trat Manon erneut vor die Gruft, deren Gitter Max wieder geschlossen hatte. Auf dem Altar standen Unmengen frischer Blumen, die der untröstliche Witwer hergebracht hatte. Manon blickte ein letztes Mal auf das Gesicht von Luisa Fontane, geborene Rinaldi. Der Fotograf hatte die junge Frau offensichtlich überrascht, und sie hatte mit einem unendlich zärtlichen Lächeln in die Kamera geblickt. Ihre Schultern waren entblößt, und das Foto, obwohl schwarz-weiß, ließ erahnen, dass ihre Haut seidenglatt und gebräunt war unter dem schweren Haar, das der Wind leise bewegte. Die junge Frau war von atemberaubender Schönheit. Allerdings glaubte Manon in ihren Augen eine gewisse Unruhe zu erkennen, doch vielleicht projizierte sie nur ihre eigenen Gefühle auf das Bild. Eins war jedenfalls sicher: Der Mann, der dieses Foto gemacht hatte, musste Luisa Fontane sehr geliebt haben.

Max hatte seiner Tochter nur wenige Fotos von ihrer Mutter gezeigt. Laura hatte auch nur selten danach gefragt, weil sie ahnte, dass dies ihren Vater traurig machen würde. Seltsamerweise besaß auch Ludmilla kaum Fotos von ihr. Jedenfalls hatte sie Laura das erzählt. Viviane hatte alte Aufnahmen in einem verstaubten Album, aber Luisa war darauf stets von anderen Menschen umgeben: sorglose junge Leute aus reichem Haus und andere aus einfacheren Verhältnissen, die zum Kreis der Achtundsechziger gehörten.

Laura wischte den beschlagenen Spiegel in Vincents Badezimmer ab. Das feuchte Haar fiel ihr wie ein seidiges Geflecht auf die Schultern. Sie wusste, dass sie ihrer Mutter ähnlich sah. Als sie das Badezimmer in Vincents Bademantel verließ, rutschte sie aus und hielt sich im letzten Moment am Türrahmen fest. Sie schaute nach, worauf sie ausgerutscht war, und entdeckte eine Tarotkarte auf den Kacheln: eine nackte Frau, umgeben von Lorbeer, geschützt von den vier Symbolen der Evangelisten – Engel, Löwe, Stier, Adler. Sie trug die Nummer XXI und hieß *Die Welt*.

Laura erschauderte. Sie warf die Karte nicht fort, sondern steckte sie in ihre Handtasche. Dort befand sich bereits die Karte mit dem *Magier*, die sie am Vorabend im Auto gefunden hatte.

Von einer inneren Unruhe erfasst, trat sie ans Fenster. Aber unter den Bäumen des Gartens konnte sie keine bedrohliche Gestalt entdecken. Laura überlegte, ob sich vielleicht jemand einen Spaß daraus machte, ihre Nerven zu strapazieren. Welchen Sinn mochte das alles haben?

Fred Bellair stieg mit finsterem Gesicht aus seinem Wagen. Nizza lag unterhalb des Aussichtspunkts in seiner ganzen Schönheit da, aber Fred hatte kein Auge für die Baie des Anges. Er trat zu einer Frau, die sich über die Balustrade lehnte, als wolle sie sich hinabstürzen.

»Na?«

Viviane fuhr hoch, als hätte sie ein Peitschenknall getroffen. Dann sagte sie langsam:

»Darf ich erfahren, warum du mich so früh hierherbestellt hast?«

»Wer hat den Montmaure angezündet, ohne vorher mit mir zu sprechen?«

Viviane verkniff sich ein Lächeln. Das Raubtier war verunsichert, und das gefiel ihr.

»Keine Ahnung. Aber was passiert ist, ist passiert. Und ich bedauere es auch nicht, das kannst du mir glauben. Doch du solltest wissen, dass du mir vertrauen kannst.«

»Ich traue niemandem und vor allem nicht dir.«

»Du tust mir unrecht. Was mich allerdings beunruhigt, ist dein Neffe. Sag mir ehrlich: Ist er vertrauenswürdig, oder könnte er Ärger machen? Er hat nämlich angefangen, alle Welt auszufragen.«

Sie spürte, dass sie ins Fettnäpfchen getreten war. Bei den Bellairs war die Familie ebenso heilig wie bei den Fontanes.

»Und?«, hakte sie nach.

»Lass meinen Neffen aus dem Spiel. Ich kümmere mich darum. Diese Brandstiftung ist eine ungeheure Dummheit. Du bist wirklich nicht mehr ganz bei Trost, Viviane.«

Viviane zitterte vor Wut. Schon wieder diese Herablassung! Alle Männer behandelten sie so. Doch sie beherrschte sich und sagte mit eisiger Stimme:

»Nicht mit mir, Fred. Du brauchtest Geld, ich habe es dir besorgt. Jetzt hältst du gefälligst die Klappe, dann läuft die Sache bestens, für alle Beteiligten. Wenn ich sage, ich habe nichts damit zu tun, ist das die volle Wahrheit. Aber ich rate dir eins: Häng deinem Neffen einen Maulkorb um.«

»Was hat Max nur getan, dass du ihn so verabscheust? Nicht einmal ich hasse ihn so sehr wie du.«

»Weil du keine Frau bist.«

Plötzlich begriff Fred, wie sehr Viviane litt. Sie fuhr fort wie im Rausch:

»Wir sind uns doch wohl einig: In einem knappen Jahr wird Matthieu dein Partner.«

Fred seufzte. Vivianes Ungeduld war ihr größter Fehler.

»Wir werden sehen. Dein Sohn muss erst zeigen, was er draufhat.«

Zu seiner Überraschung packte ihn Viviane mit einer heftigen, geradezu männlichen Bewegung am Kragen. Sie zwang ihn, sich nach vorn zu beugen, und flüsterte ihm ein paar Worte ins Ohr. Als sie ihn losließ, richtete Fred sich wieder auf, das Gesicht zu einer Grimasse verzerrt. Er sah ihr in die Augen, als wolle er begreifen, von welcher Macht sie besessen war. Eine Sekunde lang dachte er: Welch ein Glück für Matthieu, eine solche Mutter zu haben! Seine eigene Mutter hatte ihn mit achtzehn Jahren aus dem Haus geworfen.

»Du bist ein Ungeheuer.«

Dieser Satz war ihm herausgerutscht, doch er nahm ihn nicht zurück, sondern fügte hinzu:

»Dieser Erpressungsversuch ist erbärmlich.«

»Fred, du unterschätzt mich zum zweiten Mal. Wenn ich mir einen Verbündeten aussuche, kümmere ich mich erst mal darum, dass er zuverlässig ist. Auch wenn ich ihn seit dreißig Jahren kenne. Kein *peace and love* mehr. So funktioniert nun mal die Welt, die wir aufgebaut haben, und du, Fred, hast daran mitgewirkt. Ich wünsche dir einen schönen Abend.«

Fred sah einen Moment Vivianes Wagen nach. Dann wanderte sein Blick über die Stadt und das Meer. Weitab von den Lichtern der Strandpromenade und den prächtigen Straßen lagen die schmutzigen Gassen des Arbeiterviertels von Nizza, in denen er seine Kindheit verbracht hatte.

Agnès trat ungeduldig von einem Fuß auf den anderen. Sie konnte es kaum erwarten, ihre Freundin im Hochzeitskleid zu sehen. Die Schneiderin schmunzelte, sie war an die Aufregung und die Wunschträume der jungen Frauen gewöhnt, die bei ihr auf und ab gingen, berauscht von den Unmengen weißen Tülls überall im Laden. Mit Kennerblick betrachtete die Schneiderin die junge Frau. Größe 36, eine Jeans und die Tennisschuhe, die sie trug, ließen sie leider etwas kräftiger erscheinen, das Hemd, das sie in die Jeans gesteckt hatte, ebenso. Kurzes, ungefärbtes Haar, ein hüsches Gesicht, aber ohne Make-up. Offenbar hatte sie kein richtiges Vertrauen in ihr Aussehen. Die Schneiderin seufzte. In Nizza gab es nur wenige junge Frauen, die so wenig Wert auf ihr Äußeres legten, und wenn ihr eine begegnete, fand sie es immer schade. Sie stellte sich vor, dass es sich um ein unglückliches Wesen handeln musste, das sein Leben versteckt zu Hause auf dem Sofa verbrachte oder am Strand im einteiligen Badeanzug in der Nähe der Mülleimer kauerte, dem einzigen Ort, wo es sich hintraute. So ein Elend!

Nicht im Traum wäre sie darauf gekommen, dass Agnès sich gerade nach ein paar scharfen Nummern mit Matthieu sehnte und dass sie unter dem Arm eine Sig Sauer trug, eine Automatik Kaliber 9 mm.

Laura zog die Vorhänge der Kabine zur Seite. In dem Organza-Kleid wirkte sie wie aus einer anderen Zeit, die Inkarnation der Kindfrau. Unwillkürlich erschauderte Agnès.

Die Schneiderin sagte bewundernd:

»Ganz zauberhaft! Es sieht aus, als wäre es für Sie gemacht!«

Laura trug das Hochzeitskleid ihrer Mutter.

»Bist du sicher, dass das eine gute Idee ist?«, fragte Agnès.

Ihre kaum merkliche Beunruhigung entging Laura nicht.

»Absolut sicher. So habe ich an diesem Tag etwas von ihr an mir. Wie findest du es?«

»Wunderbar.«

Laura war beruhigt, drehte sich zum großen Wandspiegel und betrachtete sich darin. Plötzlich verschwamm das Bild im Spiegel, und aus dem herzförmigen Ausschnitt am Brustansatz sprudelte rotes Blut hervor, das sich rasch über das Oberteil ausbreitete. Erschrocken presste Laura die Hände auf ihre Brust, wie um die Blutung einzudämmen. Doch das Blut floss weiter durch ihre Finger. Sie ließ die Hände sinken und spürte plötzlich eine seltsam wohlige Dunkelheit um sich, die sie von dieser albtraumhaften Halluzination erlöste.

Als Laura wieder zu sich kam, lag sie auf dem Sofa in der Anprobe. Agnès beugte sich besorgt über sie. Die Schneiderin, die daran gewöhnt war, dass ihren Kundinnen übel wurde, stand mit einem Glas Wasser in der Hand daneben und sagte:

»Vielleicht erwartet Ihre Freundin ein Kind. Das gibt es oft, wissen Sie …«

Agnès zuckte irritiert mit den Schultern.

»Laura, du hast geschrien. Was ist passiert?«

»Nichts. Mir wurde übel, bestimmt die Hitze.«

Agnès musterte Laura, die die Lider schloss, um dem forschenden Blick ihrer Freundin auszuweichen.

»Bitte halte mich nicht für verrückt«, meinte sie.

Auf der Terrasse einer eleganten Brasserie unter den Arkaden der Place Masséna war es ein wenig kühler. Eine Schar junger Leute in Livree wirbelte um sie herum wie ein Ballett und bereitete die Tische für das Mittagessen vor. Sie hatten zwei Plätze bekommen, weil Agnès den Geschäftsführer kannte. Laura nippte nervös an ihrem Fruchtsaftcocktail, während ihre Freundin sie mit Fragen bestürmte.

»Hast du mit Vincent darüber gesprochen?«

»Nein. Wie soll ich ihm erklären, dass ich mich in einem blutüberströmten Hochzeitskleid gesehen habe?«

Agnès unterdrückte ein nervöses Kichern.

»Du hast recht, besser man lacht darüber«, seufzte Laura ein wenig gekränkt.

»Entschuldige.«

»Dir kann ich es ja sagen: Alle diese Visionen bringen mich in meine Kindheit zurück. Die Medikamente, die Drohung, dass sie mich einsperren, das Getuschel hinter meinem Rücken, dass ich schizophren oder paranoid bin. Und vielleicht bin ich ja wirklich verrückt, Agnès.«

Laura spürte, dass es an der Zeit war, ihrer Freundin reinen Wein einzuschenken. Vielleicht konnte Agnès ihr ja helfen. Sie griff in ihre Handtasche und zog die beiden Karten heraus, den *Magier* und *Die Welt*. Überrascht nahm Agnès die Karten und betrachtete sie aufmerksam.

»Das sind doch Marseiller Tarotkarten. Willst du Wahrsagerin werden?«, fragte sie mit gespielter Fröhlichkeit.

»Mir ist nicht nach Lachen zumute. Seit ich vor zwei Tagen nach Nizza gekommen bin, stoße ich auf diese verdammten Karten!«

»Ist ja gut, beruhige dich. Fangen wir von vorn an. Also, ich höre.«

»Die erste lag in meinem Auto, als ich bei Vincent weggefahren bin.«

Laura wies auf den *Magier*.

»Zuerst dachte ich, der Wind hätte sie hereingeweht. Die zweite habe ich bei Vincent auf dem Fußboden gefunden.«

»Sie sind ganz neu. Hast du eine Ahnung, was sie bedeuten? Ist das eine verschlüsselte Botschaft?«

»Wahrscheinlich. Nur fehlt mir leider der Schlüssel.«

»Vielleicht ist es ja nur ein Zufall. Sie haben nichts Bedrohliches … jedenfalls sehe ich das so. Aber falls es wieder passiert, sag mir Bescheid.«

Agnès' Handy klingelte.

»Entschuldigung, vielleicht ist es die Zentrale. – Kommissarin Angeli, ich höre …«

Laura sah, wie sich das Gesicht ihrer Freundin verdüsterte.

»Ich habe dir doch gesagt, du sollst mich nicht auf diesem Apparat anrufen, das ist meine Dienstnummer. Nein, heute Abend habe ich Dienst. Ich weiß nicht, ruf sie an …«

Agnès verstummte, denn ihr Gesprächspartner hatte mitten im Satz aufgelegt. Sie steckte ihr Telefon in die Tasche.

»Das war Matthieu, oder?«, fragte Laura.

»Ja, er wollte wissen, ob ich heute Abend zur Einweihung des neuen Kasinoflügels komme. Ich kann nicht …«

Agnès wirkte plötzlich völlig verzweifelt.

»Er ist verliebt, aber er weiß es noch nicht.«

Und zu Lauras Erstaunen fügte sie hinzu:

»Nicht in mich, wie du dir vorstellen kannst.«

Matthieu nahm sanft die Hände herunter, die er über die Augen von Manon gelegt hatte, der fremden jungen Frau, die zum Grab von Luisa Fontane gekommen war. Manon sah sich in dem riesigen Saal um. Sie sagte kein Wort und betrachtete kritisch jedes Detail. Matthieu erwartete Bewunderung, aber Manon wollte sie ihm nicht so schnell gewähren.

»Sieht aus wie im Paradies, findest du nicht?«

»Hängt davon ab, wie man sich das Paradies vorstellt. Deins ist ein typisches Spieler-Paradies.«

»Du hast dir noch nicht mal die Lampen angesehen. Sie kommen aus Italien. Prachtvoll, oder? Diese großen Kristallluster habe ich schon immer gemocht.«

Sie blickte empor zu der über vier Meter hohen Decke, an der die riesigen Leuchter hingen.

»Ich mag Licht auch gern«, sagte sie nur.

Sonst war das Kasino von dem üblichen oberflächlichen Glanz, der den Eifer der Spieler anregen sollte: Teppichboden mit überladenen verschlungenen Mustern, dunkel lackierte Holztäfelungen, an den Wänden Pastelle in Ocker- und Rottönen, dunkelrote Samtvorhänge vor jedem Fenster, flaschengrüner Filz auf den Spieltischen. Eine überaus einladende Hölle, in der man alles vergessen konnte, nur das Spiel nicht. Ein Dutzend Handwerker war noch damit beschäftigt, die Lampen an den Tischen zu überprüfen. Plötzlich ergriff Matthieu Manons Ellbogen.

»Keine Angst. Alles wird gut gehen.«

Fred Bellair hatte sie noch nicht entdeckt, und Manon blieb Zeit, um tief Luft zu holen. Der frühere Liebhaber von Luisa Fontane kam näher, und die junge Frau spürte, wie er sie mit einem kurzen Blick taxierte.

»Fred, darf ich Ihnen Manon vorstellen, von der ich Ihnen schon erzählt habe?« Sie hatte für das Gespräch eine schlichte cremefarbene Seidenbluse und ein dunkelgraues Kostüm angezogen. Außer einem Goldkettchen trug sie keinen Schmuck, aber hellen Nagellack.

»Ach, Sie sind das also. Leider habe ich keine Zeit für Sie.«

Manon schluckte. Das war kein guter Anfang.

»Ich verstehe.«

Jetzt sprang Matthieu in die Bresche. Manon spürte, dass er alles aufs Spiel setzte.

»Monsieur Bellair, uns fehlt ein Croupier. Hélène ist für drei Wochen krankgeschrieben. Das wäre die Gelegenheit, um es mit Manon zu probieren.«

»Ich kann es mir nicht erlauben, erst einen Testlauf zu machen. Meine Leute sind alle Profis und haben bereits bewiesen, dass sie etwas können.«

»Ich stehe zu Ihrer Verfügung.«

Fred Bellair sah die Kandidatin durchdringend an. Sie wirkte vornehm und elegant, ja man konnte sagen, dass sie Klasse hatte. Eine kaum merkliche, exzellent beherrschte Arroganz, hinter der sich ungewöhnliche Charakterstärke verbergen konnte. Das gefiel ihm. Er zog ein neues Kartenspiel aus seiner Tasche, reichte es ihr und wies auf einen Roulettetisch.

»Ich gebe Ihnen fünf Minuten.«

Manon öffnete das Päckchen und ließ mit einer geschickten Bewegung blitzschnell die Karten durch ihre Finger gleiten. Sie spürte Fred Bellairs Blick auf ihren Händen. Matthieu stand ein wenig im Hintergrund und wirkte äußerst angespannt.

»Legen Sie mir ein Chemin de fer.«

Ohne mit der Wimper zu zucken, verteilte die junge Frau die Karten für fünf Spieler. Bellair sammelte sie mit einer einzigen Handbewegung wieder ein.

»Jetzt geben Sie mir 460 Euro in Jetons à 100, 50, 25 und 10.«

Manon glitt zur Roulettebank, griff die Jetons und schob sie Bellair mit einem Croupierschieber hin.

»Vierhundertsechzig Euro, Monsieur Bellair.«

»Beeindruckend. Aber ich stelle niemanden ein, den ich nicht selbst ausgebildet habe. Tut mir leid.«

Ihr war, als habe sie jemand in die Magengrube getreten. Bellair entfernte sich rasch, doch Matthieu folgte ihm.

»Monsieur Bellair, ich bitte Sie …«

Fred ging eilig weiter. Matthieu hatte ihn nun eingeholt.

»Dieses Mädchen ist eine seltene Perle. Ich verbürge mich für sie.«

»Matthieu, du bist noch jung. Eines Tages wirst du echte Perlen von Zuchtperlen unterscheiden können.«

Er legte dem Jungen die Hand auf die Schulter.

»Ich würde nicht auf dieses Mädchen setzen, aber tu, was du für richtig hältst.«

»Danke, Monsieur Bellair.«

Manon hatte sich wieder aufgerichtet. Instinktiv hatte sie begriffen, dass sich das Glücksrad zu ihren Gunsten gedreht hatte. Das Spiel konnte beginnen.

Am Abend wurde die Schar der Gäste von Bunnys zur Garderobe und dann zum Buffet geführt. Matthieu genoss seinen Erfolg. Alle wohlhabenden jungen Leute aus Nizza waren gekommen, und es freute ihn, in der rauschenden Menge auch ein paar Stars zu sehen, die bereit waren, den Abend durch ihre Gegenwart zu ehren. Das war sein Abend. Die Mädchen waren schön, von perfekter Bräune und rochen nach teurem Parfum. Joëlle, die Vincent eingeladen hatte, fiel ein wenig aus dem Rahmen, weil sie zu viele goldene Accessoires trug, goldene Schuhe, ein weißes, zu enges Kleid mit goldenen Streifen und goldene Margeriten als Ohrringe. Die Sekretärin von Freds Neffen gehörte zu den Kunden, die in der Lage waren, jeden Monat ihr Einkommen zu verspielen. Die Männer wussten nicht, wohin sie zuerst blicken sollten, ganz außer sich durch die Zurschaustellung von jungem Fleisch, das die winzigen Musselin- oder Seidenfähnchen mehr enthüllten als verbargen. Aber das war ja der Sinn der Sache, zum Nachteil der alten Schachteln, die da nicht mithalten konnten, trotz der Eisstückchen, die sie sich kurz vor dem großen Ereignis aufs Gesicht gelegt hatten. Erst das Schlafmittel, das sie vor dem Ins-Bett-Gehen schlucken würden, würde sie von ihrem Ärger befreien. Bis es so weit war, rächten sie sich, indem sie ihre Perlen, Edelsteine, Diamanten präsentierten, an den Händen, am Hals, am Handgelenk, an den Ohren, auf der Brust.

Matthieu versuchte den Wert der Damen in Euro zu schätzen. Je älter sie waren, desto teurer wurden sie. Zwei Gestalten fielen ihm durch die Schlichtheit ihrer Kleidung auf: seine Mutter in einem schwarzen trägerlosen Kleid und Laura mit ihrem hellen Teint in einem roten engen Seidenkleid. Er stürzte auf sie zu und war überrascht über die Erleichterung, die er empfand: Sie gehörten nicht zu dieser Welt. Viviane sah die Bewunderung in seinen Augen.

»Mama, niemand wird glauben, dass du meine Mutter bist.«

»Hauptsache, du weißt es, mein Schatz.«

Laura umarmte Matthieu.

»Ich bin so stolz auf dich. Das ist ganz wunderbar«, flüsterte sie ihm ins Ohr. »Lass dir von keinem etwas anderes sagen.«

Viviane konnte ihre Genugtuung nicht verbergen.

»Wenn Fred jetzt nicht begreift, dass es keinen besseren Teilhaber gibt als dich, dann muss man an seiner Intelligenz zweifeln.«

Laura sah sich suchend im Saal um, aber wie sollte sie Vincent unter den vielen Leuten finden? Matthieu bemerkte ihre Blicke.

»Wenn du deinen Verlobten suchst, er muss bei Fred sein. Sie waren verabredet.«

Laura lächelte tapfer. Solche Bäder in der Menge waren nicht nach ihrem Geschmack. Sie fühlte sich bedrängt, und hier ganz besonders. Dieses Wohlbefinden, das allein auf Reichtum basierte, hatte sie schon immer peinlich berührt. In dieser Hinsicht war sie trotz Max' und Vivianes Erziehung bescheiden geblieben. Geld war für sie nicht wichtig. Ludmilla hatte ihr beigebracht, dass man als reiches Mädchen am besten zurechtkommt, wenn man nicht angibt oder über Geld redet. Daher fühlte sie sich hier volkommen fremd. Matthieu bahnte ihnen einen Weg durch die Menge bis zum VIP-Bereich. Laura sah, wie ihr Bruder stolz auf eine Frau wies, die sie noch nicht kannte.

»Darf ich euch Manon vorstellen? Manon, das ist meine Mutter und dies meine Schwester Laura.«

Manon war gerade mit Kartenausteilen beschäftigt und grüßte zurückhaltend. Überrascht musterte Viviane die junge Frau.

»Matthieu hat mir viel von Ihnen erzählt. Ich freue mich, Sie kennenzulernen, Madame«, sagte Manon leise.

»Ganz meinerseits.«

Viviane hatte nicht mit einem so engen Verhältnis zwischen den beiden gerechnet. Dabei wusste sie doch, welchen Erfolg ihr Sohn bei den Frauen hatte.

»Entschuldigen Sie mich bitte«, sagte sie und eilte auf Franck zu, den sie in Begleitung von Antoine entdeckt hatte.

»Mein Bruder ist ein Frauenheld, seien Sie vorsichtig«, meinte Laura.

Manon antwortete nicht, aber Laura erkannte an ihrem Blick, dass sie sich durchaus in der Lage sah, die Herausforderung anzunehmen. Arme Agnès, sie hatte also doch recht gehabt. Die junge Frau blätterte mit beeindruckender Geschicklichkeit ein neues Kartenspiel auf.

»Mit Karten sind Sie offenbar wohlvertraut.«

»Ich kann nichts dafür, das wurde mir gewissermaßen in die Wiege gelegt.«

Manons Bemerkung stimmte Laura nachdenklich. Matthieu nahm seine Schwester bei der Hand und ging ein Stück weiter.

»Weißt du, mir liegt etwas an dieser Frau. Du hättest ihr nicht gleich zu sagen brauchen, dass ich ein Verführer bin.«

»Wie konnte ich nur auf diese Idee kommen!«

»Und heiratest du am Samstag tatsächlich?«

Laura blieb die Luft weg.

»Warum fragst du mich das?«

»Ich habe mit Ludmilla telefoniert. Offenbar ziehst du jetzt zu ihr. Was hast du vor? Stimmt irgendwas nicht?«

Laura spürte, wie sie errötete. Wenn jetzt auch noch Matthieu anfing, sich in ihr Privatleben einzumischen, konnte das Leben in Nizza für sie und Vincent zur Hölle werden. Vielleicht war es doch keine schlechte Idee, nach Amerika auszuwandern.

»Was geht denn dich das an? Vincent steckt bis über die Ohren in der Arbeit. Bis Samstag werden wir uns kaum sehen. Außerdem will ich die letzte Zeit als Junggesellin auskosten. Und bei Ludmilla fühle ich mich wohler als bei Papa. Das ist alles.«

Laura sah Antoine näher kommen.

»Ach, der Nachwuchs unseres Politikers …«, presste Matthieu zwischen den Zähnen hervor. »Eine gute Partie.«

»Halt die Klappe, du Giftschlange.«

In diesem Moment reichte Antoine ihr die Hand.

»Laura! Ich habe mich schon gefragt, ob ich dich heute Abend sehe. Ist Ludmilla nicht mitgekommen?«

Laura trat Matthieu vorsorglich auf den Fuß.

»Nein, leider nicht.«

»Ludmilla macht sich nichts aus solchen Abenden. Allem Anschein zum Trotz geht sie lieber auf Entdeckungsreisen in der Natur, stimmt's, Laura«, meinte Matthieu zweideutig.

Fred und sein Neffe blickten auf die Wand von Monitoren, die einzige Lichtquelle in Bellairs Büro. Schließlich hatte Vincent Laura auf einem der Bildschirme entdeckt. Sie stand etwas verloren in der Menge, und als jemand sie anrempelte, hielt sie sich am Arm des Mannes fest. Kein Kavalier, wie Vincent bemerkte: Er machte sich von ihr los und ging davon, ohne sich umzudrehen. Doch er blieb im Sichtfeld der Kamera, und Vincent sah, wie er wieder zurückkam. Er hatte ein Feuermal auf der Stirn, gleich über dem rechten Auge, das ihm etwas Unheimliches verlieh. Vincent dachte an die Comics seiner Kindheit: Joker hatte auch ein solches Mal, aber unter dem Auge wie die weißen Clowns. Am Anfang brachte er mit seinen Nummern die Kinder zum Lachen, am Ende schrien sie vor Angst ... Vincent hatte das Gefühl, dass dieser Joker-Mann Laura beobachtete.

Fred legte den Arm um seinen Neffen.

»Ich habe oft gedacht, dass so das Paradies aussieht.«

»Oder die Hölle.«

Fred wies auf Franck Duval, der auf einem Monitor im Gespräch mit Viviane zu sehen war.

»Selbst der Conseiller général ist gekommen, um meinen Champagner zu trinken. Und der Präfekt isst vermutlich gerade Petit Fours«, meinte er grinsend.

»Sage ich doch ...«

»Hast du dir meinen Vorschlag überlegt?«

»Ja, aber ich lehne ab.«

»Denk noch mal in Ruhe darüber nach. Und vergiss nicht, dass es mit mir langsam bergab geht. Eines Tages muss ein anderer übernehmen, und ich möchte, dass du das bist.«

»Fred, ich bin Strafverteidiger. Ich liebe meinen Beruf, und ich habe einen Grundsatz: Ich mache keine Geschäfte.«

Fred brach in Gelächter aus.

»Geld stinkt nicht, das wirst auch du noch merken. Als ich dein Studium finanziert habe, war dir das durchaus recht.«

Vincent entzog sich seinem Griff.

»Ich zahle es dir zurück, bis auf den letzten Cent.«

»Das verlange ich doch gar nicht.«

Fred ließ Vincents Schulter los.

»Was für eine Charakterstärke! So ist das in unserer Familie. Dein Vater wollte mein Geld auch nicht, und sieh dir an, was aus ihm geworden ist. Er hat nichts als seine Handwerkerrente, einen krummen Rücken, und deine Mutter arbeitet als Putzfrau. Willst du das?«

»Ich möchte morgens in den Spiegel sehen können. Laura und meine Kinder sollen stolz auf mich sein.«

»Aha, der künftige Familienvater. Arbeit, Familie, Vaterland. Das passt hervorragend zu dir.«

»Und du glaubst an nichts und missachtest die Gesetze. Wir haben im Grunde nicht viel gemein.«

»Da täuschst du dich.«

Vincent deutete auf Franck Duval.

»Das glaube ich nicht. Und ich glaube auch nicht, dass der dir helfen wird. Er rettet seine eigene Haut, mehr nicht. Du solltest ihm nicht trauen.«

»Danke für den guten Rat, aber ich kenne meine Feinde selbst.«

Freds Blick blieb auf Franck geheftet, der mit Viviane zum Buffet geschlendert war und sich dort mit dem Präfekten unterhielt. Viviane zeigte ihr liebenswürdigstes Lächeln.

»Sie fressen mir aus der Hand. Regel Nummer eins: Sorg immer dafür, dass deine Suppe besser schmeckt als die des Nachbarn. Und wie weit bist du mit deinem Utopistenverein?«

Vincent lächelte. Fred hatte nicht ganz unrecht, wenn man an manche Mitglieder des Vereins zum Schutz der Küstenlandschaft dachte.

»Es gibt noch einiges zu tun, aber ich bin zuversichtlich.«

Fred drückte auf eine Fernbedienung und stellte den Ton an. Der Lärm der inzwischen schon angeheiterten Menge drang ins Büro. Auf einem Monitor erblickte er Max Fontane, der vor Wut brüllte und vom Ordnungsdienst zur Seite gedrängt wurde.

»Wenn du einen Menschen sehen willst, der von Gewissensbissen gepeinigt wird, sieh da hin. Ein besseres Beispiel gibt es nicht.«

Fred nahm einen Zigarillo, zündete ihn an und schloss genussvoll die Augen.

»Ein einziger pro Abend. Jetzt ist der beste Augenblick, denn ich fürchte, dass die Stimmung gleich kippen wird.«

Noch nie hatte man Max Fontane in solch einem Zustand gesehen. Er wirkte verwahrlost, sein Hemd hing ihm aus der Hose, er schwankte, trug keine Krawatte, der Kragen war offen. Die Ordner hielten ihn nur mit Mühe hinter einer Grünpflanze fest. Einige Gäste warfen neugierige Blicke auf die Szene. Matthieu war verständigt worden und eilte herbei. Als er sah, wie sein Vater behandelt wurde, und begriff, dass er der Urheber dieses Tumults war, verlor Matthieu einen Moment die Fassung. Doch das Auge der Kameras rief ihn zur Ordnung. Alles wurde gefilmt, und oben im Büro würde man sich nicht an den Ausbruch seines Vaters erinnern, sondern an seine Fähigkeit, die Situation zu meistern. Als er näher kam, ließen die Rausschmeißer von Max ab.

»Was willst du?«

»Verschwinde! Halt dich da raus, und lass mich vorbei, Nichtsnutz. Ich will deinen Chef sehen.«

Max roch stark nach Alkohol.

»Du bist betrunken. Geh jetzt bitte nach Hause. Ich rufe dir ein Taxi.«

Da erschien Viviane.

»Max, Schluss jetzt. Beruhige dich!«

»Hau ab, dreckige Hure.«

Max stieß Viviane so heftig zur Seite, dass sie das Gleichgewicht verlor und sich an Matthieus Arm festhalten musste. Dieser begriff, dass seine Zukunft bei Fred Bellair gefährdet war. Mit wutverzerrtem Gesicht stürzte er sich auf seinen Vater, packte ihn am Kragen und zerrte ihn zu der riesigen Drehtür. Dabei schrie er:

»Du sprichst mit meiner Mutter! Wenn du sie noch einmal so beleidigst, dann bring ich dich um, du Idiot. Und jetzt raus hier!«

Die Ordner teilten die Menge und bahnten Matthieu mit ihren Ellbogen einen Weg. Einige Frauen kreischten auf. Matthieu bearbeitete seinen Vater mit Fußtritten, damit er weiterging. Schließlich stürzte Max und kam nicht mehr hoch. Aus seinem Mund rann Blut. Zugleich lachte er bitter.

Matthieu hatte fast die Tür erreicht, als ihn eine Hand zurückzog. Die Rausschmeißer traten beiseite, und als sich Matthieu umdrehte, stand Fred Bellair vor ihm.

»Lass nur, Matthieu, ich kümmere mich darum.«

Nach einem Kopfnicken von Fred richtete einer der Gorillas Max Fontane auf und brachte ihn hinaus. Bellair folgte ihm.

Matthieu stand wie erstarrt da. Dann drehte er sich um und verschwand in der Menge, die sich langsam wieder beruhigte …

»Du wolltest mich sehen, und hier bin ich.«

Max richtete sich auf, er hatte seinen Körper wieder unter Kontrolle. Fred reichte ihm ein Taschentuch, um das Blut an seinem geschwollenen Mund abzuwischen. Doch Max nahm es nicht an.

»Sehr gut. Dann hör zu, was ich dir zu sagen habe. Zwischen deiner und meiner Familie wird es niemals eine Verbindung geben. Und wenn ich dich eigenhändig umbringen muss.«

Gelassen steckte Fred das Taschentuch wieder ein. Er hatte noch immer seinen Zigarillo im Mund.

»Max, hab dich nicht so. Nach all der Zeit könnten wir uns doch endlich vertragen. Luisa …«

»Sprich nicht von Luisa!«, schrie Max. »Ich verbiete dir, in meiner Gegenwart ihren Namen in den Mund zu nehmen.«

Fred trat den Zigarillo mit seinem Lackschuh aus. Dann näherte er sich Max und fasste ihn am Hals, um ihm etwas ins Ohr zu zischen.

»Hör gut zu, du Hurensohn, Luisa trägt deinen Namen auf dem Familiengrab, deinen Namen. Aber das ist alles. Deine Tochter wird bis zu ihrem Tod den meinen tragen und alle deine Nachkommen auch …«

Es war, als hätte er seinem Feind ein tödliches Gift eingeflößt. Max stand wie versteinert da.

Laura und Vincent erschienen in der Drehtür. Sie stürzte auf ihren Vater zu.

»Papa!«

Sie wandte sich an Vincent:

»Gib mir dein Taschentuch, schnell.«

Vorsichtig wischte sie das Blut von den Lippen ihres Vaters. Stumm ließ er es über sich ergehen. Seine Tochter wagte nicht, ihm ins Gesicht zu sehen. Eine Träne fiel auf ihre Hand, dann noch eine. Der große Max Fontane weinte.

»Papa, bitte, nimm dich zusammen. Ich bringe dich nach Hause.«

»Laura, meine Laura, wenn du wüsstest, wie ich dich liebe.«

»Ich weiß es, und jetzt schweig. Es ist vorbei. Komm, wir gehen nach Hause.«

Laura hakte sich bei ihm ein und stieg die Stufen hinunter, doch bei jedem Schritt drohte sie zu fallen. Vincent wollte zu ihr eilen, aber sie hielt ihn mit einem bittenden Blick auf. Fred stand oben und betrachtete die Szene. Auf dem Weg ins Kasino ging Vincent dicht an ihm vorbei, blieb aber nicht stehen. Ein Ausdruck von Abscheu malte sich auf seinem Gesicht.

»Gratuliere, Fred.«

Ein paar Augenblicke später kam Viviane und packte Max, um ihn möglichst schnell wegzubringen.

Laura ging wieder nach oben ins Kasino. Dabei stieß sie mit einem Mann im weißen Smoking zusammen und wäre beinahe gestürzt. Der Mann machte keine Anstalten, sie festzuhalten. Er sah sie zugleich erstaunt und spöttisch an. Dieser Mann hatte sie schon im Spielsaal gestreift. Auf seinem Gesicht lag ein breites, drohendes Lächeln. Sofort erkannte sie den Soldaten aus ihren Albträumen, der auch gestern Abend wieder im Park ihres Vaters aufgetaucht war. Eine innere Stimme sagte ihr, dass dies der Mann war, der seit ihrer Kindheit ihre Visionen geprägt hatte. Und jetzt stand er plötzlich vor ihr, aber leibhaftig, zum ersten Mal in ihrem Leben. Laura musterte sein Gesicht, das sie bisher immer nur im Halbprofil gesehen hatte: über dem rechten Auge ein rotes Muttermal, wasserblaue Augen, kurz geschnittenes graues Haar und extrem schmale Lippen.

Der Mann ging hastig weiter.

»Halt, warten Sie bitte!«

Der Mann zögerte und verlangsamte seinen Schritt. Laura trat an seine Seite.

»Ich glaube, wir kennen uns.«

Der Mann blieb stehen.

»Nein. Daran würde ich mich bestimmt erinnern.«

»Ich habe Sie schon irgendwo gesehen, da bin ich ganz sicher.«

Er verzog den Mund.

»Ich sagte Ihnen bereits, ich kenne Sie nicht.«

»Vielleicht haben Sie ja meine Mutter gekannt.«

»Ich kannte sie nicht.«

Der Mann log, das war klar, und Laura lächelte dankbar.

»Was ist denn so komisch, junge Dame?«

Sein aggressiver Ton verstörte sie.

»Na ja, es freut mich festzustellen, dass Sie sie sicher gekannt haben. Sie wussten, wen ich meine, obwohl ich keinen Namen genannt habe.«

Unvermittelt trat der Mann auf sie zu und drückte seinen Oberkörper gegen ihre Brust. Dann fauchte er sie wütend an:

»Lassen Sie mich in Ruhe! Ich hoffe, wir begegnen uns nie wieder.«

Laura war verblüfft. Der Mann bedrohte sie. Nun war sie überzeugt, einen Teil des Geheimnisses gelüftet zu haben. Dieser Mann hatte ihre Muter gekannt, das war eindeutig. Er existierte nicht nur in ihren Visionen, sondern war ein Mann aus Fleisch und Blut. Am liebsten hätte sie einen Freudensprung gemacht. Sie war nicht verrückt. Nicht verrückt!

Außerdem war sie überzeugt, dass dieser Mann etwas über den Tod ihrer Mutter wusste.

DIE PÄPSTIN

Agnès klappte den Ordner auf ihrem Schreibtisch zu. Der Bericht über die Untersuchungen, den die Feuerwehr über den Brand auf dem Montmaure angestellt hatte, umfasste mehrere Seiten. Die übliche Prosa, wahrscheinlich in zwei Stunden heruntergeschrieben und dann mit einem Seufzer der Erleichterung an den Staatsanwalt geschickt, der sie an die Kriminalpolizei in Nizza weitergereicht hatte. Das Material war beim Kommissar gelandet, und der hatte die Akten einfach an Kommissarin Angeli, also Agnès, weitergegeben. Typisch, dachte sie erbittert. Es ging ja lediglich um einen geschmolzenen Benzinbehälter und ein Stück Land, das allen Leuten zwei Tage nach dem Brand völlig gleichgültig war. Hätte das Feuer mehrere Quadratkilometer Bergwald und ein paar Touristendörfer verschlungen, hätte man sie nie mit dem Fall betraut. Wo war bloß das verdammte Beweisstück, das die Feuerwehrleute erwähnt hatten? Mehr hatten sie nicht gefunden?

»Bruno, hat dir die Spurensicherung nicht außer den Akten zum Montmaure-Fall noch ein Päckchen geliefert?«

Ohne von seinem Bildschirm aufzublicken, zog Bruno unter seinem Schreibtisch einen Plastikbeutel mit einem unförmigen, schwarzen Gegenstand hervor und warf ihn in ihre Richtung.

»Hier, bitte.«

Agnès fing den Beutel im Flug auf. Sie hatte schon damit gerechnet, dass Bruno dieses bei den Anwärtern der Kriminalpolizei verbreitete Spiel liebte. Wenn man am wenigsten damit rechnete, konnte einem alles Mögliche an den Kopf fliegen. Sie grinste übers ganze Gesicht.

»Daneben, Bruno Bruno!«

Sie wusste, dass er sie mochte, aber auch, dass es ihn ärgerte, wenn sie ständig seinen Namen und Vornamen nannte. Bruno Bruno. Offenbar hatten die Eltern unter Sauerstoffmangel gelitten, als sie im Rathaus seine Geburt anzeigten. Agnès hatte mehrere Theorien dazu entwickelt. Womöglich hatte man ihn am Tag des heiligen Bruno vor einer Kirche abgelegt, und der Standesbeamte, der den Kleinen ins Register eingetragen hatte, war ein Mann ohne große Phantasie gewesen. Agnès seufzte: immerhin besser als Jean Jean oder Marcel Marcel. Agnès mochte ihren Bruno Bruno. Wenn Matthieu nicht gewesen wäre, hätte sie ihm gern erlaubt, sie auszuziehen. Wirklich ein hübscher Kerl, obwohl er nur mittelgroß war. Manchmal sah sie ein schelmisches Leuchten in seinen Augen und schmolz beinahe dahin. Sie mochte auch das feine Lächeln, bei dem er seine Zähne kaum entblößte. Verdammter Matthieu!

»Bruno Bruno, begleitest du mich zum Montmaure?«

»Was sollen wir da? Willst du Indizien sammeln, Sherlock? Mach dir eins klar: Eine Brigade von Feuerwehrleuten am Tatort ist schlimmer als jede Elefantenherde.«

Agnès zog eine Digitalkamera aus der Schublade.

»Los, man kann nie wissen.«

Sie ging zur Tür und hielt den Apparat in die Höhe.

»Wenn du nett bist, posiere ich als Sirene auf einem Felsen.«

Als sie aus dem Schatten des Polizeigebäudes auf die aufgeheizte Teerstraße trat, stieß Agnès einen Seufzer aus. Obwohl es erst 9.00 Uhr morgens war, herrschten schon mindestens fünfunddreißig Grad. Die Straße schien menschenleer, jedenfalls auf den ersten Blick.

»Hallo!«

Es war Matthieu. Sie erkannte seine Stimme, doch die Sonne blendete sie.

»Hallo. Es gibt zwei Möglichkeiten. Entweder du hattest eine schlaflose Nacht, oder du brauchst mich für irgendetwas.«

Matthieu stand nun direkt vor ihr, frisch rasiert, Sonnenbrille auf der Nase, feuchtes Haar, parfümiert wie ein Prinz der Nacht, der sich vor die Höhle seines schlimmsten Feindes verirrt hat.

»Antwort: eine schlaflose, wunderbare Nacht.«

»Geht es Manon gut?«

»Du bist ja bestens informiert.«

»Ich bin Polizistin. Leider.«

Agnès hörte die Eingangstür hinter sich. Matthieu hob den Kopf und blickte amüsiert auf Bruno Bruno.

»Ich komme gleich zum Auto, es dauert noch eine Minute«, rief Agnès ihm zu.

Bruno Bruno entfernte sich, und Agnès glaubte sein feines Lächeln zu sehen.

»Gut, ich höre«, sagte Matthieu.

Sie wurde wütend.

»Verdammt noch mal, was glaubst du denn? Du kennst sie doch kaum. Klar: In deinen Kreisen gilt es nicht als sonderlich chic, wenn man was mit einer Polizistin hat. Dieses Theater kenne ich seit drei Jahren.«

»Agnès, ich habe mich verliebt. Das ist beschissen, aber was soll ich machen?«

»Na, dann haben wir ja endlich Klarheit. Danke und ciao.«

Agnès ließ ihn stehen und ging davon.

»Es war ja schon lange aus zwischen uns, Matthieu …«

Matthieu lief ihr nach. Sein Gesicht wirkte besorgt.

»Agnès, bitte, sei nicht böse, aber weißt du etwas über den Brand auf dem Montmaure?«

Agnès blieb so abrupt stehen, dass sie fast mit ihm zusammengestoßen wäre.

»Willst du mich verarschen? Was erwartest du? Ein paar Gratisinformationen zur Trennung?«

»Ist ja gut. Trotzdem danke und viel Glück.«

Fassungslos blickte sie ihm nach. Was bildete der Kerl sich ein? Und warum interessierte er sich für den Brand auf dem Montmaure?

Das Landhaus, in dem Ludmilla seit jeher lebte, war im 18. Jahrhundert von den Vorfahren Élisabeth de Fressans gebaut worden. Archibald Montalban, Lauras Ururgroßvater mütterlicherseits, hatte diese siebenundzwanzig Jahre jüngere Schönheit in vorgerücktem Alter geheiratet. Der spanischstämmige Archäologe hatte seine Forschungen und seine Bibliothek dem Musée Cimiez in Nizza vermacht. Seine Ehefrau Élisabeth hatte das Haus in die Ehe eingebracht, das schließlich an Pier-Paolo Rinaldi, den Vater von Luisa und Ludmilla, übergegangen war. Lauras Mutter und ihre Schwester waren hier aufgewachsen. Seit jeher kümmerte sich Ludmilla liebevoll um den Erhalt des Anwesens. Im Lauf der Jahre waren die Holztäfelungen erneuert worden. Die riesige Küche hatte ihr altmodisches Aussehen behalten, wenngleich sie nun modern ausgestattet war. Hier konnte man Essen für eine große Zahl Gäste vorbereiten. Ludmilla hatte das Haus auf ihre Weise geprägt, es gab eine Menge Nippes, Grafiken und Bilder, die von ihrem guten Geschmack zeugten.

Laura war spät aufgestanden und verbrachte den Rest des Vormittags damit, das Haus zu erkunden, in dem ihre Mutter aufgewachsen war. Es war ein echtes Museum. Sie begutachtete jedes Stück, wobei sie lieber Licht machte, als die Läden zu öffnen und die Hitze hereinzulassen. Dabei ließ sie sich nur von ihrem Blick leiten. Vom Goldrand einer hübschen Schokoladendose aus Porzellan bis zum Weiß im Auge auf einem Porträt. In jedem Zimmer befanden sich zahlreiche Bilder, und sogar in der großen Küche hatte Laura welche entdeckt:

Porträts, Landschaften, Stillleben aus verschiedenen Jahrhunderten. In dem Kabinett neben Ludmillas Schlafzimmer stieß sie auf ihre legendäre Sammlung erotischer Bilder, Illustrationen zum *Kamasutra* und japanische Tuschzeichnungen zu ähnlichen Themen, alle alt und kostbar. Das war Ludmillas ganz privater Beitrag zu der Kunstsammlung.

Bei ihrem Rundgang stellte Laura fest, dass die Tür zum Zimmer ihrer Mutter verschlossen war, als einzige im ganzen Haus. Wieder kam ihr der Fluch in den Sinn. Ihr schauderte bei dem Gedanken an den Schmerz der Mütter in ihrer Familie, die alle ihr erstes Kind verloren hatten. Luisa hatte Laura in ihrem Leib getragen, ohne etwas von ihrem baldigen Tod zu ahnen. War es, wie die Tiefenpsychologen sagten, das Prinzip der Wiederholung, das in allen Familien existierte?

In der Bibliothek blieb Laura vor einem riesigen Porträt stehen, das sie gut kannte. Es zeigte einen Mann der italienischen Renaissance. Vergeblich versuchte Laura die wenigen Buchstaben auf dem Buch zu entziffern, auf das er die Hand gelegt hatte. Sie liebte dieses Porträt, dem sie als kleines Mädchen stets ihren Kummer und ihre Sorgen über die merkwürdigen Dinge, die ihr zustießen, anvertraut hatte: die Begegnungen mit den Toten und anderen Gestalten wie dem Soldaten, deren Bedeutung sie nicht verstand. Der Renaissance-Mann blieb immer stumm, und gerade deshalb teilte sie ihm weiterhin ihre Geheimnisse mit. Jetzt fiel ihr ein, dass auch ihre Mutter im Renaissance-Gewand gemalt worden war – gewiss wegen dieses Porträts.

Dann hörte sie bei der Küche eine Tür gehen und wandte sich von dem Renaissance-Mann ab. Es war Solange, die Köchin, die schon mit sechzehn Jahren in den Dienst der Rinaldis getreten war. Sie hatte auch Luisa und Ludmilla als kleine Mädchen betreut. Der Tod der alten Rinaldis hatte nichts an ihrer Überzeugung geändert, dass sie hier zum Inventar gehörte. So war sie geblieben und hatte weiterhin die Spuren der wilden Feste beseitigt, die die Schwestern regelmäßig feierten. Sie hatte drei eigene Mädchen aufgezogen, verspürte aber immer noch kein Verlangen, in Rente zu gehen. Mittlerweile war sie beinahe siebzig und kochte immer noch exzellent, was Ludmilla sehr zu schätzen wusste.

Solange begrüßte Laura herzlich und betrachtete sie dann von Kopf bis Fuß:

»Immer noch so schön, aber auch so mager! Erzähl mir, wie es dir geht.«

»Gut, sehr gut. Und dir? Ich freue mich so, dich zu sehen.«

»Wie es einer alten Frau so geht. Sag mal, stimmt es, dass du am Wochenende heiratest?«

Solange bemerkte Lauras Überraschung.

»Mach nicht so ein Gesicht, ich habe gehört, was deine Tante am Telefon gesagt hat. Warum machst du ein Geheimnis daraus? Ach ja, hier …«

Sie durchsuchte den Poststapel, den sie auf den Tisch gelegt hatte, und reichte Laura einen Brief.

»Der ist für dich.«

»Für mich?«

»Da ist keine Briefmarke drauf. Jemand hat ihn hier eingeworfen. Vielleicht dein armer Vater …«

Laura schwieg. Das war bestimmt eine Anspielung auf die letzten Exzesse von Max. Solange fuhr fort:

»Zum Mittagessen gibt es Seezungen, sie sind ganz wunderbar.«

Dann baute sie sich vor Laura auf, die Hände in die Hüften gestützt:

»Und jetzt raus hier. Das hier ist mein Reich. Wenn du Seezungen willst, musst du mich arbeiten lassen.«

Die Küche war riesengroß, aber Solange mochte es nicht, wenn sich jemand in ihrem Revier herumtrieb.

»Solange, das Zimmer von meiner Mutter ist abgeschlossen. Weißt du, wo der Schlüssel ist?«

Die Köchin holte einen Schlüssel aus einem kleinen Schrank und reichte ihn Laura.

»Weißt du, das Zimmer sieht immer noch genauso aus wie früher.«

In der Halle betrachtete Laura den Umschlag. Nur ihr Vorname stand darauf, in einer ihr unbekannten Schrift und schönen, mit dem Füllhalter geschriebenen altmodischen Buchstaben. Eine ältere Person oder jemand, der Kugelschreiber hasste. Laura begutachtete das dicke Papier in dem edlen Elfenbeinton. Mit einem Widerstreben, das sie sich selbst nicht erklären konnte, öffnete sie den Brief und erstarrte, als sie die Tarotkarte darin erblickte. Sie zeigte eine alte Frau mit einer Haube, auf der eine Tiara saß, in einem mittelalterlichen Kleid, ein offenes Buch auf den Knien. Die Karte war mit II nummeriert, und darüber stand *Die Päpstin*.

Sie wollte ins Zimmer ihrer Mutter gehen, bevor sie Agnès anrief und ihr von der neuen Karte erzählte. Also drehte sie den Schlüssel im Schloss um und machte die Tür auf. Es hieß das blaue Zimmer, denn alles war in dieser Farbe gehalten: Wände, Decke, Holz, Stoffe. Auf den Möbeln lag kein Staub, offenbar wurde hier regelmäßig sauber gemacht. Laura stellte sich in die Mitte des Zimmers und blickte sich um. Hier gab es keine persönlichen Dinge mehr, an den Wänden hingen keine Bilder, keine Stiche, keine Fotos.

Laura fuhr hoch. Die Tür hinter ihr war zugeschlagen. In diesem großen Haus zog es ständig. Einer plötzlichen Eingebung folgend, trat sie auf den provenzalischen Hochzeitsschrank zu und rüttelte an der Tür. Auch sie war zugesperrt. Ihr Herz pochte schneller, als sie zu dem kleinen Schreibtisch ging. Sie öffnete die Schublade und entnahm ihr einen Schlüssel, überrascht darüber, dass sie ihn so schnell gefunden hatte. Die Schranktür ließ sich ohne Mühe öffnen. Da schoss der Soldat heraus wie ein Teufel aus der Schachtel, den Mund zu einem lautlosen Lachen aufgerissen. Der Mann reichte ihr etwas mit der Hand, etwas, das sie um jeden Preis sehen musste, aber da wurde es dunkel um sie …

Laura spürte einen Lichtstrahl auf ihren Lidern. Wie lange lag sie schon auf dem kühlen Terracotta-Boden? Sie öffnete die Augen, voller Angst, wieder die Gestalt des Soldaten zu sehen. Aber das Zimmer war leer, die Schranktüren standen weit offen, nichts regte sich.

Laura wartete ein paar Sekunden, bis sie langsam aufstand, noch ganz betäubt von der Vision. Ein Glitzern zog ihren Blick auf sich. Unter dem Schrank lag ein leuchtender Gegenstand. Ein Armband. Wie kam das Schmuckstück hierher? Der Soldat musste es dorthin gelegt oder fallen gelassen haben. Das also war der Gegenstand, den er ihr schon so lange hatte zeigen wollen! Nun hielt sie ihn endlich in der Hand. Wirklich seltsam! Die Grenzen zwischen der Wirklichkeit, der Phantasie und dem Reich der Toten waren also durchlässig …

Laura betrachtete das Armband. Es war aus massivem Gold, fein ziseliert, etwa fünf Zentimeter breit und mit Edelsteinen besetzt. Gewiss ein altes und kostbares Stück. Zwischen den Steinen hingen kleine rechteckige Medaillons. Auf jedem war eine Person dargestellt. Laura zuckte zusammen: schon wieder Tarotfiguren! Sie drehte die Medaillons um und erblickte Inschriften und Zahlen auf der Rückseite. Seltsamerweise trug *Der Einsiedler* die Nummer VIIII und nicht IX, *Die Sonne* die XVIIII und nicht XIX, *Der Teufel* die XV, *Der Mond* die XVIII. Auf dem letzten Medaillon stand die Zahl XIII. Ein Skelett mit einer Sense. Laura schauderte.

Ludmilla war spät nach Hause gekommen. Das Treffen, zu dem sie als Präsidentin des Vereins zum Schutz der Küstenlandschaft gegangen war, hatte wegen des Brands auf dem

Montmaure länger gedauert als vorgesehen. Jetzt musterte sie den Gegenstand in ihrer Hand, stumm und in Gedanken versunken. Laura sah sie erwartungsvoll an. Sie hatte ihr das Schmuckstück sofort nach ihrer Ankunft gezeigt, und Ludmilla hatte ihre Pakete gleich in der großen Halle abgestellt und sich auf einem Sessel vor dem Kamin im großen Salon niedergelassen. Ihre Nichte stand ihr gegenüber und spielte mit dem gedrechselten Schüreisen, um ihre Ungeduld zu verbergen. Schließlich hob Ludmilla den Kopf.

»Entschuldigung, meine Süße, aber ich bin schockiert. Ich kenne diesen Schmuck genau. Er gehörte deiner Mutter, sie hatte ihn von unserer Mutter und die von unserer Großmutter. Ein einzigartiges Stück.«

»Sind das auf den Medaillons Tarotfiguren?«

»Soweit ich weiß, ja.«

»Was bedeuten sie? Sie müssen irgendeine Bedeutung haben!«

»Keine Ahnung. Für diesen Unsinn habe ich mich nie interessiert.«

Ludmilla lächelte, und Laura fühlte sich Welten von ihr entfernt.

»Deine Mutter hätte dir das sagen können. Sie hat allen Leuten die Karten gelegt. Nur mir nicht. Mir wurde bei so was angst und bange. In der Zeit vor ihrem Tod war sie richtig besessen davon. Sie liebte dieses Armband sehr.«

Laura ließ sich erschöpft in einen Sessel fallen. Ludmilla erriet, was ihr durch den Kopf ging.

»Ich weiß. Das gehört zu den Dingen über deine Mutter, die wir dir nicht erzählt haben. Aber du weißt ja vieles nicht.«

»Meine Mutter legte also Karten«, begann Laura. »Aber …«

Sie wollte diesen Gedanken nicht zu Ende denken. Hatten diese Karten, die seit drei Tagen ihren Weg kreuzten, mit ihrer Mutter zu tun? Ganz bestimmt. Aber wer legte sie ihr hin? Mit welchem Ziel? Ludmilla unterbrach sie in ihren Gedanken.

»Ich muss dir etwas sagen, Laura. Ich bin deshalb so erschrocken, weil ich dieses Armband deiner Mutter selbst angelegt habe, als sie im Sarg lag.«

»Was? Bist du dir sicher?«

»Ganz sicher. Es gibt ein solches Armband nicht zweimal. Und ich habe es ihr angelegt, bevor der Sarg zugemacht wurde. Ich kann mich nicht irren.«

Laura atmete heftig.

»Das kann nicht sein. Ich habe es im Zimmer unter dem Schrank gefunden. Dafür muss es eine vernünftige Erklärung geben. Ludmilla, stell dir vor, ich habe den Soldaten wiedergesehen, von dem ich dir erzählt habe. Er war in dem Zimmer. Nicht leibhaftig wie gestern im Kasino. Es war wieder eine Vision. Er kam aus dem Schrank, um mir das Armband zu zeigen. Ich bin vor Angst in Ohnmacht gefallen, und als ich aufwachte, lag es dort unter dem Schrank.«

Laura sah Ludmilla flehend an. Diese seufzte.

»Also angenommen, das Armband ist nicht zufällig in deine Hände gelangt. Dann muss dieser Mann dieses Haus gut genug kennen, um hier einzudringen, sich in einem Schrank zu verstecken und zu warten, bis du kommst, um dir das Zimmer anzusehen. Das ergibt doch keinen Sinn.«

Laura war empört.

»Er wollte mir das Armband zeigen. Das bedeutet, dass dieses Armband etwas mit dem Tod meiner Mutter zu tun hat. Ich muss einfach an das Übernatürliche glauben, sonst werde ich noch verrückt! Kannst du dich an einen Mann erinnern, der über dem rechten Auge ein rotes Feuermal hatte?«

Ludmilla dachte eine Weile nach und erwiderte dann:

»Nein, ich kann mich absolut nicht erinnern, einem Mann mit einem solchen Feuermal begegnet zu sein. Und deine Mutter kannte auch niemanden, der so aussah. Oder er gehörte jedenfalls nicht zu ihren engeren Freunden. Aber wie ist es möglich, dass er das Armband hatte?«

»Jemand muss es aus dem Sarg meiner Mutter gestohlen haben.«

Das Hupen eines Autos unterbrach ihr Gespräch.

Laura stand auf.

»Das ist Vincent. Ich muss gehen.«

Ludmilla folgte ihr bis zum Treppenabsatz.

»Lauf nur, du musst jetzt erst mal auf andere Gedanken kommen. Wir werden schon eine Erklärung finden.«

Ludmilla blieb noch eine Weile stehen und sah zu, wie Vincents Auto hinter einer Kurve der Allee verschwand. Als wieder Stille herrschte, fuhr sie mit der Hand in die Tasche ihres weiten Rocks und zog das Armband heraus. Einen Moment ließ sie es in der hohlen Hand liegen. Dann berührte sie wie bei einem Rosenkranz jeden Edelstein und jedes Medaillon.

Die Dämmerung war hereingebrochen. Ludmilla genoss die Kühle der Nacht. Rauchend saß sie allein auf der Terrasse, die nur von ein paar Kerzen erleuchtet war. Die Wandlampen des Salons warfen einen Lichtschimmer über die Fliesen, den Tisch und den Rasen. Ludmilla hatte ihr bescheidenes Abendessen schon lange verzehrt. Sie hatte keine Angst vor den Schatten im Park und fürchtete sich auch nicht davor, allein in dem großen Landhaus zu übernachten. Schließlich gab es ein gut funktionierendes Alarmsystem. Doch seit ein paar Minuten hatte sie das unangenehme Gefühl, dass jemand sie beobachtete. Sie rührte sich nicht und achtete auf das leiseste Geräusch zwischen den Lorbeerbüschen. Dort hatte sie ein Knacken gehört. Das konnte ein Nachtvogel oder ein Eindringling sein. Plötzlich schrak sie zusammen. Eine Gestalt trat aus den Lorbeerbüschen und kam langsam auf sie zu. Ludmilla fuhr auf. Dann trat die Gestalt in den Lichtkegel, und sie stieß einen erleichterten Seufzer aus: Es war Antoine, sie konnte sogar sein Lächeln sehen. Schweigend blickte sie ihm entgegen.

»Guten Abend. Ich dachte mir, das wäre die ideale Nacht

für eine erste Einführung in die Lehre von Säbel und Chrysantheme.«

Ludmilla drückte ihre Zigarette in einem schön gearbeiteten Bronzeschälchen aus. Antoine betrachtete sie dabei unverwandt.

»Vielleicht ist es zu spät.«

Antoine verbeugte sich vor ihr und küsste ihr lange die Hand.

»In meinem Alter!«

»Für Ehre und Schönheit gibt es kein Alter.«

Mittwoch, 3. August

DER NARR ODER *DIE KARTE NULL*

Oben im Turm der Fontane-Compagnie, die die Baie des Anges überragte, warf Max seinen Bleistift auf den vor ihm ausgerollten Bauplan. Er konnte sich nicht konzentrieren und spürte Müdigkeit in allen Knochen. Seine Hände zitterten kaum merklich. Er war jetzt über sechzig, mochte er auch zehn Jahre jünger wirken. Stets hatte er auf seinen Körper geachtet, als hoffe er insgeheim, dass Luisa wiederkehren würde. Selbst wenn er sie erst im Jenseits wiedersah, wollte er sich so wenig wie möglich verändern, damit sie ihn nach der langen Trennung wiedererkannte. Das war zwar absurd, aber solche Gedanken hielten ihn am Leben. Außerdem war Max zutiefst davon überzeugt, dass Arbeit das Alter hinauszögerte. Jedenfalls solange er noch nicht auf seinen Schultern die Last der Müdigkeit spürte. Die hatte er lange Zeit verleugnet. Jetzt aber war es überdeutlich: Er wurde alt, und die Nacht, in der ihn Viviane in seinem Erbrochenen liegend vom Kasino nach Hause fuhr, hatte ihre Nachwirkungen. Die Zeit, als er auch ohne Schlaf am nächsten Tag mühelos arbeiten konnte, war lange vorbei.

Er schrak aus seinen Gedanken hoch, als jemand leise an die Tür klopfte. Seine Sekretärin.

»Monsieur Bellair will Sie persönlich sprechen.«

»Fred Bellair?«

»Nein, Vincent Bellair.«

Fast war er enttäuscht, dass es nicht Fred war.

»Ich habe ihm gesagt, dass Sie niemanden empfangen, aber er besteht darauf.«

»Lassen Sie ihn herein, Martine.«

Er klang wie ein Torero, der befiehlt, dass man den Stier in die Arena lässt. Ein paar Sekunden später stand Vincent vor ihm.

»Ich nehme an, Sie sind hier, um mich um meinen Segen zu bitten.«

»Nein, Monsieur Fontane. Ich bin hier, weil Laura Hilfe braucht.«

»Hat sie Sie gebeten, mit mir zu sprechen?«

»Ich bin aus eigenem Antrieb hergekommen. Laura wird von ihrer Vergangenheit gequält, Monsieur Fontane. Wir haben den ganzen gestrigen Abend versucht, das Knäuel zu entwirren, aber es ist viel komplexer, als es scheint. Sobald man eine Lösung gefunden zu haben glaubt, stößt man auf ein neues Problem. Und so geht es endlos weiter. Sie sind der Einzige, der sie beruhigen kann. Da bin ich mir ganz sicher.«

»Sind Sie allein darauf gekommen, oder hat Ihr Onkel dabei die Hand im Spiel?«

»Fred ist genau wie Sie. Er spricht nie über die Vergangenheit. Niemand redet davon. Das ist merkwürdig und beunruhigend.«

Max wandte sich um. Es war Zeit, Nägel mit Köpfen zu machen. Dann betrachtete er den jungen Mann und musste gestehen, dass er wirklich gut aussah.

»Keiner redet davon, weil es nichts zu sagen gibt. So einfach ist das. Laura war drei Wochen alt, als ihre Mutter bei diesem Autounfall ums Leben kam. Für ein Mädchen ist es sehr schwer, sich zu entwickeln, wenn es keine Mutter hat. Ich habe getan, was ich konnte, um ihr so etwas wie ein Familienleben zu geben. Man muss wohl davon ausgehen, dass mir das misslungen ist …«

»Das habe ich nicht gesagt.«

»Wie auch immer, Laura ist ein zartes Kind, Monsieur Bellair. Sie wird es ihr Leben lang bleiben. Ich habe Jahre damit verbracht, sie zu beschützen. Heute ist sie eine Frau und trifft ihre Entscheidungen selbst. Jetzt ist es Ihre Aufgabe, sie zu beschützen. Doch um ehrlich zu sein, ich glaube, dass Sie nicht dazu fähig sind.«

Keine sehr freundliche Aussage. Fontanes Wangen wirkten eingefallen, seine Augen lagen tief in den Höhlen. Sein Gesicht war trotz der Sonnenbräune blass, nur der Hals war tiefrot.

»Wenn man jemanden liebt, ist nichts unmöglich, Monsieur Fontane.«

Vincent drehte sich um und wollte gehen. Max hatte ihm zu verstehen gegeben, dass er den Kampf nie aufgeben würde. Seltsamerweise war er erleichtert. Im Grunde war ihm ein offener Krieg lieber als verborgene Feindseligkeit. Dennoch wandte er sich noch einmal um. Beinahe hätte er den zweiten Grund seines Besuchs in der Höhle des Patriarchen vergessen.

»Im Übrigen, Monsieur Fontane, ich weiß noch nicht, inwiefern Sie mit dem Feuer auf dem Montmaure zu tun haben. Aber falls ich den kleinsten Hinweis darauf finde, dass Sie in diese Sache verwickelt sind, werde ich nicht zögern, Sie vor Gericht zu bringen.«

Max lächelte herablassend und erwiderte kein Wort auf die unverhohlene Drohung seines künftigen Schwiegersohns.

Joëlle hatte wieder verloren. Sie überlegte, ob sie den kleinen Plastikeimer wieder mit Chips füllen oder brav nach Hause gehen sollte. Bevor sie eine Entscheidung getroffen hatte, sah sie, wie die künftige Frau ihres Chefs durch die Drehtür des Kasinos trat, und beschloss, die Segel zu streichen.

Wenig später sah sich Laura verblüfft in Fred Bellairs riesigem Büro um. Es war äußerst spartanisch eingerichtet, was sie bei diesem Mann nie erwartet hätte. Nur der Schreibtischsessel wirkte sehr komfortabel und passte nicht zu der sonstigen Kargheit des Raumes. Die Wände waren aus hellem Holz, ohne Verzierungen. Fred drückte auf ein Paneel, das zur Seite glitt und unter Lauras erstauntem Blick eine Wand von Monitoren freigab. Sie betrachtete die Wandverkleidung genauer und stellte fest, dass es überall solche Öffnungsmöglichkeiten gab. Alles war dahinter verborgen.

Fred hielt die Fernbedienung in der Hand und schob eine Kassette in den Videoschlitz.

»Ja, wir filmen alles und bewahren auch alle Bänder auf. Aber sind Sie sicher, dass Sie ihn wiedererkennen?«

»Vincent sagte, er habe beobachtet, wie mich dieser Mann zu Beginn des Abends angerempelt hat.«

Nun zogen die Bilder vorbei. Immer mit neuem Blickwinkel der wechselnden Kameras. Laura brauchte ein paar Minuten, bis sie sich an diese Schnitte gewöhnt hatte. Währenddessen sprachen weder Fred noch sie ein Wort. Er betrachtete sie und suchte in ihren Zügen etwas, was ihn an ihre Mutter erinnerte. Doch er konnte keine Ähnlichkeit entdecken. Es war auch gar nicht möglich, denn für ihn war Luisa einzigartig und konnte durch niemanden vom Thron gestoßen werden. Laura blickte gebannt auf den Monitor. Es war nicht einfach, sich in der dichten Menschenmenge zu orientieren. Dann sah sie sich plötzlich. Ein Mann hatte sie gerade angerempelt und ging hastig davon, ohne sich umzusehen. Laura lief ein Schauer über den Rücken. Diese Gestalt und ihre steife, förmliche Art erinnerten sie an etwas. Dann verschwand der Mann vom Bildschirm. Wieder war die Menge zu sehen, doch dann wandte der Mann sein Gesicht in einer abrupten Bewegung der Kamera zu.

»Da ist er, halten Sie an, Fred, da ist er!«

Das Bild blieb stehen. Man konnte die Züge des Unbekannten recht deutlich erkennen. Das Feuermal über der Augenbraue war gut zu sehen. Fred schnalzte mit der Zunge.

»Ich hatte den Kerl auch schon bemerkt. Ein Unbekannter. An diesem Abend sah ich ihn zum ersten Mal, doch ich hatte den Eindruck, ihm schon einmal begegnet zu sein, vor langer Zeit. Aber wo? Manchmal lässt mich mein Gedächtnis im Stich.«

»Gehörte er vielleicht zu Ihrer Clique, als Sie jung waren?«

»Nein, unmöglich.«

»Kann man herausfinden, wer er ist?«, fragte Laura aufgeregt.

»Ich versuche es. Alles hängt davon ab, wie er bezahlt hat; ich kann nichts versprechen. Vielleicht ist er auch unter einem falschen Namen hereingekommen. Eins ist sicher, ein Stammkunde ist er nicht.«

Laura starrte noch immer auf den Monitor. Sie hatte das Gefühl, dass der »Soldat« die Kamera entdeckt hatte. Wenn sie nur einen Moment die Augen schloss, würde er wieder verschwunden sein …

»Ist es indiskret zu fragen, warum Sie sich so für diesen Typ interessieren?«

Laura überlegte hastig. Fred Bellair war der Letzte, dem sie ihre Vermutung anvertrauen konnte, dass der »Soldat« Informationen über Luisa hatte.

»Ich … es hat mit einer Sache zu tun, an der ich gerade arbeite.«

Fred ließ sich nicht beirren.

»Und ich nehme an, Vincent weiß Bescheid.«

»Ja, natürlich.«

Plötzlich verschwand das Bild des »Soldaten«. Fred hatte den Monitor ausgeschaltet. Schon glitt die Holzwand wieder vor die Bildschirme.

»Sie haben bald Geburtstag, oder?«

Die Frage überraschte Laura.

»Nein, der ist schon vorbei«, antwortete sie.

Für den Bruchteil einer Sekunde verkrampfte sich Freds riesiger Körper.

»Ach ja, ich dachte, es sei am Ende des Monats. Mein Gedächtnis ist wirklich nicht mehr das beste.«

Laura reichte ihm die Hand zum Abschied.

»Ich danke Ihnen, Fred. Entschuldigen Sie, dass ich Sie wegen einer solchen Kleinigkeit belästigt habe.«

»Gern geschehen, Laura. Ich nehme an, der Countdown hat begonnen.«

Laura erstarrte. Was meinte Fred Bellair bloß damit?

»Die Hochzeit, Laura. Sicher zählen Sie schon die Tage.«

»Ja, natürlich. Aber Vincent kümmert sich um alles.«

»Das war schon immer seine Stärke und zugleich seine größte Schwäche. Aber ich nehme an, dass Sie in der Lage sind, ihn in die richtige Bahn zu lenken.«

Es war, als amüsiere sich Fred Bellair über andere wie eine Katze, die aus dem Augenwinkel auf die Maus blickt, die sie in den Krallen hält. Man konnte ihm nicht entkommen. Fred Bellair war eine Mischung aus Don Corleone und einer Sphinx. Eine aussterbende Spezies …

Laura hatte bei Pierrot und Mado, Vincents Eltern, zu Mittag gegessen. Sie hatten sich zum ersten Mal gesehen. Vincents Mutter war eine großzügige Frau, aber von der Verbindung mit Laura schien sie nicht viel zu halten, so als passten die beiden Familien nicht zusammen. Hinzu kam, dass sie und Pierrot in einfachen Verhältnissen lebten. Trotz der Freundlichkeit der Leute hatte Laura eine gewisse Distanz gespürt, aber Vincent hatte seine Liebe zu Laura mit solcher Fröhlichkeit bekräftigt, dass sie nun beruhigt wirkten.

Vincent war der Mann ihres Lebens, und es war ihr egal, ob andere mit ihrer Heirat einverstanden waren. Zugleich aber verstörten sie alle diese Rätsel: die Karten, die Visionen, dazu das Armband ihrer Mutter, das aus dem Jenseits gekommen zu sein schien. Da die Welt der Toten ihr keine Ruhe ließ, beschloss sie, einen Spaziergang auf den Friedhof zu machen.

Sie ging von Allee zu Allee und betrachtete die Statuen und Monumente auf den Gräbern. Es war unmöglich, sich den in Stein gemeißelten Schmerzensschreien zu entziehen, die im Lauf der Jahrhunderte nichts von ihrer Intensität verloren hatten. Verglichen damit war die Gruft der Rinaldis von fast strenger Nüchternheit. Wie immer, wenn sie hierherkam, empfand sie gar nichts. Sie blieb einen Augenblick stehen, hoffte vergeblich auf ein Zeichen und setzte ihren Weg fort.

Nachdem sie den Friedhof verlassen hatte, ging sie die Montée Eberlé entlang. Unter ihr lag der Hafen Lypia, von roten Fassaden umgeben, und man hörte das Klicken der Masten an den wenigen Segelbooten, die dort lagen. Hier gab es nur wenig Schirmmützen, Shorts und gerötete Haut. In dieses Viertel kamen kaum Touristen. Laura wusste, dass sie hier ihr goldenes Dreieck finden würde: die Straßen Catherine-Segurane, Antoine-Gauthier und Emmanuel-Philibert, wo die Antiquitätenhändler und Trödler von Nizza ihre Läden hatten. Sie hatte beschlossen, nicht den Mut zu verlieren und sich auf die Zukunft, die Vincent ihr bot, einzulassen. Da war es das Beste, nach Möbeln für ihr neues Haus zu suchen. Die Antiquitätenläden und ein paar Trödlerschuppen voller Wunder aus verschiedenen Zeiten boten ihr dazu reichlich Gelegenheit. Stundenlang stöberte sie mit Feuereifer, und als die Läden schlossen, war sie überrascht, wie viel Zeit sie dort verbracht hatte. Die Formen und Farben der fünfziger Jahre gefielen ihr besonders.

Sie stand an der Ecke zwischen Rue Catherine Ségurane und Rue Antoine Gauthier und sah zu, wie die eisernen Gitter vor den Geschäften heruntergelassen wurden. Als sie gerade wieder zum Hafen zurückgehen wollte, fiel ihr Blick auf das schmale Schaufenster eines Ladens. Sein Name passte zu der Gegend: »*La Baie des Anges* – Esoterische Buchhandlung und Antiquariat«. Laura war das Geschäft vorher nie aufgefallen. Vor der Glastür stand ein bunt gekleidetes Männchen, das die Passanten anlockte. Laura erkannte ihn sofort: Es war *Der Magier*, die Figur der ersten Karte, die sie gefunden hatte. Ohne eine Sekunde zu überlegen, trat sie ein.

Zwei ägyptische Katzen mit glattem Fell empfingen sie. Zwei Schönheiten einer besonderen Rasse, die über die alten

Bücher zu wachen schienen. Die Wände waren bis zur Decke mit Büchern vollgestellt, Bücher aller Größe mit Goldschnitt, aus Leder, aus Pappe, vom dicksten Wälzer bis zur dünnsten Zeitschrift. Werke über Esoterik, ihre Geschichte und Praktiken. Alles wirkte ungeordnet, war aber sorgfältig nach Themen sortiert: Handlesen, Astrologie, Hellseherei. Weiße Magie, schwarze Magie. Laura fand ohne Mühe die Abteilung Kartenlesen und Tarot. Ein diskretes Hüsteln riss sie aus der Welt, in die sie eingetaucht war. Abrupt drehte sie sich um, zwei Bücher in der Hand. Ein kleiner Mann mit einem klugen Lächeln musterte sie wohlwollend. Mit seinem schwarzen Gehrock und der Hose mit perlgrauen Streifen und perfekten Bügelfalten schien er aus einer englischen Radierung des 19. Jahrhunderts zu stammen und erinnerte an eine Figur von Charles Dickens. Eine Uhrkette hing von der Tasche seiner zugeknöpften Weste herab. Er hatte einen sorgfältig geschnittenen Schnurrbart, dessen Enden nach oben zeigten. Die Brille mit Goldrand ließ ihn wie einen Professor aussehen. Sein kurzes Haar war weiß, doch es ließ sich nicht sagen, wie alt er war. Den Kopf zur Seite geneigt, sah er sie an. Seine leichenblassen Hände, die er über dem rundlichen Bauch gefaltet hatte, erinnerten an einen Toten.

»Mademoiselle, da sind Sie ja! Es wurde auch Zeit. Ich dachte schon, Sie kämen gar nicht mehr.«

Was wollte er damit sagen? Dass er auf Laura gewartet hatte? Ihr blieb keine Zeit, ihn danach zu fragen, denn der kleine Mann wies wie ein alter Freund auf einen Stuhl an einem Teetisch. Laura fühlte sich wohl in dieser Welt, die einer anderen Zeit anzugehören schien.

»Ich wollte gerade schließen. Aber Sie bringen etwas Licht in diesen langweiligen Abend. Mögen Sie Chinatee?«

»Ja, sehr.«

»Umso besser, umso besser. Ich habe gerade einen Lapsang Souchong aus den fruchtbaren Ebenen des Jangtsekiang zubereitet. Es war der Lieblingstee des letzten Kaisers … Möchten Sie eine Tasse? Was kann ich sonst für Sie tun?«

Laura wusste es nicht genau. Dann legte sie die beiden Bücher, die sie aus dem Regal gezogen hatte, auf den Tisch.

»Die hätte ich gern.«

»Eine ausgezeichnete Wahl«, lobte er. »Der Hadès ist ein Klassiker. Eine systematische Interpretationshilfe. Der Jodorowsky geht den gleichen Weg, gibt dem Tarot eine ganzheitliche Dimension, sieht darin ein endgültiges Symbol, das er Mandala nennt. Ein Ausdruck, den Carl Gustav schätzte.«

Er las im Gesicht seiner Kundin eine solche Verwirrung, dass er in schallendes Gelächter ausbrach, was Laura noch mehr verblüffte. Ein jugendliches Lachen, hell und rein, wie sie es noch nie gehört hatte.

»Carl Gustav Jung. Entschuldigung! Ich rede über ihn wie über einen alten Freund. Sie scheinen nicht viel davon zu wissen, mein liebes Kind.«

»Ich gebe zu, dass ich davon keine Ahnung habe.«

Der alte Mann nahm auf der anderen Seite des Tisches Platz und sah Laura in die Augen, während sich die beiden Katzen zu ihren Füßen niederlegten wie zwei Sphingen.

»Das macht doch nichts. Jetzt sind Sie hier, und ich kann Ihnen helfen. Ich glaube nicht an Zufälle. Und Sie?«

Laura hatte den Eindruck, dass sie sich seit dem Auftauchen des Armbands nur noch von ihrem Instinkt leiten ließ, der seit ihrer Rückkehr nach Nizza viel wichtiger schien als ihr Verstand. Doch sie schwieg. Der kleine Mann umhüllte sie mit seiner Fürsorge, und sie fühlte sich geborgen.

»Sie sind eine sehr schöne junge Frau. Aber wenn Sie mir die Bemerkung gestatten, Sie wirken auf mich, als würde Sie irgendetwas quälen. Als wollten Sie mit aller Kraft etwas oder jemanden ans Licht ziehen. Ihre Mutter ist tot, nicht wahr?«

Laura fuhr auf.

»Woher wissen Sie das?«

»Es gibt Menschen, in denen kann man lesen wie in einem Buch. Man muss sie nur ansehen und ihr Herz betrachten …«

Ihr wurde schwindlig.

»Das Göttliche ist stärker als wir. Glücklicherweise. Der Mensch hat ein Gehirn, aber es nützt ihm nicht viel, um dieses Geheimnis zu ergründen. Der Tag folgt immer auf die Nacht, mein liebes Kind. Sie erinnern mich an den *Magier*. Das ist derjenige, der das Licht sucht. Erzählen Sie mir, was Sie dazu gebracht hat, sich diese Bücher auszusuchen.«

Laura legte bereitwillig die drei Karten auf den Tisch, die sie seit ihrer Ankunft erhalten und immer in der Handtasche bei sich getragen hatte. Es war, als hätte sie seit Langem, vielleicht seit jeher auf diesen Augenblick gewartet. Sie wusste nicht, ob Hoffnung oder Verzweiflung sie dazu trieben. Jedenfalls erzählte sie dem Buchhändler alles und berichtete auch von ihrer Angst. Der kleine Mann lächelte mitfühlend.

»Sie brauchen keine Angst zu haben. Das Tarot tut nichts Böses. Es ist dazu da, um Sie zu leiten. Ihnen die Schlüssel zu geben. In diesen Karten steckt eine Botschaft. Warum sollte es eine Drohung sein? Alles hängt davon ab, wie Sie die Karten verstehen.«

Er zeigte auf den *Magier*.

»Haben Sie dieses Blatt zuerst erhalten?«

Zum ersten Mal hörte sie das Wort Blatt statt Karte.

»Warum Blatt?«

»Das ist ein anderes Wort für die Tarotkarten. Vielleicht weil die Kante einer Karte so scharf ist wie ein Messerblatt. Es gibt zwei Arten von Blättern. Die großen und die kleinen Arkanen. Dahinter verbirgt sich ein Geheimnis.«

»Welches Geheimnis?«

»Das Geheimnis der Erschaffung der Welt und des Lebens, aber auch das Gegenteil. Das Geheimnis vom Ende aller Dinge und vom Tod.«

»Aha, und was bedeuten die Karten … die Blätter, die ich bekomme?«

»*Der Magier* steht für Sie. Sie sind der Ursprung von allem, und Sie allein sind in der Lage zu entschlüsseln, was um Sie herum ist. Dieses Blatt hat eine positive Wirkung. Es zeigt Ihnen, dass in Ihrer Hand die Antwort auf alle Fragen liegt und Sie die richtige Wahl treffen können.«

Nun wies er auf die zweite Karte.

»Das erklärt Ihnen *Die Welt*. Sie fordert Sie auf, die Situation hinzunehmen. Befreien Sie sich von der Selbstzerstörung, dann können Sie das Leiden des anderen ermessen.«

Er tippte auf *Die Päpstin*.

»Sie haben die notwendige Weisheit, den Überraschungen, die auf Sie zukommen, zu begegnen. *Die Päpstin* sind auch Sie, eine Frau im fruchtbaren Alter. Sie ist nicht selbst aktiv, sie empfängt.«

Sein dicker Zeigefinger zog unter den anderen Blättern eine neue Karte hervor, die Laura aber noch nicht gesehen hatte: *Der Narr*. Auf der Karte stand keine Nummer. Laura sah ihn überrascht an.

»Sie hat offenbar an einer anderen Karte geklebt«, meinte der Mann.

»Was bedeutet sie?«

»Das ist die Figur des Vagabunden. Wir werden alle immer wieder aufgefordert, uns auf den Weg zu machen. Dieses Blatt trägt keine Zahl. Dabei ist es die XX der großen Arkanen. Sie bedeutet, dass ein Mann ohne Erkenntnis nur umherirren kann. Das Buch, das *Die Päpstin* offen auf dem Schoß liegen hat, enthält wichtige Hinweise. Wenn Sie nicht auf sie achten, kann Sie *Der Narr* in eine falsche Richtung führen. Der Geist des Menschen kann irren. Lassen Sie Ihren Instinkt sprechen und Ihr Unbewusstes, nicht nur Ihre Erfahrung. Seien Sie wachsam, mein Kind, dann können die Karten Ihnen helfen, den Schleier über vielen Dingen zu lüften. Ich habe es Ihnen schon gesagt: Das Tarot kündigt nichts Endgültiges, Festgelegtes an. Es warnt, es weist auf etwas hin, es bringt Licht in die Dinge.«

Jetzt schwiegen sie. Laura musterte ihren Gastgeber. Sein Gesicht war wächsern, die Augen lagen tief in den Höhlen, und auf seiner hohen gewölbten Stirn standen Schweißtropfen. Er bemerkte Lauras forschenden Blick.

»Entschuldigung, mein liebes Kind, ich bin viel älter, als es scheint«, flüsterte er mit dem Anflug eines Lächelns.

Langsam erhob er sich und strich seinen Gehrock glatt.

»Ich muss mich jetzt zurückziehen. Verzeihen Sie bitte, aber meine alten Knochen machen mir in letzter Zeit manchmal sehr zu schaffen.«

Laura nahm hastig die Karten vom Tisch. Plötzlich war sie sehr verwirrt.

»Mein Gott, entschuldigen Sie, ich habe gar nicht gemerkt, wie spät es ist.«

»Sie brauchen sich nicht zu entschuldigen, Laura.«

Sie hatte ihm ihren Namen nicht genannt und fragte sich, woher er ihn kannte. Doch auch sie war müde und wollte der Sache jetzt nicht weiter nachgehen. Also wandte sie sich zur Tür.

»Kommen Sie wieder, wann Sie wollen oder wenn andere Karten Ihnen Sorgen bereiten. Sie wissen ja, wo Sie mich finden.«

»Noch eins«, sagte Laura, die Hand auf dem Türgriff. »Warum bekomme ich Ihrer Meinung nach jeden Tag eine Karte?«

»Sie haben erst vier erhalten, wenn man die mitrechnet, die eben hier aufgetaucht ist.«

»Eine pro Tag! Und ich habe das Gefühl, dass das jeden Tag so weitergeht.«

»Es gibt nur zweiundzwanzig große Arkanen. Wann haben Sie das erste Blatt bekommen?«

»Am 31. Juli.«

Der kleine Mann rechnete rasch nach und fragte:

»Ist der 21. August ein wichtiges Datum für Sie?«

Laura zuckte zusammen. »Das ist der Todestag meiner Mutter«, sagte sie dann.

»Seltsam«, meinte der alte Mann.

»Und was ist daran seltsam?«

»Nichts, ich weiß nicht mal, warum ich das gesagt habe. Aber falls Sie weitere Blätter erhalten, ich meine, genauso regelmäßig, dann hieße das, dass Sie in Gefahr sind und dass das Tarot Sie vor dem gefährlichen Datum warnt.«

Laura überlief ein eisiger Schauer. Der kleine Mann hatte ihre Vorahnung bestätigt: In achtzehn Tagen würde sie sterben wie ihre Mutter, am selben Datum und im selben Alter …

»Seien Sie wachsam bei allem, was Sie tun. Passen Sie auf sich auf … Es gibt viele Dinge, die im Dunkeln geschehen und die Sie nicht sehen können.«

Laura war schon draußen und hörte den letzten Satz des kleinen Mannes nicht mehr. Zutiefst erschrocken stand sie auf dem Bürgersteig. Die Nacht brach herein, der Laden lag nun im Dunkeln. Da erst fiel ihr auf, dass sie die beiden Tarotbücher auf dem Tisch vergessen hatte.

DIE LIEBENDEN

Das Landhaus lag noch im Dunkeln. Auf dem Kies war das Geräusch von Schritten zu hören. Das Auto stand lediglich einen Meter entfernt. In zwei Sprüngen erreichte die Gestalt, die in der Finsternis nicht zu erkennen war, den Wagen. Sie öffnete die Tür, band einen groben Leinensack auf und schüttete den Inhalt auf den Beifahrersitz. Ein leichtes Zittern fuhr durch das Gewebe, und ein dunkles dünnes Band glitt auf das helle Leder des Sitzes …

In der Küche ging das Licht an. Ludmilla war schon früh auf den Beinen. Der Eindringling verschwand, wie er gekommen war.

Lauras T-Shirt war schweißnass. Sie hatte geschlafen wie ein Stein und keine Träume gehabt. Ihre Lider waren schwer und wie festgeklebt, sie spürte nichts als die Hitze, die überall herrschte. Licht drang durch ihre geschlossenen Lider. Es gelang ihr nur mit Mühe, wach zu werden. Steh auf, es wird ein wunderschöner Tag, sagte sie schließlich zu sich selbst. Seit Jahren hatte Laura nicht mehr so fest geschlafen. Nach der Hitze zu urteilen, war es schon sehr spät. So ähnlich musste es sein, im Koma zu liegen. Man nahm nichts mehr von dem Leben um sich herum wahr.

Sie öffnete die Lider. Schließlich wollte sie nicht stundenlang wie tot auf dem Bett liegen.

Sie erschrak, als sie all das Blau um sich herum sah. Die Gardinen, die Wände, die fein gearbeiteten Möbel, selbst ihre

Decke. Laura brauchte ein paar Sekunden, um zu begreifen, dass sie nicht in dem gelben Zimmer war, das sie eigentlich bewohnte. Sie lag in dem blauen Zimmer ihrer Mutter. Ein Seufzer drang an ihr Ohr, doch es war ihre eigene Stimme. Plötzlich merkte sie, dass sie aufrecht neben dem Bett stand. Wie war sie nur in dieses Zimmer gekommen? Ein Zittern durchlief ihren Körper, ihr schwindelte. Das Blau flimmerte vor ihren Augen, sodass sie nicht einmal die Tür erkennen konnte. Plötzlich drang helles Rot durch dieses Meer von Blau, blutrote Buchstaben auf dem Spiegel. Dort stand »21. August«. Das Datum des verhängnisvollen Tages. Sie stürzte zur Tür und schrie: »Ludmilla!«

Doch sie erhielt keine Antwort. Sie war allein. Niemand sonst war im Landhaus. Voller Panik rannte sie hinaus, sprang in ihren Wagen und fuhr mit laut aufheulendem Motor davon.

Bald begann die Straße vor ihr zu schwanken. Die Sonne blendete sie, durch ihre Tränen konnte sie kaum etwas erkennen, und der Schwindel ließ nicht nach. Sie merkte, dass sie in Schlangenlinien fuhr, und versuchte gegenzusteuern. Jede Kurve bedeutete eine riesige Anstrengung, aber sie war nicht in der Lage, anzuhalten und um Hilfe zu rufen. Sie musste fliehen. Sie wusste, dass sie sich nun dem Steinkreuz näherte, der Stelle, an der das Auto ihrer Mutter in Flammen aufgegangen war. Immer noch hatte sie das Blau und das Rot vor Augen. Sie vermied es, auf das Meer zu blicken, bei dem Gedanken an seine Bläue wurde ihr übel. Der Schweiß rann ihr in Strömen herunter, und sie öffnete das Fenster. Frische Luft wehte ihr ins Gesicht. Sie fühlte sich etwas besser. Eine leichte Bewegung auf dem Beifahrersitz zog ihre Aufmerksamkeit auf sich. Etwas war im Luftzug zu Boden gefallen, und als sie näher hinsah, erkannte sie, dass es eine Karte war. Das Arkanum des Tages, sie wusste es sofort. Mit einer Hand am Steuer beugte sie sich nach vorn, um die Karte aufzuheben, und betastete dabei die Fußmatte. Als sie nach unten blickte, bemerkte sie ein feines braunes, schuppiges Band mit dunkler Zeichnung, das auf die Karte und ihre Hand zuglitt. Blitzartig erkannte sie, dass es eine Viper war: Auf dem dreieckigen Kopf waren zwei schwarze Hörner. Mit einem Schrei fuhr sie hoch. Dann sah sie nur noch den Baumstamm quer über der Straße und dahinter das Steinkreuz, die Haarnadelkurve, die Stelle, wo ihre Mutter umgekommen war. Sie hörte einen lauten metallischen Aufprall, dann nichts mehr.

Das war alles, woran Laura sich erinnern konnte. Wie durch ein Wunder hatte sie sich nichts gebrochen, und kein Organ war verletzt. Als sie sich von ihrem Kopfkissen aufrichten wollte, spürte sie einen stechenden Schmerz im Rücken. Dabei hatte man sie mit einer Unmenge Schmerzmittel vollgepumpt. Der diensthabende junge Arzt hatte ihr freundlich erklärt, was ihr bevorstand. Die schmerzenden Blutergüsse würden sich erst blau, dann gelb und schwarz verfärben, und außerdem würde sie ein paar Tage an Muskelkrämpfen leiden. Durch den Schock hatte sich ihr Körper wie ein Bogen gekrümmt, und ihre Muskeln hatten sich angespannt wie die eines Sprinters beim Start. Das hatte sie gerettet, als sich das Auto überschlug. Aber leider hatte sie vorher kein Aufwärmtraining gemacht. Sie zog eine Grimasse.

»Alles in Ordnung? Soll ich jemanden rufen?«

Vincent beugte sich besorgt über sie. Er war gleich gekommen, nachdem sie erwacht war. Er wirkte immer noch völlig verstört, obwohl er wusste, dass sie außer Gefahr war.

»Ist schon gut, mach dir keine Sorgen. Ich darf bald nach Hause.«

Laura sah, wie betroffen er war, aber sie fühlte sich noch nicht stark genug, um aus dem Bett zu springen und gleich mit ihm wegzugehen.

»Ich habe großes Glück gehabt. Ich dachte, ich würde nie über diesen riesigen Baumstamm mitten auf der Straße rüberkommen. Jetzt brauche ich keine Stuntman-Ausbildung mehr, ich weiß, wie es geht.«

»Laura, die Schwestern haben mir deine Kleider gegeben, nichts als einen Slip und ein T-Shirt. Kannst du mir sagen, was du in diesem Aufzug auf der Straße wolltest?«

Vincent wirkte äußerst angespannt. Er knetete ihre Hand, ohne es zu merken.

»Du tust mir weh.«

»Antworte.«

»Ich bin im Zimmer meiner Mutter aufgewacht, obwohl ich mich gestern gar nicht dort schlafen gelegt hatte. Dann sah ich auf dem Spiegel dieses Datum: ›21. August‹. Ich hatte den Eindruck, dass es mit Blut geschrieben war. Vincent, jemand will mir etwas antun. Ich weiß es. Im Haus war niemand. Da bin ich geflohen und dann … dann war da diese Schlange …«

Ein kurzes Klopfen an der Tür unterbrach sie. Ohne eine Antwort abzuwarten, trat Max ins Zimmer, gefolgt von Viviane. Als er Vincent erblickte, blieb er ruckartig stehen. Vincent erhob sich langsam, und Max stürzte auf das Bett seiner Tochter zu. Laura sah, wie ihm Tränen in die Augen traten.

»Mein Liebling, mein Liebling, wenn du wüsstest …«

»Wenn du schon nicht zu meiner Hochzeit kommst, dann wenigstens zu meiner Beerdigung.«

Laura sah, wie sich Viviane gegen die Wand lehnte.

»Wir haben uns solche Sorgen gemacht!«

»Tut mir leid, ich habe die Kurve nicht gekriegt. Das war dumm.«

Vincent beugte sich über sie und küsste sie auf die Wange. Ein scheuer Kuss, weil Max in der Nähe war.

»Ich gehe jetzt.«

Er sah Max in die Augen und blickte dann wieder zu ihr.

»Ich hole dich in zwei Stunden ab, weil du ja nach Hause darfst. Also bis gleich.«

Vincent ging, bevor Max etwas einwenden konnte.

Vincent sah zu, wie das Stahlseil sich langsam um die Winde wickelte. Endlich erschien das Heck des Wagens mit einem Ruck hinter dem Hügel. Der Mann vom Abschleppdienst seufzte erleichtert und wischte sich den Schweiß von der Stirn. Sein Oberkörper unter der mit Ölflecken verschmierten Latzhose war nackt. Er hob den Daumen.

»Das Auto Ihrer Freundin ist ganz schön ramponiert.«

»Haben Sie den Baumstamm von der Straße geräumt?«

»Welchen Baumstamm? Da war überhaupt nichts. Weder auf der Straße noch im Graben.«

»Aha. Na ja, macht nichts.«

Dann kam das Wrack ganz zum Vorschein, schaukelte auf dem Kamm des Hügels und prallte auf der Straße auf. Der Mann vom Abschleppdienst hielt die Winde an und stieß einen Pfiff aus. Die Motorhaube war völlig verbogen und das Dach zehn Zentimeter eingedrückt.

»Mein lieber Mann, da hat sie aber Schwein gehabt. Das reinste Wunder.«

Ja, Laura hatte wirklich ungeheures Glück gehabt. Vincent näherte sich dem Wrack und beugte sich durch das offene Fenster. Der Inhalt des Handschuhfachs war auf dem Boden verstreut. Er nahm einen Atlas heraus, ein Aufladegerät für das Mobiltelefon, einen Seidenschal … Dann sah er auf die Tarotkarte mit den drei bunten Figuren. Vincent hob sie auf und betrachtete sie. Ein Mann zwischen zwei bittenden Frauen in unschlüssiger Haltung, während ein Engel in der Sonne sich anschickte, einen Pfeil abzuschießen. Der dicke Amor zielte auf den Mann. Darunter stand: *Die Liebenden,* Blatt Nummer VI.

Der Mann vom Abschleppdienst war schon eine gute halbe Stunde fort, doch Vincent grübelte immer noch über die Umstände von Lauras Unfall nach. Er war die Straße fünfzig Meter weiter nach oben gegangen und hatte hinter Felsen und in Gräben nach einem Baumstamm gesucht. Vergeblich. Jetzt stand er vor dem Kreuz und fragte sich, ob ihn sein Verstand im Stich ließ. Laura hatte ihm die Wahrheit gesagt, daran zweifelte er nicht. Er betrachtete den gekreuzigten Christus. Es war eine archaische Darstellung, der Körper war grob in Stein gehauen und wirkte fast wie das Skelett eines Kindes. Die Hände und Füße waren durch lange Kerben dargestellt. Das Gesicht konnte man nicht erkennen. Schwarze Spuren zogen sich über Kreuz und Körper hin. Vincent sah, dass dort keine Nägel waren wie bei den meisten Kreuzigungen. An ihrer Stelle erblickte er kleine Löcher, an den Händen und den überkreuzten Füßen. Ähnlich sah die Lanzenwunde an der Seite aus. Vincent fand diese Christusdarstellung erschreckend. Er blickte wieder auf die Straße, die hinter der Kurve weiter anstieg. Man musste nicht besonders schnell fahren, um hier ins Schleudern zu geraten. Luisa hatte nicht wie Laura das Glück gehabt, gegen die kleine Kapelle hinter dem Kreuz zu prallen. Ihr Auto war ins Leere gestürzt und zehn Meter weiter unten auf den Felsen aufgeschlagen. Vincent erschauderte.

Er ging wieder zu seinem Auto, als ein Wagen, der von Nizza kam, mit knirschenden Reifen neben ihm hielt. Ludmilla saß am Steuer.

»Vincent? Ich wusste ja gar nicht, dass Sie gern zu Kreuzen pilgern.«

»Haben Sie zwei Minuten Zeit?«

»Ja, natürlich.«

Ludmilla stand an ihre Autotür gelehnt und rauchte nervös eine Zigarette, während er ihr alles erzählte.

»Ich hätte es ahnen müssen. Sie darf nicht allein bleiben! So ein Mist!«

Wütend drückte sie die Zigarette mit dem Absatz ihres Schuhs aus.

»Verstehst du, Solange hat heute Ausgang.«

Vincent störte es nicht, dass Ludmilla ihn plötzlich duzte. Angesichts der Umstände war das nicht erstaunlich.

»Wann sind Sie von zu Hause weggefahren?«

»Gegen neun. Ich wollte Laura nicht wecken.«

»Haben Sie heute Morgen im Vorbeifahren einen Baumstamm auf der Straße gesehen?«

»Nein. Warum?«

»Nur so. Ist Lauras Mutter auch in dieser Kurve verunglückt?«

»Ja. Ich denke fast jeden Tag daran. Es ist ja der einzige Weg zu meinem Haus.«

»Ich verstehe.«

Vincent zögerte eine Sekunde. Es war besser, sich selbst Klarheit zu verschaffen, ehe er noch mehr erzählte.

»Ludmilla, könnte ich das Zimmer sehen, in dem Laura geschlafen hat?«

Wenig später öffnete Ludmilla die Läden des gelben Zimmers.

»Nein, nicht dieses Zimmer, das andere, das ihrer Mutter.«

»Wie du willst. Aber sie hat sich hier schlafen gelegt, da bin ich ganz sicher.«

Ludmilla führte ihn ins blaue Zimmer.

»Ist dieser Raum immer abgeschlossen?«, fragte Vincent erstaunt.

»Ja, ich habe meine Prinzipien. Oder besser gesagt, ich hüte die Erinnerungen.«

Im Erdgeschoss ging eine Tür. Ludmilla fuhr zusammen und packte Vincents Arm. Eilige Schritte kamen nach oben. Jemand nahm vier Stufen der Treppe auf einmal.

»Wer ist da?«, rief Ludmilla.

Max erschien auf dem Flur. Ludmilla ließ Vincents Arm los.

»Ich bin es, Max. Entschuldigung, ich habe geklingelt, aber …«

»Wir haben nichts gehört, oder, Vincent?«

»Nein.«

Vincent sah Max näher kommen. Er wirkte verstört.

»Was verschafft mir die Ehre deines Besuchs?«

Vincent ahnte, dass Laura Max alles erzählt hatte und dieser genau wie er ihre Geschichte überprüfen wollte. Er wusste nur eines: Max und er würden sicher nicht dieselben Schlüsse ziehen.

Max Fontane stand in der Mitte des Zimmers, während seine Augen durch den Raum irrten. Vincent wusste, dass jedes Detail in diesem Zimmer ihn an sein Unglück erinnerte. Er betrachtete erneut die eingerollte und zusammengebundene Matratze auf dem Bett und den Spiegel ohne jede Schrift darauf. Wie sollte er Laura nur beibringen, dass es im blauen Zimmer keinerlei Hinweise für ihre Geschichte gab? Er wollte nur noch eins: rasch diesen Raum verlassen und so schnell wie möglich zu seiner Verlobten fahren, um sie zu sich nach Hause zu bringen. Das war der einzige Ort, wo sie künftig in Sicherheit sein würde. Max Fontane rührte sich immer noch nicht von der Stelle. Ludmilla ging zu ihm und legte ihm die Hand auf den Arm.

»Max, lass uns hier weggehen. Ich weiß, wie dir zumute ist.«

Ein leichtes Zittern durchlief seinen gebeugten Rücken.

»Ich bin fast dreiunddreißig Jahre nicht mehr in diesem Zimmer gewesen.«

»Komm, es ist besser, du bleibst nicht hier.«

Max ließ sich wie ein alter Mann zur Tür führen. Vincent spürte, wie das Handy in seiner Tasche vibrierte. Er zog es hervor.

»Ich komme gleich nach.«

»Schließen Sie bitte ab.«

»Natürlich.«

Es war Laura. Ihre Stimme war für ihn wie Balsam auf einer Brandwunde.

Vincent verschloss sorgfältig die Tür des blauen Zimmers. Er hatte gesehen, was er sehen wollte. Auf dem Spiegel war keine Spur von einer Schrift, und das aus gutem Grund. Der

Spiegel war vor Kurzem gereinigt worden. Vincent hatte mit dem Finger die Oberfläche berührt und den Geruch eines Reinigungsmittels wahrgenommen. Auch die Möbel waren abgewischt worden. Seltsam. Die Schreibtischschublade war leer und von Staub befreit worden. Vergeblich hatte er versucht, den Schrank zu öffnen: Es war ein stabiles Schloss, das man nicht aufbrechen konnte.

Seine Gedanken überschlugen sich, während er die große Steintreppe hinunterging. Durch eine Fenstertür erblickte er Max, der auf der Terrasse saß.

»So kann das nicht weitergehen. Sie muss wieder in ärztliche Behandlung.«

»Max, das kannst du nicht von ihr verlangen. Lass sie in Frieden. Und zu welchem Arzt sollte sie gehen? Zum Psychiater? Zum Neurologen? Zum Hypnotiseur?«

Vincent verlangsamte den Schritt und spitzte die Ohren.

»Ich meine es ernst, Ludmilla.«

»Das war schon immer dein Problem. Aber ich sage dir eins, Max Fontane: Wenn du glaubst, du kannst die Last auf einen Arzt abladen, dann täuschst du dich. Laura braucht nur eins: dass du ihr endlich die Wahrheit sagst.«

»Das kommt nicht infrage. Und ich rate auch dir, den Mund zu halten, sonst …«

Max wandte plötzlich den Kopf um und blickte in das Halbdunkel des großen Salons. Vincent vibrierte innerlich vor Aufregung, doch er zwang sich, in normalem Schritt weiterzugehen. Max ließ ihn nicht aus den Augen, bis er auf der Terrasse stehen blieb.

»Möchten Sie etwas trinken, Vincent?«, fragte Ludmilla.

»Nein, vielen Dank. Ich muss Laura im Krankenhaus abholen und … «

Mit schneidender Stimme fiel Max ihm ins Wort:

»Laura muss im Krankenhaus bleiben. Sie braucht ärztliche Betreuung.«

»Da täuschen Sie sich.«

»Wir machen uns Sorgen um sie, Vincent!«, protestierte Ludmilla.

»Ich habe eher den Eindruck, dass ihr angeblicher Wahnsinn vielen Leuten ins Konzept passt. Wussten Sie, dass es in psychiatrischen Kliniken von Leuten wimmelt, die völlig gesund sind? Jeder, den man mit Neuroleptika vollstopft, wird irgendwann schwachsinnig.«

Vincent musterte Max Fontane mit durchdringendem Blick. Ludmilla blieb der Mund offen stehen. Dann sprang Max so heftig auf, dass er den Stuhl umwarf. Ludmilla packte ihn fest am Arm.

»Max, das reicht. Du bist mein Gast, und hier gilt das Gleiche, was du uns so schön am Geburtstagabend deiner Tochter vorgemacht hast: Als Hausherrin bestimme ich, was geschieht. Das gilt auch für Sie, Monsieur Bellair.«

»Junger Mann, Sie werden Ihre widerwärtigen Unterstellungen noch bereuen«, schrie Max Fontane. »Laura hat wirklich keine Ahnung, wen sie heiratet.«

»Laura weiß nicht mehr, wer sie ist, und das ist auch Ihre Schuld.«

»Vincent!«, brüllte Ludmilla.

»Keine Sorge, Ludmilla. Ich gehe schon. Und noch eins, Monsieur Fontane: Ich weiß nicht, was man vor Laura verheimlicht, aber ich werde es herausfinden. Ab jetzt wohnt Laura bei mir.«

Vincent drehte sich auf dem Absatz um. Er bereute weder seinen Zorn noch seine harten Worte. Während er über die Terrasse ging, rief er:

»Im Übrigen, Ludmilla, ich soll Ihnen ausrichten, dass Laura das Armband ihrer Mutter wiederhaben will. Ich habe es nicht gefunden.«

Ludmilla sagte hastig:

»Ja, natürlich, ich bringe es ihr.«

Aber als Max das Haus verlassen hatte, suchte sie vergeblich nach dem Armband mit den fünf Tarotfiguren. Es war ebenso schnell verschwunden, wie es aufgetaucht war. War das auch eine Halluzination ihrer Nichte gewesen? Unmöglich. Ludmilla hatte das Armband ja selbst in der Hand gehalten.

DAS GERICHT

Matthieu öffnete ein Auge. Das grelle Licht schmerzte, als sei ihm ein Messer in die Iris gedrungen. Er schloss das Auge wieder.

»Verflucht, wie spät ist es denn?«

»Neun Uhr. Zeit aufzustehen. Ich habe viel zu erledigen.«

Matthieu war völlig nackt und räkelte sich auf dem Bett. Manon musterte ihn. Wirklich ein schöner Mann. Doch sie musste sich jetzt um andere Dinge kümmern. Sie kniff ihren Liebhaber in den Fuß.

»Aua, bist du verrückt? Weckst du so den Mann deiner Träume?«

»Du bist nur ein Mann, und ich träume nicht.«

»Willkommen in der Wirklichkeit. Du wärst besser zum Militär gegangen, als im Kasino zu arbeiten.«

Matthieu reckte sich, trat vor das geöffnete Fenster und sah hinunter auf die enge Sackgasse. Sie war stockdunkel, obwohl die Sonne schon hoch am Himmel stand, und mit Müllcontainern vollgestellt. Bald würde der Modergeruch bis in die obersten Etagen steigen. Die geschlossenen Läden an den Häusern waren von schmutzigem Grün. Das Quietschen von Reifen übertönte den Lärm der Avenue Mallausséna. Die Sackgasse lag in der Nähe des Bahnhofs.

»Nicht gerade schön, dein Viertel.«

»Ich bin nicht mit einem goldenen Löffel im Arsch geboren.«

»Im Mund wäre besser …«

Matthieu blickte sich in dem kleinen möblierten Zimmer um, es war sauber und unpersönlich. Manon war schon geduscht, trug Jeans und ein T-Shirt und wusch eine angestoßene Schale im Waschbecken ab. Sein Blick glitt an ihren schlanken Beinen hinauf bis zu ihrem knackigen Hintern in der engen Hose. Dieses Mädchen faszinierte ihn. Er senkte den Blick. War das morgendlicher Priapismus oder Erregung? Ein lustvolles Lächeln erschien auf seinem Gesicht, seine Zähne blitzten. Manon drehte sich um und warf mit einem Spültuch nach ihm.

»Denk nicht mal dran. Geh duschen, und dann hau ab.«

»Lass mich doch hierbleiben. Ich ziehe dann die Tür hinter mir zu. Wir sind doch erst um vier ins Bett gekommen!«

»Und erst um fünf eingeschlafen.«

»Wie schaffst du das? Mit Amphetaminen? Kokain?«

»Ich schlafe nicht gern. Drei oder vier Stunden reichen mir. So war das immer schon.«

»Da musst du deinen Eltern ganz schön auf den Keks gegangen sein.«

Manon sah Matthieu mit ihren graugrünen Augen an. Sie konnte andere mit einem Blick durchbohren oder vor Ekstase vergehen lassen. Matthieu seufzte. In beiden Fällen war er machtlos, und das liebte er an dieser Frau. Diese ständige Gewitterstimmung, auch wenn der Himmel ganz klar zu sein schien. Ein Blitz, und dann ging es los. Matthieu forderte gern die Elemente heraus.

»Hast du 'ne Zigarette? Ich brauche beim Aufwachen meine Dosis Nikotin.«

Er öffnete den Nachttisch.

»Meine Fresse! Ich dachte, du hättest keine Kohle. Aber das ist ja verdammt viel wert!«

Er zog ein Armband heraus und hielt es bewundernd ins Licht: etwa fünf Zentimeter breit, aus massivem Gold mit prächtigen Edelsteinen und dazwischen fünf Medaillons mit seltsamen Figuren.

»Leg das sofort zurück!«

Der drohende Ton in ihrer Stimme überraschte Matthieu.

»Jetzt hab dich nicht so. Ich will dir dein Armband bestimmt nicht wegnehmen.«

Er biss auf einen der Steine, ohne Manon aus den Augen zu lassen.

»Scheint echt zu sein, das Ding.«

Dann betrachtete er die Medaillons.

»Ein antikes Stück, aber für Leute mit Sinn für Hexerei: ein Skelett, ein Teufel … Wo hast du das her?«

»Ist ein Geschenk.«

»Soll ich dir auch solche Sachen schenken?«

»Du träumst wohl, Matthieu Fontane, das übersteigt deine Möglichkeiten.«

Das war sein schwacher Punkt, und den kannte sie natürlich.

»Du solltest eine Therapie machen. Wer nicht schläft, träumt nicht, und davon wird man krank«, knurrte er.

Manon zuckte mit den Schultern.

»Zieh dich an, oder ich werfe dich nackt raus.«

»Ich träume nachts, und am Tag arbeite ich, um meinen Traum zu verwirklichen. Eines Tages werde ich der Chef von Bellairs Kasino sein.«

Manon kicherte nur.

»Das ist kein Traum, das ist Wahn. Ich habe Fred Bellair sagen hören, dass er das Kasino seinem Neffen vermachen will. Du wirst also der Diener der Familie bleiben.«

»Vincent? Der hat doch mit dem Kasino nichts im Sinn. Er ist ein ehrlicher Mensch.«

»Heiratet er deshalb deine Schwester?«

»Genau. Sie sind beide gleich naiv.«

»Ich dachte, du magst deine Schwester.«

»Ich liebe sie. Aber was mir an ihr gefällt, geht mir bei ihrem Typ auf die Nerven. Manche Sachen passen gut zu Frauen, aber nicht zu Männern, bis auf eins …«

»Und das wäre? Liebe vielleicht?«

»Ehrgeiz. Das ist das Einzige, was du und ich gemeinsam haben.«

Das traf sie, und Matthieu nutzte die Gelegenheit, sich ihr zu nähern. Er fasste sie um die Taille und biss sie sanft in den Hals.

Ein Summen an der Tür unterbrach ihn.

»Erwartest du jemanden?«

»Nein.«

Sie schob ihn in das winzige Bad und schloss die Tür hinter ihm.

»Aber das ändert nichts an meinen Plänen. In zehn Minuten bist du draußen.«

Manon öffnete die Tür und erstarrte. Nur mühsam konnte sie einen Fluch unterdrücken. Vor ihr stand eine Frau von gut sechzig Jahren mit einer schwarzen Tasche aus Kunstleder, die sie gegen ihre Brust presste. Mein Gott, was machte ihre Mutter denn hier? Manon schlug die Tür hinter sich zu und machte das Minutenlicht im Flur an.

»Mama!«

»Störe ich dich?«

»Ja. Wie hast du mich gefunden?«

»Ist doch egal. Ich bin sicher, dass du irgendwelche Dummheiten machst.«

Der flehende Ton passte gut zu dieser verhärmten Frau. Manon musterte sie. Ihre graublonden Haare brauchten neue Farbe, ihre Hände waren von den Putzmitteln voller Schrunden, und der Blick ihrer wasserblauen Augen erregte immer noch die gleiche Übelkeit bei ihrer Tochter.

»Juliette, erklär mir, warum du nichts von dir hast hören lassen, seit du weg bist!«

»Pst! Hier heiße ich Manon.«

Sie sah die Entschlossenheit im Gesicht ihrer Mutter und begriff, dass sie sich eher hier im Flur niederlassen würde als aufzugeben. Sicher hatte sie ein Butterbrot in der Tasche.

»Also gut, um 13.00 Uhr in der Brasserie am Bahnhof.«

Sie schloss die Tür vor der Nase ihrer Besucherin.

Es war verrückt. Innnerhalb einer Minute hatte ihre Mutter es geschafft, sie in Zweifel und Schuldgefühle zu stürzen. Aber sie konnte sich eine solche Schwäche nicht erlauben.

»Küsst du mich?«

Matthieus Hände strichen ihre Wirbelsäule entlang und erregten jeden Quadratmillimeter ihrer Haut. Dieses Gefühl, am Rand des Abgrunds zu stehen, dem Tod nahe zu sein. Das einzige Mittel, sich wieder dem Leben zuzuwenden, war, mit jemandem zu schlafen.

Joëlle schrak auf. Die Tür des Büros öffnete sich mit einem lauten Geräusch, und herein kam ihr Chef mit einem fröhlichen Gesicht, an der Hand eine junge Frau mit langem braunem lockigem Haar.

Joëlle klickte hastig die Internet-Seite zu, die sie gerade gelesen hatte. Auch wenn ihr Chef sich darüber lustig machte, wie sie die Paarvermittlungsseiten durchforstete, jetzt war ihre Arbeitszeit.

»Joëlle, das ist Laura.«

»Freut mich sehr, Sie kennenzulernen, Joëlle. Vincent hat mir viel von Ihnen erzählt.«

Joëlle ergriff die ausgestreckte Hand. In zwei Sekunden hatte sie Laura taxiert. Zweifellos ein hübsches Mädchen, aber viel zu dünn und so blass! Was fanden die Männer nur an diesen magersüchtigen Geschöpfen?

»Ich hatte schon gedacht, Sie seien ein Gespenst, weil ich Sie nie zu Gesicht bekam.«

Joëlle sah, wie Vincent eine Braue hochzog.

»Willkommen in Nizza, Mademoiselle.«

»Joëlle, rufen Sie bitte bei der Polizei an, ich brauche dort heute Nachmittag einen Termin.«

»Wird gemacht. Übrigens hat der Party-Service angerufen. Sie kommen am Samstag um neun und bauen alles auf.«

Joëlle hatte mit keiner großartigen Reaktion gerechnet, aber als sie nun ihren Chef wortlos im Gang verschwinden sah, das magere Püppchen im Schlepptau, schnaubte sie verärgert. Dann setzte sie sich mit der Miene einer beleidigten Prinzessin gemütlich auf ihrem Stuhl zurecht. Der dringende Anruf konnte warten. Sie klickte, und das Fenster erschien wieder auf dem Bildschirm. Ein Foto. Joëlle zitterte und vergrößerte es. Das fette rote Gesicht eines Mannes, dem man die siebzig Jahre deutlich ansah, entblößte grinsend sein Gebiss.

»O nein, Opa, das ist nicht meine Kragenweite. Ich werfe mich doch keinem Kraken zum Fraß vor!«

Sie drückte die Delete-Taste, und das Gesicht verschwand. Joëlles Chat-Name war Lauralaura.

Laura ließ sich durch Vincents Reich führen, während seine Hände auf ihren Augenlidern ruhten. Sie hatte kaum Gelegenheit gehabt, sein Büro zu betrachten. Ein riesiger Nussbaumtisch, ein paar Clubsessel aus braunem Leder an einem einfachen niedrigen Tisch, ein Teppich aus dem Nahen Osten mit einfachen geometrischen Mustern und eine Bücherwand gaben dem Zimmer, das auf einen Park hinausging, eine freundliche Atmosphäre.

»Wohin führst du mich jetzt?«

»Vertrau mir. Hast du Vertrauen zu mir?«

Im Schutz von Vincents Händen fühlte sie sich so geborgen, dass sie am liebsten im Stehen eingeschlafen wäre.

Dann hörte sie, wie er eine Tür öffnete. Sie traten in einen neuen Raum, und plötzlich ließ er sie los.

»Du kannst jetzt die Augen aufmachen.«

Sie zögerte einen Moment, breitete die Arme aus, drehte sich im Kreis und brach in Gelächter aus. So hätte sie gern weitergespielt. Es war wie Blinde Kuh auf dem Schulhof. Sie wollte sich alles erst vorstellen, bevor sie es wirklich sah.

»Also, machst du die Augen auf?«

Sie tat es so plötzlich, wie man einen Verband entfernt.

»Dein künftiges Büro. Gefällt es dir? Ich habe noch nichts ausgesucht. Du richtest es ein, wie du möchtest. Nun, was sagst du?«

Es klopfte an der Tür, und Joëlle steckte den Kopf herein.

»Entschuldigen Sie die Störung. Es ist wegen der Polizei. Was soll ich ihnen sagen?«

»Danke, Joëlle. Was wäre ich ohne Sie?«

Joëlle strahlte über das ganze Gesicht.

»Aber die wollen es jetzt gleich wissen.«

Vincent verließ blitzartig den Raum. Laura drehte sich noch ein paarmal im Zimmer um und wollte dann auch gehen. Da sah sie ein weißes Tuch, unter dem etwas verborgen war. Neugierig hob sie es hoch und erblickte ein Tablett mit zwei Champagnergläsern und ein glänzendes Messingschild: »Laura und Vincent Bellair. Anwälte«. Es musste nur noch an der Tür angebracht werden. Laura strich mit dem Finger über ihren künftigen Namen Laura Bellair. Immerhin war das ihr neues Leben …

Unter dem Schild lag eine Karte, gewiss ein Briefchen von Vincent. Sie zog sie hervor und sah die Farben Rot, Blau und Gelb. Ein nackter Mann, der dem Betrachter den Rücken zukehrte, stand in einem Taufbecken und schien zu einem Engel aufzublicken, der eine Trompete blies. Auf dieser Darstellung des Jüngsten Gerichts waren noch weitere nackte Gestalten zu sehen: ein Mann, der die Augen zum Himmel gerichtet hatte, und eine Frau, die auf den Mann neben sich im Taufbecken starrte. Die Karte trug die Nummer XX, und darunter stand: *Das Gericht.*

Manon spielte mit einem Salatblatt auf ihrem Teller. Sie hatte ihre Sonnenbrille nicht abgenommen, doch ihre Mutter, die auf der hässlichen Kunststoffbank ihr gegenübersaß, sah sie trotzdem mit ihrem typischen kummervollen Blick an. Von ihrem Platz aus konnte sie im Spiegel sehen, wer kam und ging. Seit einer halben Stunde musterte ihre Mutter sie unverwandt und wartete auf eine liebevolle Geste, ein freundliches Wort, ein Lächeln. Sie hatte nichts bestellt außer einem Espresso und ihr mitgebrachtes Butterbrot gegessen – so wie ihre Tochter es vorausgesehen hatte. Am liebsten hätte Manon sie geohrfeigt, doch sie riss sich zusammen. Ihre Mutter gehörte zur Welt der kleinen Leute, die ihr Leben lang vor den Mächtigen zu Kreuze gekrochen waren. Manon hasste diese Menschen und ihre Mutter ganz besonders. Trotz ihrer Einsamkeit und Traurigkeit war diese Frau niemals wütend. Stets bemühte sie sich, nicht aufzufallen. Der einzige Lichtblick in ihrem trüben Leben war Manon oder besser gesagt Juliette gewesen. Auch wenn Manon sie gern geohrfeigt hätte, war ihr zugleich zum Heulen zumute. Ihre Mutter hatte ein Butterbrot bei sich, um nicht zu stören … Manon hätte ihr gerne hundert Euro gegeben, ihr vorgeschlagen, ihr Haar färben zu lassen, sich ein schönes Kleid zu kaufen und ihre Plastiktasche wegzuwerfen. Sich etwas Schönes zu gönnen. Aber das hatte sie noch nie gekonnt. Leben war für sie eine einzige Mühsal, ein unverdientes Geschenk, und man durfte nicht verschwenderisch sein.

»Juliette, ich glaube, du solltest jetzt wieder nach Hause kommen …«

»Scheiße, Mama, ich heiße Manon, ich hab's dir doch gesagt!«

»Ich kann mich nicht daran gewöhnen.«

»Das musst du aber. Und ich komme nicht nach Hause. Ich bin zu nah am Ziel.«

»Deine Mühe ist umsonst.«

»Danke. Aber das ist deine Spezialität, nicht meine. Behalt dein Unglück für dich, Mama. Ich will damit nichts zu tun haben.«

Ihre Mutter wurde auf ihrer Bank noch etwas kleiner.

»Was willst du denn tun, wenn du hierbleibst?«

»Ich habe einen einträglichen Job.«

»Das meine ich nicht.«

Manon schlug verärgert mit der Gabel gegen ihren Teller.

»Ich weiß es noch nicht. Du kannst einem aber auch Fragen stellen.«

Jetzt war es so weit. Ihre Mutter hatte Mühe, nicht loszuheulen. Nervös nestelte sie an ihrer Handtasche herum, die sie immer noch auf dem Schoß hielt.

»Ich kenne dich wie niemand sonst. Du wirst wieder Dummheiten machen. Du machst alles sehr gut oder sehr schlecht.«

Manon konnte diese Worte kaum ertragen. Diese abgöttische Liebe widerte sie an. Aber eins musste sie anerkennen: Ihrer Mutter musste sie nicht erklären, was für ein Mensch sie war. In zwei Worten hatte sie alles gesagt, ungeschminkt. Vielleicht hasste sie sie manchmal auch deshalb so sehr. Verstohlen wischte sie eine Träne unter ihrer Sonnenbrille weg. Doch ihre Mutter nutzte jedes Zeichen von Schwäche aus. Sie legte ihre Hand auf die ihrer Tochter.

»Ich habe es nicht geschafft …«

»Was?«

»Dein Unglück zu lindern.«

»Hör damit auf. Du kannst nichts dafür, und ich habe dich nicht darum gebeten.«

»Und was hast du von all dem?«

»Ich will herausfinden, wer ich bin.«

Jetzt zog ihre Mutter ein Taschentuch heraus und schnäuzte sich. Manon wartete, bis sie fertig war.

»Bleibst du noch länger in Nizza?«

»Nein, ich fahre gleich mit dem nächsten Zug. Ich bin ja nur deinetwegen gekommen. Jul… Manon, was kann ich nur für dich tun?«

»Nichts, Mama.«

Manon nahm sich zusammen und blickte ihre Mutter an.

»Glaubst du immer noch an Gott?«

»Juliette, ich …«

Manon wollte nichts mehr hören.

»Dann kannst du etwas für mich tun. Beten, dass bei mir etwas Gutes herauskommt.«

DER PAPST

Der Rathaussaal war erfüllt vom Gemurmel der Gäste. Laura hatte etwa dreißig gezählt, wobei sie die meisten nicht kannte. Sie stand rechts vor ihrem Stuhl und wusste nicht so recht, was sie mit ihrem Strauß anfangen sollte. Ihr Vater fehlte ihr, aber ihre Entschlossenheit wurde durch seine Abwesenheit nicht beeinträchtigt. Ihre Beine schmerzten, sie spürte noch die Folgen des Verkehrsunfalls, doch das war nichts verglichen mit der Unruhe, die sie erfüllte. Sie spürte auch, wie angespannt Agnès neben ihr war. Matthieu war noch nicht da, aber Laura ahnte, dass er der Grund für die eisige Kälte war, die ihre Freundin ausstrahlte. In ihrem Rücken hörte sie das perlende Lachen Ludmillas. Es galt Antoine, der zwei Plätze von der Tante entfernt saß. Laura hatte gleich zwei und zwei zusammengezählt, als sie sah, wie der junge Mann Ludmilla betrachtete. Franck Duval, sein Vater, schien nichts zu merken. Nur eine Frau konnte ahnen, was zwischen Antoine und Ludmilla vorging. Franck saß abseits und hatte sein wohlwollendes Politikergesicht aufgesetzt. Viviane hatte offenkundig Mühe, unter ihrem breitkrempigen Hut, mit dem sie wie eine stolze Königin wirkte, ihre Gefühle zu verbergen.

Agnès stieß Laura leicht an, während ein Raunen durch die Versammlung ging.

»Da kommt der große Fred Bellair.«

Laura wandte sich um, um ihn zu begrüßen. Er setzte sich auf die Seite der Bellairs neben seinen Bruder Pierrot, den Vater des Bräutigams. Pierrot schien sich nicht wohl in seiner

Haut zu fühlen. Laura hatte den Eindruck, dass er nur einen Wunsch hatte: sein Jackett auszuziehen und die Fliege, die seinen Hals beengte, abzustreifen. Der Anblick der nebeneinandersitzenden Brüder war beeindruckend, beide waren füllig und hätten vier Stühle gebrauchen können. Laura blickte auf die Doppeltür, die vom Trauzimmer zur Eingangshalle führte. Vincent hatte sich verspätet, was ungewöhnlich für ihn war. Da sah sie zwei Gestalten im Gegenlicht und atmete auf. Vincent führte seine Mutter Mado am Arm herein. Laura sah, wie blass er war. Auch sie schien sich unwohl zu fühlen, aber Laura nahm an, dass dies bei einer Mutter in dieser Situation normal war. Das bestürzte Gesicht von Vincent allerdings hatte nichts von der ruhigen Würde, die sie erwartet hatte. Mado, eine schöne, rundliche Italienerin, bestimmt eine gute Köchin, setzte sich neben ihren Mann, ohne Laura anzusehen. Warum wirkten beide so angespannt? Laura sah, wie Vincent näher kam. Er blickte sie unverwandt an, aber da war nicht die Spur eines Lächelns. Als er energisch ihren Arm ergriff, zuckte sie zusammen.

»Laura, du musst wissen, dass ich dich liebe«, flüsterte er ihr ins Ohr.

»Ich weiß«, murmelte sie. »Was ist denn los?«

»Laura, du darfst keinen Augenblick an meiner Liebe zweifeln, niemals. Hast du mich verstanden?«

Sie nickte und versuchte ihn zu besänftigen:

»Falls du die Eheringe vergessen hast, so ist das nicht schlimm. Ich nehme das nicht tragisch.«

»Ich habe sie nicht vergessen. Aber denk an meine Worte und vertrau mir.«

In diesem Moment tauchte Matthieu auf, völlig außer Atem, das Haar noch feucht.

»Tut mir leid, ihr Täubchen. Ich habe mir gedacht, wenn ich nicht komme, fällt eure Hochzeit ins Wasser«, rief er lachend.

Agnès sagte mit schneidender Stimme:

»Damit hatten wir schon gerechnet, stell dir vor. Wir hätten den Mann von der Müllabfuhr als Trauzeugen genommen.«

»Ach ja, die reizende Agnès. Gut in Form, wie ich sehe.«

Dann trat der Bürgermeister ein, die Schärpe mit der Trikolore über der Brust. Laura hörte, wie er in gereiztem Ton zu einer Sekretärin sagte:

»Wir sind spät dran. Wie viele Hochzeiten sind es heute Morgen?«

»Fünf.«

»Ach, du meine Güte.«

Er schlug das Trauregister auf und räusperte sich.

»Und jetzt schreiten wir zur Eheschließung nach den Gesetzen der Republik. Laura und Vincent ...«

Laura holte tief Luft und griff nach Vincents Hand. Es herrschte völlige Stille, die plötzlich von einer penetranten Melodie durchbrochen wurde. Laura erkannte die Titelmusik von *Mission impossible.* Das war doch der Gipfel! Mit schuldbewusstem Gesicht wühlte Matthieu in seinen Taschen herum.

Laura funkelte ihn zornig an.

»Entschuldigung, bin gleich zurück.«

»Matthieu!«

»Tut mir leid, Schwesterchen, aber es ist dringend.«

Matthieu entfernte sich mit seinem Handy, bevor Laura etwas erwidern konnte. Der Bürgermeister sah sprachlos zu, wie er den Saal verließ. Doch im nächsten Moment hatte er sich wieder gefasst und wandte sich erneut an das Brautpaar.

»Nun, ich vermute, Ihr Zeuge wird wiederkommen und unterschreiben. Fahren wir also fort. Vincent Frédéric Bellair, wollen Sie die hier anwesende Laura Luisa Fontane zur Ehefrau nehmen?«

Laura schloss die Augen. Sie spürte den Druck von Vincents Hand. Als nichts geschah, öffnete sie die Augen wieder und starrte in Vincents blasses, angespanntes Gesicht, das sie an eine Totenmaske erinnerte.

»Vincent?«, fragte der Bürgermeister überrascht.

Laura stand stocksteif da und wartete.

»Welche Erregung«, meinte der Bürgermeister lächelnd. »So was kommt vor. Ich fange also noch einmal an: Vincent Frédéric Bellair, wollen Sie die hier anwesende Laura Luisa Fontane zur Ehefrau nehmen?«

»Nein …«

Er sagte es ganz leise, und doch vernahm es der ganze Saal. Vincent sah Laura nicht an. Er entzog ihr seine Hand und ging. Die Türen schlugen hinter ihm zu. Die Leute sprangen auf, und viele stürzten auf Laura zu, die wie versteinert dastand. Hände berührten sie, Stimmen redeten auf sie ein, doch sie verstand kein Wort. Wie sie nach draußen gekommen war, wusste sie nicht. Sie sah nur noch Vincent, der auf der Esplanade davoneilte.

Die Gestalt stand in der Mitte der Schusslinie. Sie blieb abrupt stehen, da eine Frau im Brautkleid sie am Arm festhielt. Die Frau schrie etwas, das der Schütze wegen des Straßenlärms nicht hören konnte. Ein paar Passanten verlangsamten den Schritt. Sie hatten es verstanden. Verärgert rückte der Schütze sein Zielfernrohr auf den Rücken seines Opfers, das sich gerade umgewandt hatte. Die Schusslinie war frei, in einer Sekunde würde die Sache erledigt sein.

Vincent wich Lauras Blick aus und senkte den Kopf. Als er wieder aufsah, glaubte sie, er würde nun endlich reden. Er öffnete den Mund, aber kein Laut drang heraus. Sein Gesicht wirkte so überrascht, als habe ihm jemand einen guten Witz erzählt, den er aber nicht verstanden hatte … Er schwankte, klammerte sich an Lauras Schulter und rutschte dann auf die Knie. Sie sah, wie ein Zittern seinen Körper durchlief, und begriff nichts. Mit aller Kraft hielt sie ihn an der Jacke fest, aber nur der Stoff blieb in ihrer Hand. Schließlich lag er am Boden, das

Gesicht auf den Steinplatten des Platzes. Sie kniete sich hin und umarmte ihn.

»Vincent! Vincent! So antworte doch! Bitte sag etwas!«

Es gelang ihr nicht, seinen Körper umzudrehen. Und plötzlich sah sie die Flecken an ihren Händen. Sie blickte nach unten und wusste, dass dies kein Albtraum war, aus dem sie erwachen konnte. Ihr Kleid aus Spitze war rot von Vincents Blut … Vincent war ermordet worden.

Laura schrie auf, und alles erstarrte: die Vögel im Flug, die Luft, die Gesichter. Der Platz war rot, der Himmel war rot, und das Gewand aus Spitze rötete sich immer mehr, es wurde bleischwer, war blutgetränkt wie das Leichentuch eines Märtyrers. Sie glaubte den Buchhändler von *La Baie des Anges* zu erkennen, der die Szene in aller Ruhe beobachtete; ihr war auch, als strichen die beiden ägyptischen Katzen über den Platz. Dann tauchte ein Mann im Smoking auf, der ein Gewehr in der Hand hielt und mitten auf der Straße stehen blieb. Sie erkannte Matthieu. War dies nicht nur eine ihrer Visionen? Nein, das war Wirklichkeit, und noch nie hatte sie sich so sehr gewünscht, dass es Nacht um sie würde …

Agnès hatte sich die Szene genau eingeprägt: Laura hielt Vincent fest, der in ihren Armen zusammenbrach, dann das Schreien der Leute und Matthieu, der mit einem Gewehr in der Hand davonrannte.

Agnès lief die Stufen hinunter, zog ihr Telefon heraus und gab Anweisungen. Was sie in den paar Jahren bei der Polizei gelernt hatte, war ihr nun auf tragische Weise von Nutzen. Auf dem Papier war der Tod eine nüchterne Tatsache, hier auf dem Platz war er brutal und furchterregend. Sie hörte die Leute hinter sich schreien, ihre Absätze klapperten auf der Marmortreppe wie Hagelkörner. Doch Agnès' Vorgesetzter würde kein Verständnis dafür haben, dass Matthieu ihr entwischt war, weil sie hohe Absätze trug. Sie warf ihre Schuhe weg, riss ihr

Kleid bis zum Knie auf und stürmte los. Vor ihr lag die Rue de l'Hôtel de Ville. Sie war menschenleer. Agnès rannte weiter bis zur Ecke der Rue Alexandre Mari. Sie hörte ein Hupkonzert und laute Rufe von rechts, und als sie sich in diese Richtung wandte, sah sie Matthieu, der in die Rue de la Terrasse lief. Sein Vorsprung vergrößerte sich, weil sie einer Familie mit vielen Kindern ausweichen musste. Der Asphalt unter ihren Füßen war glühend heiß, aber sie lief im gleichen Tempo weiter. Immer mehr Menschen bevölkerten die Straße. Dann kam sie am Justizpalast vorbei, doch kein einziger Polizist war an diesem Augustsamstag zu sehen. Matthieu bog in die engen Gassen hinter der Kirche Sainte-Réparate ein. Links, rechts, links, dann wieder rechts. Schließlich erreichte sie die Place Rossetti. Matthieu musste ganz in der Nähe sein. Sie spürte es. Da hörte sie, wie die schweren Türen von Sainte-Réparate zuschlugen. In dieser Kirche hatte Laura heiraten wollen …

Agnès rannte über die Steinfliesen des Seitenschiffs nach vorn. Der Küster, zwei Messdiener und eine ältere Dame stellten gerade die Blumen für den Traugottesdienst hin. Die Statuen der Seitenkapellen schienen Agnès um Gnade für den Flüchtigen zu bitten, besonders ein lebensgroßer Christus, der sie mit gütigen Augen ansah. Plötzlich wurde die Tür eines Beichtstuhls aufgestoßen und traf sie im Gesicht, sodass sie zu Boden stürzte. Ihr Kopf schmerzte heftig. Da sah sie vorn im Seitenschiff den Smoking von Matthieu verschwinden. Sie brüllte:

»Matthieu, ich bin nicht bewaffnet!«

Blut rann ihr über die Lippen. Eine Tür knarzte, und für einen Moment fiel Tageslicht in die Kirche. Nun wusste sie, dass es vorbei war.

Matthieu hatte seine Waffe auf dem Boden abgelegt.

Laura wollte Vincent in den Krankenwagen folgen, doch man hielt sie zurück. Vincents Mutter, gestützt von ihrem Mann, ließ sich auf dem Beifahrersitz nieder. Laura sah die Trage mit Vincent im Krankenwagen verschwinden, der mit Blaulicht davonfuhr. Sie sah Viviane, versteinert wie eine trauernde Madonna. Fred Bellair stand neben ihr und starrte sie mit weit aufgerissenen Augen an. Er packte ihre Hand, doch sie reagierte nicht.

»Wenn du etwas damit zu tun hast, bist du tot. Hast du mich verstanden?«

Dann drehte er sich auf dem Absatz um. Er schob seinen Bruder in einen Wagen und brauste davon.

Lauras Blick fiel auf den Hochzeitswagen, der mit Bändern und Blumen geschmückt am Straßenrand stand. Sie spürte, wie der Schleier an ihren Haaren zerrte, während sie die Esplanade hinunterging.

»Laura, meine Liebe, ich begleite dich.«

Das war die flehende Stimme von Ludmilla.

»Fass mich nicht an. Komm ja nicht näher.«

Ludmilla erstarrte. Nicht Schmerz, sondern Hass lag in der Stimme ihrer Nichte.

Laura stieg in den Wagen, und Ludmilla unternahm nichts, um sie aufzuhalten.

Vor lauter Aufregung hatte Agnès wieder angefangen, an den Nägeln zu kauen. Die Durchsuchung der Wohnung gegenüber dem Rathaus, die Matthieu als Unterschlupf gedient hatte, war ergebnislos verlaufen.Offenbar hatte er die Tür aufgebrochen, während der Besitzer fort war. Die Spurensicherung hatte nichts gefunden, kein Haar, keinen Fingerabdruck. Die Nachbarin allerdings war sich sicher, dass sie Matthieu mit dem Gewehr auf dem Flur gesehen hatte. Agnès musste den Tatsachen ins Auge sehen. Das war hart.

Sie seufzte. Schon drei Mal hatte sie versucht, ihre Freundin anzurufen. Dass sie bloß nicht allein mit dem Auto in der Gegend herumfuhr! Agnès hockte auf dem Schreibtisch zwischen den Akten. Ihre schmerzenden Füße erinnerten sie an die irrwitzige Verfolgungsjagd, die sie hinter sich hatte.

»Verdammt, Laura, melde dich! Ich bin ganz krank vor Sorgen. Wenn du nicht zurückrufst, gebe ich eine Suchmeldung raus. Ich quatsche deine Mailbox voll, bis du anrufst. Ich ...«

Sie sah zu Bruno Bruno hinüber, der zwei Meter von ihr entfernt saß und so tat, als höre er nichts.

»Ich hab dich lieb, Laura. Ich denke an dich.«

Sie klappte ihr Handy zusammen und spürte Bruno Brunos Blick. Vorsichtig stellte sie sich auf die Füße und verzog vor Schmerz das Gesicht. Diesmal lächelte Bruno sie mitleidig an. Agnès blickte auf ihr schmutziges, zerrissenes Kleid und ihre schwarzen Füße. Sie sah aus wie eine Nutte, die man aus der Gosse aufgelesen hatte, ein Anblick, der sich einem bei der nizzaischen Polizei nur allzu oft bot, vor allem seit aus Osteuropa die neuen Zuhälter mit ihrer eigenen »Ware« kamen. Wenn sich ihre Opfer wehrten, wurden sie gnadenlos gefoltert. Agnès wies auf Matthieus Gewehr, eingehüllt in ein Gewand, das ihr der Priester von Sainte-Réparate geliehen hatte.

»Bruno, wir müssen die Waffe ins Labor schicken. Hast du Delambre angerufen?«

»Noch nicht. Es ist Samstag. Er wird Gift und Galle spucken.«

Agnès seufzte. Kommissar Delambre, ihr Vorgesetzter, hasste es, an freien Tagen gestört zu werden. Und meistens rächte er sich dafür. Sie sah, dass Bruno zögerte.

»Agnès, du scheinst nicht gut drauf zu sein.«

Agnès zog die Nase kraus.

»Weißt du was, Bruno Bruno? Ist mir egal, was du denkst. Wenn mein Ex ein Verbrecher ist, ich bin Bulle, Kommissarin, genauer gesagt. Und du rufst jetzt den Chef an. Sag ihm, dass wir einen Durchsuchungsbefehl brauchen und dass die Gespräche der Fontanes abgehört werden müssen. Matthieu wird sicher versuchen, seine Mutter zu erreichen.«

Bruno war blass geworden und biss die Zähne zusammen.

»Entschuldige, ich bin ziemlich fertig.«

Als sie zur Tür humpelte, versuchte sie, einigermaßen würdevoll auszusehen, obwohl ihre nackten Füße schmerzten.

Im Hinausgehen sagte sie noch:

»Ich ziehe jetzt meine Polizeikluft an. Wenn ich wiederkomme, hoffe ich, dass die gesamte Hochzeitsgesellschaft hier ist. Auch der große Max Fontane.«

Sie sah nicht, wie Bruno ihr den Mittelfinger zeigte.

Laura ließ das Wasser laufen. Wie erstarrt stand sie in ihren Kleidern unter der Dusche. Dort war sie hingelaufen, sobald sie in Vincents Wohnung angekommen war, ohne einen Blick oder ein Wort für die fein angezogenen Helfer, die die letzten Vorbereitungen für die Hochzeitsfeier im Garten trafen. Sie hatte sie gar nicht bemerkt, so sehr peinigte sie ihr Schmerz, beengte sie das blutbeschmierte Kleid. Im Schlafzimmerspiegel erkannte sie das Bild der Braut nicht wieder, das sie vor ein paar Tagen in einem anderen Spiegel gesehen hatte.

Sie hatte es immer gewusst.

Nach einer Weile belebte das heiße Wasser sie, aber sie empfand lediglich, dass Farben, Gerüche, Hitze, Berührungen, Schmerz und immer wieder Schmerz auf sie einstürmten. Der Tüllschleier war wie eine zweite Haut, ihr Gesicht verschwand darunter. Als das Wasser eiskalt wurde, begriff Laura, dass sie nur noch ein Gespenst war. Eine Undine, die aus dem Wasser gekommen war, um unter den Menschen nach dem zu suchen, der für ihr Unglück verantwortlich war. Sie würde ihn mit sich hinabnehmen ins tiefe Wasser, ins Dunkel, als Sühne für den Fluch, mit dem er ihre Liebe belegt hatte. Laura hatte keine Träne vergossen: Wenn sie ihren Geliebten rächen wollte, musste sie stark sein.

Schließlich drehte sie das kalte Wasser ab und verließ die Dusche. Sie nahm den Schleier ab, entfernte den Orangenblütenkranz aus ihrem Haar und ließ das Kleid zu Boden fallen. Dann zog sie einen Morgenrock von Vincent an.

Als sie nach Tabletten suchte, um sich zu betäuben, erblickte sie unter dem nassen Schleier eine Karte in Gelb, Rot, Blau und Grün. Sie trug die Nummer V und zeigte einen alten Mann, gekrönt von einer Tiara, in einer Hand einen Bischofsstab, mit der anderen zwei Pilger segnend, die ihm zu Füßen lagen. Die Karte hieß *Der Papst.*

Laura ging zu den Helfern des Traiteurs, die das Abendbuffet aufbauten. Als sie hereingestürmt kam, blieben alle wie angewurzelt stehen. Laura stand vor ihnen, im Morgenrock, die Haare durchnässt und in der Hand die Karte mit dem Bild des Papstes.

»Wer ist hier ins Haus gekommen?«

Sie schrie so laut, dass eine junge Kellnerin ein Tablett mit Petit Fours fallen ließ. Fassungslos starrte sie auf diese Frau mit der Spielkarte, die wie eine Besessene herumbrüllte. Ein junger Ober begann nervös zu kichern. Er musste an das Mädchen im Film *Der Exorzist* denken.

»Wer hat das hier hingelegt?«, schrie Laura. »Wer ist hier hereingekommen?«

Das Schweigen, das ihr entgegenschlug, brachte sie völlig aus der Fassung. Sie hielt sich am Arm eines erschrockenen jungen Mädchens fest, das in Tränen ausbrach.

»Ihr müsst verschwinden«, sagte sie leise. »Alle. Bitte. Schnell. Werft die Blumen weg. Danke. Bitte entschuldigt mich … die Hochzeit ist zu Ende.«

Agnès fixierte Max Fontane mit kaltem Blick. Sie tat alles, um hinter ihrem Schreibtisch größer zu wirken. Dass der Patriarch sie wie eine Göre behandelte, kam nicht infrage, schon gar nicht in Gegenwart von Bruno, der das Gespräch protokollierte und immer noch verschnupft war.

Inzwischen hatten sie alle Hochzeitsgäste befragt. Unmengen von Aussagen ohne jede Bedeutung. Allerdings hatten manche ihre Ressentiments ausgebreitet und in vertraulichem Ton Beschuldigungen vorgebracht. Ein Paket schmutziger Wäsche, das bei Agnès einen unangenehmen Nachgeschmack hinterließ.

Ludmilla hatte die Feindseligkeiten eröffnet: Indem Vincent die Bestrebungen unterstützt habe, den Montmaure unter Naturschutz zu stellen, habe er mehr als einen Investor verärgert. Sie wies auf den Brand hin, dessen Hintergründe Vincent untersuchte, in der Annahme, ein geheimnisvoller Käufer wolle das Land erwerben. Wer konnte das sein? Ludmilla wusste es leider nicht. Aber sie war sicher, dass es sich lohne, dieser Spur nachzugehen. Vincent habe verstört gewirkt, als wolle er einen Rückzieher machen. Es würde sie nicht wundern, wenn man ihn bedroht hätte. Ludmilla gab sich charmant und brachte ihre Bekanntheit und ihr Vermögen ins Spiel. Agnès hatte schon verstanden: Der Einzige, der als Käufer des Montmaure infrage kam, war natürlich Max Fontane. Dass Matthieu schuldig sein könnte, hielt sie für völlig ausgeschlossen. Der Junge sei ein so empfindsamer Mensch, dem die Missachtung seines Vaters schwer zu schaffen mache. Agnès kochte innerlich. Matthieu empfindsam? Er war zu allem fähig. Auch zum Töten? Nein, das war nicht sicher. Agnès wusste, dass sich sein ganzer Ehrgeiz auf das Kasino richtete, doch er besaß gewiss genügend gesunden Menschenverstand, um seinen potenziellen Rivalen nicht einfach aus dem Weg zu räumen.

Auch Franck Duval und sein Sohn hatten nicht viel zur Aufklärung der Vorgänge beigetragen. Duval senior hatte das eine oder andere gehört. Um sich wichtig zu machen, spickte er seine Aussage mit einer Unmenge von Namen: alles hohe Tiere aus der Gegend, die er kannte. Agnès war erstaunt über den angewiderten Blick, den Antoine ihm zuwarf. Sollte der junge Duval eines Tages auch die Politikerlaufbahn einschlagen, würde er seinem Vater als Erstem den Dolch in den Rücken stoßen.

Eines hatte Agnès verstanden. Der Montmaure sollte verkauft werden. Das überraschte sie, denn dort durfte nicht gebaut werden. Dafür hatte unter anderem auch Franck Duval gesorgt. Falls es keine Sondergenehmigung gab, konnte Agnès sich nicht vorstellen, was das dem Käufer bringen sollte … Auch das Département würde nichts davon haben. Agnès hatte das Gefühl, dass Franck Duval alles merkwürdig schnell abhandelte. Am Ende entblößte er die Zähne zu einem strahlenden Politikerlächeln.

Agnès war auch mit Fred Bellair nicht weitergekommen. Seine Aussage war kurz und bündig: Er war der ideale Zeuge. Selbst an Matthieus Kleidung erinnerte er sich noch. Auch sein Urteil über den flüchtigen Tatverdächtigen war klar und eindeutig: ein begabter Junge. Es sei ihm immer noch schleierhaft, warum er auf Vincent geschossen habe. Danach musste Agnès ihn entlassen. Doch sie war zutiefst beunruhigt. Falls es Don Corleone einfiel, seinen Neffen zu rächen, konnte es gefährlich für die Fontanes werden. Sie musste Delambre ihre Befürchtungen mitteilen und dafür sorgen, dass er sie nicht mit einer beißenden Bemerkung abblitzen ließ. So war Delambre. Auch zwei Jahre vor seiner Pensionierung hatten die fetten Fische der Côte d'Azur, die er noch nicht hinter Gitter gebracht hatte, gewaltigen Respekt vor ihm.

Viviane, Matthieus Mutter, die mit Beruhigungsmitteln vollgestopft war, war von Agnès schonend behandelt worden. Mado und Pierrot, die Eltern von Vincent, waren vermutlich am Krankenbett ihres Sohnes oder zündeten Kerzen an, um dem Schöpfer zu danken. Laut den neuesten Nachrichten aus dem Krankenhaus würde Vincent durchkommen. Zwar lag er im Koma und hatte noch eine Kugel im Kopf, aber er lebte … Agnès hoffte, dass Laura es erfahren hatte.

Nun musste sie sich auf Max Fontane konzentrieren. Er musterte sie mit unergründlichem Gesicht und hielt sich kerzengerade. Agnès konnte nicht umhin, den Alten zu bewundern. Wenn es so weit wäre, würde er im Smoking sterben, nicht im Pyjama. Wahrscheinlich würde er vorher noch einen Champagner kalt stellen … Doch er hatte ihr nichts zu sagen, auch nichts über den Waffenschein, den er seit Jahren besaß.

Agnès tigerte vor der Tür von Manon auf und ab. Inzwischen war es schon 20.59 Uhr. Es hatte eine ganze Weile gedauert, bis sie die junge Frau aus dem Kasino diskret hierhergebracht hatten. Nun machte sich Bruno Bruno schon länger an dem Schloss zu schaffen.

»Entschuldigen Sie die Störung, wir kommen morgen früh wieder, um die Durchsuchung abzuschließen. Werfen Sie alles Verdächtige weg, und träumen Sie schön.«

»Was machst du denn da, Bruno?«

»Ich tu, was ich kann.«

Manon unterbrach sie mit einem boshaften Lächeln.

»Lassen Sie mich machen, es ist schließlich mein Türschloss …«

Agnès hätte sie am liebsten geohrfeigt.

»Gut, Bruno, lass die Dame ihre Tür aufmachen.«

In zwei Sekunden waren sie in der Wohnung. Manon lehnte in ihrem engen Kostüm mit verschränkten Armen an der Tür und beobachtete sie. Über ihrer Schulter hing eine große Tasche aus weichem Leder, die nicht zu ihrer grauen Croupier-Kleidung passte. Agnès machte sich Vorwürfe, weil sie dieses Mädchen so hasste, aber sie konnte nicht anders. Als sie die Bettdecken hochhob, glaubte sie Matthieus Geruch zu erkennen. Sie wandte sich Manon zu, deren Schönheit sie wie einen Schlag ins Gesicht empfand: Da konnte sie nicht mithalten.

Bruno ging schnell, methodisch und sorgfältig vor. Agnès seufzte. Ein Bett, ein Nachttisch, ein Schrank mit ein paar Frauenkleidern. Sonst nichts.

»Wohnen Sie schon lange hier?«

»Einen Monat.«

»Und Fontane?«

»Drei Wochen, aber nicht regelmäßig.«

Agnès krampfte sich der Magen zusammen. Das Schwein! Seit drei Wochen! In dieser Zeit hatte er auch noch mit ihr geschlafen. Sie öffnete die Tür des winzigen Badezimmers. Im Spiegel erblickte sie ihr erschöpftes Gesicht. Auf der Ablage über dem Waschbecken ein Rasierwasser, ein paar Fläschchen mit Kosmetika. In der Dusche war nichts, im Mülleimer ebenso wenig, nichts hinter der Toilette und darin auch nichts. Sie sah noch einmal in den Spiegel, schnitt eine Grimasse und kehrte ins Zimmer zurück.

»Wann haben Sie ihn zuletzt gesehen?«

»Heute Morgen, als wir uns getrennt haben.«

»Aber hier ist nichts von ihm. Er muss also wiedergekommen sein.«

»Das würde mich wundern. Er hat keinen Schlüssel.«

»Aha.«

Bruno verdrehte die Augen. Er war mit der Durchsuchung fertig. Jetzt war es an Agnès, sich formvollendet zu entschuldigen, denn sonst würde die weitere Zusammenarbeit mit Bruno kein Zuckerschlecken werden. Sie gab sich also Mühe.

»Eine letzte Frage noch: Hat er Ihnen je etwas von seinen Karriereplänen im Kasino von Bellair erzählt? Zum Beispiel, dass er Nachfolger des jetzigen Chefs werden wollte?«

Manon überlegte eine Viertelsekunde.

»Nein. Und Ihnen?«

Sie sah Agnès mit ihren großen graugrünen Augen an, ohne mit der Wimper zu zucken. Eine seltsame Rasse, diese Leute, die nie mit der Wimper zuckten. Lügner, Könige im Poker. Aber das Rad drehte sich weiter, auch für sie. Agnès brauchte lediglich zu warten. Daher lächelte sie nur und meinte:

»So, jetzt halten wir Sie nicht länger auf. Bis bald. Und bitte verzeihen Sie die Störung.«

Bruno Bruno war im Nu draußen.

Laura glaubte, um diese Zeit könne sie die Krankenschwestern austricksen. Seit dem Nachmittag hinderte sie eine ganze Schar von Zerberussen in weißen Kitteln daran, Vincent zu sehen. Die Anordnungen waren streng: Nur die Familie durfte in sein Zimmer. Trotz Lauras flehentlichen Bitten hatte sich niemand erweichen lassen. Laura war ein Nichts. Seit Stunden hielt sie sich in der Eingangshalle des Krankenhauses auf. Am Automaten hatte sie einen Kaffee nach dem anderen getrunken, bis ihr ganz schlecht wurde. Sie hatte das Schichtende abgewartet und den Neuen abermals alle möglichen Lügen aufgetischt. Jetzt war sie nicht mehr Vincents Anwältin, sondern seine Schwester. Sie hatte das erste Flugzeug aus Paris genommen, als sie von dem Drama gehört hatte, und musste abends wieder zurück. Sie hatte endlos geredet, aber umsonst. Am Ende begriff Laura, dass Mado dieses Verbot erlassen hatte, an das sich die Ärzte und Mitarbeiter strikt hielten. Vincent hatte nur Vater und Mutter und einen Onkel.

Laura gab sich einen Ruck. Niemand würde sie daran hindern, zu ihm vorzudringen, auch nicht seine Mutter.

Mit festem Schritt ging sie auf die Station. Das Personal war mit den Vorbereitungen für die Essensausgabe beschäftigt. Einige der Zimmer waren leer. Sie öffnete eine weitere Tür und erschauderte bei dem Anblick: Das musste er sein. Sein Kopf war verbunden, er lag unter einer Atemmaske, seine Brust hob und senkte sich im Rhythmus der Maschine. Die weißen Hände waren auf der Decke ausgestreckt und mit Schläuchen bestückt, die zu den Geräten führten. Auf den Bildschirmen sah man Kurven, und nur die mechanischen Geräusche erinnerten daran, dass sich hier irgendwo Leben verbarg. Sie berührte seine Hand und spürte ein leises Klopfen unter der Haut.

»Sie haben hier nichts zu suchen!«

Laura wandte sich um. Vor ihr stand Mado, immer noch in dem blauen Kostüm von der Hochzeit, die untröstliche Mutter.

»Sie haben kein Recht, mich fortzuschicken. Ich liebe ihn.«

»Schweigen Sie. Ich will kein Wort hören. Verschwinden Sie auf der Stelle!«

Mado stand da, die Fäuste geballt, und presste die Lippen aufeinander. Laura glaubte schon, sie würde handgreiflich werden.

»Ich gehe, aber ich begreife Sie nicht.«

»Sie bringen Unglück! Verschwinden Sie. Und kommen Sie ja nicht wieder!«

Laura floh auf den Parkplatz. Dort hörte sie eine Stimme:

»Laura!«

In zwei Sekunden war Agnès bei ihr und packte sie an den Schultern.

»Komm endlich zu dir!«

Da brach Laura in Tränen aus. Endlich konnte sie weinen. Agnès nahm sie in den Arm und sprach besänftigend auf sie ein.

Als Lauras Tränen versiegten, sagte Agnès:

»Ich habe mit dem Arzt gesprochen. Es sind zwei Kugeln. Eine hat die rechte Lunge durchbohrt, von oben nach unten. Ich erspare dir die Details. Die Verletzungen sind nicht gefährlich. Sie haben die Kugel mühelos herausholen können. Die zweite steckt im Gehirn in der Nähe des Schläfenlappens. Da trauen sie sich noch nicht ran.«

»Was soll das heißen?«

»Dass er im Koma bleibt. Solange sich die Kugel nicht bewegt, gibt es nichts zu befürchten.«

»Solange er im Koma liegt, ist er außer Gefahr? Was ist denn das für ein Unsinn? Ich muss diesen Chirurgen sprechen, Agnès. Lass uns zusammen hingehen.«

»Ganz ruhig. Er wird dir nicht mehr erzählen, als ich dir erklären kann.«

»Aber sie können ihn doch nicht zehn Jahre lang im Koma lassen!«

»Sie warten, bis sich die Kugel bewegt. Dann können sie ihn operieren, ohne lebenswichtige Organe zu zerstören.«

Laura beruhigte sich ein wenig.

»Aber …«

»Hör zu. Das Koma ist im Moment das Beste für ihn.«

Agnès fasste sie am Arm und ging mit ihr zum Parkplatz.

»Jetzt bring ich dich nach Hause. Wie bist du hierhergekommen?«

»Mit seinem Auto.«

»Das holst du morgen. Ich bleibe heute Abend bei dir.«

In wenigen Minuten hatte Matthieu alles zusammengepackt, was er brauchte, um vierzehn Tage durchzuhalten. Alles Geld, das er im Glashaus gefunden hatte. Ein paar Dinge, seinen Pass, die Kreditkarte seiner Mutter. Viviane würde nichts sagen. Er hatte schon öfter ihr Konto geleert, und sie hatte es wieder aufgefüllt. Als er nach seiner Flucht nach Hause gekommen war, hatte er sich einen Moment in sein Zimmer gesetzt und versucht, zur Ruhe zu kommen und nachzudenken. Im Radio hatte er gehört, dass es Laura gut ging. Alle redeten von der Braut in Schwarz. Vincent, hieß es, sei tot … Daraus hatte er den einzig richtigen Schluss gezogen: Er saß tief in der Tinte.

Er hörte, wie Viviane nach Hause kam. Doch er konnte nicht mit ihr reden, obwohl sie gewiss auf seiner Seite war. Er wollte nicht, dass sie in Tränen ausbrach oder Entscheidungen für ihn traf. Es war Zeit, ein Mann zu werden und seinem Vater etwas zu beweisen. Am Ende würde er vielleicht Frieden finden. Er musste da allein durch. Seine Mutter schlief bereits unter der Wirkung der Beruhigungsmittel, als er ihre Tasche durchwühlte. Dann nahm er sich ihren Schreibtisch vor und schließlich den von Max. Jetzt wusste er, wohin er gehen würde. Doch er brauchte eine Waffe. Nachdem er sich entschieden hatte, nicht nur Gejagter, sondern auch Jäger zu sein, musste er sich wehren können.

Matthieu brauchte den schönen Glasschrank mit den Waffen nicht aufzubrechen, sondern nur den Schlüssel herumzudrehen. Er nahm sich ein liebevoll gepflegtes Jagdgewehr mit Futteral und ein paar Schachteln Munition. In der Schreibtischschublade seines Vaters fand er den Schlüsselbund mit der Aufschrift »Hütte«. Als er gerade losfahren wollte, hörte er ein Auto. Sein Vater. Sollte er jetzt die Auseinandersetzung mit ihm führen? Nach diesem Schock würden womöglich beide die Masken fallen lassen, und dann konnte es so manche Überraschung geben …

Viviane schrak aus dem Schlaf. Die Tür der Halle war zugeschlagen. Sie hatte Durst, und ihr ganzer Körper schmerzte. Da fiel ihr alles wieder ein. Franck hatte sie abgesetzt, sie hatte etwas genommen, um zu vergessen, aber die chemische Keule hatte nur ihr Gehirn betäubt, nicht ihren Körper. Nun hatte sie überall Krämpfe. Da gab es nur noch ein Heilmittel.

Im Salon war Licht. Max legte gerade den Telefonhörer auf, als sie hereinkam. Der erste Whisky tat ihr gut, und sie goss sich gleich den nächsten ein. Jetzt war sie bereit, ihm gegenüberzutreten. Max hatte die Hände in den Taschen und wandte ihr den Rücken zu.

»Das war Agnès«, sagte er, ohne sich umzudrehen. »Laura geht es gut. Sie bleibt heute Nacht bei ihr in Vincents Haus.«

»Dann bist du also beruhigt.«

Er schwieg. Viviane leerte ihr Glas in einem Zug und schenkte sich erneut ein. Ihr war wirr im Kopf, und sie hörte ein seltsames Geräusch: Es war ihr eigenes Lachen, das mehr wie das Quaken eines Frosches klang. »Du widerst mich an. Laura ist das Einzige, was dich interessiert, was?«

Wieder diese Mauer des Schweigens. Sie zitterte vor Zorn.

»Dein Sohn wird des Mordes beschuldigt. Dein Sohn ist auf der Flucht. Dein Sohn ist vielleicht tot. Dein Sohn!«, brüllte sie. »Bedeutet er dir denn gar nichts, dein Sohn?«

»Schreien nützt nichts. Matthieu wird des Mordes beschuldigt, weil ihn alle mit der Waffe gesehen haben. Ich hatte dich gewarnt. Wenn man sich mit Fred Bellair einlässt, muss man damit rechnen, dass sich alles zum Bösen wendet. Und genau das ist geschehen.«

»Lass mich mit Fred Bellair in Ruhe. Wenn Matthieu geschossen hat, dann bist du daran schuld. Du hast sein Leben jahrelang vergiftet. Und meines auch. Ich hasse dich, Max, du kannst dir nicht vorstellen, wie sehr. Das Schlimmste ist, dass ich nie gedacht hätte, es könnte so weit kommen. Ich werde dir nie verzeihen, dass du mich zu dem gemacht hast, was ich bin – zu einer Frau voller Hass.«

»Trink nicht so viel. Du gehst mir auf die Nerven.«

Viviane brach in Lachen aus.

»Was dir auf die Nerven geht, ist die Wahrheit. Ich lebe, Max, und das ärgert dich, weil es dich jeden Tag an das Leben erinnert.«

Sie baute sich vor ihm auf, das Glas in der Hand. Ohne ihn aus den Augen zu lassen, füllte sie es, bis es überlief. Sie schwankte, aber in ihr war jetzt eine große Klarheit.

»Den Whisky brauche ich nur, um es auszuhalten. Dreißig Jahre immer zurückstecken, dich stützen, deine Buchhaltung prüfen, dich beraten, Einladungen organisieren. Damit du der große Max Fontane werden konntest, der allen erzählt, er sei der größte Architekt der Welt. Dreißig Jahre. Jetzt ist die Zeit gekommen, dafür zu bezahlen, Max. Für mich und Matthieu.«

Max ging zur Tür.

»Schon gut, schlaf deinen Rausch aus.«

Eines der großen Fenster sah plötzlich aus wie ein Spinnennetz. Viviane hatte die schwere Kristallkaraffe hineingeworfen, die noch halb voll Whisky gewesen war.

»Er kann es nicht gewesen sein.«

Laura starrte unverwandt auf das Spiegelbild des Mondes im Swimmingpool.

»Das kann ich nicht bestätigen«, entgegnete Agnès trocken.

»Warum sollte er das tun?«

»Das weiß ich doch auch nicht. Kannst du mir jetzt mal sagen, warum Vincent Nein gesagt hat?«

Laura erhob sich abrupt von ihrer Liege.

»Danke, du kannst jetzt nach Hause gehen. Ich brauche niemanden hier.«

»Ist ja gut, beruhige dich. Entschuldigung. Wenn dein Bruder geruhen würde, uns zu erklären, was er mit diesem Gewehr getan hat, dann könnten wir die Sache überdenken.«

Laura wühlte in ihrer Tasche und zog die Karte hervor, die sie an diesem Tag gefunden hatte.

»Kannst du mir vielleicht das hier erklären, wo du immer alles weißt?«

Agnès runzelte vorwurfsvoll die Stirn.

»Das hättest du mir gleich sagen müssen.«

»Wozu? Du glaubst mir ja doch nicht. Niemand glaubt mir.«

»Wo hast du sie gefunden?«

»Unter der Dusche. Die Person, die auf Vincent geschossen hat, muss sie dahin gelegt haben. Wer sonst?«

Agnès pfiff durch die Zähne.

»Also ist es kein Mörder, sondern ein Hellseher. Er musste wissen, dass du zu Vincent kommen würdest.«

»Bitte, weißt du, wie viel große Arkanen es im Tarot gibt?«

»Nein.«

»Zweiundzwanzig. Und zwischen meiner Geburt und dem Todestag meiner Mutter liegen zweiundzwanzig Tage. Sieben Karten habe ich schon bekommen. Rechne mal aus, wie viele Tage mir noch bleiben.«

Laura wartete auf eine Reaktion, doch Agnès schien es die Sprache verschlagen zu haben. Also fuhr sie fort:

»Ich hatte im Krankenhaus Zeit genug nachzudenken. Jemand treibt ein Spiel mit mir. Oder mit meiner Familie. Dieses

Spiel ist alles andere als amüsant, es ist tödlich. Offenbar weiß ich Dinge, die ich nicht wissen sollte.«

Agnès wollte etwas sagen, aber Laura sprach weiter:

»Lass mich ausreden. Ich bin immer mehr davon überzeugt, dass meine Mutter ermordet wurde. Schon in meiner Kindheit hat mich dieser Gedanke verfolgt, aber es war eher wie eine Ahnung. Heute ist es für mich wie eine Gewissheit. Als ob …«

»Als ob was?«

»Du wirst es wahrscheinlich komisch finden. Als sei ich Zeugin des Verbrechens gewesen, und als kehrte mein Gedächtnis zurück.«

Agnès hatte keine Lust, die Polizistin zu spielen, und nahm ihre Freundin in den Arm. Laura wehrte sich nicht. Die Nacht hüllte sie in ihr Schweigen.

DAS TESTAMENT VON ARCHIBALD MONTALBAN

Auf dem Titelblatt sieht man das Bild des *Christus* von Mantegna, das Laura schon als Kind im Kabinett des Dr. K. fasziniert hatte. Das Seidenpapier, das über der Abbildung liegt, ist mit Schimmel besprenkelt.

Ich wurde am 1. Januar 1843 als Kind wohlhabender Eltern in Madrid geboren. Meine Familie zählte zum niederen Adel der Stadt und verdankte ihren Reichtum dem Goldenen Zeitalter, der Epoche der Kreuzfahrten ins irdische Paradies. Unser Konquistador nannte sich Emiliano Rodriguez Ettcheban Castro zu Montalban. Ein Porträt dieses finster blickenden Mannes in einem goldgeschmückten Gewand hing noch im düsteren Empfangszimmer und vermittelte eine Vorstellung von der Grausamkeit der Spanier auf ihren Eroberungszügen. Emiliano Rodriguez Ettcheban Castro zu Montalban beschloss seine Tage betend wie Kolumbus in einem kastilischen Kloster, um für seine Verbrechen Buße zu tun. Um die kriminelle Herkunft der Familie etwas abzumildern, behauptete man, dass ein Teil der Familie mütterlicherseits direkt vom spanischen Königshaus abstamme, durch eine nicht belegbare Verbindung mit der ersten Frau König Philipps IV., die man später die tote Königin nannte. Meine Eltern führten ein mondänes Leben, und die Einsamkeit meiner Kindheit trieb mich in die große Bibliothek, die meine Vorfahren im Laufe der letzten Jahrhunderte angelegt hatten. Zu meinen Ahnen gehörten, einmal abgesehen von der spanischen Königin und Emiliano Rodriguez zu Montalban, viele hohe Militärs und mehrere Admiräle der Großen Armada, einige geistige

Würdenträger, darunter sogar ein Kardinal, Ignacio Ulysseo Perri zu Montalban; außerdem die Mätresse eines Königs, Luna Perrez Montalban von Parma, Gräfin von Barcelona, und Carvallo Suarez Montalban zu San Pé, ein Alchemist, Astronom und Poet, dessen Werk, wie es hieß, noch nie von einem seiner Nachkommen zur Kenntnis genommen worden war. Mein Vater machte sich wenig aus all dieser lästigen Literatur. Sie diente ihm lediglich als Dekoration für einen der schönsten Räume dieses baufälligen Palastes, den wir auch das »Kuriositätenkabinett« nannten. Meine Mutter war die gesamte Zeit ihres Lebens mit der Suche nach Wundersalben beschäftigt, um ihre von Natur aus groben Gesichtszüge zu verfeinern. Ein Kampf, den sie mit aller Hartnäckigkeit führte. Eines Tages gab sie sich sogar in die Hände eines Scharlatans, der es fertigbrachte, sie völlig zu verunstalten. Ihr Gesicht bestand nun nur noch aus Schwellungen, Narben und Blasen, und so verbarg sie sich hinter ihrem Trauerschleier, bis sie zweiundfünfzig Jahre später im stolzen Alter von einhundertzwei Jahren der Tod in sein Reich holte. Wenn ich an den Wahn zurückdenke, mit dem sie die ihrem Gesicht von Gott gegebenen Mängel zu beseitigen suchte, festigt sich meine Überzeugung, dass sie die erste Atheistin dieses Hauses war. Mein Vater starb bei einer seiner zahlreichen Mätressen, einem fünfunddreißig Jahre jüngeren Mädchen, schön wie der Tag, das sich Latuada nannte. Als ich den Leichnam meines Vaters bei ihr abholte, empfing sie mich mit dem unglaublichen Satz: »Exzellenz, Ihr Vater hat den Himmel betreten wie einst mein Zimmer, ohne anzuklopfen.« Sie erwähnte seinen Tod wie eine Intervention des Himmels, die seiner maßlosen Gier nach ewigem Genuss entgegenkam. Dieser einfache Satz genügte, mich zu beruhigen und mir die Vorstellung vor Augen zu führen, dass das Sterben so etwas war wie eine Verlängerung des Lebens, jener berühmte Fluss also, der von einer zur anderen Welt fließt, wie Bossuet so schön schreibt. So haben mein Vater mit seinen Sultan-Allüren und meine Mutter, die sich ihren Geist mit ihrem Wahn vergiftet hatte, einen einzigen Sohn gezeugt, der genau die entgegengesetzten Eigenschaften ent-

wickelte. Mit achtzehn Jahren war ich ein junger Mann ohne Allüren, aber mit wachem Verstand, vollgestopft mit gelehrter Lektüre, die ich meinen Vorfahren verdankte. Wie der Mensch haben auch Bibliotheken ihre Grenzen. Sie können nur den Schlüssel bereitstellen, mit dem wir allein in die Welt hinausgehen müssen. Nach meiner Lektüre hatte ich keine andere Wahl, als das Haus meiner Väter zu verlassen. Ich kann sogar sagen, dass ich das Gefühl hatte, aus diesen Mauern, dieser Stadt, ja sogar diesem ganzen Land und damit auch seiner Sprache vertrieben zu werden, um die Welt zu erkunden. Meine Mutter überließ ich dem Schatten ihrer Trauertücher. All die Dinge, die ich in den Büchern gelernt hatte, wollte ich unbedingt überprüfen, und dies sollte der Inhalt meines Lebens sein.

Die Welt war unermesslich weit. Ich spreche hier nicht von Geografie, obgleich ich endlose Ebenen und Wüsten durchquert habe. Nein, ich spreche hier von Geschichte. Seit ihrer Erschaffung hatte die Welt allerlei Veränderungen, Evolutionen und Umbrüche erlebt, von den Stammeszivilisationen bis hin zu hochentwickelten Kulturen, von denen uns einige wegen ihres Untergangs in den Wogen der Sintflut oder ihres Verschwindens im Schoß der Erde noch unbekannt sind. Die größte Angst der Menschheit ist sicher die vor einer Katastrophe, die die uns bekannte Erde vernichten könnte. In dieser Hinsicht sind wir prähistorische Wesen geblieben. Als von den Eltern vernachlässigtes, im hintersten Winkel einer Bibliothek vergessenes Kind war ich gezwungen, mir die wesentlichen Lebensfragen sehr früh zu stellen. Warum war ich auf die Welt gekommen? Wozu? Sollte ich mein Leben in dieser Bibliothek verbringen, und aus welchem Grund? Und wenn ich da herauskam, wohin sollte ich gehen? Unmöglich zu glauben, dass die Welt, wie ich sie durch meine Eltern oder durch ihre Freunde kennenlernte, diese allein auf Kommerz basierende Zivilisation, das Werk Gottes war. Die Frage nach Gott und seiner Schöpfung stellte sich mir sehr früh. Was hatte Gott falsch gemacht?

Um diese Frage zu beantworten, musste ich mich mit der Welt um mich herum beschäftigen. Die Entstehung der Menschheit schien mir das entscheidende Problem. Seit meiner frühen Kindheit träumte ich davon, das verlorene Paradies wiederzufinden, das ich mir wie den großen brachliegenden Garten hinter den hohen Mauern unseres Hauses vorstellte.

Mein Leben lang fand ich keine Ruhe und war wie besessen von dem Gefühl des Scheiterns und der Endlichkeit dieser Welt. Das war wahrscheinlich auch der Grund für meine Suche nach verborgenen Wahrheiten und versunkenen Städten.

Nachdem ich das Haus meiner Väter verlassen hatte, interessierte ich mich natürlich mehr für die Vergangenheit als für die Zukunft. Dort mussten die Antworten zwangsläufig zu finden sein. Ich tat genau das Gegenteil dessen, was mein illustrer Ahnherr, der Konquistador Ettcheban Castro zu Montalban, getan hatte. Die Eroberung und Kolonisation der Neuen Welt interessierte mich viel weniger als die dort noch vorhandenen Spuren verlorener Zivilisationen. In Afrika beispielsweise erlebte ich die Welt der ersten Menschen, die Welt, die Adam und Eva nach der Vertreibung aus dem Paradies gekannt hatten, eine grausame, feindselige und trotzdem erstaunliche Welt, die Generationen von Männern und Frauen im Lauf der Jahrhunderte versucht haben zu zähmen. Es war viel spannender, diese alten, verlorenen Welten zu entdecken, auch wenn sie sich nur in Bruchstücken zeigten und jedes neu entdeckte Bruchstück das vorherige infrage stellte. Ich hatte das Glück, im Zeitalter der Archäologen zu leben.

Die katholische Kirche schätzte diese Fragen nach dem Ursprung überhaupt nicht. Es genügt, sich ihre Reaktion auf die Entdeckungen von Champollion vor Augen zu führen, um ihre Angst zu verstehen. Sie fürchtete, dass ihr gesamtes Gebäude einstürzen würde, wenn man einen Beweis fand, dass die ägyptische Kultur älter war als die Genesis. Erinnern wir uns an das Schicksal von Galileo Galilei, der behauptet hatte, die Erde sei rund. Die katholische Kirche, diese große Hure, deren Anmaßung grenzenlos ist, wollte seit eh und je die durch frühere Generationen übermittelten Legenden bewahren, damit ihre Anhänger den Glauben an das Weltende und das Jüngste Gericht nicht verloren. Die Orthodoxen haben zumindest die Frage im 16. Jahrhundert neu gestellt und eine Bewegung gegründet, die sich die Raskolniki nannte. Raskolnikow war der Name, den Dostojewski später seinem Helden aus Schuld und Sühne *gab, das ich gerade zu Ende gelesen habe.*

Ich glaube auch, dass meine Faszination für die Suche nach dem verlorenen Paradies von der Lektüre einiger Werke herrührt, insbesondere der Schriften meines Vorfahren Carvallo Suarez Montalban zu San Pé, der Alchemist, Astronom und Dichter war. Wahrscheinlich bin ich der einzige Mensch, der sein Gesamtwerk je gelesen hat. In seinem Buch Die Trennung der Engel von Gott *stellt er die Frage nach dem Ursprung auf ganz verblüffende Art. Er hat sogar eine besondere Theorie über die Rolle von Luzifer entwickelt. Unaufhörlich erinnert er in seinem Werk an die ursprüngliche Bedeutung von Luzifer als »Träger oder Bringer des Lichtes« und betont, dass wir uns infolgedessen von all den monströsen Bildern wie Bock, Fledermaus und anderen unheimlichen Tieren, mit denen die katholische Kirche diese für die Genesis wichtige Gestalt identifiziert hat, trennen müssten. Luzifer war also für meinen Vorfahren der Schlüssel, um Gottes Irrtum zu verstehen. Diese Sichtweise war der Dreh- und Angelpunkt meiner Forschungen und der Problematik, die sich mir später stellen sollte.*

Bevor er am Ende auf dem Scheiterhaufen der Inquisitoren verbrannt wurde, behauptete Carvallo Suarez Montalban zu San Pé, der große Irrtum Gottes sei es gewesen, einen Menschen nach seinem Bilde schaffen zu wollen, das heißt einen Menschen gleich ihm, Gott selbst, einen Unsterblichen also. Das genau sind Adam und Eva, Unsterbliche, Götter ohne Macht, nur Abbilder Gottes. Dieses Paradies auf Erden hatte keinerlei Sinn und war mitnichten ein Werk der Humanität. Ein Fehlschlag. Luzifer war also der erste Gegner Gottes, und trotzdem verehrte er Ihn von ganzem Herzen.

Das erste Ziel Luzifers war es, Eva von Gott zu trennen und so der Kreatur die Augen über seinen Schöpfer zu öffnen. Nicht um den Schöpfer zu bestrafen, die erste Frau geliebt zu haben, sie mehr als Adam geliebt zu haben – sie, die Gelungene, die Vollendung in Person, die nicht an das Böse glaubende unsterbliche Geliebte. Es hätte einen klaren Grund gegeben, warum Luzifer sein Augenmerk auf Eva richtete, beteuerte mein Ahnherr. Diese Erörterung hatte ihm sicherlich auch den Scheiterhaufen eingebracht: Die Wahrheit, schreibt Victor Hugo, ist wie die Sonne – sie lässt uns alles sehen, aber wir können sie nicht anschauen. Der von meinem Vorfahren angeführte Grund war höchst verblüffend: Eva war keine Schöpfung Gottes! Laut dem Alchemisten war sie durch Adams Begierde und damit allein durch Adam entstanden. Somit war sie die erste Schöpfung der Schöpfung selbst, die erste menschliche Kreatur nichtgöttlichen Ursprungs. Und wenn Eva weder zu Gott noch zu den Engeln gehörte, war sie allein Trägerin der wahren Idee der Humanität. Der Tag und die Nacht, die Berge, Meere, Ozeane, Tiere etc. bis hin zu Adam waren allein durch den Willen des Schöpfers erschaffen worden. Eva hingegen, deren Name Leben bedeutet, wurde von Adam erschaffen. Ausgehend von einer teilbaren menschlichen Materie, Adam, wurden zwei Individuen geschaffen (man vergisst zu häufig, dass das Wort Individuum etwas nicht mehr Teilbares bedeutet). Das ist ein fundamentaler Begriff, den man im Kopf behalten muss, um meine weiteren Schlussfolgerungen zu verstehen. Eine Sache ist sicher: Indem sich Adam, der Hermaphrodit, teilte, ward er Mensch. Der Wechsel vom Stadium des Hermaphroditen und Unsterblichen (mit der Macht, allein zu zeugen und sich selbst unendlich oft zu vervielfältigen) zum Stadium eines Sterblichen und Unteilbaren (sich nicht ohne den anderen fortpflanzen zu können) zwingt einen jeden, sich die Existenz des anderen bewusst zu machen. Das ganze Gerede über die Humanität beruht auf einem völlig simplen Prinzip: Ohne dich bin ich nichts.

Unterdessen ist zu bemerken, dass Gott laut meinem Vorfahren, dem Alchemisten und Dichter, erst nach der Existenz von Eva das erste aller Gebote und Verbote verhängte, also eine geraume Zeit vor den Gesetzestafeln, die Moses so am Herzen lagen. »Meidet den Baum der Erkenntnis, sonst wird Mein Zorn unermesslich sein.« So ungefähr lautete die Drohung. Immerhin veranstaltete er nicht so ein Geschrei um dieses Gesetz, solange der Zwitter Adam allein im irdischen Paradies lebte. Gott interessierte sich aus demselben Grund wie Luzifer für Eva, und infolgedessen erließ er auch dieses Gebot: Irgendetwas an der Teilung des Hermaphroditen entzog sich Seinem Einfluss, und dieser Teilungsprozess drohte nun weit über die Frage der Fortpflanzung hinauszugehen. Auf diese Teilung wartete auch der Engel des Lichtes sehnlichst.

Doch bevor Carvallo Suarez Montalban in seinen Schriften zu dieser Schlussfolgerung kam, dachte er noch einmal über die Gestalt Luzifer, ebenfalls Teil Seiner Schöpfung, nach. Seiner Ansicht nach war der gefallene Engel keine unheilvolle Gestalt, sondern ein gütiger, blutige Tränen vergießender Engel von überwältigender Schönheit und Güte, der vollkommen zu Unrecht verachtet wurde. Verachtet von wem? Von Gott! Weil Gott immer die mit Verachtung gestraft und verstoßen hatte, die er liebte, zuerst Luzifer (den Träger des Lichtes) und dann die Frauen, um den nach Seiner Vorstellung geschaffenen Adam dem bitteren, trügerischen Gefühl der Vollkommenheit zu überlassen.

So musste die erste Frau die »verbotene Frucht« begehren, damit sich das zweite Ziel des diabolischen Verführers verwirklichen konnte. Dieses versteckte Ziel war nicht, die Welt ins absolute Chaos zu stürzen (dem er ja entstammte), sondern dem Menschen die Pforten der Erkenntnis zu öffnen, durch einen sehr angenehmen Akt, und ihm damit zu offenbaren, was Gott vor ihm verbarg: seinen Wunsch nach Menschlichkeit. Vor dem Auftreten des gefallenen Engels, der ja so harmlos war wie eine um den Baum geschlungene Boa, existierten die Gefühle nicht; es existierten nur die Erde, die Gewässer, der Himmel, die Pflanzen, die Berge und Tiere. Gott hatte die Liebe zwischen dem ersten Mann und der ersten Frau nicht einmal in Betracht gezogen. Für diese ersten Menschen ergab sich alles zwangsläufig, alles geschah wie von selbst. Eine monotheistische Kosmogonie besiedelte die Erde, und sie war völlig klar organisiert und angelegt: ein riesiger Garten, in dem Gott der Vater bereits alles vorgesehen hatte und in dem er jeden Mangel vermeiden konnte, ein in sich geschlossenes Universum, schlimmer als jede Monarchie, in welchem der Mann und die Frau alle Vorschläge von »ganz oben« blind hinnehmen müssen, eine Welt ohne Revolte, eine Diktatur.

In den Apfel zu beißen bedeutete, aus einer perfekten langweiligen Welt in eine Wüstenei zu gehen, in der jedoch Männer und Frauen endlich allein bestimmen konnten. Ein chaotischer, aber nicht leerer Ort. Chaotisch war aber auch die Finsternis vor der Entstehung der Menschheit, jedoch mit einem kleinen Unterschied: Diesmal konnte eine kommende Welt nach menschlichem und nicht nach göttlichem Maß erschaffen werden. Sie würde plötzlich und schmerzvoll auftauchen, zweifellos, aber auch begleitet von der unsäglichen Freude, eine ständig verbesserungsfähige Welt erschaffen zu haben. Durch einen Trick und das Prinzip Verführung hatte der verstoßene Engel Luzifer den Männern und Frauen – hauptsächlich allerdings den Frauen – ein Mittel gegeben, das zu erreichen, was Gott nicht geschafft hatte, nämlich, die Menschheit zu begründen, Generationen von Sterblichen zu zeugen, die sich im infernalen Kampf der Geschlechter ablösen und noch lange ihrem Schöpfer trotzen würden.

Meine Reisen, durch die ich diese Welt ergründen wollte, führten mich immer weiter fort. Es galt, die Erde zu erforschen und die Bibliotheken zu durchstöbern. Ich hatte das Glück, im Zeitalter der Archäologen zu leben, deren Galionsfigur Schliemann war. Als Kind träumte Schliemann von einem großen Brand. Dieser Traum bestimmte sein ganzes Leben und ließ ihm keine Ruhe bei der Suche nach der verschwundenen mythischen Stadt Troja. Dank einer außergewöhnlichen Intuition ahnte er, dass er zuerst die trojanische Helena, eine Helena, seine Helena finden musste, um dieser verlorenen Stadt auf die Spur zu kommen. So veranstaltete er in Athen ein langwieriges Vorsprechen, bis sein Blick auf ein junges Mädchen fiel, das ihm wie das leibhaftige Abbild der Helena erschien. Dieses junge Mädchen konnte ihm helfen, die altgriechische Sprache, die verborgene Vergangenheit und die Geschichte des Landes zu erkunden. Seine Intuition war richtig: Gemeinsam sollten sie die Überreste der Stadt ausgraben. Anschließend überhäufte er seine Gemahlin mit den entdeckten antiken Schmuckstücken …

Gewissermaßen erging es mir genauso, wenn auch auf viel obskurere Art. Dieses Adjektiv ist schrecklich, aber kann man es anders benennen, wenn man von Liebe spricht? Nichts ist obskurer als dieses merkwürdige Gefühl, das zwei Wesen ohne augenscheinlichen Grund auf ewig verbindet. Noch zwei Minuten vor dem Aufeinandertreffen lebte man in perfekter Harmonie mit sich und der Welt. Dann, urplötzlich, verwandelt das bloße Auftauchen des anderen das eigene Leben, auf das man so stolz war, in ein Dasein voller Elend. Liebe beginnt durch vollständige Zerstörung dessen, was wir sind und wissen. Der andere wird zu allem oder sogar zu einem weiteren Ich, einem vollkommeneren Selbst.

Wie alle Reisenden kehrte ich regelmäßig zu meinem Ausgangspunkt, dem Haus meiner Eltern, zurück. Wir schrieben das Jahr 1882, ich ging auf die vierzig zu, und meine Sohnespflichten veranlassten mich, meine Mutter zu besuchen, die Gott vergessen zu haben schien. Seit zwei Jahren hatte ich sie nicht gesehen. Hinter ihren Schleiern konnte ich noch ihr verunstaltetes, aber unverändertes Gesicht erkennen, als könnte nur die Hässlichkeit dem Alter trotzen. Etwas Neues war in meiner Abwesenheit entstanden. Noch unfähig zu erkennen, woher dieser Eindruck beunruhigender Nähe kam, befiel mich im Augenblick, als ich das Anwesen meiner Vorfahren betrat, gleichzeitig ein Gefühl von tiefer Verwirrung und großer Besonnenheit. Die Gegenwart eines jungen Mädchens, der Vorleserin meiner Mutter, bezauberte mich zutiefst. Sie schien das ganze, zu groß geratene dunkle Haus meiner Kindheit zu verzau-

bern. Zum ersten Mal in meinem Leben spürte ich dieses intensive Leuchten und die Herrlichkeit, die die Seele zum Strahlen bringt. Sie hieß Élisabeth de Fressan und erschien mir vom ersten Augenblick an wie eine Göttin.

Sie war eine junge, aus Nizza stammende Französin, die Freundin einer Cousine meiner Mutter, die als Äbtissin des Klosters der heiligen Anna in Toledo lebte. Anfänglich glaubte ich, ihre Lektüre würde die Heiligen Schriften umfassen, und ich wunderte mich, dass meine Mutter zu Gott zurückgekehrt war. In ihren Gesprächen ging es häufig um die Jungfrau Maria, die die drei Frauen genauso in tiefer Ehrfurcht vergötterten, wie es alle Nonnen des Klosters der heiligen Anna taten. Man könnte sogar sagen, dass sie von ihr wie von einer richtigen Göttin sprachen. Noch hingerissener waren sie jedoch von ihrer Mutter, Anna, deren Namen das Kloster der Äbtissin trug. Das alles ist natürlich kaum erstaunlich angesichts der Tatsache, dass Spanien das europäische Land mit den meisten Kirchen und Klöstern ist, seien sie nun der Jungfrau Maria oder der heiligen Anna geweiht. Dass drei fromme Frauen sich für diese weiblichen Gestalten der christlichen Mythologie interessieren, wird auch niemanden groß verblüffen. Aber wie alle über Religion diskutierenden Frauen kamen die Äbtissin, meine Mutter und Élisabeth immer wieder auf eine sehr archaische Vorstellung von Religiosität zurück.

Die heiligen Frauen des Evangeliums, die Apostel und Engel verwandelten sich mühelos in einstige Götter. Um ihren Ansatz zu untermauern, beriefen sich die drei Frauen auf sehr seltsame Schriften wie beispielsweise die des Prinzen von Pisa, dessen Nachkommin Élisabeth de Fressan war. Dieser Gelehrte und Alchemist der italienischen Renaissance behauptete, das Geheimnis der zweiundzwanzig Hauptblätter des allgemein als Tarot bekannten rätselhaften Kartenlegespiels entschlüsselt zu haben.

Betrat ich die Bibliothek, in der sich die drei Frauen trafen, um die Gedanken und Hypothesen des großen italienischen Gelehrten zu erörtern, empfingen sie mich meist mit Schweigen. Sie klappten die

Bücher zu und gingen zu nebensächlichen Gesprächsthemen über. Unmittelbar vor der Tür konnte ich die Stimme meiner Mutter deutlich vernehmen, doch sobald ich den Raum betrat, verstummte sie. Meistens entfernte sich die Äbtissin (welche nur deshalb Nonne geworden war, um sich vor den Zudringlichkeiten der Männer zu retten, die sie abstoßend fand), ohne mich zu grüßen. Élisabeth hingegen wirkte wie befreit vom Joch ihrer Rabenmütter und verschwand in den Garten, der in noch nie dagewesener Pracht und Blüte erstrahlte. Lange fragte ich mich, ob nicht ihre bloße Anwesenheit dieses einst so verwahrloste Stück Erde in einen Garten Eden verwandelt hatte. Dort trafen wir uns und verbrachten Stunden mit Gesprächen. Die ersten Wunder der Liebe ereigneten sich auf diesem eingezäunten Stück Land: Jedes Mal, wenn Élisabeth mir eine Frage stellte, hatte ich den Eindruck, neu geboren zu sein; was auf den Garten gewirkt hatte, wirkte nun auf mich. Noch schlimmer wurde es an dem Tag, als ihre Hand mein Gesicht berührte. So verbrachten wir lange Abende unter Aufsicht meiner Mutter mit Gesprächen. Ich erörterte ihr langwierig meine Recherchen über das verlorene Paradies, das ich in Palästina, dann in Syrien und schließlich im hintersten Winkel Schottlands gefunden zu haben glaubte, und sie lauschte mit glühender Begeisterung, was mich völlig faszinierte.

Zu meinem großen Erstaunen war sie es, die mich allen Konventionen zum Trotz nach einigen Wochen fragte, ob ich sie heiraten wolle. Sie tat das mit so viel Genuss, als ob sie in die verbotene Frucht gebissen hätte. Wie Schliemann seine Helena finden musste, um die Überreste Trojas zu entdecken, hatte ich meine ewige Eva in der Person von Élisabeth gefunden.

Zweiter Teil

DER MOND

Joëlle fühlte sich nicht wohl. Eines hatte sie begriffen: Man wollte ihren Chef umbringen, und die Polizei vermutete einen Zusammenhang mit einem der Fälle, die er gerade untersuchte. Die ganze Nacht hatte sie sich den Kopf darüber zerbrochen, um welchen dieser Fälle es sich handeln mochte. Alle Betrügereien und Fälle von Diebstahl, deren Urheber im Übrigen meist sowieso gerade im Gefängnis von Nizza oder Grasse schmachteten, klammerte sie von vornherein aus. Ihr Chef hatte eine ganze Menge solcher Klienten, entweder als Pflichtverteidiger oder auf der Basis eines symbolischen Honorars. Anwalt der verlorenen Liebesmüh – das hielt sie ihm stets aufs Neue vor, wenn er wieder einmal bereit war, einen dieser Ganoven zu verteidigen. An der Côte d'Azur wimmelte es nur so von ihnen, und je mehr er aus dem Gefängnis holte, umso mehr fanden sich auf der Fußmatte vor seinem Büro ein. Zum Glück gab es natürlich auch die lukrativen Fälle, die die Kanzlei und ihre Mitarbeiter am Leben hielten. Die Reichen versuchten einander per Anwalt zu vernichten. Aber deswegen den Anwalt Bellair abzuknallen – das war doch ein wenig übertrieben! Blieb nur der Fall des Vereins zum Schutz der Küstenlandschaft, bei dem es um den Brand auf dem Montmaure ging. Falls ihr Chef eine wichtige Entdeckung gemacht hatte, so war Joëlle jedenfalls nicht auf dem Laufenden. Vincents Sekretärin war ratlos, und die Angst schnürte ihr die Kehle zu. Zwar bezahlte er sie nicht sonderlich gut, aber in ihrem Alter würde sie nur schwer wieder eine neue Stelle finden.

Da kam dieser Telefonanruf gerade recht. Man bot ihr ein Vermögen, wenn sie ihren Laptop verschwinden ließ.

Sie hatte Ja gesagt. Ihr größtes Laster war das Glücksspiel und ihr größtes Problem ihr Bankkonto. Sie wollte die Summe in bar, und der Typ am Telefon hatte das ohne Widerspruch geschluckt.

Jetzt saß sie vor einem Stapel Hemden an ihrem Schreibtisch, in Jogginghosen, mit strähnigen Haaren, tiefen Augenringen, einem Brummschädel und erfüllt von Selbstekel. Vor allem aber fragte sie sich, ob sie gerade im Begriff stand, eine große Dummheit zu begehen. Oder war das die große Chance, richtig reich zu werden? Joëlle war ein schlichtes Gemüt und besaß die Gabe, die Fragen in der richtigen Reihenfolge zu stellen. Also öffnete sie ihre nachgemachte Vuitton-Tasche und schob den Laptop und einige Akten hinein. Dann atmete sie tief durch, prüfte den Sitz ihres BHs, zog den Bauch ein und betrachtete ihre Fingernägel: Zuallererst würde sie einen ausgiebigen Besuch bei der Kosmetikerin machen.

Bis zu ihrem Auto waren es nur ein paar Schritte. Nachdem die Tasche mit dem großen Los sicher im Kofferraum verstaut war, brauchte sie nur noch abzuwarten. Um acht Uhr sollte sie der Polizei die Kanzlei öffnen. Mit feuchten Händen blätterte sie in einem Magazin und betrachtete die Seiten mit den Geschenkideen. Lächelnd erinnerte sie sich an die Schaufensterauslagen zu Weihnachten, als sie noch klein war und ihre Mutter ihr fast die Schulter auskugelte, um sie von den ersehnten Wunderdingen wegzuzerren. Sie wollte alles und bekam nichts. Nun begann sie noch einmal auf der ersten Seite: Das will ich, das auch, das nicht, das ist hässlich, das, o ja …

Vorsichtig betrat Laura das Zimmer. Vincent lag immer noch in seinem Bett, und die Ängste, die sie die ganze Nacht über verfolgt hatten, wichen der Erleichterung. Ihr Geliebter lebte, sie konnte seine Hand nehmen und sie küssen. Sie atmete den Geruch ein, während sie die Lippen langsam über die Haut gleiten ließ. Trotz des antiseptischen Geruchs sah sie alles wieder vor sich: ihre letzte gemeinsame Nacht und all die anderen Nächte, seitdem sie ihn kennengelernt hatte. Es würden weitere kommen.

»Vincent, ich bin's, mein Liebster. Du bist in einer Zwischenwelt, aber ich halte deine Hand, ich werde dich zurückholen, ich lasse dich nicht im Stich.« Vincents Kopf war verbunden, doch einige Haarsträhnen hingen ihm in die Stirn. Sie strich sanft darüber und näherte sich seinem Ohr in der Hoffnung, ihr Gemurmel würde bis in sein Bewusstsein vordringen. Dann würde er in Ruhe schlafen können, ohne Angst vor der Finsternis haben zu müssen.

»Ich kenne die Welt, in der du bist. Sie soll dich nicht schrecken. Die Toten können dich nicht berühren, weil ich sie daran hindern werde. Mein Engel, mein Liebster, ich werde den Weg gehen, den du gegangen bist, und ich werde entdecken, was du entdeckt hast. Dann werde ich erfahren, wer dich umbringen wollte und warum. Ich weiß, dass es mit mir zu tun hat. Ich bin sicher, dass es in Zusammenhang mit der Geschichte meiner Mutter steht. Es tut mir so leid, Vincent … Ich habe einen seltsamen Mann kennengelernt. Er betreibt eine esoterische Buchhandlung und sagte mir, dass die Karten, die ich bekommen habe, eine Warnung vor einer Gefahr sind, die mir am 21. August droht. Es sind zweiundzwanzig Karten, und ich habe die erste am 31. Juli erhalten … Mir bleiben also noch vierzehn Tage, das Schlimmste zu verhindern und die Pläne des Schicksals zu vereiteln. Aber wenn … wenn ich diese Partie verlieren sollte, musst du wissen, dass ich dich immer lieben werde. Schlaf, mein Herz, träume, dass du mich in den Armen hältst. Ich bin dein.«

Laura richtete sich wieder auf. Alles im Zimmer begann sich zu drehen: Vincent, die Jalousien, die Linien und Punkte auf den Monitoren, dieses Weiß, überall dieses Weiß, das alles verschlang. Sie rieb sich die Schläfen, denn das monotone Piepen der Apparate hämmerte in ihrem Kopf. Als sie die Augen wieder öffnete, lag Vincent nicht mehr auf dem Bett. Da war auch kein Bett mehr, sondern eine Unmenge weißer Blüten, samtweich; sie nahm sogar den schweren Modergeruch wahr, Lilien, die Blumen des Todes. In der Mitte dieses furchterregenden Blumenteppichs, der zitterte wie das Wasser eines Weihers, bevor es alles verschlang, wurde es plötzlich rot, ein Strauß roter Blütenblätter … oder war es Blut, das aus den Lilien floss? Ein Windhauch strich durch die Blumen: Auf dem Sarg war eine Inschrift mit einem Namen und einem Datum – »Luisa Fontane, 1939–1972«. Als der Deckel sich hob, schloss Laura die Augen. Aber es war zu spät: Sie hatte genug Zeit, den weißen Samt des leeren Sarges zu sehen …

Der Parkplatz war völlig überfüllt. Es war, als hätte eine gewaltige Epidemie dafür gesorgt, dass ganz Nizza und Tausende von Touristen sich vor dem Krankenhaus von Cimiez einfanden. Laura stürmte mit gesenktem Blick über den Platz, ohne auf die erstaunten Gesichter und den lautstarken Protest der Passanten zu achten. Fieberhaft hielt sie Ausschau nach Vincents Wagen. Sie wollte nur noch hineinspringen und fliehen. Das Bild des leeren Sarges stand ihr immer noch vor Augen. Schon wieder eine Botschaft, die sie nicht entschlüsseln konnte.

Endlich hatte sie Vincents Limousine gefunden. Als sie völlig entnervt den Wagen zu starten versuchte, entdeckte sie die Ecke einer neuen Karte, die höhnisch unter dem Scheibenwischerblatt hervorlugte. Ein neues Blatt, ein neues Bild: Mondstrahlen, die sich als Blutstropfen über diese feindliche Welt ergossen, und zwei Hunde, die darum kämpften, diesen unheilvollen Saft aufzulecken. Darunter schwamm in blauem Wasser eine Art Krebs, der sich an dem Schauspiel zu weiden schien. Er reckte seine roten Scheren aus dem Wasser empor und schien nur auf die Unvorsichtigkeit der Hunde zu lauern. Laura schauderte: Er würde ihnen die Beine abschneiden.

Die Karte *Der Mond* trug die Nummer XVIII. Laura warf sie auf die Rückbank – und steuerte direkt auf die Höhle des Löwen zu: Am Ausgang des Parkplatzes lauerte ihr eine Horde Journalisten auf. Laura machte kurzentschlossen eine Kehrtwende, um sich einen anderen Ausgang zu suchen.

»Laura!« Das Gesicht von Matthieu erschien im Rückspiegel. Sie hatte ihn nicht sofort erkannt. Er war plötzlich blond, und tiefe Falten hatten ihn in einem Tag um zehn Jahre altern lassen. In seinem Blick lag nackte Angst.

»Ich bin es. Pass auf, dass du keine Fußgänger überfährst«, sagte er.

»Was machst du denn hier?«, erwiderte Laura. » Alle suchen dich.« Sie bremste. Matthieu fuhr erschrocken herum: Die Journalisten näherten sich mit gezückten Kameras.

»Sie kommen«, schrie er, »nun fahr schon, du darfst nicht hier stehen bleiben!«

»Ich verlange eine Erklärung!«, entgegnete Laura.

»Nein, verdammt noch mal, tu, was ich dir sage!«

Er stieß sie beiseite und drückte die Zentralverriegelung. Dann richtete er ein Gewehr auf Laura. »Fahr jetzt los! Hast du gehört, verflucht nochmal?« Der Wagen machte einen Satz nach vorn, was eine Schimpfkanonade unter den Zeitungsleuten auslöste. Laura sah gerade noch einen Fotografen, der seine Kamera mit armlangem Objektiv zückte. Laut hupend raste sie durch die Menge und bog in die Avenue de la Reine Victoria ein.

Für die anwesende Presse gab es keinen Zweifel: Laura Fontane wurde gerade von ihrem Bruder, dem Mörder ihres Bräutigams, gekidnappt.

Hauptkommissar Delambre war wütend, weil er seine Angelschnüre hatte verlassen müssen. Doch nach fünfjähriger

Zusammenarbeit wusste Bruno mit dem Chef umzugehen: Er versteckte sich hinter den dicken Akten, die man ihm aus der Kanzlei Bellair gebracht hatte. Agnès kniff den Hintern zusammen und spürte ihre Zehen in den zu engen Schuhen.

»Was haben Sie in diesen Akten gefunden?«, donnerte Delambre.

»Na ja … eigentlich nicht so viel, Bellair verteidigte eher klassische Fälle.«

»Und der Montmaure?«

»Auch nichts Besonderes, oder doch: eine Liste der Mitglieder des Vereins zum Schutz der Küstenlandschaft.«

»Und die Waffe?«

»Eine Mauser K98, Kaliber 7,92. Laut Gutachten ist das eindeutig die Waffe, mit der auf Bellair geschossen wurde. Nach offiziellen Angaben wurde sie 1973 vernichtet; sie war ein Beweisstück im Fall um Mickeys Gang …«

»Kenne ich. Da waren Sie noch nicht einmal geboren. Ist das alles, Angeli?«

»Äh … ja.«

»Das ist ja wohl totale Scheiße! Der Untersuchungsrichter wird morgen ernannt, und wenn das dieser schwule Wichser Brugel ist, dann werden Sie nicht mehr lange auf Ihrem Arsch sitzen. Ich gebe Ihnen drei Tage Zeit.«

Damit drehte er sich auf dem Absatz um und knallte die Tür hinter sich zu. Die Luft wurde plötzlich dünner.

»Ich will mich ja nicht einmischen, aber du hättest niemals sagen dürfen, dass du fast nichts hast. Man muss immer eine Spur haben, selbst wenn man eigentlich völlig im Dunkeln tappt«, stammelte Bruno, der die ganze Zeit die Luft angehalten hatte.

»Es kotzt mich an. Die einzige Spur, die wir haben, ist die Waffe, und die schwirrt offenbar in der Gegend herum, seitdem die Mickeys hochgegangen sind. Wie konnte Matthieu an dieses Gewehr kommen? Das ist praktisch unmöglich!«

Agnès wühlte erneut in dem Papierstapel auf ihrem Schreibtisch.

»Oder aber Matthieu ist unschuldig, und es war ein ehemaliger Bulle«, warf Bruno vorsichtig ein.

»Machst du Witze? Hast du eine Ahnung davon, was das für ein Chaos bedeuten würde!«, kreischte sie. »Das müssten wir erst mal beweisen. In den Akten gibt es nichts. Finde heraus, wer damals für die Verhaftung der Mickeys verantwortlich war!«

»Okay, was noch?«

»Hast du die Hochzeitsfotos?«

»Bisher habe ich den Fotografen nicht erreicht. Ich versuche ihn morgen ganz früh zu Hause zu erwischen.«

Agnès vertiefte sich in die Inventarliste von Vincent Bellairs Büro.

»Sag mal, gab es da nur einen Computer?«

»Ja, den von Bellair. Einen Laptop. Warum?«

»Und womit hat die Sekretärin gearbeitet?«

»Was weiß ich, mit Block und Bleistift, wie früher eben! Unsere Leute haben nur einen Computer gefunden, und die Sekretärin machte nicht den Eindruck, als ob irgendetwas fehlen würde.«

Einer der Wachleute steckte den Kopf durch die Tür: »Das hier wurde gerade abgegeben. Es war einer der Geier vom *Nice-Matin*.« Der Mann warf einen Umschlag auf Agnès' Schreibtisch und konnte sich ein Grinsen nicht verkneifen. »Er meinte, dass er Sie sprechen möchte. Wenn nicht, holt er sich sein Material wieder ab und veröffentlicht es, nur damit Sie Bescheid wissen. Was soll ich machen?«

»Jetzt wartest du erst mal fünf Sekunden«, entgegnete Agnès wütend und öffnete den Umschlag.

Ihr blieb der Mund offen stehen: Auf einem Foto sah sie auf dem Rücksitz eines Wagens einen blond gefärbten Matthieu, der Laura mit einer Waffe bedrohte. Ihr Blick glitt über die Suchanzeige, die mit zwei Reißzwecken an der Wand befestigt war: Auf diesem Bild zeigte Matthieu das verdammte strahlende Lächeln, bei dem Agnès drei Jahre lang schwach geworden war. Sie wandte sich dem Wachmann zu:

»Du wirst diesem Rumschnüffler sagen, dass er sich sein Sonderangebot in den Arsch stecken kann. Das Foto behalte ich.«

Sie sah Bruno in die Augen und erriet, was er dachte:

»Ja, ja, ich weiß, ich bin vulgärer als ein Fischweib. Tut mir leid, ist das Einzige, was mir eingefallen ist, um den Leuten klarzumachen, dass ich in erster Linie Bulle bin und dann eine Frau.«

»Und doch sehen Sie einer Frau verdammt ähnlich!«

Agnès war entzückt, zuckte aber nur mit den Achseln und verließ das Zimmer.

Antoine überließ sich seinen Gedanken und bewunderte seine perfekten Zähne im Spiegel des Badezimmers. Seine Augen glühten förmlich nach der schlaflosen Nacht, deren Grund er allein kannte: Ludmilla. Dann dachte er an Matthieu und fragte sich, warum er wohl auf Vincent geschossen hatte. Matthieu stand die Scheiße bis zum Hals, während er überglücklich war. Antoine genoss diese kleinen Ungerechtigkeiten des Lebens. Wieder kam ihm Ludmilla in den Sinn. Dieses Prachtweib hatte es fertiggebracht, ihn stundenlang zu verzaubern, um dann im Morgengrauen mit einem leichten Kuss auf die Wange einfach zu verschwinden. Sie hatte ihm ihr wahres Alter nicht verraten wollen, aber Antoine hatte noch nie einen so vollkommenen Körper, eine so weiche Haut berührt. Garantiert ohne Schönheitschirurgie, entgegen dem sonstigen Brauch an der Côte d'Azur. In ihren Armen war Sex einfach herrlich. Mit ihr erreichte er einen nie gekannten Orgasmus. Sie fehlte ihm jetzt schon, und die Stunden bis zu ihrem Wiedersehen heute Abend schienen ihm unvorstellbar lang.

Erregte Stimmen unterbrachen ihn in seinen Träumereien. Er schlich die Treppe hinunter und spähte durch die leicht geöffnete Tür des Büros von Franck Duval. Sein Vater hielt eine

Frau in den Armen. Antoine war beruhigt. Er hatte immer geglaubt, Franck sei Mitglied des Clubs der Abstinenzler.

Die Frau löste sich aus Francks Umarmung. Es war Viviane, auf die er beruhigend einredete.

»Aber nein, warum machst du dir denn Sorgen? Ich sag dir doch, die kommen nicht hierher …«

Antoine spürte, dass sein Vater keineswegs so überzeugt von seinen Worten war, wie er Viviane glauben machen wollte. Sie machte einen verstörten Eindruck, ließ sich aber nicht täuschen.

»Trotzdem solltest du lieber Delambre anrufen …«

»Das hab ich schon.«

Er zog sie erneut an sich.

»Und wenn Bellair irgendwas herausfindet, erfahre ich es sofort. Beruhige dich.«

»Ich verstehe nicht, was in Matthieu gefahren ist. Hat er etwas erfahren und wollte sich einmischen?«

Sie begann zu schluchzen. Franck tupfte liebevoll mit einem Taschentuch die Tränen von ihrer Wange. Antoine konnte es nicht fassen: Wann hatte sein Vater jemals Zärtlichkeit gezeigt?

»Ich liebe dich, Viviane, du musst durchhalten. Gib mir ein bisschen Zeit …«

Viviane schnäuzte sich die Nase und rückte ihre Sonnenbrille zurecht. Dann küsste sie Franck und nahm ihre Tasche vom Schreibtisch. Antoine glitt lautlos unter die Treppe. Er hörte, wie Viviane ging und sein Vater an seinen Schreibtisch zurückkehrte. Antoine war kein undankbarer Sohn, aber es fiel ihm schwer, seinen Vater zu respektieren. Mit seiner Mutter ging es ihm ebenso. Das belauschte Rendezvous war wesentlich lehrreicher als seine gesamte Ausbildung, die er, fernab von seinen zur Zuneigung unfähigen Eltern, in verschiedenen ausländischen und französischen Privatschulen genossen hatte.

Wortlos reichte Max Agnès den Schlüssel zum Waffenschrank. Sie öffnete die Glastür und betrachtete staunend die leere Stelle: Matthieu hatte sich nur bedienen müssen.

»Was hat er noch genommen?«

»Patronen und das Futteral des Gewehrs. Eine schöne Waffe: Damit kann man ein Wildschwein aus fünfzig Metern Entfernung auf der Stelle töten.«

Agnès biss sich auf die Zunge: Sie hatte Max noch nicht gesagt, dass das von Matthieu auserwählte Wild Laura hieß. Bruno hatte das Foto in seiner Aktentasche. Agnès nickte ihrem Kollegen kurz zu. Sogleich hielt Bruno das Bild Max hin, der es erstaunt betrachtete. Dann hob er das Foto plötzlich in die Höhe.

»Sieh dir das mal an …«

Agnès drehte sich um: Auf der Türschwelle stand Viviane in dunkler Bluse, dazu passender Hose und schwarzer Sonnenbrille. Bevor Agnès dazwischentreten konnte, hielt Viviane das Foto bereits in der Hand. Der Kinnladen fiel ihr herunter, sie taumelte ein paar Schritte nach vorn und sank in einen Sessel. Währenddessen begann Max mit unbewegter Miene, einen Karabiner mit zwei wildschweintauglichen Patronen zu laden, und stopfte sich weitere Munition in die Hosentaschen. Viviane warf ihrem Mann einen Blick zu, der Agnès zu Eis erstarren ließ: Noch nie hatte sie so ausgeprägten Hass gesehen.

»Na, dann beginnt jetzt wohl die Menschenjagd. Das Halali …«, zeterte sie.

Hinter dem braven Kindergesicht von Bruno verbarg sich eine erstaunliche Geistesgegenwart: Er stand sofort neben Max und legte ruhig, aber bestimmt die Hand auf den Gewehrlauf.

»Monsieur Fontane, wir kümmern uns darum«, sagte er leise.

Agnès hätte ihm die Füße küssen können.

»Junger Mann, ich bitte Sie, das zu unterlassen. Ich besitze einen Jagdschein.«

»Aber du hast keine Lizenz zum Töten! Wenn du meinem Sohn auch nur ein Haar krümmst, bring ich dich um«, schrie Viviane.

Diese Frau musste neutralisiert werden, und zwar schnell. Agnès trat zwischen die beiden. Mit ruhiger Miene hielt Bruno den Gewehrlauf umklammert, nur seine weiß angelaufenen Finger verrieten die Anstrengung. Endlich gab Max auf. Bruno nahm ihm vorsichtig die Waffe aus der Hand und entlud sie.

»Monsieur Fontane, wir haben bereits eine Suchmeldung rausgegeben, die Straßen abgesperrt und uns mit allen Bekannten Ihres Sohnes in Verbindung gesetzt. Ich weiß, dass das eine schlimme Situation für Sie ist … Aber es wäre sehr viel leichter, wenn wir uns in aller Ruhe darüber unterhalten könnten.«

»Das würde mich wundern«, warf Viviane ein.

Agnès drehte sich zu ihr um.

»Viviane, ich verstehe, was Sie empfinden, aber zufällig führe ich die Ermittlung gegen einen Verdächtigen, der vor den Augen von dreißig Zeugen geflüchtet ist und etwas, was einer Geiselnahme sehr ähnlich sieht, verübt zu haben scheint. Bitte … machen Sie es mir nicht noch schwerer.«

Max wirkte plötzlich sehr müde. Agnès beobachtete, wie er sich in sein Arbeitszimmer schleppte und in einen Sessel fallen ließ.

»Wenn ich nur wüsste, wo sich Lauras Halbbruder befindet, ich würde es Ihnen sagen …«

»Er ist ihr Bruder, Max!«

Konnte Viviane denn niemals den Mund halten, fragte sich Agnès genervt.

»Lassen wir den wunderbaren Familiensinn einmal beiseite, und kommen wir zum Grund unseres Besuchs. Auch wenn ich stark an Ihrer Bereitschaft zur Zusammenarbeit mit der Polizei zweifle, muss ich Ihnen folgende Frage stellen: Haben Sie irgendeine Idee, wo Ihr Sohn mit einer Geisel hinfahren würde?«

»Wenn ich es wüsste, würde ich es dir nicht sagen«, entgegnete Viviane trotzig.

»Wissen Sie, ob Matthieu Geld bei sich hatte?«, fragte Agnès. Aber sie bekam keine Antwort.

»Also gut, dann sehe ich mich genötigt, Ihnen einen freundschaftlichen Rat zu geben, der diese vier Wände nicht verlassen wird: Hören Sie auf, bei jeder Gelegenheit zu erklären, dass Sie nichts sagen werden. In unserem Berufsjargon nennt man das Beeinträchtigung der Justiz oder, noch schlimmer, Komplizenschaft mit Verbrechern. Ich bin ein freundlicher Mensch. Aber manche meiner Kollegen sind da sehr empfindlich. Und ehe man sich's versieht, haben sie einem Handschellen angelegt.«

Viviane grinste: »Halt mich nicht für blöd, Agnès, du hast doch schon alle Antworten auf deine Fragen. Ich wette, dass bereits alle unsere Telefonleitungen abgehört werden und deine Handlanger mich sogar unter der Dusche überwachen.«

»Wir wollen es mal nicht übertreiben: Sie sind ja nicht die Königin von England!«

Viviane verschlug es die Sprache.

Agnès wandte sich erneut an Max: »Monsieur Fontane, hat Vincent vielleicht mit Ihnen über die Sache am Montmaure gesprochen? Er untersuchte die Hintergründe des Brandes, der das Gelände zerstört hat. Angeblich gab es einen neuen Käufer, obwohl das gesamte Gebiet nicht bebaut werden darf.«

»Agnès, ich frage mich, in welchem Loch meine Steuern verschwinden. Meine Tochter ist in Gefahr, ihr Verlobter wird angeschossen, und du kümmerst dich um einen Brand? Das ist doch die Höhe!«

»Monsieur Fontane, ich pfeife auf Ihre Kommentare. Ihr Sohn steht kurz davor, wegen Mordes angeklagt zu werden! Es geht um Mord! Ich muss das noch einmal betonen, weil ich den Eindruck habe, dass Sie es nicht kapieren. Und meine Arbeit, für die Sie zu Recht Ihre Steuern zahlen, zwingt mich, mir Gedanken über sein Motiv zu machen: Was hat ihn dazu gebracht, auf Vincent zu schießen? Man kann die Frage auch anders stellen: Wer brachte ihn dazu? Eines weiß ich: Matthieu hätte alles getan, um Ihr Vertrauen zu gewinnen. In diesem Sinne, einen schönen Abend noch.«

Sie drehte sich zu Bruno um, der sie bewundernd anblickte.

»Bruno, das Waffenlager von Monsieur Fontane nehmen wir mit. Die Jagdsaison hat noch nicht begonnen …«

Manon biss sich auf die Lippe. Was zum Teufel tat sie hier? Sie beobachtete Ludmilla und Antoine dabei, wie sie übereinander herfielen. Sie kicherte nervös: Das war ja wie im Freiluftkino, was sich da hinter dem erleuchteten Fenster des Landhauses abspielte! Um Details zu erkennen, war sie zu weit weg. Umso besser: Pornos waren nicht unbedingt ihr Ding. Im Übrigen wusste sie nicht genau, was eigentlich ihr Ding war: Sie forschte und spionierte herum, um es herauszufinden. Auch wenn sie nur wenig vorankam, würde sie ihr geheimes Ziel nicht aus den Augen verlieren.

Das Zimmer lag in gedämpftem Licht. Antoine betrachtete das Porträt des Mannes aus der Renaissance, dem Laura als Kind ihr Unglück anvertraut hatte. Plötzlich fiel ein gleißender Lichtstrahl darauf: Ludmilla hatte den Kristallleuchter angemacht. Sie lächelte Antoine an.

»So ist es besser …«

»Stimmt: Mir ist noch gar nicht aufgefallen, was für ein fieses Gesicht er hat.«

Er trat ein paar Schritte zurück und musterte erneut das Porträt. »Der Typ war sicher ein absoluter Tyrann. Wahrscheinlich hat er mindestens die Hälfte seiner Untergebenen einfach geköpft, oder?«

»Damals hat man sich nicht mit abgeschlagenen Köpfen zufriedengegeben. Da wurde mindestens noch verbrannt, gehängt, zerstückelt oder gerädert. Das war eine sehr weit entwickelte Gesellschaft. Ein schönes Porträt, nicht wahr?«

»Ehrlich gesagt, nicht unbedingt mein Ding. Wer hat es gemalt?«

»Ein Unbekannter. Vermutlich Schüler eines großen Meisters. Ein Werk des Quattrocento.«

»Porträts wirken auf mich immer merkwürdig. Es ist unmöglich, zu erfahren was der- oder diejenige gerade denkt. Aber man begegnet ja auch lebenden Menschen, bei denen der äußere Schein trügt. In Kanazawa wollte ich mal einem zerlumpten Typen zehntausend Yen geben. Man hätte mich beinahe mit dem nächsten Flieger nach Hause geschickt. Dieser Bettler war Milliardär, Eigentümer einer der größten Fischereien Japans.«

Ludmilla lachte.

»Du bist ja so naiv!«

»Darauf wärst du auch reingefallen«, erwiderte Antoine lebhaft. »Ein anderes Beispiel: Viviane! Man könnte sie für die Tugend in Person halten. Aber nein, sie schläft mit meinem Vater.«

Antoine wartete gespannt auf ihre Reaktion, aber Ludmilla lächelte nur:

»Ach, das wusstest du nicht?«

Sie hatte recht, er war noch sehr naiv.

»Äh … geht das schon lange?«

»Ein paar Jahre. Manchmal denke ich, dein Vater ist wirklich in sie verliebt, aber das sieht ihm so wenig ähnlich … Ich glaube eher, dass seine Interessen sehr gut mit denen von Viviane harmonieren.«

»Und Matthieu hätte man niemals zugetraut …«

»Armer Matthieu: Er war immer am falschen Ort zur falschen Zeit«, murmelte Ludmilla. »Seit er geboren ist. Er ist so jung, so nett … für seine Mutter würde er alles tun!«

Antoine unterbrach sie: »Der Gedanke an Mord und Totschlag weckt immer meine Libido.«

»Wahrscheinlich eine Frage des Alters.«

»Warum redest du ständig von deinem Alter?«

»Weil ich täglich daran erinnert werde.«

»Meines macht sich auch täglich bemerkbar, sogar mehrmals.«

Es war nicht schwierig, die Anspielung zu verstehen. Ludmilla presste ihre Hüften gegen die von Antoine, und im Lichtschein des kristallenen Kronleuchters fielen sie erneut übereinander her wie wilde Tiere.

DER GEHÄNGTE

Antoine spürte die Ohrfeige und schrak auf. Eine Zeitung hatte sein Gesicht getroffen. Völlig benommen richtete er sich auf. Wo war er? Im Gegenlicht erblickte er die Gestalt einer gedrungenen Person: ziemlich feindselig, war seine erste flüchtige Einschätzung. Ihm fiel die heiße Nacht mit Ludmilla wieder ein. Vielleicht war das ja der Beginn einer langen, leidenschaftlichen Affäre. Blitzartig wurde ihm bewusst, dass er sich verliebt hatte.

Eine Hand vor den Augen, blinzelte er ins Sonnenlicht und erkannte Solange. Feindselig starrte sie ihn an. Er drehte sich zu Ludmilla um: Der Abdruck ihres Kopfes auf dem Kissen war die einzige Spur, die sie hinterlassen hatte.

»Ihr Frühstück ist fertig«, krächzte Solange. »Da!« Schmollend deutete sie auf das Tablett, das auf der Kommode am anderen Ende des Zimmers stand.

»Mademoiselle ist schon weg. In ihrem Alter steht man früh auf …«

Nichts würde sie besänftigen können. Antoine erwiderte mit strahlendem Lächeln:

»Und in Ihrem Alter schläft man wohl gar nicht mehr.«

»Stimmt genau! Man wacht … und räumt morgens die Zimmer auf.«

Sie schlug die Tür so heftig hinter sich zu, dass diese fast aus den Angeln fiel. Antoine gähnte und schlug die Tageszeitung auf. Er las die Schlagzeile auf der ersten Seite und war sofort hellwach.

Mörder nimmt die Braut als Geisel.

»Wer steckt dahinter? Ich kenne Matthieu, er kann das nicht allein gemacht haben!«

Ludmilla feuerte die Zeitung so heftig auf den Frühstückstisch, dass der Brotkorb umkippte. Sie wirkte wie eine Furie, doch Viviane ließ sich durch ihren Ausbruch nicht einschüchtern.

»Ich bin seine Mutter. Ich kenne meinen Sohn besser als alle anderen. Und ich leide wie niemand sonst. Es wäre besser, du schweigst jetzt; du hast kein Kind.«

Einen Moment lang starrten sie einander schweigend an. Dann setzte sich Ludmilla plötzlich ruhig hin und nahm sich eine Tasse Tee. Wie konnte sie nur so schnell von einem Extrem ins andere fallen, so schnell von Feuer zu Wasser werden?

»Entschuldige«, murmelte sie. »Ich denke an die Kinder der anderen, weil ich selbst keine habe.«

Sie trank einen Schluck Tee.

»Ich bleibe dabei und würde es jederzeit unterschreiben: Matthieu ist nur ein Spielball. Wer hält die Fäden in der Hand? Ich hoffe nicht, dass du es bist ... oder Franck Duval, unser teurer Conseiller général.«

»Und ich kann dir nur einen Rat geben: Kümmere dich um deine eigenen Angelegenheiten.«

Sie hatten Klartext miteinander gesprochen. Viviane konnte die Verdächtigungen, Drohungen und Manöver nicht mehr ertragen. Sie war die Einzige, die Matthieu bedingungslos verteidigte. Endlich erhob sich Ludmilla, doch sie war noch nicht fertig.

»Du hast etwas sehr Wichtiges vergessen: Ich bin die Schwester von Luisa. Also werde ich dir auch einen Rat geben: Wer Laura auch nur ein Haar krümmt, kriegt es mit mir zu tun.«

Ludmilla war kaum gegangen, als Viviane in Tränen ausbrach.

Max hatte nicht alles gesagt.

Er fuhr über einen Feldweg und betrachtete die Gegend: kahle, schroffe Berge unter nahezu gelbem Himmel. Schwefel überall, hier und da graugrüne Olivenbäume, die die Landschaft bleifarben erscheinen ließen. Inmitten eines dieser Olivenhaine stand eine Hütte. Er hielt an und suchte mit den Augen die Umgebung ab. Bingo: ein dunkler Fleck unter einem hundertjährigen Olivenbaum. Vincents Wagen. Er nahm die Pistole aus dem Handschuhfach.

Max hatte den Olivenhain gekauft, bevor Laura geboren wurde. Luisa hatte diesen Ort geliebt und sich oft für längere Zeit hierher zurückgezogen.

Einst hatte er die Hütte vergrößern wollen, um hier seinen Traum von einem Ort der Andacht und des Friedens zu verwirklichen: ein Haus, in dem das Lachen seiner geliebten Frau und Tochter ertönte. Doch dann war Luisa ums Leben gekommen, und Laura war krank geworden. Die Hütte wurde nie fertig: zwei Zimmer, Strom, eine Spüle mit fließendem Wasser und ein Rinnsal Quellwasser, das im Sommer versiegte. Dann war Viviane manchmal für ein oder zwei Tage mit den Kindern hierhergekommen. Als Teenager war Matthieu einmal von zu Hause ausgerissen und hatte sich in der Hütte versteckt. Max hatte ihn zurückgeholt, verdreckt und stumm. Er hatte seinem Sohn versprochen, Viviane nicht zu erzählen, was ihn in diese Einöde verschlagen hatte, und er hielt Wort, da er glaubte, dass ein Geheimnis unter Männern das Band zwischen ihnen festigen würde. Nun hatte er die ganze Nacht über ihr Wiedersehen nachgedacht. Auch darüber, was im schlimmsten Fall passieren würde …

Die Fensterläden waren verschlossen. Matthieu war unsichtbar. Allein Geräusche konnten ihn verraten. Max lauschte, bevor er eintrat: keinerlei Lebenszeichen. Er hob die Tür leicht an, damit sie nicht auf dem Fußboden scharrte, und schlüpfte ins

Haus. Im Wohnzimmer war niemand. Eine Flasche Wasser und ein Stück Brot lagen auf dem Tisch. Die Tür des Schlafzimmers war geschlossen. Dort mussten sie sein. Er hoffte es. Einen Moment hielt er inne, holte tief Luft und trat dann mit aller Kraft gegen die Tür, die mit einem Krachen aufsprang.

»Keine Bewegung, oder ich schieße!«

Max hatte genügend Zeit, seine Augen an die Dunkelheit zu gewöhnen. Er dachte, sein Herz würde zerspringen:

Matthieu lag allein in der Unterhose im Bett.

»Wo ist sie, du Miststück?«

Struppig und völlig verängstigt starrte ihm Matthieu von dem graumelierten Laken entgegen. Nichts war mehr übrig von dem überheblichen Prachtkerl mit seinen ironischen Sprüchen. Mit zwei Sätzen war Max am Bett, packte ihn bei den Haaren und hielt ihm die Waffe an die Schläfe.

»Wo ist Laura? Antworte!«

Endlich öffnete Matthieu seinen Mund: »Hör auf, verdammt noch mal, hör auf!«

Max achtete nicht auf das Jammern seines Sohnes. Er packte ein Haarbüschel und zerrte mit aller Kraft daran. Matthieu brüllte vor Angst und Schmerz. Dann ließ Max ihn los: Die Kugel hob er sich für später auf. Erst wollte er herausfinden, wo der Leichnam seiner Tochter war.

»Papa! Papa, hör auf!«

Als er Lauras flehende Stimme hinter sich hörte, ließ er von Matthieu ab.

»Papa, es ist alles gut. Beruhige dich, ich bitte dich …«

Langsam drehte er sich um. Er fürchtete zu träumen und wollte nicht, dass sich dieser Traum in Luft auflöste. Da stand sie auf der Türschwelle. Sie, die ihm einzig und allein etwas bedeutete: Luisa, Laura … er senkte die Waffe. Matthieu kauerte sich an die Wand. Sein Blick war völlig verstört. Laura streckte die Hände aus.

»Es ist alles gut, glaub mir … Gib mir bitte die Pistole.«

Max tat, wie ihm geheißen. Dann breitete er die Arme aus, und Laura suchte darin Zuflucht.

»Ich hatte das Schlimmste befürchtet«, murmelte er.

Noch unter Schock, richtete Matthieu sich auf. Rasch zog er sich ein T-Shirt und eine Hose an.

»Matthieu hat nicht auf Vincent geschossen. Er ist unschuldig.«

Laura fixierte Max, dessen verlorener Blick zwischen Tochter und Sohn hin und her wanderte. Matthieu lehnte sich an die Wand und sah ihm in die Augen. Max begriff allmählich das ganze Ausmaß des Unglücks.

»Du hättest mich getötet, nicht wahr?«

Er war es sich selbst schuldig, die Wahrheit zu sagen ... und zu bereuen.

»Wenn du Laura getötet hättest, ja.«

Matthieu lachte hämisch: »Wir hatten ja immer ein Kommunikationsproblem. Aber jetzt übertriffst du dich selbst. Erst schießt du, und dann reden wir. Du bist völlig verrückt.«

»Ja, ich gebe es zu. Ich werde verrückt. Ich ... entschuldige. Ich weiß nicht, ob das möglich ist, aber ich bitte dich um Verzeihung. Für alles.«

»Ach, verdammt noch mal, jetzt fällt dir ein, dass du einen Sohn hast. Zum Glück hat mir meine Schwester geglaubt. Sie ist die Einzige, die mich unterstützt. Sie und meine Mutter.«

Laura unterbrach sie:

»Lasst uns einen Kaffee trinken und reden. Ist das okay für euch?«

Matthieu löste sich von der Wand. »Woher wusstest du, dass wir hier sind?«, stieß er hervor.

»Aus zwei Gründen: Erstens erinnerte ich mich an ein gemeinsames Erlebnis von uns beiden, und zweitens war der Schlüssel aus meiner Schublade verschwunden.«

Matthieu lächelte ein wenig und zögerte nun nicht länger, seinem Vater die ganze Geschichte zu erzählen. Er durchlebte die ganze Szene erneut, als würde sie sich gerade eben vor seinen Augen abspielen …

Nachdem Matthieu das Rathaus verlassen hatte, weil er dort kein Netz hatte, rannte er mit seinem Handy kopflos über den großen Platz vor dem Gebäude. Immer noch kein Empfang. Soeben hatte er erfahren, dass die Solotänzerin der Revue sich den Fußknöchel gebrochen hatte. Doch ein Unglück kam selten allein: Die Zweitbesetzung hatte ihre Koffer gepackt, weil ein Choreograf aus Monaco ihr das doppelte Honorar versprochen hatte. Matthieu schwitzte unter seinem Smoking: Wenn er bis heute Abend keinen Ersatz fand, würde Fred Bellair ihn keines Blickes mehr würdigen. Aus dem Augenwinkel erblickte er auf der Treppe zum Rathaus Thierry Merlet, einen Fotografen, mit dem er einen einträglichen Deal geschlossen hatte. Neben seinen Jobs als Fotograf bei Hochzeiten und anderen Festivitäten betätigte sich Merlet erfolgreich als Paparazzo. Im Kasino, wo er sich häufig herumtrieb, war Matthieu ihm schnell auf die Schliche gekommen. Der Mann verbarg seinen Fotoapparat, der nur die Größe eines Feuerzeugs hatte, einfach in der Hand. Am Ausgang des Kasinos hatte Matthieu ihn abgefangen, nachdem er gerade ein paar Fotos geschossen hatte, entzückt über seinen Fang: eine fette Diva des Show-Business knutschend mit einem schönen Jüngling, der ihrem Mann so gar nicht ähnelte. Seitdem zahlte Thierry ihm fünf Prozent für jedes Foto, das in der Skandalpresse erschien. Ohne Murren hatte Merlet zugesagt, auf Lauras Hochzeit gratis zu fotografieren …

Matthieu kümmmerte sich wieder um sein Problem mit dem Handy. Endlich hatte er Empfang. Doch plötzlich wurde er von einem Spiegel geblendet und sah nichts mehr. Das Licht tanzte über die Steinplatten des Platzes. Offenbar vertrieb sich ein Kind damit die Zeit, den Passanten die Netzhaut mit einem Spiegel zu versengen. Grimmig suchte Matthieu die dem Rathaus gegenüberliegenden Häuserfassaden ab, bis er endlich fündig wurde: In der obersten Etage eines kleinen Hauses stand ein Fenster sperrangelweit offen. Dort hatte der Lausebengel mit einem Stück Glas in der Hand Posten bezogen. Der Lichtstrahl verschwand.

Matthieu wollte ihm gerade den Rücken zukehren, als ihm etwas auffiel: Plötzlich fuchtelte jemand mit einem Stock in der Fensteröffnung herum. Im Schatten des Zimmers erschien eine Gestalt. Matthieu begriff plötzlich, dass dort kein kleiner Junge, sondern ein Mann war, der in aller Ruhe sein Gewehr auf ein Ziel richtete, während auf dem Platz Kinder Skateboard fuhren und Passanten umherliefen. Offenbar wollte der Typ ein Gemetzel anrichten.

Matthieu stürmte los. Seine Schritte hallten im Halbdunkel des Treppenhauses wider. Das Handy fest in der Hand, erreichte er atemlos den obersten Stock. Keuchend hielt er sich am Geländer fest und brauchte einige Sekunden, um sich an die Dunkelheit zu gewöhnen. Hinter einer Wohnungstür hörte er eine näselnde Stimme, ab und zu unterbrochen von Beifall: offenbar eine Radiosendung. Plötzlich glaubte er einen dumpfen Knall zu hören, dem einige Sekunden später ein weiterer folgte. Der Schütze hatte abgedrückt, und irgendwo färbte sich nun das Hemd eines Menschen blutrot. Die Wut packte ihn, ohne dass er Zeit gehabt hätte, Angst zu empfinden. Da öffnete sich eine Tür, und Matthieu erblickte das Gesicht des Mannes: ein seltsamer Blick unter einer ungewöhnlich langen Augenbraue, wie geschminkt, braune Haut unter der Schirmmütze. Mit erstaunlicher Ruhe wollte der Mann sein Gewehr in die Golftasche packen. Matthieu stürzte sich auf ihn und griff nach der Waffe. Ein dumpfer Schlag, Matthieus Kopf prallte gegen die Gipswand des Treppenhauses. Er fand sich mit gebrochener Nase auf den Fliesen wieder. Seine Augenlider zuckten vor Schmerz: Der Typ hatte kräftig und gezielt zugeschlagen. Aus einer der Wohnungen drang lautes Geschrei. Die Bilder von dem blutigen Schauspiel auf dem Platz taten ihre Wirkung. Eine andere Tür öffnete sich, und Matthieu, der sich an der Wand wieder aufzurichten versuchte, blickte geradewegs in das Gesicht einer Frau. Sie war leichenblass. Mit panischem Entsetzen stotterte sie herum und klammerte sich mit aller Kraft an den Türgriff, sodass er schon dachte, sie sei getroffen worden. Dann sah er, dass ihr Blick auf das Gewehr in seiner Hand gerichtet war. Da erst begriff er, dass der Mörder ihm seine Waffe überlassen hatte.

Als er die Straße erreichte, hielt er das Gewehr noch immer in der Hand. Das Bild von Laura, die in einer Blutlache auf der Straße kniete, brannte sich in sein Hirn. Er spürte nur noch Hass. Dann glaubte er, den gekrümmten Rücken des Mörders mit der Schirmmütze zu erkennen, der sich am Ende der Rue de l'Hôtel de Ville unter die Passanten zu mischen versuchte. Matthieu hörte weder die Schreie, noch achtete er darauf, wie sich die Menschen in seiner Nähe zu Boden warfen. Max' Stimme kam ihm ins Gedächtnis: »Klemm den Gewehrkolben an deine Schulter, lade durch, atme ein, richte dein Visier auf die Zielscheibe … und drücke auf den Abzug.« Genau das tat er jetzt. Es war eine seiner wenigen Erinnerungen an einen fürsorglichen Vater, wenn nicht sogar die einzige. Auf einmal sah er nur noch ein wirres Durcheinander verschwommener Gestalten. Matthieu ließ die Waffe sinken: Der Mann war verschwunden. Die Straße schien sich plötzlich geleert zu haben. Er rannte los, und die Waffe blitzte bei jedem seiner Schritte bedrohlich auf. Er würde diesen Mistkerl schon erwischen …

Laura fuhr vorsichtig über den Feldweg. Im Rückspiegel verschwand der Olivenhain: Sie hatte Vater und Sohn zu einem hoffentlich fruchtbaren Zwiegespräch in der Hütte zurückgelassen. Matthieus Geständnis konnte die Basis für eine neue, wenn auch noch zerbrechliche Beziehung zwischen den beiden Männern bilden. Laura bog in die Straße ein. Matthieu hatte den Mörder genau beschrieben. Es war der Mann mit dem Feuermal, der Mann, den sie aus ihren Visionen kannte, der Mann aus dem Kasino! Hatte Vincent irgendetwas über den Tod ihrer Mutter herausgefunden, er, der ihr beweisen wollte, dass sie wirklich bei einem Unfall ums Leben gekommen war? Hatte er ihren Mörder gefunden? Hatte dieser Mörder auf ihn geschossen? Fragen über Fragen, doch Laura glaubte zumindest auf dem richtigen Weg zu sein.

Vincents Mutter saß am Krankenbett ihres Sohnes und erzählte ihm Abenteuergeschichten aus seiner Kindheit. Plötzlich schrak sie auf. Sie hatte niemanden kommen hören.

»Madame Bellair, jemand möchte Sie sprechen.«

Die Krankenschwester schloss vorsichtig die Tür. Mado schob für einen Moment die Erinnerungen beiseite, die sie eben noch Vincent mitgeteilt hatte. Sie würde weitererzählen, wenn sie zurückkam. Er sah friedlich aus, als wäre er bloß eingeschlafen. Seit Samstag hatte Mado sein Krankenbett kaum verlassen. Es brauchte Zeit, bis sie die richtigen Worte fand, Worte, die kein anderer hören würde. Nun musste sie nur noch seine Hand nehmen, die Augen schließen und erzählen …

Eine Flut von Geschichten ging von ihrer Hand auf die seine über, drang über die Haut in seine Blutbahn und von dort hinauf in sein Gehirn, wo die Kugel saß, die der Chirurg nicht hatte entfernen können. Mado richtete sich auf und drückte seine Hand, um ihm mitzuteilen, dass sie gleich wiederkommen würde. Es war ihr, als versuche ihr Sohn sie mit dem kleinen Finger zurückzuhalten … dann löste sich die Spannung, sodass sie sich sanft losmachen konnte.

Fred Bellair wartete in einer Flurnische.

»Es gibt nichts Neues, weder Gutes noch Schlechtes. Die Ärzte sind zuversichtlich«, berichtete sie ihm.

»Du bist tapfer. Auch du musst zuversichtlich sein. Mado …«

So beunruhigt hatte sie ihn noch nie erlebt.

»Entschuldige, dass ich dich gerade in dieser Situation um einen kleinen Gefallen bitten muss. Ich brauche deine Hilfe.«

Um seinen Blick zu erwidern, musste sie den Kopf in den Nacken legen. Sie sah in zwei Augen, die von dunklen Ringen umgeben waren, zwei Augen voller Sorgen und großer Müdigkeit. Tausende Male hatte Mado schon durchgerechnet, wie viel ihre Familie und besonders Vincent diesem Mann schuldete.

»Ich weiß, dass dein Sohn seine Ordner bei euch archiviert. Ich wollte wissen, ob er in letzter Zeit neue Akten vorbeigebracht hat.«

»Ich muss nachsehen. Was genau suchst du?«

»Eine Akte über den Montmaure.«

Sie richtete sich zu voller Größe auf und sah den großen Mann forschend an.

»Was hast du damit zu tun?«

»Es ist besser, wenn du das nicht weißt.«

Natürlich wusste sie, dass Fred in dunkle Geschäfte verwickelt war. Aber um nichts in der Welt hätte er seinem Neffen auch nur ein Haar gekrümmt.

» Und wenn ich sie finde?«

»Dann gibst du sie mir.«

Damit war das Entscheidende gesagt. Mado drehte sich auf dem Absatz um, da sie gleich in Vincents Krankenzimmer zurückkehren wollte. Als sie die Tür öffnete und sich noch einmal umsah, war Fred Bellair bereits verschwunden.

Ohne zu zögern, öffnete Laura das Siegel an der Tür des Büros. Es war ihr gleichgültig, dass sie sich damit strafbar machte. Sie betrat das Arbeitszimmer von Vincent und sah sich um. Das Chaos, das die Polizei hinterlassen hatte, war weit geringer als erwartet. Vielleicht hatte Agnès ihnen strikte Anweisungen gegeben … Nichts lag auf dem sorgfältig aufgeräumten Schreibtisch von Joëlle herum: Ihren Laptop hatte die Polizei wahrscheinlich mitgenommen. Neben dem Tisch standen eine Grünpflanze, ein leerer Korb für Briefpapier und das Foto einer großen Angorakatze. Der große Wandschrank am Eingang, in dem sonst die Akten standen, war ebenfalls geleert worden. Blieb noch der Schreibtisch von Vincent. Die Polizisten hatten wirklich gründliche Arbeit geleistet: Sein Kalender, das Adressbuch, der Laptop, die Post ... alles war beschlagnahmt worden. Laura nahm das Telefon, das allerneueste Modell, und ging das Adressbuch durch. Ein Name, der auf dem Miniaturdisplay auftauchte, zog ihre Aufmerksamkeit auf sich: Joëlle Legasse. Sie drückte die Anruftaste und stellte auf Mithören. Es klickte ...

»Hallo?«

»Guten Tag, Joëlle ... entschuldigen Sie die Störung. Hier spricht Laura Fontane.«

»Ja ...«

Die Stimme klang zögernd.

»Ich wollte wissen, ob Vincent Ihnen Mitschriften oder Notizen zu seinem Termin beim Archiv des Départements gegeben hat. Als ich bei Ihnen vorbeikam, Sie erinnern sich sicher, hat er Sie gefragt, ob ...«

»Nein!«, unterbrach Joëlle sie schroff. »Ich möchte damit nichts zu tun haben. Auf Wiedersehen.«

Das Klicken, als sie auflegte, war im ganzen Raum zu hören. Joëlles Benehmen war auffällig genug, um Lauras Verdacht zu bestätigen. Sie wählte eine andere Nummer.

»Guten Tag, Mademoiselle ... ja, wegen einer Adresse bitte: Joëlle Legasse, hier im Département.« Sie nahm Zettel und Bleistift: »Ja, ich notiere: Chemin de la Galère 9 in Nizza.« Galeere – der Name passte zu dieser Frau.

Laura warf einen letzten Blick in die Schubladen von Joëlles Schreibtisch. Abgesehen von einem Wust aus Stiften, lippenstiftbefleckten Taschentüchern, zwei Tuben Rouge, einer Schachtel falscher Fingernägel und anderen Utensilien für Täuschungsmanöver, konnte Laura nichts finden. Sie schob die Schublade zu und erstarrte: Unter dem eingerahmten Porträt der Angorakatze lugte die Ecke eines abgewetzten Stückchens Karton hervor. Sie wusste sogleich, was es war, und zog vorsichtig daran. Als Erstes erschien der Name: *Der Gehängte*. Auf dem Bild war ein Mann zu sehen, der an einem Fuß aufgehängt worden war, die Hände auf dem Rücken gefesselt. Nummer XII.

Joëlle konnte ihren Blick nicht vom Telefon lösen. Sie hatte das Gespräch mit dieser Person einfach beendet. Nun wartete sie wieder auf den Anruf des Mannes, für den sie den Laptop beiseitegeschafft hatte. Sie dachte nach. Hatte dieses blasse Püppchen irgendeine Verbindung zwischen ihr und ihrem zukünftigen Geldgeber hergestellt? Sie hatte nichts Verdächtiges liegen lassen, und der Laptop stand hier auf dem Tisch mit der Resopalplatte, darunter der kleine Stapel mit den Unterlagen. Joëlle biss sich auf die dicken, mit Lippenstift bemalten Lippen. Ihr fiel auf, dass sie einen Riesendurst hatte, und so ging sie an ihren alten Kühlschrank, der neben der Spüle vor sich hin brummte. An der Kühlschranktür klebten zwei Fotos: Eines zeigte den wunderschönen Vincent in Badehose, und auf dem anderen war sie selbst in Pin-up-Position zu sehen. Allerdings handelte es sich um eine Fotomontage: der Körper einer Sexbombe im Bikini, auf den sie ihr Gesicht geklebt hatte. Sie öffnete die Kühlschranktür und schob dabei auch das mit Wasser vollgesogene Scheuertuch beiseite. Das alte Ding war leider an mehreren Stellen undicht, sodass sie ständig einen Lappen unter die Tür legen musste. Ein fettdurchtränktes Stück Sardellenpizza erinnerte sie an ihre Situation als alleinstehende, völlig abgebrannte Frührentnerin, aber … das würde sich ja bald ändern. Nicht einmal Wasser gab es in diesem Kühlschrank, das Einzige, was halbwegs trinkbar aussah, war ein abgestandener halber Liter Milch für Tallula. Bald würde sie einen amerikanischen Kühlschrank mit extragroßem Eisfach haben, der überquoll von Champagnerflaschen und Biomilch für Tallula. Wo steckte sie eigentlich? … Normalerweise strich sie ihr immer um die Beine. Sie goss ein bisschen Milch in ihr leeres Schälchen.

»Tallula? Tallula … komm her, mein großes Vieh. Komm zu deiner Mama, komm, sei ein Schmusekätzchen.«

Ein ersticktes Miauen antwortete ihr. Joëlle blieb stehen.

»Tallula?«

Stille. Joëlle stellte die Milchflasche auf die in scheußlichem Braun gekachelte Abstellfläche neben der Spüle und öffnete die Tür, die zum Innenhof führte. Das Miauen schien von draußen zu kommen. Sie ging hinaus und suchte den winzigen Hof ab, spähte unter die Überreste der über Jahre durch Witterung und Nachlässigkeit zerstörten Möbel. Tallula schien spurlos verschwunden. Die wurmstichige Garagentür stand halb offen. Joëlle verzog das Gesicht: Dieser Schlupfwinkel quoll über von widerlichem Zeug, das sie nicht auf den Müll gebracht hatte. Eine Unmenge Mäuse schien sich hier eingenistet zu haben: Tallula brachte regelmäßig ihre Beute direkt aufs Bett. Joëlle öffnete die Schwingtür und trat in die finstere Rumpelkammer. Sie brauchte einige Sekunden, um etwas zu erkennen: Tallula baumelte mit weit aufgerissenen Augen an der Wäscheleine, die Zunge hing ihr aus dem Maul …

Joëlle hatte keine Zeit mehr zu überlegen, dass ihr dasselbe Schicksal drohte, denn im selben Augenblick legte sich ein dünner Strick um ihren Hals. Dann ging alles sehr schnell, und das Letzte, was sie sah, war ein Stück Himmel durch das Loch des Garagendaches … der Strick schnürte das Fett ihres Halses ein, bis sie in die Arme ihres Mörders sank, begleitet vom Läuten der Glocken.

Seit fünf Minuten klingelte Laura an der verrosteten Tür: Joëlle öffnete nicht. Entschlossen trat Laura in das, was einst ein hübscher Vorgarten gewesen war. Jetzt war er kahl, nur ein

Feigenbaum stand darin, der sich in der Hälfte des Gartens breitgemacht hatte. Der Garten war wie ein Omen für das, was Laura gleich entdecken sollte: Das Haus wirkte völlig verwahrlost, ein trauriger Anblick von wahllos zusammengestellten Möbeln und verstaubtem Firlefanz: spanischen Puppen, Plüschtieren und gehäkelten Kissen. Sogar das Telefon trug eine altrosafarbene Samthülle. Lauras Blick wanderte über die beiden Fotos an der Kühlschranktür. Ungläubig zog sie die Augenbrauen hoch, als sie die Montage der Sekretärin sah. Aber unerwiderte Gefühle waren wohl kaum ein Motiv, um auf Vincent zu schießen. Sie spürte einen Luftzug und trat hinaus auf den kleinen Innenhof. Dort fiel ihr Blick auf die Garagentür, deren grüner Farbanstrich abblätterte. Gut möglich, dass Joëlle sich vor ihr, dem ungebetenen Gast, in der Dunkelheit versteckte. Sie ging auf die Garage zu.

»Joëlle? Joëlle! Ich bin es, Laura. Bitte, kommen Sie heraus. Es dauert nur fünf Minuten.«

Sie setzte ihr liebenswürdigstes Lächeln auf und öffnete die Garagentür. Mit irrem Blick starrte Joëlle ihr entgegen. Das Gesicht war aufgequollen, ihre nackten Füße schwebten fünfzig Zentimeter über dem Boden. Sie war erhängt, aber am Hals und nicht verkehrt herum wie die Gestalt auf der Tarotkarte, die Laura vor einer Stunde in Joëlles Büro gefunden hatte.

Laura schlug die Tür zu und ließ die Gehängte mit dem verzerrten Gesichtsausdruck hinter sich. Ihr Magen musste sich erst beruhigen. Hier draußen bekam sie kein Netz für ihr Handy, und so musste sie wohl oder übel zurück in dieses abscheuliche Haus.

Als sie drinnen war, tauchte plötzlich ein dunkler Schatten vor der Eingangstür auf. Mit einem Satz flüchtete Laura in die Küche. Sie stürzte in den Hof hinaus und rannte den kleinen Gang am Haus entlang. Ein Mann mit fülligem Körper erwischte sie und fasste ihr einfach um den Bauch. Laura schrie auf.

»Laura! Laura! Ich bin es, Fred Bellair.«

Sie bekam einen Schluckauf. Fred ließ sie nicht los.

»Ich habe die Tote in der Garage gesehen, aber ich war es nicht. Beruhigen Sie sich bitte!«

»Lassen Sie mich los, oder ich schreie! Die Polizei wird gleich da sein.«

»Die wollte ich auch gerade rufen …«

Dann ließ er Laura endlich los. Sie wich drei Meter zurück und ergriff ein herumliegendes Stuhlbein, um sich zu verteidigen.

»Kommen Sie nicht näher!«

»Sie brauchen keine Angst zu haben. Auch ich bin auf der Suche nach dem Täter. Ich bin überzeugt, dass Matthieu unschuldig ist. Vincent wurde niedergeschossen, weil er seine Nase in eine faule Sache gesteckt hat. Joëlle war die Einzige, die wissen konnte, worum es sich handelt.«

»Sehr clever. Aber Sie sind ein Spieler. Es ist Ihr Beruf zu lügen.«

»Das ist kein Spiel. Ich warte jetzt mit Ihnen auf die Polizei.«

Kurze Zeit später wimmelte es im Haus von Polizeibeamten. Die beiden Gehängten waren aus jedem erdenklichen Winkel fotografiert worden, und Agnès wartete, bis die Spurensicherung mit ihrer Arbeit fertig war. Zwei Männer in Kosmonautenanzügen suchten mit grellem Scheinwerferlicht die Garage und das Haus ab. Andere nahmen Fingerabdrücke im Haus. Agnès war mit großem Aufgebot erschienen. Fred Bellair war bereits gegangen. Seine Zeugenaussage deckte sich mit der von Laura, jedoch mit einem Unterschied: Er war nach ihr gekommen … Laura biss sich auf die Lippen: Wahrscheinlich waren ihre Fingerabdrücke überall.

Agnès ging zu Laura, die zusammengesunken in Vincents Wagen hockte. Sie setzte sich auf den Beifahrersitz, ließ die Tür offen stehen und reichte ihrer Freundin eine Wasserflasche.

»Hier, trink was.«

Laura nahm einen Schluck. Agnès musterte sie mit durchdringendem Blick.

»Kannst du mir mal erklären, durch welches Wunder man dich hier am Tatort eines Verbrechens antrifft, während die gesamte Polizei nach dir sucht? Man glaubt, du seist die Geisel deines Bruders, der unter Mordverdacht steht! Hast du dich hierher gebeamt?«

Offensichtlich war Agnès der Meinung, dass Laura sie an der Nase herumgeführt hatte.

»Matthieu ist unschuldig. Ich habe den Beweis …«

Agnès schlug die Wagentür zu und machte es sich bequem. Sie blickte Laura direkt in die Augen.

»Das Stockholm-Syndrom, schon mal davon gehört? Zwischen Bruder und Schwester geht es wahrscheinlich noch schneller!«

»Matthieu hat den Mörder gesehen. Er weiß, wer es ist … und ich weiß es auch.«

»Verdammt noch mal, warum sagst du mir das erst jetzt!«

»Ich habe es ja selbst gerade erst von Matthieu erfahren.«

»Wo ist Matthieu?«

Laura war auf diese Frage vorbereitet und hatte sich die Antwort zurechtgelegt.

»Ich weiß es nicht. Wir haben uns heute Morgen in Nizza getrennt.«

Agnès blickte auf den abgefahrenen Asphalt vor dem Wagen: Chemin de la Galère, halb Straße, halb Weg. Eigentlich eine ideale Adresse, um zu sterben.

»Angenommen, das stimmt. Und dann fällt dir nichts Besseres ein, als Joëlle Legasse aufzusuchen? Du triffst sie hier an, leider bereits erhängt, und denkst dir, ach, jetzt ruf ich mal die Polizei. Wirklich nett.«

»Ich hätte dich schon noch angerufen, wollte aber vorher mit Joëlle sprechen. Sie musste doch wissen, woran Vincent gearbeitet hat. Davon war ich überzeugt … und wie man sieht, habe ich mich nicht geirrt!«

»Lass uns auf Matthieu zurückkommen. Was hat er genau gesagt?«

»Er hat beinahe den Typen erwischt, der von einer Wohnung aus auf den Platz geschossen hat. Der Mann ist abgehauen und hat die Waffe zurückgelassen. Als Matthieu sah, wie ich mich über den blutenden Vincent beugte, dachte er, man hätte auf mich geschossen.«

»Warum ist er nicht zu mir gekommen, um alles zu erklären?«

»Habt ihr privat ein so gutes Verhältnis?«

»Ich kann sehr wohl Beruf und Privatleben trennen.«

»Das hat er offenbar nicht gedacht. Alles sprach gegen ihn. Er hatte einfach Angst. Das ist doch verständlich, oder? Ich glaube, in solchen Momenten geht alles sehr schnell.«

»Entschuldige, aber das klingt ziemlich abenteuerlich. Es gibt keinen einzigen Zeugen, der diese Version bestätigen kann.«

Laura lehnte den Kopf gegen das Lenkrad und rieb sich die Stirn: Es gab einen Grund, warum sie an die Geschichte von Matthieu glaubte. Sie drehte sich zu Agnès um.

»Man könnte schon sagen, dass es einen Zeugen gab.«

Agnès hob ironisch die Brauen. »Könnte?«

»Es ist der Mann … aus meinen Visionen. Ich habe ihn auch in Wirklichkeit gesehen.«

Agnès brach in hysterisches Gelächter aus. Laura umklammerte das Lenkrad und unterdrückte den Wunsch, sie zu ohrfeigen.

»Agnès, verdammt noch mal, bist du meine Freundin oder nicht?«

»Jetzt fang bloß nicht damit an! Was soll dieser Unsinn? Ist dieser Mann ein Phantom, oder gibt es ihn wirklich?«

»Ich habe ihn im Kasino gesehen! Und Matthieu hat ihn auch gesehen, sonst hätte er ihn nicht beschreiben können. Er ist der Mann, der geschossen hat. Er hat ein Feuermal über dem Auge. Matthieu kann dieses Detail nicht erfunden haben! Du kannst es nachprüfen. Fred Bellair hat einen Videomitschnitt von dem Abend. Der Typ existiert wirklich!«

Laura war ganz außer Atem. Es war anstrengend, andere von der Wahrheit zu überzeugen. Ein Mann von der Spurensicherung mit einem Stahlkoffer unter dem Arm trat zu ihnen. Agnès öffnete die Wagentür.

»Wir sind fertig, Kommissarin.«

Agnès wandte sich an Laura.

»Laura, du kommst mit. Wir nehmen deine Aussage zu Protokoll.«

»Mado? Was treibst du denn da? Seit einer Stunde wühlst du in diesen Papieren herum. Essen wir jetzt endlich?«

Mado blickte auf. Ihr Mann stand in der Tür und sah sie mit leerem Blick an. Sein Haar war grau geworden, seit man seinen Sohn niedergeschossen hatte. Er sprach kaum, aß nicht viel, schlief und wusch sich wenig. Meist verschwand er morgens in aller Herrgottsfrühe, um erst am Abend wiederzukommen, und lag dann nachts mit offenen Augen im Bett. Mado nahm an, dass er die ganze Zeit in seinem Boot saß und auf das Meer starrte. Sie erzählte ihm jeden Abend, wie es Vincent ging. Niemals machte sie ihm Vorwürfe, weil er sich so zurückzog. In gewisser Weise war ihr Mann genauso im Koma wie Vincent. Er würde erst dann aufwachen, wenn auch Vincent die Augen öffnete. So war es nun mal.

»Ich komme. Gleich kriegst du was zu essen, Pierrot …«

Sie sprach diese alltäglichen Worte mit einer mütterlichen Fürsorge, die ihn beruhigte. Mado hörte, wie seine Schritte über den Kachelboden schlurften und ein Stuhl unter seinem Gewicht ächzte. Jetzt saß er am Küchentisch und wartete mit verschränkten Händen und trübem Blick auf sie. Sie dankte dem Himmel, dass sie Mutter und Italienerin war. Verzweiflung war nicht ihre Sache.

Der graue Betonfußboden war übersät von rosa, hellgrünen und grauen Heftern. Sie sammelte die herumliegenden Seiten, die sie gelesen hatte, vom Boden auf und steckte sie in eine der Hüllen. Nachdenklich ließ sie ihren Finger über die mit Kugelschreiber geschriebenen Buchstaben gleiten. »Schutz der Küstenlandschaft« stand da in der Handschrift von Vincent.

Sie konnte Fred Bellair diesen Gefallen nicht tun. Was sie soeben gelesen hatte, ging nicht nur ihren Schwager etwas an. Wenn diese Bombe explodierte, würde ganz Nizza beben. Allerdings waren es womöglich die Drahtzieher bei diesen Machenschaften, die ihrem Sohn nach dem Leben trachteten.

Sie war unschlüssig, was sie tun sollte. Vorerst legte sie das Dossier in eine Pappschachtel und versteckte diese unter einem Stapel anderer Ordner.

DER AUSGLEICH

Laura betrachte sich ein letztes Mal im Rückspiegel: Ihr blasses Gesicht war dezent geschminkt, und sie hatte die Haare zu einer Frisur à la Audrey Hepburn hochgesteckt, mit der sie eine gewisse Ähnlichkeit besaß. Mit den Aktenordnern unterm Arm konnte man sie ohne Weiteres für die Teilhaberin einer Anwaltskanzlei halten.

Entschlossenen Schritts betrat sie die Gendarmerie. Ihr Blick fiel kurz auf den Mann am Einlass: Ihre Chancen standen nicht schlecht. Der junge Mann mit dem rötlichen Bürstenschnitt schwitzte stark und hatte offensichtlich ein Problem mit seinem Computer.

»Guten Tag, ich bin Rechtsanwältin Fontane von der Kanzlei Bellair. Ich habe gerade Ihre Archive konsultiert, die Monsieur Bellair … Sie wissen doch, was ihm zugestoßen ist, oder?«

»Ja, selbstverständlich!«

»Er konnte mir die Ergebnisse seiner letzten Recherchen nicht mehr übermitteln. Aber vielleicht kann mir der Archivar weiterhelfen: Ich brauche dringend diese Informationen für mein Plädoyer heute Nachmittag … Leider hatte ich nicht die Zeit, mir eine Genehmigung bei …«

»Besprechen Sie das mit dem Archivar, dritte Tür links im Untergeschoss.«

Es war einfacher, als sie gedacht hatte. Zweifellos verdankte sie dies der Solidarität, die bei schweren Verbrechen zwischen den verschiedenen Polizei- und Justizorganen entsteht, als seien alle eine große Familie. Der Mordversuch an einem

Mitglied der Anwaltskammer weckte aufrichtige Anteilnahme, selbst beim Pförtner.

Als sie sich eilig entfernte, hörte sie ihn leise vor sich hin fluchen: »Dieses Mistding macht mich wahnsinnig!«

Auch unten im Archiv gab es keine Schwierigkeiten. Die Sekretärin, eine Frau in den Fünfzigern mit Dauerwelle und Hosenanzug aus den Achtzigern, sah zuerst in ihrem brandneuen Computer nach, der in diesem Universum aus metallenen Aktenschränken mit verstaubten Papieren völlig fehl am Platz wirkte. Anschließend suchte sie die Akte heraus, die Bellair bei seinem letzten Besuch eingesehen hatte.

Allein an dem Tisch in diesem riesigen Raum war Laura etwas beklommen zumute, doch jetzt konnte sie nicht mehr zurück. Vor ihr lag die Akte. Auf dem Etikett stand mit der Hand geschrieben der Name von Luisa Fontane, geborene Rinaldi, darunter das Datum ihres tödlichen Unfalls. Die Akte war ziemlich dünn: drei maschinengeschriebene Seiten und drei Schwarz-weiß-Fotos, auf denen das Grauen des Unfalls eingefangen war. Der Wagen war nur noch eine zusammengepresste Masse verbrannter Metallteile. Auf einem Bild war zu erkennen, welchen Weg der Wagen bei dem Sturz genommen hatte. Der kleine Fiat lag auf dem Dach, im Hintergrund war das Kreuz zu erkennen: ein düsteres, mahnendes Symbol.

Laura zwang sich hinzusehen und prägte sich jedes Detail ein. Die Glasscherben der Windschutzscheibe, die zersplitterten Scheinwerfer, die verbogene Stoßstange, die abgebrochenen Rückspiegel, die Brandspuren auf der Karosserie ... ein einsamer Schuh, zwei Meter vom Autowrack entfernt: eine Sandale mit Plateauabsatz.

Die Sekretärin schielte neugierig von ihrem Schreibtisch zu Laura hinüber. Die maschinengeschriebenen Seiten enthielten nichts Neues: Die Polizei hatte die mutmaßliche Unfallzeit festgestellt und den Unfallort sowie den Zustand von Wagen und Fahrerin beschrieben. Feststellung des Todes, nachdem die Feuerwehr die Verunglückte aus dem Wagen befreit hatte. Laura las die Seiten erneut. Sie musste ihre Gefühle beiseiteschieben, um sich auf die Details zu konzentrieren: Irgendetwas war ihr bestimmt entgangen. Aber sie fand nichts. Kein Gutachten über den verunglückten Wagen und auch kein Autopsiebericht des Gerichtsmediziners. Eine schnell hingeschluderte Angelegenheit … unterschrieben von einem gewissen Hauptmann Duroc. Sie atmete durch und ging zum Empfangsschalter.

»Entschuldigung, aber mir scheint, das Dossier ist unvollständig.«

Die Sekretärin blickte sie überrascht, aber freundlich an.

»Das hat Rechtsanwalt Bellair auch gesagt. Aber mehr haben wir nicht. Es tut mir leid …«

Laura klammerte sich am Empfangsschalter fest. Ihr war schwindlig, aber nicht von der Hitze. Hier unten in diesem Betonbau, der sie farblich eher an ein Pissoir erinnerte, war es eher kalt.

»Und Hauptmann Duroc – arbeitet er immer noch hier?«

Die Frau lächelte sie an.

»Er ist in Rente. Das Gleiche hat Anwalt Bellair gefragt und Madame Angeli auch.«

»War Madame Angeli auch hier?«

»Ja, kurz vor Ihnen. Sie hätten sich begegnen können.«

»Gut! Und … seit wann ist Duroc in Rente?«

»Moment, da muss ich mal nachschauen …«

Die Frau konzentrierte sich auf den Bildschirm ihres Computers.

»Mit diesen Geräten kann man überall herumschnüffeln. Aber ich werde nicht mehr viel davon haben, denn nächstes Jahr gehe ich auch in Rente. So, da ist es. Hauptmann Michel André Duroc, Rue du Grand Pin Nr. 3 in Nizza, ist im Dezember 1973 in den Ruhestand getreten. Wahrscheinlich bekommt er keine hohe Rente. Er wollte wohl nicht weitermachen, und er hatte genug Dienstjahre.«

Laura schrieb die Informationen schnell in ihr Notizbuch: »Also ist er gut vier Monate nach Luisas Unfall in Rente gegangen …«

Die Frau nickte. Sie schien froh, einmal Gelegenheit zum Schwatzen zu haben. Als Laura gehen wollte, wirkte sie fast ein wenig enttäuscht.

»Einen Moment. Sie müssen sich noch in das Verzeichnis eintragen!«

Sie öffnete ein riesiges Heft auf ihrem Tresen und ließ dabei die von Laura zurückgegebene Akte fallen.

»Verflixt noch mal, ich Idiotin!«, fluchte sie.

»Das ist doch nicht schlimm.«

Laura kniete sich hin und sammelte die heruntergefallenen Seiten und Fotos auf. Dabei ließ sie das Foto mit dem Schuh unauffällig unter ihrer Jacke verschwinden. Ein morbides Erinnerungsstück, aber immerhin das einzige, das sie je besessen hatte.

Zur gleichen Zeit stürmte Ludmilla durch das gläserne Gebäude der Firma Fontane, ohne die erstaunten Sekretärinnen an ihren Schreibtischen auch nur eines Blickes zu würdigen. Kurz darauf stand sie schon in Max' Büro.

Max schien nicht sonderlich erstaunt. Er beugte sich gerade über ein Modell, das in der Mitte seines Büros thronte: ein Komplex aus kleinen luxuriösen Wohnhäusern und größeren pyramidenartigen Bürogebäuden aus dunklem Glas. Die Gebäude standen verstreut in einem hügeligen Park; hier und da glänzte ein Miniaturwasserbecken zwischen den Wäldchen aus künstlichen Kiefern. Die Schöpfer dieses Lebens- und Arbeitsparadieses aus Knetmasse und Gips hatten sogar ein paar Figurinen hineingestellt, um die Proportionen zu verdeutlichen.

Ludmilla steuerte direkt auf das weiße Ledersofa an der Wand zu, wobei sie das überdimensionale Modell mit ihrem langen Rock streifte.

»Wo willst du diese ägyptische Grabstätte hinpflanzen? Auf den Montmaure vielleicht?«, meinte sie mit strahlendem Lächeln, während sie Platz nahm.

Max erwiderte das Lächeln, allerdings mit eisiger Miene.

»Wenn du gekommen bist, um mich mit deinen ökologischen Belehrungen zu nerven, hättest du dich gar nicht erst zu setzen brauchen.«

»Möchtest du mir nicht einen Kaffee anbieten?«

»Nein, ich hör dir zu, und das ist schon eine Menge.«

Ludmilla ließ sich Zeit. Sie kramte in ihrer weichen Ledertasche, zog ein silbernes Etui hervor und entnahm ihm eine Zigarette. Bedächtig zündete sie mit einem schweren Feuerzeug die Zigarette an und blies Max den Rauch direkt ins Gesicht. Er zuckte nicht einmal mit der Wimper.

»Ich habe in fünf Minuten einen Termin«, sagte er dann.

»Der kann warten. Jetzt möchte ich über Vincent reden …«

Max rückte seine Krawatte zurecht, ging an seinen Schreibtisch und vertiefte sich in die Tagespost.

»Hast du davon gehört?«, fragte Ludmilla.

Max hob nicht einmal den Blick.

»Wovon?«

»Von dem Mord an Vincents Sekretärin.«

»Ich lese Zeitung, wie alle Leute. Sie hat sich erhängt.«

»Offenbar lesen wir nicht dieselben Zeitungen. Sie ist ermordet worden.«

Ludmilla drückte die Hälfte ihrer Zigarette in einer Kristallschale mit bunten Intarsien aus. Sie wusste, dass Max dieses Spiel nicht lange durchhalten würde, aber sie beschloss, selbst die Regeln zu durchbrechen.

»Joëlle war auch die Sekretärin unseres Verbandes. Vincents Fälle kannte sie alle.«

»Worauf willst du hinaus?«

»Vincent hat über den Montmaure recherchiert. Leider blieb ihm nicht mehr die Zeit, uns über seine genauen Ergebnisse zu informieren. Doch er war einem Netz anonymer Gesellschaften auf die Spur gekommen, die ihr Geld im Baugewerbe anlegen. Kannst du mir folgen?«

»Nein.«

»Dann werde ich etwas deutlicher: Meiner Ansicht nach hast du diese Gesellschaften gegründet.«

»Hast du einen Beweis?«

»Nein. Aber Vincent müsste ihn haben.«

»Also Klartext.« Max lachte leise. »Du wirfst mir also vor, diesen Rechtsverdreher um die Ecke gebracht zu haben, weil er mir angeblich Steine in den Weg legen wollte bei einem Projekt, von dem ich noch nie gehört habe?«

»Ja. Und da ich einen relativ ausgeprägten Familiensinn habe, wollte ich dich vorwarnen. Ob du deinen Hintern rettest, ist mir völlig egal. Mir geht es um Matthieu. Nachdem Laura außer Gefahr ist, hoffe ich, dass du alles tun wirst, um deinen Sohn zu retten.«

Max schien von ihren Verdächtigungen nicht im Geringsten erschüttert. Er sortierte immer noch seine Post.

Es klopfte an der Tür, und Ludmilla kam ihm zuvor. »Herein!«, rief sie.

Das verschüchterte Gesicht des jungen Mädchens vom Empfang erschien in der Tür.

»Entschuldigen Sie die Störung, Monsieur Fontane, aber draußen steht ein Lieferant von Monoprix mit zwei Kartons Einkäufen. Er möchte eine Unterschrift … und da ich nichts darüber weiß …«

Max wirkte leicht verstimmt.

»Ja, ja, unterschreiben Sie … stimmt schon.«

Das Mädchen verschwand so schnell, wie es gekommen war. Ludmilla erhob sich.

»Du musst dich jetzt also schon um den Haushalt kümmern? Viviane scheint ja völlig neben sich zu stehen. Mein armer Max. Vergiss bloß nicht, sauber zu machen … in deiner Firma, meine ich. In diesem Sinne überlasse ich dich deinen Gedanken.«

Sie rauschte vom Sofa zur Tür, nicht ohne die Hand über das Modell gleiten zu lassen.

»Dieses Projekt … zum Kotzen. Da muss ich an die Pharaonen denken …«

Max rechnete mit dem Schlimmsten und kniff die Augen zusammen.

»Die zögerten auch keine Sekunde, Menschen zu töten, um ihre verrückten Bauten zu Ende zu bringen.« Die Tür schlug hinter ihr zu.

Max betrachtete nachdenklich das Modell: Für die Planung dieses Projekts hatte er horrende Summen bekommen, außerdem sollte er als Großaktionär einsteigen. Ein Detail beunruhigte ihn jetzt allerdings schlagartig: Er hatte alle Verträge mit einer Gesellschaft, die offenbar über unerschöpfliche Geldreserven verfügte, bereits unterschrieben, ohne jemals dem Vorstandsvorsitzenden begegnet zu sein. Außerdem wusste er immer noch nicht, wo genau diese Traumsiedlung entstehen sollte. Aber Geld stank für Max schon lange nicht mehr.

Mit eiligen Schritten ging Ludmilla zum Fahrstuhl. Dabei blieb ihr genug Zeit, die prachtvollen Muskeln des schwarzen Lieferanten von Monoprix zu bewundern, seinen schmachtenden Blick aufzufangen, ihm zuzuzwinkern und den Inhalt der Kartons zu inspizieren: eingeschweißte Pizza, Mineralwasserflaschen im Sixpack, Konservenbüchsen, Zwieback. Für einen Belagerungszustand durchaus ausreichend, aber zu wenig, um den Ansprüchen der verwöhnten Mägen von Viviane und Max zu genügen … »Merkwürdig« war das einzige Wort, das ihr zu dieser Ansammlung von Teenager-Proviant einfiel.

Vincents Gesichtszüge entspannten sich unter dem Beatmungsgerät. Man hatte ihm den Verband abgenommen, und so konnte Laura die wenigen schwarzen Haare streicheln, die wie zarte Daunenfedern auf seinem sonst kahl rasierten Schädel wuchsen. Rasch hatte sie herausgefunden, wie man sich um die Mittagszeit der Wachsamkeit der Schwestern entziehen konnte. Aber die Essensausgabe würde nicht ewig dauern. Sie küsste ein letztes Mal Vincents weiße Hand.

»Mein Herz, ich habe gefunden, was du gesucht hast. Ich trete in deine Fußstapfen … ich liebe dich. Mach dir keine Sorgen um mich. Irgendwie seltsam, weißt du, aber ich habe wirklich keine Angst. Dir kann ich es ja sagen: Es ist, als ob meine Mutter mich leiten und beschützen würde …«

Ein Hüsteln ließ sie zusammenfahren. Mado, Vincents Mutter, stand in der Tür und beobachtete sie. Ihr Blick war nicht unfreundlich.

»Sie haben recht«, murmelte sie.

»Entschuldigung, ich dachte, Vincent wäre allein.«

»Sie brauchen sich nicht zu entschuldigen. Das müsste ich eigentlich tun. Was ich Ihnen neulich gesagt habe, war abscheulich … Sie sind wirklich nicht die Quelle des Unglücks.«

»Ich bin Ihnen nicht böse.«

Laura zögerte kurz und fügte dann hinzu: »Aber ich würde Ihnen gern glauben …«

Mado trat zu ihr, nahm ihr Kinn in die Hände und zwang sie, ihr in die Augen zu schauen. Laura war plötzlich wieder zehn Jahre alt. Tränen traten ihr in die Augen. Mado war durch und durch Mutter, sie konnte sich gar nicht anders verhalten.

»Sie haben doch diese Tarotkarten erhalten, nicht wahr? Vincent hat mir davon erzählt. Ich lege manchmal für mich selbst das Marseiller Tarot.«

Laura schluckte. »Kennen Sie die Buchhandlung *La Baie des Anges?*«

»Nein. Ich und Buchhandlungen, wissen Sie … das ist so eine Sache. Aber wieso fragen Sie?«

»Nur so … nicht so wichtig.«

»Ich bin überzeugt, dass Ihre Mutter Sie beschützt. Alle Mütter tun das, auch wenn sie nicht mehr unter uns weilen. Aber seien Sie trotzdem vorsichtig …«

Seit dem Verschwinden von Matthieu war Manon bemüht, nicht aufzufallen. Doch Fred Bellair erinnerte sich an sie und bestellte sie in sein Büro. Er stand mit dem Rücken zu ihr und starrte auf einen Monitor, auf dem das Standbild eines hünenhaften Mannes inmitten einer Menschenmenge zu sehen war. Der Riese schien über die Köpfe hinweg jemanden zu beobachten. Es war der Mann aus Lauras Träumen.

»Haben Sie den schon mal gesehen?«, fragte er, ohne den Blick vom Bildschirm zu wenden.

»Ja, ich erinnere mich an ihn. Wegen des Feuermals auf der Stirn. Das war am Abend der Einweihung.«

»Bravo! Ein gutes Personengedächtnis ist in diesem Beruf enorm wichtig. Haben Sie ihn noch einmal wiedergesehen?«

»Nein.«

»Hat er gespielt?«

»Ja, ein bisschen. Kleine Summen. Er hat alles verloren. Ein Gelegenheitsspieler.«

Fred Bellair drückte einen Knopf auf der Fernbedienung, und der Bildschirm verschwand geräuschlos hinter der Wandtäfelung. Manon war nervös. Seitdem man sie gebeten hatte, sich am Roulettetisch vertreten zu lassen, um Fred Bellair einen Besuch in seinem Büro abzustatten, schnürte ihr eine unerklärliche Angst den Magen zu. Wider Willen war sie beeindruckt von Fred Bellair und seinem riesigen spartanisch möblierten Büro. Ein Gedanke ließ sie nicht los: Dieser Mann war eigentlich ein Mönch, er hatte sich für ein Einsiedlerdasein entschieden und verdrängte das Leben, das sich auf den

Videobildschirmen abspielte. Er ließ es gewissermaßen hinter der Wandtäfelung verschwinden.

Dieser Raum war nichts anderes als eine Zelle im Herzen des untergehenden Babylon, in der er für die Seele der Sünder und zweifellos auch für seine eigene betete. Ein Detail passte nicht zu der mönchischen Atmosphäre und erweckte ihre Neugierde: Auf dem Schreibtisch stand ein großer dunkler Bilderrahmen mit einer Schwarz-weiß-Fotografie von Luisa. Manon hatte das Foto schon einmal in dem von Max Fontane errichteten Mausoleum auf dem Friedhof gesehen. Die junge Frau lächelte den Fotografen glücklich an. Ihre Hände waren deutlich zu sehen. Manon merkte, wie ihr plötzlich schwindlig wurde, als sie das Bild genauer betrachtete. Die Frau auf dem Foto trug ein Armband. Es war das Armband, das sie, Manon, zu ihrer Geburt als einziges Erbstück bekommen hatte. Mit einem Blick erkannte Manon die in Gold gefassten und mit Steinen und kleinen Figuren bestückten Anhänger, die das kunstvolle breite Armband zierten. Fred Bellairs Rücken bewegte sich. Als er sich zu ihr umwandte, stand Manon wieder an der alten Stelle.

»Haben Sie Neuigkeiten von Matthieu, Mademoiselle Hanspag? Seien Sie bitte ehrlich.«

»Es geht ihm gut«, antwortete Manon. Sie war zu überrascht, um nachzudenken.

»Wollen Sie mir nicht sagen, wo er ist?«

»Nein, das kann ich nicht, weil ich es nicht weiß.«

Manon musste sich zusammenreißen, um nicht sofort die Flucht zu ergreifen. Fred Bellair war ihr überlegen, und sie wusste, dass man bei einem solchen Gegner nur eine Chance hat, wenn man ihn im Ungewissen lässt.

»Ich weiß nicht …«

Ein Lächeln huschte über das müde Mönchsgesicht, und innerhalb einer Sekunde wurde Fred Bellair zu Don Corleone.

»Wenn man es nicht weiß, ist man auf dem richtigen Weg. Ich danke Ihnen.«

Aufgewühlt wandte sich Manon zur Tür und atmete tief durch. Doch dann drehte sie sich noch einmal zu ihm um.

»Entschuldigen Sie, Monsieur Bellair, aber ich möchte Ihnen eine Frage stellen.«

»Ja?«, sagte er, verblüfft über ihren Mut.

Der Einsatz war hoch, und sie hatte nichts in der Hand. Also gab es nur eines: sich nicht in die Karten sehen lassen … und bluffen:

»Ich habe das Foto auf Ihrem Schreibtisch gesehen … Das Armband, das die junge Frau trägt, ist wunderschön. Die Gestalten auf den Medaillons sehen aus wie Tarotfiguren. Ich interessiere mich sehr für alten Schmuck und auch für Tarot … bei Gelegenheit würde ich das Armband gerne fotografieren, um es genauer betrachten zu können.«

Fred Bellairs riesiger Körper sackte kaum merklich in sich zusammen, als hätte sie einen geschickten Judogriff angewandt. Dann ließ er sich in seinen Sessel fallen.

»Sie haben merkwürdige Ideen, Mademoiselle Hanspag. Sie können sich das Armband nicht ansehen, weil seine Besitzerin tot ist. Dieser Schmuck ist ein Familienerbstück, das ihr sehr teuer war. Sie ist damit begraben worden.«

»Oh, das tut mir leid, wie dumm von mir … entschuldigen Sie meine Neugierde.«

Fred Bellair warf ihr einen kühlen Blick zu:

»So dumm war das gar nicht, Mademoiselle Hanspag. Übrigens passt dieser Name überhaupt nicht zu Ihnen. Hanspag … da denkt man an blondes Haar, Kälte und blaue Augen. Sagen Sie mir bitte Bescheid, wenn dieser Typ wieder ins Kasino kommt.« Er stand auf. »Ich danke Ihnen.«

Manon kehrte mit gemischten Gefühlen an ihren Roulettetisch zurück. Ein Schauer lief ihr über den Rücken: War es die Klimaanlage oder der kalte Schweiß auf ihrer Haut? Fred Bellair hatte ihr zu verstehen gegeben, dass er die Fäden in der Hand hielt und sie im Auge behalten würde …

Rue du Grand Pin Nr. 3 … Laura stellte Vincents Wagen ab und betrachtete das Anwesen. Das Haus sah überhaupt nicht aus wie das Domizil eines Frührentners. Ein weitläufiges, von hohen Mauern eingefasstes Grundstück, auf dem ein zweistöckiges Haus mit Terrasse stand. Das Dach war mit mehreren Satellitenschüsseln ausgestattet. Die Bastion eines Polizisten konnte es allerdings sein: Die Fensterläden waren alle geschlossen. Laura überprüfte den Namen auf dem Briefkasten: Duroc … Ihre Finger zitterten, als sie auf den Klingelknopf neben der Gegensprechanlage mit Kamera drückte. Das Klicken überraschte sie. Ohne dass jemand nach ihrem Namen gefragt hätte, öffnete sich das Eisentor. Sie ging hinein … Die Haustür war zu. Doch als Laura klopfte, wurde sie mit einem Ruck geöffnet. Agnès empfing sie mit finsterem Blick …

Kurz darauf saß Laura am Küchentisch und versuchte dem Kreuzfeuer von Fragen standzuhalten. Ohne sie eines Blickes zu würdigen, wanderte Agnès ruhelos um den Tisch herum. Ihr Kompagnon stand mit verschränkten Armen an der Spüle und musterte sie mit einem fast mitleidigen Blick.

»Ich habe seine Adresse aus dem Archiv. Wie ich vermutete, hat Vincent den Polizeibericht über den Tod meiner Mutter eingesehen«, wiederholte Laura.

Sie unterdrückte ein Zittern. Die Luft aus der Klimaanlage strich eiskalt über ihre Schultern, und die ganze Szenerie war nicht besonders herzerwärmend: Tisch und Fußboden waren aus weißem Marmor und das Küchenmobiliar aus grauem Stahl, man kam sich vor wie in einer Schlachterei, wenngleich das Material sicherlich hochwertiger war. Die Arbeitsplatten waren leer, und die Spüle samt Wasserhähnen glänzte. Der Geschmack eines Pedanten.

Agnès tigerte immer noch um den Tisch herum.

»Du kannst die Sekretärin bei der Gendarmerie fragen«, sagte Laura. » Von ihr weiß ich auch, dass du kurz vor mir da warst. Ist dir an der Akte nichts aufgefallen?«

»Ist dir etwas aufgefallen?« Agnès blieb einen Moment stehen.

»Kein Gutachten und keine Autopsie. Nur der an einem Tag erstellte Bericht dieses Duroc. Das ist doch nicht normal.«

Agnès seufzte. Laura spürte, dass sie sich allmählich entspannte. Ihre Freundin drehte sich zu ihrem Kollegen um.

»Bruno, kannst du mir bitte alles besorgen, was wir über Duroc haben?«

Bruno verschwand im Flur. Laura hörte das Quietschen seiner Sohlen auf dem Marmorboden.

»Er ist getürmt, dein Duroc«, seufzte Agnès. »Seit gestern treten wir auf der Stelle. Ich wollte gerade einen letzten Abgleich der Archive machen. Wir haben nicht automatisch Zugang zu den Archiven der Gendarmerie, ich musste bis heute früh warten.«

Bruno kam wieder und reichte Agnès die Akte. Sie war viel dicker als die, die der Polizist Duroc vor dreiunddreißig Jahren erstellt hatte. Agnès hielt ihrer Freundin ein Foto hin, und Laura prallte entsetzt zurück, als sie es sah: Es war der Mann mit dem Feuermal! Mit einem Mal stürmten die Bilder auf sie ein: das Rot der Flamme eines Streichholzes, das in den Tank eines Autos geschoben worden war, das Schwarz der Nacht, ein brennender Körper am Fuße einer Schlucht und Duroc in Polizeiuniform, der mit verzerrtem Gesicht Luisas Armband in der Hand hielt.

Agnès sah Laura besorgt an.

»Das ist der Mann, den ich im Kasino gesehen habe«, erklärte Laura mit heiserer Stimme. »Der Mann, den Matthieu wiedererkannt hat. Es ist der Mann aus meinen Albträumen, verstehst du?! Wer ist das?«

»Duroc.«

Laura hatte also doch recht gehabt, dachte Agnès. Auch wenn alles zunächst wie eine fixe Idee klang, sie hatte recht gehabt, ihrem Instinkt mehr zu vertrauen als rationalen Argumenten. Agnès Blick wirkte plötzlich sehr müde. Sie seufzte.

»Bist du jetzt sauer?«, fragte Laura leise.

»Aber nein. Eigentlich müsstest du mir böse sein. Ich rekapituliere noch mal alles, damit du es besser verstehst. Gestern haben wir die Liste der letzten Telefonate von Joëlle Legasse bekommen. Nicht wahr, Bruno?«

Bruno schien erstaunt darüber, dass Agnès ihn einbezog. So als bräuchte sie seine moralische Unterstützung, um ihr Verhalten vor Laura zu rechtfertigen.

»Äh … ja. Zehn Anrufe bei zehn verschiedenen Durocs. Ihr Glück, dass sie danach aufhören konnte. Es gibt mehr als fünfzig in der Gegend.«

Agnès warf ihm einen entrüsteten Blick zu.

»Bruno! Sie ist umgebracht worden!«

»Pardon … war nur ein Witz.«

Agnès verdrehte die Augen und fuhr dann fort.

»Wie dem auch sei, Joëlle suchte offensichtlich Duroc, aber es sieht so aus, als hätte er sie gefunden. Das heißt, beweisen können wir noch nichts. Wir wurden auf den Mann aufmerksam, als wir die Waffe, mit der auf Vincent geschossen wurde, unter die Lupe nahmen.«

»Es war seine Waffe, nehme ich an?«

»Noch besser: 1973 wurden er und seine Männer abkommandiert, eine Bande dingfest zu machen, die sich in einer Schäferei auf dem Land aufhielt. Sie haben ein ganzes Waffenlager beschlagnahmt, auch dieses Gewehr. Es hätte vernichtet werden sollen, aber Duroc hat es nie abgegeben, verstehst du? Damit hatten wir die Nadel im Heuhaufen gefunden. Wir haben ihm die ganze Nacht hier aufgelauert, aber umsonst. Er war schon abgehauen und hatte alle Spuren verwischt. Wir haben nichts gefunden.«

»Und was ist mit Matthieu?«, fragte Laura.

»Ich will ehrlich sein: Er ist noch nicht raus aus der Sache. Solange wir nicht wissen, ob er mit Duroc unter einer Decke steckt, wird er weiter verdächtigt, zumindest der Mittäterschaft.«

»Duroc weiß etwas über den Tod meiner Mutter. Das ist wichtiger, als hinter Matthieu herzujagen.«

»Lass mich meine Arbeit machen. Matthieu braucht sich ja nur der Polizei zu stellen.«

Laura blickte sie empört an.

»Meine Mutter wurde umgebracht. Es ist auch deine Aufgabe, ihren Mörder zu finden.«

Eine beklemmende Stille folgte auf diesen Ausbruch. Fragend blickte Bruno auf Agnès' Rücken. Seine Vorgesetzte zischte leise, aber deutlich genervt:

»Laura, ich bitte dich ... erst muss ich Duroc kriegen. Dazu brauche ich deine Hilfe. Wo versteckt sich Matthieu?«

Laura spürte zu ihrem Ärger, wie ihr die Tränen in die Augen stiegen. Seit drei Tagen passierte ihr das ständig.

»Ich habe wirklich keine Ahnung. Wenn er zu mir Kontakt aufnimmt, gebe ich deinen Vorschlag, dass er sich stellen soll, weiter. Mehr kann ich nicht tun. Falls du mich jetzt nicht mehr brauchst ...«

Agnès kannte Laura zu gut, um nicht zu wissen, dass sie im Moment aus ihr nichts weiter herausbekommen würde. Das Klingeln ihres Handys rettete beide vor weiterer Peinlichkeit. Agnès lauschte dem Anrufer und beendete dann das Gespräch: ein Notfall.

Eine Minute später ließ sich Agnès neben Bruno in den Sitz des Zivilwagens fallen, mit dem sie zu Duroc gefahren waren.

»Schon wieder ein Mord. Offensichtlich gibt es eine Verbindung mit unserem Fall ... jetzt wird's echt spannend.«

»Wer?«

»Thierry Merlet, der Fotograf der Hochzeit ...«

Bruno war so geschockt, dass er vergaß, den Zündschlüssel umzudrehen. Doch er hatte sich schnell wieder unter Kontrolle, und Agnès bemerkte nichts. Sie hatte gerade erst die Tür zugeknallt, als der Wagen auch schon über die Straße brauste.

Wahrscheinlich würde sie einen neuen Rekord an schlaflosen Nächten aufstellen … und an Tagen ohne Dusche.

Thierry Merlet sah nicht so aus, als hätte er sehr gelitten.

Er lag nackt in seiner Badewanne, und sein Blick fixierte die Decke seines Badezimmers mit dem Ausdruck völligen Unverständnisses.

Kein schöner Abgang, dachte Agnès. In *Psycho* brach Marion Crane zumindest so zusammen, dass der Duschvorhang sie wie ein Ballkleid umhüllte. Drei tiefe Schnitte klafften in Merlets Körper: ein Jagdmesser. Laut Gerichtsmediziner wäre jeder Stich allein schon tödlich gewesen. Der Mörder verstand sein Handwerk: Er hatte einmal in die Brust und zweimal in den Bauch gestochen. Zeitpunkt des Todes zwischen 18.00 und 24.00 Uhr, schätzte der Arzt.

Agnès wandte sich zu Bruno, erstaunt über seine verstörte Miene.

»Alles in Ordnung?«

Bruno war weiß wie die Wand: »Ja … es geht schon.«

Agnès hatte keine Zeit, auch noch Krankenschwester zu spielen. Außerdem trat man sich in dieser winzigen Wohnung ständig gegenseitig auf die Füße; man hatte fast den Eindruck, die gesamte Polizeidienststelle sei hier.

»Hast du fünf Sekunden Zeit, oder willst du den Bericht morgen früh?« Brigadier Gardois grinste über beide Ohren. Er war nicht gerade eine Leuchte …

»Erzähl, dann bin ich mir ganz sicher«, säuselte Agnès.

»Also, Thierry Merlet, ein Fotograf …«

»Das kannst du überspringen. Wer hat ihn gefunden?«

»Ein Freund … sozusagen«, kicherte Gardois, »wir haben die Tunte gehen lassen … und sie morgen früh um 8.00 Uhr aufs Revier bestellt.«

Agnès wusste, was sie erwartete.

»Komm zum Punkt.«

»Eine schwule Sau, dieser Merlet! Fette Karriere beim Geheimdienst! Lässt sich gerne in den Arsch ficken. Außerdem ein Freund von Matthieu Fontane. Würde mich nicht wundern, wenn der auch andersrum ist! Hatten einen Deal: Fontane ließ ihn im Kasino fotografieren – gegen Prozente. Offiziell war er Fotograf auf Hochzeiten, Taufen und so … aber er wollte mehr, hat Paparazzo gespielt und anstößige Fotos verkauft. Liegen hier alle rum!«

Gardois plusterte sich auf, bemüht, seine Kleinwüchsigkeit zu überspielen.

»Wenn ihr mich fragt, hat ihn irgendein anderer Arschficker auf dem Gewissen!«, sprudelte es aus ihm hervor.

Agnès erbleichte und ballte mit aller Kraft ihre Fäuste zusammen, um ihn nicht zu ohrfeigen.

»Sehr geistreich, Gardois, du beweist mal wieder deine Qualität als Verteiler von Knöllchen mit Rechtschreibfehlern. Nun gut, auch solche wie dich muss es geben! Ist dir klar, dass wir den zweiten Mord in Verbindung mit Matthieu Fontane untersuchen, oder hast du dich da gerade auf dem Klo mit einem Pornomagazin eingeschlossen und begrapscht?«

In diesem Augenblick ging der Gerichtsmediziner vorbei. Er war schweißgebadet und begleitete die eingepackte Leiche auf der Bahre. Agnès hielt ihn auf.

»Gibt es irgendwelche Anzeichen von sexuellem Missbrauch oder Spuren von Sperma?«

»Nein, nichts von alledem. Er hat schon was davon abbekommen, doch nicht da, wo man es erwartet! Aber rechnen Sie nicht vor morgen Mittag mit meinem Bericht, Angeli.«

Agnès drehte sich wieder zu Gardois um: »Offensichtlich haben wir es also nicht mit einem sexuell motivierten Verbrechen zu tun.«

»Aha …«

»Folglich hat uns das Sexualleben unseres Opfers nicht zu interessieren. Noch weniger als das der Lebenden«, bemerkte sie trocken. »Einverstanden? Seien Sie froh, denn wenn ich mir das Ihre vorstelle, muss ich einfach nur lachen! So, wo ist denn sein Fotolabor?«

»Direkt hinter der Tür da … rechts vom Schlafzimmer.«

Die Antwort kam nicht von Gardois, sondern von Bruno. Und sie kam wie aus der Pistole geschossen. Agnès warf ihm einen erstaunten Blick zu. Schließlich waren sie gerade erst gekommen. Als sie sah, wie Brunos Gesichtsfarbe von Weiß zu Karmesinrot wechselte, zuckte sie zusammen. Unwillkürlich betrachtete sie ein mit Reißzwecken befestigtes Foto an der Wand: ein muskulöser, eingeölter Körper. Eine richtige Einladung … dann drehte sie sich zu Bruno um und fragte mit gedämpfter Stimme: »Verdammt noch mal, Bruno! Hast du mit dem Opfer geschlafen?«

»Damals war er nur Zeuge … Verbietet die Dienstvorschrift das?«

Agnès hatte nicht mit einem so schnellen Geständnis gerechnet.

Sie kam sich vor wie eine Idiotin. Von wegen keine Vorurteile!

»Und … alles in Ordnung? Also, ich meine, du hast doch sicher einen Schock bekommen.«

»Das ist ein Schock. Aber es geht schon wieder, danke …«

Ein trauriges, bitteres Lächeln verzog seinen Mund.

»Keine Ahnung, was er vor mir verborgen hat, um so zu enden. Ein glaubwürdiger Zeuge war er jedenfalls nicht. Total verkommen … aber nur aus der Sicht eines Bullen, ansonsten … ein sehr guter Liebhaber!«

»Echt?«

»Echt.«

»Warum hast du mir nie etwas gesagt?«

Bruno musste lachen.

»Ich schäme mich nicht. Keineswegs. Aber ich finde, dass mein Privatleben nur mich etwas angeht. Trotzdem bravo.«

»Bravo, wofür?«

»Für deinen Monolog über das Sexualleben der Toten und Lebenden. Ich hoffe, Gardois bringt das Thema nicht so schnell wieder aufs Tapet, mit seiner bescheuerten Schwulenphobie. Und wenn ich jemals Zweifel an dir hatte, so weiß ich jetzt, dass du wie ein Fischweib fluchst, aber eine tolle Mieze bist!«

Bruno schaffte es immer, sie zum Lachen zu bringen. Gleichzeitig erfüllte sie eine gewisse Bitterkeit.

»Ich hab's dir noch nie gesagt, aber ich mag dich, Bruno Bruno.«

»Das passiert oft.«

»Was?«

»Im Angesicht des Todes meint man immer, man müsse etwas Nettes zu den Lebenden sagen.«

Das war's mal wieder … er hatte sie sehr freundlich in die Schranken gewiesen. Agnès spürte plötzlich eine große Leere. Ihr Leben war ein Albtraum: Der Mann, den sie liebte, liebte eine andere, und der Mann, mit dem sie sich hatte trösten wollen, liebte Männer. Ironie des Schicksals. Man konnte eigentlich nur darüber lachen. Und das tat sie jetzt auch.

Matthieu beobachtete Max: die angespannte Haut über den Kieferknochen, die hohlen Wangen, die hervorstehenden Backenknochen, die magere Habichtsnase, die schwarzen, tief liegenden Augen, die Falten, die sich auf der Stirn, aber vor allem um seinen Mund abzeichneten. Ein Mund ohne jeden Ausdruck von Hoffnung, eine schmale Linie. Er fragte sich, wie dieser Mann ihn sah.

Seine behütete Kindheit verdankte er allein Viviane. Max hatte sich nie eingemischt; schlimmer, er hatte ihn ignoriert. Matthieu konnte sich kaum an gemeinsame Erlebnisse erinnern! Kaum mehr als ein paar Jagdpartien, um der Außenwelt den männlichen Erben zu präsentieren. Da gab es bittere

Erinnerungen. Matthieu war vor den geschossenen Rehböcken in Tränen ausgebrochen und hatte die noch warmen Kaninchen mit nach Hause nehmen wollen, um sie gesund zu pflegen. Die Jagdausflüge wurden mit der Zeit seltener, ein Zeichen dafür, dass Max immer mehr das Interesse an dem allzu sensiblen Sohn verlor. Matthieu blieb nur die Welt der Bourgeoisie mit ihren unkomplizierten Vergnügungen, Drogen aller Art, die man sich durch ein Fingerschnipsen besorgen konnte, da Geld keine Rolle spielte. Wenn er am Ende des Monats nichts mehr hatte, gab es immer wieder neues. Auch die vielen Privatschulen, die er besuchte, passten zu seinen kostspieligen Freizeitbeschäftigungen: Man machte die Nächte durch und schlief sich am Tag auf der Schulbank aus. Max hatte seit Langem jedes Vertrauen in seinen Sohn verloren. Die Zeugnisse waren lediglich der Ausdruck von Faulheit und Frechheit, und Max gelangte nach und nach zu der Überzeugung, dass seine Gene nichts taugten, was natürlich nur an seiner Mutter liegen konnte.

Matthieu war nie eifersüchtig auf seine Halbschwester gewesen, die die volle väterliche Zuwendung genoss. Sie übernahm bestimmte Aufgaben des Vaters, spielte mit dem Bruder, las ihm nachts im Bett im Schein einer Taschenlampe Geschichten vor, überschüttete ihn mit Zärtlichkeiten.

Matthieu betete sie an. Als sie nach Paris ging, erlitt er das reinste Martyrium. Er riss aus und verkroch sich in der Hütte. Drei Tage lang hatte er nur geheult. Der Tod war ihm als möglicher Ausweg erschienen: ein endloser, schmerzfreier Schlaf. Koks konnte ihm das nicht geben. Er stellte sich seinen blumenbekränzten Sarg vor, Laura und seine Mutter in Tränen aufgelöst, und vor allem den großen Max, der nun endlich, von Schmerz geschüttelt, Worte der Liebe fand, die sein Sohn nicht mehr hören konnte. Max hatte ihn schließlich hier gefunden.

Nun waren sie zum zweiten Mal in der Hütte, und er konnte es nicht fassen, dass sein Vater sich um ihn sorgte und ihm Essen brachte. Max kümmerte sich um ihn! Und seine Mutter heulte sich in diesem Moment die Augen aus und wusste nichts von den wundervollen Minuten, die er mit seinem Vater verbrachte. Möglicherweise hatte dieser verlassene Ort Max weicher gestimmt, denn er sprach zum ersten Mal von Luisa.

»Es ist so sonderbar für mich, dass wir beide hier sind. Ich habe dir ja gesagt, das war das Refugium meiner Frau.«

Wenn er von seiner Frau sprach, meinte er Luisa. Viviane hatte er nie heiraten wollen.

»Luisa besaß eine Eigenart, die für einen Mann wichtig ist: Man konnte sich nie sicher sein, sie wirklich zu besitzen. Sie war eine unabhängige Frau, die mehr an die Leidenschaft als an die Liebe glaubte. Wie soll ich es beschreiben? Luisa war eine … romantische Frau. Sie sagte immer, dass sie nicht alt werden würde.«

»Wegen des Fluchs?«

»Vielleicht … aber sie sagte mir auch immer, dass sie zurückkommen würde. Sie war sich sicher, dass die Toten nicht tot sind, dass sie ein zweites Leben führen und dass es Brücken zwischen diesen beiden Welten gibt. Darüber mussten wir immer lachen … Ich habe mich sogar ein- oder zweimal über sie lustig gemacht. An dem Tag, an dem sie verschwand, begann ich daran zu glauben. Ich sagte mir, sie käme zurück … Dieser Gedanke hat mich seitdem nicht mehr losgelassen. Völlig idiotisch, oder?«

»Nein, das glaube ich nicht. Die Liebe besitzt eine Macht, die wir nicht kennen. Christus hat Lazarus von den Toten erweckt. Siehst du, du hast mich nicht umsonst in den Katechismusunterricht geschickt.«

Max lächelte, wandte sich dann aber dem mit Proviant gefüllten Karton zu, den er mitgebracht hatte.

»So, ich hoffe, dass es dir an nichts fehlt.«

»Danke.«

»Wie soll es weitergehen? Du kannst ja nicht monatelang hierbleiben.«

»Weiß ich noch nicht. Ich könnte nach Italien und von dort aus nach Kroatien.«

»Hast du überlegt, dich der Polizei zu stellen?«

»Ich bin kein Mörder. Ich habe nicht auf Vincent geschossen, ich habe seine Sekretärin nicht umgebracht. Aber ich bin immer noch der Hauptverdächtige. Also warte ich lieber, bis die Bullen den Richtigen geschnappt haben. Dabei verlasse ich mich ganz auf Agnès.«

Max betrachtete ihn besorgt.

»Außer Laura weiß niemand, dass du hier bist?«

»Niemand. Ich habe nur Manon angerufen, um ihr zu sagen, dass es mir gut geht.«

»Das war keine gute Idee! Gib mir dein Handy«, verlangte Max in herrischem Ton.

Matthieu verschlug es die Sprache: zwei Schritte vorwärts, drei zurück … aber auf dem Gesicht seines Vaters lag eher Sorge als Ärger. Also reichte er ihm das Telefon.

»Ich vertraue ihr, weißt du.«

»Darum geht's doch gar nicht. Die können dich allein damit orten.«

»Ganz bestimmt nicht! Ich muss mindestens fünf Kilometer laufen, um irgendwo ein Netz zu haben!«

»Sie können einen Umkreis von fünf Kilometern abstecken.«

Matthieu begriff: Es hatte seinen Vater eine übermenschliche Anstrengung gekostet, seine Höhle zu verlassen und ihm entgegenzukommen; jetzt schien er am Ende seiner Kräfte zu sein. So viel hatte Matthieu gar nicht zu hoffen gewagt. Dieses Wiedersehen und diese neue Nähe waren sonderbar. Alles ging viel zu schnell, so als wolle der Vater sich unbedingt mit ihm versöhnen, bevor einer von ihnen starb. Der Schatten des Todes lag über ihnen. Er war fast mit Händen zu greifen. In genau diesem Augenblick beschloss Matthieu, dass er sich nicht verteidigen würde, falls sein Vater ihn töten wollte … vielleicht, um ihn für den Rest seines Lebens heimzusuchen, wie auch Luisa es tat. Mit einem Schauder schob er diesen Gedanken beiseite. Sie befanden sich nun beide in Luisas Höhle. Hier hatte sie Zuflucht vor der Außenwelt gesucht, als sie einen Ort für ihre verrückten Meditationen brauchte. Die Spuren der Vergangenheit – mochten sie auch unsichtbar sein – schienen im Dämmerlicht überall gegenwärtig.

»Geh ruhig, wenn du möchtest. Es ist spät.«

»Brauchst du noch irgendetwas? Ich komme in zwei Tagen wieder.«

»Abgesehen von der Freiheit fehlt mir hier nichts …«

Max zögerte: Würde er sich überwinden und seinen Sohn in die Arme nehmen? Schließlich wandte er den Blick ab und ging zur Tür. Ein Schritt nach dem anderen; der Annäherungsprozess würde langwierig und schwer werden, für beide Seiten.

»Pass auf dich auf …«

Matthieu stand noch lange reglos da und starrte auf die Tür …

»Pass auf dich auf«, hallte es in ihm wider, als würde sein Vater wissen, dass er ihn zum letzten Mal sah.

Es war Abend geworden. Laura fand ihren Bruder auf dem Bett in der Kammer, die als Schlafzimmer diente. Er hatte das Auto kommen hören, aber nicht von dem Buch aufgeblickt, in das er vertieft war. Durch die offenen Fenster wehte die abendliche Kühle herein.

»Man sieht das Licht aus hundert Metern Entfernung. Das ist unvorsichtig.«

Sie schloss die Fensterläden.

»Ich habe Pizza und frische Laken mitgebracht.«

»Na so was. Denkt ihr alle, ich würde verhungern, oder was?«

Laura blickte ihn fragend an.

»Papa ist vorbeigekommen und hat die Speisekammer gefüllt. Wer hätte das gedacht?«

Laura warf ihrem Bruder einen forschenden Blick zu: Er lächelte nachdenklich.

»Bist du froh darüber?«, fragte sie.

»Ja, klar … und auch ein wenig überrascht.«

Sie setzte sich auf die Bettkante, die Federn quietschten.

»Ich habe nachgedacht. Du bist hier nicht mehr sicher.«

»Ja«, entgegnete Matthieu, »das glaube ich auch.«

Laura musterte ihn erstaunt, dann fuhr sie fort:

»Die Polizei hat eine Spur gefunden. Der Typ, der auf Vincent geschossen hat, ist wahrscheinlich ein gewisser Duroc, ein ehemaliger Hauptmann der Gendarmerie. Das ist der Mann, den du gesehen hast. Aber die Polizei glaubt, dass du ihn kanntest, und zweifelt an deiner Unschuld. Du solltest dich stellen, Matthieu. Wenn Vincent aus dem Koma erwacht, wird die Polizei ja erfahren, dass du nichts mit der Sache zu tun hattest. Bis dahin … stell dich, ich flehe dich an.«

Matthieu sah sie lange an. Dann tätschelte er ihr zärtlich die Hand.

»Laura … bis jetzt war ich ein kleiner Idiot, stinkreich und bis zum Hirn voll mit Koks. Innerhalb von drei Tagen ist mein gesamtes Scheißleben zusammengebrochen. Ich hatte auch Zeit nachzudenken und glaube, etwas Wesentliches erkannt zu haben. Zum Beispiel weiß ich jetzt, dass ich wirklich in Manon verliebt bin. Noch nie hat mir jemand so gefehlt wie sie!«

»Vertrau auf Agnès«, murmelte Laura. »Uns bleibt sowieso keine Wahl.«

Er schüttelte sich vor Lachen.

»Agnès … ich muss ihr ja vertrauen! Sie ist ein nettes Mädchen und sicher auch eine gute Polizistin! Ich brauche bloß ein bisschen Zeit. Noch eine Nacht, einen Tag und noch eine Nacht. Meine letzten Nächte in Freiheit möchte ich unter dem

Sternenhimmel verbringen. Komm übermorgen früh, und hol mich ab. Na also, zufrieden?«

»Erleichtert … jedenfalls im Moment.«

Matthieu stand auf. Lauras Blick fiel auf das Buch, das er las: in Leder gebunden, sehr alt. Sie öffnete es und blätterte in den vergilbten dicken Seiten mit der merkwürdigen Typografie. Der Autor war ein gewisser Prinz von Pisa.

»Was ist das für ein Buch?«

»So ein Teil, das hier schon ewig rumliegt. Da steht lauter Zeug über das Tarock drin, das Vorgängerspiel von Tarot. Es gehörte deiner Mutter …«

Laura erstarrte. Dann griff sie nach dem Buch. Ihr Bruder stand auf und sagte: »Ich schiebe die Pizza in den Ofen, und dann können wir schön zusammen essen.«

Rasch verschwand er in die Küche. Er wollte Laura mit dem Buch allein lassen. Sie war bereits darin vertieft.

Das Werk war auf Latein geschrieben und damit für sie unverständlich. Sie konnte Abbildungen von Tarotblättern und Christusdarstellungen betrachten. Das Bild eines Schmuckstücks erregte ihre Aufmerksamkeit: Es sah fast genauso aus wie das Armband von Luisa! Die fünf Medaillons waren deutlich zu erkennen: *Der Tod, Der Einsiedler, Der Teufel, Die Sonne* und *Der Mond*. Im Unterschied zum Armband ihrer Mutter war hier der Mond jedoch verkehrt herum abgebildet. Der Schmuck wurde als Kallopsis bezeichnet. Plötzlich fiel eine Tarotkarte aus dem Buch: *Der Ausgleich* stand darauf und die Zahl XIIII, seltsamerweise nicht XIV. Die Karte wirkte viel älter als alle anderen, die Laura bisher erhalten hatte. Sie sah aus, als wäre sie mehrere Male angefasst worden. Ob wohl ihre Mutter diese Karte in Händen gehalten hatte? Dargestellt war eine Frau mit langem blondem Haar und Engelsflügeln in einem Kleid aus violettem Stoff.

Sie goss Wasser aus einer Schale in eine andere, als sei es der Strom des Lebens.

Als sie diese neue Karte betrachtete, verspürte Laura zum ersten Mal kein Unbehagen und auch keine Angst. Es war die nächste Phase des Countdown bis zu ihrem Tod in wenigen Tagen. Während sie die Frau mit den Engelsflügeln musterte, dachte sie, dass ihre Mutter dieser Figur ähnlich gewesen sein musste – nicht mehr ganz menschlich, aber auch noch nicht göttlich … Diese Karte sollte sie warnen, wie auch die anderen, aber wovor, verdammt noch mal? Was bedeutete sie wirklich? Laura starrte so lange auf die Karte, dass sie sich fragte, ob es wirklich eine geflügelte Frau war. Es konnte auch ein Engel sein …

Sie schrak auf, als Matthieu ihr die Hand auf den Rücken legte.

»He … was ist denn? Ich bin es nur!«

»Wo genau war das Buch?«

»Es lag offen auf dem Tisch, als hätte gerade jemand darin gelesen. Ich sagte mir noch: Na so was, offenbar wohnt hier jemand! Aber dann habe ich den Staub auf dem Umschlag gesehen. Also, essen wir?«

»Ich kann nicht bleiben. Ich muss sofort los.«

Sie stopfte das Buch in ihre Tasche.

»Was soll das? Es ist das einzige Buch, das ich hier habe.«

»Matthieu, es ist auf Latein!«

»Ja, aber da sind Bilder drin.«

Sie küsste ihn auf die unrasierten Wangen, und Matthieu schloss sorgfältig die Tür hinter ihr ab. Dann blieb er wie angewurzelt in der Mitte des Zimmers stehen. Als er das Geräusch ihres Wagens hörte, meldete sich der Hunger. Der Geruch nach Verbranntem drang aus dem Ofen. Er stürzte in die Küche, aus der ihm schwarzer Rauch entgegenschlug. Trotz des Geschirrtuchs in seiner Hand verbrannte er sich noch die Finger. Fluchend ließ er die Heizplatte los, und das Blech schepperte über den Küchenfußboden. Was für ein Glück, die Pizza sah noch relativ essbar aus! Jemand klopfte heftig an die Tür. Offenbar hatte Laura etwas vergessen. Seine verbrannten

Finger schmerzten. Er drehte den Schlüssel im Türschloss um und öffnete. Im Gegenlicht glaubte er Laura mit ihrem glatten Haar zu erkennen, sah aber nur ihre Umrisse. Plötzlich zerriss es ihm den Bauch, und er spürte einen entsetzlichen Schmerz. Er öffnete den Mund, um zu schreien, aber das Blut quoll bereits in dunklen Strömen aus ihm heraus, und bevor er auf der Türschwelle zusammensackte, konnte er gerade noch feststellen, dass das Messer immer noch auf ihn einstach. Das Bild seines Mörders verschwamm vor seinen Augen wie auch alles andere … das Leben wich aus ihm … er spürte nichts mehr. Vielleicht nur noch den Flügelschlag eines Engels, der seine Seele streifte …

DAS RAD DES LEBENS

Ungeduldig wartete Laura darauf, dass die esoterische Buchhandlung *La Baie des Anges* öffnete. Der Buchhändler war bestimmt ein Frühaufsteher wie so viele alte Leute. Tatsächlich erschien der kleine Mann Punkt 8.00 Uhr hinter dem Schaufenster, obwohl alle anderen Läden in der Straße noch geschlossen waren. Er erkannte sie sofort und schien gar nicht erstaunt, sie zu so früher Stunde zu sehen. Auch die beiden ägyptischen Katzen störten sich nicht an der Besucherin, sondern fuhren gelassen fort, eine gehackte Leber zu verschlingen, die ihr Herrchen ihnen in zwei schönen Schälchen serviert hatte. Zwei Tassen standen auf dem Verkaufstresen, doch als Laura dem Mann das Buch des Prinzen von Pisa zeigte, vergaß er völlig, ihr Kaffee anzubieten. Er schien mit großer Leichtigkeit Latein lesen zu können und blätterte in dem Buch.

»Kennen Sie dieses Werk?«

»Vom Hörensagen! Die Wiege des Buchdrucks, Laura! Ein Wunder! Ein verschwunden geglaubtes Buch. Bibliophile wie ich dachten schon, es sei nur eine Legende. Wo haben Sie es gefunden?«

»Es gehörte meiner Mutter … das heißt der Familie meiner Mutter mütterlicherseits. Sehen Sie, hier steht der Name von Élisabeth de Fressan, meiner Ururgroßmutter.«

»Die, die den Archäologen Archibald Montalban geheiratet hat?«

»Ja, ich glaube, ihr Mann war Archäologe.«

»Dieses Buch ist eine unglaubliche Rarität. Es war spurlos verschwunden, und jetzt ist es also wieder da!«

»Wovon handelt es?«

»Oh, mein Kind, ich muss es erst lesen, um das beantworten zu können. Niemand kennt den Inhalt.«

Laura spürte, dass der Buchhändler das Geheimnis dieses Buches für sich behalten wollte, und drang nicht weiter in ihn. Sie nahm es ihm aus der Hand und öffnete es auf der Seite, auf der das Armband mit den fünf in Medaillons gefassten Tarotfiguren abgebildet war.

»Dieses Armband, was ist das?«

Der alte Mann lief um den Tisch herum, wobei er sich auf der Platte abstützte, als fühle er sich nicht wohl. Er ließ sich in seinen Sessel fallen, ohne das Bild überhaupt betrachtet zu haben. Die Katzen hatten zu Ende gefressen, leckten sich den blutigen Schnurrbart und schienen dem Gespräch zu lauschen.

»Nun, der Prinz von Pisa war einer der Ersten, der etwas schrieb über …«

Laura wusste nicht, ob der alte Mann an Atemnot litt, ob es ihm schwerfiel, ihr die Wahrheit zu sagen, oder ob er einfach nur die Spannung steigern wollte.

»Worüber?«

»Über das Tarot! Das damals nicht Tarot, sondern Tarock hieß. Stellen Sie sich vor, der Prinz von Pisa glaubte, das hinter den Kartenblättern verborgene Geheimnis entdeckt zu haben.«

»Das Geheimnis?«

»Man sagt, dass die Weisen der alten Zeit, die das Geheimnis des Lebens und des Todes kannten und wie alle, die eine verblüffende Wahrheit entdeckt hatten, verfolgt wurden, lange Zeit nach einem Weg suchten, ihr Wissen irgendwo zu verbergen. Das Spiel schien ihnen der beste Ort; sie waren überzeugt davon, dass es dort niemand finden würde. Vergessen Sie nicht, es war vor der Erfindung unserer Schrift … Sie haben sich für dieses vermeintlich harmlose Spiel entschieden, das aber in Wirklichkeit eines der größten Wunderwerke dieser Welt ist.«

»Und davon handelt das Buch?«, fragte Laura ein wenig enttäuscht.

»Nicht genau davon. Sie haben da so etwas wie Band II … Der erste Band ist sehr bekannt und leicht zu finden. Aber dieses hier ist wahrscheinlich das einzige Exemplar, das es auf der Welt gibt. Selbst ich habe es noch nie gesehen … Haben Sie eigentlich neue Karten bekommen?«

Laura schüttelte den Kopf. Trotz seiner hellen Augen war ihr der kleine Mann nicht ganz geheuer. Er schien zu wissen, dass sie log, fragte aber nicht weiter nach.

»Können Sie mir etwas über den Schmuck sagen?«, fragte sie.

»Allerdings! Man nennt ihn Kallopsis, und er ist ein noch selteneres Stück als dieses Buch. Und was noch wundersamer ist …«

»Was?«

»Tja, auch wenn es Ihnen seltsam vorkommt, aber man sagt, dass die Macht des Schmuckstückes darin besteht, Tote erwecken zu können. Die fünf Medaillons repräsentieren die fünf Wundmale Christi.«

Laura taumelte leicht zurück, was der alte Buchhändler sofort bemerkte. Die beiden ägyptischen Katzen jagten davon. Wie kam dieser Schmuck in die Hände ihrer Familie und insbesondere ihrer Mutter? Und warum war er erneut verschwunden? Wer konnte Interesse daran haben? Alle diese Fragen schossen ihr auf einmal durch den Kopf. Sie war sich sicher, dass die Worte in diesem Buch in den nächsten Wochen eine entscheidende Rolle spielen würden. Der alte Buchhändler versprach, das Buch so schnell wie möglich zu lesen und zu übersetzen. Er brauche nur ein wenig Zeit. Eine der ägyptischen Katzen sprang auf das Buch, als wolle sie verhindern, dass Laura es wieder mitnahm.

»Das ist nicht eines der unzähligen Bücher der Toten, die man in der ägyptischen oder asiatischen Kultur findet, nein, es ist das Buch der Auferstehung.«

Laura begriff, dass sie jetzt keine weiteren Fragen stellen durfte. Sie überließ das Werk dem alten Buchhändler, der ihr versicherte, dass sie es nicht bereuen würde. Um seine Dankbarkeit zu beweisen, hielt er ihr ein Tarotspiel hin und bat sie, es auf dem Tisch neben dem Buch auszulegen.

»Nehmen wir einmal an, dass die Karte, die Sie jetzt ziehen, die Karte ist, die Sie heute bekommen hätten. Sie wird ihnen den Weg zeigen.«

Laura tat, wie ihr geheißen.

»Breiten Sie die Karten von links nach rechts aus, mein Kind, wie eine gepflasterte Straße, und ziehen Sie eine Karte. Nur eine!«

Das Spiel hätte auch einfach nur ein Spiel sein können, aber Laura nahm es furchtbar ernst. Ihr Herz klopfte heftig, als sie ihren Zeigefinger auf eine halb verborgene Karte legte, die sich weit rechts auf der »gepflasterten Straße« befand. Der alte Mann nahm die Karte und drehte sie um: Nummer X, das *Rad des Lebens*. Laura blickte ihn erwartungsvoll an.

»Es ist das Rad der Möglichkeiten, nicht das Glücksrad. Aber das bedeutet nicht, dass Sie viel Geld in Aussicht haben«, murmelte er mit einem gewissen Schalk im Auge.

»Achten Sie nicht auf die drei Grimassen schneidenden Affen: Sie bedeuten heutzutage, dass das Rad in Bewegung ist. Sie müssen ihre Blicke verfolgen. Das Rad ist das Symbol für ein unausweichliches Ereignis: Alles, was jetzt unten ist, wird bald oben sein, und umgekehrt.«

Laura betrachtete die Karte: Drei kleine Affen in Zirkuskleidung klammerten sich an ein Rad, das wie ein Spinnrad aussah. Der kleine Mann deutete auf die Tretkurbel neben dem Rad.

»Indessen kann ich in Ihrer Situation fast sicher behaupten, dass eine Hand, die nicht die Ihrige ist, an diesem Rad drehen wird.«

»Und was heißt das?«

»Dass Sie im Augenblick, ich betone, im Augenblick, nicht Ihr eigener Herr sind, mein teures Kind. Sie befinden sich an einer Wegkreuzung … als badeten Sie in zwei Flüssen. Einer von beiden wird Sie davontragen. Es ist der Anfang vom Ende eines Zyklus. Ich kann Ihnen gar nicht eindringlich genug raten, sich auf einen raschen Wechsel vorzubereiten … einen sehr raschen sogar. Seien Sie achtsam.«

Die Rede des alten Herrn war viel zu rätselhaft, als dass Laura ihr viel hätte entnehmen können. Alles schien einen Sinn zu haben, konnte aber auch das Gegenteil bedeuten. Sie öffnete den Mund, aber er schnitt ihr das Wort ab.

»Pssst … Kommen Sie wieder. Nehmen Sie die Karte mit, und legen Sie sie zu den anderen. Vergessen Sie nicht: Die Ereignisse werden schnell eintreten … und erbarmungslos. Enthüllen Sie Ihr Spiel nicht, Laura. Es liegt alles in Ihrer Hand. Lassen Sie die anderen zuerst die Karten auf den Tisch legen. Vertrauen Sie niemandem …«

Er wiederholte eindringlich: »Niemandem.«

»Nicht einmal Ihnen?«, wagte Laura einzuwerfen.

»Niemandem.«

Das Wasser des Swimmingpools bot Laura eine erfrischende Abwechslung. Leider blieb ihr nicht genügend Zeit, um hineinzuspringen: Ein Exemplar des *Nice-Matin* flog an ihrer Nase vorbei auf den Gartentisch, ein Wurfgeschoss der wütenden Agnès.

»Kannst du mir das erklären?«

Laura las die Schlagzeile: »Die Enthüllungen der Laura Fontane: Sie fordert die Exhumierung der Leiche ihrer Mutter.«

Laura lächelte. »Also, ich habe gestern Abend beim *Nice-Matin* einen Mordskrach gemacht und exakt das bekommen, was ich wollte. Du reagierst genau so, wie ich es vorhergesehen habe: Du bist hier. Und du wirst nicht die Einzige sein: Auch Duroc wird kommen …«

»Bist du so wild darauf, deinen Kopf zu riskieren?«

»Nein, ich vertraue darauf, dass du mich beschützt.«

Erschöpft ließ Agnès sich auf den Stuhl gegenüber ihrer Freundin fallen.

»Das Problem ist, dass ich dich erst dann unter Polizeischutz stellen kann, wenn jemand dich überfallen hat. Das Lied kennst du ja. Und trotzdem spielst du mit dem Feuer. Das ist völliger Wahnsinn … gib mir einen Kaffee, bitte.«

Laura kam der Aufforderung lächelnd nach: Das war ihre Agnès, die kein Blatt vor den Mund nahm. Nachdem sie einen Schluck von dem lauwarmen Kaffee getrunken hatte, verzog sie angewidert das Gesicht.

»Der ist ja ekelhaft! Also gut, ich skizziere dir kurz die Lage der Dinge, und dann wirst du verstehen, in welches Wespennest du stichst, wenn du zum *Nice-Matin* rennst und solchen Quatsch erzählst …«

»Das ist kein Quatsch. Ich verlange nur ganz offiziell die Exhumierung der Leiche meiner Mutter«, entgegnete Laura erregt.

»Und worauf gründet sich dein Rechtsanspruch?«

»Duroc hat damals seine Arbeit nicht gemacht. Somit hab ich alle Rechte.«

»Warum hast du ihn in dem Interview nicht erwähnt?«

»Dazu habe ich kein Recht. Er wird sehr wohl wissen, dass es um ihn geht. Also muss er einfach handeln.«

»Hör mal, Merlet, dem Fotografen auf deiner Hochzeit, wurde gestern Abend ein Messer in die Brust gerammt. Vincent liegt im Koma, seine Sekretärin wurde aufgehängt. Ich will nicht, dass du das nächste Opfer bist. Ist das klar?«

»Aber ich werde das nächste Opfer sein, wenn ich nichts tue!«

»Hör auf, auf eigene Faust zu handeln! Sag mir lieber, wo Matthieu ist.«

»Er wird sich stellen, er hat es mir versprochen …«

»Na, hoffen wir mal, dass er die Versprechen, die er seiner Schwester gibt, besser hält als die gegenüber anderen Frauen.«

Vincents Mutter verließ gerade das Krankenzimmer, als Laura den Flur entlangkam. Zwei Dinge fielen Laura gleichzeitig auf: Mados strahlendes Gesicht und der Polizist vor Vincents Zimmer. Eine Sekunde später drückte die Frau sie an ihre ausladende Brust. Eine Aufwallung von Zärtlichkeit, die Laura verwirrte. Sie wagte es nicht, sich zu bewegen, bis Mado sie endlich mit ihren drallen Armen von sich wegstreckte, um ihr die Neuigkeit zu verkünden.

»Er atmet wieder von selbst! Sie haben diese blöde Maschine abgeschaltet. Ich muss Pierrot finden, um es ihm gleich zu erzählen …«

Laura fiel ein Stein vom Herzen. Seit fünf Tagen war auch ihr Atem so schwer gegangen, als trage sie eine Tonne auf der Brust. Der Flur schien ihr mit einem Mal heller. Nur der Anblick des Polizisten vor der Tür trübte ihre Freude.

»Ich werde zu ihm gehen, ich möchte ihn umarmen …«

Mado hielt sie zurück: »Sie können da nicht rein. Niemand außer mir darf ihn sehen«, sagte sie mit einem seligen Lächeln. Doch sie besann sich, als sie Lauras enttäuschten Blick sah.

»Laura, Kleines, es ist nicht wegen mir. Vincent steht unter Polizeischutz. Der Herr da ist seit einer halben Stunde da. Tut mir leid …«

Laura machte sich mit einer ungestümen Bewegung los. Mados Lächeln schwand.

»Entschuldigung, Mado … Ich wollte Sie nicht verletzen. Es ist nur … Scheiße, verdammt, das ist doch ungerecht!«

»Das verstehe ich ja«, seufzte Mado. »Ich werde ihm sagen, dass Sie da waren. Er kann uns nämlich hören.«

»Ich weiß. Mado, verlassen Sie ihn keine Sekunde, bitte! Bleiben Sie auch nachts bei ihm. Der Polizist steht vor seiner Tür, weil er in großer Gefahr ist.«

Mado erstarrte und richtete sich dann zu voller Größe auf. »Wenn einer auch nur wagt, ihm ein Haar zu krümmen, töte ich ihn mit meinen eigenen Händen!«

Ihr italienischer Akzent trat deutlich hervor. Die besorgte Mutter wurde zur Löwin. Laura lächelte wie ein Kind, das man nach einem Albtraum getröstet hat. Sie war überzeugt davon, dass sie sich nun keine Sorgen um Vincent zu machen brauchte …

Seit einiger Zeit verbarg sich Manon hinter einem Oleanderbusch und wartete. Endlich erschien Solange, die Köchin des Landhauses. Sie schlug die schwere Tür hinter sich zu und ging ächzend den Kiesweg in Richtung Gartentor hinunter. Nur wenige Meter entfernt von Manon watschelte sie auf ihren dicken, in Gummistrümpfen steckenden Beinen vorbei. Manon lag schon seit einigen Tagen auf der Lauer, um das Kommen und Gehen im Landhaus zu beobachten. Solange begann um 8.00 Uhr mit der Arbeit und verschwand zwischen 14.00 und 17.00 Uhr. Wenn sie zurückkam, brachte sie eine Einkaufstasche mit frischen Früchten und Gemüse mit. Eigentlich war sie zu schwach, um solche Lasten zu schleppen. Manon folgerte daraus, dass sich Ludmilla ausschließlich von Frischprodukten ernährte … Eine Regel, die nicht nur für ihren Speisezettel, sondern auch für ihr Bett galt: Die Haut des jungen Mannes von neulich musste ihr ebenso zart erscheinen wie die eines Lamms.

Ludmillas Wagen war nicht da. Also war der Weg frei. Manon sprang aus ihrem Versteck und umrundete das Haus. Gewöhnlich ließ Solange das Küchenfenster einen Spalt weit offen. Und Manon war gelenkig wie ein kleiner Affe.

Sie betrat das Landhaus zum ersten Mal. In jedem Zimmer waren Schätze verborgen, zumindest für die Augen eines Mädchens, das unter der Fuchtel einer protestantischen Mutter aufgewachsen war. Besonders die Gemälde faszinierten sie.

Ihr Blick wanderte über Porträts, Jagdszenen, Stillleben, Landschaften, Kohleskizzen, Pastelle … Es war wie eine Reise in unbekannte Gegenden.

Sie öffnete jede Tür mit einem Zittern der Vorfreude, die dadurch erhöht wurde, dass sie etwas Verbotenes tat: Was würde sie noch alles entdecken? … In der Bibliothek beendete sie ihren Rundgang: Auf dem riesigen Mahagonitisch und dem Sekretär türmten sich Papierstapel, der Aktenschrank quoll förmlich über von unterschiedlichsten Ordnern. Sie war da, wo sie hinwollte. Sorgfältig durchsuchte sie dieses Durcheinander, öffnete jede Schublade und drehte jedes Blatt Papier um.

Schließlich war noch eine Schublade des Sekretärs übrig. Manon wusste, dass sich hier der Jackpot befinden musste: das Armband von Lauras Mutter mit den fünf Medaillons, auf denen die Tarotfiguren abgebildet waren – ein Pendant zu dem Armband, das sie selbst besaß. Manon lachte leise, als sie es fand. Diese Entdeckung würde ihr einen völlig neuen Weg eröffnen, der aber auch in einen Abgrund führen konnte. Warum gab es zwei offenbar völlig identische Armbänder, von denen sie eines besaß? Plötzlich ging eine Tür in der Halle, und eine herrische Stimme drang zu ihr nach oben.

»Ist da jemand? Solange, sind Sie das?«

Manon steckte das Armband in ihre Tasche und versteckte sich hinter einem Paravent.

»Nein, ich bin's!«

Laura war kurz nach ihr gekommen. Ludmilla entspannte sich wieder.

»Ich dachte, es wäre jemand im Haus! Hier zieht es überall. Wie geht es dir, meine Liebe? Hast du schon zu Mittag gegessen?«

»Nein.«

»Solange musste weg, aber ich kann dir ein Spiegelei braten. Spiegelei mit Salat, ist das okay?«

»Nein danke, ich hab keinen Hunger.«

Ludmilla rümpfte ihre hübsche Nase.

»Du solltest jetzt nicht magersüchtig werden, mein Schatz! Außerdem gefällt es mir gar nicht, dass du allein bei Vincent wohnst. Vor allem nach diesen … diesen ganzen Geschichten. Du solltest hier bei mir bleiben.«

»Mal sehen … Hast du heute schon den *Nice-Matin* gelesen?«

»Nein. Noch nicht. Wieso? Gibt es Neuigkeiten über … über diesen Verrückten?«, fragte Ludmilla in beiläufigem Ton.

Laura zögerte. Die Warnung des kleinen Mannes ging ihr plötzlich durch den Kopf: erst die anderen ihre Karten auf den Tisch legen lassen und niemandem vertrauen. Das betraf vor allem auch die Personen, die ihr nahestanden. Sie vor allem würden bestrebt sein, sie von ihrer Suche abzuhalten …

»Nein. Eben nicht … Hast du eigentlich mein Armband wiedergefunden?«

»Natürlich! Wo hab ich bloß meinen Kopf … ich hätte es dir schon längst sagen sollen. Solange hat es unter dem Nachttisch deines Bettes gefunden. Ich hole es dir.«

Laura war jetzt allein in der großen Halle. Sie hörte, wie Schubladen geöffnet wurden, und vernahm hastige Schritte. Ludmilla blickte sie niedergeschlagen an:

»Ich habe es in eine der Schubladen meines Sekretärs getan, aber da ist es nicht mehr! Vielleicht hat Solange es woandershin geräumt.«

»Vielleicht war das nicht Solange …«, entfuhr es Laura.

»Wer soll es denn sonst gewesen sein? Das würde bedeuten, dass jemand mit meinen Nerven spielt … und mit deinen.«

Ihre Tante schien aufgeregt.

»Noch eine letzte Frage: Kennst du ein Buch über Tarock, das der Prinz von Pisa geschrieben hat?«

»Nein. Aber den Prinzen von Pisa kennst du doch.«

Ihre Tante klang, als spreche sie von einem alten Schulkameraden oder Nachbarn.

»Doch, natürlich! Schau mich nicht so an!«

Ludmilla zog sie mit sich fort zu einem der Porträts in der Bibliothek. Laura erkannte das Gemälde, dem sie als Kind ihre Geheimnisse anvertraut hatte: der Renaissance-Mann, der in seiner beringten Hand ein Buch hielt, dessen Titel sie nicht entziffern konnte. Ludmilla schien erfreut, den Museumsführer spielen zu können, und plapperte drauflos.

»Siehst du! Da steht es … Francesco Anteminelli Castracani Fibbio, Prinz von Pisa. Das Porträt stammt aus dem Jahr 1485 und wurde von einem Unbekannten signiert, der der Schüler eines großen Meisters gewesen sein muss … Ein wundervolles Stück. Ich wollte es nie verkaufen, aber eins kann ich dir versichern: Nicht nur ein Antiquitätenhändler hat mich regelrecht darum bekniet. Mir ist klar, dass es sich um irgendeinen Urahnen handelt, aber ich weiß nicht, ob er ein Montalban, ein Fressan oder ein Rinaldi war. Die Urgroßeltern von Élisabeth de Fressan kamen im 15. Jahrhundert aus der Gegend von Pisa. Es kann also durchaus sein, dass sie es mitgebracht haben. Tja … ein Rätsel.«

»Ludmilla … du hast mir doch gesagt, dass meine Mutter Karten legte, aber das Buch über das Tarotspiel hast du nie gesehen?«

»Nicht dass ich wüsste …«

Ein Türklappern ließ sie verstummen.

»Das Haus, in dem es immer zieht«, seufzte Ludmilla.

Manon schlich so vorsichtig wie möglich durch das dichte Buschwerk hinter dem Haus bis zur Mauer. Mit einem Schwung gelangte sie auf den Bürgersteig einer verlassenen Straße. Das Armband beulte die Tasche ihrer Jeans aus. Sie lief zur nächsten Bushaltestelle in Richtung Stadt.

Bruno Bruno hatte Agnès zwei Stunden Pause abgerungen. Ihm blieb gerade genug Zeit, zu duschen, eine kleine Siesta zu halten und kurz über die letzten vierundzwanzig Stunden nachzudenken. Die Ermittlungen nahmen eine gefährliche

Wendung. Sie hatten derart viel Schlamm aufgewühlt, dass er sich schon völlig beschmutzt fühlte. Er mochte Nizza nicht, eine Feststellung, die er nicht zum ersten Mal traf. Im Gegensatz zu vielen Bewerbern hatte er sich nicht darum gerissen, hier zu arbeiten. Viele Polizisten wollten nach Nizza, weil sie sich Sonne, Meer und wenig Gewaltverbrechen erhofften. Doch die Gauner an der Côte d'Azur hofften hier auf das schnelle Geld. So gab es auf einem Quadratkilometer in Nizza mehr Kriminelle als in ganz Paris inklusive seiner Vororte. Taschendiebstahl war noch das geringste Übel auf der Promenade des Anglais. Die russischen Mafiosi, die in letzter Zeit hierhergekommen waren, hatten das gesamte, in dreißig Jahren gewachsene, von Höflichkeit und politischen Interessen geprägte Regelwerk zwischen Gaunern und Polizei zerstört. Ältere Polizisten sehnten sich nach den früheren, ach so friedlichen Zeiten zurück. Diese Früchtchen aus dem Fernen Osten, die sich jetzt hier tummelten, fürchteten sich vor gar nichts, nicht einmal vor dem Tod. Sie liefen am helllichten Tag mit ihrer Bazooka herum. Und die Bullen tappten permanent im Dunkeln … auch Bruno. Seit fünf Jahren träumte er von harmlosen Taschendieben in Paris … Nach dieser Geschichte musste er hier endlich weg. Er würde seine Versetzung beantragen, sofort. Er stellte sich das Gesicht seines Onkels vor, eines pensionierten Polizisten, der seelenruhig seinen Garten in Menton umgrub, wenn er ihm sein Vorhaben eröffnen würde. Der Onkel hatte erreicht, dass Bruno nach Nizza abkommandiert wurde – unter dem Vorwand, dass seine verwitwete Schwester, Brunos Mutter, ihren einzigen Sohn an ihrer Seite brauchte. Doch als er in Nizza anfing, war seine Mutter an Krebs erkrankt, und binnen sechs Monaten war sie tot. Mit dieser Hypothek lebte er seit vier Jahren … und noch einer anderen: Er hatte ihr nie offenbart, dass er Männer bevorzugte. Es war ihm schon schwergefallen, sich das selbst einzugestehen, denn er fand es nicht normal. Doch nach einer einjährigen Beziehung mit Clémentine war ihm klar gewesen, dass ihm keine Wahl blieb. Die Stadt Pau war für dieses neue Leben zu klein, und so hatte er ihr den Rücken gekehrt – dank Onkel Paul. Aber er hasste seine homophoben Kollegen, trank nur Wasser, verabscheute Fußball und reagierte allergisch auf die Hitze. Die einzige verwandte Seele war Thierry Merlet gewesen. Er war der Erste, der sich nicht über die komische Doppelung von Vor- und Familiennamen lustig gemacht hatte: Bruno Bruno. Eine Laune seines Vaters, der sich vor fünfzehn Jahren bei einem Sturz von einer Leiter das Genick gebrochen hatte. Bruno musste sich mit diesem Namen abfinden und fand, dass er zu seinem Doppelleben passte: Tagsüber war er Polizist und nachts ein Homosexueller, der sich auf den Schattenplätzen der öffentlichen Parks von Nizza herumtrieb …

Von der Dusche erfrischt, schaltete er seinen Computer an. Sein Mailprogramm meldete ihm den Eingang einer neuen Nachricht mit Anhang. Bruno konnte es nicht fassen: Die Mail kam von dem ermordeten Fotografen Thierry Merlet. Er zögerte, bevor er sie öffnete. Womöglich hatte Merlet ihm kurz vor seinem Tod ein paar zärtliche Worte geschickt …

»Hallo, mein schöner Junge … einen Polizisten zu treffen, der nicht nach meinen Papieren fragt, sondern sich für … meine Fotos interessiert … da muss ich mir doch sagen, dass das Leben gar nicht so übel ist. Falls mir etwas zustößt, sind sie bei dir gut aufgehoben. Aber natürlich will ich mit ihnen noch Geld verdienen! Du siehst, ich bin kein Heiliger, aber was soll's: Ein Leben ohne Risiko ist doch langweilig. Ich hoffe, es dir bald persönlich erklären zu können. Unsere gemeinsame Nacht fand ich sehr schön. Ich küsse dich, bis ganz bald! … wenn möglich, nicht im Jenseits. Thierry.«

Der Fotograf hatte nicht gewusst, wie recht er hatte. Bruno war klar gewesen, dass Thierry oft die Grenzen der Legalität überschritt. Was ihn dann auch das Leben kostete.

Bruno lud den Anhang herunter. Eine wahnsinnige Datenmenge, fünf Gigabytes … Alle Fotos von Lauras misslungener Hochzeit öffneten sich nacheinander in der Reihenfolge der Ereignisse. Es begann mit Bildern von der Ankunft der Gäste in dem Saal der feierlichen Zeremonie … dann kam ein Sprung: Die nächsten Aufnahmen zeigten den großen Platz vor dem Rathaus und in einiger Entfernung Matthieu mit seinem Handy; im Hintergrund sah man die Fassaden der Häuser. Bruno merkte, wie sich ihm die Haare sträubten. Er vergrößerte das Bild …

Das Zimmer war eine winzige Bruchbude. Eine Blumentapete, die hie und da Schimmelflecken aufwies, eine abbröckelnde Gipsdecke, ein staubiger Schieferboden, ein falscher Mahagonischrank, dessen Tür nicht mehr schloss, Bettzeug, das offenbar direkt vom Trödelmarkt kam, eine Matratze, bei der man jede Feder spürte. Es war zum Verrücktwerden: Nach all den Jahren, die Duroc in seinem verschwiegenen Bunker aus weißem Marmor verbracht hatte, musste er wegen dieser Schnüfflerin wieder wie eine Ratte in einem fauligen Hotel vegetieren.

»Sie nimmt in dem Interview kein Blatt vor den Mund! Haben Sie Tomaten auf den Ohren, oder was? Ich schreie, wann ich will: Schließlich bin ich es, der bis zum Hals in der Scheiße sitzt! Okay, ich mische mich nicht ein. Aber eins sage ich Ihnen: Wenn Sie in vierundzwanzig Stunden keinen Weg gefunden haben, mich hier rauszuholen, werfe ich alles hin. Im Vergleich zu mir war Attila ein naiver Pfadfinder mit Sinn für Lagerfeuerromantik, wenn Sie kapieren, was ich meine! … Einverstanden. Wo? … Ja, ja, bis heute Abend.«

Duroc hätte sein Handy beim Ausschalten fast zerquetscht. Anschließend trat er mit aller Kraft gegen die Schranktür. Er betrachtete sich im Spiegel: Sein Gesicht war eingefallen und totenbleich. Das Feuermal über dem rechten Auge hatte einen widerlichen lila Farbton angenommen. Während seiner Kindheit hatte ihm seine Mutter ständig eingeschärft: »Reg dich nicht so auf, sonst breitet es sich im ganzen Gesicht aus …«

»Fünf Stockwerke ohne Fahrstuhl … Hoffentlich ist es die Mühe wert«, stöhnte Agnès, als sie in Brunos Wohnung trat. Er zuckte genervt mit den Schultern.

»Wegen deiner schönen Augen habe ich dich nicht herbestellt – auch wenn sie wirklich hübsch sind. Aber anstatt rumzumeckern, solltest du dir lieber das mal anschauen …«

Agnès beugte sich über seine Schulter und betrachtete die Fotos, die ihm Merlet geschickt hatte.

»Äh, na ja, das ist Matthieu auf der Esplanade am Tag der Hochzeit. Na und? Das beweist noch lange nicht seine Unschuld.«

Mit einem Mausklick vergrößerte Bruno das Foto.

»Und was siehst du jetzt?«

Agnès verschlug es die Sprache: Man sah deutlich den Lauf eines Gewehrs auf dem Fensterbrett eines der Häuser, und im Fenster das Spiegelbild des Schützen mit Schirmmütze … Bruno verkleinerte das Foto wieder, und Agnès sah erneut Matthieu mit seinem Handy.

»Warte mal, das war noch nicht alles …«

Ein weiterer Klick, und ein neues Bild erschien: Darauf sah man einen ellenlangen Typen aus dem Gebäude kommen, der keine Waffe, sondern nur eine Sporttasche über der Schulter trug. Er schien in Eile zu sein. Im Vordergrund beugte sich Laura mit dem Rücken zum Fotografen über den am Boden liegenden Vincent. Bruno vergrößerte das Bild: Das Profil des Schirmmützenträgers ähnelte Duroc.

»Dieses Arschloch!«, stieß Agnès hervor.

»Ich bitte dich …«, wisperte Bruno.

»Verdammter Mist, das ist doch nicht möglich! Kannst du mir mal sagen, seit wann du die Fotos hast?«

»Seitdem Merlet sie mir per Mail geschickt hat. Aber da wir seit zwei Nächten ständig auf Achse sind, habe ich sie eben erst gefunden.«

Agnès tobte.

»Dieser Mistkerl! Merlet hätte uns den Beweis liefern können, dass Matthieu unschuldig ist! Was wollte er mit den Fotos, verdammt noch mal?«

»Geld! Diese Bilder hätten ihm mindestens drei großzügige Renten einbringen können. Schließlich war er Duroc auf die Spur gekommen ... Er war kein Heiliger ... aber er konnte göttlich ficken!«

Ein verschwommenes Bild, als spiegele sich die lächelnde Joëlle im Wasser. Weiß schimmerten ihre Zähne in dem schwarzen, aufgequollenen Gesicht. Fest ans Herz gedrückt hielt sie ihre Katze, deren Zunge so rot war, so rot ... beide hingen an einem Seil. Auch Vincent lächelte. Er lag ausgestreckt auf Steinplatten, streckte Laura die Arme entgegen und flüsterte: »Hab keine Angst, alles wird gut ... hab keine Angst, alles wird gut ...« Unter seinem Körper erschien etwas Rotes, erst eine Träne, dann ein Fleck, dann ein Meer, das die Füße eines nackten Mannes erreichte, die von Matthieu, der aufschrie und nach Laura rief. Je mehr er schrie, desto heftiger stieß sein Peiniger das blitzende Messer in seinen Körper ...

Laura schrak auf. Sie war schweißgebadet. Auf dem Nachttisch lag ihr Handy und klingelte. Doch nicht davon war sie geweckt worden, sondern von ihren eigenen Schreien in dem schrecklichen Albtraum.

»Hallo ...«, stieß sie keuchend hervor.

Es war Agnès. Sie brauchte einen Moment, um ihren aufgeregten Redeschwall zu verstehen.

»Matthieu ist raus aus der Sache. Wir haben einen Beweis für seine Unschuld. Dafür ist der Mörder immer noch auf freiem Fuß.«

Plötzlich sah Laura wieder den unter Messerstichen zusammenbrechenden Matthieu vor sich.

»Agnès, er ist in Gefahr! Tu etwas, ich flehe dich an«, schrie sie. »Vielleicht ist er schon tot.«

»Laura, verdammte Scheiße, was erzählst du da?«, brüllte Agnès am anderen Ende der Leitung.

»In der Hütte. Hol ihn, schnell.«

»Welche Hütte?«

»Oberhalb von Grasse. Der Olivenhain …«

Ludmilla schloss die Eichentür ihres Hauses, wobei sie sie mit der Hüfte zudrückte und dazu mit dem Fuß dagegentrat. Sie klemmte häufig, und trotz ihrer Liebe zu jedem noch so kleinen Stückchen des Hauses hatte sich Ludmilla angewöhnt, mit einer gewissen Gewalttätigkeit ihren Willen gegenüber dem Eigensinn der alten Türen und Fenster durchzusetzen. Dann überquerte sie die Terrasse, um zu ihrem Wagen zu gelangen. Sie fuhr zusammen, als plötzlich neben ihr eine Gestalt auftauchte.

»Antoine! Ich hasse es, wenn man mich so erschreckt. Am Eingangstor des Parks gibt es eine Gegensprechanlage! Das ist keine Mühle hier, verstanden?«

Antoine zog sie an sich und presste ihre Hüfte gegen seine.

»Du siehst wahnsinnig toll aus … Ist das meinetwegen? Ich hätte einen Smoking anziehen sollen, um dieser Ehre gerecht zu werden.«

»Was machst du hier?«

Antoine wirkte irritiert. Machte sie sich über ihn lustig, oder drehte sie langsam durch?

»Wir wollten doch zusammen zu Abend essen.«

Ludmilla löste sich aus seiner Umarmung und brachte ihre Frisur wieder in Form. Ihr Schmuck klirrte. Wie ein Präludium, dachte Antoine … nur für welches Stück?

»Tut mir leid, das habe ich völlig vergessen … Ich bin zum Essen eingeladen, anderswo.«

Sie spielte ihm eine Komödie vor … in der für ihn offensichtlich keine Rolle vorgesehen war.

»Tja, wie blöd. Was mach ich jetzt? Soll ich auf dich warten?«

Ludmilla war eine Meisterin darin, von einer Sekunde auf die andere den Hochmut der Bourgeoisie zur Schau zu stellen: den Kopf nach hinten geworfen, mit eiskaltem Blick und bebenden Nasenflügeln … Unwillkürlich musste er lächeln: Der Gedanke, über eine zornige Schicksalsgöttin herzufallen, erregte ihn. Abgesehen davon, dass sie ihm immer anbetungswürdiger erschien.

»Und mit wem hast du diese Verabredung, die ja nicht so lange dauern wird … hoffe ich«, murmelte er.

»Ich bin es nicht gewohnt, Rechenschaft abzulegen, aber wenn du es unbedingt wissen willst, ich treffe mich mit Fred Bellair«, warf sie ihm verächtlich hin.

Die Sache begann kompliziert zu werden, und allmählich schwand Antoines Hoffnung, Ludmilla heute noch unter vier Augen zu sehen.

»Du verbringst den Abend lieber mit so einem alten Sack wie Fred Bellair als mit deinem jungen Geliebten?«

Ludmilla seufzte aus tiefstem Herzen und blickte ihn dann sehr betrübt an.

»Antoine, ich will offen zu dir sein: Es war wunderschön, wir hatten eine ganz unglaubliche Nacht. Du bist ein guter Liebhaber, sehr gut sogar, du bist ausdauernd und sensibel, aber die Geschichte ist damit beendet. *Finita la commedia!*«

Auf alles war er gefasst gewesen, aber darauf?! Entlassen wie ein Kammerdiener. Sie tätschelte seine Wange.

»Es gibt eben Momente, in denen der Säbel die Chrysantheme abschlägt …«

Agnès stieß mit dem Fuß die Tür der kleinen Hütte auf, in der Matthieu sich laut Lauras Hinweis versteckt hielt. Ihre Sig Sauer im Anschlag, drückte sie sich gegen die Wand. Hinter der Tür war es totenstill und stockfinster. Bruno war wie ein Verrückter gefahren. Sie winkte ihm, worauf er, ebenfalls mit gezückter Waffe, ins Haus stürzte. Einige Sekunden verstrichen, dann fiel ein Lichtkegel auf die Türschwelle: Offenbar hatte er den Schalter gefunden. Als sie gerade hineingehen wollte, vernahm sie ein lautes Stöhnen.

»Scheiße, das gibt's doch nicht …«

Sie stürmte hinein und wäre beinahe mit Bruno zusammengeprallt. Er sah völlig verstört aus.

»Agnès, geh lieber nicht rein … es ist wirklich nicht zu empfehlen.«

Agnès verstand sofort. Sie schubste ihn weg und ging geradewegs zur hinteren Tür, die halb offen stand.

»Nein! Agnès!«

Sie öffnete die Tür und blieb dann wie versteinert stehen: Matthieus Augen standen weit offen, seine Hände krampften sich um seinen Bauch, während er zusammengekrümmt wie ein Kind auf der Matratze lag. Der Tod musste ihn schon vor vielen Stunden ereilt haben. Die Laken waren steif von getrocknetem Blut, das auch auf dem Fußboden geronnen war … Er war auf das Bett gekrochen, um zu sterben, und hatte schließlich auch noch eine Kugel in den Kopf bekommen. Bestimmt hatte er versucht, seine Mutter anzurufen, wie es alle Sterbenden taten, selbst die, die ihre Mutter nicht kannten. Er hatte gelitten, und sie betete, obwohl sie schon seit langer Zeit an nichts mehr glaubte, dass sein Sterben nicht zu lange gedauert hatte. Sie vermeinte sein Klagen zu hören, als ob die Mauern, Laken und Gegenstände im Haus alles gespeichert hätten. Etwas in ihr starb mit ihm. Ein tiefer Schmerz überkam sie. Sie beugte sich unter der Last dieses Leidens und kniete am Fußende des Bettes nieder.

Manon löschte die Nachttischlampe, die Matthieu immer gerne mit einem Tuch abdeckte, um das Licht zu dämpfen.

Aber die Geräusche konnte sie nicht dämpfen: Der Bahnhof lag in unmittelbarer Nähe. Die letzten Züge waren angekommen oder abgefahren, doch das ganze Viertel schien noch zu vibrieren.

Es war der erste freie Abend, den sie bei sich zu Hause verbrachte. Zum ersten Mal spürte sie eine gewisse Einsamkeit. Sie würde sich daran gewöhnen müssen, wie an einen Hund, der nur nachts aus seinem Körbchen kam, um dann der einzige Gefährte zu bleiben. Ein seltsamer Preis, den sie zu zahlen bereit war, seit sie sich wider Willen in Matthieu verliebt hatte. Seine Abwesenheit war ähnlich wie seine Gegenwart, ein weiter, unbekannter Raum voller Gefahr, der zwischen Solarplexus und Schritt lag. Sie betrachtete ihr verweintes Gesicht. Dann versuchte sie, alle belastenden Gedanken beiseitezuschieben. Er würde sie nicht mehr verlassen, sie hatte alle Zeit der Welt, um ihn zu verzaubern …

Sie hatte sich ja auch Zeit genommen, das Geheimnis ihrer Geburt zu entschlüsseln.

Die beiden Armbänder glitzerten im Licht des elektronischen Weckers, ihr eigenes und das andere, das sie in dem Landhaus von Ludmilla entdeckt hatte. Sie schienen völlig identisch … für jemanden, der sie nicht in der Hand gehalten und genau geprüft hatte. Doch Manon kannte nun die kleinsten Details. Auf der Innenseite ihres Armbands war »L. Rinaldi« eingraviert. Das andere Armband trug keine Inschrift. Außerdem reihten sich bei beiden Armbändern von links nach rechts dieselben Symbole: *Tod, Einsiedler, Teufel, Sonne* und *Mond*. Bis auf einen Unterschied, der ihr jetzt ins Auge fiel: Der *Mond* ihres Armbands stand auf dem Kopf, das Medaillon war verkehrt herum montiert worden. Ein Fehler, oder hatte das etwas zu bedeuten? Und wenn ja, was?

Der Wecker zeigte Mitternacht an. Manon hatte das Gefühl, nie wieder schlafen zu können.

DIE GERECHTIGKEIT

Die Leute von der Spurensicherung waren eine Stunde nach der Entdeckung von Matthieus Leiche erschienen. Nur Bruno hatte gesehen, wie Agnès vor dem gemarterten Körper des Mannes, den sie einmal geliebt hatte, zusammengebrochen war. Sie hatte gerade noch Zeit gehabt, sich einigermaßen zu fangen. Einen großen Teil der Nacht hatten sie damit verbracht, Indizien und Beweisstücke in der Hütte und ihrer Umgebung zu sammeln. Dann hatte Bruno darauf bestanden, Agnès nach Hause zu fahren …

Matthieu lag auf dem Seziertisch, von einem Tuch bedeckt. Bald würde die Klinge des Skalpells seine Organe freilegen, die Säge seinen Schädel öffnen, man würde sein Herz herausnehmen, sein Blut würde in die Abflussrinne laufen. Wer konnte ihn nur so übel zugerichtet haben? Wer hatte ihm mehr als elf Messerstiche versetzt und ihn dann auf dem Bett mit einem Kopfschuss getötet? Welches Ungeheuer war zu einem solchen Gemetzel fähig? Agnès dachte einen Moment, dass man eines Tages vielleicht in der Lage sein würde, die letzten Bilder zu entschlüsseln, die beispielsweise ein Ermordeter gesehen hatte und die in seinem Gehirn gespeichert waren wie auf einer Festplatte. Das Gedächtnis speicherte doch alles. Wie war es sonst zu erklären, dass man während eines Unfalls, wenn der Tod ganz nahe war, sein Leben wie einen Film vor sich ablaufen sah? Aber auch wenn das Bild des Mörders in Matthieus Hirn gespeichert war, so blieb es vorerst doch sein Geheimnis.

Sie hörte Schritte im Flur. Die Tür des Leichenschauhauses ging auf, und Agnès gab sich alle Mühe, den Ankömmlingen gefasst entgegenzutreten: Viviane, gestützt von Laura, kam herein, gefolgt von einem Arzt. Max war nicht mitgekommen. Oder hatte ihn Viviane davon abgehalten?

Viviane hatte sich geweigert, Beruhigungsmittel einzunehmen oder sich mit Whisky zu betäuben. Die Anteilnahme von Max wies sie schroff zurück. Er hatte seinen Sohn doch schon vorher getötet, bevor jemand mit einem Messer über Matthieu hergefallen war. Viviane atmete nur noch, weil der menschliche Körper nach einem perfekten Mechanismus funktionierte, weil Blut in die Adern gepumpt wurde, um Gehirn, Glieder und Organe zu versorgen, auch dann noch, wenn gerade das eigene Kind gestorben war. Sie war wie eine lebende Tote, dazu verdammt, noch einige Zeit auszuharren, um, wenn notwendig, selbst Vergeltung zu üben. Danach brauchte sie sich nur noch hinzulegen und auf den Tod zu warten. Auf dieser Welt hielt sie sonst nichts mehr.

Sie löste sich aus Lauras Umarmung und streichelte die Wange unter dem Tuch.

»Viviane, wenn Sie nicht die Kraft haben, ihn anzusehen, dann zwingen Sie sich nicht«, sagte Agnès leise.

»Er ist aus meinem Leib gekommen. Er wird nicht in die Erde zurückkehren, bevor ich ihn nicht ein letztes Mal gesehen habe«, entgegnete Viviane vorwurfsvoll.

Nach einem Blick von Laura gab Agnès nach, hob das Tuch zur Seite und legte vorsichtig Matthieus Gesicht frei. Vivianne erstarrte. Doch ihre Hand zitterte nicht, als sie sie jetzt auf das starre, kalte Gesicht ihres Sohnes legte. Ihre Finger strichen über die schwarz verfärbten Lider, die Nase und die Lippen bis zum Kinn mit dem Dreitagebart. Schließlich küsste sie ihn auf den Mund.

Dann richtete sie sich wieder auf. Agnès und Laura erschauderten. Das war nicht mehr Viviane, die um ihren Sohn weinte, sondern eine Frau, die der Schmerz in den Wahnsinn trieb.

»Ich will ihn ganz sehen«, flüsterte sie.

Agnès versuchte nicht, sie davon abzuhalten. Sie gab dem Arzt ein Zeichen und trat zur Seite. Mit einer schnellen Bewegung hob der Mann das Tuch hoch, teilnahmslos und routiniert.

Viviane berühte die Leiche nicht. Die Wunden waren gereinigt worden. Sie waren eher schwarz als rot.

»Wie viele Stiche?«

»Vier …«

Agnès verschwieg die Stiche, die seinen Rücken zerfleischt hatten.

»Hat er gelitten?«

»Nein.«

Natürlich log sie. Matthieu hatte noch Zeit gefunden, sich verletzt bis zu seinem Bett zu schleppen und dort zu sterben, mit einer Kugel im Kopf.

Wortlos verließ Viviane das Leichenschauhaus, Laura und Agnès folgten ihr schweigend.

Die plötzliche Hitze traf sie wie ein Schlag. Es lagen dreißig Grad zwischen der Kälte im Leichenschauhaus und dem kochend heißen Asphalt im Parkhaus.

Laura wollte Agnès gerade zum Abschied umarmen, da spürte sie, wie ihre Freundin sich versteifte. Eine hochgewachsene Brünette mit einer riesigen Sonnenbrille näherte sich dem Leichenschauhaus.

»Manon!«, rief Laura.

Doch Manon verlangsamte ihren Schritt nicht, sondern tat, als hätte sie nichts gehört. Laura rannte hinter ihr her und versperrte ihr den Weg.

»Manon … bitte …«

»Ich habe Ihnen nichts zu sagen«, zischte Manon.

Laura sah den Schmerz in ihrem Gesicht. Kein Zweifel, dieses Mädchen hatte Matthieu geliebt. Und jetzt war es zu spät.

»Bitte, Manon. Ich wollte Ihnen nur sagen, wenn Sie mich brauchen, bin ich für Sie da.«

»Ich brauche niemanden«, entgegnete das Mädchen schroff.

Sie gehörte wohl auch zu den Menschen, die lieber starben, als eine ausgestreckte Hand zu ergreifen.

»Sie werden ihn nicht sehen dürfen. Es tut mir leid.«

Manon biss sich auf die Lippen und starrte auf die Tür, die ihr verschlossen bleiben würde. Dann drehte sie sich auf dem Absatz um und verließ das Parkhaus in entgegengesetzter Richtung.

Laura sah, wie sie an der Straßenecke verschwand, und kehrte zu Viviane und Agnès zurück, die sich nicht von der Stelle gerührt hatten.

Dann ging alles ganz schnell. Ein Wagen brauste heran und bremste direkt vor ihnen. Bruno steckte sein erschöpftes Gesicht aus dem Fenster und winkte Agnès, die rasch einstieg.

»Es gibt etwas Neues«, sagte er. »Wir haben Duroc gefunden.«

Duroc hatte nur noch die Hälfte seines Gesichts. Die, auf der sein Feuermal zu sehen war. Der weit geöffnete Mund verriet sein Erstaunen, das einzige und letzte Gefühl, das ihn erfüllt hatte, als die großkalibrige Kugel seine Schädeldecke zertrümmert hatte. Agnès richtete sich auf. Der Polizist war ganz grün im Gesicht, als er hastig die Plastikhülle verschloss. Dann wurde die Bahre zum Krankenwagen gebracht.

»Wir müssten mit dem Rettungsdienst eigentlich einen Mengenrabatt vereinbaren«, meinte Bruno und grinste.

Agnès warf ihm einen vorwurfsvollen Blick zu.

»Entschuldigung, es sind die Nerven. Das geht hier echt Schlag auf Schlag …«

»Du brauchst dich nicht zu entschuldigen. So was ist normal. Und jetzt erzähl.«

Bruno zog einen kleinen Block aus der Gesäßtasche seiner Jeans.

»Er ist unser Mann. Michel Duroc, Hauptmann der Gendarmerie im Ruhestand. Die Jungs haben seine Taschen geleert, bevor du gekommen bist. Liegt alles auf deinem Schreibtisch. Ich kann dir aber schon das Interessanteste mitteilen: ein Hotelzimmerschlüssel und falsche Papiere auf den Namen Ben Bardop.«

Bruno Bruno zwinkerte Agnès zu und grinste vielsagend.

»Was ist denn los?«, fragte sie.

»Erinnert dich der Name an nichts?«, fragte er.

»Nein.«

»Ein Anagramm von dem Söldnerführer Bob Denard, wenn ich mich nicht irre.«

Agnès hob die Schultern.

»Bist du allein darauf gekommen?«

»Wenn man sich ansieht, was wir bei dem Kerl an Büchern entdeckt haben, all das Zeug über Geheimbullen und Faschisten, liegt das auf der Hand. Ansonsten haben unsere Leute nur eine Kugel gefunden, Kaliber .38. Natürlich keine Waffe. Tatzeit etwa zwischen 21.00 Uhr und 23.00 Uhr. Mit den Reifenspuren wird es schwierig. Die Lastwagen auf der Baustelle haben heute Morgen alles überrollt. Ich brauche dir wohl nicht zu sagen, was für ein Gesicht der arme Kerl gemacht hat, der fast die Leiche überfahren hätte. Hast du übrigens bemerkt, dass …« Bruno wies auf das große Schild an der Baustelleneinfahrt. Agnès stöhnte auf.

»Ja. Max Fontane Immobilien. Unser Serienmörder hat offensichtlich Humor.«

»Oder es ist eine Art Schuldzuweisung.«

In diesem Moment klingelte Agnès' Handy. Sie meldete sich mit »Angeli« und lauschte ein paar Sekunden in den

Hörer, dann war das Gespräch auch schon vorbei. Agnès ließ das Handy sinken und blickte Bruno Bruno mit verstörter Miene an.

»Diesmal ist es kein Mord. Aber es ist nicht weniger grauenvoll. Wir müssen zum Friedhof. Die Leiche von Luisa Rinaldi ist verschwunden.«

Laura starrte auf das leere Grab ihrer Mutter.

Der kleine Altar war voller Blumen, ein überwältigendes Farbenmeer. Doch der Geruch der Erde unter den herausgerissenen Fliesen überdeckte den Duft der Blumen. Dann sah Laura das Grab und den leeren Sarg. Der weiße Satin war nahezu unversehrt, hier und da erkannte man leichte Spuren von Schimmel. Das Zink hatte den Inhalt des Sarges gut vor der Verrottung bewahrt. Lediglich die zarte Spitze an der Stelle, wo der Kopf der Toten gelegen hatte, machte den Eindruck, als würde sie beim kleinsten Hauch in Staub zerfallen.

Laura hastete zum Ausgang des Friedhofs, als habe sie jemand aus der Kapelle vertrieben. Agnès, die in einigem Abstand gewartet hatte, folgte ihr. Als sie die Freundin erreichte, blickte diese sie verstört an und legte den Kopf an ihre Schulter.

»Warum nur, warum?«, schluchzte Laura.

»Möglicherweise wurde die Leiche entwendet, um eine Autopsie zu vermeiden – damit nicht herauskommt, dass die Tote ermordet wurde. Vielleicht hattest du ja recht.«

»Denkst du, Duroc war hier?«, fragte Laura mit großen Augen.

Agnès blickte hilfesuchend zu Bruno, der sich zu ihnen gesellt hatte. Er reagierte prompt:

»Mademoiselle Fontane, das ist so gut wie unmöglich. Hauptmann Duroc wurde gestern Abend durch einen Kopfschuss getötet.«

Laura starrte die beiden ungläubig an.

»Es ist wahr, Laura«, sagte Agnès leise.

»Aber … wenn Duroc erschossen wurde, dann muss es noch jemand anderen geben«, rief Laura. »Was haben all diese Toten zu bedeuten? Was für einen Sinn macht das alles? Ich bin am Ende, erklärt es mir!«

»Der Fall ist äußerst kompliziert«, murmelte Agnès und strich Laura sanft eine Haarsträhne aus dem Gesicht. »Auch wir tappen noch im Dunkeln. Aber es gibt immerhin einige Anhaltspunkte …«

Sie verstummte erschöpft. Bruno kam ihr zu Hilfe:

»Wir haben herausgefunden, dass auch Ihr Verlobter Duroc auf der Spur war. Es hatte wohl mit dem Versprechen zu tun, das er Ihnen im Hinblick auf Ihre Mutter gegeben hat. Die arme Joëlle Legasse, die Sekretärin von Anwalt Bellair, hat offensichtlich davon erfahren. Und leider war sie nicht die Einzige, die Bescheid wusste. Vor dem Rathaus wurde Duroc von Thierry Merlet fotografiert. Wir wissen noch nicht, ob Merlet versucht hat, ihn zu erpressen. Jedenfalls …«

Er zögerte einen Moment. Agnès sah ihn an. Dann holte sie tief Luft und setzte die Rede ihres Kollegen behutsam fort.

»Was dann geschah, weißt du. Duroc fand heraus, wo Matthieu sich versteckt hielt … Offenbar wollte er alle Zeugen ausschalten.«

»Warum ist er dann auch umgebracht worden?«

»Möglicherweise hat Duroc die Drecksarbeit für jemand anderen erledigt. Und als er damit fertig war, hat sein Auftraggeber ihn umgelegt.«

»Aber wer steckt hinter all dem?«, fragte Laura verzweifelt.

Agnès schwieg.

»Agnès, dieser Kerl ist dabei, alle Leute umzubringen, die ich am meisten auf der Welt liebe. Meinen Verlobten, meinen Bruder. Die Leiche meiner Mutter verschwindet, als sollten Beweise vernichtet werden. Ich kann doch nicht einfach abwarten, bis ich selbst an die Reihe komme. Die Botschaft ist eindeutig: Ich bin die Nächste auf der Liste! Warum? Keine

Ahnung. Vielleicht, weil ich irgendetwas weiß, ohne es zu wissen. Aber ich werde alles tun, um es herauszufinden.«

Agnès und Bruno blickten ihr nach, als sie fortging. Lauras zarte Gestalt schien über dem Boden zu schweben, als sei sie nicht von dieser Welt.

Agnès drückte die beiden Schwingtüren auf, ohne ihren Schritt zu verlangsamen, und betrat den weiß gekachelten Obduktionssaal.

»Hallo, Doktor.«

Der Pathologe warf ihr einen kurzen Blick zu. Er trug einen Mundschutz, die Haare steckten unter einer Papierhaube. Seine gedämpfte Stimme klang stets so heiser, dass sie sich um seine Gesundheit sorgte.

»Hallo, Angeli.«

Der Arzt war ein Mann alter Schule: keine Vornamen, keine Beschönigungen, kein Mitleid. Nur Tatsachen, nichts als Fakten. Er hatte eine große Familie zu ernähren, dabei träumte er von einem Strand auf Kuba, dicken Havanna-Zigarren, Rum und Salsa. Agnès hatte gehört, dass er ein begnadeter Tänzer war. Dieses Gerücht brachte ihm die Bewunderung der Polizisten ein, die auch gern über seine derben Witze lachten. Im Übrigen war er ein hervorragender Fachmann.

Seine Hände, die in blutigen Gummihandschuhen steckten, fuhren in den weit geöffneten Unterleib, dessen Hautlappen er auf dem Brustkorb abgelegt hatte. Agnès schüttelte sich. Dann las sie den Namen auf dem Etikett der Plastikhülle. Duroc.

»Wenn Sie wegen dem hier kommen, er ist noch nicht fertig. Aber ihm ist sowieso nicht mehr zu helfen.«

»Und der Sohn von Fontane?«

»Mit dem bin ich auch noch nicht fertig, aber ich habe vielleicht etwas, das Sie interessieren könnte …«

Er bekam einen Hustenanfall. Wenn er so weiterqualmte, würde er Kuba nur auf Fotos erleben.

Während der Pathologe sich in der Bauchhöhle der Leiche zu schaffen machte, fuhr er mit seiner rostigen Gießkannenstimme fort:

»Dieser Matthieu hatte ein Haar unter seinem Fingernagel. Er hat sich an seinem Mörder festgekrallt … doch der war offenbar stärker, sonst wäre der arme Kerl noch am Leben!«

Agnès hätte am liebsten aufgeschrien. Der Arzt hatte ja nicht die leiseste Ahnung, in welcher Beziehung sie zu dem Toten stand, den er wie ein Tier zerstückelt hatte … Aber sie konnte ihm das kaum zum Vorwurf machen, schließlich hatte der gute Mann tagtäglich mit Leichen zu tun.

»Die drei Haare, die ich gefunden habe – eines unter den Nägeln und zwei auf dem T-Shirt – stammen von einer Frau.«

»Nicht möglich, Doktor.«

»Einer Frau aus Indien.«

»Hören Sie doch mit dem Unsinn auf!«

»Das ist kein Unsinn, Angeli.«

»Na gut. Von mir aus. Ich habe drei Nächte nicht geschlafen, also kommen Sie zum Punkt. Dann können sich meine müden Neuronen erholen.«

»Man fragt sich, was ihr in der Polizeischule lernt. Zu meiner Zeit …«

»Hören Sie auf mich zu nerven, und sagen Sie mir, was Sache ist!«, entfuhr es Agnès. »Was ist mit dieser Inderin?«

Der Pathologe sah sie durchdringend an und hob die Leber von Duroc in die Höhe.

»Er wäre sowieso bald an einer Zirrhose gestorben. Der Mörder ist dem nur zuvorgekommen.«

Agnès erschauderte. Der Gerichtsmediziner legte die braune Masse auf eine Waage neben dem Seziertisch.

»Der Mörder hat eine Perücke getragen. Die Haare auf dem T-Shirt und unter dem Fingernagel stammen von der Perücke. Und Indien, besonders Nordindien liefert die meisten Haare für die Perückenindustrie. Es waren lange Haare, also eine Frauenperücke. Alles klar? Das wird Sie wahrscheinlich auch nicht weiterbringen, aber mehr kann ich im Moment noch nicht sagen. Am späten Nachmittag bekommen Sie den vollständigen Bericht über Fontane. Der Typ hier mit dem zerschossenen Schädel muss bis morgen warten. Es macht eine Menge Arbeit, die ganzen Teile wieder zusammenzusetzen, das kann ich Ihnen sagen …«

Agnès war schon an der Tür, als er sie noch einmal rief. Sie sah sich um, sah sein Grinsen und machte sich auf das Schlimmste gefasst.

»Sagen Sie, Angeli, ich habe gehört, dass neuerdings Leichen vom Friedhof verschwinden. Die Toten hauen also ab! Gute Nachricht, wie? Dann haben wir weniger Arbeit!«

Wortlos verschwand Agnès durch die Schwingtür.

Als Agnès ins Büro kam, stürmte Bruno Bruno gleich auf sie zu. Er wirkte aufgekratzt, obwohl er doch nur Wasser trank.

»Verdammt, du ahnst nicht, was die Jungs in Durocs Hotelzimmer gefunden haben!«

»Schieß los!« Erschöpft ließ sich Agnès in ihren Schreibtischsessel fallen.

»Falsche Papiere auf ganz verschiedene Namen.«

»Lass mich jetzt bitte nicht raten, welche, ich komme sowieso nicht drauf. Wahrscheinlich alle seine Idole.«

»Aber das ist noch nicht alles. Sie haben auch einen Computer gefunden!«

Agnès' Augen blitzten. Sie richtete sich auf.

»Lass mich raten: Es ist der Computer von Joëlle Legasse, der Sekretärin von Vincent, stimmt's?«

Jetzt plumpste Bruno auf seinen Sessel, verblüfft über ihre Kombinationsgabe.

»Richtig, Superhirn. Sie hatte einen Laptop, und den hat sie uns unterschlagen«, fuhr er fort. »Wahrscheinlich glaubte sie, sie könnte damit das große Geschäft machen.«

»Wahrscheinlich hat Duroc ihr jede Menge Kohle versprochen, sonst wäre sie nicht ein so hohes Risiko eingegangen. Haben unsere Hacker denn was Interessantes gefunden?«

»Im Moment nur unbrauchbares Zeug. Adresskarteien, Rundbriefe. Chat-Namen. Offenbar suchte sie im Internet nach Männern.«

»Da ist sie nicht die Einzige.«

»Stimmt. Übrigens war ihr Deckname Lauralaura.«

»Wie Bruno Bruno?«

»Oder Humbert Humbert.«

»Nur dass sie keine Lolita war.« Bruno lachte.

»Und was hat die Spurensicherung in der Hütte herausgefunden?«

Bruno machte ein bedrücktes Gesicht und blickte in einen dicken Aktenordner.

»Keine guten Nachrichten: Die Fingerabdrücke, die man dort gefunden hat … Wir haben sozusagen die Qual der Wahl.«

»Von wem stammen sie denn?«

»Von Laura Fontane und ihrem Vater Max.«

Agnès hatte nicht die Zeit, Laura in Schutz zu nehmen. Die Tür ging auf, und der Chef kam ins Zimmer. So sah Delambre nur aus, wenn er einen ganz schlechten Tag hatte: Die Haare standen ihm zu Berge, und er hatte die Hände zu Fäusten geballt. Wie ein Pfeil schoss er auf seinen kurzen Beinen durch das Büro und schleuderte einen prall gefüllten Ordner auf den Schreibtisch von Agnès.

»Angeli, ich muss hier Ihre Arbeit machen«, schnaufte er. »Jetzt schauen Sie sich das mal an.«

Agnès erkannte sofort, dass es sich um eine psychiatrische Krankenakte handelte. Name der Patientin: Laura Fontane. Ein paar Jahre aus Lauras Leben, das von allen Psychiatern und Ärzten in Nizza und Marseille durchforstet worden war.

»Und?«, zischte Delambre.

»Wir haben eine Spur, aber nicht diese hier.«

»Ich kann selbst lesen. Ich habe die Laborberichte über den Mord an Matthieu Fontane gesehen. Ihre Fingerabdrücke sind überall.«

»Wie die von Max Fontane.«

»Aber Max Fontane war nie psychotisch.«

»Woher haben Sie diese Dokumente?«

»Von Viviane Lebesco höchstpersönlich. Und Franck Duval hat dafür gesorgt, dass ich sie bekomme. Als hätte ich nicht schon genug Ärger.«

»Entschuldigung, aber ich verstehe nicht ganz«, erwiderte Agnès mutig.

»Wollen Sie sich über mich lustig machen?«, schrie Delambre.

Dann warf er ihr ein Papier in mehrfacher Ausfertigung mit Unterschrift hin.

Agnès schluckte. Es war ein Haftbefehl. Den Namen brauchte sie erst gar nicht zu lesen, sie hatte ihn schon erraten.

Delambre schlug die Tür hinter sich zu. Agnès überlegte nicht lange. Sie stürzte ihm nach und holte ihn auf dem Flur ein.

»Chef, ich bitte Sie aus persönlichen Gründen, mich von diesem Fall zu entbinden.«

Delambre musterte sie mit durchdringendem Blick.

»Höchste Zeit, Angeli. Keine Sorge, ich habe die Entscheidung bereits getroffen, Kommissar Mollaro übernimmt den Fall.«

Er wandte sich zum Gehen, warf ihr aber noch über die Schulter zu:

»Sie und Bruno arbeiten jetzt in Mollaros Gruppe und folgen seinen Anweisungen. Sie sorgen persönlich dafür, dass die Verdächtige bis heute Abend hier ist.«

Max Fontane stand reglos vor der neuen großen Scheibe, die Viviane hatte einsetzen lassen. Schon seit gut einer Stunde stand er so da, vielleicht auch schon sein ganzes Leben lang. Er wusste es nicht mehr, und es war ihm auch gleichgültig. Im Spiegelbild sah er einen Mann, der gespielt und verloren hatte. Alles. Geld, Ruhm, Macht, all die Dinge, die ihm, wie er geglaubt hatte, Halt geben konnten, bedeuteten ihm nichts mehr. Er hatte Rache genommen an all denen, die gelacht hatten, über seinen wegen der Läuse kahl rasierten Schädel oder über den von seinem betrunkenen Vater blau geprügelten Rücken. Er hatte nie geweint, hatte seinen Kummer heruntergeschluckt und doppelt so viele Schläge ausgeteilt. Auf dem Schulhof, auf den Hinterhöfen der Altstadt von Nizza, am Strand der Promenade, sogar auf dem Sportplatz der Schule … Er hatte sich jahrelang geprügelt. Sein Prügelkumpan war Fred, ein Junge wie er, vom selben Kaliber. Nur Luisa hatte verstanden, woher sein Zorn kam, und sie hatte ihn ihm verziehen, noch bevor sie sich in ihn verliebte. Nur durch sie war es ihm gelungen, an die Kunsthochschule zu kommen, Architektur zu studieren und sein Reich aufzubauen – dabei hatte er schon geglaubt, im Gefängnis zu enden. Sie war die Einzige, die immer an ihn geglaubt hatte. Viviane hatte zwar fortgesetzt, was Luisa begonnen hatte, doch sie konnte ihm keine Lebenskraft geben. Das war nicht ihre Schuld, denn er war mit Luisa gestorben. Und jetzt hatte man sie ihm zum zweiten Mal gestohlen. Verglichen mit dem Verschwinden des Leichnams seiner angebeteten Frau erschien ihm der Mord an Matthieu geradezu nebensächlich. Er war wohl nie ein guter Vater gewesen, nicht einmal für Laura. Aber was war er dann in all diesen Jahren gewesen außer ein für immer gebrochener Mann? Seit dem Tod seiner Frau, die er über alles auf der Welt geliebt hatte, konnte ihn nichts mehr berühren. Seine Kräfte schwanden, sein Blut vertrocknete in den Adern, und wenn sein Herz noch schlug, dann nur wegen Luisa. Laura hatte sich ihm entzogen, vielleicht schon von Geburt an. War er unfähig zu lieben? War er ein Ungeheuer? Er wartete auf den Tag, an dem er Luisa wiedersehen würde. Der Gedanke an den Tod war tröstlich.

»Papa, Viviane will mich nicht sehen.«

Lauras Stimme klang heiser. Was hatte sie erwartet? Max seufzte. Die kleine Laura, die er so angebetet und verwöhnt hatte, um die er solche Angst hatte, dass er Viviane einen Platz in seinem Leben eingeräumt hatte, der ihr eigentlich nicht zustand – nur damit seine Tochter nicht ohne Mutter blieb. Laura, die Luisa so sehr glich und dennoch ganz anders war …

»Viviane meint das nicht so. Lass sie.«

Oben fiel etwas polternd zu Boden und zerbrach. Wahrscheinlich eine leere Whiskyflasche.

»Papa?«

»Ja.«

»Ich habe Strafanzeige gestellt. Es wird eine Untersuchung wegen des leeren Grabes geben.«

»Gut.«

Laura blickte zu Max hinüber, der ihr den Rücken zuwandte. Sie spürte, wie ihr die Tränen kamen.

»Hör zu, Papa, bitte. Ich habe Angst. Es ist, als hinge ein Fluch über uns allen.«

»Ja, offenbar über uns allen«, wiederholte Max.

»Ich bekomme jeden Tag eine Karte, hörst du? Tarotkarten, wie die von Mama. Ich glaube, ich werde langsam wahnsinnig.«

Der Fluch. Das hatte er immer gefürchtet. Und jetzt, da er auch seine Tochter zu treffen drohte, fühlte er sich wie gelähmt.

»Vielleicht schickt dir deine Mutter diese Karten. Ihr Sarg war so leer, als habe sie nie darin gelegen. Damals habe ich den Sarg selbst geschlossen. Sie sah so schön aus. Ein Wunder nach diesem schrecklichen Unfall.«

»Der Unfall!«, warf eine höhnische Stimme ein. Es war Viviane, die plötzlich hinter ihnen stand. »Hast du nicht lange genug gelogen?«

Laura fuhr herum. Ihre Stiefmutter trug eine schwarze Brille und hatte die Schultern in eine Stola gehüllt. Neben ihr standen zwei Koffer.

»Du bist betrunken«, stieß Max hervor.

»Na und? Du glaubst immer, du wärst der Stärkste. In Wahrheit kannst du nur nicht so leiden wie wir. Du bist kein Mensch.« Viviane starrte ihn böse an. Dann schrie sie plötzlich:

»Max Fontane, hast du es ihr gesagt? Hast du den Mut gehabt, es diesem kleinen verwöhnten Biest zu sagen?«

Max wandte sich um, weiß wie die Wand.

»Hat er dir nicht gesagt, wie deine Mutter gestorben ist?«, fuhr Viviane fort.

»Sei still! Luisa ist bei dem Autounfall ums Leben gekommen!«, brüllte er.

Laura war es, als wanke der Boden unter ihren Füßen. Sie wandte sich ihrem Vater zu und blickte ihm in die Augen wie eine Ertrinkende.

»Papa, verheimlichst du mir etwas? Dann musst du es mir jetzt sagen!«

Max wandte sich ab und wollte hinausgehen, aber Laura hielt ihn an seinem Jackett zurück.

»Papa, wenn du mir nichts sagst, kann ich mir alles Mögliche vorstellen!«

Jetzt geriet auch sie in Zorn. Tod, Fluch, Lügen, Geheimnisse … Ein teuflisches Gemisch, mit dem sie all die Jahre über vollgestopft worden waren. Es war genug. Max schien es die Sprache verschlagen zu haben.

»Wenn du weiter schweigst, muss ich annehmen, dass du meine Mutter umgebracht hast! Man kann aus Liebe töten. Vor allem, wenn die Frau, die man wahnsinnig liebt, beschlossen hat, mit Fred Bellair zu leben! Oder bin ich etwa die Tochter von Fred Bellair?!«

Der Schlag kam blitzschnell und schleuderte Laura gegen das Fenster. Fassungslos starrte sie ihren Vater an. Noch nie hatte er die Hand gegen sie erhoben. Wütend wischte sie die Tränen mit dem Handrücken weg.

»Jetzt siehst du endlich das wahre Gesicht deines Vaters«, sagte Viviane und lachte böse.

Von der Schwelle zum Wohnzimmer ertönte eine Stimme. Dort stand Agnès, die nervös mit zwei aneinandergehefteten Blättern wedelte und sich am Türrahmen festhielt. Bruno stand hinter ihr wie ein Schatten, eine Drohung.

»Pardon, aber wir haben mehrmals geklingelt. Die Tür stand offen.«

»Nun, da hast du gerade die entscheidende Szene verpasst. Na ja, meine arme Agnès, das passiert dir ja ständig«, zischte Viviane.

Offenbar war sie entschlossen, auf alle einzuschlagen, solange Matthieus Mörder nicht hinter Schloss und Riegel saß.

»Wann gibst du mir meinen toten Sohn wieder?«

»Sobald der Gerichtsmediziner fertig ist. Morgen oder übermorgen.«

»Morgen.«

Agnès musste an sich halten, um nicht auf den kühlen Fliesen der Eingangshalle zusammenzubrechen. Sie spürte, wie Bruno ihr beruhigend den Rücken streichelte.

»Laura Fontane, ich muss dir mitteilen, dass ein Haftbefehl gegen dich erlassen wurde. Bruno begeitet dich, damit du noch ein paar Sachen packen kannst.«

Lauras Wange glühte noch. Sie glitt an der Fensterscheibe zu Boden. Ihre Beine trugen sie nicht mehr.

Endlich kam Bewegung in Max.

»Aus welchem Grund? Was wirft man meiner Tochter vor? Ich habe ein Recht, das zu erfahren.«

»Im Prinzip nicht. Solange Laura nicht in Haft ist, dürfen wir nichts sagen. So ist das Procedere. Aber in Anbetracht der … verflucht, es ist mir egal. Laura wird verdächtigt, ihren Bruder ermordet zu haben.«

Agnès hatte das Gefühl, sich gleich übergeben zu müssen. Heute Abend würde es ohnehin nur Ärger geben …

Wie eine Schlafwandlerin, mehr durch die Neuigkeit als durch den Alkohol betäubt, griff Viviane nach ihren Koffern. Laura hatte also Matthieu getötet. Es war, als sei Viviane schlagartig nüchtern geworden. Mit elegantem Schritt verließ sie das Glashaus. Sie fand, dass der Name noch nie so gut gepasst hatte. Alles ging hier leicht zu Bruch …

Agnès beobachtete ihre Freundin durch die dicke Scheibe ihrer Zelle. Laura saß so aufrecht auf ihrem Stuhl, als ziehe sie ein unsichtbarer Faden, der von der Decke hing, nach oben. Ihr gegenüber saß der Anwalt der Familie. Er schwitzte, hatte die Krawatte über dem knittrigen Hemd gelockert und machte den Eindruck, als habe er achtundvierzig Stunden Untersuchungshaft hinter sich. Seit sie im Polizeirevier waren, hatte Laura nicht den Mund aufgemacht, während Agnès die Formalitäten erledigte: Zeitpunkt der Verhaftung, Verlesung des Haftbefehls, Arzt und Anwalt. Der Arzt war schon da gewesen und hatte festgestellt, dass Lauras Gesundheitszustand normal war. Der Anwalt hingegen machte sich hektisch Notizen und gab schließlich angesichts Lauras beharrlichem Widerstand auf. Er zuckte mit den Achseln, seufzte laut und machte Agnès ein Zeichen, dass er gehen wolle.

»Mademoiselle Fontane möchte meine Hilfe nicht in Anspruch nehmen. Sie meint, sie könne sich selbst verteidigen. Na ja, sie ist ja Anwältin«, sagte er dann und wischte sich den Schweiß von der Stirn. »Eine Hitze ist das hier drin! Es liegt in Ihrem Interesse, den Untersuchungsgefangenen genug zu trinken zu geben, sonst kratzen sie womöglich ab. Na dann, guten Abend, Kommissarin.«

Der Anwalt entfernte sich hastig, um nach der Arbeit die angenehme Kühle seines vollklimatisierten Hauses zu genießen. Einfache Polizisten konnten davon nur träumen.

Agnès blickte wieder in die Zelle. Laura hatte sich keinen Zentimeter bewegt.

»So, der Schleimer ist weg. Jetzt sind Sie dran, Angeli«, sagte Delambre. »Nehmen Sie sie in die Zange. Mollaro löst Sie morgen ab. Achtundvierzig Stunden. Das Volk will einen Kopf. Und es bekommt ihn. Sie haben ja die psychiatrischen Akten gesehen. Das und die Fingerabdrücke dürften reichen.«

»Und was soll das Motiv sein?«

Agnès bemühte sich, ihre Erbitterung zu verbergen.

Doch Delambre ließ sich nicht täuschen.

»Wollen Sie mich auf den Arm nehmen, Angeli? Laura Fontane hört Stimmen, seit sie sechs Jahre alt ist. Sie hat Halluzinationen, ihre Mutter spricht zu ihr. Mit acht Jahren sah sie Mordszenen. Alle Ärzte haben eine akute Psychose diagnostiziert. Diese Frau ist doch völlig schizophren.«

Glücklicherweise hatte Agnès auf der Polizeischule auch Psychologieunterricht gehabt. So antwortete sie:

»Schizophrenie führt nicht zu vorsätzlichem Mord, und darum handelt es sich hier. Außerdem habe auch ich die Akten studiert. Nicht alle Psychiater haben dieselben Schlüsse gezogen wie Sie.«

Delambre stieß mit dem Zeigefinger in die Luft.

»Sie kochen Sie mir weich, und das Motiv haben Sie: Wahnsinn. Wo ist Ihr Kollege?«

»Er durchsucht das Haus von Vincent Bellair. Dort wohnt sie nämlich. Falls sie Matthieu Fontane getötet hat, müssten wir ja irgendwelche Spuren finden.«

»Seit Dienstag hat sie genug Zeit gehabt, dort gründlich aufzuräumen.« Delambre verließ das Zimmer.

Das Verhör dauerte nun schon Stunden. Agnès holte tief Luft.

»Also noch mal. Wann bist du von der Hütte weggefahren?«

»Um acht, um Viertel nach acht … Wie soll ich das genau wissen?«

»Wann bist du in der Redaktion des *Nice-Matin* angekommen?«

»Zwei Stunden später. Um zehn oder Viertel nach zehn. Ich bin langsam gefahren. Du weißt ja, ich fahre nicht gerne nachts.«

»Ja, aber da liegt nicht das Problem.«

»Der Nachtwächter und der Chefredakteur können meine Aussage bestätigen.«

»Was deine Ankunftszeit betrifft, ja: fünf nach zehn. Aber das sagt ja nichts darüber aus, was du vorher getan hast.«

»Als ich die Hütte verlassen habe, lebte Matthieu noch. Er war hungrig und hatte Pizzen in den Ofen gesteckt. Die wollten wir zusammen essen, aber dann habe ich mich anders entschlossen. Ich wollte so schnell wie möglich zum *Nice-Matin*.«

»Laut dem Gerichtsmediziner wurde Matthieu zwischen 20.00 und 21.00 Uhr getötet. Genauer lässt sich das nicht sagen. Also musst du genauer sein als wir.«

»Na schön! Ich bringe Matthieu um, so früh wie möglich, also um acht. Ich bin voll Blut … Als Anwältin weiß ich, dass ich mich waschen und umziehen muss … in der Hütte natürlich. Ich hoffe, ihr habt dort die Blutspuren im Waschbecken gefunden. Für all das benötige ich mindestens eine halbe Stunde. Außerdem muss ich alle Spuren auf dem Gewehr wegwischen, das ich dann für alle gut sichtbar hinlege. Aber ich nehme das Messer mit und kümmere mich nicht um die übrigen Fingerabdrücke. Als ich fahre, sind gut zwanzig bis dreißig Minuten vergangen. Um um 22.05 Uhr in Nizza zu sein, muss ich auf den kleinen Bergstraßen wie eine Irre mit hundertzehn Stundenkilometern entlangbrettern. Du kennst sie und weißt, dass man dort höchstens achtzig fahren kann. Dann trete ich wie aus dem Ei gepellt dem Chefredakteur vom *Nice-Matin* gegenüber. Unter diesen Umständen hätte ich meinen Bruder töten können.«

Agnès hätte sie am liebsten umarmt. Laura schlug sich wie eine Königin, Schlag auf Schlag, Argument um Argument. Die Spurensicherung hatte kein Blut im einzigen Waschbecken der Hütte gefunden.

»Schiebt mir doch gleich alle Morde in die Schuhe«, sagte Laura mürrisch. »Dann habt ihr keine Probleme mehr.«

Es klopfte an der Tür, und Bruno steckte den Kopf herein.

»Entschuldige, kann ich dich einen Moment sprechen?«

»Ich komme.« Agnès stand auf.

Laura blickte ihr nicht nach, sondern betrachtete eine kleine Eidechse auf der grauen Wand des Verhörraums.

»Und?«

»Nichts. Wir haben alles mitgenommen, was ihr gehören könnte.«

Bruno hielt Agnès eine durchsichtige Plastiktüte mit einem Ordner hin. Darauf stand: »Zeichnungen von Laura mit acht Jahren, 1980«.

»Danke, das kenn ich schon. Das ist nicht das, wonach wir suchen.«

»Ach ja, da ist noch etwas. Ich habe es noch nicht an die Spurensicherung weitergegeben, wegen Fingerabdrücken.«

Er zog eine zweite Plastiktüte hervor, die nur eine Karte enthielt. Eine Tarotkarte, wie Agnès sogleich erkannte. *Die Gerechtigkeit* wurde von einer strengen Frau dargestellt, die auf einem Thron saß, in der einen Hand eine Waage mit zwei Schalen, in der anderen ein zum Himmel gerichtetes Schwert. Nummer VIII.

Agnès stöhnte. Diese Karten von Laura – eine unendliche Geschichte. Nun, vielleicht nicht ganz: Wenn man Laura glauben durfte, würde sie mit der zweiundzwanzigsten Karte enden.

»Und was ist mit dem alten Buchhändler und diesem Werk des Prinzen von Pisa, von dem sie gesprochen hat?«

Bruno sah seine Kollegin bedeutungsvoll an. »Ich habe mir das Beste für den Schluss aufgehoben. Es gibt weder einen alten Buchhändler noch eine Buchhandlung, die *La Baie des Anges* heißt.«

Agnès begegnete dem triumphierenden Blick von Delambre hinter der Scheibe seines Büros. Er machte ein Gesicht wie ein Fischer, dem durch Gottes Gnade ein schöner Karpfen an die Angel gegangen ist.

»Beim nächsten Mal redest du zuerst mit mir«, sagte sie verärgert zu Bruno Bruno. »Ist das klar?«

»*Capito*, Kommissarin.«

»Aber das ist unmöglich!« Laura war außer sich. »Gestern Morgen habe ich das Buch des Prinzen von Pisa in diese Buchhandlung gebracht!«

»Es gibt in der Straße keine esoterische Buchhandlung, Laura.«

»Das ist unmöglich!«, wiederholte Laura. »Vielleicht habe ich mich im Straßennamen geirrt. Vielleicht war es die …«

»Eine Buchhandlung mit dem Namen *La Baie des Anges* hat es im Handelsregister nie gegeben«, erklärte Bruno.

Laura blieb die Luft weg. Sie hatte das Gefühl zu ertrinken.

»Also gut, beginnen wir von vorn.«

Agnès sah, wie Laura in sich zusammensackte, sich dann aber plötzlich wieder aufrichtete. Der von der Decke herabhängende Faden hielt sie fest.

»Du bist dann also gegen 18.30 Uhr zur Hütte gekommen …«

»Genau.«

»Was wolltest du da?«

»Ich wollte Matthieu aufmuntern. Ihm etwas zu essen bringen.«

»Was?«

»Kaffee, kleine Pizzas, Joghurt. Soll ich noch sagen, welche Marke?«

»Nicht nötig. Wir haben ja deine Fingerabdrücke. War zu diesem Zeitpunkt dein Vater schon da gewesen?«

Agnès bemerkte, dass sie eine Sekunde zögerte.

»Ja, sie redeten wieder miteinander wie Vater und Sohn. Ich war so froh. Mein Vater hatte sogar einige Sachen für Matthieu eingekauft …«

Sie lächelte ein wenig, doch Agnès fragte in scharfem Ton weiter:

»Habt ihr euch gestritten?«

»Nein. Ich habe ihm gesagt, er solle sich stellen. Du hättest die Spur von Duroc gefunden. Er versprach mir, es zu tun … Ich nehme an, mein Vater hat ihm dasselbe geraten.«

»Das wird uns Max Fontane bald selbst sagen können.«

Agnès warf Bruno einen Blick zu, der mit den Armen hinter dem Rücken an der Wand lehnte. Sie wusste, was er in der Hand hielt. Nachdem sie ihm fast unmerklich zugenickt hatte, verließ er fast widerwillig die Wand und legte dann die durchsichtige Plastiktüte vor Laura hin. Agnès sah, wie ihre Freundin zusammenzuckte.

»Darf ich?«, fragte sie und wies auf die Karte.

»Ja, aber nimm sie nicht aus der Tüte.«

Laura ergriff die Tüte und sah sich die Karte genau an.

»Habt ihr Fingerabdrücke von der Karte genommen?«

»Noch nicht.«

»Wo habt ihr sie gefunden?«

»Bei Vincent. Hattest du sie schon gesehen?«

»Nein, diese noch nicht.«

Die Antwort erfolgte prompt, klar und präzise. Dann fuhr Laura fort:

»Die letzte Karte, die ich bekommen, besser gesagt, gefunden habe, war in dem Buch, das ich zu dem Buchhändler gebracht habe. Die Karte ist in meiner Handtasche. Wie ich schon gesagt habe. Es war *Der Ausgleich* … Wo habt ihr die neue Karte gefunden?«

»In der Bibliothek. Als Lesezeichen im Strafgesetzbuch.«

Lauras Reaktion überraschte Agnès: Sie lachte leise auf. Dann reichte sie ihr die Tüte mit der Karte.

»Dem Überbringer der Karten mangelt es nicht an Humor, findest du nicht? Ich wette, dass sie im ersten Kapitel von Teil II des Buches steckte. Verbrechen und Vergehen gegen Personen.«

Agnès zog erstaunt die Augenbrauen hoch, und Bruno stieß einen anerkennenden Pfiff aus.

»Sehr gut, hervorragend deduziert. Tatsächlich, Teil II, Abschnitt 1: Straftaten gegen das Leben.« Agnès hatte keine Lust, ihr juristisches Wissen auszubreiten. Sie unterdrückte ihre Verärgerung, die in diesem traurigen Spiel nutzlos und unpassend war.

»So hast du leider morgen die Gelegenheit weiterzuspielen. Es tut mir wirklich leid, Laura.«

Bruno ging in dem verlassenen Flur auf und ab, um wach zu bleiben. Kurz nach Mitternacht hatte Laura das erste Verhörprotokoll unterschrieben. Immerhin hatte man ihr eine Einzelzelle zugeteilt, sozusagen Luxus.

»Wann sehen wir uns wieder?«

»Morgen früh, wenn es dir recht ist.«

»Ich hab ja keine Wahl.«

»Nein, aber beklag dich nicht. Mit Mollaro wäre es schlimmer gewesen«, seufzte Agnès. Bruno drehte schweigend den Daumen in Richtung Boden.

DAS TESTAMENT VON ARCHIBALD MONTALBAN

(FORTSETZUNG)

Trotz all der romantischen Literatur, die das Jahrhundert, in dem ich geboren wurde, so bewegte, hatte ich mich bis zu meiner Begegnung mit Élisabeth wenig um die Liebe gekümmert. Im Gegensatz zu den meisten jungen Männern meiner Zeit suchte ich nicht danach. Der Gedanke an Heirat stieß mich ab und noch mehr die Vorstellung einer verzehrenden Leidenschaft. Meine Zeit und mein Geist waren ausgefüllt vom Studium der großen Kulturen. Man kann übrigens durchaus sagen, dass ich die drei existierenden Formen der Liebe perfekt assimiliert hatte: die Philia (die selbstverständlich meinen ganzen Geist ausfüllte), die Agape (die meinem Interesse für andere entsprach) und zu guter Letzt natürlich der Eros (den ich für das nahm, was er ist: der pure physische Akt).

Auf der anderen Seite muss ich gestehen, dass ich eine gewisse Zeit lang eine Leidenschaft für das Theater hegte (ich dachte sogar an die Möglichkeit einer Laufbahn als Dramaturgiker und dass ebendiese Leidenschaft in mir die Frage der Liebe aufwarf. Aber dennoch betrachtete ich sie aus einem rein literarischen Blickwinkel. Das Stück Romeo und Julia *war für mich die empörende Demonstration des Bösen, das Familien über ihre Nachkommen bringen. Sie sind somit gleichsam unfähig, etwas anderes als den Tod der Schönheit und der Jugend zu bewirken. Seit langer Zeit hatte ich das Gefühl, dass all das in mir bereits tot war. Paradoxerweise schien mir die Frage der Liebe in diesem Stück kaum behandelt. Die Verse von Romeo erschienen mir blass, Julias Seufzer zu übertrieben. Élisabeth war – vielleicht dank ihres Vornamens – sehr begeistert von dem elisabethanischen Theater. Obwohl sie die Poe-*

sie in der Geschichte der beiden Liebenden aus Verona zu würdigen wusste, zog sie den Sommernachtstraum bei Weitem vor. Für sie blieb Romeo und Julia ein Sammelsurium von Unwahrscheinlichkeiten: Die Geschichte mit der urplötzlich aufkommenden Pest, die Pater Lorenzo hinderte, Julias Nachricht an Romeo zu übermitteln, in der sie ihn über die Inszenierung ihres falschen Todes informiert, schien ihr völlig künstlich. Für Élisabeth war das nichts anderes als ein dramaturgisches Vehikel, das einen entscheidenden Wendepunkt hervorrufen sollte.

»Eindeutig«, schloss sie häufig, wenn wir über das Thema diskutierten, »die Figur des Romeo ist ein sehr unvollkommener Liebhaber.«

»Und was bin ich in Ihren Augen«, sorgte ich mich eines Tages, »wenn Ihnen Romeo schon zu blass ist? Immerhin ging er für seine Liebe in den Tod. Sehen Sie in dieser Tat nicht den erhabenen Ausdruck der Liebe?«

»Nein, darin sehe ich bloß Torheit. Und was Sie betrifft, teurer Archibald, so sind Sie weit mehr als dieser freundliche Balkonkletterer. Sie sind der Mann, der mir das Gefühl vermittelt, lebendig zu sein, weil Sie meinem Leben einen Sinn geben. Ohne Sie wäre mein Herz tot, verstehen Sie?«

Das Einzige, was ich damals wirklich verstand: Élisabeth war das Echo meines eigenen Zustands, mein Spiegelbild. Sie hatte die Macht, mich zu erwecken, nicht im Sinne des Aufwachens, sondern der Auferstehung. Sie hatte das Wunder vollbracht, den Toten in mir, den ich selbst weder kannte noch verstand und zu dessen Grabstätte mein Leib geworden war, zum Leben zu erwecken. Ich möchte hier von dem Kind in mir sprechen, das Welten schuf und dessen geheime Träume sich eines Tages dank Élisabeth mit den in der Erde verborgenen Geheimnissen verbanden. Die Archäologie war nicht mehr ein Mittel, den Wahrheitsgehalt der von mir studierten Werke zu überprüfen, sie wurde zu einer Art Spiegel, in dem ich meine und Élisabeths Seele entdeckte.

Mit ihr entdeckte ich nicht nur die Liebe als solche, sondern verstand, dass allein sie Philia, Eros und Agape verband. Die Liebe begann meine Tage und meine Nächte zu erfüllen. Nachdem ich dieser Frau nun im Hause meiner Kindheit begegnet war, als käme sie direkt aus meinen unbewussten Träumereien, und ich zu meinen Ausgrabungen in Ägypten zurückkehrte, fehlte sie mir so sehr, dass ich nicht mehr atmen konnte und jeden Tag aufs Neue zu sterben glaubte. Um mich von meinem Leiden zu heilen, fuhr ich nach Nizza, wo sie sich in ihrem geliebten Landhaus aufhielt. Sie hatte geglaubt, mich dort in aller Ruhe erwarten zu können, doch fand ich sie in demselben Zustand vor. So entschieden wir, einander nie wieder zu verlassen. Nichts sollte mehr unternommen werden, ohne dass der andere dabei war. Also durchquerten wir nun gemeinsam die Welt. Beide waren wir überwältigt von den Wundern der Menschheit, und alles, was wir entdeckten, erschien uns wie eine Opfergabe des einen an den anderen. So ging es bis zu ihrem Tode. Mit Élisabeth fühlte ich mich wie Adam, der mit Eva wieder ein Leib und eine Seele war. Die Suche nach dem Garten Eden führte uns nach Ägypten, wo wir das verlorene Paradies wiederzufinden glaubten. Wo anders hätte es sein sollen als an der Wiege unserer Religion? Wo anders als dort, wo inmitten eines Volkes von Sklaven der Glaube an einen einzigen und allmächtigen Gott geboren wurde? Oft suchten wir auch in der Wüste nach diesem vorgeschichtlichen Ort. Jede Oase, die wir besuchten, hätte ein Garten Eden sein können. Schließlich gelangten wir zurück nach Europa, nach Barcelona, wo Élisabeth die Äbtissin wiedertraf. Ich erfuhr erst später, dass die Kirche sie exkommuniziert hatte. Meine Mutter war zwei Wochen vor unserer Ankunft gestorben und bereits begraben worden. Nun übernahm ich ihren baufälligen Palast samt Bibliothek und Gemäldegalerie. Meine Cousine legte ihren Schleier nicht mehr ab und bewies einmal mehr ihre unglaubliche Widerstandskraft, indem sie beschloss, eine neue Kirche zu bauen, eine Kirche, die, wie sie sagte, Gott und nicht dem Teufel, den sie sogar auf dem Papststuhl sitzen sah, dienen sollte.

Élisabeth teilte deren Standpunkt seit Langem. Ebenso meine Mutter, wie ich jetzt zu meinem Erstaunen erfuhr. In meiner Erinnerung war meine Mutter eine trockene ungläubige Frau. Die Hartnäckigkeit, mit der sie sich zu verschönern suchte, schien mir Beweis genug für ihren Atheismus. Eine gute Gläubige hätte sich demütig in das Schicksal ihrer Hässlichkeit gefügt. Wie dem auch sei, wenn man das, was Gott geschaffen hat, infrage stellt, so ist das doch der Beweis dafür, dass man nicht an ihn glaubt. So interpretierte ich zumindest die Haltung, die sie bis zu ihrem Tode zwang, verschleiert herumzulaufen.

Doch für die Äbtissin war die Hässlichkeit nicht Gottes Werk, sondern das des Teufels. Jenes Teufels, der seit Evas Fehltritt die Macht auf Erden innehatte. Für sie verkörperte die von Luzifer und Eva geschaffene Menschheit das Scheitern Gottes. Seitdem geriet Er in Vergessenheit und laborierte irgendwo am Rande unseres Universums an seiner Rache und seiner Wiederkehr. Die heilige Maria wiederum war der Beweis der Rückkehr Gottes. Sicherlich, man sah in Maria eine neue Eva, nicht die der Sünde, sondern eine noch unschuldige Eva. Anfänglich gingen die Diskussionen nicht weiter als bis zu diesem Punkt, und ich beachtete sie kaum. Élisabeth aber sah in der Exkommunikation der Äbtissin einen Angriff auf sich selbst. Damals wusste ich noch nicht, in welchem Maße die beiden ein bestimmtes Menschenbild verband. Élisabeth erwartete ihr erstes Kind und wollte es unbedingt an der Wiege ihrer eigenen Kindheit gebären, das heißt in Nizza. Wir ließen uns in dem Landhaus nieder, das sie einige Jahre zuvor von ihren Eltern, die ertrunken waren, geerbt hatte. In Nizza gefiel es mir außerordentlich gut. Zu dieser Zeit hatten gerade die Ausgrabungen einer Abteikirche aus frühchristlicher Zeit begonnen.

Als ich eines Abends zum Essen nach Hause kam, fand ich drei Nonnen um die Wiege meiner Tochter Livia versammelt. Mühelos erkannte ich das Gesicht meiner Cousine. Anfänglich wunderte ich mich über ihre Gegenwart, doch dann erfuhr ich, dass sie und die anderen beiden Nonnen unweit von Nizza in einer Ordensgemeinschaft lebten, die die Schwester der Engel gegründet hatte.

Sie hatte den Namen ihres alten spanischen Klosters aufgegriffen und die Schwesternschaft der heiligen Anna begründet. Ich fragte nicht weiter, denn all meine Gedanken galten meiner kleinen Livia. Dann entdeckte ich beiläufig bei einem Gespräch, dass diese Nonnen ohne Élisabeth gar kein Dach über dem Kopf gehabt hätten. Ich glaube sogar verstanden zu haben, dass sie eine Zeit lang wie wilde Tiere im Wald umhergeirrt waren. Élisabeth hatte nahe der italienischen Grenze ein ehemaliges Franziskanerkloster geerbt, das mittlerweile halb verfallen war. Die Äbtissin erinnerte gern daran, dass die Gefährten des heiligen Franziskus nach seinem Tode jahrelang vom Vatikan verfolgt worden waren und sich in der Nähe von Assisi verborgen gehalten hatten. Dort hatten sie auch seine heiligen Schriften versteckt, die bis heute nicht gefunden wurden. Kurz! Élisabeth hatte ihnen dieses alte Kloster geschenkt, das nur noch von Fledermäusen und Eulen bewohnt wurde und größtenteils aus Trümmern und Gesträuch bestand. Obgleich dieser Ort seit langer Zeit verlassen war, schien er wie alle Ruinen von Kirchen oder Tempeln auf magische Weise immer noch von Gott bewohnt zu sein.

Élisabeth sagte mir nichts Genaues über die Schenkung, die sie den abtrünnigen Nonnen hatte zukommen lassen. Offensichtlich hielt sie es nicht für nötig, und ich stellte ihr auch keine weiteren Fragen: Schließlich konnte sie mit ihrem Vermögen ja tun, was ihr beliebte. Doch eines Tages schlug sie mir vor, zum Kloster zu fahren. Es kostete sie wenig Überredungskunst, denn meine Neugierde war stärker als die Abneigung, die ich gegenüber meiner Cousine hegte. Denn diese konnte es einfach nicht lassen, mir jedes Mal, wenn wir uns sahen, Neuigkeiten von meiner Mutter zu erzählen, als hätte sie sie gestern erst gesehen. Nach ihrer Aussage hatte sie einen Platz nahe bei Gott und erstrahlte im Glanz vollkommener Schönheit.

Das Kloster war ein ziemlich düsterer Ort. Infolge eines eigenartigen Zusammenspiels der Kirchenfenster schien das Licht nicht in unzähligen Farbnuancen in das Innere des Raumes, sondern es verblasste, ja es verschwand geradezu darin. Erst dachte ich, dieses Phänomen wäre wohl durch die grauen Planen, die die Nonnen schützend vor die Scheiben gehängt hatten, zu erklären, doch später hatte ich denselben Eindruck, obwohl die Planen zurückgezogen waren. Das Licht, das trotz aller Hindernisse in das Kloster strömte, verkündete keinen strahlenden, sondern eher einen sehr müden Gott. Der Wiederaufbau des Klosters war noch nicht abgeschlossen. Die Gläubigen fügten mit ihren eigenen schwieligen Händen Stein an Stein. In dem bewohnbaren Teil des Klosters befand sich eine Bibliothek, wo mich zwei Skulpturen außerordentlich beeindruckten. Noch nie hatte ich etwas Vergleichbares gesehen. Es war die Heilige Jungfrau, deren Fuß eine Schlange zertrat. Abbildungen der Jungfrau, die wie St. Georg über das Böse siegt, sind weit verbreitet, doch diese hier war ganz anders: Sie hatte etwas Unbarmherziges, spiegelte weniger Sieg als Zorn wider. Man hatte den Eindruck, dass diese Jungfrau den Satan vernichtete, um Gott herauszufordern. Sie schien ihm zuzurufen: Und! Wo bist du? Wirst du deinen Platz wieder einnehmen?

Ich erkundigte mich, ob die Statue aus dem spanischen Kloster stamme, und erfuhr, dass die Äbtissin sie aus ihrer Heimat mitgebracht hatte. Die zweite Skulptur beeindruckte mich ebenfalls, auch wenn ich eine Replik davon in der kleinen Kirche Notre-Dame de Grace bei Honfleur in der Normandie entdeckte. Sie bestand aus vergoldetem Holz und zeigte die Heilige Jungfrau, die in ihrem Arm statt des Jesuskindes ihre eigene Mutter, die heilige Anna, hielt, die wiederum das Jesuskind im Arm trug. Es war wie eine kleine Leiter in den Himmel, die dem Sohn ermöglichte, das strahlende Gestirn Gottes zu sehen. Die Dreifaltigkeit wurde hier nur durch die Jungfrau, ihre Mutter und Jesus repräsentiert, doch anders als in den üblichen Darstellungen der heiligen Anna selbdritt. Ich begriff, dass innerhalb dieser Mauern eine neue Religion entstanden war, und diese Religion musste ich nicht erst vollständig verstehen, um sie als durchaus beunruhigend zu empfinden. Schließlich gründete sie sich ganz offensichtlich nicht nur, was schon schlimm genug ist, auf rein weibliche Elemente, sondern auch auf das Tarot!

So entdeckte ich auch das Interesse der Gläubigen für das berühmte Buch des Prinzen von Pisa, eines Vorfahren von Élisabeth. Sie stammte direkt von der Italienerin Lucia Caravella di Coma ab, der Frau dieses großen Mannes der Renaissance. Offensichtlich hatte der Prinz, der sowohl Gelehrter als auch Alchemist war, das Geheimnis der zweiundzwanzig Kartenblätter des als Tarot von Marseille bekannten Kartenspiels (dessen Verwendung die Schwestern anprangerten) entdeckt. Eines aber war sicher: Die Anzahl der Schwestern durfte die Anzahl der Kartenblätter des Tarots nicht überschreiten. Davon gab es exakt zweiundzwanzig, wobei jedes Blatt eine Figur der geheimen Mythologie repräsentierte.

Dritter Teil

DIE HERRSCHERIN

»Man hätte diese Irre schon längst einbuchten sollen. Dann wäre der junge Fontane noch am Leben.«

Agnès biss sich auf die Zunge. Bruno hatte instinktiv die Pose eines Catchers eingenommen, der seinem Gegner gerade auf den Rücken springen wollte: die Arme in die Hüften gestemmt, die Fäuste geballt, die Schultern eingezogen und die Beine leicht gespreizt. Nur die Daumen, die in den Gürtelschlaufen steckten, bremsten seinen Schwung. Eric Mollaro, der nun die Ermittlungen in dem Fall leitete, war heute richtig gut in Form. Sein Quadratschädel, durch den Bürstenschnitt noch betont, saß fest auf den breiten Schultern, denn er hatte kaum einen Hals. Seine Fingernägel waren rechteckig geschnitten wie Briefmarken. Agnès hätte diese geometrische Beschreibung noch fortsetzen können. Mollaro wirkte wie eine kubistische Darstellung von Dummheit und Grobheit. Und sie war nicht die Einzige, die das erbsengroße Gehirn in seinem Kopf für das einzig Runde bei diesem Mann hielt.

»Hat sie ein Alibi für Mittwochabend, als Duroc abgeknallt wurde?«

»Keine Ahnung«, knurrte Agnès, »ich habe sie nur zu dem Mord an ihrem Bruder befragt.«

»Wie stehen wir jetzt da! Wir haben eine Verrückte frei herumlaufen lassen und wundern uns, wenn Leichen ihren Weg pflastern.«

Ric Mollaro, Ric der Nicker genannt, trug diesen Spitznamen zu Recht. Er nickte zu allem, was sein Chef sagte. Dennoch schätzte ihn Delambre nicht sonderlich. Mollaro hatte einfach nicht das Format. Er schlug gern zu, aber ohne jedes Fingerspitzengefühl. Meistens erhielt er Aufgaben, bei denen man zupacken musste, ohne nachzudenken. Verhöre, bei denen man den Betroffenen dazu bringen wollte, in die Hose zu machen, und andere Nettigkeiten. Aber seine Kollegen respektierten ihn wegen solcher Leistungen. Die anderen, die er spöttisch »gute Polizisten« nannte, gingen ihm lieber aus dem Weg. Zwei Schulen, die einander nicht bekämpften, sondern so gut wie möglich zusammenzuarbeiten versuchten. Das einzig Positive war, dass es dem Bulldozer Mollaro egal sein würde, ob er einem Conseiller général, einem Don Corleone oder einem Bauriesen auf die Füße trat. Agnès nahm an, dass Delambre genau das im Hinterkopf gehabt hatte, als er beschloss, sie zusammenarbeiten zu lassen: Es ging um die Kombination von Psychologie und Fingerspitzengefühl mit der Schlagkraft und Schnelligkeit eines Grobians. Zuschlagen und trotzdem nachdenken. Einfach würde das nicht werden. Glaubte Delambre wirklich, dass Laura schuldig war, oder hatte er eine andere Theorie? Man durfte den Alten nicht unterschätzen.

»Jetzt machen wir sie zu dritt fertig.«

Agnès empfand Mitleid mit Laura. Und mit sich selbst.

»Was geschah, als Sie Ihren Bruder zum letzten Mal sahen?«, fragte Mollaro mit seinem viereckigen Grinsen.

Laura ließ sich nicht einschüchtern. Sie erschien Agnès sehr dünn, als hätte sie in den wenigen Stunden in der Zelle zehn Kilo abgenommen. Allerdings hatte sie nichts von ihrer Kampfbereitschaft verloren, im Gegenteil. Sie antwortete äußerst schlagfertig, beharrte unbeirrt auf ihren Aussagen. Respekt, dachte Agnès. Bruno tippte seit einer Stunde ununterbrochen auf der Tastatur seines PCs.

»Matthieu und ich waren übereingekommen, dass er sich der Polizei stellt.«

»Woher wussten Sie, dass ihm etwas zustoßen würde?«

Laura sah Agnès hilfesuchend an, doch die Polizistin wich ihrem Blick aus.

»Ein Albtraum. Es fällt mir schwer, das einzugestehen, aber es ist die Wahrheit.«

»Aha! Ein Traum, eine Vision?«, hakte Mollaro lachend nach.

»Wenn Sie so wollen. Leider gehören solche Worte offenbar nicht zu Ihrem Vokabular.«

»Die gehören ins Lexikon der Psychiatrie! Das ist doch schon mal was.«

Agnès wollte das Thema wechseln. Es bereitete ihr Mühe, ihre Freundin in Mollaros Gegenwart zu siezen.

»Kennen Sie den Fotografen Thierry Merlet?«

»Nein, ich habe ihn vor meiner ... Hochzeit nie gesehen.«

Der Bulldozer verzog herablassend das Gesicht. Und griff erneut an.

»Aber Sie kannten Joëlle Legasse. Und das Versteck Ihres Bruders. Angesichts der Blutspuren, die er in der Hütte hinterlassen hat, nehmen wir an, dass er die Tür öffnete, weil ein Bekannter draußen stand. Dort wurde er von den ersten Messerstichen getroffen.«

»Das ist kein Beweis dafür, dass er seinen Angreifer kannte«, entgegnete Laura.

»Warum haben Sie die Hütte so schnell verlassen?«

»Ich wollte so rasch wie möglich zum *Nice-Matin*. Und dann war da dieses Buch.«

»Ja, der berühmte Schmöker, den Sie zu dem Buchhändler getragen haben, der sich leider in Nichts aufgelöst hat! Erzählen Sie mir von diesen Spielkarten ...«

»Nützt Ihnen das was? Es ist jetzt schon das vierte Mal!«

»Ich bin etwas schwer von Begriff, wenn es um solche Absonderlichkeiten geht. Mir wird so vieles erzählt, verstehen Sie ...«

»Seit dem 31. Juli bekomme ich jeden Tag eine Tarotkarte. Immer unter geheimnisvollen Umständen. Ich habe keine

Ahnung, wer sie mir schickt. Die letzte hat mir Ihr Kollege gebracht«, meinte sie und wies auf Bruno. »Er hat sie bei der Hausdurchsuchung gefunden. Das ist der unwiderlegbare Beweis, dass Polizisten manchmal Engel sind, denn sie werden zu Botschaftern des Unsichtbaren.«

Mollaro war von Laura begeistert. Der Kampf würde härter werden, als er geglaubt hatte. Er musste alles geben.

»Ihr Bruder kannte sich wohl auch mit Tarot aus. Schließlich las er in diesem Buch.«

»Das glaube ich nicht. Er wollte nur die Zeit totschlagen.«

»Und dann hat ihn die Zeit totgeschlagen, oder? Vielleicht hat es Ihrem Brüderchen Spaß gemacht, Ihnen Angst einzujagen. Vielleicht kamen die Karten von ihm! Ist Ihnen dieser Gedanke nicht gekommen, als Sie sahen, was er da las?«

»Eigentlich nicht. Das sah Matthieu gar nicht ähnlich.«

Mollaro schlug sich auf die Schenkel und grinste Agnès und Bruno komplizenhaft an. Keiner von beiden reagierte auf seine bedrohliche Heiterkeit.

»Matthieu war der Bekloppte, der seit zwei Wochen auf Ihren Nerven herumgetrampelt hat. Vielleicht wollte er Sie nur erschrecken, wer weiß … Dann sahen Sie das Buch und wussten Bescheid. Sie sind weggegangen und wiedergekommen, damit man glaubt, ein Unbekannter hätte ihn überfallen. Er hat Ihnen vertraut und die Tür aufgemacht. Der Plan ist einfach und raffiniert zugleich.«

Dieser Redeschwall hatte ihn keineswegs erschöpft, im Gegenteil. Jetzt hatte er sein Motiv. Laura war fassungslos.

»Ist das Ihrer Ansicht nach ein ausreichendes Motiv, um seinen Bruder zu töten?«

»Der Letzte, den ich weichgekocht habe, hatte seine Frau umgebracht, weil die Spaghetti nie al dente waren.«

Dieses Wortspiel war ihm völlig unabsichtlich unterlaufen, und es fühlte sich auch niemand bemüßigt, darüber zu lachen.

»Und vor dem Essen hat er auch drei Menschen getötet und auf einen vierten geschossen?«, fragte Laura leise.

Mollaro verzog den Mund zu einem Grinsen.

»Break, Mademoiselle. Wir machen in einer Stunde weiter. Bis jetzt steht es null zu null.«

Agnès legte ihr eingepacktes Sandwich wieder weg. Der Anblick des gierig kauenden Mollaro war ihr unerträglich. Bruno zählte die Fliegen an der Decke, um nicht zusehen zu müssen, wie er seine geraspelten Möhren aß. Ric der Nicker packte gerade sein drittes Sandwich aus und rülpste zum dritten Mal vergnüglich. Zu jedem Sandwich trank er ein Bier, was ihn ein wenig müde machte. Agnès legte los:

»Duroc wurde von seinem Komplizen erschossen. Wir haben Joëlle Legasses Computer in seinem Hotelzimmer gefunden. Das ist ein Beweis. Wenn man von der Annahme ausgeht, dass Duroc auf Anweisung gehandelt hat, dann hat er zuerst auf Vincent Bellair geschossen und danach Legasse und dann Merlet erledigt. Matthieu Fontane kam als Letzter an die Reihe …«

»Ich glaube nur, was ich sehe, Angeli. Zuerst musst du mal beweisen, dass Duroc bei Vincent Bellair Tontaubenschießen gespielt hat«, sagte Mollaro und lachte genüsslich.

»Matthieu Fontane hat das selbst ausgesagt.«

»Ach was? Er selbst?«

Agnès Rücken verspannte sich. Mollaros Kiefer hatten aufgehört, geräuschvoll zu kauen. Er schluckte aber noch den letzten Bissen hinunter, bevor er konterte:

»Siehst du! Nur seine Schwester behauptet, dass er Duroc erkannt hat. Und da er es uns nicht mehr selbst bestätigen kann …«

Wenigstens hatte er nicht mit vollem Mund gesprochen.

»Sie wollte bestimmt ihren Verlobten rächen. Das würde passen. Der Bruder ist eifersüchtig, schießt den Verlobten nieder, die Witwe rächt sich und ermordet den Bruder. Die Ehre ist gerettet, ich will dir ja nicht wehtun, Angeli«, sagte er lachend.

»Ja, ist wirklich eine komplizierte Sache«, erklärte Bruno. »All diese Geschichten mit den Tarotkarten, dann die Mutter, die vor dreißig Jahren gestorben ist, und auch noch das leere Grab – das Detail hast du ganz vergessen – und noch all die anderen, die sie mal eben um die Ecke gebracht hat, nur um die Dinge zu verschleiern, bis sie ihren Bruder umlegen konnte. Vielleicht hatte sie geahnt, dass jemand sie erpressen würde. Und so hat sie sie lieber selbst zum Schweigen gebracht, bevor sie herausfinden konnten, dass sie später ihr Brüderchen töten würde!«

Bruno schenkte Mollaro ein strahlendes Lächeln. Agnès hätte beinahe laut losgelacht. Mollaro hatte Mühe, dieser Argumentation zu folgen, und vergaß darüber sogar sein Sandwich. Bruno legte noch nach.

»Hast du kapiert?«

»Hm …«

»Dabei ist es doch ganz einfach. Es geht nur um eine Frage: Die drei Toten aus dem Milieu, was steckt dahinter? Wenn du deinen Kerl rächen willst, dann überlegst du nicht lange, sondern schnappst dir eine Knarre, klingelst bei dem Schuldigen, knallst ihn ab und damit gut. Wenn du es richtig anstellst, kriegt keiner was mit.«

Mollaro nickte zustimmend und biss ein großes Stück von seinem Sandwich ab.

»Ja, aber sie ist Anwältin«, sagte er.

Agnès kniff sich in die Nase und versuchte so gleichmäßig wie möglich zu atmen. So lief sie nicht Gefahr, im falschen Moment loszuprusten.

»Und was noch?«, fragte sie eindringlich.

Mollaro schien unangenehm berührt.

»Na ja, sie ist intelligent, und Serienmörder sind alles andere als dumm.«

Bruno wäre fast an seinem Möhrensalat erstickt. Agnès sprang auf und stürzte zur Tür.

»Entschuldigung, ich muss nur eben meine Nase pudern.«

Draußen holte sie tief Luft, lehnte sich gegen die Wand und hielt sich den Bauch vor Lachen. Wenigstens das war gut an Mollaro: Er war ein echter Idiot, der nie aufgeben konnte, manchmal zum größten Vergnügen für die anderen.

Laura würde sich nicht unterkriegen lassen. Mochten die anderen ihr noch so oft sagen, dass die Buchhandlung und der Buchhändler nicht existierten. Sie hatte die ganze Nacht über alle möglichen Argumente für eine Anklage nachgedacht und war zu dem Schluss gekommen, dass man ihr nicht viel zur Last legen konnte. Außer ihren Fingerabdrücken und ihrer Krankengeschichte hatte der Untersuchungsrichter nichts in der Hand, um sie wegen des Mordes an Matthieu zu verurteilen. Sie musste nur Geduld haben und die Ruhe bewahren. Sie betrachtete eine Fliege, die herumflog und sich schließlich an der Wand gegenüber niederließ. Nur noch ein paar Stunden Untersuchungshaft, dann würde Laura sich selbst auf die Jagd nach dem Mörder machen. Sie musste ihm zuvorkommen, bevor er sie erwischte. Der Aufenthalt in der Zelle hatte auf sie eine Wirkung gehabt, die die Bullen bestimmt nicht einkalkuliert hatten: Über ihren Kummer und ihr Leid hatte sich ein Panzer aus Stahl gelegt. Wenn sie glaubten, den Wolf in ein Schaf zu verwandeln, indem man ihn eine oder zwei Nächte auf einer Pritsche schlafen ließ, hatten sie sich in den Finger geschnitten. Laura fühlte sich stark wie nie zuvor.

Bisher hatte sie Gefängniszellen nur von der anderen Seite aus gekannt, wenn sie sich mit ihren Mandanten unterhielt. Sie wusste, dass sie diese ruhige Zelle hier Agnès zu verdanken hatte. In den anderen hatte die ganze Nacht ein Geschrei und Gebrüll wie von wilden Tieren geherrscht. Hier in der ihren war sie zu Kräften gekommen.

Jetzt vernahm sie schwere Schritte auf dem Flur, dazu das Klirren des Schlüsselbunds. Sie hatte keine Uhr, wusste aber, dass sie nun auf freien Fuß gesetzt würde.

Ludmilla sog vergeblich die Luft ein. Keinerlei Essensgeruch. Sie sah auf die Uhr: Es war schon nach zwölf. Solange wurde allmählich alt. Dabei kannte sie diesen Haushalt in- und auswendig. Das Mittagessen war ein Ritual, von dem Ludmilla niemals abwich. Solange musste täglich ein Menü kochen, das genau zu den Überzeugungen und der Linie ihrer Herrin passte: Rohkost oder Gemüsesuppe je nach Saison, jeden zweiten Tag Fisch, dann Käse und Obst. Heute war Fischtag, doch in der Luft lag lediglich der Geruch der Kiefern in der Hitze.

Sie fuhr mit ihren zarten Füßen in feine Sandaletten aus Leder. Ihre Schritte hallten auf der Treppe zum Zwischengeschoss wider, in dem die Küche lag. An einem Ende des riesigen Tisches saß Solange vor dem Zeitungsartikel, in dem von Lauras Verhaftung berichtet wurde, und weinte bitterlich.

Ludmilla schnaubte: Nichts war mehr, wie es sein sollte.

»Haben Sie schon die Zeitung gelesen? Es ist eine Schande. Die arme Kleine zu beschuldigen, dass sie ihren Bruder getötet hat und vielleicht noch einen pensionierten Gendarm! Da müsste sie doch verrückt sein!«, stieß Solange hervor und schnäuzte in ihr Taschentuch.

Ludmilla verdrehte die Augen.

»Man kann der Kleinen doch nicht alle Verbrechen der Welt anhängen. Und Agnès müsste ihr doch wenigstens helfen. Schließlich sind die beiden Freundinnen!«, fuhr Solange fort.

»Wir beide sind die einzigen Freundinnen, die Laura noch hat!«

Ludmilla sah Solange durchdringend an, dann lächelte sie betrübt.

»Laura hat für den Abend, an dem Matthieu umgebracht wurde, kein Alibi. Verstehen Sie?«

Solange nickte. Das war ja nicht schwer zu begreifen.

»Aber was ist mit dem Abend, als dieser Duroc umgebracht wurde? Da war sie bei mir. Das können Sie doch bezeugen.«

Solange blickte sie verwirrt an.

»Jesus Maria, nicht so schnell. Den Mann haben sie doch am Mittwochabend umgebracht, so heißt es in der Zeitung.«

»Na und?«

»Das ist doch mein freier Abend.«

»Nein! Am Mittwochabend haben wir hier gegessen: Laura, Antoine Duval und ich. Sie wissen doch noch, was für ein köstliches Essen Sie für uns gekocht haben!«

Solange schnäuzte sich erneut. Ludmilla übte sich in Geduld. Normalerweise bekam sie, was sie wollte.

»Aber am Mittwochabend, ich schwöre, dass ich …«

»Also, wenn Sie mir nicht helfen wollen, Laura da rauszuholen, dann sagen Sie es gleich!«

»Ja, aber das ist eine Falschaussage.«

»In der Tat. Aber gut, wenn Sie meinen, dass unsere Laura eine Mörderin ist …«

Solange hob gekränkt den Kopf.

»Am Mittwochabend gab es geschmorte Barbe mit Fenchel und heißen Feigen und zum Nachtisch Melonen- und Pfirsichsalat mit Pinienkernen.«

Ludmilla lächelte und faltete die Zeitung zusammen, als sei die Sache damit erledigt.

»Wo wir schon dabei sind: Kochen Sie für heute Abend dasselbe, für zwei. Laura muss etwas Ordentliches zu essen bekommen, wenn ich sie nach Hause bringe.«

Als Fred Bellair hörte, dass Luisas Grab leer war, hatte er sich wortlos entfernt. Manon nutzte die Gelegenheit, um in sein Büro einzudringen. Prüfend sah sie sich im Zimmer um. Seit ihrem letzten Besuch hatte sich nichts verändert. Der große Schreibtisch am anderen Ende des in dunklem Holz getäfelten Raumes war nahezu leer. Das Porträt von Luisa Fontane, das sie vor ein paar Tagen noch gesehen hatte, war verschwunden. Offenbar hatte Fred Bellair nicht nur einen asketischen Geschmack, sondern auch eine Neigung zur Geheimnistuerei, was nach Manons Meinung gut zusammenpasste. Das Schloss an seinem Schreibtisch hatte sich mühelos öffnen lassen, mit der Nadel einer Strassbrosche, die sie an ihrer Bluse getragen hatte.

Zwar wusste sie nicht, wonach sie suchte, doch sie war sich sicher, dass sie etwas finden würde: hinter der Holztäfelung. Ihr blieb nur wenig Zeit. Das Sesam-öffne-dich, die Fernbedienung, befand sich in der Schreibtischschublade. Sie stellte sich vor die erste Holzwand und drückte auf den Knopf. Leise bewegten sich die Paneele, und ein kleines Badezimmer kam zum Vorschein. Sie schloss die Wand wieder. Hinter der zweiten verbarg sich ein Schrank mit einer Unmenge völlig identischer Anzüge. Hinter der dritten lag eine Bar. Die Wände bewegten sich mit einer Langsamkeit, die einen zur Verzweiflung treiben konnte. Manon schloss die Augen und drückte auf den Knopf, um die vierte Wand zu öffnen. Als sie die Augen wieder aufschlug, wusste sie, dass sie gewonnen hatte. In der Nische schien sanftes Licht, und über einer hohen schmalen Kommode mit sechs Schubladen, ebenfalls aus dunklem Holz, hing das Porträt von Luisa Fontane.

Manon begann mit der obersten Schublade. Darin lag eine alte Uhr, deren Zeiger auf 0.17 Uhr standen, ein kleines schwarz lackiertes Eisenauto mit Vorderradantrieb, ein buntes Band … Erinnerungen. Sie öffnete die zweite Schublade. Ein Päckchen handgeschriebener Briefe. Ganz unten auf dem ersten las sie: »Deine dich liebende Luisa«. Manon lächelte. Fred Bellair, der sich so verschlossen und unzugänglich gab, war in Wahrheit ein Romantiker. Sie blickte auf die Uhr: In fünf Minuten begann ihre Schicht. Also steckte sie die Briefe ein, schloss die Schublade, ließ die Wand zurückgleiten, rannte zum Schreibtisch, legte die Fernbedienung hinein und eilte zur Tür. Als sie das Ohr dagegendrückte, erschrak sie: Eine Stimme am anderen Ende des Flurs hatte gerade respektvoll Fred Bellair begrüßt.

In zwei Sekunden war sie am Fenster und dann auf dem Balkon. Wie lächerlich! Solche Szenen hatte sie hundertmal in schlechten Filmen gesehen. Aber noch nie hatte sie die Hauptrolle gespielt …

Als Fred Bellair die Tür öffnete, zitterten die Gardinen. Er kniff die Augen zusammen. Dann ging er lässig in die Mitte des Zimmers und schnupperte in der Luft. Die Gardinen hingen nun völlig ruhig. Nachdenklich schloss er das große Fenster, das offen gestanden hatte.

Manon brauchte nur wenige Minuten, um über die Balkone wieder auf den Flur zu gelangen.

Antoine erwachte nach einer ausgedehnten Sauftour. Am Mittwoch hatte er zu später Stunde in den Bars der Promenade des Anglais angefangen und war bis zum Morgen mit allen durch. Seither hatte er fast pausenlos geschlafen. Sein Vater war äußerst wortkarg und wollte nur wissen, wo er den Golf Cabrio gelassen hatte. Antoine hatte nicht die leiseste Ahnung …

Ein bisschen jodhaltige Luft würde ihm jetzt gut tun. Er hatte es geschafft, die Treppe hinunterzugehen, und die Halle erreicht, deren Boden wie ein Schiff schwankte.

»Wohin gehst du?«

Antoine wandte sich seinem Vater zu und grinste.

»Nach draußen, sieht man das nicht?«

Franck stand an der Tür seines Büros. Er hatte Ringe unter den Augen, und sein sonst immer sorgsam gekämmtes Haar wirkte struppig. Antoine fiel sogar auf, dass er seine Krawatte falsch gebunden hatte.

»Wir beide müssen einige Dinge klären.«

»Da hast du recht. Ich höre dir zu, aber sprich nicht zu laut! Mir tut der Kopf weh.«

Antoine sah, wie sich der schlaffe Mund seines Vaters verzog.

»Alle wissen von deiner Beziehung zu Ludmilla Rinaldi.«

»Du hast deine Informanten schlecht bezahlt. Es ist aus zwischen dem Säbel und der Chrysantheme«, erwiderte Antoine lachend, überzeugt, dass sein Vater diese Metapher nicht verstand.

»In jedem Fall war diese Geschichte grotesk«, stieß Franck hervor.

»Aber das letzte Wort ist noch nicht gesprochen. Ich wette, dass ich diese wunderbare Frau in weniger als vierundzwanzig Stunden wiedererobert habe.«

»Du machst dich lächerlich.«

Seltsam, dass es manchmal nur eines banalen Satzes bedurfte, und schon lief das übervolle Fass der Ressentiments über.

»Lächerlich ist es, wenn ein Mann die Frau seines Freundes besteigt! Und das, ohne sie heiraten zu wollen. Dabei wäre das doch nicht allzu schwer, denn Viviane ist nicht verheiratet!«

»Du bist ein verzogener Bengel, der sich etwas darauf einbildet, eine reiche Frau erobert zu haben, die seine Großmutter sein könnte.«

»Ja, die Frauen und das Geld! Nur darum geht es in unserer Familie. Aber das habe ich wohl von dir! Und deine Bestechungsgelder? Wie viel nimmst du damit jährlich ein? Alle geben dir Schmiergelder, Max Fontane inbegriffen. Und als Anwalt der öffentlichen Ordnung treibst du es hinter seinem Rücken mit seiner Frau, um ihn zu ruinieren.«

Franck sprang auf ihn zu, und Antoine lachte. Er war gut fünf Zentimeter größer als sein Vater. Würde er es wagen, ihm eine zu scheuern?

»Du kleiner Mistkerl! Eines Tages wirst du begreifen, dass du ohne mich ein Nichts bist!«

»Außer dem Leben verdanke ich dir gar nichts. Manchmal fällt mir ein, dass du mein Vater bist, und weißt du, was ich dann empfinde? Abscheu, ja! Du widerst mich an!«

Duval glaubte wieder vor Antoines Mutter zu stehen: dieselbe Arroganz, derselbe Ekel.

»Wir werden ja sehen, ob ich dich auch anwidere, wenn ich dir den Unterhalt entziehe.«

Antoine blickte seinen Vater verächtlich an.

»Mach dir keine Sorgen um meine Zukunft. Ich habe vorgesorgt. Ich weiß von so vielen Machenschaften, dass ich bis ans Ende meiner Tage keinen Finger rühren muss. Schweigen ist teuer … vor allem für Mörder.«

»Und was weißt du?«, fragte plötzlich eine Frauenstimme.

Franck drehte sich um und sah Viviane auf halber Treppe stehen. Langsam schritt sie die Stufen hinunter. Eine echte Tragödin …

»Also, was weißt du? Sag schon!«

»Nichts. Ich bringe meinen Vater gern auf die Palme, das ist alles.«

»Wie alt bist du jetzt, Antoine?«

»Fünfundzwanzig.«

»Wie Matthieu«, murmelte sie.

Wie ärgerlich. Natürlich hatte er Respekt vor dem Leid dieser Frau, aber sie brauchte jetzt nicht noch nachzulegen.

»Mit fünfundzwanzig ist man kein Kind mehr, Antoine. Pass auf dich auf.«

»Danke für Ihren Rat. Ich gebe Ihnen auch einen: Passen Sie auf, dass die Bullen nichts von den Machenschaften mitkriegen, in die Sie und mein Vater verwickelt sind.«

Als Antoine hinausging, herrschte bleiernes Schweigen. Er war begeistert. Allmählich konnte er umsetzen, was er von seinem Vater gelernt hatte. Auch sein Kater war verflogen. Er wusste jetzt, dass ein guter Streit besser war als drei Aspirin. Auch die Sonne machte ihm nichts aus. Er schlenderte die Allee hinunter.

»Antoine!«

Er erkannte die Stimme, konnte es aber nicht glauben. Dann kniff er die Augen zusammen. Das war kein Traum, sie war es, und sie rief ihn von ihrem Wagen aus. Er eilte zu ihr. Ludmilla öffnete die Wagentür. Sie sah phantastisch aus.

»Du? Was für eine Überraschung!«

Sie schmolz dahin, und das nicht wegen der Hitze. Herrlich, wie er mit der Hand unter ihr Haar fuhr. Dann küsste er sie. Sie wies ihn nicht zurück.

»Du bist wunderbar«, flüsterte er dicht an ihrem Mund.

»Du hast mir gefehlt.«

»Und ich dachte, du seist mir böse!«

»Jetzt nicht mehr.«

»Wo waren wir beim Spiel von Säbel und Chrysantheme stehen geblieben?«

»Ganz am Anfang.«

»Diese Verspätung müssen wir aufholen.«

Sie machte sich los und küsste ihn auf die Wange.

»Erst lade ich dich zum Essen ein. Ich möchte dich um einen Gefallen bitten.«

Er blickte sie mit einem Lächeln an, das möglichst männlich wirken sollte. War es so einfach? Er musste ihr nur einen Gefallen tun, und sie gehörte wieder ihm?

Agnès klopfte. Sie war ein wenig beunruhigt. Nachdem sie ins Kommissariat gekommen waren, hatte Delambre sie rufen lassen.

»Herein!«

Sie schob die Tür auf und machte ein erstauntes Gesicht. Ludmilla thronte wie eine Königin vor Delambres Schreibtisch. Neben ihr saß ein Mann mit einer Aktentasche und ein paar Unterlagen. Der Anwalt der Familie war also wieder eingeschaltet worden.

»Angeli, holen Sie Mademoiselle Fontane her. Ihr Anwalt will mit ihr sprechen. Allein. Hier in meinem Büro.«

Agnès drehte sich schweigend auf dem Absatz um und gab sich Mühe, die Tür beim Hinausgehen nicht zu laut zuzuschlagen.

Das Gespräch dauerte nicht lange. Der Anwalt verließ das Büro mit triumphierendem Lächeln.

Agnès hörte Mollaros blasebalgartiges Schnauben. Sein Gesicht war puterrot angelaufen, und er ballte die Fäuste.

»Verflucht, die verarschen uns! Denen werd ich's zeigen.«

Damit stapfte er davon.

Agnès trat erneut in das Büro ihres Chefs, in dem Ludmilla eine Aussage machen wollte. Delambre war verschwunden.

»Wenn Laura für diese Gräueltaten verantwortlich wäre, derer Sie sie beschuldigen, dann hätte ich das bemerkt«, erklärte Ludmilla. »Am Mittwochabend haben wir beim Abendessen viele Stunden über ihre Mutter gesprochen. Antoine Duval war auch dabei. Natürlich lässt sich Laura, wenn es um den Tod ihrer Mutter geht, leicht aus der Fassung bringen. Aber wer wollte ihr das verübeln?«

Agnès blickte auf die Spitzen ihrer Tennisschuhe. Ludmilla spielte ihre Rolle ausgezeichnet. Jetzt hatte Laura ein Alibi für den Zeitraum, in dem Duroc ermordet worden war. Kein Wunder, dass Mollaro so erbost war: Er hatte Laura mit Verhören zu diesem Mord in die Mangel nehmen wollen, nachdem er beim Fall Matthieu Fontane nicht weiterkam. So musste man sie jetzt wohl oder übel gehen lassen.

Natürlich könne nicht nur Antoine Duval, sondern auch ihre Köchin Solange diese Aussage bestätigen, bemerkte Ludmilla in dem arroganten Ton, den sie seit Beginn des Gesprächs an den Tag gelegt hatte. Agnès musterte sie eine Sekunde lang stirnrunzelnd, doch Ludmilla ließ sich davon nicht einschüchtern. Sie wusste, dass sie gewonnen hatte. Ein feines Lächeln umspielte ihre Lippen. Bruno legte ihr das Protokoll mit einem Stift hin.

»Bitte lesen Sie Ihre Aussage, und unterschreiben Sie sie dann …«

Ludmilla hielt die Blätter weit von ihren Augen weg. Agnès hätte am liebsten losgelacht. Ludmilla war weitsichtig und hatte in ihrer Tasche bestimmt eine Brille.

Schließlich setzte Lauras Tante ihre Unterschrift auf das Papier.

»Bitte sehr«, sagte sie und stand auf. »Noch einen schönen Tag. Ich hoffe, dass ihr bald den richtigen Mörder findet. Ihr verliert verdammt viel Zeit, wenn ihr Unschuldige einsperrt.«

Dann wandte sie sich Agnès zu:

»Du wirst mir eines Tages noch dankbar sein, Agnès. Ich habe dich vor dem größten Fehler deiner Karriere bewahrt und vielleicht deine Freundschaft mit Laura gerettet.«

Die Tür schlug zu, und sie saßen beide einen Moment schweigend da und dachten nach. Agnes war sich sicher, dass sie das Gleiche dachten. Bruno kaute nachdenklich auf dem Stift herum, den Ludmilla benutzt hatte, und fächelte sich mit dem Papier kühle Luft zu. Dann blickte er Agnès an.

»Ich muss sagen, ich mag diese Frau irgendwie nicht.«

»Wen wundert's«, gab sie nicht ohne Bitterkeit zurück.

»Wie meinst du das?«

»Nun ja – du stehst doch eh nicht auf Frauen.«

»Das stimmt nicht!«

Agnès schnappte nach Luft. »Bist du denn nicht schwul?«

»Nein.«

»Was bist du dann? Bisexuell?«

»Auch nicht.«

Jetzt wusste Agnès überhaupt nicht mehr, woran sie war.

»Also bist du weder schwul noch bisexuell, aber hetero bist du auch nicht?«

»Gott bewahre!«

»Was bist du dann?«

»Sexuell.«

»Aha.« Agnès fasste sich schnell. »Na, das ist ja mal was Erfreuliches nach all den schlechten Neuigkeiten in diesem verdammten Fall.«

Ein paar Stunden später musste Max Fontane auf Mollaros Fragen antworten. Für den Bullen gab es nichts Schöneres, als angesehene Bürger fertigzumachen. Agnès tippte das Protokoll in den Computer. Sie fand, dass sich Lauras Vater bislang recht gut gehalten hatte. Allen Erwartungen zum Trotz ließ er sich nicht provozieren.

»Sie waren gegen die Heirat Ihrer Tochter mit Vincent Bellair. Warum?«

»Ein alter Familienstreit … aber dank Laura und Vincent wäre er sicher beigelegt worden. Ich hatte Laura ihre Wahl längst verziehen, die, wie soll ich sagen, für mich ein persönliches Problem darstellte.«

»Kannten Sie Michel Duroc?«

»Ich habe nie von ihm gehört, bevor meine Familie in diese Tragödie hineingezogen wurde.«

»Thierry Merlet?«

»Kenne ich nicht.«

»Joëlle Legasse?«

»Vincents Sekretärin? Nein.«

Im Grunde kannte Mollaro die Antworten bereits. Alle Telefongespräche von Max Fontane wurden abgehört, seit dem 6. August, an dem Vincent Bellair angeschossen worden war. Mollaro ließ nicht locker.

»Und Ihr Sohn? Wie war das Verhältnis zu Ihrem Sohn in letzter Zeit?«

»Sehr schlecht. Leider. Wir hatten gerade noch Zeit, uns zu versöhnen, vor … vor seinem Tod«, sagte Max leise.

Agnès hatte es schon zu Anfang der Befragung bemerkt: Max Fontane zeigte Gefühle. Wie ein altes rostiges Wasserrohr, das durch das ständige Wasser schließlich durchlässig wird, dachte sie bitter. Erst als Matthieu wie ein wildes Tier gejagt worden war, hatte Max ihn als seinen Sohn akzeptiert.

»Angeli?«

Agnès fuhr hoch. Mollaro sah sie durchdringend an. Sie fragte sich, wie lange sie mit ihren Gedanken abgeschweift war.

»Alles in Ordnung.«

Bruno zwinkerte ihr zu. Er schrieb das Protokoll in Steno mit. Das machte heute keiner mehr, aber er hatte es lernen wollen. Ein Glück für Agnès, denn so füllte er manchmal ihre Lücken, wenn sie am Computer protokollierte. Sie starrte auf den Bildschirm, um sich an die letzten Worte von Max zu erinnern. Unterdessen fuhr Mollaro unerbittlich mit seinem Verhör fort.

»Wir können den Untersuchungsrichter um eine Genehmigung bitten, Ihre Konten einzusehen, Monsieur Fontane …«

Agnès bemerkte, dass Max blass wurde, aber er fasste sich schnell wieder.

»Tun Sie das. Meine Konten sind in Ordnung und sauber, die privaten wie die meiner Gesellschaft. Und wenn jemand, wie Sie offenbar vermuten, Duroc dafür bezahlt hat, diese Morde zu begehen, glauben Sie, dass man vielleicht meine Tochter im Auge hatte? Vielleicht wollte man eher die Fontanes treffen als die Bellairs, als auf Vincent geschossen wurde!«

Mollaro grinste.

»Erzählen Sie mir lieber, was Sie am Abend des 9. August gemacht haben. Wann haben Sie Ihr Büro verlassen?«

»Um 15.00 Uhr.«

»Das ist sehr früh für den Chef einer Gesellschaft wie der Ihren.«

»Ich habe nichts zu verbergen. Ich wusste, wo mein Sohn sich versteckt hielt, und bin zu ihm gefahren. Das war das zweite Mal, dass ich ihn gesehen habe, seit ich wusste, dass er gesucht wurde.«

»Sie können wegen Behinderung der Justiz belangt werden, ebenso wie Ihre Tochter. Wann sind Sie in der Hütte angekommen, in der Ihr Sohn sich versteckte?«

»Um 17.00 Uhr. Ich habe zwei Kartons mit Einkäufen hingebracht, die mir Monoprix ins Büro geliefert hatte. Wir haben uns ungefähr eine halbe Stunde unterhalten, dann bin ich nach Hause gefahren. Ich traf dort kurz nach halb acht ein. Meine ... Lebensgefährtin Viviane Lebesco kann das bestätigen.«

»Das werden wir nachprüfen ... Ist Ihnen bei Ihrem Sohn irgendetwas aufgefallen?«

»Was meinen Sie damit?«

»War er nervös? Wütend? Anders als sonst?«

»Er hatte Angst, aber wenn man wie ein gefährlicher Krimineller verfolgt wird, ist das doch ganz normal, finden Sie nicht?«

Mollaro legte ein Gewehr in einer Plastikhülle auf den Tisch.

»Erkennen Sie diese Waffe?«

»Ja, sie gehört zu meiner Sammlung.«

»Sie haben erklärt, sie sei Ihnen am 6. August gestohlen worden. Trifft das zu?«

»Ja.«

»Sie haben Ihren Sohn dieses Diebstahls bezichtigt. Stimmt das auch?«

»Ja.«

»Befand sich diese Waffe in seinem Versteck?«

»Ja. Ich habe sie dort gesehen. Worauf wollen Sie hinaus?«

»Ihr Sohn wurde durch eine Kugel aus diesem Gewehr getötet, Monsieur Fontane. Viviane Lebesco, Ihre Lebensgefährtin, behauptet, Sie vor 22.30 Uhr nicht gesehen zu haben. Sie schlief und hat Sie nicht nach Hause kommen hören.«

Max Fontane öffnete den Mund, um zu antworten, schwieg dann aber. Agnès kannte Vivianes Aussage bisher noch nicht. Mollaro hatte sie ihr verschwiegen.

»Sie könnten«, schloss Mollaro, »Duroc bezahlt haben, damit er Vincent erschießt. Aber dann kommt Sand ins Getriebe. Es gibt Zeugen, und die müssen aus dem Weg geräumt werden, damit niemand Duroc auf die Spur kommt und damit auch Ihnen.«

»Glauben Sie denn im Ernst, ich würde meinen Sohn erschießen lassen?«

»Was ich glaube, spielt hier keine Rolle. Ihre Antwort interessiert mich.«

»Ach, gehen Sie doch zum Teufel!«

In diesem Moment beschloss Max, nichts mehr zu sagen.

Viviane war nach Hause zurückgekehrt, aber sie würde nicht hierbleiben. Sie wollte Matthieu dort aufbahren, wo er aufgewachsen war, vor den Augen von Max. Selbst wenn dieser seinen Sohn nicht mehr sehen konnte, würde ihn der Sarg daran erinnern, dass er als Vater versagt hatte. Sie wusste immer noch nicht, wann man ihr Matthieu zurückgeben würde. Franck hatte nachgefragt, aber man hatte ihm irgendetwas von einer zweiten Autopsie erzählt …

Viviane betrachtete das riesige Wohnzimmer, aus dem sie die meisten Möbel hatte entfernen lassen. Riesige Blumengebinde waren dort für Matthieu aufgestellt worden. Auf einem Tisch, der wie ein Altar geschmückt war, standen Fotos von ihrem lächelnden Sohn. Weiße Spitzen, Kerzenhalter und noch mehr Blumen … Zahlreiche Stühle für die Besucher, die Matthieu die letzte Ehre erweisen wollten. In der Mitte ein riesiger schwarzer Katafalk, obwohl noch kein Sarg da war. Wenn Max Fontane vom Verhör zurückkam, würde er schon sehen …

Die Eingangstür schlug zu. Viviane kniff die Lippen zusammen: Offenbar war Max schon wieder zurück. Wie schade, dass sie ihn nicht eingesperrt hatten.

»Viviane?«

Es war nicht Max, sondern Laura. Erschöpft ließ sie sich auf einen der Stühle an der Wand fallen – die erste Besucherin in dieser Totenkammer.

»Warum hast du der Polizei meine Krankenakten gegeben?«

»Sie haben dich doch laufen lassen, also beklag dich nicht.«

»Sie haben mich auf freien Fuß gesetzt, weil ich unschuldig bin!«

»Bist du dir da so sicher?«

»Was soll das heißen?«

»Du hast immer den Tod in dir getragen.«

Viviane wusste, dass dieser Giftpfeil Laura an ihrer empfindlichen Stelle traf.

»Das ist ungeheuerlich«, sagte die junge Frau leise. »Wie kannst du nur so gemein sein?«

»Niederträchtigkeit ist eine Spezialität der Fontanes. Dreißig Jahre habe ich sie ertragen. Das färbt ab.«

»Aber … du hast mich aufgezogen …« Ein Schluchzen schüttelte Lauras Körper. Mit beiden Händen klammerte sie sich am Stuhl fest. »Warum? Warum bin ich plötzlich ein Nichts für dich? Du warst für mich wie eine Mutter!«

»Du sagst es! Wie deine Mutter. *Wie.* Aber ich bin nicht deine Mutter. Du warst nie meine Tochter, Laura, du bist nur Luisas Tochter.«

»Das kannst du nicht sagen!«

»Ich war hier doch immer nur die zweite Wahl«, fuhr Viviane erbittert fort. »Für meinen Sohn gab es hier nie einen Platz und für mich noch weniger.« Sie wies mit einer Handbewegung auf den großen Raum. »Das kriegst du jetzt alles zurück. Ist doch fein.« Sie deutete auf die Gedenkstätte des Toten. »Entschuldige die Unannehmlichkeiten, aber Matthieu hat schließlich hier seine Kindheit verbracht. Aber jetzt bist du ihn los.«

»Viviane, wie kannst du so etwas sagen? Ich habe meinen Bruder geliebt.«

»Halbbruder, wenn ich bitten darf.«

Laura war erschüttert.

»Du bist krank, Viviane«, sagte sie leise. »Wenn du meinen Vater so sehr gehasst hast, hättest du doch nur wegzugehen brauchen.«

Viviane richtete eine Lilie in einer Bronzevase, die vor dem Altar stand.

»Ich bin ja jetzt weg. Vielleicht ein bisschen spät. Aber Max schuldet mir so viel, und …« Sie wandte sich plötzlich Laura zu. »Und, um dir alles zu sagen: Ohne Matthieu bin ich nichts, aber ohne Max bin ich auch nichts.«

Plötzlich hüllte Dunkelheit den Ort ein, an dem sich die beiden Frauen in ihrem Schmerz gegenüberstanden.

Das Rauschen des Ventilators erfüllte den blassgrün gekachelten Raum. Selbst hinter der Tür konnte Manon es noch hören, durch den Spalt zwischen Boden und Holz. Erneut vertiefte sie sich in die Blätter auf ihren Knien, verschlang die Worte mit der Gier eines ausgehungerten Kindes. Es waren nichts als Liebesworte, einfache Briefe, geschrieben mit zitternder Hand und überfließendem Herzen. Manon hatte sie in der Pause aus ihrem Fach genommen. Jetzt saß sie schon eine gute Viertelstunde auf der Toilette und las. Die Briefe waren sorgfältig in der Reihenfolge geordnet, in der Luisa sie Fred Bellair geschickt hatte, vor dreißig Jahren, als er noch in einer Straße der Altstadt nahe dem Kasino wohnte … Manon fing an zu begreifen, wie diese Frau sich so in ihn verlieben konnte, dass sie dafür ihr Zuhause verlassen wollte. Kein Zweifel, Fred Bellair streckte ihr die Hand entgegen, wartete nur darauf, dass sie zu ihm kam. Das stand in allen Briefen schwarz auf weiß auf diesem zarten altmodischen Papier, das es heute nicht mehr gab.

Manon versuchte die Teile des Puzzles zusammenzusetzen. Luisa Rinaldi hatte Max Fontane aus Liebe geheiratet und war ein paar Jahre lang mit ihm glücklich gewesen. Das vermutete

Manon jedenfalls. Diese Briefe aber erzählten von einer anderen Liebe. Sie galt dem Freund Fred, der wie ein Bruder für Max gewesen war. Mit den Jahren war diese heimliche Liebe immer größer geworden. Luisa hatte ein Kind erwartet. Wer war der Vater? Und war Laura ihr einziges Kind? Manon las weiter:

Heute Morgen war ich beim Kreuz und habe mit dem steinernen Jesus gesprochen. Wusstest du, dass mein Urgroßvater der Stadt dieses Kreuz gestiftet hat? Es ist seltsam: Ich empfand Frieden vor dieser Statue und habe mir gesagt, dass unsere Liebe mich davor bewahren wird, mit dreiunddreißig Jahren zu sterben, wie es schon zweimal in der Familie geschehen ist. Zwei Vorfahren, meine Großmutter und mein Onkel, sind eines gewaltsamen Todes gestorben. Ich denke an all das, ich denke an dich, die ganze Zeit. Womöglich haben sie niemanden so geliebt, wie du mich liebst. Und deshalb sind sie auch auf so tragische Weise umgekommen. Fred, wenn du bei mir bist, ist alles ganz anders. Meine Angst verschwindet. Und doch muss ich auch an Max denken, dem ich so wehtun werde. Dabei hat er das nicht verdient. Warum zwingt die Liebe uns, so grausam zu sein?

Du fehlst mir schon jetzt.

Komm bald wieder.

Deine dich liebende Luisa.

Der Brief stammte vom 15. Juli 1972, war also wenige Wochen vor ihrem tragischen Tod geschrieben worden.

Manon schrak auf. Eine Hand klopfte energisch gegen die Toilettentür. Sie war so vertieft gewesen, dass sie nichts gehört hatte.

»Manon, bist du da drin?«

»Ja.«

Manon sah auf die Uhr. Sie war zu spät dran!

»Du wirst schon überall gesucht!«

»Ich komme.«

»Mach schnell, der Chef ist in Kampfhundstimmung.«

Die Tür zu den Toiletten schlug wieder zu. Hastig steckte Manon die Briefe in ihre Tasche, warf einen prüfenden Blick in den Spiegel, lief zu ihrem Fach in der Garderobe und ging an ihren Spieltisch zurück.

Das ganze Personal spürte die nahezu unerträgliche Spannung. Fred Bellair inspizierte seine Truppen, wanderte wortlos durch die Spielsäle, umrundete die Tische, mit gesenkten Lidern, aber wachsamem Blick. Er brauchte nur eine Braue zu heben, und jeder seiner Angestellten, vom Aschenbecherentleerer bis zum Chefcroupier, wurde ganz kleinlaut.

Manon beobachtete ihn aus dem Augenwinkel. Er stand in der Nähe ihres Tisches, auf dem Chemin de fer gespielt wurde. Die meisten Spieler waren in die Bar gegangen, um einen Aperitif zu trinken, aber drei eifrige Männer waren noch an ihrem Tisch. Manon teilte die Karten aus. Seit einer Stunde ging ihr ein etwa vierzigjähriger Mann mit leicht schütterem Haar auf die Nerven. Er verlor ununterbrochen und nahm es der ganzen Welt übel, besonders der Croupière, die ganz offensichtlich an seinem Pech schuld war.

»Gib mir endlich vernünftige Karten, und verzieh nicht so das Gesicht.«

Manon riss sich zusammen, atmete tief durch und reichte dem Kunden neue Karten.

Dann passierte etwas Unerwartetes. Der Mann beugte sich über den Tisch, glotzte sie an und sagte:

»Wenn du nicht freundlicher bist, weißt du, was dir dann blüht? Bei Bellair gibt es nichts zu lachen. Ehe man sich's versieht, hat man ein Messer im Rücken oder eine Kugel im Kopf. Bumm!«

Manon sah weg, doch der Mann gab keine Ruhe:

»Hey, mach nicht so ein Gesicht! Du siehst doch gut aus. Ich könnte es dir ganz schön besorgen!«

Der betrunkene Spieler brach in dröhnendes Gelächter aus, zufrieden mit seiner Position als König Kunde. Manon teilte weiter Karten aus. Am liebsten hätte sie ihn geohrfeigt.

»Ach, ja?«, sagte sie gedehnt.

»Du wärst nicht enttäuscht, meine Kleine.«

»Das würde mich sehr wundern.«

»Und wieso?«, fragte der Mann grob.

»Wenn Ihr Ding so groß ist wie Ihr Gehirn, kann das kein besonderes Vergnügen sein! Karte?«

Der Mann erstarrte einen Moment, dann sah er Manon drohend an. Doch bevor er etwas antworten konnte, legte sich eine schwere Hand auf seine Schulter.

»Lassen Sie sofort diese Dame in Ruhe«, raunte Fred ihm ins Ohr. Er winkte kaum merklich, und schon tauchte ein bulliger Rausschmeißer in Anzug und Krawatte auf, um den eingeschüchterten Spieler zum Ausgang zu eskortieren.

»Sie haben sehr gut reagiert«, meinte Bellair anerkennend.

»Er hat sehr schlecht über Sie gesprochen«, murmelte Manon.

Bellair musterte sie mit unbewegtem Gesicht.

»Sie sind eine ungewöhnliche Frau, Mademoiselle Hanspag … Ich weiß, dass Sie es im Moment nicht leicht haben.«

Sie glaubte eine Spur von Mitleid zu erkennen, doch sie täuschte sich. Bellair fuhr fort:

»Das Spiel ist das Einzige auf Erden, was uns daran erinnert, dass das Leben ein ungerechter Kampf ist, in dem jeder von uns allein gegen Gott steht. Schauen Sie sich um, Mademoiselle Hanspag … Sehen Sie nur, bitte.«

Manon gehorchte. Seine ungewohnte Sanftheit überraschte sie. Und als sie im Saal umherblickte, musste sie ihm recht geben: Alle Spieler bekreuzigten sich flüchtig, und alle schienen vom gleichen Eifer beseelt.

»Sehen Sie? Schauen Sie sich die Leute an, wie sie beten, wenn Gott sie verlässt. Vergessen Sie das nicht, Mademoiselle Hanspag. Beten Sie manchmal?«

»Nein, nie.«

»Das kommt noch. Eines Tages flehen wir alle zu Gott, uns nicht zu verlassen.«

Sie biss sich auf die Innenseite der Wangen. Betroffen sah sie Bellair hinterher, der zum nächsten Tisch ging.

In einem der Badezimmer des Landhauses drehte Laura die Dusche ab. Sie konnte reiben, so viel sie wollte, der Gefängnisgeruch schien immer noch auf ihrer Haut zu haften. Schweiß, kalter Kaffee und Angst vermischten sich mit dem Duft der Lilien und dem Weihrauch, den Viviane in dem zur Leichenhalle umgestalteten Salon hatte abbrennen lassen. Ganz gleich ob im Kommissariat oder im Haus der Fontanes, Laura war auf die gleichen Mauern gestoßen: Unverständnis, Hass, Verrücktheit. Auch ihr Vater würde jetzt das Vergnügen haben, in der Zelle zu übernachten, und Laura war sich nicht sicher, ob Agnès ihm ebenfalls den Aufenthalt möglichst angenehm gestalten würde. Man konnte nur hoffen, dass ihn seine Unbeugsamkeit und sein Starrsinn nicht verließen. Und doch war er in weniger als einer Woche um Jahre gealtert. Nicht nur sein Haar war weiß und sein Rücken gebeugt. Max Fontane war seltsam friedfertig geworden, aber nicht aus Weisheit, sondern weil der Tod näher rückte.

Laura wickelte sich in ein Badetuch. Von unten hörte sie die kristallklare Stimme einer Sängerin, die *Madame Butterfly* sang. Laura stellte sich Ludmilla auf der Terrasse vor, wie sie andächtig ihrer Lieblingsoper lauschte. Wenn ihre Tante die Einsamkeit suchte, konnte sie den ganzen Tag dieselbe Oper hören. Nach ihrer Rückkehr aus dem Glashaus war Laura gleich nach oben gegangen, um sie nicht dabei zu stören.

Im gelben Zimmer öffnete sie die Läden, um die kühle Nachtluft hereinzulassen. Sie betrachtete den Sternenhimmel. Morgen würde sie zu Vincent ins Krankenhaus gehen. Das Zimmer lag im Dunkeln. Als sie Licht machte, sah sie es sogleich: Auf ihrem Frisiertisch lag ein ledergebundenes Buch. Sie schloss die Augen und öffnete sie wieder. Es war immer noch da, wie zum Hohn: das Buch des Prinzen von Pisa, das sie dem kleinen Buchhändler gebracht hatte. Dass es nun im Landhaus der Rinaldis auftauchte und dazu noch in ihrem Zimmer, verwunderte sie nicht sonderlich. Inzwischen schien ihr alles möglich.

Sie nahm die Karte, die zwischen den Seiten lag: Nummer III, *Die Herrscherin* auf ihrem Thron. In der einen Hand hielt sie ein Wappen mit einem Adler und in der anderen ein Zepter. Sie strahlte ungewöhnliche Ruhe aus … Im Erdgeschoss endete der Gesang, und Applaus ertönte. Laura steckte die Karte sorgfältig in ihre Handtasche und ging zu Bett. Sie hörte noch, wie die ersten Takte von *Madame Butterfly* wieder erklangen, dann schlief sie ein.

DIE KARTE OHNE NAMEN: DER TOD

Am frühen Morgen kam Südwind auf. Der feine Sand, der von Tunesien her über das Wasser trieb, erreichte die Küste von Nizza. Agnès spürte ihn in der Nase, in den Ohren und auf ihrer Haut. Sie fröstelte trotz der Windjacke, die sie vorsorglich angezogen hatte, nachdem sie den Anruf erhalten hatte. Ein morgendlicher Spaziergänger hatte eine Leiche auf den Felsen entdeckt und die Polizei alarmiert.

Agnès kletterte auf einen Felsen und schüttelte lächelnd den Kopf, als ihr ein Feuerwehrmann die Hand entgegenstreckte. Wirklich sehr freundlich, aber das schaffte sie allein.

»Konnten Sie ihn identifizieren?«

»Er hat keine Papiere bei sich.«

»Wann wurde die Leiche entdeckt?«

»Man hat uns kurz vor sieben verständigt.«

Agnès' Blick wanderte über den Felsen.

»Weiß man, was passiert ist?«

»Er muss gefallen sein. Der Arzt hat zahlreiche Brüche festgestellt, auch an der Wirbelsäule. Wahrscheinlich war er sofort tot. Er roch stark nach Alkohol. Vielleicht Selbstmord. Oder er wollte Akrobat spielen, war aber sturzbesoffen …«

Agnès hob die schwarze Plastikplane hoch.

Zuerst sah sie nur die weit aufgerissenen Augen, die klaffenden Wunden, den von den Zacken des Felsens aufgeschürften Körper. Die Haare waren vom geronnenen Blut verklebt. Er musste schnell gestorben sein, denn die Wunden hatten nur wenig geblutet.

Agnès wurde übel. Da lag der schöne Antoine Duval vor ihr unter der Plane. Ikarus, der sich die Flügel verbrannt hatte, weil er der Sonne zu nahe gekommen war …

Ludmilla wurde als Erste vernommen. Diesmal führte der Chef das Verhör selbst. Man hatte sie telefonisch über Antoines Tod unterrichtet und ihr zugleich mitgeteilt, dass sie sich auf dem Revier einfinden solle. Ludmilla war ungeschminkt und sah mitgenommen aus. Sie blickte ihrem Gesprächspartner direkt in die Augen und ignorierte Agnès, die sie von der Seite beobachtete. Aufrecht und würdevoll saß sie auf ihrem Stuhl und wirkte größer als Delambre hinter seinem Schreibtisch. Lediglich ihre langen gebräunten Finger mit den perlmuttweißen Nägeln strichen unruhig auf ihren Knien hin und her.

»Sehr freundlich, dass Sie so schnell gekommen sind, Mademoiselle Rinaldi. Sie sollen die Letzte gewesen sein, die Antoine Duval lebend gesehen hat …«

»Ich habe ihn gestern am frühen Nachmittag zum letzten Mal gesehen.«

»Können Sie uns sagen, ob er aufgeregt oder beunruhigt war?«

Ludmilla richtete sich noch ein wenig mehr auf und blickte auf den Kommissar hinab.

»Antoine und ich waren ein Liebespaar. Das wissen Sie bestimmt, sonst wäre ich wohl nicht hier«, sagte sie und streifte Agnès mit einem fast komplizenhaften Blick. »Wir hatten uns eigentlich getrennt, und das hat ihn wohl sehr mitgenommen. Darüber war ich ziemlich überrascht. Und dann …«

»Dann?«

»Dann haben wir beschlossen weiterzumachen.«

Sie lächelte traurig und musste die Tränen unterdrücken.

»Ich dachte, das Ganze hätte keinerlei Bedeutung für ihn, verstehen Sie. Bei dem Altersunterschied! Niemals hätte ich geglaubt, dass er so an mir hängt.«

»Hat er jemals die Absicht geäußert, sich umzubringen?«

Ludmilla starrte ihn entgeistert an und schüttelte langsam den Kopf.

Delambre spielte mit einem Brieföffner.

»Man weiß noch nicht, ob es Selbstmord war.«

Agnès bemerkte, wie sich die Hände von Ludmilla verkrampften.

»Hören Sie«, begann sie, »ich weiß nicht, ob es von Bedeutung ist, aber …«

Agnès hielt den Atem an. Delambre spielte weiter mit dem Brieföffner, ohne die Zeugin anzusehen.

»Bitte, sagen Sie es uns.«

»Antoine hat mir von einem heftigen Streit mit seinem Vater berichtet …« Ludmilla verstummte.

»Das kommt zwischen Vater und Sohn häufig vor«, entgegnete Delambre in beiläufigem Ton, »meinen Sie nicht?«

»Sicher, aber Antoine behauptete, er habe herausgefunden, dass sein Vater und Viviane Lebesco sich für das Grundstück auf dem Montmaure interessierten. Sie wissen ja, dort, wo es gebrannt hat …«

»Ja, und wo ist der Zusammenhang?«

»Antoine sagte, sein Vater habe ihm in diesem Zusammenhang gedroht.«

Agnès blickte forschend auf Delambres undurchdringliches Gesicht.

»Wann soll Monsieur Duval seinem Sohn gedroht haben?«

Agnès sah zu Ludmilla hinüber. Diese Frau hatte wirklich keinerlei Scheu, schmutzige Wäsche zu waschen.

»Als Antoine ihm an den Kopf warf, er wisse, wer all diese Morde begangen hat.«

Agnès spürte, dass ihre Wangen glühten. Delambre legte den Brieföffner zur Seite. Da säuselte Ludmilla mit der Leidensmiene der trauernden Geliebten:

»Das hat er mir jedenfalls erzählt. Er hat seinem Vater sogar gesagt, er würde nie mehr arbeiten müssen, weil sein Schweigen Gold wert wäre.«

»Und haben Sie ihn gefragt, was er wusste?«

»Ja, das habe ich, aber er wollte sein Geheimnis nicht preisgeben.«

Agnès biss sich auf die Unterlippe. Für Delambre war das eine bittere Pille: Durch diese Aussage wurde er zum Hauptverdächtigen für den Mord an seinem Sohn.

»Antoine war das Leben selbst«, schloss Ludmilla.

Wenig später, als Agnès gerade die Aussage von Ludmilla las, erschien Delambre in ihrem Büro.

»Und, Angeli?«

»Na ja, es wäre sicher richtig, Franck Duval und Viviane Lebesco zu verhören.«

Delambre kratzte sich am Hintern, bevor er sich auf einen Sessel fallen ließ.

»Lassen Sie Duval erst mal in Ruhe. Wenn wir einen Conseiller général wenige Stunden nach dem Tod seines Sohnes verhören, können wir beide uns einen neuen Job suchen.«

Seit mehr als drei Tagen hatte Laura nicht mehr Vincents Hand in der ihren gespürt. Drei Tage, eine Nacht im Gefängnis und drei Tote: Matthieu, Duroc und Antoine. Und natürlich musste sie ständig an ihre Mutter denken. Sie hatte Anzeige gegen Unbekannt wegen Grabschändung und Leichenraub erstattet, doch die Polizei von Nizza interessierte sich nicht besonders für eine Leiche, die vor mehr als dreißig Jahren beerdigt worden war. Ihr Vater war immer noch in Untersuchungshaft. Wenn nichts Besonderes geschah, würde er sicher am Nachmittag wieder freikommen. Bevor sie ins Krankenhaus ging, war Laura bei *La Baie des Anges*, der esoterischen Buchhandlung, vorbeigegangen, um festzustellen, ob Bruno recht hatte.

Die Buchhandlung war immer noch da. Zwar war sie geschlossen, doch sie existierte. Warum hatte Agnès' Kollege behauptet, diese Buchhandlung gäbe es nicht? War das ein Manöver, um sie mürbe zu machen? Laura klopfte gegen die Scheibe, doch nur die beiden ägyptischen Katzen reagierten auf ihr Rufen. Eine von ihnen sprang ins Fenster und rieb sich an der Scheibe, eine anmutige Art zu grüßen. Wie mochte das Buch des Prinzen von Pisa aus der Buchhandlung ins Landhaus gelangt sein? Nachdenklich starrte Laura die Katze an, als ob diese ihr eine Antwort geben könnte.

Kurze Zeit später eilte sie durch die engen Krankenhausflure. Der Polizist vor der Tür schien sich tödlich zu langweilen. Er legte seine Autozeitschrift weg und sah sie mit einem mitleidigen Lächeln an.

»Tut mir leid, aber die Anweisungen haben sich nicht geändert.«

»Können Sie mir wenigstens sagen, wie es ihm geht?«

»Sie brauchen sich keine Sorgen zu machen. Die Schwestern bemuttern ihn, die Ärzte wirken zufrieden, soweit ich das mitbekomme.«

Laura seufzte erleichtert. Endlich eine gute Nachricht.

»Kann ich ihn nicht wenigstens drei Sekunden sehen? Wenn Sie wollen, bleibe ich an der Schwelle stehen. Ich möchte nur einen Blick auf ihn werfen.«

»Befehl ist Befehl, Mademoiselle.«

Da öffnete sich plötzlich die Zimmertür von innen, und Laura stürzte hin. Vincent hing noch immer an einem ganzen Netz von Schläuchen, die an Monitoren befestigt waren. Er atmete wieder selbst, hatte aber noch immer einen Verband um den Kopf. Ein weißer Schatten bewegte sich um das Bett.

Mado kam heraus und umarmte sie lächelnd.

»Laura, er wird jetzt gewaschen. Wir müssen draußen bleiben.«

Laura lehnte an der Wand. Ihr war schwindlig geworden.

»Sie brauchen einen starken Kaffee mit viel Zucker und einen schönen Teller Pasta.« Mado duldete keinen Widerspruch, vor allem wenn jemand blass war und ihr zu dünn erschien. Sie nahm Laura am Arm und zog sie mit sich fort. Doch Laura blieb beim Getränkeautomaten stehen.

»Ein Kaffee mit viel Zucker genügt. Ich habe keinen Hunger.«

Mado führte sie zu einem Plastikstuhl und machte sich an der Maschine zu schaffen.

»Diese Geräte taugen überhaupt nichts ...«

Endlich reichte sie Laura einen dampfenden Becher Kaffee und setzte sich neben sie.

»Wie geht es Ihnen?«

»Nicht sehr gut.«

»Ich weiß. Aber Sie müssen durchhalten. Vincent braucht Sie, er braucht uns alle.«

Laura schluckte. Das klang, als gehöre sie jetzt zum Bellair-Clan. Sie kostete den Kaffee. Er war heiß und schmeckte scheußlich.

»Trinken Sie!«, befahl Mado.

Die Flüssigkeit rann ihr in den Mund und verbrannte ihr die Kehle.

»So ist es gut«, lobte Vincents Mutter. »Hören Sie, ich glaube, ich sollte Ihnen ein paar Dinge erklären.« Sie sah Laura zögernd an. »Ich weiß, warum mein Sohn bei der Trauungszeremonie Nein gesagt hat.«

Laura hätte sich fast verschluckt. Fürsorglich nahm ihr Mado den Becher aus der Hand und stellte ihn auf ein Tischchen.

»Also, ich kam am Tag der Hochzeit zu ihm, um ihn zum Rathaus zu begleiten. Ich wollte ihm noch ein paar Dinge sagen, über die ich noch nie mit jemandem gesprochen habe. Außer mit meinem Pierrot, natürlich.«

Nun sprudelten die Worte förmlich aus ihr heraus:

»Es war nach dem Tod Ihrer Mutter am 21. August 1972. Ich erinnere mich daran, als sei es gestern gewesen. Alle glaubten, dass die Bremsen versagt hätten oder etwas in der Art. Fred, mein Schwager, war am Boden zerstört, Sie wissen ja, warum. Er weigerte sich zu essen. Ich habe ihn drei Tage bei uns behalten und mich um ihn gekümmert. Einige Wochen später erzählte jemand meinem Pierrot, dass der Unfall Ihrer armen Mutter in Wahrheit ein Mord gewesen sei. Das Gerücht hielt sich aber nicht lange. Es gab auch keine Ermittlungen diesbezüglich. Ihre Mutter wurde beerdigt, und alle waren viel zu traurig, um sich um solche üblen Anwürfe zu kümmern. Danach fingen die Leute an, von einem Fluch zu sprechen. Vor dem Tod Ihrer Mutter habe ich nie etwas von diesem Fluch gehört.«

Laura sank in sich zusammen. Sie wollte etwas sagen, doch Mado fuhr fort:

»Lassen Sie mich weiterreden. Fred erzählte meinem Mann, Luisa habe ihm kurz vor ihrem Tod mitgeteilt, dass sie sich selbst als Tote gesehen habe. Sie habe auch Stimmen gehört und andere von sich in der Vergangenheit sprechen hören. Ein bisschen wie Sie …«

»Ich bin nicht verrückt, Mado, ich bekomme ständig diese Karten! Manchmal sehe ich Dinge vor mir, das ist wahr. Für all das gibt es sicher eine Erklärung, aber mir glaubt ja niemand. Kein Mensch!«

»Aber natürlich glaube ich Ihnen. Sie wissen, ich glaube an viele Dinge, Tarot und das alles … Manche halten auch mich für verrückt. Aber ich sage Ihnen, die Leute hören nicht auf ihre innere Stimme. Die Geschichte mit dem Fluch halte ich für Unsinn. Aber eins ist jedenfalls sicher: Vincent wollte Sie schützen.«

Sie musterten einander einen Augenblick. Mado meinte es ernst.

»Wissen Sie, was mein Vincent zu mir gesagt hat? Er sagte: ›Mama, jemand will die Verbindung zwischen den Bellairs und den Fontanes um jeden Preis verhindern. Ich bin mir sicher, dass Luisas Mutter deshalb ermordet wurde. Und wenn ich Laura heirate, wird man auch sie umbringen.‹ Ich bin überzeugt, dass mein Sohn Sie schützen wollte, als er sich weigerte, Sie zu heiraten.«

»Hat er wirklich gesagt, er ist sich sicher, dass meine Mutter ermordet wurde?«

»Ja, das hat er gesagt.«

»Dann hat Vincent vielleicht etwas herausgefunden, und deshalb wollte man ihn töten.«

»Das ist auch ein Beweis dafür, dass Sie nicht verrückt sind, meine Liebe.«

»Wir müssen gut auf ihn aufpassen, Mado. Mir bleibt nur noch wenig Zeit, um die Wahrheit herauszufinden. Ich danke Ihnen vielmals.«

Bevor sie ging, bat Laura darum, Vincent noch einmal sehen zu dürfen.

Mado nahm sie, unter dem resignierten Blick des Polizisten, mit ins Krankenzimmer. Als sie sich über Vincent beugte, konnte sie sich des Gedankens nicht erwehren, dass die Wahrheit dort verborgen war, in ihm, der schlief und den sie nicht erreichen konnte. Sie flüsterte ihm ins Ohr, wie sehr sie ihn liebe, und überließ ihn wieder seiner Mutter. Vincent zeigte keine Reaktion.

Als sie wieder auf dem Flur war, wurde sie von einer neuen Vision heimgesucht. Die pastellfarbenen Wände blähten sich auf, das Linoleum am Boden wellte sich, die Gesichter verschwammen, und sie erblickte lauter Gestalten, die von orangefarbenem Licht umstrahlt wurden. Das Pochen ihres Herzens schien den ganzen Raum zu erfüllen. Sie musste sich an einem Türrahmen festhalten. Da kam eine Trage näher, auf der eine Frau mit blutverkrustetem braunem Haar lag. Überall auf der Decke war Blut. Sie sah, dass die Frau schwanger war. Laura schloss die Augen, doch trotzdem sah sie die Trage immer näher kommen … Sie glaubte, ihre sterbende Mutter zu sehen. Dann hörte sie die Schreie eines Neugeborenen. Ihr wurde schlecht.

Als sie ein paar Minuten später auf der Eingangstreppe des Krankenhauses stand, hatte sie nur einen Gedanken: Sie musste mit ihrem Vater sprechen.

Als Fred Bellair die oberste Etage erreicht hatte, wurde ihm klar, dass seine besten Jahre für immer vorbei waren. Der ehemalige Sportler hatte den Eindruck, dass statt eines Herzens ein Stahlwerk in seiner Brust saß, dessen Hämmer auf sein Trommelfell einschlugen. Er musste erst einmal Atem schöpfen.

Da es keine Klingel gab, klopfte er zweimal an die Tür.

»Hier ist Fred Bellair. Ich muss mit Ihnen sprechen.«

Die Tür ging auf. Einen Moment später saß er auf einem Klappstuhl, während Manon sich gegen die Wand lehnte und ihn mit trotziger Miene ansah.

»Was wollen Sie? Ich muss weg, mein Zug fährt gleich.«

»Dann nehmen Sie eben den nächsten. Aus Nizza kommt man immer weg, selbst wenn man es eilig hat. Doch mir entwischt man nicht so leicht.«

Manon grinste ihn an. Die Kleine hatte Mut, aber gleich würde ihr das Lachen vergehen … Langsam zog er einen ovalen Gegenstand aus der Tasche und hielt ihn ihr unter die Nase. Eine zarte Brosche aus Strass glänzte in seiner riesigen Handfläche. Manon zwinkerte heftig mit den Augen.

»Sie fahren hier nicht weg, ehe Sie mir nicht ein paar Fragen beantwortet haben«, fuhr Bellair fort. »Diese Brosche gehört Ihnen, nicht wahr? Ich habe sie in meinem Büro gefunden. Und ich bin hier, um mir zurückzuholen, was Sie mir gestohlen haben.«

»Ich habe keine Ahnung, wovon Sie reden.«

»Sie lügen!« Blitzschnell packte er ihren Arm und sah sie drohend an. »Zwingen Sie mich nicht, Gewalt anzuwenden.«

Manon wand sich aus seinem Griff. »Lassen Sie mich los. Hier sind Ihre blöden Briefe!«

Sie wies auf die offene Tasche auf ihrem Bett. Er ließ von ihr ab und fand das verschnürte Päckchen unter einer schmutzigen Jeans. Nachdem er die Briefe in seine Jackentasche gesteckt hatte, setzte er sich wieder. Manon lehnte immer noch an der Wand und blickte ihn hasserfüllt an.

»Und jetzt hauen Sie ab«, sagte sie.

»Sie schulden mir eine Erklärung, Mademoiselle! Wieso haben Sie die Briefe gestohlen? Was interessiert Sie so daran?«

»Das geht Sie nichts an.«

»Wenn man schon in der Lage ist, verschlossene Türen zu öffnen, warum lässt man dann das Geld und die Wertsachen liegen? Sie sind keine gewöhnliche Diebin, Mademoiselle Hanspag. Ich habe Zeit ...«

»Rufen Sie doch die Polizei, wenn Sie meinen ...«

»Ich habe meine Probleme immer selbst gelöst.«

Bellair ließ sich auf dem Klappstuhl nieder und setzte sich so bequem wie möglich hin. Die junge Frau ging zur Toilette und streckte schon die Hand nach dem Türgriff aus, als Fred bemerkte, dass sie etwas vor ihm verbergen wollte. Er sprang auf, zog sie zu dem Tisch hin und sah das Schmuckstück an ihrem zarten Handgelenk.

»Ziehen Sie sofort dieses Armband aus. Das ist ja geradezu manisch! Sie stehlen wohl alles, was Luisa gehört.«

»*Gehörte.* Sie ist tot, soweit ich weiß. Es sei denn, sie lebt noch.«

Manon gewann wieder Oberwasser. »Vielleicht war dieser Autounfall ja bloß eine grandiose Inszenierung, um Luisa von ihrem Ehemann zu befreien?«

»Glauben Sie wirklich, dass ich noch in dieser Stadt wäre, wenn Luisa noch leben würde?«

»Wer weiß? Vielleicht wollte Luisa auch Sie loswerden.«

Fred lachte kurz auf. »Sie haben eine abenteuerliche Phantasie, Mademoiselle. Und jetzt geben Sie mir mein Armband!«

Wahrscheinlich weiß er mehr über das Verschwinden von Luisas Leiche als alle anderen, dachte Manon, während Bellair sich am Verschluss des Armbands zu schaffen machte.

»Dieses Armband gehört mir«, protestierte sie.

»Jetzt reicht's«, sagte er wütend. »Was suchen Sie eigentlich? Oder schnüffeln Sie nur zum Spaß herum?«

»Was ich suche, habe ich bereits gefunden«, schleuderte sie ihm ins Gesicht.

»Beantworten Sie meine Frage.«

»Das habe ich bereits.«

»Wo haben Sie das Armband her?«

»Ich habe es gestohlen, ich bin eine Diebin.«

»Ach ja, und wo?«

»Dieses Armband gehört Ihnen nicht. Und jetzt bitte ich Sie zu gehen.«

»Haben Sie Matthieu umgebracht?«

Als Antwort verpasste Manon ihm eine solche Ohrfeige, dass Bellair sie fassungslos anstarrte. Ein wahrhaft schlagender Beweis für die Unschuld dieser jungen Löwin …

Er beobachtete sie wie ein Boxer, der eine Runde verloren hat und sich gegen den Gegner wappnet. Plötzlich hatte er das aberwitzige Bedürfnis zu lachen. Dieses Mädchen würde gar nichts zugeben, das stand fest.

»Sie sind entlassen.«

»Anstatt auf dem Teppichboden nach Broschen zu suchen, sollten Sie lieber nachsehen, was auf Ihrem Schreibtisch liegt: meine Kündigung!«

»Sie werden aber sicher unsere schöne Stadt Nizza nicht verlassen, Mademoiselle Hanspag.«

»Da irren Sie sich.«

»Das glaube ich nicht. Ihre Mutter wohnt doch in Nîmes, nicht wahr?«

»Soll das eine Drohung sein?«

»Nur eine Vorsichtsmaßnahme. Dann also bis bald …«

Er hatte das Armband vom Handgelenk seiner Croupière gelöst und steckte es in die Tasche. »Das nehme ich mit.«

Manon hockte auf ihrem Stuhl und wartete, dass sich ihr Puls wieder beruhigte. Fred Bellair hatte beim Weggehen die Tür leise hinter sich zugezogen. Nach einer Weile stand sie auf, öffnete die Nachttischschublade und betrachtete das zweite Armband, das im Sonnenlicht glitzerte. Sie grinste und wurde dann wieder ernst. Ihr Aufenthalt in Nizza war noch nicht zu Ende. Das teilte sie ihrer Mutter ein paar Sekunden später am Telefon mit.

Der Kies spritzte unter den Reifen auf, als Laura abrupt bremste. Sie sprang aus dem Wagen und lief die Stufen zum Glashaus hinauf. Sie flog geradezu, angetrieben von Entschlossenheit und Wut. Max, der gerade aus der Untersuchungshaft entlassen worden war, saß in Vivianes Leichenhalle und wirkte völlig geistesabwesend.

Ohne Gruß schleuderte sie ihm ihre Frage entgegen:

»War meine Mutter schwanger, als sie starb?«

Max starrte sie verständnislos an. Er hatte gerade mit Luisa Zwiesprache gehalten, wie er es immer wieder tat. Laura zog einen Stuhl heran und setzte sich ihm gegenüber.

»Papa, ich weiß es. Ich habe es gesehen! Meine Mutter war schwanger, als sie den Unfall hatte. Ihr habt es mir alle verschwiegen. Warum?«

Max zuckte mit den Schultern.

»Ich weiß es nicht mehr.«

Laura packte seine Hand.

»Ich habe recht, nicht wahr? Antworte mir!«

Laura drückte ihn gegen die Stuhllehne. Woher hatte sie nur diese Kraft? Er lächelte.

»Du bist am 21. Juli geboren, aber was hat das schon zu sagen?«, murmelte er.

»Was soll das heißen?«, schrie sie. »Du hast mich dreiunddreißig Jahre lang angelogen! Ich lebe seit dreiunddreißig

Jahren mit diesem Albtraum, und du wusstest den Grund und hast mir nie etwas gesagt! Ich dachte, ich wäre verrückt!«

Max lachte traurig. »Auch ich lebe in einem Albtraum.«

Laura zuckte zusammen. Max sah sie mit dem verstörten Blick eines Schlafwandlers an.

»Ich habe sie getötet …«

»Sag das noch mal.«

»Ich habe sie getötet.«

»Was redest du da?«

»Ich habe sie getötet«, wiederholte er und seufzte.

Er redete wie in Trance. Laura gab ihm eine Ohrfeige, damit er in die Wirklichkeit zurückkehrte. Es kam nicht infrage, dass ihr Vater jetzt kniff. Mitleid war hier fehl am Platz, sie musste die Wahrheit wissen. Das war das Mindeste, was er ihr nach Jahren des gnadenlosen Kampfes gegen ihre Visionen schuldig war. Ihre Erscheinungen, die nächtlichen Stimmen, die sie riefen, hatten einen realen Hintergrund: Noch bevor Laura ihren Namen erhalten hatte, hatte sie das alles tatsächlich erlebt. Nur waren ihr die Worte der Geister bisher unverständlich gewesen. Nun aber wusste sie, dass sie ihr eine wahre Geschichte erzählt hatten, die der letzten Stunden im Leben ihrer Mutter und der ersten ihres Kindes.

»Wach auf!«

Der Schleier über Max' Augen schien sich zu heben. Laura kniff ihm vorsichtig in die Wange. Eine leichte Röte erschien auf seinen blassen Wangen. Er schien wieder zu sich zu kommen, aber Laura begriff, dass ein Teil von ihm schon am anderen Ufer des Flusses war, der das Reich der Lebenden von dem der Toten trennt.

»Papa, komm zurück!«

»Ich bin ja da. Deine Mutter lebte noch. Aber ich musste eine Entscheidung treffen. Als die Feuerwehrleute Luisa ins Krankenhaus brachten, lag sie im Koma. Ihr Wagen hatte Feuer gefangen, aber sie war vermutlich herausgeschleudert worden.

Du lebtest. Und sie hatte kaum Chancen zu überleben. Sie hatte schwere Hirnverletzungen. Bestenfalls wäre sie Apallikerin geworden. Ich musste mich beeilen und mich zwischen dir und ihr entscheiden. Es blieb nur wenig Zeit. Ich habe sie getötet, damit du leben konntest.«

Laura ließ seine Hand los. Max log nicht mehr, das spürte sie. Aber nun stellten sich neue Fragen.

»Warum hast du mein Geburtsdatum geändert?«

»Ich erlebe diese Szene jeden Tag aufs Neue«, sagte er, »ich bin gefangen in dieser furchtbaren Erinnerung. Der Arzt war damit einverstanden, dass wir das Geburtsdatum ändern. Wir wollten dir wenigstens dieses Trauma ersparen. Damit du dich nicht auch noch für den Tod von Luisa verantwortlich fühlst. Vielleicht war das ein Fehler. Aber nachdem wir diese Lüge einmal in die Welt gesetzt hatten, gab es kein Zurück mehr …«

Laura stand auf. Endlich hatte sie bekommen, was sie wollte. Sie streichelte die Wange ihres Vaters, der nur noch ein Schatten seiner selbst war. Sie konnte ihm nicht böse sein.

»Ich muss nachdenken. Ich fahre zu Ludmilla.«

Er ergriff ihre Hand und zwang sie, sich wieder zu setzen.

»Ich bin noch nicht fertig. Deine Mutter, sie wollte mich verlassen … das weißt du. Was du nicht weißt, ist, dass auch Fred ins Krankenhaus kam. Er hatte von Luisas Unfall gehört. Er flehte mich an, sie am Leben zu lassen.«

»Warum erzählst du mir das?«

»Laura, wenn du wirklich seine Tochter gewesen wärst, hätte er dieselbe Wahl getroffen wie ich. Doch er wollte nicht, dass du lebst, sondern Luisa! Du bist unser Kind, nicht das von Fred. Er hat mir diese Entscheidung nie verziehen.«

Laura ergriff die Hand ihres Vaters, obwohl sie am liebsten davongerannt wäre, um endlich allein zu sein.

»Laura, du darfst nicht in Nizza bleiben.«

Jetzt fing er wieder an. Er wollte plötzlich ihre Hand nicht mehr loslassen. Diesen flehenden, verstörten Ausdruck hatte sie sonst nur auf seinem Gesicht gesehen, wenn es um ihre Halluzinationen und Angstzustände ging.

»Der Fluch wird auch dich treffen. Deine Mutter ist daran gestorben. Du musst dich in Sicherheit bringen.«

»Papa, wenn es diesen Fluch gibt, dann trifft er mich, auch wenn ich mich am Ende der Welt verstecke. Aber ich glaube nicht mehr daran.«

»Komm mit.«

Max zog sie mit sich fort bis in das große Zimmer, in dem sich sein Büro befand. Er war wieder zu Kräften gekommen, und Laura war froh, als er ihre Hand endlich losließ. Dann öffnete er den verglasten Bücherschrank und zog hinter einem Stapel Fotoalben eine kleine bunt bemalte Blechdose hervor, in der früher Süßigkeiten aus Isigny gewesen waren – gewiss die Erinnerung an eine Reise mit Luisa. Darin lag ein Umschlag, den er Laura reichte. Sie zögerte ihn zu berühren, denn das Papier erinnerte sie an einen anderen Umschlag.

»Mach ihn auf. Dann verstehst du, warum ich dir immer und immer wieder sage …«

In dem Umschlag lag eine Tarotkarte: Die *Karte ohne Namen*, die Nummer XIII. Ein bedrohlich grinsendes Skelett schnitt mit seiner Sense zwei Köpfe ab. Laura fröstelte.

»Als ich dich im Krankenhaus abholte, wo du noch einen Monat nach deiner Geburt im Brutkasten warst, habe ich diese Karte in deinem Bettchen gefunden …«

Ludmilla brach ihren eigenen Rekord: Zum zwanzigsten Mal beging Madame Butterfly Selbstmord. Dass Lauras Tante dabei so viele Tränen vergoss, hing sicher mit dem Tod von Antoine zusammen. Seit zwei Tagen hatte sie nichts gegessen, stopfte aber ständig ihre Haschischpfeife aus Ebenholz mit dem erlesenen Stoff aus den liebevoll gezüchteten Pflänzchen am Ende des Parks. An so schwarzen Tagen war er höchst willkommen – besser als grüner Salat mit Sesamkörnern. Entgegen der üblichen Behauptungen raubte ihr der Cannabis den Appetit. Rauchwolken hüllten den Trauergesang der Sterbenden ein. Ludmilla wischte sich eine Träne ab, ohne Laura wahrzunehmen, die gerade durch die schwarz-weiß gekachelte Halle ging. Seit Stunden hatten die beiden Frauen kein Wort miteinander gewechselt. Durch die weit geöffnete Tür sah Laura den Blick des Prinzen von Pisa, ein Blick, der durch die Jahrhunderte zu ihr drang und sie plötzlich beunruhigte.

Auf der Treppe musste sie sich am eisernen Geländer festhalten. Während sie zu ihrem Zimmer ging, glaubte sie, bei jedem Schritt zusammenzubrechen. Sie hatte ihre Kräfte überschätzt. Ihr Körper und ihr Kopf schrien nach Ruhe. Sie öffnete die Tür, sank aufs Bett und schloss die Augen … Doch sie fand keinen Schlaf, immer noch tanzten Bilder und Worte hinter ihren geschlossenen Lidern. Es gab keine Ruhe, außer für die Toten … Einen Augenblick lang beneidete sie sie um ihren ewigen Schlaf. Dann aber spürte sie neue Kraft und öffnete die Augen. Die Sonne schien direkt durchs Fenster, und das Zimmer glühte wie ein Backofen. Eine Dusche würde ihr bestimmt gut tun.

Immer noch lag das Buch des Prinzen von Pisa auf dem Frisiertisch. Ein Windhauch öffnete es und blätterte die Seiten um. Nun war es, als läse eine Stimme aus dem Buch vor …

»Ich, der Prinz von Pisa, habe diese Geheimnisse entdeckt. Deshalb bin ich von den Toten zurückgekehrt, um sie euch zu offenbaren, euch, den Magierinnen meines Tempels …«

Unermüdlich wiederholte die Stimme denselben Satz.

Laura hörte unter der Dusche die Stimme, verändert durch das Rauschen des Wassers. Dann vernahm sie Schmerzensschreie. Schreie von Verdammten oder Irrenden. Sie stellte die Dusche ab und lauschte. Die Stimmen waren immer noch da, aber weiter entfernt und undeutlich. Sie hüllte sich in ein Badetuch und ging zurück in ihr Zimmer.

Da erblickte sie das offene Buch, dessen Seiten im Windhauch zitterten. Je näher sie kam, desto deutlicher hörte sie die Stimmen. Sie sah auf das Buch. Sie konnte kein Latein, und doch ahnte sie, was darin stand.

Plötzlich sah sie das Steinkreuz vor sich, wo Luisa ihren Unfall gehabt hatte. Und dann hörte sie ganz deutlich eine Frauenstimme, in der sie die Stimme ihrer Mutter zu erkennen glaubte.

»Laura, Laura, hör nicht auf sie. Ich komme wieder, ich komme wieder.«

In diesem Moment ging das Buch in Flammen auf.

Laura schrie gellend auf. Ein paar Sekunden später stand Ludmilla bei ihrer Nichte im Zimmer.

»Das Buch brennt!«, schrie Laura völlig außer sich.

»Was redest du da. Da ist das Buch doch! Es ist überhaupt nicht verbrannt! Was erzählst du da bloß, mein Kind?«

Laura starrte auf das Buch, das unversehrt auf dem Frisiertisch lag. Hatte sie sich das wirklich nur eingebildet? Unten im Salon verkündete Cho-Cho-San alias Madame Butterfly noch immer ihre Liebe zu Pinkerton …

»Ich schwöre dir, dass es gebrannt hat«, stöhnte Laura.

Ludmilla schnalzte verärgert mit der Zunge. »Meine Liebe, mir reicht es. Ein Armband verschwindet, aus dem Nichts tauchen Karten auf, ein Buch brennt und ist dennoch völlig unbeschädigt! Wenn das so weitergeht, dann werfe ich alles weg, mitsamt dem Bild des Prinzen von Pisa! Hörst du?«

»Meine Mutter will zurückkehren.«

Ludmilla sah sie entsetzt an.

»Jetzt ist es aber wirklich genug!«, brüllte sie. »Du drehst ja völlig durch! Deine Mutter ist tot, und Tote kehren nicht zurück. Antoine ist tot und kommt nicht wieder, dein Bruder ist tot und kommt auch nicht zurück. Deine Mutter ist tot. Tot! Hör mal, Schätzchen, ich habe dir ein Alibi verschafft, damit du aus dem Gefängnis rauskommst. Aber jetzt musst du in Behandlung, hörst du? Ich kann dich schützen, aber auch meine Mittel sind begrenzt.«

»Ich sage dir, ich habe die Stimme meiner Mutter gehört«, rief Laura weinend, »und sie hat mir gesagt, dass sie wiederkommt.«

»Phantastisch! Weißt du eigentlich, was du da redest? Falls du auch noch die Stimme von Antoine hörst, ruf mich, denn wir hätten uns noch einiges zu sagen!«

Als sie die Tür hinter sich zuschlug, zitterte die Wand, und die Deckenleuchte wackelte. Laura ließ sich aufs Bett fallen und vergrub ihr Gesicht in den Kissen.

Es hatte Pierrot Bellair große Überwindung gekostet, seinen Bruder um ein Gespräch zu bitten. Er wartete an der Theke und kam sich vor wie ein Priester in einer Striptease-Bar.

Pierrot hatte viel nachgedacht an den langen Abenden auf seinem Boot, während sein Sohn Vincent im Krankenhaus lag. Er hatte seiner Frau Mado nur einmal in seinem Leben nicht die Wahrheit gesagt. Nur einmal. Nun kam er jeden Abend mit seinem schlechten Gewissen nach Hause, und wenn er sich schlafen legte, raunte ihm eine Stimme ins Ohr: »Du bist schuld, du hättest dich weigern müssen.«

Es war Zeit, diese Last abzuwerfen, um wieder frei atmen zu können. Eines Tages würde er dieses Geheimnis, an dem er so schwer trug, mit Mado teilen, seiner göttlichen Italienerin.

Er betrachtete seine Hände, die flach auf der Theke lagen, wie die eines Jungen, der erwartet, dass der Lehrer ihn mit dem Stock bestraft. Schon während seiner Kindheit waren diese Hände groß und kräftig gewesen. Er wäre gern Dichter geworden, doch er tat sich schwer mit der Feder, und seine Schulhefte waren voller Tintenkleckse und Schmierereien. Der kleine Kerl hatte lieber in den Himmel geschaut als in die Gesichter der Lehrer. Einer von ihnen hatte ihm prophezeiht, er würde einmal Steine klopfen. Er hatte sich nicht geirrt. Pierrot war Maurer geworden und ab seinem fünfzehnten Lebensjahr auf dem Bau beschäftigt gewesen. An seinen Händen mit den tiefen Rissen und der Hornhaut sah man, wie hart er gearbeitet hatte.

Die blank polierte Theke, das grelle Licht, die hektischen Leute um ihn herum, das alles beeindruckte ihn nicht im Geringsten.

»Willst du nichts trinken?«, fragte Fred.

»Nein, ich habe keinen Durst.«

»Warum bist du nicht nach oben in mein Büro gekommen? Da hätten wir mehr Ruhe gehabt.«

»Es dauert nur zehn Minuten.«

»Hat Mado dich geschickt?«

»Nein, es war meine eigene Idee.«

Er sagte das nicht ohne Stolz. Fred Bellair verzog zweifelnd das Gesicht, aber das war ihm egal. Er war dabei, sich von dieser unerträglichen Last zu befreien, und nur darauf kam es an.

»Hör zu, Fred, ich glaube, es ist an der Zeit, etwas zurückzugeben, was du besitzt, was dir aber nicht gehört.«

Fred trank einen Schluck. Sein Blick wanderte durch den Saal.

»Du musst Laura Fontane helfen. Das ist auch der einzige Weg, Vincent zu helfen.«

»Ich glaube, da kann ich nichts tun«, erwiderte Fred abweisend. Dann musterte er die knittrige Weste eines Saaldieners und brummte: »Schlamperei! Man muss seine Augen wirklich überall haben!«

Pierrot war entschlossen, sich nicht abwimmeln zu lassen.

»Du bringst seit Jahren alles durcheinander, Fred. Inzwischen tut es mir leid, dir geholfen zu haben. Ich war nie besonders klug, im Gegensatz zu dir. Aber wenn du dich weigerst, rede ich mit dem Mädchen.«

»Du hältst schön den Mund. Diese Sache geht dich absolut nichts an.«

Pierrot stand auf und schob den Hocker zur Seite. »Wie du willst.«

Seine Worte hallten in Freds Kopf wider. Sie konnten alles bedeuten, das Beste und das Schlimmste.

Laura parkte das Auto direkt vor dem Steinkreuz in der Haarnadelkurve. In der Ferne war das orangefarbene Band der Lichter von Nizza zu sehen, das den Sternenhimmel blasser wirken ließ. Mit einem Schauder betrachtete sie das Steinmonument, das im Mondlicht glänzte. Was für ein Glaube war das, der die Leute dazu brachte, sich um einen gepeinigten Körper an einem Kreuz zu scharen? Dann machte sie Licht im Wagen und musterte das Foto, das sie aus dem Archiv der Gendarmerie mitgenommen hatte. Der Schuh von Luisa auf der Talseite der Straße. Sie hatte das Geheimnis ihrer Geburt gelüftet und wusste jetzt, dass sie von einer Toten zur Welt gebracht worden war. Aber diese Neuigkeit, so wichtig sie auch war, beruhigte sie nicht.

Laura stieg aus dem Wagen und ging eilig an dem Christus vorbei. Sie vermied es, ihn anzublicken, und doch war es ihr, als ob die Wundmale an Händen und Füßen größer und größer wurden. Energisch schüttelte sie den Kopf. Vorsichtig kletterte sie den steilen Abhang hinauf, wobei sie sich an Felsspitzen und trockenen Ästen festhielt. Nun war sie am Ort des Dramas. Sie blickte noch einmal auf das Foto und schloss die Augen. Plötzlich sah sie das Auto mit dem Dach nach unten auf der Straße liegen, die Brandspuren auf der Karosserie und die Glasscherben. Sie sah auch den Schuh. Sie spürte, dass sie auch hier gewesen war, im Bauch ihrer Mutter, als das Furchtbare passierte. Aber was genau war passiert?

Nichts deutet auf einen Unfall hin. Doch plötzlich erhält Luisa einen Schlag. Ein Schmerz, der sich bis zum Bauch der Mutter ausbreitet, bis zu dem Kind, das sie trägt. Luisa schreit nicht. Sie weiß nicht, wie ihr geschieht. Etwas Warmes rinnt ihr die Schläfe herunter, dann über die Wange, wie auf Lauras

Kinderzeichnungen. Plötzlich flackert eine Flamme auf. Ein warmer Lufthauch. Eine Explosion. Gestank, brennendes Benzin, schmelzender Kunststoff. Luisa ringt nach Luft und denkt nur daran, dass sie das Kind in ihrem Bauch schützen muss …

Laura zuckte zusammen. Ihre Ahnung wurde plötzlich zur Gewissheit, einer Gewissheit, die sie nicht beweisen konnte. Womöglich hatte Delambre ja recht. Vielleicht war sie tatsächlich verrückt, schizophren, und hatte all diese Leute getötet, sogar ihren eigenen Bruder. Vielleicht war sie nur zur Welt gekommen, um den Mord an ihrer Mutter zu rächen …

Die Nacht war so mild und angenehm, dass sich Laura auf die trockene Erde legte, mit gekreuzten Armen, dem Himmel, den Sternen, den Engeln und den Dämonen ausgeliefert. Sie fühlte sich mit einem Mal entsetzlich müde, zum Sterben müde. Sie sah in den Himmel und stammelte ein Gebet, in dem sie die Toten anrief, sie zu befreien und in die Welt der Wahrheit zu bringen. Sie wollte nur noch eines: Frieden.

Agnès fuhr aus dem Schlaf hoch. Es war schon 10.00 Uhr, und dieser verdammte Wecker hatte nicht geklingelt! Die Sonne hatte sie geweckt, aber viel zu spät.

Ihr Nacken war schweißnass, obwohl sie ohne Decke geschlafen hatte. Sie stellte ihr Handy an und gab den Code ein, doch da fiel ihr ein, dass am Sonntag niemand auf sie wartete. Delambre war vermutlich angeln gegangen, und Bruno schlief tief und fest, nachdem er sich in irgendwelchen Bars herumgetrieben hatte. Sie fuhr sich mit der feuchten Hand über die Stirn. Ihr Chef konnte nicht ahnen, dass sie viel lieber zur Arbeit gegangen wäre, als allein in dieser weißen Wohnung zu sein, mitten in diesem viel zu großen Bett. Wieder einmal musste sie an Matthieu denken. Wie leer war es in ihrem Leben geworden! Außer der Polizei gab es gar nichts. Verdammt deprimierend.

Als sie aus dem Badezimmer kam, fühlte sie sich ein wenig besser. Agnès nahm ihr Telefon und beschloss, sich ihr Adressbuch anzusehen. Ziemlich überschaubar, ähnlich wie die Einrichtung ihrer Wohnung. Würde jemand ihr Telefon verwanzen, hatte er nicht viel zu erwarten. Sie sah auf Matthieus Namen. Ein Knopfdruck, und er würde für immer verschwinden. Sie beschloss, noch damit zu warten. Nach allem, was geschehen war, brauchte sie noch ein wenig Zeit, um sich von dieser Liebe zu verabschieden, die sie so lange aufgewühlt hatte. Statt die Delete-Taste zu drücken, wählte sie Matthieus Nummer, und sogleich hörte sie seine Stimme: »Guten Tag, hier ist leider nur die Mailbox von Matthieu Fontane. Hinterlassen Sie bitte eine Nachricht, dann hören Sie bald von mir …«

O Gott, das war noch brutaler, als sie es sich vorgestellt hatte. Sie suchte gerade auf den winzigen Tasten nach der Lösch-Funktion, als es summte. Eine neue Nachricht: »Agnès, ich bin's, Laura. Ich wollte dir sagen, wie leid mir alles tut, was da passiert. Ich bin beim steinernen Kreuz. Vielleicht hattest du recht. Vielleicht bin ich wirklich krank, vielleicht tue ich schreckliche Dinge, ohne es zu wissen, vielleicht waren die Halluzinationen meiner Kindheit nur ein Vorspiel oder die Wiederholung der Rache. Ich bin so durcheinander und so unglücklich. Heute Morgen ist der Himmel so schön wie noch nie. Sag Vincent, wenn er aufwacht, dass ich ihn um Verzeihung bitte.«

Für Agnès bestand kein Zweifel daran, dass Laura mit dieser verzweifelten Nachricht ihren Selbstmord ankündigte.

Ein paar Minuten später saß sie am Steuer ihres Wagens. Die Sirene heulte auf dem Dach, und die Autofahrer machten schleunigst Platz, als sie sie in rasendem Tempo heranjagen sahen. Agnès spielte ungern Starsky & Hutch, und als Starsky ohne Hutch war es noch unangenehmer. Glück im Unglück war, dass sie ihren Dienstwagen behalten hatte, Laura hatte ihre Nachricht um 6.30 Uhr gesendet. Auf Agnès' besorgte SMS hatte sie nicht reagiert.

Agnès umklammerte das Steuer und raste auf den Boulevard de Cimiez. Sie fuhr an der Arena vorbei und hoffte, dass nicht einer der Touristen, die dort in Trauben standen, auf ihrer Motorhaube landen würde. Jetzt musste sie noch die Autobahn überqueren, um dann auf die kurvenreiche Straße zum steinernen Kreuz einzubiegen.

Endlich kam das Kreuz oben auf dem Hügel in Sicht, und ihr zog sich der Magen zusammen. Vor der Kurve bremste sie und fuhr dann noch ein Stück weiter. Doch Vincents Auto war nirgendwo zu sehen. Sie sprang aus ihrem Wagen und erklomm hastig den Hügel, um hinabzublicken. Hinter dem Kreuz ging es steil nach unten, nur hier und da gab es ein paar schmale Felsvorsprünge. Doch keine Spur von Laura. Nirgendwo war ein Autowrack zu entdecken, das den Abhang hinuntergestürzt war. Agnès wurde fast schwindlig vor Erleichterung. Als sie den Blick noch einmal über die Schlucht schweifen ließ, entdeckte sie einen Farbfleck. Es war eine Karte. Ihr Puls ging schneller. Laura musste hier gewesen sein! Die neue Tarotkarte zeigte eine Frau mit einem breiten Hut, einem langen blauen Kleid und einem roten Cape, die das Maul eines riesigen Hundes öffnete. Die Karte hieß *Die Kraft* und trug die Nummer XI … Was mochte dieses Bild bedeuten?

Und wo steckte Laura?

Solange nutzte ihren freien Tag, um wie jeden Sonntag auf der Terrasse eines Cafés an der Promenade des Anglais einen oder zwei Pfirsich Melba zu genießen. Dabei lauschte sie den Geräuschen, die vom Meer her zu ihr drangen. In diesen Augenblicken wurde ihr wieder einmal bewusst, wie sehr sie das Leben liebte.

Unweit von Solange saß Manon unter einem Sonnenschirm, der ihr kaum Schatten gab. Nur der Tisch selbst lag im Schatten. Sie spürte das Brennen der Sonne auf ihren nackten Armen. Ihre Mutter saß bei ihr. Sie wollte Manon bitten, endlich wieder nach Hause zu kommen. Manon hatte sie absichtlich an diesen Ort bestellt. Vor all den Leuten würde sie nicht ihr Taschentuch herausziehen und eine Show abziehen. Sie nippte an ihrem Saft und beobachtete die halbnackten Passanten.

»Was macht deine Arbeit?«

»Läuft gut.«

»Aha.«

Ihre Mutter wirkte enttäuscht.

»Mama, ich bin vierunddreißig. Ich lebe.«

Ihre Mutter trank weiter an dem Saft, dann blickte sie wieder auf die Passanten.

»Dieses Armband bringt Unglück. Ich hätte es dir nie geben dürfen. Niemals!«

»Du hast mir nur mein Eigentum zurückgegeben! Und das verdanke ich Papa, nicht dir. Vor seinem Tod hat er dich gebeten, es mir wiederzugeben, stimmt's?«, entgegnete Manon. »Du hast es mir dreißig Jahre lang vorenthalten.«

Ihre Mutter griff in die Tasche und zog ein Taschentuch heraus, wie üblich. Manon verdrehte die Augen. Aber nein, die Mutter betupfte nur ihre Stirn und warf einen verschämten Blick auf die Tischnachbarn.

»Es ist ein sehr wertvolles Stück.«

»Vor allem ist es der einzige Hinweis auf meine leibliche Mutter.«

Ihre Mutter sank in sich zusammen. Es tat ihr weh, wenn sie daran erinnert wurde, dass sie keine Kinder hatte bekommen können.

»Tut mir leid, mein Herz. Ich hatte solche Angst, dass du uns wegen dieses Armbands verlässt«, sagte sie und schniefte.

»Mama, du und Papa, ihr habt mich aufgezogen. Dafür werde ich euch mein ganzes Leben dankbar sein. Aber jetzt will ich wissen, woher ich stamme. Mehr nicht. Mittlerweile ahne ich, wo ich herkomme. Und ich spüre dort die Nähe des Todes.«

Gedankenverloren betrachtete sie ihre Mutter. Jahrelang hatte sie sich immer wieder die Frage gestellt, wie diese zarte blasse Frau mit dem aus Schweden stammenden Ehemann ein dunkelhäutiges Mädchen mit grünen Augen hatte zur Welt bringen können, das gar nicht in diese Familie passte. In den vergangenen Jahren hatte sie Tausende Kilometer mit dem Rucksack zurückgelegt und sich mit Gelegenheitsjobs durchgeschlagen, meist nur für ein paar Monate. Erst als ihr Vater starb, hatte sie erfahren, dass sie adoptiert worden war.

»Ich bin meinem Vater ziemlich ähnlich.«

Die Mutter zuckte zusammen, rückte ihren Hut zurecht und sagte erstaunt: »Ach ja?«

»Du fragst nicht mal, wer es ist?«

»Doch, doch. Also, wer ist es denn?«

»Ich bin mir noch nicht hundertprozentig sicher, aber ich glaube, es ist Fred Bellair.«

»Und wie kommst du darauf?«

»Hast du mir irgendetwas, was mit meiner Geburt zusammenhängt, verheimlicht?«, fragte Manon, anstatt die Frage ihrer Stiefmutter zu beantworten.

»Ich? Nein. Du weißt alles. Wir haben dich im Waisenhaus Sainte-Anne adoptiert. Es ist nicht weit von hier. Als die Schwestern dich übergaben, haben sie uns das Armband ausgehändigt. Das war alles, was du hattest. Deine Mutter hat dich anonym ins Waisenhaus gegeben.«

»Ja, ja. Das haben mir diese alten Schachteln auch gesagt, als ich sie besucht habe.« Manon beschloss, das Gespräch zu beenden, und stand auf.

»So, ich muss gehen, Mama.«

»Juliette … Entschuldigung, Manon!«

»Ich muss zur Arbeit, Mama.«

»Weißt du, mein Herz, du bist das einzige Glück, das wir hatten, dein Vater und ich.«

»Mit allen Sorgen, die so eine Adoption mit sich bringt.«

»Das ist ganz unwichtig. Alle Kinder bereiten ihren Eltern Sorgen. Niemand wird dich je so lieben wie ich.«

Manon fröstelte leicht.

»Es tut mir leid«, sagte sie und küsste ihre Mutter aufs Ohr unter dem breiten Hutrand. »Pass auf dich auf, und mach dir keine Sorgen um mich. Du hörst von mir, wenn ich was Neues weiß. Versprochen.«

Manon schlängelte sich zwischen den Tischen hindurch, ihre alte Ledertasche, die sie auf allen Reisen begleitet hatte, über der Schulter. Hastig schritt sie den Bürgersteig entlang, ohne sich umzusehen. Es war wirklich ein Kreuz mit ihrer Mutter.

Solange kratzte mit dem Löffel ihren Eisbecher aus und blickte dem hübschen Geschöpf nach, das den nur wenige Meter entfernten Tisch mit energischem Schritt verlassen hatte. Erneut fragte sie sich, woher sie die Frau kannte, mit der das Mädchen gesprochen hatte. Und dann wusste sie es plötzlich. Es war Suzanne! Sie war ohne jede Falte, ihr Alter war immer schwer zu schätzen gewesen; sie war zart und blass, und ihr hellblondes Haar hatte schon damals einen grauen Schimmer gehabt. Solange beschloss, sie anzusprechen.

»Verzeihung, ich habe mir gerade gesagt: Diese Frau kennst du doch. Und jetzt weiß ich auch, woher. Guten Tag, Suzanne! Ich bin es, Solange. Erinnerst du dich nicht?«, fragte sie und lachte.

Die Frau mit dem großen Hut errötete und blickte auf ihre hässliche Plastiktasche.

»Hm, ich glaube, Sie irren sich.«

»Aber nein. Hanspag! Das war der Name deines Mannes. Erinnerst du dich nicht: Wir kennen uns von den Rinaldis. Du hast dort als Zimmermädchen gearbeitet. Ich war die Köchin und bin immer noch dort, stell dir vor. Vielleicht erkennst du mich nicht. Du aber siehst immer noch aus wie damals.«

»Nein, ich bin mir ganz sicher, dass ich Sie nicht kenne.«

Manons Mutter erhob sich hastig und versuchte, schnell auf den Bürgersteig zu gelangen, wobei sie gegen mehrere Tische stieß.

Erstaunt sah Solange zu, wie die Frau davonlief, an den Palmen der Promenade entlang, den Rücken gebeugt, die Tasche fest unter den Arm geklemmt.

Die alte Köchin ließ sich nicht beirren: Das war Suzanne Hanspag. Sie hatte fünf Jahre im Landhaus der Rinaldis gearbeitet. Dann hatte sie ganz plötzlich gekündigt, ohne einen

Grund anzugeben, und nie wieder etwas von sich hören lassen. Das ist doch verrückt, dachte Solange, sie tut so, als müsse sie sich für ihre Vergangenheit schämen! Dabei ist Zimmermädchen doch kein unehrenhafter Beruf! Kopfschüttelnd bestellte sie sich einen weiteren Pfirsich Melba.

Agnès hatte die ganze Stadt nach Laura abgesucht und war erleichtert, als sie die Freundin vor ihrer Tür kauernd fand.

Sie umarmten einander lange. Agnès hatte Tränen in den Augen. Sie brauchte ihrer Freundin nicht zu erklären, welche Angst sie ausgestanden hatte. Dann saßen die beiden wie früher an einem Tisch, schälten Erdnüsse und tranken Kaffee. Schließlich legte Agnès die Tarotkarte, die sie beim Kreuz gefunden hatte, auf den Tisch.

»Hast du sie verloren, oder fehlt sie noch in deiner Sammlung?«

Laura warf einen kurzen Blick darauf.

»Sie fehlte noch.«

Dann erzählte sie Agnès ohne Umschweife, was sie erfahren hatte.

»Ich war im Bauch meiner Mutter, als sie den Unfall hatte. Mein Vater hat mir alles erzählt. In der Nacht, als Mama starb, bin ich durch Kaiserschnitt auf die Welt gekommen, am 21. August. Sie konnten meine Mutter nicht mehr retten. Mein Geburtsdatum wurde einfach vorverlegt. Also waren die Bilder, die ich in meiner Kindheit gesehen habe, wahr. Ich habe miterlebt, was meine Mutter erlebt hat. Ich war bei ihr in diesem Auto. Jemand hat ihr einen Schlag versetzt und dann den Wagen angezündet. Auch wenn es verrückt klingt, ich bin mehr denn je davon überzeugt, dass meine Mutter ermordet worden ist.«

Agnès goss neuen Kaffee ein und dachte über Lauras Enthüllungen nach. Hier ging es nicht um Fingerabdrücke, Kugeln, Haare unter den Nägeln der Toten, sondern um Vertrauen.

Laura fuhr fort: »Es ist, als sei meine Mutter zurückgekommen, um mir mit diesen Karten den Weg zu weisen. Das ist keine rationale Erklärung, aber die einzige, die mir einfällt.«

Agnès blickte sie unverwandt an. In Wahrheit fühlte sie sich ohnmächtig. Was würden Typen wie Mollaro und Delambre zu der abenteuerlichen These sagen, dass ein Embryo im Leib der Mutter vor Schmerzen schrie und sich die Bilder von ihrer Ermordung in sein winziges Gehirn einschrieben? Das war schon starker Tobak. Agnès seufzte. Sie musste ihre Freundin schützen.

»Wir müssen unbedingt die Leiche meiner Mutter wiederfinden. Ihr Schädel muss an der linken Schläfe zertrümmert worden sein. Mit einem langen Gegenstand … ich weiß noch nicht, was es ist. Aber ich bin mir sicher, alles wird sich nach und nach wie ein Fächer entfalten. Irgendwann werde ich die ganze Szene vor mir sehen – und damit auch den Mörder.«

DER HERRSCHER

Manon war in der Nacht durch die Stadt gestreift und hatte sich schließlich auf einem Felsen niedergekauert, in einer schmalen Bucht, die weder von Hundehaltern noch von der Polizei frequentiert wurde. Sie lauschte dem Rauschen des Meeres, trank aus einer Flasche Wodka und rauchte eine Zigarette nach der anderen. Dann wühlte sie in ihrer Tasche und fluchte, weil sie keine mehr hatte. Schließlich sammelte sie ein paar Kippen auf, die Spuren der durchwachten Nacht, zündete die längste an und sog mit einem zufriedenen Seufzer den scharfen Rauch ein. Sie hatte schlimmere Nächte als diese erlebt: in der Kälte, ohne einen Cent, in Gräben an einsamen Straßen. Nach dem Stand der Sonne zu urteilen, war es mittlerweile 9.00 Uhr. Eine alte Dame im Badeanzug, das Handtuch über der Schulter, die Bademütze in der Hand, stieg vorsichtig die bröckeligen Betonstufen hinunter, die die Bucht mit der Straße verbanden. Eine jener einsamen Schwimmer, die das morgendliche Bad im Meer zu keiner Jahreszeit missen wollten. Die Frau nickte ihr zu, und Manon hob grüßend die Hand. Stilles Einverständnis zwischen zwei Menschen, die das Wasser und die Einsamkeit liebten. Manon reckte sich und blickte auf ihre Ledertasche. Sie hatte sie überallhin begleitet, und alle möglichen Wimpel, Erinnerungen an die Städte, die sie gesehen hatte, baumelten daran. In dieser Tasche befand sich das Armband der Rinaldis, das so eng mit dem Geheimnis ihrer Herkunft verknüpft war. Wer war ihre Mutter? Luisa Fontane? Hatte sie ein Kind von Fred Bellair bekommen und es vor dem Waisenhaus ausgesetzt? Warum? In der Ferne sah sie den Kopf der Badenden auf dem spiegelglatten Meer. Manon überlegte: Wenn sie zurückkommt und mir einen schönen Tag wünscht, dann heißt das, Luisa ist meine Mutter und Fred mein Vater. Sie fragte sich, ob sie so an ihm hing, weil sie blutsverwandt waren. Sie bewunderte und hasste ihn zugleich. Offenbar hatte er sich von dem Verlust seiner Liebe nie erholt, genauso wenig wie sie. Mit dem Unterschied, dass sie diese »verlorene« Liebe nie erlebt hatte.

Wenn die Schwimmerin mir einen schönen Tag wünscht, rufe ich Fred an und frage ihn, wer die Mutter seines Kindes ist.

Die Frau stieg aus dem Wasser, ohne Manon anzusehen, trocknete sich sorgfältig ab, legte das Badetuch über die Schultern und stieg langsam nach oben. Manon sah wieder aufs Meer. Dann also nicht.

»Einen schönen Tag noch«, sagte eine Stimme.

Manon wandte den Kopf. Die Schwimmerin stand oben auf der zweiten Stufe und lächelte sie an.

»Danke, Ihnen auch.«

Das Schicksal hatte entschieden. Manon nahm ihr Handy und wählte eine Nummer.

»Guten Tag, ich möchte Fred Bellair sprechen.«

»Er ist nicht da.«

Enttäuscht legte sie auf.

Franck Duval war nur noch ein Schatten seiner selbst. Er saß auf dem Ledersofa im Wohnzimmer, seine Augen lagen tief in den Höhlen, sein Haar war struppig, die Krawatte hatte er gelöst, und sein kurzärmeliges Hemd stand weit offen, sodass seine Brust sichtbar wurde. Mit leerem Blick starrte er auf seine Espadrilles. Auf dem Couchtisch stand eine leere Flasche Whisky.

Mollaro saß in einem Sessel und notierte sich Duvals Antworten in sein Notizbuch. Agnès stand dabei und wartete.

Zuvor waren sie bei dem Gerichtsmediziner gewesen, der erst gerade mit der Autopsie von Antoines Leiche angefangen hatte, aber schon ein paar Zahlen bieten konnte: 18 Brüche, 2,8 Gramm Whisky, ein Gramm Kokain, Tod gegen 4.00 Uhr morgens.

»Hat Ihr Sohn regelmäßig Alkohol getrunken?«

»Ich habe keine Ahnung. Er war die letzten vier Jahre in Japan. Seine Mutter war Alkoholikerin«, stieß Duval mit tonloser Stimme hervor.

»Nahm er Drogen?«

»Er hatte Geld. Ich weiß nicht, was er damit machte.«

»Man hat seinen Wagen, einen roten Golf, in der Rue Massenet gefunden. Wann hat er ihn zum letzten Mal benutzt?«

»In der Rue Massenet, sagen Sie?«

Duval verzog das Gesicht.

»Wahrscheinlich hat er ihn Mittwochabend dort geparkt. Am Donnerstagmorgen erhielt ich einen Anruf, ich solle ihn in einer Nachtbar in der Rue de France abholen. Er war sturzbetrunken. Der Besitzer hatte die Papiere in seiner Tasche gefunden. Ich habe ihn hierhergebracht, und bis Freitagmorgen hat er seinen Rausch ausgeschlafen. Er hatte keine Ahnung, wo er sein Auto abgestellt hatte. Ich habe es ihm geschenkt, als er aus Japan zurückkam.«

Er seufzte plötzlich und vergrub den Kopf in den Händen. »Mein Gott, dauert es noch lange?«

Mollaro ließ sich davon nicht beeindrucken. Er wollte gerade mit der Befragung fortfahren, als die Eingangstür aufging. Viviane erschien auf der Schwelle und zuckte zusammen, als sie die Polizisten sah.

»Mein armer Franck«, sagte sie und schwebte auf das Sofa zu. »Haben die Herrschaften von der Polizei nichts Besseres zu tun, als dich zu belästigen?«

Sie setzte sich neben ihn, nahm seine Hand und musterte Mollaro von oben herab. Agnès ignorierte sie vollkommen.

»Wir müssen beide unsere Söhne begraben. Bitte lassen Sie uns in Frieden.«

Mollaro schenkte ihr sein freundlichstes Lächeln. »Madame Lebesco, das trifft sich gut. Wir haben auch ein paar Fragen an Sie.«

Viviane blickte ihn ungnädig an. »Und wenn ich mich weigere, auf Ihre Fragen zu antworten?«

»Dann erhalten Sie eine Vorladung vom Staatsanwalt. Also: Sie waren dabei, als Monsieur Duval sich mit seinem Sohn gestritten hat …«

Agnès sah den Anflug eines zufriedenen Lächelns auf Mollaros Gesicht. Er hatte schon immer gerne den Elefanten im Porzellanladen gespielt.

»Worauf spielen Sie an, Kommissar?«, fragte Franck Duval. Er wirkte plötzlich hellwach.

»Bei diesem Streit soll Ihr Sohn Ihnen gesagt haben, dass er weiß, wer die Morde verübt hat, zu denen wir ermitteln.«

Agnès bemerkte, wie Viviane und Franck einen raschen Blick wechselten.

»Und zwar im Beisein von Madame Lebesco.«

Viviane brach in höhnisches Gelächter aus. Mollaro sah sie durchdringend an.

»Das ist es also! Lassen Sie mich raten, wer Ihnen das erzählt hat: Ludmilla Rinaldi! Stimmt's?«

»Wir geben unsere Quellen nicht preis. Können Sie diese Aussage bestätigen?«

»Reden Sie doch mit Ludmilla. Sie weiß ganz sicher mehr darüber«, erwiderte Viviane hochmütig.

Mollaro kochte vor Wut. Agnès' Blick wanderte von Viviane zu Franck. Was hatte dieses Paar zu verbergen?

Laura sah ihr Spiegelbild in der schweren Tür, dann verschwand es. Der Portier, der aussah wie ein Gorilla, wich respektvoll zur Seite. Entschlossenen Schrittes betrat sie die große Halle, die für Spiele um hohe Einsätze reserviert war. Tiefe Stille empfing sie. Um diese Zeit herrschte hier noch kein Betrieb. Verwirrt blickte sie sich um. Warum hatte sich Fred Bellair gerade hier mit ihr verabredet? Sie entdeckte ihn erst, als er in einen Lichtkegel ganz hinten im Saal trat.

»Danke, dass Sie gekommen sind. Wie geht es Ihnen?«

Er ging ihr entgegen, blieb aber dann an einem der Roulettetische stehen.

»Ich habe es überlebt. Bisher jedenfalls«, antwortete sie.

Fred Bellair musterte sie über den Roulettetisch hinweg. Immer noch fragte sich Laura, warum er sie hierhergebeten hatte.

»Entschuldigen Sie, Fred, aber ich habe es eilig.«

Fred griff in seine Tasche und legte das Armband auf den Tisch. »Dieses Schmuckstück gehörte Ihrer Mutter, und jetzt gehört es Ihnen. Ich habe es wiedergefunden.«

Einen Augenblick lang blickte er versonnen auf das Armband. Dann nahm er den Croupierrechen und schob es sanft zu Laura hin.

Erstaunt nahm sie es entgegen und ließ die Medaillons durch ihre Finger gleiten: *Tod, Einsiedler, Teufel, Sonne* und *Mond* … »Wie ist es in Ihren Besitz gelangt?«

»Eine meiner Angestellten hat es im Landhaus Ihrer Tante gestohlen. Sie hat alles zugegeben. Eine kleine Diebin. Aber ich bin es gewohnt, die Dinge selbst zu regeln, vor allem, wenn es sich um mein Personal handelt. Sind Sie einverstanden, dass ich keine Namen nenne?«

Laura nickte verwirrt und verabschiedete sich rasch. Dieser mächtige und undurchsichtige Mann war ihr unheimlich.

Am Eingang trat ihr Fuß auf eine umgedrehte Karte: *Der Herrscher,* Karte Nr. IIII – nicht IV. Eine mittelalterlich anmutende Herrschergestalt saß auf einem Thron und hielt ein Zepter mit einem Kreuz in der Hand. Zu ihren Füßen lehnte ein Schild mit einem Adler.

Kurz darauf stand Laura vor der Buchhandlung *La Baie des Anges*. Sie rüttelte an der Tür. Geschlossen. Innen im Laden war es dunkel, und selbst die Katzen schienen nicht mehr da zu sein.

Ein riesiger Umschlag fiel auf Bruno Brunos Tastatur. Er brüllte:

»Verdammt, Scheiße! Meine Protokolle!«

Die Seite auf seinem Bildschirm war verschwunden. Als er sich umwandte, sah er in das Gesicht von Brigadier Gardois.

»Was soll dieser Umschlag?«

»Den hat gestern jemand hier abgegeben. Es hat mit dem Fall Fontane zu tun.«

»Verflucht. Und du gibst ihn mir erst jetzt? Hau bloß ab!«

Gardois entfernte sich schleunigst. Bruno zog eine Plastikmappe und einen Brief aus dem Umschlag. Schon die Aufschrift der Mappe versetzte ihm einen Adrenalinstoß: »Schutz der Küstenlandschaft«. Er entfaltete den Brief, dessen Umschlag bereits geöffnet war.

»Meine Herren Polizisten,

Sie finden hier eine Akte, die Sie im Zusammenhang mit den Ermittlungen im Fall Bellair interessieren dürfte. Sie wurde von Rechtsanwalt Bellair erstellt.«

Bruno stutzte über die ungelenke Schrift. Hatten Vincents Eltern das Material an die Polizei geschickt? Mit einer gewissen Feierlichkeit öffnete er die Akte. Berichte des Conseiller général über den Bebauungsplan für das neue Viertel, über den gerade verhandelt wurde, Berichte über die Naturschutzgebiete, Finanzierungspläne von Versicherungsgesellschaften, Durchschläge von Briefen, die von den Kaiman-Inseln und aus der Schweiz stammten, Kontonummern, die mit Markern gekennzeichnet waren, und vor allem Namen, rot eingerahmt:

Lebesco, Duval, Bellair. Bruno stockte der Atem. Es ging um den Montmaure, den Ort, wo es gebrannt hatte. Ganz offensichtlich war Vincent Bellair auf eine heiße Sache gestoßen. An der Côte d'Azur waren schon mehr Leute aus geringfügigeren Anlässen umgebracht worden …

Bruno holte tief Luft. Die Protokolle, die der PC verschluckt hatte, hatte er völlig vergessen.

Mollaro rannte wie ein wilder Stier in dem kleinen Büro auf und ab. Agnès blickte auf Bruno, der ungeduldig auf die Uhr sah. Dann flog die Tür auf, und Delambre stürmte herein.

»Was ist denn das für eine Schweinerei?«

»Eine üble Sache, Kommissar«, entgegnete Mollaro mit breitem Grinsen. »Hier drin steht es, schwarz auf weiß«, sagte er und zeigte auf die Akte. »Feine Machenschaften. Fred Bellair, Viviane Lebesco und Franck Duval. Bruno wird Ihnen Näheres berichten.«

»Keine Details, Bruno. Fassen Sie die Sache zusammen.«

»Natürlich. Dieses Material belegt, dass eine Schein-Versicherungsgesellschaft gegründet worden ist. Ihr Sitz ist auf den Kaiman-Inseln, verschiedene Aktionäre, auch Briefkastenfirmen sind in der Schweiz und Monte Carlo. Hinter all diesen Gesellschaften stehen nur drei Personen: Viviane Lebesco, Fred Bellair und Franck Duval. Sie haben eine enorm hohe Versicherung mit der Immobiliengruppe von Fontane abgeschlossen. Also für ein Großprojekt, an dem Fontane seit mehreren Monaten gearbeitet hat. Das Problem ist: Das Gelände, wo es gebaut werden sollte, steht unter Naturschutz. Es ist der berühmte Montmaure, auf dem es gebrannt hat. Bellair, der Anwalt, hat sich dafür eingesetzt, dass das Areal unter Naturschutz bleibt. Er handelte im Auftrag des Vereins zum Schutz der Küstenlandschaft. Und dabei hat er herausgefunden, dass Franck Duval dieses Areal zum Bauland erklären wollte. Damit änderte sich alles …«

»Und wusste Fontane davon?«, fragte Delambre.

»Ich glaube nicht. Er ist eher der Gelackmeierte. Ein kleiner Riss im Beton, und er merkt, dass er gar nicht versichert ist. Dann geht er baden, und seine ganze Firma mit ihm. Es geht um unglaubliche Summen, mehrere Hundert Millionen Euro.«

»Und was hat der Brand damit zu tun?«

Agnès ergriff das Wort:

»Wir vermuten, dass der Brand nicht zu dem Plan gehörte. Er war nur der Funke, der das Pulverfass zur Explosion brachte, wenn Sie mir den Ausdruck gestatten. So ist Vincent Bellair hinter die ganze Sache gekommen, und wir haben nun die Akte in der Hand. Die letzten Belege hat er am Vorabend des 6. August erhalten.«

»Sollen wir die Abteilung für Finanzermittlungen verständigen? Oder legen wir selber los?«, fragte Mollaro und rieb sich angriffslustig die Hände.

Delambre winkte unwirsch ab.

»Mollaro, das Hirn richtet weniger Schaden an als die Faust. Wir überlassen die Sache der Finanzermittlung. Ich rufe gleich den Staatsanwalt an.«

Damit verließ Delambre Brunos Büro. Mollaro wirkte bekümmert wie ein Junge, dem man ein Spielzeug vorenthält. Nur dass das Spielzeug in diesem Fall eine Dynamitstange war. Er wandte sich Agnès zu.

»Verdammt! Dabei hätte ich dieses korrupte Schwein so gern in die Pfanne gehauen.«

Laura war bis zum Strand gefahren. Manon hatte sich bei ihr gemeldet und sie um ein Gespräch gebeten. Offenbar hatte sie ihr etwas Wichtiges zu sagen. Jetzt saßen sie an einem Tisch in einer Strandbar und blickten auf das Wasser, in dem sich die Lichter an der Promenade spiegelten. Manon hatte auf der Fahrt kein Wort gesprochen. Nun brach sie das Schweigen mit einer schüchternen Bitte, auf die ihre Begleiterin nur mit einem Lächeln zu antworten brauchte: »Könnten wir uns vielleicht duzen?«

Der Kellner brachte ihnen zwei Gläser Weißwein und ging leise vor sich hin summend davon.

»Vor zwei Monaten hieß ich noch nicht Manon. Ich hieß Juliette, Juliette Hanspag«, begann Manon leise. »Ich weiß nicht, an welchem Tag ich genau geboren bin, und dieses Geheimnis belastet mich sehr. Ich weiß nicht, wer ich bin.«

Laura blickte sie mitfühlend an. Schließlich ging es ihr ähnlich.

Manon trank einen Schluck Weißwein. Dieses Gefühl inneren Friedens war seltsam. So etwas hatte sie nur im türkischen Bergland verspürt und an manchen Stränden in Indien. Aber noch nie in Frankreich. Der Augenblick war gekommen zu erzählen, was sie noch keinem Menschen anvertraut hatte.

»Ich bin ein Adoptivkind. Das habe ich erst kürzlich erfahren, als mein Vater starb. Meine leibliche Mutter hat mich in einem Kloster oberhalb von Nizza abgegeben. Und in meine Wiege hat sie dieses Armband gelegt.«

Sie reichte der verbüfften Laura das Armband, das sie aus ihrer Tasche gezogen hatte. Laura legte es auf ihr Handgelenk und verglich es mit ihrem.

»Sie sind völlig identisch«, sagte sie leise.

»Nicht ganz, aber man muss genau hinschauen«, entgegnete Manon. »Ich kenne deines, denn ich habe es deiner Tante gestohlen. In meines ist ›L. Rinaldi‹ eingraviert. So bin ich nach Nizza gekommen und habe Matthieu kennengelernt. Ich nehme an, dieses Armband gehörte meiner Mutter.«

»Alle verlassenen Kinder wollen ihre Mutter wiederfinden.«

»Das stimmt nicht ganz. Ich wollte sie töten.«

Laura stockte der Atem. Manon fuhr fort:

»Aber offenbar ist sie bereits tot.«

Im Schein der Straßenlaternen an der Promenade wirkte Manons Gesicht zart und zerbrechlich.

»Warum sollte meine Mutter ein Kind weggegeben haben, um gleich danach ein anderes zu bekommen?«, fragte Laura.

»Keine Ahnung. Ich bin in Nizza, um es herauszufinden. Jedenfalls glaube ich, dass ich deine Schwester oder deine Halbschwester bin.«

»Das Kind von Fred Bellair, oder?«

»Ja.«

»Fred Bellair liebte meine Mutter«, erklärte Laura mit Nachdruck. »Ich kann mir nicht vorstellen …«

»Vielleicht wusste er nicht, dass sie ein Kind von ihm erwartete. Das Armband, das sie …«

»Das ist Tradition, und nicht nur bei den Rinaldis. Man wählte für die ältesten Töchter immer Namen mit demselben Anfangsbuchstaben. So war es mit der Aussteuer einfacher. Meine Großmutter hieß Livia Rinaldi.«

»Wir besitzen das gleiche Armband«, sagte Manon. »Eines muss die Kopie des anderen sein. Wir brauchen nur herauszufinden, welches.«

»Deines ist das Original. Das mit dem umgekehrten Mond. Ich habe eine Abbildung davon in einem Buch gefunden. Meines ist die Kopie, und es trägt auch keine Inschrift. Haben die Nonnen, die dich als Baby aufgenommen haben, denn nicht auf deine Fragen antworten können?«

»Sie wollten mir nichts sagen. Ich wurde anonym abgegeben. Laut Gesetz darf man den Namen in einem solchen Fall nicht verraten. Somit werde ich nie erfahren, wer mich zu ihnen gebracht hat. Hätte sie mich doch lieber getötet.«

»Sie hat dich verlassen. Mir geht es ganz ähnlich. Ich habe auch immer das Gefühl gehabt, dass meine Mutter mich verlassen hat, wenn auch gegen ihren Willen.«

Laura war überzeugt, dass das Schicksal dieser Frau ein Teil des Rätsels war, das ihr eigenes Leben umgab.

»Manon«, sagte sie und nahm ihre Hand. »Geheimnisse sind dazu da, entschlüsselt zu werden. Wir könnten uns zusammentun. Ich bin Anwältin. Wo ist dieses Waisenhaus?«

»Mit dem Auto zwei Stunden von Nizza entfernt.«

»Sehr gut, wir fahren morgen hin. Und ich verspreche dir, dass wir mehr erfahren. Du musst mir nur vertrauen.«

Das Papier verbrannte in den Flammen. Das Feuer loderte auf. Vincent bekam keine Luft mehr. Er rief um Hilfe, aber niemand schien seine Schreie zu hören. Er war allein und betrachtete das riesige Feuer, das eine ganze Wiese mit trockenem Gras verschlang. Plötzlich hörte er eine Kinderstimme, die ein einfaches Liedchen sang. Es musste ein Mädchen sein.

Plötzlich erkannte er sie. Das Feuer kroch auf sie zu, und sie spielte unschuldig mitten in den Flammen. Sie spielte mit einem Armband. Es war Laura mit ihrem langen, lockigen braunen Haar. Als sie den Kopf hob und ihn anlächelte, war er sich ganz sicher. Er schrie auf, damit sie die Flucht ergriff.

Der Arzt betrachtete Vincent mit zufriedenem Blick. Dann schob er den Ärmel seines Kittels hoch, sah auf die Uhr und wandte sich der Nachtschwester zu.

»Es ist 23.15 Uhr«, sagte er zufrieden. »Notieren Sie bitte?«

»Sind Sie sicher, dass wir ihm nichts geben sollen?«, fragte die Schwester.

»Nichts. Er will zurückkehren. Sehen Sie gut hin, hier haben Sie einen Prinzen, der nur darauf wartet, dass seine Prinzessin ihn wachküsst. Morgen kommt er in den Kernspin.«

DER STERN

Agnès gähnte herzhaft, ohne sich am stoischen Blick von Bruno Bruno zu stören, der am Steuer saß. Sie entfaltete das Formular und las es zum zehnten Mal.

»O Mann, der Staatsanwalt geht ganz schön ran. Es gab mindestens drei Rechtsverstöße. Die von der Finanzermittlung dürften sich gefreut haben …«

»Nicht so sehr wie ich. Ich habe gemerkt, dass ich etwas mit Zahlen anfangen kann. Und jetzt frage ich mich, ob ich mich in die Abteilung Finanzermittlungen versetzen lassen soll«, meinte Bruno nachdenklich.

Agnès sah auf die Uhr am Armaturenbrett.

»Es ist zehn vor sechs«, sagte sie. »Bei den Finanzlern langweilst du dich zu Tode.«

»Warum?«

»Weil ich nicht da bin, du Idiot.«

In diesem Moment klingelte Brunos Telefon.

»Bereit loszulegen?«, brüllte Mollaro in den Hörer.

»Ja.«

Das Auto, das hinter ihnen stand, blinkte auffällig mit den Scheinwerfern.

»Also dann los«, rief Mollaro.

Zehn Minuten später waren sie an Ort und Stelle. Duval und Lebesco hatten die Nacht gemeinsam verbracht. Viviane zeigte alle Würde, der sie fähig war, nachdem sie eilig aus dem Bett gestiegen war. Franck ließ sich wortlos abführen. Er war wie vor den Kopf geschlagen.

Agnès und Bruno sahen sich bedeutungsvoll an, als Mollaro die Sirene auf dem Dach befestigte und mit quietschenden Reifen und Blaulicht losfuhr. Es war 6.15 Uhr, und die Straßen von Nizza waren noch leer.

Wie jeden Morgen war Suzanne Hanspag seit 6.00 Uhr auf den Beinen. Ein feststehendes Ritual: Sie wusch sich am Waschbecken, kämmte sich sorgfältig das dünne Haar, das sie dann an beiden Seiten mit einer Spange feststeckte, schlüpfte in einen kurzärmeligen Kittel und ging in die Küche. Hier wärmte sie sich in einem kleinen Topf ein wenig Milch, stellte eine Tasse auf den Resopaltisch und tat eineinhalb Löffel Karokaffee und einen halben Löffel Zucker hinein. Als die Milch heiß war, goss sie sie in die Tasse und trank das heiße Getränk in kleinen Schlucken. Danach wusch sie alles ab, die Tasse, den Löffel und den kleinen Topf. Auch der Rest des Tages war genau durchgeplant. Montags machte sie die Wäsche, dienstags reinigte sie die Fenster, mittwochs wischte sie Staub, donnerstags putzte sie Silber, und am Freitag ging sie auf den Markt. Samstags kaufte sie bei ihrem Bäcker einen Rumkuchen und versorgte die Balkonpflanzen. Am Sonntag nahm sie um 7.00 Uhr morgens ein Bad und ging um acht in die protestantische Kirche. Sie kam erst um vier nach Hause zurück, nahm sich eine Handarbeitszeitschrift vor und stickte bis zum Abend um acht. Am Montagmorgen stand sie dann wieder um 6.00 Uhr auf.

Seit zwei Monaten allerdings wurde sie manchmal nachts wach und vergaß auch montags die Wäsche. Manchmal musste sie sogar das Staubtuch liegen lassen, um den Zug nach Nizza zu nehmen. Heute fühlte sie sich nicht wohl. In der Nacht hatte sie kein Auge zugetan. Sie ließ die Milch überkochen, tat drei Löffel Zucker in die Tasse, vergaß den Karokaffee. Unwillig schob sie die Tasse beiseite und ging zum Sekretär. Sie nahm einen Briefumschlag, einen Schreibblock und einen Füllfederhalter. Dann setzte sie sich an den Küchentisch, holte tief Luft und schrieb eine Adresse auf den Umschlag: Monsieur Fred Bellair, Le Palace, Promenade des Anglais, 06000 Nizza. Sie wartete, bis die Tinte getrocknet war, und öffnete den Schreibblock. Offenbar hatte sie ihm eine ganze Menge mitzuteilen.

Wie versprochen war Laura mit Manon zum Waisenhaus Sainte-Anne gefahren. Hinter einem Dorf erblickten sie das Kloster, das auf einem Berg lag. Das düstere Hauptgebäude schien aus dem 17. Jahrhundert zu stammen. Es war erbaut worden, um elternlose Kinder aufzunehmen und im Glauben zu erziehen. Doch als Laura das Auto vor dem Gitter parkte, stellten die beiden Frauen fest, dass die übrigen Gebäude der Klosteranlage viel älter waren. Manon bekam eine Gänsehaut. Nicht auszudenken, wenn sie ihre ganze Kindheit an diesem freudlosen Ort hätte verbringen müssen …

Es war 10.00 Uhr. Ein paar kleine Mädchen standen auf dem Hof hinter dem Zaun und langweilten sich. Laura wurde in ein großes Büro geführt, wo es nach Wachs und Weihwasser roch. Eine junge Nonne erwartete sie.

»Unsere Oberin ist abwesend, leider kann ich nichts für Sie tun.«

Hinter der jungen Nonne ragte eine riesige Statue der Madonna auf, die die teuflische Schlange zertrat. An allen Wänden des großen Raumes standen Bücherschränke mit Aktenordnern. Und in einem dieser Schränke befand sich die Antwort, die Laura suchte. Sie durfte nicht nachgeben.

»Wissen Sie, Schwester, ich kenne das Gesetz, ich bin nämlich Anwältin«, erklärte sie. »Es ist mir völlig schleierhaft, warum Sie meinen Einschreibebrief nicht erhalten haben.«

Damit zog sie aus ihrer Tasche einen großen Ordner, in dem alle Verwaltungspapiere enthalten waren, die sie hatte finden können. Sie musste aufs Ganze gehen, wenn sie etwas herausfinden wollte.

»Dies ist die Akte meiner Mandantin. Sie muss mit fünf Jahren Gefängnis rechnen, weil sie sich gegen einen Mann gewehrt hat, der sie vergewaltigen wollte. Diese junge Frau ist unschuldig. Hier ist alles drin, wenn Sie sich überzeugen wollen. Aber bitte beeilen Sie sich, denn mein Flugzeug geht um 16.00 Uhr. Und in zwei Tagen findet der Prozess in Paris statt. Ich dachte, Ihr Gelübde würde Ihnen den Weg weisen, aber da habe ich mich wohl getäuscht.«

Die Nonne wirkte betroffen. Ihre Blicke wanderten zwischen den Wandschränken und Laura hin und her.

»Ich habe meine Verteidigung darauf aufgebaut, dass sie als Kind weggegeben wurde. Nun muss ich nachweisen, ob das auch wirklich so war. Wurde Mademoiselle Hanspag hier in Sainte-Anne abgegeben? Ich werde meine Quelle nicht nennen. Das Gericht wird notfalls um eine Zusatzinformation nachsuchen, die auf dem Rechtsweg eingeholt wird. Die junge Frau braucht Ihre Hilfe, Schwester.«

Die Nonne öffnete plötzlich eine Schublade, nahm einen großen Schlüsselbund heraus und ging auf einen der Wandschränke zu.

»In welchem Jahr, sagten Sie?«

»Neunzehnhunderteinundsiebzig.«

Laura biss sich auf die Zunge, um nicht laut zu jubeln.

Kurze Zeit später musste sie sich zusammennehmen, um nicht zum Auto zu rennen. Sie ging an einer Schar blasser kleiner Mädchen vorbei, die Seilhüpfen spielten. Eine von ihnen sah sie an, und Laura las in ihrem Blick eine stumme Frage: Kommst du und holst mich ab? Sie beschleunigte ihren Schritt, denn das Mädchen schwang nun nicht mehr das Seil durch die Luft, sondern blickte sie unverwandt an.

»Und?«, fragte Manon ungeduldig, als sie ins Auto stieg.

»Die Sache ist kompliziert.«

Manon fuhr sich mit der Hand über die schweißnasse Stirn.

»Was bedeutet das, verdammt noch mal?«

»Es bedeutet, dass deine Mutter dich angelogen hat. Du bist nicht anonym abgegeben worden. Die Frau, die dich ins Waisenhaus gebracht hat, hieß Suzanne Hanspag. Sie hatte einen Monat Zeit, ihre Entscheidung zu widerrufen. Und nach drei Wochen ist sie gekommen und hat dich abgeholt.«

Manon starrte sie ungläubig an. »Diese Weiber haben dir Unsinn erzählt«, sagte sie nach einer Weile. »Suzanne Hanspag ist meine Adoptivmutter.«

»Ich habe die Register gesehen. Am 18. November 1971 hat Suzanne Hanspag dich mitsamt dem Armband abgegeben. Sie hat der Mutter Oberin erklärt, sie sei deine leibliche Mutter, und dies mit ihrer Unterschrift beglaubigt. Drei Wochen später, am 9. Dezember 1971, hat sie ihre Entscheidung bereut und dich wieder abgeholt. Mit dem Armband. Tut mir leid, Manon, so steht es schwarz auf weiß im Register.«

Während sie durch das Dorf fuhren, sprach Manon kein Wort. Als Laura merkte, dass sie weinte, verschwanden gerade die letzten Häuser aus dem Rückspiegel. Die Tränen rannen ihr über die Wangen, und sie wischte sie nicht ab. Laura reichte ihr ein Taschentuch.

»Manon, ich …«

»Und was ist mit dem Armband, auf dem L. Rinaldi stand?«, unterbrach Manon sie mit heiserer Stimme.

»Vielleicht hat sie es gestohlen oder gekauft.«

»Ich bin eine Diebin, aber meine Mutter nicht. Und dieses Armband ist ein Vermögen wert. Ich habe seinen Wert schätzen lassen. Sie hätte tausend Gelegenheiten gehabt, es zu verkaufen. Da stimmt doch etwas nicht.«

»Hör zu, Manon. Wir können uns noch so viele Fragen stellen und werden keine Antwort finden. Da kann dir nur deine Mutter helfen. Sie muss dir alles sagen, was sie weiß. Das ist ungeheuer wichtig.«

Manon blickte Laura forschend an.

»Warum ist das so wichtig?«

»Weil diese Geschichte auch mich betrifft. Und ich fürchte, ich habe nicht mehr viel Zeit. Manon, bitte glaub mir.«

Laura beobachtete Manon durch die Windschutzscheibe, während diese auf dem Parkplatz mit angespannter Miene in ihr Handy sprach. Auf dem Rückweg nach Nizza hatte Manon vierzig Minuten lang geschwiegen, bevor sie Laura gebeten hatte anzuhalten. Sie müsse dringend telefonieren.

Nun sah Laura, wie Manon ihr Handy ausschaltete und zum Auto zurückkam. Die Tür schlug zu, sie kauerte sich auf ihren Sitz, legte die Beine hoch und sagte, ohne ihre Begleiterin anzublicken:

»Wir können fahren. Ich habe mit meiner Mutter gesprochen. Sie hat mir eine Szene gemacht, wie immer. Aber dann hat sie versprochen, mir alles zu erklären. Bring mich zum Bahnhof. Ich nehme den nächsten Zug nach Nîmes.«

Seit Stunden wartete Suzanne Hanspag nun schon. Sie hatte sich nicht von der Stelle gerührt. Der Lappen, mit dem sie die Fenster putzte, lag immer noch neben dem Telefon. Dort hatte sie ihn hingelegt, als ihre Tochter anrief. Die Tochter, die Gott ihr geschenkt hatte. Er durfte sie ihr jetzt nicht wegnehmen …

Es klingelte an der Tür. Sie fuhr hoch. Es war 16.00 Uhr, und Nîmes schlief in der großen Hitze. Sie ging zur Tür. Nun musste sie sich der Wahrheit stellen. Bevor sie öffnete, steckte sie eine verrutschte Haarklammer fest und glättete das Haar an den Schläfen. Jetzt würde sie für ihre Lügen büßen.

Sie erkannte die Gestalt, die sie gegen die Wand in der Diele drückte. Das Messer drang in ihren Körper, und sie fiel zu Boden, die Hände gegen den Bauch gepresst. »Vater unser im Himmel«, stieß sie hervor. Im Sterben hörte sie noch das Gurgeln aus ihrer aufgeschlitzten Kehle.

Manon sprang ins Taxi. Während der vier Stunden im Zug hatte sie sich nur auf die eine Frage konzentriert. Das hatte sie davon abgehalten, den Schaffner zu ohrfeigen, als dieser ihren Personalausweis verlangte, da sie keinen Fahrschein hatte. Sie hielt ihn ihm wortlos hin. Die Angaben über ihre Identität auf diesem Plastikrechteck waren nichts als Lügen. Und ihre Mutter musste diese Lügen nun aus der Welt schaffen und ihr endlich die Wahrheit erzählen.

Sie war geliebt worden, kein Zweifel. Immer noch sah sie ihre Eltern vor sich, wie sie draußen auf der Bank saßen, mit einem gehörigen Abstand, Zeichen ihrer Kinderlosigkeit. Zu Füßen ihrer Mutter stand ein Korb mit einem säuberlich in Aluminiumpapier eingewickelten Butterbrot, und auf ihren Knien lag ein Stickrahmen. Ihr Vater blätterte in einem Briefmarkenkatalog. Sie stickte nicht, er las nicht, sie saßen beide nebeneinander auf der Bank und verschlangen Juliette mit ihren Blicken, während sie im Sand grub, sich auf der Rutsche die Beine aufschrammte oder die Tauben mit den Resten ihres Schokoladenbrots fütterte. Ein paar Jahre später hatte sie begriffen, dass sie alte Eltern gehabt hatte. Der Junge, der das zu ihr gesagt hatte, landete mit einer blutigen Nase auf der Erste-Hilfe-Station der Schule. Immer wenn jemand sich über ihre Eltern lustig machte, die sie jeden Tag von der Schule abholten, schlug sie zu. Sie war unglaublich kräftig, was man diesem stets adrett angezogenen Mädchen gar nicht ansah. Nach ein paar Wochen hörten die Hänseleien auf. Dann hatte sie eine wachsende Abneigung gegen ihre Eltern entwickelt. Als sie so groß war, dass sie den Kopf beugen musste, um ihrem Vater in die Augen zu sehen, packte sie ihre Tasche und verließ das Haus.

Nun stand sie an der Wohnungstür ihrer Mutter und klingelte, doch drinnen rührte sich nichts.

Wahrscheinlich saß ihre Mutter in der dunklen Küche oder im Wohnzimmer, reglos, mit klopfendem Herzen, vor einer ihrer Stickereien. Manon drehte den Schlüssel und stieß die

Tür auf. Es war stockfinster. Sie ging in die schmale Diele und spürte etwas Klebriges unter ihren Sohlen. Offenbar hatte ihre Mutter wieder gewachst. Rechts lag die Küche, deren Läden geschlossen waren.

»Mama?«

Manon machte Licht. Zuerst dachte sie, ihre Mutter hätte einen roten Teppich gekauft, der den Boden der kleinen Küche mit den hellgrünen Wänden bedeckte. Ihre Mutter lehnte an der Spüle und schien darauf zu warten, dass ihr jemand beim Aufstehen half. Manon ging auf sie zu und sah erst jetzt, dass sie durch eine dickliche Flüssigkeit watete. Auf dem Gesicht ihrer Mutter lag der Anflug eines Lächelns, während das Blut aus ihrer aufgeschlitzten Kehle rann.

Im Landhaus herrschte Stille. Offenbar machte Ludmilla gerade ihren Mittagsschlaf. Dann aber hörte Laura eine leise Radiostimme. Also war noch jemand im Haus. Als sie die Küchentür öffnete, erblickte sie Solange, die an dem großen Tisch stand und Gemüse putzte.

»Solange?«

Die alte Köchin fuhr auf und griff sich an die Brust.

»Mein Gott! Du hast mich vielleicht erschreckt!«

»Ist Ludmilla nicht da?«, fragte Laura.

Solange beugte sich über Möhren- und Porréeabfälle zum Radio und schnitt dem Moderator das Wort ab.

»Der geht mir auf die Nerven mit seinem blöden Ratespiel. Deine Tante? Ich glaube, sie schläft. Sie war wieder in Italien, um sich zu amüsieren, und ist gerade erst wiedergekommen. Wie sie aussah! Hoffentlich hat sie nicht vergessen, dass ich morgen frei habe.«

»Hast du Urlaub?«

»Du kennst mich doch«, lachte Solange. »Urlaub gibt es für mich nicht. Ich besuche meine Enkel in Toulon. Und ich kann dir sagen, Erholung ist das nicht!«

»Sag mal, hat vor ungefähr dreißig Jahren eine Frau namens Suzanne Hanspag hier gearbeitet?«

»Laura, wo warst du bloß? Ich habe mir solche Sorgen gemacht!«

Ludmilla stand in der Küchentür, mit nackten Füßen, die Hände in die Hüften gestützt, das Haar zerzaust.

»Du beschließt, wieder bei Vincent zu wohnen, und dann höre ich nichts mehr von dir! So geht das nicht, Laura, gerade jetzt.«

»Entschuldigung, ich hätte dich anrufen sollen. Ich wollte nur das Buch des Prinzen von Pisa holen, das ich in meinem Zimmer habe liegen lassen.«

Ludmilla schmunzelte.

»Dann liegt es wohl noch da, falls es nicht weggeflogen ist.«

Solange unterbrach sie.

»Du wolltest wissen, ob …«

»… eine gewisse Suzanne Hanspag hier gearbeitet hat«, fuhr Laura fort.

»Hanspag?«, wiederholte Ludmilla. »Ich kenne niemanden, der so heißt. Und Sie, Solange?«

Solange blieb der Mund offen stehen. Sie kannte diesen Blick von Ludmilla, der bedeutete: Passen Sie auf, was Sie sagen. Gewiss hatte sie ihre Gründe dafür.

»Ich auch nicht. An den Namen müsste ich mich erinnern!«

»Also, damit ist die Frage wohl geklärt.« Ludmilla wechselte das Thema. »Ich habe nachgedacht, meine Liebe. Du darfst nicht allein bei Vincent bleiben. Entweder du ziehst zu deinem Vater oder hierher. Keine Widerrede!«

»Mal sehen«, meinte ihre Nichte. »Jetzt hole ich erst mal das Buch.«

Gleich darauf war Laura verschwunden, und Solange blickte Ludmilla fragend an. Mit gedämpfter Stimme sagte diese:

»Ich mache mir Sorgen um Laura. Ich weiß nicht, was sie sucht. Aber sie ist in keinem normalen Zustand. Irgendwas stimmt da nicht. Was könnte Suzanne mit dieser ganzen Geschichte zu tun haben?«

»Ich habe Ihnen doch erzählt, dass ich sie letzten Sonntag getroffen habe.«

»Na ja, warum sollte sie nicht nach Nizza kommen? Aber ich will nicht, dass wir Laura verrückt machen. Sie leidet unter Wahnvorstelllungen, ja, mach nicht so ein Gesicht, Solange. Laura glaubt, dass ihre Mutter wiederkommt.«

»Spricht sie mit ihrer toten Mutter?«

»Schlimmer als das. Wir müssen versuchen, alles von ihr fernzuhalten, was sie beunruhigen könnte. Was gibt es zum Essen?«

»Rotbarben.«

Ludmilla strahlte vergnügt, als sie die Küche verließ. Solange holte die Rotbarben aus dem Kühlschrank …

»Sie glaubt, dass ihre Mutter wiederkehrt! Armes Mädchen!«, mumelte Solange. Ein Windstoß ließ die Küchentür so heftig zuschlagen, dass ihr ein Schauer über den Rücken lief.

Laura trat zu Ludmilla auf die Terrasse und legte das Buch des Prinzen von Pisa auf den Tisch. Der Wind, der vom Meer kam, blätterte eine Zeitung auf, die oberste eines Stapels.

»Alle diese Toten! Langsam kriege ich wirklich Angst, Laura. Nicht um mich, sondern um dich.«

»Wovor hast du denn Angst?«

»Dass der Fluch Wirklichkeit wird«, flüsterte Ludmilla.

»Was? Du glaubst auch an den Fluch?«

»Ich begreife nicht, was hier vorgeht. Aber wenn ich an all diese Geschichten denke … Meine Mutter Livia, einzige Tochter von Archibald Montalban, stirbt mit dreiunddreißig Jahren. Mein Onkel Adrien, ältester Bruder meiner Mutter und Sohn von Livia, bringt sich mit dreißig Jahren um. Meine Schwester

Luisa, die Älteste, stirbt ebenfalls mit dreiunddreißig. Ich finde, das ist verdammt viel. Ja, ich habe Angst um dich.«

Laura hatte im Buch des Prinzen von Pisa die Seite gefunden, auf der die Kallopsis, das berühmte Armband mit den fünf Tarotfiguren abgebildet war. Das Medaillon mit dem Mond war tatsächlich verkehrt herum angebracht ...

»Übrigens habe ich das Armband wiedergefunden.«

»Wo denn?«

»Fred Bellair hat es mir zurückgegeben.«

»Fred?«

»Eine seiner Angestellten hatte es gestohlen, sagte er. Wusstest du, dass es eine Kopie dieses Armbandes gibt?«

»Was soll das denn jetzt?«, brach es aus Ludmilla hervor.

»Ich habe es gesehen. Hast du das gewusst?«

»Nein. Das einzige Armband, das ich kannte, habe ich deiner Mutter im Sarg um den Arm gelegt. Dass du es hier wiedergefunden hast, macht mir Angst. Darf ich erfahren, wo du das zweite gesehen hast?«

»Tut mir leid, aber das kann ich dir nicht sagen.«

Ludmilla legte die Stirn in Falten.

»Hat das vielleicht etwas mit deiner Frage nach dieser geheimnisvollen Suzanne Sowieso zu tun?«

»Suzanne Hanspag.«

Lauras Handy läutete. Als sie hörte, wer am Apparat war, zuckte sie zusammen. Ihr Herz klopfte wie wild, aber als erfahrene Anwältin hatte sie sich gleich wieder in der Gewalt.

»Unbedingt. Ich bestätige die Version von Mademoiselle Hanspag. Heute gegen 13.00 Uhr habe ich sie am Bahnhof in Nizza abgesetzt. Sie hat den Zug nach Nîmes genommen. Wenn Sie es wünschen, mache ich eine offizielle Aussage.«

Der Kriminalbeamte bedankte sich.

»Warten Sie bitte. Ich bin Anwältin. Mademoiselle Hanspag scheint in Schwierigkeiten zu sein. Worum geht es?«, fragte sie eilig, bevor er auflegen konnte.

Als sie die knappe Antwort hörte, wurde sie blass.

»Danke«, sagte sie mit tonloser Stimme.

Sie legte auf und stand wie versteinert da. Ludmilla blickte sie fragend an.

»Suzanne Hanspag ist ermordet worden.«

»Wer ist denn diese Frau?«

»Der Schlüssel zum Rätsel. Ich muss nur noch das passende Schloss finden.«

Manon hob den Kopf. Ein Polizist stand vor ihr und gab ihr ihre Papiere zurück.

»Bitte sehr. Kommen Sie mit uns aufs Kommissariat. Wir müssen Ihre Aussage aufnehmen. Mademoiselle Fontane hat Ihre Aussage bestätigt.«

»Aufs Kommissariat? Sofort?«

»Ja.«

Manon sah auf ihre Füße. Sie trug Socken.

»Haben Sie vielleicht ein paar Sandalen?«

Der Polizist folgte ihrem Blick.

»Natürlich. Ich schau mal, was ich tun kann.«

Er drehte sich um und nahm mehrere Stufen auf einmal. Manon hörte den Lärm und die Rufe seiner Kollegen, die im Treppenhaus widerhallten.

Seit etwa drei Stunden saß Manon auf der Stufe. Ständig gingen ihr Bilder durch den Kopf.

Sie war in die Toilette neben dem Eingang gestürzt und hatte sich übergeben, nur Galle, denn seit gestern hatte sie nichts mehr gegessen. Dann stand sie schwankend in der Diele und wählte mit zitternden Händen die Nummer der Polizei. Als sie merkte, dass ihre Tennisschuhe blutverschmiert waren, zog sie sie aus und warf sie schreiend ins Treppenhaus. Die Polizisten hatten sie auf der Treppe gefunden, als sie mit gezückten Revolvern nach oben schlichen. Was natürlich völlig überflüssig war, denn Suzannes Mörder hatte längst das

Weite gesucht. Ein Mann packte Manons Schuhe sorgfältig in eine Plastiktüte. Wegen der Analyse. Die Polizisten hatten sie lange verhört. Nun saß sie wie erstarrt auf der Treppe. Sie sollten ihr bloß die Schuhe nicht zurückgeben! Nie würde sie das schreckliche Geräusch vergessen, das sie beim Gehen auf dem Boden gemacht hatten. Sie wollte nur eines: den Zug nehmen und so weit wegfahren wie nur irgend möglich. Leider würde sie wohl den Abend in Nîmes auf dem Revier verbringen müssen. Lieber die ganze Nacht in einer Zelle als eine Sekunde länger in dieser Wohnung. Manon würde sie nie wieder betreten. Plötzlich hielt ihr jemand ein Paar weißer Lederpantoletten vor die Nase. Erschrocken prallte sie zurück. Der Bulle sah sie bestürzt an, die Sandalen in der Hand.

»Entschuldigung, ich wollte Sie nicht erschrecken.«

Er stellte die Schuhe vor sie hin und verzog bedauernd das Gesicht. Manon hatte Schuhgröße 40, diese aber waren nur Größe 36.

»So ein Pech!«, meinte er.

»Lassen Sie nur, ich kann auch barfuß gehen«, murmelte Manon.

Jetzt hatte sie wohl das Schlimmste hinter sich.

»Was wusste dieser arme Antoine schon? Dass ich die Geliebte seines Vaters war? Das ist doch kein Grund, ihn von einem Felsen hinabzustoßen!«, sagte Viviane heftig. »Alle wussten davon.«

»Wusste Ihr … Lebensgefährte Max Fontane auch Bescheid?«, fragte Mollaro in honigsüßem Ton.

»Natürlich. Das kam ihm sogar sehr gelegen«, erwiderte Viviane kühl.

Mollaro fiel vor Überraschung fast vom Stuhl. Offenbar hatte man in seinen Kreisen noch zu viel Ehrfurcht vor der Bourgoisie, um die Gerüchte über ihre verderbten Sitten ernst zu nehmen.

»Aha. Ihr Mann hat Ihnen also die Erlaubnis gegeben, ihn zu betrügen.«

»Sagen Sie mal, Kommissar Mollaro, muss ich den ganzen Abend in Ihrer Gesellschaft verbringen? Was wirft man mir eigentlich vor? Womöglich sexuelle Praktiken, die heute gang und gäbe sind?«

Mollaro knirschte mit den Zähnen.

»Ja, tatsächlich, Ihre Bettgeschichten interessieren uns brennend. Aus gutem Grund. Sie schlafen nicht nur mit Monsieur Duval, sondern ziehen mit ihm windige Geschäfte auf. Vincent Bellair war hinter Ihre Machenschaften gekommen.«

»Ich habe Durst. Das hat bei Ihnen wohl Methode, die Leute nichts trinken zu lassen, damit sie gestehen, was Sie wollen, oder kann ich vielleicht ein Glas Wasser haben?«, fragte Viviane, zu Agnès gewandt.

Agnès stellte eine Flasche Wasser und einen Plastikbecher vor sie hin. In feierlichem Schweigen und unter Mollaros wütenden Blicken trank Viviane genüsslich und langsam das Wasser, zwei Gläser in kleinen Schlucken. Sie musste überlegen, was zu ihren Gunsten sprach. Agnès sah ihre schwarz umrandeten Augen und das leichte Zittern ihrer Hand. Viviane würde bald etwas preisgeben, was sie am wenigsten Strafe kosten würde.

»Madame Lebesco, wann immer Sie wollen«, knurrte Mollaro.

»Ich höre Ihnen zu«, säuselte sie zwischen zwei Schlucken.

»Wir waren bei Vincent Bellair. Man kann sich durchaus vorstellen, dass Sie und Monsieur Duval jemanden bezahlt haben, um ihn loszuwerden. Ein gewisser Michel Duroc …«

Viviane spuckte den letzten Schluck wieder aus und warf den leeren Becher auf den Schreibtisch. Ein paar Tropfen bespritzten die behaarten Hände von Mollaro, der sie mit einer gelassenen Bewegung abwischte.

»Ich fahre fort: Sie bezahlen Duroc für diese schmutzige Arbeit. Sie haben nur ein Ziel, nicht wahr, Madame Lebesco?

Ihren Mann fertig zu machen. Jedenfalls belegen dies die Fakten in Rechtsanwalt Bellairs Akte. Wir haben seine Quellen überprüft. Monsieur Fontane hatte eine umfassende Versicherung mit Ihrer Firma abgeschlossen, die es in Wirklichkeit gar nicht gibt! Sie hatten ihn am Arsch, und er wusste es nicht … Warum sollten Sie nicht, um Monsieur Fontane zu treffen, auch noch seinen Sohn umbringen? Verbrechen improvisiert man nicht. In Ihrem Fall ist die Idee lange gereift. Und warum wollten Sie Max Fontane ruinieren?«

Viviane stand auf und beugte sich wütend zu Mollaro hinunter. Der Kommissar fuhr zurück. Er hatte Glück, die Wand hielt seinen Stuhl auf. Agnès stürzte sich auf Viviane. Bruno traten fast die Augen aus dem Kopf.

»Armer Idiot. Ich erkläre Ihnen zwei Dinge, die Sie nie begreifen werden. Ja, als Frau kann man durchaus einen Mann ruinieren wollen, der einen hat leiden lassen. Aber das bedeutet nicht, dass man den Sohn umbringt, den man von diesem Mann hat. Ist das klar?«

Mollaro verlor nicht die Fassung. Er hatte nicht zum ersten Mal mit einer solchen Furie zu tun. Er sah ihr in die Augen.

»Kindesmord ist eines der häufigsten Verbrechen auf der Welt. Und jetzt können Sie sich wieder setzen, Madame.«

Delambre baute sich vor Francks Schreibtisch auf. Der saß stocksteif da und wirkte aufs Äußerste angespannt. Der Kommissar las eine gewisse Beunruhigung in seinem Blick, die dann einem Ausdruck von Zuversicht wich, wie er mit Bedauern feststellte. Duval hatte sich zu viel geleistet, um noch Freunde zu haben.

»Die Akte enthält gravierende Fakten, Franck. Ich habe Ihre Vorladung gelesen. Auf Untersuchungshaft wird vorläufig verzichtet, aber das ist nur eine Frage der Zeit. Es wird eng für Sie, und das Problem ist nicht nur Ihre Gesellschaft auf den Kaiman-Inseln …«

»Sondern?«, fragte Duval empört.

»Alles Übrige, Franck, was bisher unter den Teppich gekehrt wurde. Offenbar befasst sich die Abteilung Finanzermittlungen eingehend mit Ihren privaten Konten. Hinzu kommt, dass Sie den Montmaure zum Bauland erklärt haben. Ich hoffe, da kann Ihnen jemand helfen.«

Delambre gab sich Mühe, Anteilnahme zu zeigen. Er kannte Duval seit Jahren. Sie hatten in denselben Restaurants verkehrt und waren in dieselben Häuser eingeladen worden. Andererseits musste er klarstellen, dass er mit Duvals Machenschaften nichts zu tun haben wollte.

»Wenn ich stürze, dann gebe ich alles preis«, sagte Duval, der plötzlich blass geworden war.

»Das ist bestimmt die beste Lösung, mein lieber Franck.«

Duval sah ihn an wie ein in die Enge getriebenes Tier. »Sie werden eine Menge verlieren«, zischte er.

»Ich doch nicht, ich bitte Sie, Franck. Sie haben keinerlei Einfluss auf meine Karriere. Ich gehe in zwei Jahren in Pension. Und die lasse ich mir nicht kaputtmachen, indem ich Protokolle vernichte.«

»Unter uns, Kommissar, ich weiß, was mir blüht, und ich bin bereit, dafür zu zahlen. Aber gemordet habe ich nicht.«

»Meine Ermittler befassen sich gerade mit diesem Aspekt der Angelegenheit. Sie werden es herausfinden.«

»Und was ist mit Antoine? Wie weit sind Sie da gekommen?«

»Die Gerichtsmedizin hat ihre Grenzen. Der Arzt hat bestätigt, dass Ihr Sohn an den Folgen seines Sturzes gestorben ist.«

Franck Duval antwortete nicht sofort. Mehr würde er nicht aus dem Kommissar herausbekommen. Er war ein gebrochener Mann, aber immerhin noch auf freiem Fuß.

Delambre hatte noch einen anderen Besuch vor sich. Als der Kommissar eintrat, las Max Fontane gerade in dem kleinen

Buch *Das Testament von Archibald Montalban*. Nun klappte er es zu und bat Delambre, Platz zu nehmen.

»Was genau werfen Sie Viviane vor?«, fragte er.

»Im Moment wird ihr nichts zur Last gelegt. Sie wird lediglich wegen der Gründung einer Scheinfirma befragt. Dabei geht es um viel Geld, Monsieur Fontane. Und das Unangenehme ist, dass es sich um Ihr Geld handelt.«

Max Fontane zuckte nicht einmal mit der Wimper. Lächelnd rückte er seine Krawatte zurecht und blickte in die Ferne.

»Und sonst?«

»Ich frage mich nur eines, Monsieur Fontane: Weshalb ist Viviane Lebesco so zornig auf Sie, dass sie Sie über Mittelsmänner einen Versicherungsvertrag unterzeichnen lässt, um Sie zu ruinieren?«

»Mit Franck Duval, richtig?«

»Nicht nur mit ihm.«

»Fred Bellair gehört sicher auch dazu. Das liegt auf der Hand«, meinte Max in gleichgültigem Ton.

Delambre runzelte die Stirn.

»Offenbar erstaunt Sie das gar nicht. Wussten Sie Bescheid?«

»Ich habe es mehr oder weniger vermutet.«

»Und Sie haben nichts dagegen unternommen? Das sieht Ihnen aber gar nicht ähnlich, Monsieur Fontane. Ich würde wirklich gern wissen, warum Ihre Frau Sie dermaßen hasst.«

»Hass ist das richtige Wort. Viviane hat sehr gelitten. Aber nur sie kann Ihnen die Erklärung geben, nach der Sie suchen. Ganz bestimmt hat sie niemanden umgebracht. Sie rächt sich gern, aber zu einem Mord wäre sie nicht fähig.«

Delambre suchte Fontanes Blick. Doch der war mit seinen Gedanken ganz woanders.

Mit ihren Sandaletten hatte Laura Mühe, Pierrot auf dem steinigen Weg zu folgen. Vincents Vater verlangsamte seinen

Schritt nicht, denn er wollte sich endlich der Last entledigen, die ihn seit Langem bedrückte. »Kommen Sie mit«, hatte er gesagt, und Laura war ihm gefolgt, ohne Fragen zu stellen.

Nach einem viertelstündigen Fußmarsch blieb Pierrot Bellair plötzlich stehen. Laura war ganz außer Atem, als sie ihn einholte. Vor ihnen erhob sich eine winzige Kapelle, errichtet zu Ehren eines vergessenen Heiligen in einem Hain von Zypressen und kleinen Eichen.

»So, Laura, gehen Sie hinein.«

Laura vertraute diesem linkischen, geradlinigen Mann und trat ein. Durch ein einziges längliches Fenster drang Licht in den Raum und fiel auf eine liegende Marmorfigur, die sich über dem Eingang zu einer Gruft befand. Das steinerne Gesicht Luisas lächelte sie an. Sie trug eine Art Toga, die Hände waren über ihrem Herzen gekreuzt, ihr langes, gelocktes Haar reichte ihr bis zu den nackten Füßen. Unzählige frische Blumen verbreiteten einen starken Geruch in dem Halbdunkel der Kapelle. Es war nicht schwer zu erraten, wer sie hierhergebracht hatte.

In einem der Sträuße steckte etwas, das auf den ersten Blick wie eine Grußkarte wirkte. »*Der Stern*, Karte Nr. XVII« war zu lesen. Unter einem Sternenhimmel kniete eine nackte Frau mit langem Haar und dem Körper einer antiken Venus und goss aus zwei Gefäßen Wasser in einen Bach. Ein Symbol der Liebe, ohne Zweifel.

Ein Schatten erschien in dem Licht, das durch die Tür fiel. Pierrot Bellair stand hinter ihr.

»Als Ihre Mutter starb, war mein Bruder so verzweifelt, dass ich alles getan hätte, um ihm zu helfen. Ein paar Tage nach der Beerdigung kam er zu mir.«

»Und?«

»Er bat mich um einen Gefallen. Ich bin Maurer, deshalb ist es für mich ein Kinderspiel, ein Grab zu öffnen und wieder zu verschließen. Er sagte, sie hätte sich entschieden, mit ihm zu leben und Ihren Vater zu verlassen. Die beiden hatten alles vorbereitet. Sie sollten bei ihnen aufwachsen. Nach dem Unfall wollte er die Tote in seiner Nähe haben, verstehen Sie?«

Plötzlich verstummte er und wurde kreidebleich. Laura drehte sich um. Fred Bellair war hinter ihnen in die Kapelle getreten. In der Hand hielt er eine Pistole.

»Vielleicht erwarten Sie, dass ich Sie um Verzeihung bitte, Laura. Leider kann ich das nicht. Ihr Vater hatte entschieden, dass Sie überleben und nicht Luisa. Doch das hatte keinen Einfluss auf das Versprechen, das ich ihr gegeben habe: Ich werde mein ganzes Leben für sie da sein.«

Pierrot hatte sich wieder gefasst. »Fred, sei vernünftig. Nimm die Waffe runter, bitte.«

»Du hast sie hierhergeführt, damit sie sie mir wieder wegnimmt. Doch sie gehört mir …«

»Luisa Fontane gehört dir nicht«, knurrte Pierrot.

»Laura, Sie müssen es verstehen, und Sie können es, da bin ich sicher: Luisa und ich gehören zueinander in alle Ewigkeit«, stieß Fred hervor.

Laura begriff. Bellair hatte für sie nichts Unheimliches mehr, er war einfach nur verrückt. Verrückt aus Liebe. Offensichtlich brauchte er ein paar Jahre ärztliche Betreuung.

»Der Leichnam von Luisa Fontane gehört ihrer Tochter. Das musst du respektieren, Fred.«

»Ich werde nicht zulassen, dass man sie mir wieder nimmt …«

»Fred, hör mit diesem Unsinn auf! Seit über dreißig Jahren betest du eine Tote an!«

Das Wort Tote hallte in dem niedrigen Gewölbe wider.

»Luisa hat zwei Männer geliebt«, fuhr Pierrot fort. »Natürlich nicht auf die gleiche Weise. Max hat sie Laura geschenkt. Aber man kann doch eine Lebende nicht gegen eine Tote aufrechnen, Fred!«

Beeindruckend, wie dieser sonst so schweigsame Mann genau die richtigen Worte fand. Laura war zutiefst bewegt. Sie sah, wie er auf seinen Bruder zuging, der mit der Pistole auf ihn zielte. Mit einer plötzlichen Bewegung packte er die Waffe am Lauf. Ein Schuss hallte in dem Gewölbe wider. Laura schrie auf und flüchtete hinter die Steinfigur, als könne ihre Mutter sie schützen. Sie hörte lautes Stöhnen, als kämpften zwei Tiere miteinander. Dann fiel die Pistole zu Boden. Laura ergriff sie und richtete die Waffe auf die Kämpfenden.

»Hört auf, oder ich schieße!«

Sofort ließ Pierrot von seinem Bruder ab. Fred war kaum wiederzuerkennen. Er war leichenblass, sein Hemd war zerrissen, vor allem aber sah man den sonst halb unter den Lidern verborgenen unsteten Blick …

»Jetzt gehört der Leichnam meiner Mutter der Justiz«, sagte Laura in die Stille hinein. »Und wir werden endlich erfahren, ob sie umgebracht wurde oder nicht.«

»Luisa ist ein Opfer des Fluchs«, flüsterte Fred.

»Es gibt keinen Fluch! Es gibt nur einen Mörder, der meine Mutter umgebracht hat und heute weitermordet und auch mich töten will.«

Fred blickte wehmütig auf die Marmorfigur und drückte einen Kuss auf ihre Lippen.

DAS TESTAMENT VON ARCHIBALD MONTALBAN

(FORTSETZUNG)

Der Prinz von Pisa gehörte zu dem erlauchten Kreis der Eingeweihten, die mein Freund Édouard Schure in seinem Werk zu erwähnen vergessen hatte. Umso ungewöhnlicher war es, dass er nach seinem Tode nicht in Vergessenheit geriet. Die Erfindung von Gutenberg eröffnete hier neue Perspektiven: Mit ihrer Hilfe konnten die Erkenntnisse der Verstorbenen an die Lebenden weitergegeben werden: auch die Geheimnisse, die lange Zeit über von Erzengeln bewahrt worden waren. Diese Geheimnisse waren laut der Aussage des italienischen Prinzen bereits in den zweiundzwanzig Kartenblättern des Tarot verborgen, in jener unergründlichen Zeit, die zwischen Prähistorie und Historie liegt, zwischen Barbarei und Zivilisation.

Diese Behauptungen schienen mir sehr naiv, und ich musste häufig lachen, als ich dieses lateinische Werk las. Auf jemanden, der es nicht gewohnt ist, alte Schriften zu lesen, muss das Buch äußerst verworren wirken. Außerdem liest es sich sehr trocken. Es hier zusammenzufassen ist alles andere als einfach, doch es scheint mir unumgänglich, da sich der Glaube, der im Kloster der heiligen Anna gelehrt wurde und dessen Anhängerin Élisabeth wurde, im Großen und Ganzen auf diesen Text stützt.

Der Prinz von Pisa ging von der Genesis als ursprünglichem Ort der Schöpfung, aber auch als Quelle aller bestehenden Missverständnisse aus. Wie auch schon mein Ahne, der Alchemist Ettcheban Castro zu Montalban, behauptet hatte, verwirklichte Gott, indem Er nach dem Bilde des himmlischen Paradieses ein irdisches auf dieser Erde schuf, Seine Vorstellung von einer Welt. Wie im Schatten eines Spiegels sollten hier unsterbliche Kreaturen leben. Das Streben des Prinzen von Pisa war einzig darauf gerichtet, zu der ursprünglich von Gott geplanten Unsterblichkeit zurückzukehren. Und er war nicht der Einzige. Andere vor und nach ihm widmeten sich demselben Ziel, und alle waren sich in einem Punkt einig: Der Pakt, den Eva mit Luzifer eingegangen war (oft durch eine Schlange dargestellt), war der Bruch zwischen dem Garten Eden und der wild wuchernden Natur, zwischen dem Paradies auf Erden und der Menschheit, zwischen Unendlichkeit und Endlichkeit, zwischen Unsterblichkeit und Vergänglichkeit. Der Kirche genügte es, alle Dinge mit der Erbsünde zu erklären. Sie klagte die Frauen als Ursprung allen Übels an. Andere wiederum, und unter ihnen auch der Prinz von Pisa, glaubten, dass nur die Frauen die Macht besaßen, den Fehltritt Evas zu sühnen, der keine Erbsünde, sondern eine politische Entscheidung gewesen war: Durch diese Entscheidung hatte sie sich dem unsinnigen Traum desjenigen widersetzt, den sie Gott nannte, der aber nicht ihr Vater war. So wurde sie zur Urmutter einer sterblichen Menschheit, in der Gott sich nicht wiederfand. Diese Menschheit wurde nun zum Schlachtfeld, auf dem Luzifer den Wahnsinn Gottes besiegte. Damit schwang er sich zum gottgleichen Herrscher auf, der seit undenklichen Zeiten über der vergänglichen Welt der Lebenden und Toten thronte. Laut dem Prinzen von Pisa beschrieben die zweiundzwanzig Kartenblätter des Tarot den Weg, auf dem man zur ursprünglichen Idee Gottes zurückkehren konnte. Durch sie ließ sich das Paradies auf Erden und damit auch Gott wiederfinden, ein Spiegel, in dem sich die Menschen ewig betrachten konnten. Die Eingeweihten wurden von mächtigen Ignoranten verfolgt und verbargen deshalb das Geheimnis der Unsterblichkeit und der Pläne Gottes in einem gewöhnlichen Kartenspiel. Die Unsterblichkeit wurde zum einzigen Weg, um zu Gottvater zurückzukehren. Die Vergänglichkeit war der Wille des Teufels, die Unsterblichkeit aber der Beweis für die Existenz Gottes.

Da die Frauen die Last der Sünde Evas tragen mussten, so konnten nur sie dieses Desaster wieder in Ordnung bringen. In dem Wort Desaster steckt die Vorstellung einer Welt »sans astres«, ohne Gestirne, ohne Gott. Am Ende sollten nur Frieden und Liebe stehen, ein üppiger Garten, die unwandelbare Quelle ewigen Lebens. Um dieses Ziel zu erreichen, mussten verschiedene Bedingungen eintreten. Zuerst einmal musste man, um die Spuren Gottes zu entdecken, in die Zeit der antiken Götter zurückkehren: in die Welt der jungfräulichen Priesterinnen und dann in jene der Frauen, die eine Brücke zwischen Diesseits und Jenseits geschlagen hatten. Diese Magierinnen waren in der Lage, gottgleiche Wunder zu vollbringen.

Die Zauberinnen von Thessalien nahmen im Denken des Prinzen von Pisa den ersten Rang ein: Aufgrund einer Vision behauptete er, sie seien im Besitz des Geheimnisses der zweiundzwanzig Kartenblätter des Tarock, wie es damals noch hieß. Wie es einen Bruch zwischen dem Garten Eden und der Wildnis, zwischen dem Paradies auf Erden und der Menschheit gegeben hatte, so musste es auch einen Bruch zwischen dem Alten Testament und der Rückkehr zum Paradies auf Erden geben. Das Neue Testament erfüllte offensichtlich diesen Zweck. Wie sonst sollte der Unterschied zwischen Altem und Neuem Testament gerechtfertigt werden, dieser Unterschied zwischen Gott um uns und Gott in uns. Und wenn Gott sich in uns befand, so musste Er es uns doch wie sich selbst ermöglichen, unsterblich zu werden, indem Er uns nach dem Tod im Diesseits wieder auferstehen ließ.

Jesus, Mensch gewordener Gott, der seine magischen Kräfte bei der Hochzeit von Kanaan offenbart hatte, musste von den Zauberinnen abstammen, dem Geschlecht, dem die heilige Anna und die Jungfrau Maria, Nährmutter und Erzeugerin, angehörten.

Die Jungfrau Maria war für den Prinzen von Pisa die neue Eva: Sie sollte den Fehler berichtigen, den ihre Vorfahrin begangen hatte. Ihre Aufgabe war es also, ein lebendiges Wesen zu schaffen, das von den Toten auferstand, um die Existenz Gottes und das Scheitern des Teufels zu beweisen. Nur die eingeweihten Frauen konnten diesen Befehl empfangen. Dazu gab es seit Urzeiten die Verhei-

ßung, dass eine Jungfrau den einzigen Sohn Gottes gebären sollte. Es ging darum, einen neuen Adam zu schaffen, der von den Toten auferstand. Mag der Gedanke auch paradox erscheinen, doch es ging um die Schaffung eines Mannes, gezeugt von Gott und einer Frau, der wiederum eine neue Menschheit schaffen sollte – wie es der erste Adam hätte tun sollen.

Jesus gelang es, Lazarus und das kleine tote Mädchen von den Toten aufzuerwecken. Die Liebe zu Gott war nichts anderes als der Wille, an sein ursprüngliches Werk zu glauben. Wäre es also nur eine alberne kindliche Liebe gewesen, hätte er es nie vermocht, solche Wunder zu vollbringen.

Jesus war natürlich für den Prinzen von Pisa einer der »Eingeweihten« – und für die drei Frauen, die heilige Anna und die Jungfrau Maria sowie Maria Magdalena, die selbst mit Sicherheit eine Initiierte war. Oft wurde behauptet, sie sei eine Frau mit schlechtem Lebenswandel gewesen, was einzig und allein daher rührt, dass sie mit dem Tarock vertraut war. Ein Kartenspiel, das in einfachen Tavernen gespielt wurde und die Geheimnisse dieses Universums barg. Warum sonst versammelten sich diese drei am Fuße des Kreuzes? Warum empfingen sie den Leib Christi nach seiner Kreuzigung auf ihren Knien? Weshalb waren sie es, die den Toten wuschen? So viele Fragen, deren Antworten sich nur mithilfe der Magie aufspüren lassen. Wenn es also wahr ist, dass die Auferstehung Christi nicht angekündigt wurde, warum befahlen die Römer dann, den Eingang seiner Grabstätte mit einem Felsen zu verschließen, den ein Mensch allein überhaupt nicht bewegen konnte? Weshalb mussten Soldaten den Eingang der Grabstätte von Gottes Sohn bewachen, wenn nicht aus der Furcht heraus, er allein könne die Macht Gottes beweisen und damit der Macht der Tyrannen, die der Teufel eingesetzt hatte, ein Ende bereiten?

Wenn Jesus am Kreuz im schlimmsten Todeskampf Gott fragt: »Warum hast du mich verlassen?«, dann nur, weil der Schmerz aus ihm den letzten Rest der Zugehörigkeit zu den sterblichen

Menschen herauspresste. Keine der Frauen, weder die heilige Anna noch die Heilige Jungfrau oder Maria Magdalena zeigten jemals ein Zeichen von Zorn oder Zweifel. Geduldig erwarteten sie den Augenblick des Todes wie eine Verheißung, die ihnen den Leib Gottes zuführte, dem sie Leib und Seele geweiht hatten.

Die Waschung des Toten wurde in gewisser Hinsicht zur Bestätigung und Erfüllung. Die drei Frauen und Magierinnen führten alle Rituale durch, die Seele in den leblosen Körper zurückzuführen. Das Blut musste mithilfe einer Reihe von Verwünschungen und Flüchen, die nur die Magierinnen kannten, in die Wunden zurückfließen. Sie nutzten die Sprache der Eingeweihten, die auch im Geheimnis des Tarock verborgen lag.

Das Blut kehrte in die Wunden dessen zurück, den wir von nun an Christus nennen. Die Magierinnen schlossen fünf Wunden mithilfe von fünf Medaillons, dem Einsiedler *mit der Nummer VIIII, der* Sonne *mit der Nummer XIX, dem* Teufel *mit der Nummer XV, dem* Mond *mit der Nummer XVIII … und der Gestalt ohne Namen, die durch ein Skelett dargestellt wird und die Nummer XIII trägt.*

Offensichtlich verhinderte ihre Beschwörung auf immer und ewig, dass das Leben erneut aus ihm wich.

Was danach geschah, wissen wir alle: Christus stand von den Toten auf.

Vierter Teil

DER TRIUMPHWAGEN

Laura war den ganzen Dienstag über unterwegs gewesen und hatte erst am Abend erfahren, dass Vincent aus dem Koma erwacht war. Da sich die Kugel bewegt hatte, konnte er nun endlich operiert werden. Trotz ihrer Erleichterung hatte sie an dem Morgen das Gefühl, auf Watte zu gehen, ihre Gedanken waren getrübt, auch ihre Zukunft erschien ihr völlig unwirklich. Selbst der Gedanke an Matthieus Beerdigung hatte etwas Irreales. Max hatte sie vor einer Stunde angerufen und ihr verkündet, er habe Viviane bewiesen, dass er doch väterliche Gefühle besaß: Er habe die Nacht am Sarg seines Sohnes gewacht. Laura hatte das Gespräch schnell beendet. Sein eifriges Bestreben, ganz schnell alles gutzumachen, war ihr unangenehm.

Sie wollte gerade die Fenstertür in Vincents Schlafzimmer schließen, als ihr Blick auf einen Gegenstand im Schwimmbecken fiel. Sie eilte zum Beckenrand und kniff die Augen zusammen. Auf dem Wasser schwamm eine Spielkarte, von der Umwälzpumpe hin und her gewirbelt. Laura lächelte.

Es war *Der Triumphwagen* mit der Nummer VII. Das Blatt zeigte einen Jüngling mit blondem Haar, der auf einem von zwei Pferden gezogenen Wagen stand. Auf seinem Kopf saß eine Krone, er trug eine königliche Rüstung und hielt ein schweres Zepter in der Hand. Der junge Mann erinnerte sie an Matthieu, dessen Leichnam sie nun zu Grabe tragen würden. Der Wagen schien auf eine weite Reise zu verweisen. Das Ende war nah, und Laura wusste nicht, wie sie dem angekündigten Tod ausweichen sollte. Sie verspürte sogar ein gewisses

Glücksgefühl bei dem Gedanken, dass bald alles zu Ende sein würde …

Luisas Leiche war in die Gerichtsmedizin gebracht worden. Agnès hatte alles getan, um die Mordthese zu untermauern. Ob es nun Unfall oder Mord war, der Gerichtsmediziner musste Gummihandschuhe anziehen und Lauras Mutter eine letzte Ehre erweisen.

»Ich soll nach einem Schlag auf den Kopf suchen, richtig?«, wollte der Gerichtsmediziner wissen.

»Genau«, erwiderte Agnès.

»Na gut«, seufzte er. »Wir machen ein kleines Peeling, und ich rufe Sie an, wenn ich etwas Neues weiß.«

»Danke, Doktor. Es ist eilig …«

»Sie sind ein Energiebündel, Angeli. Wenn Sie mir heute keine neue Leiche liefern, dann müsste es klappen …«

Agnès schaltete ihr Handy an und warf einen Blick auf die Uhr. Sie erschrak, als sie sah, wie spät es schon war. Matthieus Beerdigung würde in einer Stunde stattfinden. Dabei trug sie immer noch ihre Jeans und die Tennisschuhe. Hastig wählte sie Brunos Nummer.

»Irgendwas Neues?«

»Fred Bellair scheint nach Madagaskar abgehauen zu sein«, meinte Bruno.

»Wieso Madagaskar?«

»Weißt du das nicht? Dort kann man Tote so oft ausgraben, wie man will. Niemand belangt dich wegen Leichenschändung. Du kannst sie sogar füttern und ihren Urenkeln vorstellen.«

»Andere Völker, andere Sitten. Ich hatte gerade das Vergnügen, mit unserem Pathologen zu sprechen. Und jetzt muss ich zur Beerdigung.«

Agnès legte auf und betrachtete den Himmel, der von wolkenlosem Blau war. Matthieu würde das nie mehr sehen.

Wenn sie schon weinen musste, dann war das jetzt der richtige Moment.

Manon sprang auf den Bahnsteig, bevor der Zug zum Stehen gekommen war. Sie versuchte, nicht aus ihren Plastiksandalen zu rutschen, und bahnte sich einen Weg durch die Menge. Die große Bahnhofsuhr verkündete ihr, dass sie eine halbe Stunde Zeit hatte, um zum Friedhof zu gelangen. Also konnte sie noch in ihrer Wohnung eine Dusche nehmen und sich umziehen. Seit gestern hatte sie sich nicht gewaschen. Die Erde und der Staub auf den Landstraßen machten ihr nichts aus, aber den Schmutz in den Städten fand sie ekelerregend. Die Nacht im Kommissariat von Nîmes hatte ihr Gefühl, schmutzig zu sein, nur verstärkt. Ihre Tennisschuhe hatte sie nicht mehr angezogen, obwohl die Bullen sie ihr im sauberen Zustand zurückgegeben hatten. Nach Verlassen des Kommissariats hatte sie sie in den erstbesten Mülleimer geworfen. Am Bahnhof hatte sie in einem Laden ein Paar zu große Plastiksandalen gefunden. Schon nach drei Schritten hatte es ihr zwischen den Zehen wehgetan, aber das war immer noch besser, als mit nackten Füßen wegen Herumtreiberei festgenommen zu werden. Von den Bullen hatte sie vorläufig genug – es reichte schon, dass sie sich am nächsten Tag wieder auf dem Kommissariat in Nîmes einfinden musste. Sie beschleunigte ihren Schritt und stieß gegen eine kleine Alte mit einem Rollkoffer, die im Zickzack durch die große Halle lief. Die Frau hatte ängstlich zur Betondecke emporgeblickt: Tauben flogen durch die Halle, manchmal ganz dicht über den Köpfen der Reisenden. Manon konnte sie gerade noch am Ärmel festhalten, bevor sie stürzte. Die Alte musterte sie unfreundlich, und Manon erkannte sie gleich: Es war Solange, die Köchin von Ludmilla Rinaldi. Sie hatte sie immer nur von Weitem gesehen, aber den grauen Haarknoten und das faltige Gesicht hätte sie aus zwanzig Metern Entfernung erkannt.

»Entschuldigung«, sagte die Alte plötzlich, »sagen Sie mal, habe ich Sie nicht mit Suzanne Hanspag gesehen? Am Sonntag auf der Promenade? Sind Sie eine Verwandte?«

Manon zögerte einen Augenblick. Die Köchin schien ihre Mutter zu kennen, aber von ihrem Tod wusste sie natürlich nichts.

»Ja, das ist meine Mutter.«

»Also, wirklich. Ich wusste doch, dass sie es war. Ihre Mama hat sich kaum verändert. Wir haben fünf Jahre zusammen bei den Rinaldis gearbeitet. Stellen Sie sich vor …«

»Meine Mutter hat bei den Rinaldis gearbeitet?«

»Ja sicher. Ich war Köchin und sie Zimmermädchen. Wir beide hatten viel Arbeit, und dann brachten die Mädchen immer noch so viele Jugendliche mit. Hat sie Ihnen das denn nie erzählt? Wir waren ganz gute Freundinnen damals, aber sie war recht schweigsam.«

Manon stellte sich vor, dass Suzanne Hanspag zu ihnen herabblickte und Solange am liebsten angebrüllt hätte, den Mund zu halten. Aber das Schicksal spielte einem eben gern Streiche.

»Haben Sie Zeit für einen Kaffee?«, fragte sie.

»Mein Zug geht in einer Stunde«, erwiderte Solange.

Manon nahm der alten Frau den Koffer ab. »Das ist ja wunderbar.«

Manon hörte dem Redeschwall der Köchin zu, ohne sie zu unterbrechen. Solange hatte ihren Kaffee noch nicht einmal angerührt, während Manon ihre Tasse schon seit zehn Minuten ausgetrunken hatte.

»Suzanne war wirklich ein nettes Mädchen. Nie schimpfte sie, nie war sie böse, nie redete sie schlecht über andere. Sie war fast eine Heilige und sehr still. Es hat sechs Monate gedauert, bis sie mir erzählt hat, dass sie verheiratet war. Stellen Sie sich das mal vor! Ihr Vater arbeitete in der Nähe von Nîmes, ich glaube, beim Finanzamt. Jedes zweite Wochenende besuchte sie ihn dort. Einmal im Monat weinte sie, und irgendwann erzählte sie mir, dass sie keine Kinder haben konnte. Aber das müssten Sie ja eigentlich wissen, denn Ihre Eltern haben Sie ja adoptiert«, meinte Solange. »Ich hoffe, ich habe jetzt kein Geheimnis verraten. Wissen Sie, ich rede manchmal ein bisschen viel. Das sagt mir Ludmilla andauernd. Aber ich verstehe nicht, warum Laura nicht wissen sollte, dass ich Ihre Mutter kenne …«

»Wie bitte?«

»Ja, ihre Nichte Laura hat nach Ihrer Mutter gefragt. Da hat Ludmilla mich böse angeschaut, und ich wusste Bescheid.«

Solange beugte sich zu Manon hinüber.

»Sagen Sie ihr nicht, dass ich Ihnen das alles erzählt habe«, flüsterte sie.

»Ich kenne sie ja gar nicht. Ist sie so furchtbar?«

Solange brach in lautes Lachen aus. »Seit ihrer Kindheit weiß man nicht, wie man mit ihr umgehen soll. Manchmal ist sie sanft wie ein Lamm und eine Sekunde später die reinste Schlange. Nicht wie ihre Schwester«, seufzte sie. »Luisa war ein richtiger Schatz. Alle mochten sie. Sie war vielleicht ein bisschen verrückt mit ihren Amuletten und Zauberkarten, aber sie hätte keiner Fliege etwas zuleide getan. Nicht wie die andere … Die ruhigste Zeit, die ich dort verbracht habe, war, als Ludmilla verreiste. Sie hat uns mehr als sechs Monate lang in Frieden gelassen. Als sie zurückkam, war sie unerträglich. Was wir da durchgemacht haben! Damals hat Ludmilla erfahren, dass ihre Schwester schwanger war. Sie war außer sich …«

Manon sah, wie sich die Härchen auf ihrer Hand aufrichteten.

»Wann war das genau?«

»Anfang 1972. Ich erinnere mich daran, als wäre es gestern gewesen. Suzanne ist zwei Wochen später gegangen. Komisch, nicht? Dabei hat sie sich so gut mit Ludmilla verstanden …«

Der Leichenzug hielt vor der Kapelle der Fontanes an. Agnès wurde schwindlig. Seit gestern hatte sie nichts gegessen. Sie beobachtete Laura, die zwischen ihrem Vater und ihrer Stiefmutter ging. Trotz ihrer Zartheit wirkte sie gefasster als Max und Viviane: Zu oft war sie dem Tod und seinen Phantomen begegnet. Ludmilla stand etwas abseits, aufrecht wie ein Baum. Sie trug ein Kleid, das ihre schlanke Figur und ihre Größe betonte. Ludmilla hätte aus Stein sein können, wäre nicht der Wind durch ihr offenes Haar gestrichen. Agnès fröstelte plötzlich. Die Selbstbeherrschung dieser Frau in allen Lebenslagen war geradezu unmenschlich.

Der Sarg wurde vor der Gruft auf einem Katafalk abgestellt. Viviane trat darauf zu. Sie sprach leise, doch ihre Worte wurden vom Wind weitergetragen.

»Ich weiß nicht, ob wir durch den Tod eines Kindes etwas lernen können, aber ich möchte dir sagen, Matthieu, dass ich nie ein anderes Kind hätte haben wollen als dich. Das Einzige, was mir in diesem Leben geschenkt wurde, das einzige Glück, das hast du mir gegeben. Ich habe nichts mehr zu erwarten, bis zu dem Moment, da ich wieder bei dir bin.«

Max Fontanes Rücken zuckte wie unter einem Peitschenhieb.

Viviane fuhr fort:

»Ich habe gesehen, wie du aus meinem Leib gekommen bist. Heute sehe ich, wie du in die Erde kommst.«

Dann brach sie zusammen, ließ sich von Max aber nicht aufhelfen. Die Leichenträger senkten den Sarg an Seilen in die Gruft.

In Ludmilla schien wieder Leben zu kommen. Sie warf eine Handvoll Erde und eine Rose in die Grube. Im selben Augenblick spürte Agnès, dass jemand hinter ihr stand. Sie wandte sich um und glaubte ein Gespenst zu sehen: Da stand Fred Bellair im zerknitterten Anzug, das Kinn von Bartstoppeln bedeckt. Er berührte ihren Arm und flüsterte:

»Bitte geben Sie mir Zeit, meine Gedanken zu ordnen. Danach komme ich aufs Kommissariat, und dann können Sie mich meinetwegen lebenslänglich einsperren.«

Manon ballte die Hände zu Fäusten, und selbst ihre Zehen in den zu großen Sandalen verkrampften sich. Sie hatte sich hinter einem Grabstein versteckt, etwa zwanzig Meter von Matthieus Gruft entfernt, als sich schon alle dort versammelt hatten. Falls sie Matthieu etwas bedeutet hatte, hatte er die Gefühle mit ins Grab genommen. Ungeduldig wartete sie darauf, dass die anderen gingen.

Sie sah, wie die Trauergäste auf das Friedhofstor zuschritten. Max Fontane nahm Matthieus Mutter beim Arm und begleitete sie zum Ausgang, Laura und Agnès folgten. Agnès flüsterte ihrer Freundin etwas ins Ohr. Laura wandte sich um und blickte auf Fred Bellair, der einige Schritte hinter ihr ging. In diesem Moment trat Ludmilla auf ihn zu. Manon spürte, wie ihr die Galle hochkam. Unwillkürlich griff sie nach dem Armband, das sie am rechten Handgelenk trug.

Die Trauergäste entfernten sich, und Manon wartete darauf, dass sich der Puls in ihren Schläfen beruhigte. Erst nach einer ganzen Weile fühlte sie sich stark genug, um Abschied von Matthieu zu nehmen.

Agnès biss sich auf die Lippe. Was war, wenn Fred Bellair es sich nun anders überlegte und das Weite suchte? Sie fuhr so schnell, wie der Verkehr es erlaubte. Offenbar wollte Laura mit ihr sprechen, und Ludmilla hatte sich ihr schlichtweg aufgedrängt. Agnès hatte in barschem Ton erklärt, dass sie wieder zum Dienst müsse und die beiden nur bis zum Glashaus der Fontanes mitnehmen könne. Laura saß neben ihr, und Ludmilla hatte auf der Rückbank Platz genommen. Ihr Haar flatterte im Wind, der durchs offene Fenster drang.

»Hast du schon die Polizei in Nîmes erreicht?«, fragte Laura.

»Nein, noch nicht. Keine Zeit.«

Vor ihnen staute sich der Verkehr, und die Wagen fuhren in einem nervtötenden Schritttempo. Zum dritten Mal wurde die Ampel rot.

»Mist!«, schimpfte Agnès.

Im Rückspiegel sah sie, wie Ludmilla ihr einen spöttischen Blick über die Sonnenbrille hinweg zuwarf.

»Ich glaube, dass Suzanne Hanspag von derselben Person ermordet worden ist wie meine Mutter«, meinte Laura nachdenklich. »Sie wusste etwas.«

Ludmilla fuhr zusammen, schwieg jedoch. Mit einer eleganten Geste strich sie sich eine Strähne aus dem Gesicht.

»Und was sagt der Gerichtsmediziner zur Leiche meiner Mutter?«, fragte Laura ihre Freundin. »Gibt es da was Neues?«

»Nein, noch nicht.«

Das Autotelefon klingelte.

»Kommissarin Angeli.«

Das Auto vor ihnen fuhr im Schneckentempo weiter.

»Zwei Sekunden, Doktor. Ich halte mal eben.«

Unter dem erregten Gehupe der Wagen hinter ihr fuhr sie schräg auf den Bürgersteig.

»Moment, ich suche mir gerade was zum Schreiben.«

Laura war schneller als sie und hielt ihr einen Notizblock und einen Stift hin.

Auch Ludmilla schien sich nun für das Gespräch zu interessieren. Als Agnès auflegte, sah Laura sie aufgeregt an.

»Also, genau, was ich gedacht habe. Sag es mir schon. Ich hab es sowieso gelesen.«

Agnès stieß einen ärgerlichen Seufzer aus. Sie spürte Ludmillas Blick auf ihrem Hinterkopf.

»Linkes Schläfenbein zersplittert, aber nicht durch den Unfall. Der Schlag war zu heftig, und der Bruch ist tief und gerade. Mehrere Schläge links auf den Schädel. Es könnte ein Golfschläger oder ein Stock gewesen sein. Du hattest recht, Laura.«

Agnès sah, dass ihre Freundin kreidebleich geworden war. Auch Ludmilla war blass unter ihrer Bräune und hielt sich am Türgriff fest. »Mein Kind, du fällst ja gleich in Ohmmacht! Agnès, hast du vielleicht Wasser in diesem Backofen auf Rädern?«, fragte sie dann.

»Das ist ein Dienstwagen ohne Bar«, entgegnete Agnès wütend.

»Laura, meine Liebe, wie fühlst du dich?«, fragte Ludmilla und warf Agnès einen zornigen Blick zu.

»Danke, es geht mir sogar sehr gut«, antwortete ihre Nichte mit erstaunlich fester Stimme. »Die Person, die meine Mutter getötet hat und auch mich töten will, war heute auf dem Friedhof. Da bin ich mir ganz sicher.«

Fred Bellair war bereits da, als Agnès ins Büro kam. Mollaro saß ihm gegenüber, Bruno hatte sich vor den PC gesetzt. Er gab ihr ein diskretes Zeichen mit den Lidern. Agnès war ungeheuer erleichtert. Bellair hatte also sein Wort gehalten. Es gab doch noch so etwas wie Ganovenehre.

»Warum raubt man eine Leiche, Monsieur Bellair?«, fragte Mollaro geradeheraus.

»Aus Liebe.«

»Aus Liebe begeht man so manche Dummheit, aber das kann Sie teuer zu stehen kommen«, erklärte Mollaro.

»Das können Sie nicht verstehen.«

Mollaro verzog den Mund und meinte dann: »Sind Sie so ein Nekrophiler?«

Agnès blieb die Luft weg. Mollaro war wirklich unmöglich. Hinter sich hörte sie ein Stöhnen. Bruno löschte gerade die Frage von Mollaro, die das Zeug zu einem Klassiker gehabt hätte. Agnès beschloss einzugreifen.

»Monsieur Bellair, ich möchte auf Ihre letzte Begegnung mit Luisa Fontane zu sprechen kommen. Nach Ihrer ersten Aussage war das am Tag vor ihrem Tod.«

»Ja, es war am 20. August im Kasino.«

Mollaro öffnete den Mund, doch Agnès ließ ihn nicht zu Wort kommen.

»Kam sie Ihnen unruhig oder nervös vor?«

»Wir waren beide ziemlich aufgeregt. Schließlich wollte sie sich von ihrem Mann trennen.«

»Luisa Fontane war im achten Monat schwanger. War das Ihr Kind?«

Agnès hielt den Atem an und wartete gespannt auf seine Antwort.

»Nein«, sagte Bellair leise. »Es war von ihrem Mann. Aber ich hätte Laura aufgezogen wie mein eigenes Kind, wenn ich es gekonnt hätte.«

»Hat Luisa Ihnen je von Drohungen erzählt, die sie bekommen hat?«

»Nein … doch. In ihren letzten Briefen schrieb sie mir, dass sie Angst hatte, zu sterben wie alle Erstgeborenen ihrer Familie. Sie glaubte an den Fluch. Ich hätte sie ernst nehmen sollen.«

»Also haben Sie sich am Abend des 20. August 1972 verabschiedet. War das im Kasino?«

»Nein, ich habe sie zum Landhaus gebracht. Soweit ich mich erinnere, gab Ludmilla Rinaldi eine Party. Das Landhaus war hell erleuchtet. Luisa war todmüde. Ich sah sie ins Haus gehen … Zu unserer Verabredung am nächsten Tag ist sie nicht mehr gekommen.«

»In dieser Nacht geschah der Autounfall.«

»Ja, ich erfuhr es am frühen Morgen. Von ihrer Schwester«, sagte er leise.

»Und was haben Sie dann getan?«

»Ich fuhr ins Krankenhaus. Dort erfuhr ich, dass sie im Koma lag. Man hätte sie vielleicht retten können, doch es stellte sich die Frage: entweder sie oder das Kind. Max Fontane hat sie getötet.«

»Hätten Sie sich für Luisa Fontane entschieden?«

»Ja. Und ich würde es auch heute wieder tun.«

Laura klopfte an die Tür von Zimmer 18. Mado öffnete ihr und schloss sie in die Arme.

»Ich weiß, dass heute die Beerdigung war. Es tut mir so leid für Sie und Ihre armen Eltern.«

Dann senkte sie die Stimme:

»Er ist noch sehr schwach. Ich habe ihm nichts gesagt. Nichts, verstehen Sie?«

»Machen Sie sich keine Sorgen. Man sagt einem vom Tod Geretteten nicht sofort, dass er der einzige Überlebende ist.«

Mado blickte sie bestürzt an, und Laura begriff zu spät, dass sie etwas völlig Absurdes gesagt hatte. Sie ging auf das Bett zu. Vincent schien zu schlafen, seine Lider waren geschlossen. Am Kopf trug er einen dicken Verband, aber die Zahl der Schläuche, die ihn mit Maschinen verbanden, hatte um die Hälfte abgenommen. Laura legte eine Hand an seine rasierte Wange. Er öffnete die Augen und versuchte sie anzulächeln. Einer seiner Mundwinkel hob sich, an dem anderen floss ein wenig Speichel herunter. Er war noch sehr schwach, und sein Gehirn begann erst langsam wieder zu arbeiten. Sie beugte sich über ihn und küsste seine Lippen. Sie spürte, wie Vincents Körper zitterte und sich bewegte. Er versuchte ihr zu sagen, dass er glücklich war, sie wieder zu spüren, und dieses Glück zeigte sich an seinem Lächeln. Bald würde er wieder richtig lachen können. Als sie sich aufrichtete und die Augen aufschlug, öffnete er seine auch, und sie sah Tränen darin. Sie leckte die erste, die ihm über die Wange lief, auf. Die Zeit blieb stehen. Es war, als sei Mado gar nicht da. Nichts mehr war da außer ihnen. Er verzog erneut den Mund.

»Laura …«

Er sagte das in bittendem, müdem Ton.

»Psst, mein Liebster. Ich bin ja da, ich bin da.«

Es war, als sagte sie zu ihm, ich lebe und du auch. Vincent bewegte seinen Körper, seine Augen rollten unter seinen zitternden Lidern. Laura hielt fest seine Hand.

»Du musst dich ausruhen. Ich weiß, dass du dazu keine Lust hast, aber du musst es tun, und wenn ich komme, um dich abzuholen, kannst du wieder gehen.«

Er schloss die Augen. Sie drückte ihm die Hand, sein Puls wurde ruhiger. Als sie die Hand losließ, zeigte sich auf dem Monitor, der seinen Herzschlag anzeigte, eine ruhige Kurve.

Manon wollte auf die Klingel mit der Fernsehlinse drücken, doch dann besann sie sich. Sie warf ihre Tasche auf die andere Seite der Mauer und kletterte behände in den Park. Sie ging über die Allee auf das Landhaus zu, doch im Schutz der Pinien. Etwa fünfzig Meter vom Haus entfernt hörte sie Gesang. Je näher sie kam, desto deutlicher drang die Musik aus den Fenstern im Erdgeschoss. Sie ging die Freitreppe hinauf und blieb vor der schweren Tür stehen. Auch hier klingelte sie nicht, die Tür stand offen, eine Einladung, der sie nicht widerstehen konnte; so war die Überraschung auf ihrer Seite.

In der Eingangshalle war es dunkel. Sie sah die Steintreppe, die nach oben führte. Die Musik drang aus dem großen Wohnzimmer, ohrenbetäubend. Eine Frau sang, und Manon verspürte die ganze Verzweiflung des Soprans, auch wenn sie kein Wort verstand. Sie stellte ihre Tasche unter ein Tischchen in der Halle, als Ludmilla eine Tür aufstieß und erschien. Sie trug keine Sonnenbrille mehr, aber ihr langes Haar fiel ihr auf die Schultern, schwarz wie ihr Kleid. In der einen Hand hatte sie eine kleine Salatschüssel, in der anderen einen Lappen. Sie erstarrte, als sie Manon sah.

»Wer sind Sie? Wie sind Sie hier hereingekommen?«, schrie sie und übertönte damit den Lärm des Orchesters.

»Die Tür stand offen.«

»Gehen Sie, sofort. Oder ich rufe die Polizei.«

Ludmilla war bleich vor Schreck, Manon konnte es sehen. Sie rührte sich nicht, aber die Schüssel zitterte in ihrer Hand.

»Entschuldigung, ich wollte Sie nicht erschrecken. Sie kennen mich nicht, aber ich kenne Sie. Ich war Matthieus Freundin.«

Die Frau hörte ihr zu, vor Angst wie erstarrt. Manon nahm das schwere Armband von ihrem Handgelenk und hielt es Ludmilla hin, ohne einen Schritt zu tun. Das Schmuckstück blitzte.

»Ich bin gekommen, um Ihnen zurückzugeben, was Ihnen gehört.«

Ludmilla blickte auf das Armband. Manon wusste sofort, dass sie angebissen hatte. Die Musik verstummte plötzlich.

»Wo haben Sie dieses Schmuckstück gefunden?«, fragte Ludmilla mit einer Stimme, die seltsam im Raum widerhallte. »Sie haben es gestohlen, richtig?«

»Nein, nicht dieses, ich habe das Armband gestohlen, das Laura gehörte.«

Ludmilla lehnte sich gegen die Wand. Manon beobachtete sie und versuchte, die Geschichte von Anfang an aufzurollen. Alles fing mit einer Person an, und zwar mit ihr. Ludmilla kniff die Augen zusammen, als wolle sie sie einordnen und beurteilen.

»Juliette?«

»Juliette Hanspag.«

Die Salatschüssel zersprang auf den Fliesen, und der rote und weiße Inhalt landete auf den Tonscherben. Ludmilla stand mit hängenden Armen da. Sie hielt immer noch den Lappen fest, der an ihrem Kleid herunterhing. Manon machte einen Schritt auf sie zu, und das Armband blitzte.

Manon wusste, dass sie nun die Wahrheit aufgedeckt hatte, nach dreiunddreißig Jahren der Lüge. Aber zufrieden war sie deswegen nicht. Sie war zwar nicht enttäuscht, aber nach wie vor beunruhigt.

»Sie waren es also, nicht wahr?«

»Ja«, stotterte Ludmilla, »ja, ich bin deine Mutter.«

Ludmilla blickte auf ihren Lappen. »Und hier stehe ich jetzt, mit einem Lumpen in der Hand. Es tut mir leid. Du kommst leider zu spät, viel zu spät. Warum erst jetzt?«

»Um zu verstehen, was geschehen ist. Suzanne, meine Mutter, hat für Sie gearbeitet, stimmt das?«

»Ja, die arme Suzanne. Sie ist tot, ich weiß. Du bist wieder ein Waisenkind. Das Leben ist seltsam, oder?«, flüsterte Ludmilla und ging einen Schritt auf Manon zu.

Manon hielt sie mit einer Handbewegung auf.

»Ich muss noch einige Details klären. Sie haben meine Mutter gebeten, das kleine Mädchen, das Sie zur Welt gebracht hatten, wegzugeben?«

»Gratuliere.«

»Sie hat getan, was Sie von ihr verlangten. Bis auf eines. Sie hat mich unter dem Namen Hanspag abgegeben und nicht unter Rinaldi oder anonym. Drei Wochen später ist sie wieder hingegangen und hat mich abgeholt. Sie hat Sie betrogen, sie konnte keine Kinder bekommen.«

Ludmilla warf ihr langes Haar nach hinten und brach in düsteres Lachen aus.

»Ich weiß es, dieses Biest! Sie hat mich verraten. Ich hatte sie gebeten, dich unter meinem Namen bei den Nonnen abzugeben. Als ich dich ein Jahr später holen wollte, warst du nicht mehr da. Ich habe nie erfahren, wer dich adoptiert hatte, die Nonnen wollten mir nichts sagen. Ich nahm an, eine Unbekannte habe dich aufgenommen, bis ich erfuhr, dass Suzanne Hanspag eine Tochter hat. Sie hatte alles sehr geschickt eingefädelt.«

Manon sah ihre leibliche Mutter an, mit ihrem verkniffenem Mund, hasserfüllt und bitter, mit den Händen krampfhaft den Putzlappen verdrehend.

»Als sie erfuhr, dass ich schwanger war, schlug sie mir vor, mir zu helfen. Ich wollte schließlich nicht abtreiben, verstehst du … Aber ich konnte dich auch nicht behalten. Sie hat mir vorgeschlagen, dass sie dich an meiner Stelle abgibt«, zischte sie. »Wir haben meine Schwangerschaft vor allen verborgen. Ich bin nach Italien gegangen, das war ja nicht weit. Suzanne besuchte mich dort ab und zu. Als es so weit war, half sie mir bei der Geburt. Sie hatte eben für alles gesorgt. Sie hat dich gestohlen.«

Manon wurde ganz schwarz vor Augen. Ihr brannte es in der Kehle, und ihr Magen schmerzte. Nahm denn das nie ein Ende? Würde es denn nie besser werden, würde sie nie in Frieden leben können?

»Ich glaube, das hat Ihnen ganz gut in den Kram gepasst. Sie wollten sich sicherlich nicht mit einem Kind belasten. Je länger ich Sie betrachte, desto sicherer weiß ich, dass ich recht habe. Sie waren reich, jung, schön … Dieses Armband, das Sie mir in die Wiege gelegt haben, ist nur ein Beweisstück, mit dem Sie mich im Fall des Falles hätten zurückholen können. Aber es gehörte ihnen gar nicht. Es gehörte Ihrer Schwester, und deshalb habe ich auch geglaubt, Luisa sei meine Mutter. Laura hat mir das alles klargemacht. Sie haben Rinaldi eingravieren lassen, nachdem Sie es ihr gestohlen hatten. Laura hat nur die Kopie. Wieso? Und wer ist mein Vater?«

Ludmilla schwankte.

»Ich muss mich setzen, ich fühle mich nicht wohl.«

»Ich fühle mich seit über dreißig Jahren nicht wohl!«

»Aber du bist adoptiert worden und bist geliebt worden.«

»Ich verbiete Ihnen, mich zu duzen!«, brüllte Manon.

Ludmilla fiel plötzlich zu Boden und lag nun in den Scherben der zerbrochenen Schüssel. Manon stürzte zu ihr.

Laura fuhr hoch. Irgendwo war eine Tür zugeschlagen. Sie richtete sich auf dem Sofa auf und sah die zu Boden gefallenen Bücher. Sie war mitten beim Lesen des Buches des Prinzen von Pisa eingeschlafen. Das Tarock-Buch war schwer zu verstehen und half noch nicht, das ganze Rätsel zu lösen und das Warum all dieser Geheimnisse zu lüften. Max erschien, er war ganz erschöpft. Ohne ein Wort ging er zu dem Tischchen mit den Spirituosen und nahm sich ein Glas Whisky, das er in einem Zug leer trank. Dann setzte er sich in einen Sessel.

»Und?«, fragte Laura.

»Was, und? Nichts. Deine Freundin hat meine Aussagen aufgenommen, und hier bin ich. Was glaubst du denn? Du lässt die Leiche deiner Mutter exhumieren, und ich erfahre nicht nur, dass sie wahrscheinlich ermordet wurde, sondern auch, dass ich einer der Hauptverdächtigen bin. Was soll ich dir sagen? Dass alles in Ordnung ist?«

Laura sah ihn an. Er schien verbittert. Trotzdem stellte sie ihre Frage:

»Was ist an jenem Abend passiert, Papa?«

Max warf ihr einen irren Blick zu. Dann brach er in Gelächter aus. »Glaubst du wirklich, ich hätte Luisa getötet?«

Laura ließ den Kopf in beide Hände sinken. »Papa, bitte!«

»Ich habe deine Mutter nicht umgebracht!«, brüllte er. »Ich war nicht mal in Nizza an dem Abend, ich war in Toulon, verflucht noch mal!« Seine Wut schlug plötzlich in Schmerz um. »Wenn ich da gewesen wäre, dann wäre das alles nicht passiert. Luisa würde noch leben«, sagte er und schluchzte auf.

Laura sah, dass ihm die Nase lief. Er wischte sein Gesicht mit dem Ärmel seines Sakkos ab.

»Warum hast du mir das angetan, Laura, warum?«

Laura geriet in Wut. »Ich habe nichts getan, als nach der Wahrheit zu suchen! Ohne diese Wahrheit kann ich nicht leben. Verstehst du das? Ich bin nicht verrückt, ich war es auch nie. Und ich hatte auf der ganzen Linie recht.«

»Und wenn du nicht weggehst, bist bald du an der Reihe!«, stöhnte Max. »Du musst fort, weit fort, gleich morgen.«

»Nein. Es gibt keinen bösen Fluch. Es gibt nur einen Mörder, der aus Gründen gemordet hat, die ich nicht kenne. Dieser Fluch kommt ihm gut zupass. Joëlle Legasse, der Fotograf, Matthieu, Duroc, Manons Mutter und sogar Antoine Duval, sie sind nicht wegen eines Fluchs gestorben, sie sind alle ermordet worden!«

Laura beruhigte sich plötzlich, erschöpft vom vielen Reden, mit dem sie ständig dasselbe erklären und sich rechtfertigen musste. Sie stand auf. »Ich gehe jetzt schlafen, aber wenn Vincent aus dem Krankenhaus kommt, ziehe ich zu ihm. Und wir heiraten, vergiss das nicht.«

»Ich vergesse nichts. Geh nur, mein Engel, ich passe auf dich auf.«

Laura verließ das Zimmer mit einem letzten Blick auf ihren Vater. Er saß in seinem Sessel, das leere Glas zu seinen Füßen. Sein Ärmel war schmutzig und sein Blick leer, wie tot.

Max erhob sich mühsam aus dem Sessel und musste sich dabei auf die Lehnen stützen, um hochzukommen. Die Glasfenster warfen ihm sein Spiegelbild in so vielfacher Ausführung zu, dass ihm ganz schwindlig wurde. Noch nie hatte er so ungepflegt und abgerissen ausgesehen. Seine zerknitterte Jacke über den gebeugten Schultern, seine gelockerte Krawatte, seine zu langen Haare, die mageren Beine, die seine Hose kaum verbergen konnte. In drei Wochen hatte er gut fünf Kilo verloren. Von seinen verlorenen Illusionen gar nicht zu reden. Er goss sich erneut einen Whisky ein und sah auf die Flasche. Jetzt fing auch er an zu trinken. Er dachte noch einmal kurz an Viviane. Ob sie die Bar der Freundin, bei der sie untergeschlüpft war, schon leer getrunken hatte? Er ließ sich auf das Sofa fallen und sah das Buch, das Laura dort hatte liegen lassen. Bei den ersten Zeilen des Tarock musste er lächeln. Sie waren auf Latein geschrieben.

DAS GOTTESHAUS

Laura wachte plötzlich auf. Sie öffnete die Augen, und ihr erster Gedanke galt den schrecklichen Ereignissen der letzten Wochen. Im Geiste legte sie alle Puzzleteile, die sie besaß, nebeneinander: die Toten, die Karten, die Ereignisse der Vergangenheit. Das fehlende Teil verbarg sich in dieser Gegend, beim Landhaus, es gehörte zur Geschichte der Rinaldi-Schwestern. Sie ging all die bruchstückhaften Geschichten durch, die man ihr als Kind erzählt hatte. Die Hälfte davon waren Lügen, die sie aufgedeckt hatte. Blieb noch die andere Hälfte. Sie stand schnell auf und war in einer Viertelstunde fertig. Max war schon weg. Nachdenklich ging sie von einem Zimmer zum nächsten und trank ihren Kaffee. In diesem Glashaus waren die Klimaanlage und die Jalousien dringend notwendig, so sehr war es der Sonne ausgesetzt. Sie ging ins Wohnzimmer, und da fiel ihr ein, dass sie ihr Buch vergessen hatte. Es lag nicht mehr vor dem Sofa. Max hatte es vermutlich aufgehoben. Aber wo hatte er es bloß hingelegt? Es war nicht zu finden. Sie ging ins Arbeitszimmer ihres Vaters, fest entschlossen, dort in alle Schubladen zu schauen, um es wiederzufinden. Auf dem riesigen Schreibtisch stand ein großes Foto von Luisa, zwischen einem Schnappschuss von Laura und einem anderen, auf dem Max, Viviane und Matthieu sich bemühten, wie eine harmonische Familie auszusehen. Max war ein ordentlicher Mann, geradezu besessen davon. Außer einer alten Federschale links von der ledernen Schreibunterlage lag nichts auf dem Tisch, nur unter der Auflage schaute eine Ecke hervor. Laura setzte sich auf den Sessel und sah auf das blau-weiße Stück Karton. Sie hätte damit rechnen müssen, aber nicht hier, nicht in Max' Arbeitszimmer. Sie schob die Idee beiseite, dass Max derjenige war, der jeden Tag eine Tarotkarte auf ihren Weg legte. Plötzlich wurde sie wütend, öffnete die Schublade und suchte darin herum. Aber weder eine Tarotkarte noch ein Kartenspiel waren darin zu finden.

Sie beschloss, die Mitteilung des Tages zu lesen: »*Das Gotteshaus* Nummer XVI.« Zwei Menschen saßen am Fuß eines Turms, der vom Blitz getroffen schien. Sie konnte dieses Bild deuten, wie sie wollte. Sie beschloss, dass das Orakel düster und böswillig war. Sie stand plötzlich auf und sah in einer Scheibe ihr Spiegelbild, verzerrt und entstellt. Plötzlich durchdrang sie ein heftiger Schmerz, als schlage ein Hammer gegen ihre Schläfe, und Blitze zuckten vor ihren Augen. Sie hatte das Gefühl, dass ihr die Augen aus den Höhlen traten.

Luisa war in dem Fenster zu sehen, sie war blass und sah sie nicht an. Sie stand vor einem Tisch und drehte Tarotkarten um. Laura war wie erstarrt. Sie sah, wie ihre Mutter das Gesicht verzog, die Hand auf ihren runden Bauch unter dem weiten, leichten Kleid legte. An ihrem Handgelenk hing das geheimnisvolle Armband. Die Karten flogen vom Tisch, und Luisa sah Laura an oder jemanden, der hinter Laura zu stehen schien. Laura wandte sich um: Da kam gemessenen Schrittes eine Person mit Maske im schwarzen Smoking auf sie zu, die an einem Stock mit Silberknauf ging. Es war still, und der Mann schien unter der Maske zu lächeln. Er war nur noch zwei Schritte von Luisa entfernt, die ihn erstaunt ansah. Luisa öffnete den Mund und sagte etwas, was Laura nicht hören konnte. Es war wie im Stummfilm … Als Luisa den ersten Schlag auf den Kopf erhielt, schrie Laura. Luisa legte verblüfft die Hand an die Stirn. Laura sah, wie Blut über die Wange ihrer Mutter floss. Beim zweiten Schlag fiel Luisa hin, mit weit offenen Augen, in denen sich Schrecken und Leid zeigten. Die maskierte Figur hob den

Stock zum dritten Mal, Laura schloss die Augen … und sah, was weiter geschah: Die Figur mit der Maske beugte sich über Luisas Gesicht, die Maske rutschte zur Seite und ließ das Gesicht des Mörders erkennen.

Laura fand sich am Boden wieder, zusammengerollt wie ein Fötus, stöhnend. Diesmal hatte sie das Gesicht des Mörders gesehen.

Kurz darauf öffnete Laura die Tür ihres Autos, warf ihre Tasche auf den Sitz und beugte sich nach vorn. Sie tastete auf dem Boden herum, bis sie fand, was sie gesucht hatte. Sie spürte den Revolver in der Hand, lauwarm und abstoßend. Sie zog ihn unter dem Sitz hervor und hob ihn auf Augenhöhe. Der Revolver von Fred Bellair. Sie hatte ihn aufbewahrt und unter dem Autositz liegen lassen. Sie würde schon lernen, wie man ihn bediente. Sie steckte ihn in ihre Tasche und fuhr mit quietschenden Reifen los.

Agnès legte den Stapel Papiere vor Mollaro hin. Sie warf einen Blick auf Fred Bellair. Er hatte seinen Kaffee nicht angerührt, auch nicht die in Zellophan eingepackten Kekse, die man ihm zum Frühstück gegeben hatte. Trotz der Nacht in der Zelle wirkte er ausgeruht, sah man mal von den Ringen unter seinen Augen ab. Er hatte diese fast violetten Schatten immer gehabt. Bei Bellair war das kein Zeichen von Erschöpfung, eher ein Hinweis auf zu viel Alkohol, zu wenig Schlaf, aber auch auf die ständige Anspannung, unsichtbar für alle, die ihn nicht kannten. Fred Bellair hatte nicht den besten Ruf und war so manchem Gegner sicher mit aller Härte begegnet. Aber keinem Bullen, auch nicht Delambre, war es je gelungen, ihm etwas nachzuweisen. Nach den Zeugenaussagen, die Agnès und Bruno zusammengetragen hatten, hatte er Luisa Fontane nicht umgebracht, und die anderen ebenso wenig. Mollaro war enttäuscht und wollte ihn nun wegen Devisenschmuggels und Gründung von Scheinfirmen belangen. Aber auch da musste die Staatsanwaltschaft mitspielen.

Fred Bellair las seine Aussage aufmerksam durch. Mollaro spielte mit einem Stift, Bruno ordnete Protokolle in große Ordner. Die Atmosphäre war entspannt.

»Bitte sehr«, sagte Bellair und hielt Mollaro die unterschriebene Aussage hin.

Man hatte ihm nichts zu erklären brauchen, denn er war solche Situationen gewöhnt, auch wenn sie lange zurücklagen. Er stand noch vor Mollaro auf. Dieser erhob sich nur langsam, um deutlich zu machen, wer hier der Chef war. Die beiden füllten zusammen fast ein Viertel des Zimmers aus. Bellair bewegte sich gemächlich zur Tür. Agnès überlegte fieberhaft. Irgendetwas irritierte sie, aber sie wusste nicht, was es war.

»Monsieur Bellair, eine letzte Frage, haben Sie Manon Hanspag eingestellt?«

»Sie war in der Probezeit. Matthieu hatte sie mir empfohlen.«

»Auf Probe?«

»Ich habe sie vor fünf Tagen gefeuert.«

»Aha, dann wissen Sie also nicht, wie es ihr geht.«

»Nein, weiß ich nicht. Wieso?«

»Nur so. Haben Sie sie seitdem gesehen?«

»Nein.«

Fred Bellair brauchte nicht zu wissen, dass Manons Mutter sich mit durchgeschnittener Kehle im Leichenschauhaus von Nîmes befand. Agnès war enttäuscht. Bellair konnte ihr also nicht sagen, wo sich die junge Frau aufhielt. Sie hatte Bruno gebeten, Kontakt zu ihr aufzunehmen, vergeblich. Seit dem Morgen beschlich Agnès eine immer größere Angst. Die Polizei von Nîmes hatte ihr bestätigt, dass sie im Lauf des Vormittags den Besuch von Manon erwartete. Im Mordfall Hanspag hatte der Untersuchungsrichter in Nîmes noch nicht mal einen Blick in die Akten geworfen, die sie ihm geschickt hatte. Agnès war wütend und musste untätig zusehen. Bis sie endlich einen Zusammenhang zwischen beiden Fällen herstellten, würde eine Ewigkeit vergehen. Warum ging Manon bloß nie ans Telefon?

Fred Bellair schloss beim Hinausgehen leise die Tür. Mollaro lehnte sich in seinem Stuhl zurück, die Hand auf einer Schokoladentafel.

»Dieser Hurensohn, dem hätte ich es gern besorgt«, brummte er.

Agnès warf Bruno einen Blick zu. Sie glaubte, er sei auf seine Akten konzentriert und habe die Bemerkung überhört.

»Ich glaube nicht, dass Bellair gern einen Bullenschwanz in den Arsch kriegen möchte«, sagte Bruno liebenswürdig.

Agnès blieb der Mund offen stehen. So vulgär hatte Bruno sich bisher nicht gezeigt. Normalerweise überließ er das Mollaro. Mollaro brach in Lachen aus.

»Irgendwann mach ich das mit ihm«, sagte er und reckte sich.

Er fuhr mit der Hand in eine Schublade, und Bruno warf Agnès ein spöttisches, aber siegessicheres Grinsen zu.

»Darauf würde ich keine Wetten abschließen«, murmelte er. »Vielleicht macht er es auch mit dir.«

Mollaro klemmte sich vor Überraschung ob dieser ungeheuerlichen Bemerkung beim Schließen der Schublade die Finger ein. Er wollte etwas sagen, wusste aber nicht, was. Bruno wandte sich Agnès zu, die über seinen Mut verblüfft war.

»Übrigens hattest du einen Anruf auf dem Handy. Ich bin nicht rangegangen.«

Kalt rann das Wasser über Ludmillas Finger und ihre Handfläche, die sie heftig bürstete. Ihre Haut rötete sich, das Waschbecken füllte sich langsam. Das Geräusch des Wassers beruhigte sie, und sie bürstete gedankenverloren weiter. Sie wollte, dass ihre Hände ganz weiß, makellos sauber waren. Niemand durfte ihre glückliche Einsamkeit stören. Da sah sie ein blaues

Insekt, das rechts von ihr herumflog. Dann ließ es sich auf eine der weißen Kacheln über dem Waschbecken nieder. Seine Flügel zitterten, ein kleiner schwarzbunt schimmernder Engel. Nein, niemand durfte ihren Frieden stören. Sie zerquetschte die Fliege mit der Handfläche. Dann bürstete sie weiter die Hand unter dem Wasserstrahl mit einem Ausdruck von Abscheu im Gesicht.

Das Geräusch einer Tür riss sie aus ihrer Starre. Jemand war im Haus.

Plötzlich spürte sie die Kälte an ihren nackten Füßen. Das Wasser lief über, rann an ihrem Kleid hinunter und bildete eine Pfütze auf den Fliesen. Sie drehte den Hahn zu, trocknete sich die Hände ab und nahm einen Revolver vom Arbeitstisch.

Lauras Herz schlug wie wild, ihre Hände zitterten. Es fiel ihr schwer, die Waffe richtig zu halten. Ihre Arme kamen ihr zu schwer vor. Leise trat sie ins Wohnzimmer.

»Ludmilla?«

»Ich bin hier, meine Liebe.«

Laura spürte den Pistolenlauf an ihrem Hinterkopf, bevor sie ihre Tante sah.

»Du böses Mädchen. Gib mir die Waffe, sonst verletzt du dich noch«, säuselte Ludmilla mit honigsüßer Stimme.

Laura versuchte sich umzudrehen.

»Du kleine Göre! Gehorch mir gefälligst. Leg das Spielzeug hin«, sagte ihre Tante bissig.

Laura bückte sich langsam und legte die Waffe auf den Boden. Dann richtete sie sich wieder auf. Sie musste verhandeln.

»Heute ist noch nicht der 21. Wenn du den Fluch respektierst, darfst du mich nicht heute töten. Was würde das für einen Eindruck machen?«

»Was ich vorhabe, geht dich nichts an.«

Ludmilla kniete sich hin, um die Waffe aufzuheben, und Laura sah sie endlich vor sich, jetzt mit zwei Waffen in der

Hand. Ludmilla lächelte, sie war nicht gekämmt, und ihr Haar hing ihr wirr um das magere, bleiche Gesicht. Ihre Augen waren trüb wie Lavagestein. Ihr Kleid war nass und ihre Füße nackt. Aus dem Wohnzimmer hörte Laura ein Stöhnen.

»Bist du nicht allein?«, fragte Laura überrascht.

»Ach, das ist nichts weiter, nur meine Tochter. Sie will nicht schlafen, auch sie ist böse.«

»Welche Tochter? Du hast doch gar keine.«

»Sei ruhig, sonst weckst du sie auf!«

Ludmilla richtete eine der Pistolen auf die Tür, die zum Zwischengeschoss führte.

»Wir reden unten weiter. Meine Tochter heißt Juliette.«

Da begriff Laura, dass sie die Wahrheit sagte.

»Manon?«

»Juliette habe ich gesagt«, schrie Ludmilla. »Juliette. Sie ist die älteste Tochter der Rinaldis. Sie wird am 21. sterben. Das heißt, ich kann dich töten, wann ich will. Also vorwärts!«

»Ludmilla, das hat doch keinen Sinn …«

Ludmilla brach in ein groteskes Lachen aus. Sie stand reglos da und musterte Laura, ohne dass auf Lippen oder Wangen eine Anspannung der Kiefermuskeln zu erkennen war.

»Meine arme Kleine, deine Visionen haben dir nichts genützt.«

»Doch, ich habe gesehen, wie du meine Mutter getötet hast, ich habe gesehen, wie du Luisa erschlagen hast.«

Agnès war beunruhigt. Sie hörte Lauras Nachricht mehrmals ab. *»Ich glaube, ich weiß, wer der Mörder meiner Mutter ist.«*

Bruno Bruno beobachtete sie verstohlen, über seine Akten gebeugt. Mollaro hatte die Beine auf den Schreibtisch gelegt und reinigte sich die Fingernägel mit dem Brieföffner.

»Angeli, wer ist dieses Mädchen, über das du mit Bellair geredet hast, diese Juliette irgendwer?«

»Hanspag. Eine Frau, die mit all diesen Sachen etwas zu

tun haben könnte. Wir kennen sie hier unter dem Vornamen Manon.«

»Ach die, die sich den Fontane-Sohn zur Brust genommen hat?«

Agnès blickte lieber zu Boden, als Mollaro oder Bruno anzusehen.

»Die haben sie doch schon befragt, und sie hat ein Alibi für alle Morde«, sagte Mollaro. »Wo ist da der Zusammenhang?«

»Ihre Mutter ist gerade in Nîmes ermordet worden, man hat ihr die Kehle durchgeschnitten.«

»Das ist in der Tat merkwürdig, aber es kann Zufall sein.«

»Ich glaube nicht an Zufall.«

»Und ich glaube, wir können die ganze Geschichte bald zu den Akten legen. Ich bin der Meinung, der Conseiller général hat das alles geplant. Es geht darin ums große Geld. Der tat für Knete doch alles. Aber als er erfuhr, dass Vincent Bellair seine Nase in seine Angelegenheiten steckte, hat er Duroc, den früheren Bullen, auf ihn angesetzt. Ist doch logisch, oder? Duroc hat doch ein Konto in der Schweiz, Bruno, oder?«

Bruno sah von den Akten auf.

»Ja. Aber wir werden Monate brauchen, um herauszufinden, wie viel darauf war und wer das Geld dahin überwiesen hat.«

»Wir brauchen nur Duval Feuer unter dem Hintern zu machen«, sagte Mollaro bestimmt und amüsiert. »Er hatte Geld genug, um Duroc zu bezahlen, sage ich euch. Duroc hat die Sekretärin, den Fotografen und den Sohn von Fontane umgelegt. Da hat Duval Angst gekriegt und Duroc beseitigt.«

»Und seinen Sohn vielleicht auch?«, fragte Agnès.

»Nöö«, blökte Mollaro. »Der Sohn von Duval wollte sich vor einer Tusse aufspielen. Er war voll, und da ist er gefallen und das Mädchen ist abgehauen.«

»Und die Mutter von Laura Fontane?«, fragte Agnès.

»Verflucht, Angeli, das ist doch Schnee von gestern! Was sollen wir mit einem sogenannten Verbrechen von vor dreißig

Jahren? Ich glaube auch nicht an diesen Mord, das ist doch Unsinn. Bei einem Autounfall wurde ihr der Kopf zerschmettert. Das steht da schwarz auf weiß.«

»Da wird der Gerichtsmediziner sich ja freuen.«

»Der kann sich auch irren.«

»Na gut. Ich will trotzdem die letzte Zeugin in dieser Sache befragen, Ludmilla Rinaldi«, sagte Agnès und stand auf. »Kommst du mit, Bruno?«

»Mit dem größten Vergnügen.«

»Wir müssen allerdings vorsichtig sein, wir haben keine Genehmigung …«

»Klar, wir lassen uns nur Tee servieren«, sagte Bruno spöttisch.

Ludmilla führte Agnès und Bruno in den Salon, wo sie sich elegant auf einem Sofa niederließ. Sie bat sie mit einer Handbewegung, Platz zu nehmen. Agnès wählte einen Rokokosessel, Bruno lehnte dankend ab.

»Was kann ich für Sie tun?«, sagte Ludmilla in schmeichelndem Ton.

»Nichts. Wir werden Sie nicht lange stören. Eigentlich wollen wir Laura besuchen. Wir haben Neuigkeiten für sie, wegen ihrer Mutter.«

»Laura? Sie ist seit einer Stunde fort. Und falls Sie ihr irgendwelche Horrorgeschichten über Luisa auftischen wollen, dann lassen Sie das besser bleiben!«, sagte Ludmilla trocken. »Als sie vorhin hier war, hat sie sich wie eine Verrückte aufgeführt. Sie behauptete, sie wisse nun, wer der Mörder ihrer Mutter sei! Ich mache mir wirklich Sorgen um sie.«

Agnès und Bruno wechselten einen Blick.

»Ach, und ist sie nur hergekommen, um Ihnen das zu sagen?«, hakte Agnès nach?

»Sie wollte ein Buch holen, das sie vergessen hatte.«

»Und mehr hat sie Ihnen nicht gesagt? Wissen Sie, wohin sie gefahren ist?«

»Nein. Wir haben uns gestritten. Ich habe ihr nämlich nahegelegt, eine Therapie zu machen. Ihr psychischer Zustand wird ja von Tag zu Tag schlimmer.«

»Was wollen Sie damit sagen?«

»Du bist ihre Freundin, Agnès, also erzähl mir nicht, du hättest nichts gemerkt«, sagte Ludmilla herablassend. »Hat sie dir nicht angekündigt, dass ihre Mutter wiederkommt?«

»Nein.«

»Aber mir schon!«

»Und Sie haben wirklich keine Ahnung, wo sie hingefahren sein kann?«

»Nein. Hast du mal versucht, sie anzurufen?«

»Ja, aber sie meldet sich nicht.«

»Mein Gott«, entfuhr es Ludmilla. »Ich hoffe nur, sie macht keine Dummheiten. Vorhin war ich ziemlich hart zu ihr. Ich muss unbedingt Max Bescheid sagen.«

»Wir fahren jetzt wieder. Wenn Sie etwas Neues erfahren, halten Sie uns bitte auf dem Laufenden.« Agnès stand auf.

Ludmilla begleitete sie in die Eingangshalle. Sie ging barfuß auf ein Tischchen zu, auf dem Prospekte und Post lagen. Darunter sah Agnès eine abgenutzte große Umhängetasche aus Leder, doch sie brachte sie nicht mit Manon in Verbindung.

Erst nach einigen Minuten hatte sich Laura an die Dunkelheit gewöhnt. Nur ein dünner Lichtstrahl fiel durch die Tür. Der Raum, in dem sie sich befand, schien groß und roch modrig; sicher war es der Keller. Sie atmete mühsam und spürte den Pulsschlag in ihrem Trommelfell. Ein Klebeband bedeckte ihren Mund. Ihr Kopf war mehrmals damit umwickelt. Die Hände in ihrem Rücken spürte sie nicht mehr und auch nicht die Arme, so fest waren ihre Handgelenke an die Stuhllehne gefesselt. Ihre Fußgelenke schienen weniger eingeschnürt. Plötzlich hörte sie ein stoßweises Atmen. Jemand litt genauso wie sie, und sie wusste, wer es war.

Hinter der Tür hörte sie leise Schritte. Plötzlich stach ihr grelles Licht in die Augen, und als sie sie wieder öffnen konnte, sah sie Ludmilla an der Schwelle des Zimmers, die Hände in die Hüften gestützt, ein zufriedenes Lächeln auf den Lippen. Rasch sah sich Laura in dem Raum um: Sie waren in einem fünfzig Quadratmeter großen Kellerraum, der von ein paar nackten Glühbirnen erleuchtet war. Dann entdeckte sie auch die andere Gefangene. Manon saß geknebelt und gefesselt auf einem Stuhl, zwei Meter von ihr entfernt. Eine Strähne ihres kurzen Haars war blutverkrustet. Unter dem Klebeband, das ihr den Mund verschloss, war sie kreidebleich.

»Na, Mädchen, seid ihr auch brav?«, fragte Ludmilla mit schneidender Stimme.

Laura sah Ludmilla an. In der einen Hand hielt sie einen Revolver, in der anderen ein Messer.

»Es ist Essenszeit. Ich hoffe, ihr freut euch über das Festmahl, das Mama für euch gekocht hat …«

Laura begriff, dass Ludmilla sich durch nichts und niemanden aufhalten lassen würde. Alles, was ihren Charme, ihre originellen Ideen und Launen ausgemacht hatte, war lediglich ein Ausdruck ihres verborgenen Wahnsinns gewesen. Nun, da sie sich durch die Nachforschungen immer mehr in die Enge gedrängt fühlte, hatten sich alle Schleusen geöffnet, und nichts konnte den reißenden Strom dieses Wahnsinns mehr bremsen.

Der Tisch im Esszimmer war prachtvoll gedeckt, wie es sich für einen großbürgerlichen Haushalt schickte. Auf einer Damasttischdecke mit dem Monogramm MF (Montalban und Fressan) standen ihr bestes Porzellanservice, rote Kristallgläser aus böhmischem Glas und silberne Leuchter. Dazu eine riesige Fleischplatte, eine Gemüseschüssel, eine Saucière, doch alle leer.

Laura verließen die Kräfte. Doch sie riss sich zusammen, als sie den Blick von Manon spürte, die ihr gegenübersaß. Ein roter Streifen zog sich quer über ihr Gesicht: Ludmilla hatte ihnen das Klebeband vom Mund gerissen. Doch die linke Hand und die Füße der beiden jungen Frauen waren auch jetzt an den Stuhl gefesselt. Nur die rechte Hand konnten sie bewegen.

Nun erschien die Hausherrin in der Tür mit einer Suppenschüssel. Ihr Mund war blutrot geschminkt, auf den Lidern lag grauer Lidschatten, die Wimpern waren mit Mascara getuscht. Sie trug ein safrangelbes plissiertes Kleid, hatte ihr Haar gekämmt und sah blendend aus. An den Handgelenken trug sie die beiden Armbänder mit den Medaillons. Mit einem strahlenden Lächeln stellte sie die leere Suppenschüssel auf den Tisch.

»Wie unhöflich von mir. Ich habe euch einander noch gar nicht vorgestellt«, sagte sie mit einem metallenen Klang in der Stimme und nahm am Tischende Platz. Rechts und links von ihr lag ein Revolver. »Laura, dies ist meine Tochter Juliette, ein böses Mädchen. Sie wird bestraft, weil sie dein Armband gestohlen hat!«

Ludmillas Hand mit den rot lackierten Nägeln umfasste den Griff des Revolvers, der auf ihrer Serviette lag.

Laura ließ sie nicht aus den Augen. Sie musste dafür sorgen, dass das Spiel möglichst lange weiterging.

»Sie hat es doch zurückgegeben, Tante Ludmi. Bitte bestraf sie nicht«, sagte sie in einschmeichelndem Ton.

»Nenn mich nicht Ludmi! Du bist ein unmögliches Mädchen. Nur Luisa hat mich Ludmi genannt. Arme Luisa«, murmelte Ludmilla. »Sie legte Karten, doch sie hatte keine Ahnung, wie man das richtig macht, und das war ihr Untergang.«

Dann sagte sie munter: »Also, Kinder, jetzt seid mal ein bisschen fröhlicher bei diesem Festmahl. Es ist unser letztes, bevor der Fluch euch trifft, ihr armen Kleinen …«

Sie hielt Laura die leere Suppenschüssel hin.

»Greif zu.«

Manon beugte sich nach vorn. Ludmilla funkelte sie böse an. »Halt dich gerade, Juliette, meine Liebe«, schrie sie.

Manon zuckte zusammen und richtete sich auf. Geistesgegenwärtig ergriff Laura die schwere Silberkelle und tat, als bediene sie sich. Ludmilla war zufrieden und reichte die Schüssel Manon.

»Für dich, mein liebes Kind.«

Laura warf Manon einen Blick zu. Die junge Frau schien zu begreifen und folgte ihrem Beispiel.

»Guten Appetit«, flötete Ludmilla. »Ich habe euch kein Messer hingelegt, damit ihr euch nicht schneidet, meine Mädchen …«

Sie führte ihren Löffel zum Mund. Dann lächelte sie entzückt, als hätte sie etwas Köstliches probiert. »Göttlich! Seht ihr, so schwer ist es gar nicht. Ich weiß, was ihr jetzt denkt. Sie hätte ein richtiges Essen kochen können! Aber bei allem, was passiert ist, hatte ich keine Zeit. Dabei bin ich eine glänzende Köchin, nicht wahr, Laura?«, fragte sie und machte ein Gesicht wie ein keckes kleines Mädchen.

»Hervorragend, Tante Ludmilla.«

»Ich bin nicht wie deine Mutter. Sie hatte zwei linke Hände. Niemals hätte sie Fred halten können …«, seufzte Ludmilla. »Ihr müsst kochen lernen, wenn ihr einen Mann an euch binden wollt. Die Mädchen von heute können rein gar nichts mehr. Juliette, wie findest du diese Spargelsuppe mit Krebsfleisch?«

»Hervorragend«, brachte Manon hervor.

»Hervorragend … wer?«

»Hervorragend, Mama.«

»Sehr gut, die richtige Antwort. Da ihr so brav seid, spielen wir jetzt ein Frage-Antwort-Spiel. Ihr dürft mich alles fragen, was ihr wollt. Aber nur gute Fragen!«

»Warum hast du meine Mutter umgebracht?«, sagte Laura.

Ludmilla ließ ihren Löffel so heftig in den Teller fallen, dass dieser zersprang. »Ich habe gesagt, nur gute Fragen!«, schrie sie.

»Entschuldigung, ich wollte dich nicht verletzen.«

Manon war aschfahl geworden. »Deine Armbänder sind sehr schön, Tante Ludmilla.«

Ludmilla ließ die Medaillons an den Armbändern klimpern und betrachtete sie entzückt. Auf ihrem Daumen war ein Blutstropfen zu sehen. Sie hatte sich an einer Scherbe geschnitten, doch sie achtete nicht darauf. Ein roter Fleck breitete sich auf dem Tischtuch aus.

»Seht ihr? Ich kann mich nicht entscheiden, genau wie bei euch. Dieses hier gehörte Luisa«, fuhr Ludmilla fort und hob triumphierend den linken Arm.

»Manon, ich meine, Juliette hat gut daran getan, es dir zurückzugeben«, warf Laura ein.

Sie musste reden und diese Verrückte in einer Sintflut von Worten ertränken, mit falschen Fragen, richtigen Antworten, Bewunderung, Zuneigung …

»Unbedingt, meine Liebe. Dieses Schwein hat mich dreiunddreißig Jahre lang erpresst, nur wegen eines Armbandes … Er hat es auf der Straße gefunden, beim Kreuz. Es muss dort zu Boden gefallen sein, als ich Luisas Leiche aus dem Kofferraum zog, um sie ans Steuer zu setzen. Dieser Hauptmann Duroc konnte zwei und zwei zusammenzählen. Er verstand was von seinem Beruf. Und so hat er gleich begriffen, dass etwas nicht stimmte.«

»Warum?«

Ludmilla schniefte und sah Laura verdrossen an.

»Überleg doch mal, mein Kind. Wie sollte das Armband deiner Mutter auf der Straße gelandet sein, wo sie doch am Steuer ihres Wagens in die Schlucht gestürzt war! Das ist doch ganz klar! Und ich hatte als Einzige für diesen Abend kein Alibi. Na ja, Duroc ist erledigt. Er hat es nicht anders verdient. Ich hätte nicht so lange warten sollen. Aber ich bin nun mal nicht kriminell, auch wenn ich meine arme Schwester getötet habe.«

Ludmilla sah sie beide an, ehrlich gerührt. »Ich bin froh, dass wir alle drei zusammen sind. Wie oft habe ich von diesem Augenblick geträumt!«

Fred Bellair verließ das Kommissariat, fuhr zum Kasino und betrat es durch eine Seitentür. Er hatte den Eindruck, dass in den Gängen und Sälen eine geradezu euphorische Stimmung herrschte. Wenn die Katze aus dem Haus ist, tanzen die Mäuse, dachte er grimmig. Höchste Zeit, diesem Treiben ein Ende zu setzen.

Sobald er sich geduscht, umgezogen und rasiert hatte, wies er das Personal auf ungeleerte Aschenbecher, Spuren von Gläsern auf den Theken der Bars und leere Plastiktüten hin, die Pechvögel bei den Spielautomaten stehen gelassen hatten. Nach seiner Inspektionstour zog er sich in sein Büro zurück und dachte nach. All diese Jahre hatte er nur dank Luisa durchgehalten. Er hatte gewusst, dass sie dort in den Bergen im Schutz der Kapelle immer auf ihn wartete. Jetzt, da man sie ihm genommen hatte, wartete auf ihn nur noch ein trauriger und sinnloser Tod.

Seine Sekretärin hatte ihm die Post auf einem Mahagonitablett gebracht. Er ging die Briefe durch, auf denen »persönlich« stand. Einer fiel ihm besonders auf. Das Papier war hässlich, die Schrift wie von einem Schüler. Er öffnete ihn und las:

»Lieber Monsieur Bellair,
Sie werden sicher finden, dass dies ein seltsamer Brief ist und dass er zu spät kommt, aber ich mache mir Sorgen um meine Tochter Juliette Hanspag. Ich weiß, dass Sie sie unter dem Namen Manon kennen, da sie bei Ihnen arbeitet. Ich muss Ihnen die Wahrheit schreiben, auch wenn es mir schwerfällt. Aber nur Sie können mir helfen. Juliette ist meine Tochter, aber ich bin nur ihre Adoptivmutter …«

»Im Grunde ist Vincent an allem schuld«, stellte Ludmilla fest. »Hätte er nicht seine Nase in meine Angelegenheiten gesteckt, wäre ich ganz ruhig und müsste keine Mahlzeiten für zwei böse kleine Mädchen kochen, die nichts essen wollen. Warum hat er Duroc nur so zugesetzt?«

Laura warf Manon einen Blick zu, der aufmunternd wirken sollte. Seit sie Ludmilla Mama genannt hatte, war Manon purpurrot im Gesicht und ließ alles über sich ergehen. Ludmilla war aufgestanden und ging im Esszimmer auf und ab, in der Hand eine Zigarette. Dann warf sie die Kippe mit einer wütenden Bewegung in den Kamin und ergriff den Schürhaken. Laura warf einen Blick auf die beiden schwarzen Revolver auf dem weißen Tischtuch, die beiden verbotenen Früchte des Abends.

»Das hat er nicht mit Absicht getan, Tante Ludmilla. Er wollte mir helfen«, warf sie mit kläglicher Stimme ein.

»Aha!«, schrie Ludmilla. »Dir helfen, indem er alle Durocs der Gegend von seiner Sekretärin anrufen ließ! Alles, was er damit erreicht hat, war, Duroc verrückt zu machen. Und wenn dieses Stück Scheiße Angst hatte, war es zu allem fähig! Ein Mann eben«, sagte sie abschätzig.

Laura sah aus dem Augenwinkel, dass Manon auf ihrem Stuhl hin und her wackelte. Sie beugte den gefesselten Arm unauffällig nach hinten, und Laura sah, wie ihr Bizeps sich anspannte und dann wieder locker wurde. Ludmilla spielte inzwischen mit dem eisernen Schürhaken wie mit einem Bambusstock.

»Ich kannte Duroc auch. Ich habe ihn im Kasino gesehen. Und in meinen Visionen«, sagte Laura.

»Du mit deinen Visionen. Dass ich nicht lache! Ich wette, du hast nicht gesehen, wie ich den armen Antoine vom Felsen gestoßen habe«, sagte Ludmilla lachend.

Laura spürte, wie der Hass sie zu überwältigen drohte. Doch sie musste sich beherrschen. Sie durfte nicht schimpfen, schreien, weinen oder flehen. Ludmilla wartete nur auf solche Schwächen, um sie sofort umzubringen. Manon sah sie mit weit aufgerissenen Augen an, und Laura erstarrte: Ludmilla hatte den Blick bemerkt und ging nun mit dem Gang eines Models auf ihre Tochter zu. In ihrer Hand schwang sie den Schürhaken, der gleich darauf dicht neben Manons Kopf herabsauste. Die Fleischplatte zersprang in tausend Stücke. Danach zerschlug sie die Suppenschüssel und die Teller. Der Tisch war mit messerscharfen Scherben übersät. Laura betete, dass sie sie nicht zwingen würde weiterzuessen.

»Hör auf, so zu schreien, Juliette! Ihr seid nichts als zwei scheinheilige Gören! Ich weiß, was ihr denkt. Antoine sah doch ganz gut aus, und im Bett war er nicht schlecht. Aber leider war er genauso ein Schwein wie sein Vater. Er hat mir nachspioniert, der Mistkerl!«

Jetzt zertrümmerte der Schürhaken die Saucière und zwei Kristallgläser.

»Er wäre besser zu Hause geblieben, anstatt mir zu folgen. Und all das nur, weil er nicht wollte, dass ich ihn verlasse.«

Innerhalb weniger Momente wechselte ihre Stimme zwischen Zorn, Verachtung und Erstaunen. Die widersprüchlichen Emotionen gingen nahtlos ineinander über in diesem Monolog auf der Bühne des Wahnsinns.

»Ich habe Duroc beseitigt, weil ich ihn nicht mehr im Griff hatte! Er brachte alle Zeugen um. Vincent hat er verfehlt, aber dann den Fotografen, Matthieu und die Sekretärin erwischt. Ich musste dafür sorgen, dass das aufhört. Was hättet ihr an meiner Stelle getan? Was war Antoine doch für ein Narr! Er wollte mich erpressen, weil er gesehen hatte, wie ich Duroc umbrachte. Ein Baby, das eine Mutter brauchte. Wir blieben stehen, um den Mond zu betrachten. Er sagte, ich sei eine außergewöhnliche Frau, und schwupp! Nach allem, was er getrunken hatte, genügte ein Stups mit dem Finger: Adieu, Antoine! Ich habe sogar zur Jungfrau Maria gebetet. Ich bin nicht so böse, wie ihr denkt. Ich habe dieser Schlampe Suzanne die Kehle durchgeschnitten, weil sie mir mein Kind gestohlen hat. Stell dir das mal vor, meine Liebe.«

Sie blickte Manon an, als sähe sie sie zum ersten Mal. Dann strich sie ihr mit dem Schürhaken über die Wange, auf der sich nun eine Rußspur abzeichnete.

»Meine arme Kleine, ich bedauere es so sehr! Ich bin keine Mutter und werde es auch nie sein«, flötete Ludmilla.

Fred Bellair las den Brief zum dritten Mal. Dann griff er zum Telefon.

»Ich brauche die Adresse einer Suzanne Hanspag in Nîmes«, sagte er mit rauer Stimme.

Seine Kehle war trocken. Zum ersten Mal seit Jahren verspürte er Lust auf einen Whisky. Alkohol, der ihm die Kehle wärmte, der torfähnliche Geschmack auf der Zunge, das Gefühl, wie er in seinen Magen rann. Doch Fred blieb keine Zeit, seinem früheren Laster zu frönen. Das Telefon klingelte.

»Ja, ich notiere.«

Rasch schrieb er die Adresse auf den zerknitterten Umschlag.

Als er kurz darauf die Zeitung aufschlug, fiel sein Blick auf einen Artikel unter »Vermischtes«. Suzanne Hanspag hatte ihm allein ihre Erinnerungen anvertraut … posthum.

Jetzt brauchte er wirklich einen Whisky. Aber zuvor wollte er die Wahrheit aus dem Mund von Ludmilla hören.

Nach dreimaligem Klingeln sprang der Anrufbeantworter an. Ludmilla schwang den Schürhaken durch die Luft und lauschte mit geneigtem Kopf ihrer eigenen Stimme, die den Anrufer aufforderte, eine Nachricht zu hinterlassen. Die Stimme von Fred Bellair tönte aus der Halle bis zu ihnen herüber.

»Guten Abend, Ludmilla. Hier ist Fred Bellair. Ich hätte dich gern gesprochen. Ruf mich an, es ist dringend.«

Ludmilla wölbte die Brust und sah hastig an sich herunter. Sie glättete eine Falte ihres Rocks.

»Es ist dringend. Aber natürlich, mein lieber Fred. Was glaubst du denn? Dass ich zu dir krieche wie eine läufige Hündin, wenn du mich rufst? Dazu ist es zu spät. Du kommst immer zu spät, Bellair, zu spät, um Luisa zu retten, zu spät, um mir zu sagen, dass es dir leidtut. Wenn ich daran denke, dass du bereit warst, das Kind einer anderen großzuziehen. Aber dein eigenes Kind, das wolltest du nicht! Kannst du dir das vorstellen, meine Liebe, dass dein Vater dich nicht wollte?«, sagte sie empört zu Manon. »Ja, dein Vater hat dich abgelehnt.«

Ludmilla sah Lauras bestürzten Blick.

»Sieh mich nicht so an!«, brüllte sie. »Du scheinheiliges Biest! Du weißt nicht, was es bedeutet, wenn der Mann, den man liebt, einen verlässt. Dieses Schwein wollte, dass ich abtreibe! Und nur weil er Luisa liebte. Es ging ihm nur um deine Mutter. Schon als wir ganz klein waren. Alle mochten immer Luisa lieber. ›Ich bin so lieb, so schön, so süß‹«, piepste sie im Fistelton.

Immer schneller wirbelte der Schürhaken durch die Luft. Manon zerrte verzweifelt an ihrem linken Arm. Ihre Gabel lag nicht mehr auf dem Tisch.

»Deine Mutter hat mein Leben ruiniert!«

Der Tisch erzitterte unter dem Schlag des Schürhakens. Ein Glas ging zu Bruch, ein Teller zersprang, Besteck fiel klirrend zu Boden.

»So, genau so! Und noch mal, auf ihr hübsches Köpfchen, und noch mal«, brüllte Ludmilla und schlug immer wieder auf den Tisch ein.

Nun war das ganze Geschirr zertrümmert. Dünne, spitze Scherben. Splitter schwirrten auf Laura und Manon zu, die die Köpfe abwandten, um ihre Augen zu schützen. Doch plötzlich beruhigte sich Ludmilla. Sie legte den Schürhaken auf ihren Stuhl und sah ihre Zuschauerinnen verzückt lächelnd an.

»Ich wollte sie nicht töten. Gott hat mir die Hand geführt. Ich war sein Werkzeug, damit der Fluch sich erfüllt. Findet ihr nicht, dass der Autounfall eine gute Idee war?«, rief sie.

Laura brach in Tränen aus. Plötzlich hatten sich die Rollen

verkehrt. Nun warf Manon ihr einen vielsagenden Blick zu: Sei stark, gib ihr eine Antwort!

»Ja«, stieß Laura hervor.

»Eine phantastische Inszenierung. Das Kreuz, der Mond, das kaputte Auto und das Feuer. Und dann dieses verdammte Armband auf der Straße!«, schrie Ludmilla.

Dann sah sie die beiden mit den erstaunten Augen eines kleinen Mädchens an, das beim Bonbonnaschen erwischt worden ist.

»Damals habe ich aufgehört, an Gott zu glauben.«

Um 23.00 Uhr wollte Agnès gerade nach Hause fahren, als sie einen gelben Zettel entdeckte. Unter einer Telefonnummer stand: »Dringend Solange Matteo zurückrufen. Es geht um Suzanne Hanspag.« Agnès nahm den Hörer ab. Eine verschlafene Stimme meldete sich.

»Solange? Hier ist Agnès Angeli. Es tut mir leid, Sie so spät stören zu müssen … Sie haben eine Nachricht wegen Suzanne Hanspag hinterlassen. Was wollten Sie mir sagen?«

»Ich habe heute in der Zeitung gelesen, dass sie ermordet wurde, verstehen Sie? Ich kann es immer noch nicht fassen. Stellen Sie sich mal vor, gestern, am Mittwoch, habe ich mit ihrer Tochter am Bahnhof in Nizza gesprochen. Ich hatte sie am Sonntag mit ihrer Mutter an der Promenade gesehen …«

Agnès biss sich auf die Lippen.

»Entschuldigung«, unterbrach sie die Frau. »Fangen wir von vorn an. Woher kennen Sie die Mutter von Manon?«

»Wir haben zusammen bei den Rinaldis gearbeitet, vor über dreißig Jahren.«

Treffer. Das war die Verbindung, die Agnès seit Langem suchte. Plötzlich erinnerte sie sich: die Ledertasche unter dem Tischchen in der Halle bei Ludmilla. Kein Zweifel, das war Manons Tasche gewesen!

»War Manon Hanspag die Tochter von …«

»Ja und nein. Suzanne hatte sie adoptiert. Sie konnte keine Kinder bekommen. Laura Fontane wollte wissen, ob ihre Tante Suzanne Hanspag kennt. Und Ludmilla hat ihr geantwortet, sie kennt sie nicht. Und da ist noch etwas. Ich sollte behaupten, dass Ludmilla und Laura am Mittwoch bei ihr zu Abend gegessen haben. Dabei ist das mein freier Tag. Es ging um das Alibi beim Mord an Hauptmann Duroc ...«

Als Agnès auflegte, war ihr schwindlig. Sie sah auf die Uhr. Jetzt war es schon halb zwölf. Sie wählte Mollaros Nummer. Es dauerte eine Ewigkeit, bis er mit schlaftrunkener Stimme antwortete. Agnès konnte ihn gähnen hören, während sie ihm so klar wie möglich ihre neuesten Informationen und Schlussfolgerungen durchgab.

»Ludmilla Rinaldi steht im Zentrum des Falles. Sie hat mehrfach gelogen. Ich mache mir Sorgen um das Leben von Manon Hanspag. Seit gestern ist sie verschwunden. Von Laura Fontane habe ich seit heute Morgen auch nichts mehr gehört. Alles sehr beunruhigend. Wir brauchen einen Haftbefehl ...«

»Was, spinnst du? Wie sollen wir um diese Zeit einen Haftbefehl auftreiben? Morgen ist auch noch ein Tag. Geh lieber schlafen, Angeli. Da ist doch sicher ein Kerl, der schon das Bett vorgewärmt hat, oder? Ciao!«

»Arschloch«, sagte Agnès ins Leere.

Sie überprüfte, ob ihre Sig Sauer geladen war. Eine Viertelstunde später fuhr sie im Streifenwagen Richtung Nizza-Nord.

Ludmilla hatte sich gesetzt. Ihr Ausbruch schien vorüber, aber Laura wusste, dass ihr Zorn jederzeit wieder aufflammen konnte. Manon zwinkerte ihr zu, und Laura begriff: Sie hatte mit der Gabel das Klebeband gelöst, das ihre linke Hand gefesselt hatte. Ludmilla richtete sich auf, und Laura sah, dass ihre Augen feucht waren.

»Gott hat mich meine Luisa töten lassen ... Das verzeihe

ich ihm nie. Meine Luisa. Ich habe niemanden mehr. Juliette, mein kleines Mädchen! Die Schwestern im Waisenhaus hätten dich nicht weggeben dürfen. Meine Mutter hat ihnen immer so viel Geld gegeben. Und das war der Dank dafür!«

»Ich bin doch bei dir, Mama«, stieß Manon hervor.

Laura entging nicht, mit welchem Widerwillen sie »Mama« sagte, doch Ludmilla bemerkte es zum Glück nicht.

»Ich weiß, aber ich bin in großer Verlegenheit, meine Liebe. Du bist die Älteste. Der Fluch – ich habe diese Geschichte mit dem Fluch erfunden, und jetzt kann ich nicht mehr zurück, verstehst du? Du musst also sterben. Das ist dumm. Ich zögere noch. Du hast nicht das Leben gehabt, das du verdient hättest, meine Liebe. Laura hat alles bekommen: Geld, Familie, Vaterliebe.«

»Aber ich habe dich«, murmelte Manon.

»Aber du kommst so spät. Dein Schwein von Vater wird ins Gefängnis kommen. Dafür sorge ich, und auch Vincent hat dafür gesorgt. Was für ein schlauer Bursche, dieser Vincent. Er hat ganz allein herausgefunden, was dein Vater und die beiden anderen Mistkerle für einen ungeheuren Betrug ausgeheckt haben, um diesen Dummkopf Fontane zu ruinieren. Es war so einfach! Ich habe nichts gebraucht als ein Streichholz, einen Benzinkanister, und schwupp! waren der Pinienwald und ihre schönen Pläne dahin. Ich wollte niemanden töten. Ich wollte nur, dass nicht noch mehr von diesem Horror gebaut wird. Ich hasse Beton!«

DIE SONNE

Agnès stellte den Wagen fünfzig Meter vom Tor des Landhauses entfernt ab. Kein Licht drang durch die Pinien des Parks. Agnès wählte die Nummer von Bruno, dem einzigen Verbündeten, der ihr blieb. Doch er war nicht zu erreichen, und Agnès fluchte etwas auf seine Mailbox. Dann erklärte sie ihm in dreißig Sekunden, was sie von ihm verlangte, wenn er endlich aus seinem Dornröschenschlaf erwachte.

Sie kletterte mühelos über die Mauer und ging durch den Park auf das Landhaus zu. Die Fassade zur Allee hin war dunkel. Ludmillas Wagen stand unter dem Vordach hinter dem Haus. Agnès tauchte wieder in den Schatten der Pinien ein, als sie einen Lichtschein sah. Ein Mondstrahl war durch das Laub gedrungen und fiel auf das Dach einer schwarzen Limousine, die zwanzig Meter entfernt unter den Bäumen stand. Sogleich erkannte sie Vincents Wagen. Laura musste also hier sein, genau wie Manon. Lauras letzte Nachricht hatte gelautet: »Ich glaube, ich weiß, wer der Mörder meiner Mutter ist. Ich muss noch eines klären und rufe dich dann an.« Der Anruf war von gestern, und seither hatte sie sich nicht mehr gemeldet …

Doch Agnès blieb keine Zeit, ihre Überlegungen fortzusetzen. Sie spürte plötzlich den Lauf einer Pistole an ihrer Schläfe und hörte eine schneidende Stimme sagen:

»Die kleinste Bewegung, und du bist tot. Hände hinter den Kopf! Du wirst auch bestraft …«

Manon stürzte zu Laura.

»Schnell!«

»Ich tu, was ich kann, verdammt, das Zeug hält fester als jedes Tau. Ich schaff es nicht«, stieß Manon hervor.

Sie nahm eine Porzellanscherbe vom Tisch und ging damit auf das Klebeband los, das Lauras linke Hand fesselte. Laura biss sich auf die Zähne, als die Haut über ihrem Knöchel mit dem Klebeband durchtrennt wurde. Dann ließ Manon sich auf die Knie fallen, um ihre Fußfesseln durchzuschneiden. Kaum hatte sie die erste durchtrennt, als eine Tür knarrte. Manon richtete sich geräuschlos auf und setzte sich eilig wieder hin. Da erschien Agnès, in deren Gesicht nacktes Entsetzen lag. Ludmilla folgte lachend ins Zimmer, in jeder Hand einen Revolver.

»Eure Freundin kommt gerade rechtzeitig zum Essen«, flötete sie. »Siehst du das Klebeband? Du nimmst es und setzt dich brav auf diesen Stuhl dort.«

Agnès gehorchte. Sie sah Lauras mitfühlenden Blick und zwinkerte ihr ermutigend zu.

»Und jetzt machst du es wie deine Freundinnen. Jedes Fußgelenk an ein Stuhlbein!«

Agnès spürte, wie ihr das Blut in den Kopf stieg, während sie ihr Bein festband. Als sie wieder hochkam, blieb ihr keine Zeit zu begreifen, warum Manon den Mund aufriss und Laura gellend schrie. Ein heftiger Schmerz drang durch ihren Kopf, und sie fiel mit der Nase auf das weiße Damasttischtuch.

Der Schmerz war schneidender als eine Migräne. Sie hörte ihr Herz schlagen, die Wunde auf ihrem Kopf brannte, Blut rann in ihr Haar. Ludmilla hatte mit aller Kraft zugeschlagen. Noch nie hatte Agnès solche Schmerzen erlebt. Mühsam hob sie den Kopf, beugte sich zum Tisch und übergab sich.

»Du böses Mädchen!«, schrie Ludmilla.

Agnès öffnete die Augen. Verschwommen sah sie Ludmilla

vor sich stehen, die beiden Waffen lagen auf dem Tisch zwischen den Scherben. Rechts von ihr saß Manon, die ihr mit Blicken etwas sagen wollte, aber was? Links sah sie Lauras verweintes Gesicht. Sie versuchte die Arme hinter der Stuhllehne zu bewegen. Vergeblich. Ludmilla hatte sie mit dem Klebeband gefesselt. Ihr blieb nur die Hoffnung, dass Bruno aufwachte, sein Telefon einschaltete und endlich ihre Nachricht abhörte. Ihr Magen beruhigte sich wieder, der Schmerz ließ ein wenig nach.

»Was spielen Sie für ein Spiel, Ludmilla?«, keuchte sie.

»Vater und Mutter«, lachte Ludmilla. »In der Familie ›Wir lieben uns alle‹ darfst du den Papa spielen. Sagen wir mal, du heißt Fred …«

Ludmilla ließ ihrem Wahn wieder freien Lauf. Sie achtete nicht auf Lauras flehenden Blick. Plötzlich sprang Manon von ihrem Stuhl auf, aber Ludmilla war schneller und richtete die beiden Waffen auf sie.

»Setz dich wieder hin, du Ekel, und fessel dich selbst«, schrie sie. »Ich hab dir doch schon gesagt, dass ich eine schlechte Mutter bin. Los!«, brüllte sie.

Manon fesselte ihre Fußgelenke mit dem Band. Als sie wieder aufblickte, gab ihr Ludmilla eine schallende Ohrfeige. Manons Kopf flog zur Seite wie der einer Stoffpuppe. In der nächsten Sekunde war ihre Wange feuerrot. Ludmilla verdrehte ihr den Arm hinter dem Rücken.

»Fangen wir von vorn an«, rief sie Agnès zu. »Du bist Fred! Und ihr seid die kleinen Mädchen.«

»Das Problem ist nur, dass ich nicht Fred bin«, stammelte Agnès verstört.

»Das weiß ich auch, verflucht noch mal!«, brüllte Ludmilla. »Aber ich habe Lust zu spielen, dass wir eine richtige Familie sind. Fred, sag mir, dass du mich liebst«, sagte sie schmeichelnd und ließ die beiden Armbänder klimpern.

Bestürzt begriff Agnès, dass ihre beiden Leidensgefährtinnen schon seit Stunden mit Ludmilla dieses schreckliche Spiel spielen mussten. Und so verstand sie die Bedeutung von Lauras flehendem Blick. Sie mussten spielen, um am Leben zu bleiben …

»Ich liebe dich, mein Schatz … Du bist die wunderbarste Frau und Mutter.«

Ludmilla lachte nicht wie eine Verrückte oder Mörderin, sondern wie eine Verliebte. Sie war einfach unglaublich.

»Du hast lange gebraucht, um mir das zu sagen, Fred.«

Bruno fuhr in halsbrecherischem Tempo und hupte wie wild, um den Weg freizumachen. Mit einer Hand hielt er ein kleines Blaulicht aus dem Fenster – das einzige, das er gefunden hatte. Doch die morgendlichen Autofahrer schienen davon nur wenig beeindruckt. Es war 8.00 Uhr, und er hatte Agnès' Nachricht erst vor zwanzig Minuten abgehört. Er biss sich auf die Lippen. An einem so angenehmen Abend in bester Gesellschaft konnte man vergessen, dass man Polizist war. Die Euphorie der letzten Nacht war allerdings schnell verflogen.

Als er ins Kommissariat stürmte, trat ihm Fred Bellair in den Weg. In der Hand hielt er einen großen zerknitterten Umschlag.

»Eine Stunde warte ich schon auf Sie«, schimpfte er mit rauer Stimme. »Ich habe Angst.«

Bruno sah ihn erschrocken an. Don Corleone neigte gewöhnlich nicht zu solchen Geständnissen. Seine Hand zitterte leicht, als er dem Polizisten den Umschlag reichte. Schweigend las Bruno den Brief. Ein Schauer lief ihm über den Rücken. Nun hatte er eine Erklärung für die Nachricht von Agnès. Sie hatte eine unverzeihliche Dummheit begangen. An Laura Fontane oder Manon Hanspag wagte er gar nicht zu denken. Als Bruno den Kopf hob, sah er Bellairs flehenden Blick.

»Folgen Sie mir. Der Chef wird gleich da sein und Kommissar Mollaro auch.«

Die Wagentüren wurden zugeschlagen. Mollaro wandte sich Fred Bellair zu, der im Fond saß.

»Monsieur Bellair, ich sage es noch einmal: Sie greifen nur ein, wenn wir Sie darum bitten.«

Es knisterte in seinem Walkie-Talkie. »Mollaro, ich höre!«

»Wir sind fertig.«

»Gut. Folgen Sie uns.«

Bruno fuhr los. Mollaro triumphierte: Er durfte jetzt die Operation leiten. Delambre hatte sämtliche Hebel in Bewegung gesetzt und alle Vollmachten erhalten, die er wollte.

Mollaro schloss seine kugelsichere Weste und überprüfte, ob seine Sig geladen war. Bruno spürte die seine unter der Achsel. Er hatte ein rein berufliches Verhältnis zu seiner Waffe. Es reichte ihm, alle drei Monate Schießübungen zu machen. Die wenigen Male, bei denen er von ihr Gebrauch machen musste, hatten bei ihm einen bitteren Nachgeschmack hinterlassen. Bruno mochte die Ermittlungsverfahren, die Aufklärungsarbeit. Mollaro liebte seine Waffe.

Nun gab er letzte Anweisungen per Walkie-Talkie. Delambre hatte auch die Gendarmerie verständigt, deren Leute bereits an Ort und Stelle waren.

»Sie haben aber hoffentlich nicht an der Tür geläutet, oder?«, brüllte Mollaro ins Telefon.

»Wir haben die Straße abgesperrt, Kommissar. Wir warten auf Sie.«

»Wir sind in zehn Minuten da.«

Er beendete das Gespräch und öffnete das Wagenfenster. Frische Luft und Lärm drangen in den Wagen. »Los, schneller, verflucht noch mal!«, brummte er.

Bruno hatte keine Lust, aus der Haarnadelkurve zu fliegen, die vor ihnen lag. Er sah auf den Tachometer. Neunzig Stundenkilometer genügten schon, um im Graben zu landen. Mollaro saß vor Aufregung zitternd auf dem Beifahrersitz. Das würde einer der besten Coups seiner Laufbahn sein.

Zweihundert Meter vor dem Landhaus wurden sie von einer Sperre und zwei Gendarmen aufgehalten. Mollaro zückte seine Dienstmarke. Bruno stellte den Wagen in einiger Entfernung ab. Mollaro war schon auf die Straße gesprungen und fuchtelte mit den Händen vor einer Karte herum. Der Gendarmeriekommandant nahm seine gebrüllten Befehle erstaunlich ruhig zur Kenntnis. Polizisten und Gendarmen setzten sich in Bewegung. Bruno beugte sich durch das offene Fenster zu Fred Bellair hinab. »Ich glaube, es ist wirklich besser, wenn Sie im Wagen bleiben«, meinte er ruhig.

»Bruno, du gehst mit mir und den beiden Käppis vor!«, rief ihm Mollaro zu.

Das erste Steigeisen in der Einfriedungsmauer, dann ein zweites und drittes. Bruno bekam Zweifel. Wenn sie sich nun täuschten? Unwillig schüttelte er sich und ergriff das Seil. Im schlimmsten Fall würde sie Ludmilla Rinaldi in der Presse fertigmachen.

Dann sah er, wie die Männer im Schutz der Bäume vorrückten. Sie bewegten sich nahezu lautlos, nur ab und zu knackte ein Pinienzweig. Drei Minuten später sahen sie das Landhaus vor sich. Alle blieben reglos stehen. Dann gab der Kommandant ein Zeichen, und sechs Männer lösten sich von den Bäumen. Stets Deckung suchend, gingen drei nach links, drei andere nach rechts. Schließlich war das Haus umstellt. Bruno rann der Schweiß unter der kugelsicheren Weste in sein T-Shirt. Staunend blickte er auf die Gendarmen, die mit Sturmgewehren hantierten, als wären sie federleicht. Dann sah er, wie Mollaro ein Megafon ergriff, das ihm ein Gendarm hinhielt. Er winkte ihn zu sich.

»Lauras Wagen ist da. Bist du bereit? Gleich geht's los«, sagte er leise zu Bruno.

Mollaro verbarg sich hinter einer Hecke von Lorbeersträuchern, nur wenige Meter von der Eingangstreppe entfernt. Man hörte das Knistern des Megafons.

»Ludmilla Rinaldi, hier spricht die Polizei. Ihr Haus ist umstellt. Kommen Sie heraus, die Hände über dem Kopf!«

Seine Stimme hallte an den Mauern des Hauses wider. Nichts rührte sich. Jetzt robbten zwei Männer von Busch zu Busch auf das Haus zu. Sie erreichten die linke und die rechte Ecke der Vorderfront und näherten sich den Kellerfenstern. Dicht an der Wand blieben sie stehen und hoben den Daumen.

»Polizei!«, ertönte es wieder aus dem Megafon. »Ich wiederhole, das Haus ist umstellt.«

Ein Knall ertönte, und ein Haufen Kies flog in die Lorbeerbüsche. Mollaro brüllte:

»Deckung!«

Er warf sich zu Boden. Auf dem Weg spritzte der Kies in die Höhe, Staub wirbelte auf. Sechs Schüsse. Bruno presste seinen Körper auf den warmen Boden aus Kiefernnadeln. Nach einer Minute kreischte eine Stimme:

»Sieben!«

Ein weiterer Knall drang durch die Luft. Die Kugel schlug in einen Baum ein, zwei Meter von Bruno entfernt.

»Verflucht, wie viele hat sie denn noch?«, brüllte Mollaro.

Bruno hob den Kopf und sah, dass die Kellerfenster weit offen standen. Mindestens zwei ihrer Leute waren im Haus.

Agnès warf sich mit ihrem Stuhl zu Boden. »Macht ihr das auch!«, schrie sie. »Los, runter! Schnell, verdammt!«

Zögernd blickte Laura auf die vielen Glasscherben und Porzellansplitter zu ihren Füßen. Manon kippte bereits auf ihrem Stuhl nach unten. Laura holte tief Luft und versuchte, mit Armen und Beinen ihren Stuhl in Bewegung zu setzen. Es war, als sei er am Boden festgeschraubt. Endlich bewegten sich zwei Stuhlbeine, dann die beiden nächsten. Sie stürzte zu Boden und unterdrückte einen Schmerzensschrei. Manon war schon unten und keuchte. Die Glückliche hatte die wenigen Quadratzentimeter erwischt, auf denen keine Scherben lagen.

»Alles in Ordnung? Antwortet mir!«, rief Agnès.

Laura schnappte nach Luft. Ein Glassplitter war tief in ihren Arm gedrungen. Sie wusste, dass das Glas sie bei der kleinsten Bewegung noch weiter verletzen würde.

»Es geht«, sagten sie und Manon wie aus einem Munde.

Von der Stelle, wo sie mit ihrem Stuhl lag, konnte sie Agnès nicht sehen.

»Mein Gott, was ist denn nur los?«, flüsterte Manon.

»Diese Irre hat geschossen, und es kann sein, dass sie das Feuer erwidern. Am Boden ist es nicht so gefährlich für uns«, antwortete Agnès.

Sie spürte höllische Schmerzen im Kopf, die bis in den Nacken und die Schulterblätter ausstrahlten.

»Seid jetzt ganz still. Wenn sie wiederkommt, lasst mich reden. Wenn jemand schießt, zieht den Kopf ein. Das Haus ist umstellt. In fünf Minuten sitzen wir in der Sonne und stoßen miteinander an.«

Sie hörte Manon nervös kichern.

Aus der Halle ertönte ein Krachen. Vermutlich die Eingangstür. Dann war alles wieder still. Agnès rechnete kurz nach: Ludmilla hatte sieben Mal geschossen. Mit den beiden anderen Waffen, die sie besaß, konnte sie ein wahres Massaker veranstalten, wenn nicht … Dann hörte sie hastige Schritte auf dem Kies. Da waren sie. Direkt vor dem Fenster.

Wieder krachte es in der Halle. Die Mauern erzitterten, als die Tür gegen die Wand prallte. Dann rief eine Stimme: »Ergeben Sie sich!«

Agnés spürte, wie der Boden unter ihr bebte. Sie rief:

»Wir sind hier. Kommissarin Angeli.«

Ein Schatten erschien am Eingang des Esszimmers. Agnès hörte Laura stöhnen.

»Sie muss oben sein. Achtung, sie hat drei geladene Waffen!«, rief sie mit letzter Kraft. Sie hörte, wie Waffen klickten und Schritte näher kamen. Jemand packte sie. Dann verlor sie das Bewusstsein.

Fred Bellair war außer sich. Er rannte die Allee entlang, ohne auf seine Sicherheit zu achten. Seine Jacke lag im Wagen, die Krawatte hatte er gelockert. Dann hörte er sieben Schüsse, deren Echo laut widerhallte. Unwillkürlich musste er an den Abend an einem 14. Juli denken, als ein Toter vor ihm auf dem Asphalt gelegen hatte. Sein Kopf war blutüberströmt, und seine glasigen Augen starrten in den Himmel. Es war Bourlem, ein Bandenchef aus Toulon, der eigentlich in Nizza sein Glück machen wollte. Doch sein Aufenthalt im Paradies dauerte nur zwei Wochen. Mit drei Kugeln wurde er ins Jenseits befördert. Eine stammte von Fred Bellair: Es war die letzte, die er verschossen hatte. Das lag mehr als fünfunddreißig Jahre zurück, doch er hatte es nie vergessen.

Niemand hielt ihn auf. Er hörte Schreie, Befehle und den Lärm von Stiefeln hinter dem Haus. Als er schon einen Fuß auf der Treppe hatte, erschien ein Gendarm an der Hausecke. Er sah die Überraschung im Gesicht des Mannes und verschwand in der dunklen Halle. Die weiße Steintreppe im Hintergrund leuchtete hell.

»Lieber Fred …«

Die Stimme kam von oben. Er erstarrte, blinzelte in die Dunkelheit und sah den Lauf der Waffe, die durch das schmiedeeiserne Gitter des Treppengeländers lugte. Dahinter erkannte er das maskenhafte Gesicht von Ludmilla.

»Ich habe so lange auf dich gewartet, mein Liebster …«

Links neben ihm erschien eine schmale Gestalt. Fred machte eine Geste, damit sie ins Zimmer zurückging. Es war seine Tochter Manon, und er wusste nun, dass er ihretwegen noch gern ein paar Jahre leben würde.

»Guten Tag, Ludmilla … Ich bin gekommen, um dich zu holen.«

Manon wurde von einer Hand gepackt, und zwei Männer stellten sich in die Tür, damit Ludmilla das Mädchen nicht sehen konnte.

»Ich bin gekommen, um euch beide zu holen, dich und unsere Tochter. Ich habe dir wehgetan … Ich weiß. Aber du hattest recht. Du willst unserer kleinen Juliette doch nicht wehtun, oder?«

Der Lauf der Waffe drei Meter über ihm zitterte. Fred sah nun Ludmillas Augen und ihr blasses Gesicht. Mascaraspuren liefen an ihren Wangen herab, und ihre roten Lippen lächelten.

»Schaff diese Leute weg, Fred, bitte«, flüsterte sie.

»Natürlich. Sie haben hier nichts zu suchen, du hast vollkommen recht.«

Aus dem Augenwinkel sah er den weit aufgerissenen Mund von Kommissar Mollaro, der am liebsten eine Menge Befehle gebrüllt hätte. Er winkte ihm zu schweigen und versuchte die Polizisten mit Blicken zu bewegen, ins Zimmer zu gehen. Dann näherte er sich der Treppe.

»Vorsicht, Fred«, sagte Ludmilla von oben.

»Hab keine Angst. Nur ich bin noch hier. Und Juliette. Wir gehen zu dritt spazieren. Das hätten wir in all diesen Jahren immer tun sollen.«

»Aber ich bin nicht angezogen!«

»Du bist sehr schön.«

»Unsere Tochter auch, hast du das gesehen?«

»Ja, sie ist wundervoll. Ich bitte dich um Verzeihung.«

Er hörte das Rauschen ihres Rocks und die Schritte ihrer nackten Füße. Sie war vom Geländer verschwunden.

»Ich bin gleich bei euch.«

Eine Tür schlug zu. Ein Knall. Jemand zog ihn nach hinten, und er wurde drei Treppenstufen hinunterbefördert. Er riss sich los und schob die beiden Männer, die ihm im Weg standen, beiseite. Ehe sie reagieren konnten, war er schon oben.

Er öffnete eine Tür … Sie hatte die Waffe noch in der Hand, den Zeigefinger auf dem Abzug, den Lauf der Waffe im Mund. Sie war nach hinten gefallen. An der Wand hinter ihr klebten Blutspritzer und rötliche Hirnmasse. Das orangefarbene Licht einer edlen Glaslampe gab ihrem Haar einen kupferfarbenen Schimmer, der sich langsam in ein dunkles Rot verfärbte.

Im Landhaus wimmelte es von Polizisten und Gendarmen. Laura sah ihnen mit leerem Blick zu. Ein Wirbelsturm hätte im Esszimmer keine schlimmeren Schäden anrichten können. Überall Scherben und Splitter, die Stühle lagen noch immer am Boden. Durch die offene Tür sah sie die Männer mit der Bahre, die Ludmilla unter einer Plastikplane wegtrugen. Sie hatte sich also umgebracht. Die Justiz hätte sie ohnehin nicht zur Rechenschaft ziehen können, denn Ludmilla war verrückt und wäre in der Psychiatrie gelandet, nachdem sie vor Gericht noch eine riesige Show abgezogen hätte.

Mollaro hatte Laura befragt, sobald sie ansprechbar war. Sie war erschöpft, aber nicht in der Lage, den Ort zu verlassen und ins Krankenhaus zu fahren, um ihre Wunden behandeln zu lassen. Bruno Bruno trat besorgt auf sie zu.

»Laura, ich habe Ihren Vater angerufen. Er kommt her und holt Sie ab.«

»Danke«, sagte sie mit schwacher Stimme.

Er reichte ihr ein Glas Wasser und eine Tablette, die sie nahm, ohne Fragen zu stellen.

Fred war schon lange mit Manon weggefahren. Er hatte ihr den Arm um die Schulter gelegt, und sie waren wie Vater und Tochter die Allee hinuntergegangen. Agnès war wegen ihrer Kopfverletzung gleich ins Krankenhaus gebracht worden.

»Sie sollten nicht hierbleiben … Warten Sie lieber draußen im Park auf einer Bank …«, sagte Bruno.

»Nein, danke …«

Sie spürte, wie ihr die Tränen kamen. »Ich muss mit der Vergangenheit abschließen.«

Bruno musterte sie kurz und überließ sie dann ihren Gedanken.

Laura erhob sich vom Sofa in der Bibliothek, auf das sie sich für ein paar Stunden zurückgezogen hatte. Ein Gendarm hatte ihre Wunde am Arm desinfiziert und einen provisorischen Verband angelegt. Die Wunde müsse genäht werden, meinte er. Sie wollte gerade das Zimmer verlassen, als ein Windstoß die Doppeltür zuschlug. Etwas fiel mit einem lauten Krachen zu Boden. Die Tür öffnete sich, und Bruno war sogleich bei ihr.

»Es ist nichts Schlimmes. Ein Bild hat sich offenbar durch die Erschütterung von der Wand gelöst.«

Da sah Laura es: Das Porträt des Prinzen von Pisa war heruntergefallen. Es lag mit dem Gesicht nach unten. Als Laura es hochhob, sah sie darunter eine Karte: *Die Sonne* mit der Nummer XVIIII und nicht XIX. Paradies oder Hölle? Heute würde nichts mehr geschehen. Aber was war morgen?

DER TEUFEL

Vincent öffnete die Augen. Draußen schien es noch dunkel zu sein. Seit ein paar Minuten spürte er, dass jemand im Zimmer war. Neben dem Monitor, der seinen Herzschlag anzeigte, wachte jemand an seinem Bett. Es war kein Feind, ganz im Gegenteil. Von ihm ging nichts als Wohlwollen und Sanftheit aus. Vincent hob den Kopf: Ein Mann mit einem weißen Haarkranz und einem Schnäuzer lächelte ihn an. Er saß auf dem Besucherstuhl bei dem weißen Tischchen, dem Bett gegenüber. Der kleine Buchhändler von *La Baie des Anges* legte einen Finger an den Mund. Vincent wusste gleich, dass er nicht auf den Knopf drücken musste, um die Nachtschwestern zu verständigen. Der alte Mann wollte ihm nichts Böses.

»Wie spät ist es?«, fragte Vincent leise.

Erst jetzt erwachte er aus einem langen Schlaf ... Als er nach der Uhrzeit fragte, merkte er, dass er wieder sprechen konnte. Seine Worte ergaben offenbar Sinn, denn der kleine Mann zog eine Taschenuhr aus seiner Weste.

»Fünfzehn Minuten nach Mitternacht, mein Junge.«

»Sind Sie Arzt?«

»Mehr als das. Ich bin Leser. Der Leser einer außerordentlichen Geschichte, die ich Ihnen vortragen wollte. Aber das war nicht möglich, solange Sie geschlafen haben.«

Der kleine Mann stand auf und rückte seinen Stuhl ans Kopfende des Bettes. Dann setzte er seine abgenutzte Brille auf und wies mit dem Zeigefinger auf die ersten Zeilen des Manuskripts, das er in der Hand hielt.

»Ich bin ein Freund von Laura.«

Der Vortrag dauerte eine ganze Weile. Vincent hörte geduldig zu, doch seine Aufmerksamkeit wuchs, als der kleine Mann zum Schluss dieses seltsamen Dokuments kam:

... Was danach geschah, wissen alle. Christus stand von den Toten auf. Bislang hatte ich mich über diese Geschichte und das Kloster von Saint-Anne eigentlich eher amüsiert, bis zu dem Tag, an dem das Unfassbare geschah. Das Unfassbare war das Verschwinden von Élisabeth. Noch heute fällt es mir schwer zu sagen »der Tod von Élisabeth«. Verschwinden bedeutet nicht, dass es keine Wiederkehr gibt. Dieser Ausdruck gibt dem Anderen, den unsere Augen nicht mehr sehen, den unsere Hände nicht mehr berühren und unsere untröstliche Waisenseele beweint, mehr Leichtigkeit. Verschwinden, das heißt, dass sie vielleicht nur geflohen ist, sich irgendwo befindet, anderswo, in einer Gegend, einer Zeitnische, in der man sie wieder finden kann.

Élisabeth verschwand plötzlich, wie von einer Sturmböe weggetragen. Unsere Tochter Livia hatte gerade ihren Sohn Georges zur Welt gebracht, meinen Enkel, und in der Zeit zwischen dem Weggang Élisabeths und der Geburt von Georges hatte ich das Gefühl, versunken zu sein. Ich war dem Kind fast böse, dass es geboren war, und der Mutter, es zur Welt gebracht zu haben. Ich zog mich in meinen Kummer zurück und wollte niemanden sehen, der bei mir ein Gefühl der Ungerechtigkeit hätte aufkommen lassen. Nicht an Élisabeth erinnert zu werden, darum ging es mir nicht. Ich konnte es nicht ertragen, dass irgendjemand sie überlebte, bis zu dem Tag, an dem ich die Dinge deutlicher ausdrücken konnte. »Ich würde alles opfern, damit sie wiederkommt, selbst das, was mir das Liebste ist.«

Die Schwester der Engel machte mir den Sinn dieses Satzes deutlich. Trotz ihres hohen Alters konnte sie mich dazu bewegen, auf die Stimme des Himmels zu hören, und sie empfahl mir erneut das Buch des Prinzen von Pisa. Jetzt hatte alles, was mir beim ersten Lesen abstoßend erschienen war, eine ganz andere Wirkung auf mich. Zwischen den Zeilen des Buches las ich die Hoffnung, dass Élisabeth zurückkommen würde. Nur eine Bedingung musste erfüllt werden, damit das Wunder sich ereignen konnte: Ich musste die fünf Medaillons des Tarock finden, die dazu gedient hatten, die Wunden Jesu zu heilen – fünf Medaillons, die Kallopsis genannt wurden. In diesem Augenblick glaubte ich zu begreifen, warum ich mein Leben der Archäologie gewidmet hatte. Je weiter meine Suche fortschritt, desto deutlicher gewann ich den Eindruck, dass Élisabeth mich leitete. Innerhalb weniger Monate fand ich im Herzen Palästinas ein steinernes Kreuz aus der frühen Zeit, in das die so begehrten Medaillons an der Stelle der Wunden eingelassen waren.

Ich kehrte ins Kloster Sainte-Anne zurück. Ein enger Pfad führte mich zum Undenkbaren. Élisabeths Verschwinden war trotz der Zeit, die inzwischen vergangen war, noch schwerer zu ertragen. Seit ich die Kallopsis gefunden hatte, galt all mein Sinnen und Trachten ihrer Wiederauferstehung. Der Wahnsinn, in den mich diese untröstliche Liebe geraten ließ, veranlasste mich zum Schlimmsten.

Ein gewöhnlicher Sterblicher wie ich konnte nicht einfach die Figuren auf Élisabeths Leichnam legen, den die Schwestern wie eine kostbare Reliquie bewachten. Als Nicht-Initiierter musste ich zuvor meinen Glauben an Gott unter Beweis stellen. Zunächst begriff ich nicht, was das bedeutete. Die Äbtissin, die, seit sie die Kallopsis besaß, wieder von neuer jugendlicher Kraft erfüllt war, führte mich auf einen Weg, auf dem ich eine nicht wiedergutzumachende Tat beging.

Der kleine Mann hielt inne. Er wollte sicher sein, dass Vincent ihm folgen konnte, denn nun kam die entscheidende Offenbarung. Doch Vincent war bestens vorbereitet. Die Worte des alten Buchhändlers waren wie ein Echo der Bilder, die während seines Komas in ihm aufgestiegen waren.

Der kleine Mann kam zum Schluss:

Um Gott unsere Liebe zu erweisen und ihn von unserem Wunsch zu überzeugen, dass er wieder auf der Welt herrschte, gab es nur einen

Weg: ihm ein geliebtes Wesen zu opfern. Nur um diesen Preis konnten die fünf Medaillons das Wunder von Élisabeths Auferstehung bewirken. Die Mythologie kam mir zu Hilfe, Agamemnon und sogar Abraham. So furchtbar dies erscheinen mag, ich war bereit, unsere Tochter Livia zu opfern, denn der Gedanke, Élisabeth zum Leben zu erwecken, war stärker als alles andere. Der Liebhaber war stärker als der Vater, ohne jegliche Gewissensbisse.

Der Mann schwieg. Vincent ahnte, worauf seine Worte zielten, doch er wollte es noch nicht wahrhaben. Schließlich wickelte sich der alte Buchhändler trotz der Hitze seinen Schal um den Hals und sagte:

»*Das Testament von Archibald Montalban* ist nicht abgeschlossen. Er starb, während er daran schrieb.«

Ein wenig später, so versprach der Alte, würde er ihm von dem Ende erzählen.

Agnès sah, wie die Tür geöffnet wurde. Endlich, dachte sie. Die Schwester trug ein kleines Tablett mit Wasser und Kapseln zum Einnehmen herein.

»Sind Sie schon wach, Mademoiselle Angeli?«

»Schon seit zwei Stunden«, krächzte Agnès. »Bei dem Krach kann ja kein Mensch schlafen!«

Die Schwester lachte. »Bitte schlucken Sie das alles vor dem Frühstück.«

»Und wozu ist das gut?«

»Der Arzt erklärt es Ihnen.«

»Wann darf ich nach Hause?«

Die Frau musste schon wieder lachen.

»Haben Sie es immer so eilig? Mit Ihrem Hirntrauma bleiben Sie sicher bis morgen hier.«

Agnès spürte einen heftigen Schmerz im Kopf und sagte: »Scheiße.« Das kam aus tiefstem Herzen. »Ich muss arbeiten. Ich kann hier nicht einfach bleiben und …«

»Aber natürlich können Sie das. Versuchen Sie mal aufzustehen, Sie werden schon sehen.«

Agnès ließ sich das nicht zweimal sagen. Sie schob die Decke mit einem Fußtritt weg und stand mit einem Schwung auf. Das Zimmer schwankte. Sie setzte sich wieder, kreidebleich, und hielt ihren Kopf.

»So eine Scheiße«, maulte sie.

Eine reine Feststellung. Die Schwester hatte verdammt recht.

Im Zimmer herrschte dämmeriges Licht. Laura nahm an, dass draußen hinter den Läden die Sonne gerade unterging. Wie lange hatte sie geschlafen?

Nach und nach kamen ihr die Bilder wieder in den Sinn. Sie hatte gesehen, wie Ludmilla ihre Mutter mit einem Stock mit Silberknauf erschlagen hatte, bevor die Enthüllungen bei dem gespenstischen Abendessen ihren Verdacht bestätigten. Oder hatte sie das alles nur geträumt? Sie fuhr sich mit der Hand über die schweißbedeckte Stirn. Nein, das war kein Albtraum und keine Vision gewesen. Sie, Laura, die jetzt in einem Bett im Glashaus schlief, wäre beinahe von ihrer Tante getötet worden. Aber hätte Ludmilla sie und Manon wirklich umgebracht? Laura weigerte sich, die Frage zu beantworten. Sie musste all diese Toten endlich begraben. Vergessen würde sie sie ohnehin nicht. Sie musste mit ihnen ihren Frieden machen. Nur dann würden sie ihr nicht mehr ständig über den Weg laufen und ihr verstörende Dinge ins Ohr flüstern.

Plötzlich fiel ihr ihr Vater ein. Bestimmt war er irgendwo im Haus und wartete darauf, dass sie aufwachte. Auch ihm musste sie verzeihen. Gestern, oder war es heute, sie wusste es nicht genau, hatte er sie in der Halle des Landhauses in die Arme genommen, während sie wie ein kleines Mädchen schluchzte und das Gesicht an seinem weißen Hemd verbarg. Er bettete sie auf die Rückbank seines Wagens und brachte sie nach Hause. Auf der Fahrt war sie endlich eingeschlafen.

Laura setzte einen nackten Fuß auf die Fußbodenfliesen, aber der Boden schien ihr härter als sonst. Vorsichtig stand sie auf, ihr brummte ein wenig der Schädel. Durch das Beruhigungsmittel, das ihr der Arzt gegeben hatte, war ihre Sicht leicht getrübt. Die Wunde an ihrem Arm schmerzte nicht. Sie ging zur Tür, aber die Klinke war nicht die ihres Zimmers. Die Wände waren aus Stein, und es roch nach Weihrauch. Sie war gar nicht im Glashaus, sondern in einem großen kalten Flur, der an ein Krankenhaus erinnerte, nur dass keine Kranken da waren und auch kein Personal. Sie wusste nicht, wo sie sich befand. In der Ferne hörte sie Frauenstimmen und folgte ihnen. Durch ein Fenster sah sie einen Hof, in dem weiß gekleidete Mädchen waren und sie ansahen wie kleine Tote, die eigens aus dem Grab gekommen waren. Sie erkannte den Hof des Waisenhauses von Sainte-Anne. Wie kam sie bloß hierher?

Schließlich öffnete sie eine Tür, die in die Kapelle führte, und blieb wie angewurzelt auf der Schwelle stehen. Da stand ein Sarg auf einem Katafalk mitten im Raum, den nur zwei Kerzen am Kopfende des Schreins erleuchteten. Die Beine versagten ihr den Dienst, und sie musste sich am Türrahmen festhalten.

»Meine Laura! Wir haben schon auf dich gewartet.«

Max trat aus dem Schatten, umgeben von einer Schar Nonnen. Mit weit geöffneten Armen eilte er lächelnd auf sie zu.

»Papa, was bedeutet dieser Sarg?«

»Es ist der deiner Mutter, mein Schatz. Sie ist wieder da. So stand es geschrieben, und alles kann beginnen.« Die Stimme ihres Vaters zitterte. Er strahlte förmlich vor Glück.

»Papa, ich verstehe nicht …«

»Das ist nicht schlimm. Komm und setz dich. Du bist ja weiß wie die Wand.«

Laura bekam eine Gänsehaut. Da sah sie auf dem Altar das Buch des Prinzen von Pisa und noch ein dünnes Bändchen, ein paar handgeschriebene Blätter. Die Erinnerungen von Archibald Montalban. Daneben lag ein cremefarbener Umschlag. Ihr Vater reichte ihn ihr.

»Den habe ich im Briefkasten gefunden. Er ist an dich adressiert.«

Auf dem dicken Papier stand nur Lauras Vorname. Sie öffnete das Kuvert. Die Karte fiel ihr zu Füßen. *Der Teufel* sah sie aus dunkel umränderten Augen an, die Fledermausflügel entfaltet, zweigeschlechtlich mit Frauenbrust und Männerpenis, die Krallen in seinen Sockel verkrallt. Zwei angekettete Wesen mit Hörnern und Schwänzen schienen ergeben auf ihre Strafe zu warten. Lauras Blick wurde trüb, doch sie erkannte noch die Zahl XV.

Ihr Herz zog sich zusammen. Es war also immer noch nicht zu Ende ... Der Gesang der Nonnen erfüllte den Raum. Sie wurde ohnmächtig.

Agnès fuhr hoch. Jemand rüttelte sie am Arm. Mühsam richtete sie sich in ihrem Bett auf. Dann erst erkannte sie das Gesicht, das sich über sie beugte.

»Vincent, was machst du denn hier? Wieso bist du nicht im Bett?«

»Ich habe gerade erfahren, was geschehen ist. Steh auf! Laura ist in Gefahr!«

Agnès ließ sich wieder aufs Kopfkissen fallen. »Vincent, ich freue mich, dir sagen zu können, dass der Fall endlich abgeschlossen ist. Die Mörder sind tot. Mögen sie zur Hölle fahren!«

»Verflucht, Agnès, nichts ist zu Ende. Laura soll geopfert werden!«

»Hast du einen Knall? Geh wieder schlafen. Wie spät ist es überhaupt?«

»Neun Uhr abends.«

»Ab ins Bett«, knurrte sie.

Vincent richtete sich auf. Agnès bemerkte, wie blass er war. Offenbar kam das von seinem Koma und der Operation. Er konnte sich kaum auf den Beinen halten.

»Agnès, verdammt noch mal! Max will Laura töten. Er will seine eigene Tochter umbringen. Wir müssen hier raus, und zwar schnell! Wo ist Laura?«

»Na ja, bei ihrem Vater.«

»Das darf doch nicht wahr sein!«

Vincent zog ihr mit einem Rutsch die Decke weg. »Los, steh auf!«

Agnès trug ein Klinikhemd. Erst jetzt bemerkte sie, dass Vincent völlig angezogen war, bereit zu gehen.

»Schnell, ich erklär dir alles unterwegs.«

Er reichte ihr einen Packen Kleider, und sie schlüpfte wortlos in seine Jeans.

Agnès grübelte, während Vincent in abgehackten Sätzen auf sie einredete. Er hatte ihr vom Besuch des kleinen Mannes erzählt. Mit dem Krankenwagen, den sie auf dem Parkplatz gestohlen hatten, waren sie nun unterwegs zum Kloster Sainte-Anne. Agnès fuhr vorsichtig, ihr Kopf schmerzte, und sie hatte ein flaues Gefühl im Magen. Das Licht der Scheinwerfer im Nebel war trüb, doch ab und zu sah sie Sterne vor sich: Die Tabletten machten sich bemerkbar. Agnès öffnete das Fenster, um ihre Stirn abzukühlen. Ihre Hände waren schweißnass.

»Deine Geschichte erinnert mich verdammt an Lauras Visionen«, sagte sie, den Blick auf die Straße gerichtet.

»Denk, was du willst, ich glaube daran. Die Karten haben es ihr vorausgesagt.«

Es fiel Vincent noch schwer, bestimmte Worte auszusprechen. Er hatte an Gewicht verloren, und in jeder Kurve wurde ihm schwindlig. Agnès musste plötzlich lachen. Was waren sie doch für ein unmögliches Paar! Ein Mann mit Schusswunde und eine Frau mit Schädelhirntrauma in einem geklauten Rettungswagen.

»Max will Laura opfern, in der Hoffnung, ihre Mutter wieder zum Leben zu erwecken.«

»Aber Luisas Leiche ist im Leichenschauhaus!«

»Seit gestern Abend nicht mehr.«

Agnès' Telefon klingelte.

»Angeli, was gibt's?«

»Wo seid ihr?«, fragte Bruno aufgeregt.

»Hinter Roquebillière. Und ihr?«

»Wir sind noch fünfzig Kilometer hinter euch, aber wir beeilen uns. Agnès?«

»Ja.«

»Ich hoffe, dass du dir deiner Sache sicher bist.«

»Eines ist ganz sicher: Ihr habt Laura nicht bei ihrem Vater gefunden, und wir fahren jetzt zum Kloster.«

Wütend beendete sie das Gespräch. Natürlich war sie sich nicht sicher. Hinter allem stand ein großes Fragezeichen. Aber Brunos Leute hatten niemanden im Glashaus gefunden. Nur ein Katafalk ohne Sarg stand im Wohnzimmer, und eine Flasche mit Schlafmitteln ließ Schlimmes ahnen. Was aber mochte es sein?

Auf dem Dorfplatz von Saint Martin Vésubie wies ein Schild den Weg zum Kloster und zum Waisenhaus von Sainte-Anne. Agnès fuhr die Bergstrecke hinter dem Dorf hinauf. Einen Kilometer hinter den letzten Häusern sahen sie das Gebäude vor sich. Riesig, düster, genau passend zu dem Horrorfilm, in dem sie sich seit drei Wochen befanden. Agnès parkte den Wagen hundert Meter vom Eingang entfernt. Hier oben war keine Spur von Nebel, und im weißen Licht des Vollmonds fanden sie den Weg ohne Mühe.

»Bruno«, flüsterte Agnès in ihr Telefon, »wir haben es gefunden.« Sie beschrieb ihm den Weg.

»Wartet auf uns.«

»Ja …«

Sie sah Vincent an. Er hatte schon die Hand auf den Türgriff gelegt.

»Lass es besser. Du bist nicht gut drauf und ich auch nicht.«

»Hast du deine Waffe?«

»Ja, aber ich bin nicht ganz klar im Kopf ...«

»Das sind Wahnsinnige. Erinnerst du dich an die Toten der Sonnentempelsekte? Und an Waco? Wie viele Tote hat es da gegeben?«

»Ist ja gut, aber du bleibst hinter mir.«

Er lächelte und deutete auf einen Feuerlöscher aus dem Krankenwagen.

»Ich habe auch eine Waffe ...«

Flüstern, Rascheln, Summen, Psalmengesänge in einer unbekannten Sprache. Gerüche: Weihrauch, Myrrhe, Erde. Kälte umgab sie. Ihre Lider waren bleischwer, ihre Zunge war geschwollen. Vergeblich versuchte sie den Mund zu öffnen. Sie spürte ihren Körper kaum noch, nur die Kälte. Gelbes Licht drang durch die Lider, die sie zu einem winzigen Schlitz geöffnet hatte. Um sie herum bewegten sich dunkle Gestalten. Plötzlich merkte sie, dass sie nackt war und Hände und Arme mit dicken Lederriemen gefesselt waren. Sie lag auf einem eiskalten rauen Altar in einem riesigen steinernen Gewölbe. Die Statue der Madonna, die die Schlange zertrat, ragte über ihr auf. Im Licht von unzähligen Kerzen sah sie eine Gruppe von etwa zehn Gestalten in weißen Schweißtüchern, unter denen sich ihre Brüste abzeichneten. Nur daran konnte Laura erkennen, dass es Frauen waren. Ihre Köpfe waren nämlich kahl geschoren. Eine von ihnen kam auf Laura zu und beugte sich über sie. Mit einer kalten, knochigen Hand betastete sie ihre Brüste, ihren Bauch, ihre Schenkel, ihre Hände und Füße. Laura wollte schreien, aber ihre Zunge war wie taub. Jetzt legte die kahl rasierte Frau ihre Wange auf Lauras Brustkorb, um ihre Herztöne zu hören. Da sah Laura die Tätowierung: eine Taube mit ausgebreiteten Flügeln mitten auf dem Kopf. Ein Stöhnen drang durch den Gesang: Lauras Stimme. Die Frau richtete sich auf und betrachtete sie mit Augen, die aus Stein schienen. Sie hatte weder Augenbrauen noch Wimpern, ihr Blick war hypnotisch, unmenschlich. Laura spürte, wie all ihre Muskeln erstarrten.

»Treten Sie näher«, hauchte eine Stimme.

Laura riss die Augen auf. Ihr Vater, das musste er sein. Dann sah sie sein Gesicht über sich. Seine Augen waren gerötet.

»Papa, ich bin es, Laura. Bitte, binde mich los, und lass uns weggehen.«

»Laura, deine Mutter muss zu mir zurückkehren. Du darfst jetzt nicht weinen. Es ist ein Moment großer Freude. Mir wäre es lieber gewesen, du wärst nicht aufgewacht. Aber du musst an diesem Wunder teilnehmen, dem Wunder ihrer Auferstehung.«

»Wovon redest du?«

»Ich habe vor dreiunddreißig Jahren einen Fehler gemacht. Ich habe deine Mutter zum Tode verurteilt, um sie zu bestrafen. Ich habe mich nicht aus Liebe für dich entschieden, sondern aus Rache. Ich bin noch einmal in die Hütte gefahren und habe dort das Testament deines Ururgroßvaters Archibald Montalban gefunden. Er berichtet, wie er das Geheimnis der Auferstehung entdeckt und aus Liebe seine eigene Tochter geopfert hat, um seine Liebste wieder zum Leben zu erwecken. Zum Leben, Laura!«

Laura wandte den Kopf und sah den Sarg, an dem alle vier Wände heruntergeklappt waren. Darin lag Luisa oder das, was von ihr übrig war, hässlich anzusehen, den Blicken aller ausgesetzt. An der Stelle des Herzens ruhten die gefalteten Hände.

Plötzlich verstummte der durchdringende Gesang.

»Legt der Erwählten ihr Armband wieder an.«

Laura sah, wie ihr Vater auf Luisas Leichnam zuging und das Armband mit den fünf Medaillons mühsam um ihr Handgelenk legte. Offenbar hatte er es von Ludmillas Leiche entfernt. Dann verschwand Max wieder im Dunkeln, und der Gesang setzte erneut ein.

Da sah Laura einen riesigen Gong, der an einem Holzbalken hing. Eine der Frauen schlug dagegen. Das Dröhnen erfüllte das Gewölbe, und die Frau mit dem steinernen Blick verteilte auf Lauras Körper Tarotkarten.

»*Der Mond*«, sagte sie und legte eine auf Lauras Stirn.

Laura erstarrte, als sie das leichte Gewicht der Karte auf der Stirn spürte. Nun setzte die Frau ihre Anatomiestunde fort: Sie legte die *Sonne* auf das Herz, den *Tod* auf den Nabel, den *Teufel* auf das Schambein. Den *Einsiedler* spürte Laura nicht, denn die Nonne hatte ihn zwischen ihren gespreizten Beinen oberhalb der Füße auf den Granit des Altars gelegt.

Die junge Nonne, die Laura Zugang zum Archiv des Waisenhauses gewährt hatte, trat auf sie zu. Auch ihre Brauen und Wimpern waren gezupft, was Laura bei ihrem Besuch nicht aufgefallen war. Sie reichte der Oberin ein schmuckloses Tablett. Plötzlich konnte Laura wieder die Zunge bewegen. Ihr Schreien hallte tausendfach in dem Gewölbe wider, untermalt vom tiefen Gedröhn des Gongs. Die Klinge des Messers, das die Oberin in der Hand hielt, war lang und dünn, schärfer als ein Rasiermesser. Laura wusste nun, dass sie sterben sollte.

»Papa!«

Ihr Schrei verwandelte sich in das Schluchzen eines Kindes.

»Papa, bitte, sie sollen mich nicht töten! Papa!«

Das Wort erklang in dem Gewölbe mit solcher Kraft, dass etwas zu zerreißen schien. Lauras Körper wurde hart, zog sich zusammen. Der Gesang schwoll an. Unvorstellbarer Schmerz durchdrang sie, schlimmer als Wehenschmerz, etwas in ihr schrie … Das ganze Gewölbe begann zu schwanken, die Statue der Madonna, die die Schlange zertrat, stürzte zu Boden und verlor ihren Kopf. Max hatte den Eindruck, dass Luisas sterbliche Überreste lichterloh zu brennen begannen; die Nonnen prallten entsetzt zurück. Etwas schlüpfte aus Laura heraus, als sei sie nichts gewesen als ein Grab, das ein anderes Leben barg. Max fühlte keine Angst. Er erkannte Luisa, die aus dem Körper ihrer Tochter herauskam. Die Tochter gebar die Mutter, oder besser noch, die Tochter brachte den Geist ihrer Mutter hervor, der sich vor dreiunddreißig Jahren in ihrem Leib eingenistet hatte. Eine Frau, ein Geist? Für Max machte das keinen Unterschied. Luisa stand vor ihm. Ihre Lippen blieben stumm, und doch hörte er, was sie sagte.

Laura lag wie betäubt auf dem Altar. Dennoch hatte sie das Gefühl, dass sie ein Flügel streifte. War es der Tod, der gekommen war, sie zu holen? Sie sah die Schar der Toten vor sich, doch sie weigerten sich, sie aufzunehmen.

Max hörte noch immer Luisas Stimme, die ihm sagte, sie sei nur erschienen, aber nicht zurückgekehrt. Sie wolle ihre Tochter retten. Seit der Sekunde, in der das Leben sie verlassen hatte, habe sie gewusst, dass sich um ihre Tochter ein Drama zusammenzog. Sie sprach vom Wahn der Männer und Frauen dieser Welt und der vergangenen Welten, die die Wahrheit gesucht hatten, sich aber auf den Irrwegen des Wahnsinns verloren hatten. Sie sagte ihm, dass sie ihrer Tochter all diese Zeichen und Bilder geschickt hätte, um sie zu warnen, aus Angst, sie könne nicht rechtzeitig erscheinen, um sie zu retten. Schließlich sagte sie Max, dass ihre Liebe einzig in Laura überleben könne. Sie selbst sei nichts als Sternenstaub, ein Bild, das das Licht in eine andere Zeit sende. Luisas Antlitz schimmerte vor Max' Augen, und in ihrem Blick lag ein Gefühl, das man einzig einem geliebten Menschen schenken kann: unendliche Güte.

»Hände hoch und Hände hinter den Kopf, alle hier!«, rief Agnès.

Ein Schuss hallte an den Wänden des Gewölbes wider.

Laura öffnete die Augen.

Sie hörte erstauntes Gemurmel, das Getrappel nackter Füße auf dem Steinboden und erschrockene Schreie.

Nicht Agnès beugte sich über Laura, sondern Vincent. Seine Wangen waren hohl, sein Blick war fiebrig, er lächelte, während eine Träne über sein Gesicht rann. Dann breitete er seine Jacke über ihren Körper.

»Ich bin da. Es ist vorbei, Liebes. Und alles kann beginnen.«

Max stand reglos da und starrte ins Leere, als habe Luisas Geist ihn für immer mitgenommen.

Viviane war ins Glashaus zurückgekehrt, besessen von dem Gedanken, alles zu zerstören. Nur Feuer konnte die Vergangenheit läutern.

Die Nachbarn hatten nichts gesehen, gehört oder gerochen. Kein Rauch hatte das Unheil angekündigt. Die Scheiben schienen sich vor Schmerzen zu biegen, dann explodierten sie und blieben in Dutzenden Meter Entfernung als schwarze Splitter liegen. Erst dann brachen die Flammen hervor. Sie erreichten eine Höhe von zehn Metern und erfassten die umstehenden Zypressen. Das Glashaus war nur noch ein riesiger Feuerball.

Am Morgen waren lediglich einige verbogene Stahlträger übrig, die zwischen zerborstenen Betonplatten in den strahlend blauen Himmel ragten. Das Glashaus war zerstört, und Viviane war verschwunden.

In derselben Nacht, in der das Glashaus in Flammen aufging, hatten mehrere Spaziergänger, die den Brand nicht gesehen hatten, aber die Kühle der Nacht am Strand genossen, dieselbe Vision: Einige Meter vom Strand entfernt schwamm ein Rochen, und alle sahen, wie er Engelsflügel ausbreitete. Sie erzählten, ein Engel habe in den Wellen getanzt, aber niemand glaubte ihnen.

DER EINSIEDLER

Laura lauschte Vincent, der ihr vom Besuch des kleinen Mannes erzählte.

»Nachdem er zu der Stelle gekommen war, an der dein Ahn erzählt, wie er seine eigene Tochter opferte, in der verzweifelten Hoffnung, die geliebte Frau wieder zum Leben zu erwecken, klappte er das Buch leise zu und sagte mir, es sei unvollendet. Archibald Montalban sei gestorben, bevor er das Testament abgeschlossen hatte, das mit einem Kapitel über seine Schuld enden sollte. Élisabeth de Fressan, deretwegen er sich zu dieser Tat hatte hinreißen lassen, sei nicht wieder lebendig geworden. Er habe seine Tochter umsonst getötet, ein grausamer und sinnloser Mord … wie bei Chronos, der seine Kinder verschlingt … Nach Ansicht des Buchhändlers gibt es keinen Fluch, nur Wahnsinn und Unglück, die die Menschen zu diesen furchtbaren Taten verleitet haben. Der Sohn von Livia, dein Großonkel, starb im selben Alter wie sie, nachdem er die Wahrheit über ihren Tod erfahren hatte. Es war der Selbstmord eines Kindes, das es nicht ertragen konnte, seine Mutter zu überleben, und kein Fluch … Ludmilla hat diese Legende verbreitet, nachdem sie ihre eigene Schwester getötet hatte.«

Laura wiegte sich im Brummen des Motors und sah auf das blaue Wasser des Hafens, das immer wieder auftauchte. Der Wagen fuhr langsamer. Vincent zögerte. Laura zeigte ihm einen leeren Parkplatz an der Rue Ségurane.

»Bleib hier stehen, es ist ganz in der Nähe.«

»Ich komme mit.«

»Nein, bitte. Ich bin sicher, mir passiert nichts.«

Sie küsste ihn, und dann sah er sie weggehen, auf dem Bürgersteig, der im Schatten lag.

»*La Baie des Anges* sagen Sie?«

»Ja, ein ganz kleiner Laden, hier«, antwortete Laura.

Der Mann blickte bestürzt zu der Stelle, auf die sie zeigte. Ja, da gäbe es ein Schaufenster, aber voller Staub und Fliegendreck, hinter einem Gitter, das mit einem rostigen Vorhängeschloss verriegelt sei.

»Madame, ich bin seit vierzig Jahren hier im Viertel und habe noch nie von einer Buchhandlung gehört, die *La Baie des Anges* heißt. Mein Antiquitätenladen ist hier«, sagte er und wies auf das glänzende Schaufenster genau gegenüber dem aufgegebenen Laden. »Dieses Geschäft steht leer, seit ich hier bin«, sagte er und zeigte auf das schmutzige Fenster. »Wenn Sie den Eigentümer kennen, sagen Sie es mir, ich interessiere mich für den Raum. Tut mir leid, dass ich Ihnen nicht helfen kann. Viel Glück!«

Der Mann kehrte wieder in seinen Laden zurück. Laura lächelte nachdenklich und näherte sich dem alten Laden. Unter dem Gitter sah sie einen Brief, als hätte ihn der Postbote gerade dort abgelegt. Sie zog ihn heraus.

Es war kein Brief, sondern die zweiundzwanzigste Karte, die ihr noch fehlte. *Der Einsiedler* mit der Nummer VIIII, nicht IX. Darauf war ein alter Mann zu sehen, der eine Laterne unter seinem Cape trug. Laura begriff sofort: Der kleine Mann war keine Halluzination gewesen, sondern der Führer, den Luisa gesandt hatte, damit er den Weg ihrer Tochter erhellte. Sie würde ihn nie wiedersehen: Er hatte seine Mission erfüllt, sie war am Leben. Laura lächelte: Jetzt konnte der kleine Mann seine Laterne löschen.

In dem Moment, da Sie, verehrte Leser, diese Zeilen lesen, haben Laura und Vincent geheiratet, in aller Stille im Beisein von Manon, Pierrot und Mado.

Max Fontane ist in einer Anstalt, die Ärzte haben ihm eine lange, schier endlose Therapie verordnet. Max spricht jeden Tag mit Luisa und ist glücklich.

Fred Bellair sitzt für drei Jahre im Gefängnis von Nizza ein, wo man ihn wie einen König behandelt.

Manon besucht ihren Vater einmal pro Woche. Im Besuchsraum des Gefängnisses kann man sich gut unterhalten, und das tun sie jedes Mal eine Stunde lang. Manon arbeitet im Kasino und wartet darauf, dass ihr Vater zurückkommt. Nach Nîmes ist sie nie mehr gefahren, obwohl ein Notar sie aufgefordert hat, den bescheidenen Nachlass ihrer Eltern aufzulösen. Für die Beerdigung ihrer Mutter hat eine alte Tante gesorgt, der Manon einen Teil des geerbten Geldes überlassen hat.

Kommissarin Agnès Angeli hat ihr Leben neu geordnet. Wenn sie an Matthieu denkt, überkommt sie manchmal Traurigkeit. Aber sie ist so beschäftigt, dass diese Wehmut zwischen Blaulichteinsätzen und allen Ermittlungen rasch wieder verschwindet. Auf der Straße sieht sie sich die Männer an, doch keiner gefällt ihr.

Bruno Bruno überlegt noch, ob er bei der Kriminalpolizei bleiben oder sich dem Summen der Computer in der Abteilung Finanzermittlungen aussetzen soll. Er lässt den Gedanken reifen und sucht im Internet nach einem netten Partner. Ob er sich an das Leben in Nizza je gewöhnen wird?

Franck Duval ist zu zehn Jahren verurteilt worden. Die Republik ist langmütig, aber wenn sie einmal an einem ihrer Diener ein Exempel statuiert, bestraft sie seine Verfehlungen ohne jedes Erbarmen. Seine Partei hat ihn nicht unterstützt. Seinen Wahlkreis hat ein neuer Franck Duval erhalten, der den Leuten die Hände schüttelt, wenn er aus der Kirche kommt.

Seitdem das Haus aus Glas niedergebrannt ist, hat niemand mehr Viviane Lebesco gesehen. Manche behaupten, sie habe sich selbst geopfert …

Bleibt die Frage, ob es Geister gibt und ob sie einen jemals in Ruhe lassen.

Unser besonderer Dank gilt Alain Tortevoix, Katia Rais, Nolwenn Brian und Christian Authié, die uns wertvolle technische Hinweise gegeben haben. Außerdem danken wir Huguette Maure für die überaus wertvolle Zusammenarbeit.

Carole und Philippe Breant danken wir für ihre liebenswürdige Aufnahme und ihre Freundschaft. Und David und Ludovic für ihre Unterstützung und Zuneigung.

»Hochspannende Lektüre!«

CORRIERE DELLA SERA

Michele Giuttari
RACHEFEUER
Aus dem Italienischen
von Karin Diemerling
Kriminalroman
420 Seiten
Gebunden mit Schutzumschlag
ISBN 978-3-7857-1616-8

Bei einer schweren Bombenexplosion an der Piazza del Cestello in Florenz entkommt Commissario Ferrara nur knapp dem Tod. War es ein Terrorakt islamischer Fundamentalisten? Oder die Antwort der Mafia auf die jüngst von Ferrara veranlasste Verhaftung eines führenden Mitglieds?
In Polizeikreisen scheint man große Schwierigkeiten zu haben, die wahren Drahtzieher zu ermitteln. Offenbar aus gutem Grund, wie Commissario Ferrara nach seiner Genesung herausfindet, als er auf die Spur eines mysteriösen Geschäftsmanns namens »Basilisk« stößt, der anscheinend weit über Mafiakreise hinaus Einfluss ausübt. Eine Erkenntnis, die Ferrara erneut in tödliche Gefahr bringen wird. Und nicht nur ihn …

editionLübbe

Der beste Grangé führt geradewegs ins Herz der Hölle ...

Jean-Christophe Grangé
DAS HERZ DER HÖLLE
Roman
480 Seiten
Gebunden mit Schutzumschlag
ISBN 978-3-431-03737-1

Als Mathieu Durey, Polizist bei der Kripo in Paris, erfährt, dass sein Kollege Luc versucht hat, sich das Leben zu nehmen, hat er nur noch einen Wunsch: herauszufinden, warum. Denn Luc ist nicht nur sein Kollege, er ist auch sein bester Freund.
Bald schon findet Mathieu heraus, dass Luc an einem mysteriösen Fall gearbeitet hat. Die Spur führt in alle vier Ecken Europas und zu einer ebenso erschreckenden wie merkwürdigen Mordserie. Stets bleiben teuflische Symbole am Schauplatz des Verbrechens zurück. Doch das ist nicht das wirklich Beunruhigende: Die mutmaßlichen Mörder haben alle eines gemeinsam: Sie waren schon einmal tot und erwachten irgendwann aus dem Koma. Die Wahrheit führt Mathieu geradewegs in das Herz der Hölle ...

Ehrenwirth

»Alex Barclays Roman wird Ihnen schlaflose Nächte bereiten.« THE INDEPENDENT

Alex Barclay
SCHATTENTURM
381 Seiten
Thriller
Gebunden mit Schutzumschlag
ISBN 978-3-7857-2239-8

Nach dem blutigen und tragischen Ende einer Routineuntersuchung lässt sich Detective Joe Lucchesi von seinem Dienst bei der New Yorker Polizei freistellen und zieht mit Frau und Sohn in einen ruhigen Ort an der Ostküste Irlands. Sie sind glücklich. Sie fühlen sich sicher. Und sie werden einen Albtraum erleben, der weit schlimmer ist als jener, den sie hinter sich gelassen haben. Denn Joe Lucchesi hat einen Feind, der alles daransetzt, die Familienidylle zu zerstören. Ein Feind, der von unbändigem Hass getrieben wird ...